U0924668

梁医生又在偷偷套路我

忘记呼吸的猫——著

上册

青岛出版集团 | 青岛出版社

图书在版编目（CIP）数据

梁医生又在偷偷套路我/忘记呼吸的猫著.—青岛：青岛出版社，2022.8
ISBN 978-7-5736-0114-8

I.①梁… II.①忘… III.①长篇小说—中国—当代 IV.①I247.5

中国版本图书馆CIP数据核字（2022）第068332号

LIANGYISHENG YOU ZAI TOUTOU TAOLU WO

书　　名 梁医生又在偷偷套路我
作　　者 忘记呼吸的猫
出版发行 青岛出版社
社　　址 青岛市崂山区海尔路182号
本社网址 http://www.qdpub.com
邮购电话 18613853563
责任编辑 龚雅琴
特约编辑 孙红彦
校　　对 耿道川
装帧设计 林　丽
照　　排 孙顾芳
印　　刷 三河市良远印务有限公司
出版日期 2022年8月第1版　2022年8月第1次印刷
开　　本 32开（880mm×1230mm）
印　　张 16
字　　数 350千
书　　号 ISBN 978-7-5736-0114-8
定　　价 59.80元（全2册）

编校印装质量、盗版监督服务电话 4006532017　0532-68068050

梁医生又在偷偷套路我

目录【上册】

梁医生又在偷偷套路我

目录[下册]

第1章　要的话，我还给你

下午三点的自习室里静悄悄的，温暖和煦的阳光透过明亮的玻璃窗照射进来，在课桌和地面上投下一片明媚的光影。

宋佳曦听着自习室里笔尖摩擦纸面发出的窸窣声，抬起头来，偷偷看了一眼坐在自己身边的梁欢。他穿着一件浅驼色的宽松毛衣，露出里面白衬衫的领子。他正低着头，目光专注地看着眼前摊开的书籍，白皙修长的手握着一支黑色的签字笔，时不时在笔记本上写着什么。

宋佳曦转过头，一只手偷偷地摸进自己的外套口袋，从里面拿出一支阿尔卑斯草莓牛奶味的棒棒糖，三下五除二地把糖纸剥了，然后把糖塞进自己嘴里。浓郁的牛奶味混合着馥郁的草莓味，瞬间在她口腔里蔓延开来。

宋佳曦满足地眯起眼睛，心中忍不住感慨一句：草莓牛奶味的棒棒糖果然是这个世界上最好吃的棒棒糖!

她刚感慨完，便察觉有人在看她。她转过头去，果然，坐在她身边的梁欢已经停下笔，正挑眉看向她。

呃……好像有点儿尴尬？宋佳曦微微怔了一下，抿着嘴角，朝梁欢勉强扯出一抹笑容。

梁欢用漆黑的眸子盯着她片刻，压低声音缓缓问道：“还有吗？”

“啊？”宋佳曦瞬间反应过来，伸手在自己的外套口袋里又摸了一下，然后一脸歉意地道，“不好意思啊，学长，就剩这一根了。”

“哦……那算了。”梁欢丢下这么几个字之后转过头去，继续看书做笔记。

宋佳曦眨眨眼睛，看着他轮廓分明的侧脸上那双微微垂下的眼眸。他长而浓密的睫毛遮去眼中一半的光华，却遮不住他眼底的温柔和专注。那一瞬，宋佳曦的脑海里突然闪过一个念头。她拿出嘴里的棒棒糖，在梁欢的眼前晃了晃，然后一脸坏笑着道："要不……这个给你？"

梁欢转过头来，眼底闪过一丝惊讶。他看了一眼眼前的宋佳曦，又瞥了一眼她手中的棒棒糖，沉默片刻之后，突然伸出左手，握住她抓着棒棒糖的右手，顺势将那支棒棒糖送进自己嘴里。

"谢谢。"他叼着棒棒糖含混不清地说道。

宋佳曦整个人都愣住了。她不敢置信地看着他，白皙粉嫩的脸颊上瞬间满是红晕。

"不是……我……你……"她张了张嘴，想要说点什么，却什么都说不出来。

"怎么了？"梁欢看着她愣住的样子，幽深的眼眸里浮现出一抹浅浅的笑意。他眨眨眼睛，挑挑眉，声音温柔地问道："你还要吗？要的话，我还给你。"

"不……不……不用了！"宋佳曦赶紧转过头来，佯装认真看书，可眼前书本上的那些字好像都飘了起来。她能感觉自己的脸颊在发烫，一颗小心脏也在胸腔里咚咚咚地跳个不停。

他……他怎么会这么面不改色心不跳地把她吃过的棒棒糖给接了过去呢？！宋佳曦想到这个，又忍不住转头看了梁欢一眼。

可能是她转头的动作幅度有些大，梁欢也跟着转过头来。他眼眸微垂，看着她，声音里满是温柔的笑意："挺甜的。"

啊啊啊啊！完了完了，她的脸肯定更红了。

"起床了，起床了，该去上班了！起床了，起床了，该去赚钱了！起床了，起床了，该还花呗了……"

一阵闹铃声在耳边响起，宋佳曦迷迷糊糊地伸出手来拿过放在床头柜上的手机，半眯着眼睛看了一眼，然后将闹钟给摁掉了。

刚才是在做梦啊……她竟然又梦到梁欢了！

梦里，他的样子是清晰的，就好像那些事情是真实发生过的一样。而她在梦里的那些脸红心跳，也真实得让她有些惆怅。

一转眼，竟然过去好几年了。

等等，现在不是惆怅的时候。她今天约了口腔医院的李医生复诊，要是没什么问题的话，再过两个月，她就能摘掉牙齿上的矫正器了。

为了早日摘掉她的矫正器，宋佳曦一个鲤鱼打挺便从床上坐了起来。她简单地梳洗了一下，又随手将自己的长发抓成马尾辫，拎上包，匆忙地出门了。

好不容易赶在预约时间前到了医院，坐在位子上的小护士抬头看着站在自己面前的宋佳曦，笑眯眯地道："李医生休产假了，她手上的病人都转到梁医生那边去了。你直接去正畸科四室，找坐在八号位的梁医生就行。"

"哦，好，谢谢你啊。"宋佳曦赶忙朝小护士道了一声谢，转身朝对面的正畸科四室走去。

八号位……八号位……

宋佳曦一边走着，一边看着科室里面的位子编号。看到八号位之后，她眼睛一亮，连忙小声地朝正背对着自己的医生道："你好，请问您是……梁……欢？"

背对着她的医生转过头来，一双熟悉又陌生的眼眸瞬间映入她的眼帘。熟悉的是那双眼睛的形状，就连微卷的睫毛都和今天早上梦中的那个人一模一样。陌生的是他的眼神，清冷中带着一丝疏离，仿佛千年冰山，笼罩着一层寒气，让人不敢轻易靠近。

梁欢？！他怎么会在这儿？宋佳曦站在原地，怔怔地看着眼前的那个人。即便他戴着医用口罩，遮住大半张脸，却还是让她一眼就认了出来。

她曾经设想过很多场景，如果能再次见到梁欢的话，可无论哪一种，都没有眼前这种糟糕。她没有化妆，脸上甚至连粉底都没有擦，头发也已经两天没洗了。因为急着来医院，她穿着宽大的T恤和牛仔裤，脚上的小白鞋在挤地铁的时候，还被人踩出了鞋印……

就在她心中懊恼的时候，眼前的梁医生却突然笑了出来："是你啊，好久不见。"

"呃……好久不见……"宋佳曦看着面前眼神突然温柔起来的梁欢，瞬间有些恍神。距离上一次他用这么温柔的眼神看自己，已经过去五年了吧？

梁欢坐在椅子上，微微抬头看着眼前的女孩。

她看起来没什么变化，跟五年前一样，那双眼眸还是漂亮得清澈灵动，皮肤还是白嫩得吹弹可破，只是一看她今天的发型，他就知道，这家伙肯定又偷懒没洗头。

认识她之前，他一直以为女孩子跟男孩子一样，是天天洗头的。

认识她以后，他才知道，女孩子，特别是长头发的女孩子，只有去见重要的人时才会心甘情愿地洗头。

像她今天这样，随手扎个马尾，那应该是两天没洗头了。等到了第三天，她就会扎个丸子头，第四天就会直接戴顶帽子……

梁欢想着想着忍不住又笑了一下，眉眼微挑，朝宋佳曦随口问道："两天没洗头了啊？"

宋佳曦："……"

这个世界果然就跟微博上说的一样，当你精心打扮好出门时，可能连一条野狗都遇不到。可如果你邋里邋遢、顶着三天没洗的头出门拿个外卖，你心仪的对象可能就站在马路对面。

她没有三天没洗头，所以她没有遇到心仪的对象。

她只是两天没洗头，所以她遇到了自己的前男友。

宋佳曦闭了闭眼睛，深吸一口气，努力挤出一个尴尬的笑容，小声道："是啊……"

梁欢又看了她一眼，似乎看出她的尴尬，随手接过她手中的挂号单，转过身去，一边在电脑上找着她的名字，一边问道："你是来复诊的？之前是李医生负责的？"

宋佳曦："是……"

梁欢在电脑上敲了几下，指了指旁边的躺椅，朝宋佳曦道："躺上去，我看一下你的牙齿排列情况。"

宋佳曦："……"

在那一瞬间，她有种生不如死的感觉。两天没洗头遇到前男友就算了，现在竟然还要张大嘴巴，让前男友看自己的大钢牙？她不如死了算了。

宋佳曦低头看了看眼前的躺椅，又看了一眼戴着口罩的梁欢。沉默片刻之后，她突然转移话题，道："那个……我记得你之前好像不是学牙医的吧？”

虽然对医学专业的分类不太清楚，但她明明记得，以前和他一起上自习的时候，他看的都是人体解剖类的书啊！

“嗯……”

梁欢抬头认真地看着她好几秒之后，幽深的眼眸里仿佛有一汪碧波在荡漾。

他清了清嗓子，声音低沉地道：“大概是因为我记得……有个人特别特别爱吃糖，所以我就想着，如果以后我能成为一名牙医，那遇见她的概率会不会变得稍微高一些。”

宋佳曦听到他的这番话后，整个人都愣住了。甚至有那么一瞬间，她感觉周围的一切仿佛都静止了。她张了张嘴，半晌没有说出话来。

倒是梁欢在说完那番话之后，又朝她笑了笑，接着抬了抬下巴，道：“还愣着干吗？躺上去啊。”

宋佳曦再次看了看那躺椅，又看了看梁欢，道：“那个……我现在换个医生还来得及吗？”

听到她的这句话，梁欢没忍住笑出声来，道：“来不及。”

宋佳曦：“凭什么啊？！”

梁欢摊了摊手，道：“李医生休产假了，原本她手上的病人都是我们科室主任来分配的，现在你突然要求换医生，那我同事不就突然多了一个病人吗？那不是给别人增加负担吗？”

宋佳曦被他的话给噎住了。半晌，她不死心地道：“那……可以把你同事手上的病人和你手上的换一下啊，一来一去，不多不少。”

闻言，梁欢没有再说话，只是缓缓地抬起头来，用一双星空般深邃的眼眸盯着她看了许久，才闷闷地道：“你就这么不想让我帮你看牙？”

是的，她不想！不洗头遇见前男友已经够悲惨了，她不能让自己往更悲惨的方向发展下去。思及此，宋佳曦毅然决然地点了点头，道：“是的，我不想。”

梁欢脸上瞬间掠过一丝受伤的表情。他沉默片刻，轻轻地叹了一口气，道：“那你在这儿坐一会儿，我去找一下我们科室主任，看他能不能帮你调换一下主治医生。”

“那就麻烦梁医生了。”宋佳曦此时此刻虽然心中欢喜得不行，表面上却还是一副淡然的样子，颇有礼貌地朝梁欢点了点头。

梁医生？梁欢听到她的这个称呼后，目光微微一闪。还真是个客套又疏离、礼貌又陌生的称呼啊！梁欢无奈地笑了笑，起身朝诊室外面走去。

片刻之后，一位穿着白色大褂、戴着蓝色口罩、头发有些花白的医生跟在梁欢后面走了过来。

他二人在宋佳曦面前站定，宋佳曦赶忙站了起来。

“张主任，她原本是在李医生手上做牙齿矫正的，李医生休产假了，这不是分到我手上来了吗，可惜她不想在我手上继续治疗，想要换一个主治医生，您看……”梁欢站在张主任身边，声音沉稳地说道。

头发花白的张主任伸手推了推鼻梁上的眼镜，看了宋佳曦一眼，有些奇怪地道：“小姑娘为什么不愿意在梁医生手上继续治疗呢？梁医生虽然看起来年纪不大，但他的医术在我们科室可是数一数二的。再说小伙子长得这么帅，平时那些来看牙的女孩子都抢着要去他那儿呢！”

宋佳曦有些尴尬地看着张主任，憋了半天，憋出来一句话：“他也不是很帅啊……”

“小姑娘，你是来这儿看牙的，又不是来相亲的，你不能因为你的主治医生长得不帅，就要换人啊！呵呵呵呵，再说，这已经是我们科室最帅的医生了，你要再换一个，肯定没他帅。”张主任十分慈祥地道。

宋佳曦：“……”

她抬头看着站在张主任身后努力憋笑的梁欢。

张主任背着双手站在宋佳曦面前，目光炯炯地盯着她。

宋佳曦的气势一下子弱了许多，她挣扎着朝张主任小声问道：“就……真的不能换吗？”

张主任伸出手来推了推眼镜，转头朝科室里的其他医生大声道：“有没有人愿意跟梁医生交换患者？”

科室里没人答话，只有钻头磨牙齿发出来的嗞嗞声不绝于耳。

张主任等了片刻，无奈地朝宋佳曦摊了摊手，道：“你看，没人要你。”

宋佳曦：“……”

“所以咱们还是不要给其他医生添麻烦了。”张主任十分慈祥地看了宋佳曦一眼，伸出手来轻轻拍了拍她的肩膀，“小姑娘就安心在梁医生这里看牙吧。”

宋佳曦：“好……”

张主任和她说完后，又朝梁欢点了点头，这才背着双手，从诊室里面走了出去。

梁欢戴着口罩，有些无辜又无奈地看着宋佳曦，道：“你看，不是我不让你换，实在是……”

宋佳曦闭了闭眼睛，努力给自己做了一番心理建设，终于默默地躺在椅子上。

只是她躺在椅子上之后，却迟迟不见身边的人有什么动作，她便转头看了一眼。

梁欢正拿着手机，白皙修长的手指在屏幕上来回跳动，似乎是在打字。察觉到宋佳曦的目光，他朝她露出笑容，道：“稍等，我回条信息，马上就好。”

正畸四室的微信群里，一个大大的红包弹了出来，红包上写着一行字——感谢各位同事的配合。不过短短五秒钟，红包就被领光了。紧接着，一排排“谢谢老板”“感谢大佬”的表情图直接刷屏了。

梁欢看着手机屏幕，唇角勾起一抹浅浅的笑意，这才满意地放下手机。

宋佳曦躺在椅子上，头顶上的射灯明晃晃地照着她洁白莹润的肌肤。

梁欢坐在她身边，目光微垂。他温柔地看了她一眼，声音低沉地道：“张嘴。”

宋佳曦满心纠结地露出了自己的大钢牙。下一秒，她便听见身边的梁欢扑哧一声笑出来。她还没来得及开口怼他，梁欢便充满歉意地道：“抱歉，抱歉，只是觉得……难得你会这么乖地听话。

“咳，嗯……牙齿排列得非常好，咬合也没什么问题，应该再过两三个月，就可以把矫正器拆掉了……”梁欢说着说着，突然转移了话题，“你今年……应该研三了吧？”

“啊？”宋佳曦愣了一下，下意识地点点头，“嗯。”

“明年就要研究生毕业了啊！时间过得真快。”梁欢低头看着面前的宋佳曦，幽深的眼眸中映出她小小的身影。他的神情有那么一瞬间的恍惚。

“我记得当初认识你的时候，你才上大一。”他还记得，第一次看见宋佳曦，是在学校的一场趣味辩论赛上。

那个时候，他已经大四，天天忙着写论文、查资料，很少参加学校的活动。偏偏那一天，他们专业的辩手吃坏了肚子，系里的老师实在没办法，便让他上场顶一下。于是，临上场前十分钟，他看着辩论赛的题目“分手后，男生该不该努力挽回这段关系”发了半天呆。

这是什么？现在学校举办的辩论赛，论题都这么随意了吗？

一旁的老师大概看出他眼底的疑惑，搓着手，有些尴尬地小声道：“这是趣味辩论赛。趣味辩论赛，主要欢迎一下大一新生，对吧……那个什么，新生刚刚入学，你让他们辩论与学术相关的题目，他们也不一定有兴趣对不对？咱们这就相当于举办一场新生欢迎会，主要图大家乐和乐和。”

梁欢用修长的手指无奈地捏着手中的题目，朝老师晃了晃，道：“行吧，我们是正方还是反方？”

老师立刻正了正脸色，道：“你是正方！绝对的正方！”

梁欢挑了挑眉，疑惑地道：“所以，正方是……挽回还是不挽回？”

“挽回，那必须要挽回！”老师义正词严地道。

梁欢：“……”

被老师赶鸭子上架之后，梁欢坐在正方的辩论席上百无聊赖地朝反方的席位看了过去。反方的辩论席上坐着四个人，三男一女。三辩位子上的小姑娘留着一头乌黑的长发，一双圆溜溜的大眼睛正忽闪忽闪地朝他们张望。

梁欢触到她的目光，扯了扯嘴角，十分客气地笑了一下。没想到，小姑娘立刻就红了脸，低下头去，努力又认真地看着自己面前的发言稿。

正式辩论的时候，梁欢算是见识了小姑娘的伶牙俐齿。她看起来明明是一只娇小又羞涩的“小白兔”，偏偏说起话来跟连珠炮一样。

“既然两个人已经分手了，那就说明已经没有感情，既然已经没有感情，为什么还要挽回呢？敢问对方辩友，两个人若是还有感情，会分手吗？”

说完这番话，小姑娘仰着脑袋挺着胸，气势汹汹地坐了下来。她身边的队友则在桌子下面偷偷地朝她竖起大拇指。

梁欢笑了笑，慢悠悠地站了起来。隔着辩论场地中间的主持人，他的目光落在宋佳曦的身上。他缓缓地开口，声音低沉而优雅：“一段关系结束的时候有没有感情我不知道，但我知道，如果是你的话，我肯定不分手。”

他这话说完，整个会场一片寂静。紧跟着下一秒，四周便爆发出一阵阵口哨声、起哄声，还有人在观众席上大喊：“在一起、在一起！”

宋佳曦那张俏生生的小脸布满红晕，一双圆润灵动的眼眸瞪着梁欢，半晌没说话。

主持人哭笑不得地拿着话筒，大声道：“大家安静，安静！不要激动！”

好不容易控制住会场的气氛，梁欢笑眯眯地坐了下来，不说话了。

后面的辩论环节，宋佳曦被他盯得面红耳赤，大脑一片空白，导致发挥失常。

偏偏梁欢这边几个队友乘胜追击，一连追问反方好几个问题，问得他们哑口无言，这才拿下了本场辩论赛的冠军——虽然胜之不武。

他这么一提，宋佳曦显然也想到他们第一次见面的场景，她的神情有些恍惚。她抿了抿唇，轻哼一声，道：“不好意思，不记得了。”

“真的不记得了？”梁欢佯装惊讶地看着她，道，“没关系，我还记得，要不我给你仔细讲一讲，当时咱们学校为了迎接大一……”

“停！别说了！”眼看着他真的要开始讲他们当初相识的过程，宋佳曦赶紧朝他比了一个暂停的手势，道，“梁医生，在辩论赛上靠扰乱对方辩友的情绪来获得胜利，也不是什么光荣的事情吧？值得你这么多年念念不忘？”

梁欢笑了笑，一双好看的眼睛眯成月牙形。他点点头，声音里带着一丝优哉游哉的情绪：“值得。”

宋佳曦一时语塞。她盯着梁欢好一会儿，似乎是在整理自己的情绪。

片刻之后，她长舒一口气，严肃地道：“梁医生，我的牙齿应该没什么问题吧？要是没什么问题，那我就先走了。”

“嗯，没什么问题。”梁欢见她不愿意多提过去的事情，便也收起眼底的笑意，朝宋佳曦伸了伸手，道，“预约卡给我一下，我帮你定下次复诊的时间。”

“下次还是你？”宋佳曦听着他的话，有些不情愿地从包里拿出自己的预约卡。

“李医生的产假有四个月。”梁欢接过她的预约卡，打开，随手从桌上拿起一支圆珠笔。他一边翻着自己的预约记录本，一边道，“下个月十三号，有空吗？还是上午十点过来。”

“有空……”宋佳曦闷闷地应了一声。

“那就下个月十三号吧。”梁欢在她的就诊预约卡上写下时间，然后将预约卡递还给她，道，“方便的话，可以加个微信吗？这样要是你临时有事不能来，或者我有什么其他安排，都可以在微信上联系你。”

加微信？宋佳曦看着眼前的梁欢，他墨玉般漆黑的眼里竟然难得地闪现出一丝紧张的情绪。

说实话，她并不想和梁欢有太多联系。当初既然选择了分手，那就干干脆脆地从彼此的生活中消失，再也不去打扰对方，这是最正确的做法。

“我保证不会没事就骚扰你的。”眼看宋佳曦就要开口拒绝他，梁欢连忙抢在她前面道，“都这么多年过去了，就算是老同学见面，也会互相留个微信的，对吧？还是说……其实这么些年，你一直对我……余情未了？”

宋佳曦听着他的这句话，忍不住翻了个白眼。

然而，被他这么一激，她也只得拿出手机，打开微信二维码，递了过去，道：“加就加吧，梁医生。”反正你加了我的好友，我也可以不理你。

梁欢眼里顿时闪过一抹浅浅的笑意。他随手拿起放在桌上的手机，打开扫一扫，嘀的一声，扫了一下她的二维码。

他扫过之后，却是直接跳转到聊天的界面。

梁欢沉默片刻，随便打了几个字，发了出去。

下一秒，他发出去的那行字前面便多了一个红色的感叹号，紧接着，聊天界面上弹出一行字来：消息已发出，但被对方拒收。

梁欢有些无奈地朝宋佳曦晃了晃自己的手机，道：“你把我拉进黑名单了……”

宋佳曦一脸疑惑。她看着自己的手机屏幕，手指在屏幕上到处乱点，道：“有吗？没有吧？我记得我把你给删了啊……黑名单是什么？在哪儿能看到我把你拉黑了啊？”

梁欢看着她有些慌乱的动作，轻轻地叹了一口气。他直接伸手从宋佳曦的手中抽走手机，然后动作熟练地打开黑名单，把自己从黑名单里移了出来，道：“你也真是狠心，让我在黑名单里一待就是五年……”

宋佳曦抿了抿嘴唇，看着他低头在自己手机上点了几下，没有说话。

待梁欢把手机还给她，她赶紧将手机塞回包里，紧接着站起身，丢下一句“没什么事情，我就先走了”便逃也似的跑出了诊室。

这家伙，跑得比兔子还快。

梁欢看着她的背影，忍不住笑了一下。他拿起自己的手机，看着上面宋佳曦万年不变的微信名，目光微微深了深。

这么多年了，夜深人静的时候，他总是会默默地点开她的头像，然而，因为她把自己拉黑了，所以她的朋友圈里一片空白，除了名字，他什么都看不到。

眼下……

他动了动手指，点进她的朋友圈，飞快地将她这几年的动态都浏览了一遍，这才长长地舒了一口气。嗯……还好，看起来她好像还是单身……

梁欢想了想，还是没忍住，发了一条微信给她：“老同学，要不晚上一起吃个晚饭吧？我请你。”

片刻之后，他便收到宋佳曦无情的拒绝信息：“不用。”

看起来，她好像还是在生气啊……

梁欢撇了撇嘴，默默地将手机放下。他正琢磨着怎么继续约她，旁边七号位的刘医生凑了过来，朝他挤挤眼睛，道：“梁医生，刚才那个小姑娘和你是什么关系啊？”

梁欢轻轻地叹了一口气，道：“没什么关系。”

刘医生一脸惊讶地道：“没什么关系？那刚才在群里，你干吗不让我们接你手上的活儿啊？老实交代啊，你是不是喜欢人家？”

梁欢抬头瞥了刘医生一眼，抿了抿唇瓣，没有说话，轻轻地叹了一口气。

刘医生脸上立刻露出了然的坏笑，两脚一蹬，坐着转椅，又滑回了自己的座位上。

晚上下班的时候，梁欢走出省口腔医院的大门，一眼就看到停在路边的黑色私家车。他的眉毛几不可见地皱了皱，接着大步流星地走到私家车前。

副驾驶的车窗缓缓摇了下来，司机笑眯眯地道："梁先生，老先生让我接您回家。"

"他消息还挺灵通的，我这刚刚回国，他就让你来接我了。"梁欢双手插在裤兜里，站在私家车外面，似笑非笑地道。

"梁先生，老先生一直都很关注您的消息。"司机讪讪地笑了笑，道，"梁先生不要让我为难啊！"

梁欢想了想，伸手拉开车门，不慌不忙地坐了进去。他扣好安全带，朝司机淡淡地开口道："先去一趟A大。"

"A大？"司机微微一怔，"那跟咱们回家的方向相反啊……"

"他又没说要让我回去吃晚饭。"梁欢坐在副驾驶的位子上，掏出手机来，一边点着上面的消息，一边随口道，"你就说我今天加班。"

"这……"司机有些犹豫。

"不去我就下去，直接打车了。"梁欢丢下这句话，修长的手指刚刚碰到门把，便听得车子轰隆一声发动了。

"去去去，现在就去。"司机赶紧将车门落锁，一脚油门踩下去，朝A大的方向开了过去。

到达A大门口的时候，正好是七点半多一点。这个时间，学生们已经吃过晚饭，主干道上都是来来往往的人。

梁欢让司机在A大门口等着，自己直接下车朝校园里走去。

学校的主干道两旁种满高大的梧桐树，已是傍晚时分，太阳即将落山，昏黄的阳光透过梧桐树的叶子似有若无地照耀下来。

他沿着这条路慢慢地朝学校里面走去，每走一步，都让他回想起曾经和她牵着手走过每一棵梧桐树的画面。

梁欢凭着记忆走到学校的研究生宿舍区。他抬起头看了一眼眼前那一栋栋灯火通明的研究生楼。唉，不知道她现在在干吗。

梁欢想了想，拿出手机，找到宋佳曦的微信，发了一条信息过去："吃过晚饭了吗？"

不过片刻的工夫，宋佳曦的信息就回了过来：“你不是说不会骚扰我吗？”

梁欢看着屏幕上的字，忍不住勾起唇角笑了笑，道：“我不就问了一下你有没有吃晚饭吗？这也算骚扰？”

宋佳曦：“算！”

梁欢白皙修长的手指在屏幕上快速地移动。他道：“本来是想先客气一下再切入话题的，既然宋小姐不想跟我客气，那我就直说了吧，你有一串钥匙忘在我的办公桌上了。”

他这条消息发过去半天，那边都没有回应。

梁欢倒也不着急，站在宿舍楼下笑眯眯地看着眼前的高楼。

他又等了一会儿，宋佳曦终于回了他一条消息：“你怎么不早点告诉我……”

梁欢不慌不忙地回道：“抱歉，今天工作比较忙，下班的时候收拾桌子才发现你的钥匙落在我这儿了。你着急要吗？着急要的话，我给你送过来。”

宋佳曦连忙回复：“不用了不用了，那个什么，明天……下午吧，我自己过去拿。你明天上班吧？”

梁欢微微一笑，回道：“我天天都上班。”

宋佳曦：“那我明天去找你拿钥匙。”

梁欢：“好，那我能顺便问问，你吃过晚饭了吗？”

宋佳曦：“刚吃过，准备回宿舍了。”

梁欢：“好的，明天见。”

他发完这句话之后，便直接将手机装回口袋，然后走到宿舍区前面不远处的一棵梧桐树旁默默地看着从食堂到宿舍区的那条主干道。等了一会儿，一道熟悉的身影出现在他的视线里。

她还是穿着今天上午的那身衣服，低着头，手里拿着手机，似乎正在认真地打字，长长的马尾辫散落在她的脖子上，勾勒出诱人的弧度。

片刻之后，她抬起头来，而他兜里的手机却适时地响了两下。

嗯，很好，看来是给他发的信息。

梁欢忍不住笑了笑，修长的手指在兜里捏着自己的手机，却没有拿出来。

“小曦，小曦，小曦曦！”

宋佳曦刚发完信息，一道欢快的声音便喊出她的名字。她回过头去，一眼就看到正朝她飞奔过来的江小柔。

江小柔一口气跑到宋佳曦面前，伸手一巴掌拍在她的背上，道：“你跑到哪儿去了啊？！今天一天都没看到你的人影。”

“唉，别提了。”宋佳曦垂头丧气地道，“我今天倒霉透了，早上去医院看牙，结果遇到前男友，偏偏我的主治医生休产假去了，结果是我前男友给我看的牙。姐姐怎么说也是个人见人爱、花见花开的小仙女，偏偏今天没洗头、没化妆，还戴着大钢牙，你说多尴尬。”

江小柔听到她的话，一脸震惊地看着她，道：“前男友？！你还有前男友？怎么从来没有听你提起过啊？”

“渣男有什么好提的？！”宋佳曦愤愤地道。

“呃……”

好吧，“渣男”这两个字成功地让想继续盘根问底的江小柔将所有的问号都憋回了肚子里。

“嗨，不就是个前男友嘛，也不算什么倒霉事儿。”江小柔赶紧安慰她。

“可是下午的时候，我的导师说我的毕业设计有问题，给我指出一堆要修改的地方。按他的说法，基本就要重做一遍了……”宋佳曦一脸绝望地道，“刚刚吃晚饭的时候，我还把汤洒身上了，吃完晚饭出来，我前男友就发消息说我的钥匙忘在他那儿了……我明天上午还要去面试，下午还得去前男友那儿拿钥匙……小柔！我有一种不好的预感！”

江小柔小心翼翼地看着她，道：“你……觉得你前男友对你余情未了？”

“什么余情未了啊！我是说面试！”宋佳曦忍不住翻了个白眼，道，“我对我明天的面试，有一种不好的预感！”

“怎么会呢！为了中氏集团的面试，你都准备了好几个星期了。”江小柔赶紧伸手揽住宋佳曦的肩膀，安慰她道，“放心吧！你看你，A大研究生学历，年年得奖学金，成绩单上全是优，对吧？成绩好、长相好、性格好、身材好，他们要是不录用你，那就是他们瞎！”

听着江小柔的话，宋佳曦心里的焦虑终于减轻了一点儿。她看着江小柔，仿佛寻求鼓励一般又问了一次：“真的？”

“真的真的！我用我的良心发誓！”江小柔举起手来做出发誓的动作，然后拽着宋佳曦的胳膊直接朝宿舍楼的方向走去，“好了，别纠结了，赶紧回去收拾一下，洗个澡，再敷面膜，准备一下明天面试要穿的衣服，到时候你一定是中氏集团最靓的仔！”

宋佳曦任由江小柔拽着，忐忑不安地进了宿舍楼。

不远处的梧桐树下，梁欢忍不住勾了勾嘴角。中氏集团？她竟然要去中氏集团面试？嗯……怎么说呢，眼光……还可以吧。

梁欢想着，忍不住伸手从口袋里拿出手机。他看了一眼微信，上面有宋佳曦发过来的一条消息：“麻烦你了，梁医生。”

小家伙的语气真是疏离得让他心痛啊……梁欢轻轻地叹了一口气，手指在屏幕上飞快地按着：“不客气，欢迎你经常来麻烦我……”想了想，他还是把“经常”两个字给删掉了。他又想了想，干脆把后面一整句话都给删掉了，只留下了“不客气”三个字。

算了，来日方长，不着急。至于她的钥匙……梁欢从口袋里拿出宋佳曦的钥匙。钥匙圈上一共挂着三枚钥匙，还有一只呆头呆脑的小肥猫玩偶。那小肥猫看起来和她还有那么几分相似。

梁欢忍不住笑了笑，食指在小肥猫的脸颊上轻轻蹭了蹭，便又将钥匙塞回自己的兜里。

今天已经见过她了，这钥匙就留着明天见她的时候再还她吧。思及此，梁欢又抬头看了一眼面前的宿舍楼，这才转身朝学校外面走去。

在学校外面等了半天的司机看到梁欢出来，眼睛一亮，连忙掉转车头，将车子停在他面前。

梁欢拉开车门，坐进车里，眼睛微微闭起，声音淡淡地道：“回家吧。”

“好的，梁先生。”司机开心地应了一声，赶紧踩下油门，朝回去的方向开去。

梁家的老宅在城南一处高档别墅区内，这里远离闹市，临湖而建，背靠青山，有依山傍水之势。

司机将车子停在梁家别墅门口，转头朝闭目小憩的梁欢道："梁先生，到了。"

梁欢缓缓地睁开眼睛，看了一眼车窗外的别墅，又抿了抿唇，面无表情地伸手推开车门。

梁家老宅，自他出国后，算起来也有四年没有回来过了吧？梁欢眼底浮起一片冷意，径直走到别墅前，按下密码锁上的数字，咔嗒一声，门开了。

客厅里相谈甚欢的几个人听到门开的声音，转过头来，笑声戛然而止。

坐在主位上的梁世超看到梁欢走进来，脸上顿时露出一丝惊喜。不过，片刻之后，他便敛去眼底的笑意，严肃地道："怎么回来得这么晚？"

梁欢站在大门口，一边慢条斯理地换拖鞋，一边随口瞎扯道："今天加班了。"

"你那个牙医的工作有什么好的，一天天的，工资又少，加班又多，手里不是拿着钻头就是拿着磨刀，难不难受啊？让你回来帮我，你……"梁世超一听到梁欢说加班，便忍不住开始抱怨他的工作。

梁欢抬起头来朝自己的父亲看过去，直接打断他的话："你叫我回来，就是为了抱怨我的工作？"

被他这么一打断，梁世超面子上顿时有些过不去。他白了梁欢一眼，语气不悦地道："你看看你，都多大的人了，一天到晚还是没大没小的，长辈的话还没说完，你就直接打断，这很不礼貌。你知不知道，你……"

"没事的话，我就先回去了。"梁欢皱了皱眉，再次打断父亲的话。

眼见他就要换掉拖鞋，转身出门，梁世超赶忙放缓语气，道："你这孩子，两句话不到就开始发脾气，你别走，过来见一见你周伯伯，还有你陈伯伯。"

梁欢顿住脚步，朝坐在梁世超身边的两位中年男人看过去。那两位和蔼可亲的中年男人同时朝梁欢点了点头。其中一个更是笑眯眯地道："哟，老梁，你这儿子长得可真是一表人才啊！怎么样，有女朋友了没有啊？说起来，我家有个闺女，今年正好大学毕业，有空的话，一起吃个饭啊？"

梁世超一听这话，立刻笑得眼睛都眯了起来，道："好好好，有空一起吃饭！"

梁欢有些不悦地看了自己的父亲一眼，淡淡地道："家里有吃的吗？我还没吃晚饭。"

梁世超一愣，忍不住又开始抱怨："这都几点了，还没吃晚饭，不是我说你，就你那个破工作，简直就是在透支生命。咱们家缺钱吗？缺你当牙医赚的那点钱吗？你真是……王姨，家里还有吃的吗？"

他这么扯着嗓子一吼，正在楼上打扫卫生的王姨赶忙探出脑袋来，道："有有有，我这就去准备，马上就好。"

一旁的周伯伯和陈伯伯赶紧站了起来，道："小欢还没吃饭呢，那我们就不打扰了。等下次有空，约上小欢出来，跟我们一起吃个饭啊！"

梁世超有些埋怨地看了梁欢一眼，笑着朝自己的两位老朋友道："好好好，下次你把你闺女也叫上。"

梁欢就这么站在客厅里，眼看自己的父亲和两位伯伯又客套了一会儿，才依依不舍地将他们送到门口。

送走了客人，梁世超收起脸上的笑容，回头看着客厅里那不争气的儿子，气愤地道："我送你出国去读金融，是为了让你回来当牙医的吗？你竟然背着我在国外又偷偷地考了个牙医硕士？！"

"爸，准确地说，那是口腔医学硕士，不是牙医硕士。"梁欢不慌不忙地纠正他道。

"有区别吗？不就是当个牙医吗，能赚几个钱？老子这么大的集团，你就让我一个人苦苦支撑？"梁世超看着梁欢，一脸恨其不争的表情。

梁欢沉默片刻，突然转移话题道："听说你们集团明天有个面试？"

"什么面试？"梁世超皱了皱眉，仔细回想了一下，道，"是应届毕业生的招聘面试吧？这种事情向来都是人力资源部负责的，一年十二个月，他们至少有十个月都在招聘新员工。"

"哦……"梁欢随口应了一句，又道，"能不能把明天来参加面试的人的资料发给我看看？"

"你看这个干吗？"梁世超有些疑惑地看着他，片刻之后，突然一脸欣喜地道，"你是不是突然对集团的事情感兴趣了？我就说嘛，你那个牙医有什么好当的！你要是感兴趣的话，我明天就让你来公司上班！"

"不用了，"梁欢毫不留情地拒绝道，"我只想看看我未来女朋友的资料。”

“你未来女朋友？”梁世超一脸疑惑地看着他，“你有女朋友了？什么时候的事情？你女朋友要来集团应聘？哪个？叫什么名字？”

梁欢有些无语地看着自己的父亲，道：“这不是还在追求嘛……”

“我懂了！”听到他的这句话，梁世超二话不说便掏出手机，直接拨通集团人事部总经理的电话，然后朝电话那边嚷嚷道：“老朱啊，快，把明天来参加面试的应届毕业生的资料发到我的邮箱里！对，是所有人的资料！哦，对了，还有一件事，明天上午的面试给我留一个位子，我得去看看……”

梁欢：“……”

梁世超打完电话，抬起头来，一脸欣喜地看着梁欢，道：“可以啊，你小子有出息了！老朱说过会儿就把资料发到我的邮箱里，你快给我指一指，哪个是你的小女朋友！”

梁欢盯了他一会儿，声音淡淡地道：“这事儿过会儿再说吧，我现在有点儿饿。”

“王姨，王姨！晚饭好了没啊？”梁世超一听这话，连忙转身朝楼上跑去，十分尽责地催促王姨。

第二天，天气晴好，阳光明媚。

宋佳曦穿着一身藏青色的西装套裙，踩着高跟鞋，化着得体的淡妆，扎着干净利落的丸子头，坐在中氏集团的会议室外面，紧张得手都在发抖。

坐在她身边的都是今天上午参加面试的人。左边的那个男生从进来之后，嘴里就一直念念有词地说着什么。他时而看天，时而看地，反正就是不看他们。

右边的那个女生已经补了七次妆，其实她的妆容已经非常完美，但她又从包包里拿出粉饼，准备第八次补妆。

宋佳曦握着手机，颤抖着给江小柔发了条消息：“小柔，我紧张。”

不过片刻工夫，江小柔便回了信息：“紧张什么，不就是一次面试吗？大不了就是失败，咱们继续找工作。这玩意儿就跟失恋一样，次数多了，就没啥感觉了。”

宋佳曦："……"她错了，她不应该向江小柔寻求安慰的。

就在她琢磨着要不要回江小柔信息的时候，会议室的门被打开，上一个进去面试的男生走了出来，顺便喊了一声："下一个，十五号进去吧。"

宋佳曦连忙站起身来，将手机塞回包里，深吸一口气，然后大步朝会议室走去。

会议室里有一排桌子，桌子后面坐着五个人，每个人的面前都摆放着一沓简历。他们在认真地看着简历，除了中间的那个人。那人看起来四五十岁的样子，从宋佳曦进来起，他就一直在低头玩手机。坐在他旁边的是一位中年女子。

女子笑眯眯地朝宋佳曦道："你就是宋佳曦吧？别紧张，请坐。"

宋佳曦？！这不就是他儿子喜欢的那个小姑娘吗？梁世超听到这个名字后，猛地抬起头，朝眼前的姑娘看去。眼前的小姑娘着装得体，仪态端正，一张小脸白净清秀，看着就让人心生欢喜。

梁世超忍不住点了点头，拿起桌子上宋佳曦的简历又看了一眼。这一看，他顿时觉得简历上的一寸照片连真人十分之一的美都没有拍出来。

人力资源部的朱总例行问了几个问题，宋佳曦都漂亮地回答了。一屋子的人忍不住频频点头。

朱总问完之后，转过头来朝梁世超道："梁董，您看您还有什么要问的吗？"

梁世超一脸慈爱地看着宋佳曦，道："小姑娘不错，专业素质也很强。我在这里问个题外话，小姑娘有男朋友了吗？"

"啊？"宋佳曦一脸茫然地看着他，下意识地摇头道，"没有。"

"那有人追你吗？"梁世超继续问道。

"也……也没有。"宋佳曦小声回答道。

没有？梁世超微微一怔。难道梁欢那个臭小子还没跟人家小姑娘表白？不过话说回来，小姑娘这么优秀，将来进了集团，好好培养，说不定能成为集团的顶梁柱。人家看不看得上自家那个当牙医的臭小子还不一定呢！

一想到将来梁欢可能在宋佳曦这里吃瘪，梁世超的脸上便忍不住露出得意又兴奋的笑容。

宋佳曦："……"

从会议室出来之后，她有些害怕地给江小柔发了一条信息："小柔，不知道为什么，我感觉今天的主面试官看起来色眯眯的……"

不过片刻，江小柔的信息便回了过来："哈哈哈哈，小曦曦，说不定是主面试官看上你了呢？"

宋佳曦："……"

从中氏集团的大楼出来，宋佳曦低头看了一眼时间，这会儿才上午十点半，要是从这里去口腔医院的话，坐地铁大概需要半个小时。

这样的话，她就可以在十一点拿到自己的钥匙，然后直接回学校，省得下午再跑一趟了。

想到这里，她打开微信，刚准备发消息给梁欢，目光却停在某人的微信头像上。要是她记得没错的话，昨天梁欢的微信头像还是一个戴着口罩的医生的卡通形象，怎么这会儿他的头像竟然变成自己钥匙圈上的那只小肥猫？

宋佳曦满心疑惑地点开那个头像，又仔仔细细地看了一眼，没错，这就是自己钥匙圈上的那只小肥猫。

虽然她的小肥猫玩偶确实很可爱，但是……被别人拿来做头像，感觉还是怪怪的，特别这个人还是梁欢。

宋佳曦深吸一口气，给梁欢发了一条信息："梁医生，请问你这会儿在医院吗？我可以现在去你那边拿钥匙吗？"

她的消息发出去没多久，梁欢就回道："我在医院呢！不是约好下午来拿的吗，怎么改成上午了？你就这么迫不及待地想见到我吗？"

宋佳曦看着手机屏幕上梁欢的回复，直接无视他后面的那句话：回道："我半个小时以后到。"

发完这条消息，她就将手机放回自己包里，朝中氏集团马路对面的地铁站走去。

来到正畸科四诊室门口，宋佳曦探着脑袋朝诊室里面看了一眼。

梁欢戴着口罩坐在八号位上，手里拿着不知名的可怕工具，正在给一个胖乎乎的小男孩看牙。

他眉眼温柔，目光微垂，头顶的灯光打在他轮廓分明的侧脸上，给他镀上了一层浅浅的光晕。

这画面看起来是如此美好，除了那一阵阵刺耳的嗞嗞声。

“好了，我把你门牙上凸出来的那一小块给磨平了，你先漱个口，然后照照镜子，看看还有没有哪里觉得不对劲。”梁欢放下手中的工具，拿了一次性纸杯给那胖乎乎的小男孩，示意他接点水漱口。

小男孩一一照做。漱完口，他坐了起来，接过梁欢递来的镜子，对着镜子照了一下，然后抬起头来，开心地道：“我的两颗门牙终于一样长了！谢谢梁医生！”

梁欢笑眯眯地看着他，道：“不用客气。”

小胖墩儿把镜子还给梁欢，摘下自己脖子上围着的小围兜，满脸期待地道：“梁医生，我今天表现得勇敢吗？”

“嗯，非常勇敢！”梁欢笑了笑，随手拉开自己的抽屉，从里面拿出一根棒棒糖，递给小胖墩儿，道，“来，奖励你一根棒棒糖。”

“谢谢梁医生！”小胖墩儿看到棒棒糖，瞬间两眼发光。

他接过梁欢手中的棒棒糖，动作利落地把外包装给拆了，直接将糖塞进嘴里，含混不清地道：“梁医生，你千万不要告诉我爸爸我偷偷吃棒棒糖了。他跟我妈非要我减肥，最近连饭都不让我吃饱。”

梁欢听着他的话，忍着笑点了点头。

小胖墩儿咂了两口糖，忍不住又道：“梁医生，为什么我每次来，你的抽屉里都是草莓牛奶味的棒棒糖啊？你就不能买点可乐味的放着吗？可乐味的也挺好吃的啊！”

梁欢听到他的这句话，一双漂亮的眼眸微微闪了闪，长长的睫毛眨了眨，竟是过了好半晌，才声音低沉地道：“因为……有个人最喜欢吃草莓牛奶味的棒棒糖。”

“谁啊？是你吗？”小胖墩儿满脸疑惑地问道。

梁欢抿了抿唇瓣，却是转过身去开始写诊病历，不答话了。

小胖墩儿眼珠子转了转，突然朝梁欢凑了过去，道：“梁医生，是不是你喜欢的女孩子爱吃草莓牛奶味的棒棒糖啊？”

梁欢抬起头来，用深邃的眸子看着小胖墩儿，道：“你一个小孩子，懂什么喜欢不喜欢的呀？”

小胖墩儿一脸自豪地道：“别看我年纪小，懂得可不比你们大人少。

唉，梁医生，不是我说你，现在的女孩子不是你有糖，她就愿意跟着你走的。”

“哦？”梁欢顿时来了兴致，道，“那我得有什么，她才愿意跟着我走？”

“你得有车有房，还有八块腹肌！”小胖墩儿一边说着一边伸手拍了拍自己圆滚滚的肚子，“当然了，长得帅也很重要。”

梁欢一脸无奈地看着他，道：“你这都是从哪儿听来的歪理邪说，看来还是你们老师留的作业太少了。”

“这怎么是歪理邪说呢？！我们小区楼下有个相亲角，那儿的老爷爷老奶奶天天都把找对象的标准挂在嘴上。”小胖墩儿双手一撑，从躺椅上跳了下来，道，“还有……”

小胖墩儿的话还没有说完，梁欢看着他身后，随口说了一句：“你爸爸来了。”

“在哪儿？！”小胖墩儿立刻把棒棒糖从嘴里拿出来，藏在背后，满眼惊恐地朝身后看了过去。

“逗你玩的。”梁欢乐不可支地看着小胖墩儿，随手将写好的病历递给他，道，“好了，我得继续工作了。你去外面的长椅上乖乖坐着，等你爸爸来接你。”

“嘿……吓死我了。”小胖墩儿把棒棒糖重新塞回自己的嘴里，接过梁欢手中的病历，朝他挥了挥手，道，“梁医生，我先出去了啊！”

梁欢笑着点了点头。

等到小胖墩儿出去之后，梁欢低头看了一眼自己桌上的签字笔。他伸出修长的手指，轻轻拉开右边的抽屉。抽屉里安安静静、整整齐齐躺了一排又一排的阿尔卑斯草莓牛奶味棒棒糖。

梁欢看着看着，眼里的光芒便黯淡下来。

宋佳曦躲在诊室门外，看着眼前的一幕，不知道为什么，总觉得心里特别不是滋味。

就在这时，一个小护士路过她身边，有些奇怪地看了她一眼，随口问道：“请问你找谁？”

“啊？”宋佳曦回过神来，看了一眼站在自己身边的小护士，顿时有些不好意思地朝她笑了笑，道，“那个，我是来找梁医生的。”

“梁医生在那儿呢！八号位。”小护士伸手指了指八号位上的梁欢，又扯着嗓子喊了一声：“梁医生，有人找你！”

她的话音刚落，整个诊室的人都回过头，朝她们的方向看了过来。

宋佳曦瞬间羞得满脸通红，有些尴尬地朝小护士点了点头，然后在众人的注视下，硬着头皮朝梁欢走过去。

此情此景，莫名地有些……似曾相识……

宋佳曦忍不住想起当年还在上大一的时候，去梁欢教室门口等他下课的情景。

那会儿虽然梁欢已经大四，但医学生的本科是要读五年的，这就导致他的课业依然非常繁忙，再加上那天上课的老师特别爱拖堂，宋佳曦在教室外面等了足足十分钟，也没见他们下课。

好不容易等到老师宣布“这节课就先上到这里”，宋佳曦激动得差点就要跳起来欢呼。然而，她还没来得及跳起来，眼前的教室门就被人从里面拉开了。正准备往外走的老师和站在外面的宋佳曦大眼瞪小眼地互相看着彼此。

沉默过后，老师伸手推了推架在鼻梁上的眼镜，问道：“同学，你找谁？”

“呃……我……”如同大脑死机一般，宋佳曦下意识地道，“我找梁欢。”

“梁欢，有人找你！”老师转头就朝满是学生的教室大喊了一声。

原本吵吵嚷嚷、正在收拾东西的一屋子学生一下子就安静下来。所有人都朝教室门口看过去。

老师却是笑眯眯地伸手指了指坐在第一排正中间的梁欢，道：“那边，梁欢同学就坐在那儿，去吧。”说完这句话，他还顺手将宋佳曦推进了教室。

宋佳曦在满教室同学的注视下，脸红得就跟熟透的苹果一样。她心里后悔得要死，恨不得把自己的舌头给咬下来。

她刚刚怎么就抽风一样地跟老师说她要找梁欢呢？！她应该说自己是路过的啊！再不行，说自己等着这个教室上下一节课也行啊！

眼下，她站在教室里面，走也不是，不走也不是，尴尬得恨不得找条地缝钻进去。

好在梁欢收拾东西的动作飞快，他拎上自己的书包，直接单手一撑，从第一排的桌子上跳了过去。他牵起宋佳曦的手，拽着她就跑出了教室。

那是……她和他，第一次牵手啊……

宋佳曦在心中轻轻地叹了一口气，走到梁欢面前的时候，脸上已经看不出什么情绪了。

梁欢脸上依然戴着医用外科口罩，唯一露出来的那双眼睛里满是温柔的笑意。

他看着眼前的宋佳曦。

宋佳曦深吸一口气，十分官方地道："梁医生，我是来拿钥匙的。"

"嗯，钥匙在这儿。"梁欢伸手拉开桌子中间的抽屉，从里面拿出一串钥匙，在宋佳曦的眼前晃了晃，道，"我帮你好好保管着呢。"

宋佳曦低头看了一眼他手上的钥匙，忍不住皱了皱眉，道："怎么只剩下钥匙了？我钥匙圈上的玩偶呢？"

"哦，你是说这个吗？"梁欢将手中的钥匙放在桌子上，又拉开左边的抽屉，从里面拿出那只小肥猫玩偶。

他用两根修长的手指捏着小肥猫的脸颊，轻轻地掐了掐，抬起头来，看着站在自己面前的宋佳曦，笑眯眯地道："我看这个小玩偶挺可爱的，要不，你把它送给我吧。"

"凭什么啊？！"宋佳曦一边说着一边伸手去抢他手上的小肥猫。

梁欢手疾眼快，一把将小肥猫握在手心藏到身后，笑着道："不要小气嘛，只是一个小小的玩偶而已，送给我你又不会少块肉。"

"我要是送个玩偶给你，就能少块肉的话，那我愿意送一百个玩偶给你来换我瘦十斤！"宋佳曦没好气地瞪了他一眼，将手摊开放在他面前，道，"可惜把玩偶给你了，我并不能少块肉，所以，拿来！"

梁欢眨眨眼睛，看着她想了想，可怜兮兮地道："别这样，好歹我也帮你保管了一夜，你就给我个小玩偶，当成对我的答谢嘛！要不，你请我吃顿午饭，我就把小玩偶还给你？"

宋佳曦顿时被气笑了，道："你还想我请你吃午饭？你真是乌龟背上刮毡毛，麻雀头上戴桂冠！"

"什么意思？"梁欢一脸茫然地看着她。

"想得美！"

梁欢脸上的笑容僵了一下。半晌，他轻咳一声，小声道："咱俩……虽说分手了吧，但也没什么深仇大恨对不对？吃顿饭也不算什么……"

他说着说着，眼看着宋佳曦就要上手打人了，赶忙又扯了回来，道："那什么，你不想请我吃饭也行，那你把这个玩偶送给我……"

宋佳曦："……"

她瞪着眼睛看了梁欢许久，终于愤愤地抄起桌子上的钥匙，丢下一句"渣男"便转身朝诊室外面走去。

不就是一个玩偶嘛，大不了就当它掉进了粪坑，她不要了呗！

梁欢一脸茫然地坐在椅子上，耳边还回荡着宋佳曦刚刚丢下的那两个字。

渣男？他怎么就成了渣男？

"不是，你等等……"梁欢连忙起身追了过去。

宋佳曦站在电梯里，眼看电梯门就要关上，一只骨节分明的手突然伸了过来，拦住了电梯门。她有些疑惑地看着眼前发梢凌乱、神色慌张的梁欢，没好气地道："你干吗啊？"

第2章　别对我这么凶嘛

梁欢伸手摘下口罩，露出清秀帅气的脸庞，一双清澈的眼眸看着眼前的宋佳曦，气急败坏地道："你刚刚说什么？"

宋佳曦愣了一下，然后转过头去，哼了一声，道："没说什么。"

"你说我是渣男？"梁欢挑了挑眉，目光灼灼地盯着她，问道，"我哪里渣了？！"

"你哪里都渣！"宋佳曦没好气地白了他一眼，接着仰了仰下巴，道，"梁医生还有事吗？没事的话，请不要挡着电梯门好吗？你这样会影响到别人的。"

梁欢抿了抿唇瓣，掰着电梯门的手松开了。

宋佳曦顿时松了一口气。

然而下一秒，梁欢整个人都钻进了电梯。他就站在宋佳曦身边，直视前方。眼看着电梯门缓缓地关上，他声音低沉地道："不行，你今天必须说清楚，我哪里渣了？"

"你！"宋佳曦转头看着站在自己身边的梁欢，气呼呼地瞪着他。

叮的一声传来，梁欢转过头来看着她，微微一笑，道："电梯到一楼了，你不出去吗？不出去的话，咱们再一起回四楼啊？"

宋佳曦："……"

她转过头去，快步走出电梯。

梁欢慢悠悠地跟在她身后，一路走出省口腔医院的大楼，道："我们一起吃顿午饭吧？我觉得我们之间好像有什么误会，要不咱们好好聊聊？”

宋佳曦头也不回地往前走，直接把某人当成空气。

“小曦，小曦，小曦曦……”梁欢倒也不着急，就这么晃晃悠悠地跟在宋佳曦身后，一声一声地喊着她。

宋佳曦终于忍不住停下脚步，转过身，一双漂亮的眼眸直直地看向跟在自己身后的某人，声音里带着一丝不耐烦，道：“梁医生，你不用上班吗？”

梁欢也跟着停住脚步，长身而立，目光微垂，眼神温柔地看着她，道：“都十一点半了，这会儿已经是下班时间了。”他顿了顿，又道，“小曦，我们聊一聊好吗？”

宋佳曦深吸一口气，抬起头来，十分认真地道：“梁医生，我们已经分手了，而且我不觉得我们之间有什么误会，就算真有误会，都已经过去五年了，五年之前没解释清楚，难道五年之后就能解释清楚吗？更何况，就算解释清楚了又如何？难道梁医生是回来和我复合的？”

“我……”梁欢怔怔地看着宋佳曦，淡薄的唇瓣微微动了动，半晌，终究无奈地道，“好好好，你不想和我聊，那咱们就不聊吧。但是，好歹让我请你吃顿午饭，行吗？”

“我觉得没有这个必要。”宋佳曦双手环在胸前，一脸防备地看着他。

“从这里坐地铁回学校，至少要一个多小时，等你回去了，学校食堂早就没什么东西吃了。”梁欢轻轻地叹了一口气，道，“小曦，别这样，别对我这么凶嘛……”

宋佳曦抬起头来看着他。

大中午的，太阳已经升到一天之中的最高点，医院大楼的影子，一半落在梁欢的身上，一半落在地面上。

他眉眼间满是无奈与委屈，像个哭着闹着要糖吃的小孩。

宋佳曦想了想，终于让了一步，道：“吃午饭的时候，你保证不提过去的事？”

“我保证。”梁欢立刻点了点头。

“那好吧。”宋佳曦转身朝医院外边走边道，“吃什么都可以吗？”

梁欢赶紧屁颠屁颠地跟上，帅气的脸庞上是抑制不住的开心，道：

“对！你想吃什么我都请你！”

宋佳曦回头看了他一眼，随口道：“你确定你要穿着白大褂出去吗？”

梁欢一怔，低头看了一眼自己身上的白大褂。二话不说，他直接将白大褂脱了下来，搭在胳膊上，道：“没事，这样就行了。”

宋佳曦：“……”

她没有再多说什么，只是径直朝省口腔医院大门外的地铁站走了过去。

梁欢看着她往地铁站走，忍不住有些兴奋地道：“小曦，我们是去新街口吃午饭吗？这儿离新街口就一站路，咱们是去德基还是金鹰还是新百还是……”

他的话还没说完，宋佳曦直接停在地铁站旁边一个卖煎饼馃子的摊位前，认真地道：“老板，两份煎饼馃子，一份放葱不放香菜，另一份放香菜不放葱。”

梁欢：“……”

他转过头去，有些疑惑地看着身边的宋佳曦，声音里带着一丝不确定道：“你已经饿了吗？现在吃煎饼馃子，过会儿会不会吃不下东西啊？”

宋佳曦脸上露出一个十分官方的微笑，道：“不啊，就当这个煎饼馃子是你请的午饭了。我刚才不是问了你吗，是不是我想吃什么都行，现在我只想吃煎饼馃子。”

梁欢听着她的话，一脸茫然地道：“我……我指的一起吃午饭，不是这个啊……”

宋佳曦接过老板递过来的两个煎饼馃子，将其中那个放葱不放香菜的塞到梁欢的手里，道：“但我指的吃午饭，就是这个啊！梁医生，感谢你请我吃午饭，再见。”说完这句话，她便拎着自己手里那个放香菜不放葱的煎饼馃子直接进了地铁站。

“小曦！小曦！你等下！”

梁欢正准备追上去的时候，卖煎饼馃子的老板一把拽住他的胳膊，道：“哎哎哎，同志，你还没给钱呢！”

梁欢顿时有些崩溃地道：“多少钱？”

“十块！”老板伸手指了指贴在摊位上的二维码，道，“微信、支付宝都行。”

梁欢："……"

等到他匆匆忙忙地扫完码、付完钱之后，地铁站的入口处早已不见了宋佳曦的身影。他就这么可怕吗？她躲着他，就像躲洪水猛兽一样……

宋佳曦坐在地铁里，低头看了一眼自己手里的煎饼馃子，忍不住叹了一口气。

不知道为什么，她面对梁欢的时候，总是很紧张，特别是在看到他熟悉又温柔的笑容之后。

这五年来，她时不时就会梦到的人，突然出现在自己面前，总归还是让人有一种不真实感。反正，不管怎么说，分了手的人，还是少接触为妙。

宋佳曦胡思乱想了一会儿，觉得有点儿饿了，干脆拿起热乎乎的煎饼馃子啃了一口。嗯……怎么说呢，好像没有她们学校后门的那家好吃。

就在她举起煎饼馃子准备啃第二口的时候，一个穿着制服的地铁工作人员笑眯眯地走到她面前，道："小姑娘，地铁上是不可以吃东西的哟。"

宋佳曦顿时满脸通红，连忙将煎饼馃子装好，小声道："不好意思，忘记了。"

"没关系，交二十元罚款就行了。"工作人员动作熟练地开了张单子，递给宋佳曦。

宋佳曦："……"

一个煎饼馃子才五块钱，她竟然要交二十元的罚款。她错了，刚刚应该让梁欢正儿八经地请她吃一顿，吃完了再上地铁。

回到学校的时候，已经是下午一点多。她手里的煎饼馃子早就像寒冬腊月里的冰棍一样——凉透了。

宋佳曦拎着已经凉透的煎饼馃子，刚一回到宿舍，就朝坐在书桌前的江小柔嚷嚷道："小柔，快！给姐姐整一碗泡面来！"

江小柔转过头去，一脸疑惑地看着她，道："干吗吃泡面啊？你没吃饭吗？"

宋佳曦提起手里的煎饼馃子，朝她晃了晃，道："那……饭，已经凉透了。"

江小柔有些无奈地站起来，从柜子里拿出一桶泡面，随口嘀咕道："你不是发信息说，面试结束以后去前男友那里拿钥匙的吗？怎么，你前男友连个午饭都不愿意请你吃啊？”

宋佳曦默默地拎着手里的煎饼馃子，又在她眼前晃了晃。

江小柔顿时大惊失色地道：“你前男友竟然请你吃煎饼馃子？！怪不得他会变成前男友，这也太抠了吧？不是，我听说医生是高收入群体啊，就算他刚工作没什么钱，也不至于连顿饭都请不起吧？”

“那倒不是。”宋佳曦很有良心地替梁欢说了一句话，“我只是不想和他有太多牵扯，所以才拒绝了他请我吃午饭。”

“那你有煎饼馃子干吗不吃啊？难道就因为是前男友送的，所以誓死不愿意吃一口？”江小柔满脸疑惑地道。

“这倒不是。”宋佳曦十分忧伤地叹了一口气，道，“我在地铁上吃了一口，被罚了二十块钱。”

“噗！”江小柔听着她的话，一时没忍住笑了出来，道，“那你最近还真是挺倒霉的！来来来，快来吃一口姐姐给你泡的转运面，保证你立刻好运来！”

宋佳曦凑过去看了一眼，悻悻地道：“还没好呢……”

江小柔嘿嘿一笑，道：“马上就好，马上就好。”

吃过了泡面，宋佳曦打开笔记本电脑，准备修改一下自己的毕业设计。彼时，她竟然收到了中氏集团的电话。电话那边悦耳动听的女声通知她这周五就可以去集团签入职合同了。

放下电话，宋佳曦激动地抱紧了江小柔，直呼她的转运泡面十分有效。

江小柔被她勒得喘不过气，同时提出了一个振聋发聩、直击心灵的问题：“你要是真的去中氏集团上班了，那你住哪儿啊？从咱们学校到中氏集团，光是坐地铁就要将近两个小时，你这每天一来一回就有四个小时浪费在路上。”

这个问题一提出来，宋佳曦整个人都蒙了。是啊，她光顾着高兴，怎么就忘了住宿问题呢！再过两个月，她也要研究生毕业了，总不能毕业以后还住在宿舍吧？

宋佳曦想了想，松开搂着江小柔的手，道：“看来我得开始看租房子的信息了。”

江小柔笑眯眯地道："正好我这周末没什么事，陪你一起看吧。"

"小柔！"宋佳曦再次感动地抱紧了她，道，"我真是爱死你了！"

江小柔还没来得及开口说话，宋佳曦的微信突然响了起来。她连忙松开江小柔，拿出微信看了一眼，是梁欢发来的消息："你到学校了吗？"

宋佳曦想了想，还是回了一句："到了。"

梁欢："到学校了就好。我刚回到诊室，发现你把防晒伞忘在我的桌子上了。"

宋佳曦："？"

下一秒，梁欢发过来一张图片，图片上是一把十分可爱的卡通薄荷色防晒伞。

梁欢："这是你的伞吧？"

宋佳曦盯着那张图片许久，突然想起来，自己进了诊室以后，就随手把防晒伞放在了梁欢的桌子上，然后走的时候，她很生气，就只拿了钥匙……

宋佳曦有些绝望地发了一条消息过去："你为什么不早点说？！"

梁欢发了一个满脸无辜的表情图给她，接着又发了一个"你在说什么，我听不见"的表情图给她。

宋佳曦只觉得自己气得头上都在冒火。

这家伙肯定是故意的，他买完煎饼馃子回到诊室的时候，肯定就看到她的防晒伞落下了。可他偏偏不告诉她，而是算准了时间，等她已经到了学校，才告诉她这个消息。

接下来，他肯定又要约她去医院拿伞。可她偏不！

宋佳曦深吸一口气，手指在屏幕上飞快地敲下一行字："算了，这把伞就送给梁医生吧。"

片刻之后，梁欢回了一条消息，瞬间便打消了宋佳曦想要把伞送给他的念头。

他是这么说的："西湖美景三月天，金陵美景五月间。当初许仙和白娘子在西湖边上初相遇，定情信物就是一把雨伞。现在，你我重逢在金陵城，这防晒伞就当作是我们的定情信物吧！"

宋佳曦："你把伞还给我！"

宋佳曦的这条信息发过去之后，梁欢过了好半晌才慢悠悠地回复了一句：“那好吧，是你自己来拿，还是我给你送过去？”

“我自己去……”

宋佳曦刚在屏幕上打下这几个字，想了想，又赶紧删掉了。不行，她不能去梁欢那儿，到时候万一又在他那儿落下什么东西，这来来回回的，岂不是没完没了了？

这么一想，宋佳曦直接回了他一句：“不好意思啊，最近我忙着做毕业设计，还是麻烦梁医生帮我送过来吧。”

梁欢看着手机屏幕上的回话，一双清澈的眼眸顿时弯了起来。

他靠在椅子上，修长的手指撑着自己的额头。他闭上眼睛想了想，回复道：“不麻烦，只是今天晚上我可能要加班，你要是不着急的话，我明天晚上下班以后给你送过去，行吗？”

宋佳曦干脆利落地回了他两个字：“好的。”

看到她答应了，梁欢满意地从微信里面退出来，点开自己的手机通讯录，找到顾朗的手机号码，拨了出去。

电话响了好一会儿都没有人接，就在梁欢准备挂电话的时候，那边终于传来接电话的声音：“喂，欢哥？”

“顾朗，”梁欢坐在桌子前，一只手拿着手机，另一只手转着一支黑色的水笔，不慌不忙地道，“忙什么呢，接电话这么慢？”

“忙什么，当然忙着接生啊……”电话那边顾朗的声音没好气地传了过来，“你以为我们妇产科的孕妇生孩子都跟你们牙科的患者一样，是预约好的吗？我今天从早上到现在，已经接生了六个宝宝了。”

“呵。”梁欢听着顾朗的声音，忍不住笑了一下，“明天晚上有空吗？陪我去一趟A大啊？”

“明晚？”电话那边的顾朗愣了一下，道，“去A大干吗？那么远。”

“我有个矫正牙齿的患者，她把防晒伞忘在我这儿了，明天晚上我得给她送过去。”梁欢慢悠悠地道，“但是她来拿伞的时候，可能会拖着她的室友一起。”

梁欢顿了顿，然后继续道：“你的任务，就是帮我拖住她的室友。”

顾朗：“什么意思？你的患者来看病的时候把东西忘你这儿了，你让她下次来复诊的时候再拿走不就行了吗？干吗还巴巴地给人家送过去？等等，你让我拖住她的室友是什么意思？你想和你的患者两个人独处？！天啊，梁欢，你是不是人啊？你竟然朝自己的患者下手？”

梁欢轻笑一声，一字一顿直接朝顾朗的心扎了过去，道：“是啊，你羡慕吗？我能朝我的患者下手，你能吗？”

顾朗：“我……”

梁欢把手机拿得离自己的耳朵稍远了一点儿，心里估摸着时间，感觉顾朗应该骂得差不多了，这才继续道：“那就这样说好了，明天晚上我去你们医院门口，接你下班。”

宋佳曦盯着手机屏幕上梁欢发过来的那句“我明天晚上下班以后给你送过去”看了半天，终于默默地放下手机，抓了抓自己的头发，发出了一阵哀号：“啊啊啊！怎么办啊？！”

她这悲惨的叫声把正在追剧的江小柔给吓了一跳。江小柔转过头来，看着坐在位子上用力猛薅自己头发的宋佳曦，赶忙出声制止：“小曦曦，你这是怎么了？前阵子不还哭诉自己做毕业设计掉头发吗，现在怎么开始主动薅自己的头发了？”

宋佳曦双手撑着脑袋，一脸绝望地看着江小柔，声音闷闷地道：“小柔……我今天又把我的防晒伞忘在前男友那儿了。”

江小柔愣了一下，试探着问道：“是……故意忘的，还是有意忘的，还是特意忘的？”

宋佳曦忍不住朝她翻了个白眼。

江小柔连忙改口道：“嗨，不就是把防晒伞吗，大不了你明天再去医院拿一下呗。”

宋佳曦直起身子来，一脸严肃地看着江小柔，道：“不，我不能去，我不能再跟那个渣男有任何瓜葛了！”

江小柔：“哦……”

宋佳曦一双漂亮灵动的眼眸直愣愣地盯着江小柔，吓得江小柔汗毛都竖了起来。江小柔道：“你干吗这样盯着我？”

宋佳曦走到她面前，用一双白皙纤细的小手扶住江小柔的肩膀，又用力地晃了晃她，道：“小柔！我前男友明天晚上下班以后会把我的防晒伞给我送过来，到时候你陪我一起去学校门口拿吧！”

江小柔被她晃得头脑发晕，道：“啥？为啥啊？”

宋佳曦十分理性地分析道：“以我对他的了解，到时候他肯定会找借口，说自己千辛万苦地来给我送伞，就算没有功劳也有苦劳，然后缠着我，非要让我请他吃饭，或者是他非要请我吃饭！但是，如果你和我一起去学校门口，等我拿到防晒伞，你就说我们晚上还有课，必须回去上课，这样我就可以全身而退了！”

江小柔：“……”

她一脸无语地看着宋佳曦，扯了扯嘴角，嘀咕道：“咱们都研三了，还有两个月就要毕业了，这种时候你说我们晚上还要上课，你猜你前男友信吗？”

宋佳曦：“别管他信不信，我们信就行！”

她这句话说完之后，寝室里面静悄悄的，一点儿声音都没有。

江小柔半眯着眼睛盯着宋佳曦半晌，突然八卦兮兮地问道：“不就是个前男友吗，你这样躲着他做什么？哦，我知道了，你心里是不是还有他？”

宋佳曦一慌，一颗小心脏在胸腔里面疯狂地跳动起来，但表面还是假装镇定地道：“什么我心里还有他啊！怎么可能，他在我心里就是个渣男！渣男懂不懂？做人，就要离渣男远一点儿！”

江小柔一脸好奇地道：“他到底怎么渣你了？”

宋佳曦被她这句话给问住了，憋了半晌，才闷闷地回了她一句：“别问了，反正他很渣就是了。”

江小柔眼珠子转了转，小心翼翼地追问了一句：“他……对你始乱终弃了啊？该……该不会是占有了你，又不负责吧？”

宋佳曦条件反射般回道：“不是！没有，怎么可能！”

江小柔：“……”好吧，不说就算了，反正明天晚上就能见到她传说中的前男友了。实在不行的话，到时候再旁敲侧击地问问她前男友就是了。

顾朗脱去身上的白大褂，走出省妇幼医院大门的一瞬间，就看到那辆停在路边的黑色保时捷。

他皱了皱眉，快步走到保时捷前，伸手敲了敲副驾驶的车窗。

车门的锁被打开，顾朗伸手拉开车门，弯腰钻了进去。

车子里面干净整洁，后座上和操控台上空荡荡的，什么都没有。倒是后视镜上挂着一个胖嘟嘟的小肥猫玩偶，看起来跟这车的风格不太搭。

梁欢坐在驾驶位上，手腕随意地搭在方向盘上。他看着坐进来的顾朗，随口道："终于舍得下班了啊？"

顾朗没好气地瞥了他一眼，道："你以为我不想早点下班吗？那生孩子的事情是我说了算的吗？产妇用不上力，婴儿卡在产道里，你知道我费了多大的力气才把那孩子弄出来吗？"

梁欢强忍着笑意，幸灾乐祸地道："当初是你自己选择了妇产科这条路……"

顾朗："……"这话题没法儿进行下去了。

他们一路开车到达A大门口的时候，已经快七点了。

梁欢将车子停在A大校门正对面的马路上，熄了火，然后拿出手机，给宋佳曦发了一条信息："我在你们学校门口。"

不过片刻工夫，宋佳曦便回了过来："好的，我马上出来。"

梁欢看着手机屏幕上某人的回话，目光忍不住变得温柔起来。

坐在他旁边副驾驶位上的顾朗盯了他一会儿，忍不住打了个寒战，道："天啊，欢哥，麻烦你不要对着手机露出那么瘆人的笑容好不好？你还是我认识的那个欢哥吗？"

梁欢抬起头来，唇角已经没有了刚刚的笑意。他蹙着眉头看着顾朗，声音淡淡地道："你不说话能死？"

"不是，欢哥，我就是比较好奇，到底是哪个姑娘让你动了凡心。"顾朗一脸嫌弃地看着他，道，"别的不说，就咱们认识的这三年吧，我可是眼睁睁地看着那么多姑娘前赴后继地向你表白，然后再一个个被你无情地拒绝掉。

"我还记得，有好几个姑娘要学历有学历，要颜值有颜值，要身材有身材，搁哪儿不是被人像女神一样供着啊，可你竟然全部拒绝了。真的，要不是这么多年，你既没有对我表白，也没有对我出手，我都要怀疑你的性取向了。"

梁欢已经懒得理他了。

十分钟后，宋佳曦和江小柔的身影出现在学校的大门口。

江小柔站在宋佳曦身边，一双漂亮的眼睛使劲地朝学校外面张望。

周围都是一对一对的情侣，要不就是同住一个寝室结伴而行的小伙伴，只有马路对面两个身形高挑的男生看起来有点儿像目标人物。

此刻，太阳已经落到地平线以下，只余一抹浓重的橘红色晕染了天际。

五月的晚风很温柔，微风吹过脸颊的同时，还混合着一抹淡淡的青草香。

那两个男生中的一个，穿着干净整洁的白衬衫，五官如同雕刻一般，线条精致。他额前的发梢微微垂下，一双清冷的眸子光华流转，浑身上下透着出尘的气质，仿佛天边的雪山，宁静又冷冽。

另一个男生穿着一件黑色卫衣，头发剪得很短，浓眉大眼，眼底都是笑意，看起来仿佛温暖的阳光，散发着开朗的气息。

他俩往那里一站，便吸引了周围所有女生的目光。江小柔都能听到自己身边女生的窃窃私语。

她用胳膊顶了顶宋佳曦，小声道："小曦啊，马路对面那两个，哪个是你的前男友啊？该不会他俩都是你前男友吧？"

宋佳曦扯了扯嘴角，刚要开口，梁欢和顾朗两个已经过了马路，走到她们面前。

在见到宋佳曦的一瞬间，梁欢清冷如玉的脸庞立刻如同冰山融化，露出一抹浅浅的笑意。他清了清嗓子，温柔地喊了她一声："小曦。"

顾朗站在梁欢身边，目光好奇地打量着宋佳曦。

眼前的女孩肤若凝脂，吹弹可破，长得并不是让人一眼惊艳的那种类型，偏偏一双水润灵动的眼眸仿佛夜空里璀璨的星星，叫人过目难忘。

宋佳曦有些疑惑地看着梁欢和他身边的顾朗，迟疑地道："这是……"

梁欢这才想起顾朗，给她们简单地介绍了一下，笑着道："我朋友听说我今晚要来A大，就嚷嚷着非要来A大看看，是吧？"说完这句话，他朝顾朗看了过去。

顾朗微微一怔，忍不住扯了扯嘴角，随即便用力地点了点头，道："是啊是啊！当年我还想考A大的研究生来着，结果英语差两分，没被录取。唉……说来都是一把辛酸泪。对了，我跟欢哥还没吃晚饭呢！你们吃了吗？”

“我们……吃过了……”宋佳曦一脸防备地看着梁欢，语气谨慎地回答道。

梁欢眨眨眼睛，目光微垂，看着宋佳曦，唇角勾起一抹浅浅的笑意。他不慌不忙地道：“可是我们大老远地赶过来，没有功劳也有苦劳，小曦，你好歹也请我们吃个饭吧。”

宋佳曦一听他这句话，连忙用胳膊偷偷地顶了一下江小柔。

江小柔回过神来，道：“啊？什么？哦，对，小曦啊，你好歹也请人家吃个晚饭呀。”

A大门口的小餐馆里，这会儿正是晚上的用餐高峰期，每一个进来用餐的学生都忍不住朝靠近窗户的那一桌看过去。那一桌人的颜值实在太高了，特别是两个男生，一个眉目温柔，宛如和风煦煦，另一个笑容灿烂，恍若星辰璀璨。可惜的是，他们对面坐着两个女生。唉……一看就知道是两对情侣。

然而此刻，被其他人误认为是两对情侣的这一桌，气氛却着实有些尴尬。

梁欢心满意足地坐在椅子上，看着对面气得像个包子一样的宋佳曦，一双幽深的眼眸里满是笑意。

宋佳曦低着头，努力无视梁欢的目光，恨恨地咬了咬嘴唇。她就知道梁欢又要套路自己！然而她千算万算，还是掉进了他的套路里！他竟然带着自己的朋友一起来送伞！

她可以冷面无情地拒绝梁欢，可不能拒绝他无辜的朋友。毕竟人家饿着肚子跑了这么远，就为了来送把伞。

可这明明是梁欢喊他来的啊！冤有头债有主，他朋友应该让梁欢请客的，为什么到最后却算到了她的头上？

眼看着梁欢和宋佳曦都不说话，坐在他们身边的顾朗和江小柔就有些尴尬了。

为了缓解这尴尬的气氛，顾朗率先开口道：“那个，我先自我介绍一下。我叫顾朗，之前在美国留学时认识了梁欢，现在是一名妇产科医生。”

“妇产科医生？”江小柔愣了一下，看着顾朗道，“我还以为你跟梁医生一样，都是牙科医生呢！”

顾朗扯着嘴角，努力挤出一个灿烂的笑容，道：“不是……”

江小柔点点头，道：“妇产科很少有男医生……”

顾朗叹了一口气，道：“是啊……大部分孕妇看到给她们接生的医生是个男人时，内心都很抗拒。对了，你以后如果生孩子，或者身边有人要生孩子的话，可以来省妇幼医院找我。”

江小柔一怔，随即脸上露出一个尴尬而不失礼貌的微笑，道：“好……好的呢。”

他俩又闲聊了一会儿，不知怎么的，话题就扯到了宋佳曦要租房子的事情上。

一听宋佳曦正在找房子，梁欢幽深的眼眸里瞬间闪过一丝璀璨的光芒。他面带笑意，声音温柔地朝宋佳曦道：“你要去中氏集团上班了？正好我现在就住在中氏集团附近，要不你搬过来和我一起住吧？”

宋佳曦想都没想就直接拒绝了梁欢：“不用了，谢谢！”

顾朗一脸震惊地看着面前的宋佳曦。这年头能让他欢哥如此献殷勤、还能抵挡他美色的女子，绝无仅有啊！不知道小姑娘的意中人到底是什么样，要是有机会的话，他一定要亲眼看一看，到底是何方大神，竟然能把他欢哥给比下去。

就在顾朗胡思乱想的时候，江小柔随口问了一句：“对了，你们认识在中介上班的人吗？”

这句话倒是把梁欢给问住了。他认识的人，不是学术界的大拿，就是医术界的泰斗，再不就是他父亲身边那些搞企业的大佬，要说中介的话……他一不租房，二不买房，三不卖房，还真是不认识。

一旁的顾朗倒是接话道：“我认识一个中介的哥们儿，我现在租的房子就是他给找的。大中介，比较靠谱，租房合同什么的，他们都会帮你保管好。你们等我下，我打个电话问问他。”顾朗一边说着，一边从自己的手机通讯录里找出那个中介的号码，打了过去。

电话响了没几声，那边就接了。顾朗和对方寒暄了一会儿，说自己有个朋友马上要去中氏集团上班，准备在那附近租房子，让他推荐推荐。

又过了一会儿，顾朗挂了电话，笑眯眯地道：“他去查房源了，过会儿要是有性价比高的房源，会微信发过来的。”

宋佳曦顿时有些不好意思地朝顾朗道：“谢谢，谢谢，真是太麻烦你了。”

“不麻烦，不麻烦，欢哥的朋友就是我的朋友！”顾朗笑眯眯地回答道。

正好这会儿他们点的菜上来了，江小柔赶紧招呼他们趁热吃。

没过多久，那个在中介上班的哥们儿果然发了几套房源过来。

顾朗打开自己的微信，点开那个哥们儿发过来的链接，然后把手机递给宋佳曦，道：“你挑吧，要是有看上的，直接告诉他就行了。”

“谢谢！”宋佳曦接过顾朗的手机认真地看了起来。

中氏集团总部的所在地，周边都是这几年新开发的精装修楼盘，中央空调、地暖、厨卫设施都是配套好的，条件好是好，就是价格也贵得不行，一套六十平方米的单身公寓，动辄一个月租金就是八千到一万二。

宋佳曦虽然很心动，但想了想自己的钱包，还是默默地划了过去。

看了半天，宋佳曦最终看上了繁星苑的房子。

这小区是十年前建的，不算太新，也不算太旧，虽然离中氏集团不是特别近，但是坐地铁过去也就二十分钟。重要的是，这里离市中心也就地铁二十分钟的路程，只不过方向是一南一北而已。

当然最重要的是租金没有那么贵，她咬咬牙的话，还是负担得起的。

宋佳曦把手机还给顾朗，声音清脆地道：“那个……我看繁星苑的几套房子都不错，你能不能帮我约一下你的朋友，周末要是有空的话，带我去看一下。”

“繁星苑？”顾朗有些惊讶地看着她，道，“那不就是我现在住的那个小区吗？你确定要租那里？那里离中氏集团可不近啊！”

“我知道。”宋佳曦有些不好意思地看着他，“但是中氏集团附近的小区都太贵了，我刚开始上班，还是实习阶段，目前能负担起的，就只有这个小区了。而且从这里坐地铁去上班的话，其实也不算太远。”

顾朗了然地笑了笑，道：“没事没事，我懂，毕竟我也是过来人。你放心，这个小区环境还是挺好的，治安也没的说。我跟我那中介的哥们儿说一声，让他这周末带你去繁星苑多看几家，挑个装修好的入住。”

宋佳曦："太感谢你了！"

坐在顾朗身边的梁欢用一双清澈的眼眸默默地注视着宋佳曦，倒没多说什么。

因为顾朗帮忙介绍了中介的朋友，还说周末要带她去看租的房子，宋佳曦坚持这一顿饭由她来请。

顾朗有些为难地转头看了梁欢一眼。没想到梁欢微微一笑，声音里带了一丝调侃的意味，道："没关系，跟她就像跟我一样，不用客气。"

宋佳曦一时无语。这位兄台，你是你，我是我，谁跟你一样啊？

把宋佳曦和江小柔送回她们宿舍楼下，梁欢和顾朗就直接离开了。

宋佳曦手里握着失而复得的防晒伞，一颗心终于落了下来。

很好，她不仅安全地拿回了自己的防晒伞，还顺带解决了租房的问题，希望接下来的一切都能顺顺利利的。只是……

宋佳曦转过头来，看了一眼还沉浸在梁欢的美貌里不能自拔的江小柔。她忍不住伸手掐了江小柔一把，道："说好的晚上有课呢？说好的解救我于前男友的魔爪中呢？你这个临阵倒戈的家伙！"

江小柔一边躲避着宋佳曦的攻击，一边嚷嚷道："冤枉啊！我是真心想要帮你的啊！只是看到你前男友那张帅得人神共愤的脸之后，我的意识不受我自己控制了啊！"

宋佳曦听着她的话，忍不住翻了个白眼。

江小柔却忍不住凑了过来，道："小曦啊，你真的不考虑跟你前男友复合吗？说实话啊，他那张脸，那么帅，就算他以前做错了什么，看着他的那张脸，你也生气不起来了啊！"

宋佳曦一脸正色地看着江小柔，道："江小柔，我鄙视你的想法。"

江小柔撇了撇嘴，嘀咕道："实话实说嘛！唉，这个世界真是不公平啊，有些人面对帅到让人合不拢腿的前男友求复合却无动于衷，有些人想谈恋爱，身边却连只公蚊子都没有……这个世界啊！"

宋佳曦觉得有些好笑地看着江小柔，道："你想谈恋爱？我怎么看不出来你想谈恋爱呢？"

江小柔白了她一眼，道："我当然想谈恋爱了。我不仅想谈恋爱，我还想拥有美好生活呢……再这样单身下去，我都要内分泌失调了。"

宋佳曦："对不起，我实在是听不下去你的虎狼之词了。"

从研究生宿舍楼往A大校门口走的路上，顾朗忍不住转头看了一眼身边的梁欢。

"欢哥，你喜欢的那个小姑娘，好像对你没什么意思啊？"

梁欢淡淡地瞥了顾朗一眼，慢悠悠地道："没关系，总有一天，她会对我有意思的。"

顾朗竖起了大拇指，道："欢哥，我就喜欢你这份自信。"

梁欢盯了他一会儿，突然开口道："下周我搬去你那儿跟你一起住吧。"

顾朗："为什么啊？我一个人住得好好的！再说，你中氏集团旁边的那套大房子里要什么有什么，干吗非要过来跟我一起挤在这个老破小小区的房间？等等，你刚才费尽心机，让我绕了那么大一个圈子帮人家小姑娘介绍住的地方，最后选定繁星苑，该不会这一切是你一开始就设计好的吧？你是不是一开始就想着，只要人家小姑娘选中了繁星苑，你就过来跟我一起住，然后近水楼台先得月？"

梁欢听着顾朗的话，微微一笑，道："你现在才反应过来吗？"

顾朗忍不住哀号道："不行！我拒绝！我一个人住惯了，不习惯和别人同住！而且我有强迫症，家里的所有东西都要按照我的喜好摆放在对应的位置，我还有洁癖，平时我……"

梁欢直接打断了他的话："在我和你合住期间，你的房租由我来付。"

顾朗立刻闭上自己滔滔不绝的嘴，下一秒握住梁欢的手，用力地摇了摇，道："欢迎你，我的新室友。"

梁欢微微一笑，很好。

周五上午，宋佳曦和中氏集团正式签订用工合同，等她研究生一毕业就可以直接来集团报到，开始实习工作。

周末，顾朗和他的中介哥们儿带着她在繁星苑的小区里转悠了一圈，看了好几套出租房，最终宋佳曦看上了一套位于十九楼最西边的小户型。

房子不大，五十平方米左右，两室一厅，干净整洁，家具家电，一应俱全。

最重要的是，客厅里竟然有一整面的落地窗，天气好的时候，可以从落地窗边眺望江景，也算是一套小小的江景房。

宋佳曦站在客厅里，满心欢喜地朝顾朗道："就这个吧，我最喜欢这一套。"

顾朗点点头，转头问中介，中介直接拿了两份合同出来道："这套房子的房东在国外，租住权限已经全权委托给我们中介了，宋小姐你要是喜欢的话，现在就可以和我们签订租住合同。"

"好！"宋佳曦点点头。

签完了合同，顾朗笑眯眯地朝宋佳曦道："真是巧了，我就住你隔壁，以后要是有什么事情的话，直接来1902室找我就行！"

宋佳曦有些惊讶地道："你就住我隔壁？"

顾朗点了点头，脸上的笑容看起来有些意味深长。

不过，宋佳曦倒是没想那么多，道："远亲不如近邻，以后还请多多关照。"

太好了，工作的事情解决了，租房的事情也解决了，这几天梁欢也没有发信息骚扰她，她的未来简直一片光明！

然而，她的脑海里刚飘过这个想法，微信就响了。

是梁欢发来的信息："小曦，房子看好了吗？"

宋佳曦看了一眼自己的手机屏幕，又默默地把手机放回口袋里。果然，做人不能太得意。

梁欢盯着自己的手机，等了很久，也没有等到宋佳曦的回复。他忍不住挑了挑眉，拿起手机，打开移动掌上营业厅，看了一眼自己的话费余额。账户余额还有八百多块钱，没停机啊……可是，某个小家伙怎么就不回他的信息了呢？

梁欢想了想，一口气发过去好几条信息：

"小曦，小曦，小曦曦，房子看得怎么样了呀？

"小曦，你理我一下下呗。

"别的小朋友都收到回信了，为什么只有我没有收到啊？

"小曦曦，你是不是在忙呢？"

梁欢一边发信息，一边忍不住微微勾起唇角。然而下一秒，他的手机屏幕上就弹出来一句话：“消息已发出，但被对方拒收了。”

他不敢置信地看着手机屏幕上的那句话，迟疑了两秒，又发了几个问号过去。

然而他每发一个问号，下面就自动弹出一条：“消息已发出，但被对方拒收了。”

冷酷小曦，在线翻脸。

他这是又被某人拉黑了吗？！梁欢嘴边的笑容瞬间就僵住了。

三秒钟之后，他毫不犹豫地拨通了顾朗的电话。

顾朗正陪着宋佳曦签合同，手机突然响了起来。他从口袋里掏出手机，看了一眼屏幕上不停闪烁的“欢哥”两个字，抬起头来，朝一旁的宋佳曦不好意思地笑了笑，道：“抱歉，我先接个电话。”说完之后，他便拿着手机，直接朝后面的小阳台走过去。

到了阳台，他按下接听键，然后有些疑惑地朝电话那边喂了一声，道：“欢哥，找我有事？”

“顾朗，”电话里传来了梁欢严肃而认真的声音，“你们在看房吗？”

顾朗愣了一下，点点头道：“是啊，看好了，宋佳曦看上了1901室的房子。”

“那是……签约不顺利吗？”梁欢有些不确定地问道。

“挺顺利的啊！”顾朗一只手搭在阳台的护栏上，另一只手拿着电话，转头看了一眼客厅里正在跟中介小哥说话的宋佳曦，随口道，“这房子你不是已经全权委托给中介代签了吗？”

梁欢听着顾朗的回答，眉头忍不住微微皱起。他沉默片刻，又继续问道：“那……她是心情不好吗？”

“谁？”顾朗听着他的问话，一时之间没有反应过来，片刻之后，才恍然大悟道，“你说宋佳曦？没有啊！我看她心情挺好的。说实话，你这房子虽然小了一点儿，但是设施齐全，干净整洁，价格挂得还低，换了谁租这房子，心情都不会差啊！”

闻言，电话那边的梁欢半晌都没有说话。

察觉到一丝不对劲的顾朗，迟疑了两秒钟才小心翼翼地问道：“欢……

欢哥，你怎么了？发生什么事了吗？”

电话那边的梁欢幽幽地叹了一口气，无奈地道：“我又被拉黑了……”

顾朗：“……”

又？他从梁欢的这句话里敏锐地捕捉到一个“又”字。这说明什么，这说明他欢哥不是第一次被人家拉黑了啊！

顾朗：“欢哥你……以前就被宋佳曦拉黑过啊？”

梁欢再次长长地叹了一口气，没有回答他的问题，而是闷闷地道：“你说她为什么要拉黑我呢？”

顾朗沉默片刻，小心翼翼地道：“也许是因为……她不喜欢你？”

梁欢：“……”妈的！补刀小顾，在线扎心。

梁欢二话不说，直接挂断了电话。

顾朗莫名其妙地看着突然被挂断的电话，无奈地摇了摇头，接着把手机收好，从小阳台上走了出去。

宋佳曦已经和中介签完合同，水、电、煤气卡也已交付完毕。

看到顾朗走出来，宋佳曦再次满脸感激地道：“顾医生，这次真是麻烦你了。”

“不用客气，其实我也没做什么……”顾朗有些不好意思地看着宋佳曦，心里其实很想问一句“听说你把欢哥给拉黑了”，但话到嘴边，他还是默默地咽了下去。

两个人又互相客套了一会儿，宋佳曦这才带着签好的合同、到手的房卡，以及躺在微信黑名单里的梁欢愉快地离开了。

回到寝室，宋佳曦打开自己的笔记本电脑，看着上面重写了个开头的毕业设计，脑海中突然闪过一道灵光。她白皙纤细的手指在键盘上飞速敲着，目光专注地看着电脑屏幕，飞快地打下一行又一行字。

整整一个下午加一个晚上的时间过去了。当宋佳曦敲下文档里的最后一个句号时，忍不住长长地舒了一口气。

她将文档保存好，转过头来看着正在认真追剧的江小柔。她清了清嗓子，可怜兮兮地道：“小柔，我饿了……”

听到声音的江小柔回头看了她一眼，认命地按下暂停键，然后站起身，动作熟练地一边去拿泡面，一边抱怨道：“我的姑奶奶，你可总算饿了。从我下午回寝室一直到现在，你就跟着了魔的科学怪人一样，坐在电脑前疯狂地敲键盘，晚上喊你一起去食堂吃饭，你都没有反应。”

宋佳曦有些不好意思地笑了一下，道：“我这不是突然之间有了写毕业设计的灵感吗？我得抓住灵感啊！万一去食堂吃了一顿饭，灵感断了怎么办？”

江小柔没好气地白了她一眼，道：“幸好你就是写个毕业设计，一口气写完就算了，要是让你写个长篇小说，你不得几个月不吃不喝了？”

长篇小说？一听到江小柔提这四个字，宋佳曦顿时想起自己在网站上随便写的那篇霸道总裁类的小说。这么一想，她好像已经断更好几天了啊……

宋佳曦赶忙打开浏览器，找到自己保存的网站书签点了进去。很好，她的小说还是没几个读者。

作为一个常年被论文摧残的学生，宋佳曦写论文写到崩溃的时候，就会忍不住去写一本虐心虐肺的小说，抒发一下心中的悲痛。所以，她书中的男主角，最后的结局不是死了就是残了，女主角则不是车祸就是白血病。

几本这样的小说写下来，她的粉丝数量可想而知，少得可怜。

甚至有一个读者实在看不下去，直接在留言区评论道：“大家散了吧，这个作者的文简直就是虐到变态，她笔下的男、女主角从来都没有过好结局，我严重怀疑作者在现实生活中是不是受了感情的伤害，要么就是被渣男抛弃了，要么就是被男神拒绝了，然后她把对现实生活的不满全部折射到小说中来。”

当初这条评论出来之后，她向来没有什么回复的评论区竟然出现了“赞同”“说得对”“有道理”“我也是这样觉得的”等回复。

宋佳曦很气愤，点开那条评论，本想用力怼回去，谁知她一时手滑，竟然点了赞。更绝的是，她们网站有个奇葩设计，点了赞是不能收回的。

于是……那读者看到自己的评论被作者本尊赞了之后，怀着震惊的心情流下同情的眼泪，从此成为她的死忠粉，誓死捍卫她评论区的宁静。

唉……往事不堪回首。

宋佳曦点开自己最后更新的那一章，看着寥寥无几的评论：

“怎么男、女主角又分手了啊？这都是他们第一百八十七次分手了，这没完没了了啊？”

“楼上的，你竟然还数了？”

“其实我来就是想看看，这个奇葩作者的新书，男主角是个怎么样的死法。”

“今天男主角死了吗？没有。我改天再来。”

宋佳曦：“……”好几天没更新，竟然连催更的都没有，她的心有点儿痛。

再想到这些天被梁欢的骚扰，宋佳曦大笔一挥，直接以梁欢为原型写了个男二号出来，死皮赖脸地缠着女主角。

写完一章之后，宋佳曦一边吃着江小柔给她弄的泡面，一边去浏览别的网站。

等她吃完泡面，回到自己的小说页面之后，惊奇地发现，这一章的评论竟然突破了十个。

“这个作者的新书竟然有男二号了？”

“让我猜测一下，男主角该不会是被男二号捅死的吧？”

“也有可能是被男二号开车撞死的。”

“这男二号竟然是女主角的前男友，该不会他俩复合了，男主角伤心跳楼死了吧？”

宋佳曦扑哧一声笑了出来，仰了仰下巴。哼，我的想法岂是你们能轻易猜到的？

吃完泡面，关了电脑，收拾好桌子，宋佳曦简单地洗漱了一下，就爬到床上准备睡觉了。只是她躺在床上好一会儿，也没能睡着，心里总觉得好像少了点儿什么。

到底是少了什么呢？她努力想了一会儿才发现，今天晚上，好像一直骚扰她的某个人没有出现啊……

呸呸呸！他不出现正合她意，才不会让她觉得少了点儿什么呢！

宋佳曦翻了个身，抱紧被子，努力将脑海里不断浮现的那个身影抹掉。

十月底的金陵城，秋高气爽。

校园里的梧桐树叶子一片一片地变成了金黄色，一阵秋风吹过，那些金黄色的落叶便打着旋儿飘落到地面。

宋佳曦抱着刚从学校主干道边上的小超市买的上好佳玉米口味田园泡，一边走一边吃。路过篮球场的时候，她随意地朝场内瞥了一眼。

篮球场边围了好多人，正大声呐喊，神色激动地给场内的人加油。

穿着白色T恤、外面随意套了件篮球衣的梁欢正右手运球，一个潇洒的假动作晃过对手，径直来到对方篮下，手腕一抖，球进了。

场地旁的女生发出一阵阵尖叫声。

宋佳曦看着眼前的一幕，双脚不受控制地朝篮球场走过去。

她刚在场边站定，场上的裁判就吹响了中场休息的哨子。

梁欢用手肘擦了擦额头上的汗，一转身就看到抱着一袋零食站在场边的宋佳曦。他眨眨眼睛，唇角勾起一抹好看的弧度。他径直朝宋佳曦走过去，道："什么时候来的？"

宋佳曦没想到自己刚过来就被发现了，一时间有些不好意思地小声道："刚……刚来。"

"有水吗？"梁欢朝她挑了挑眉，声音温柔地问道。

"啊？有，我给你拿。"宋佳曦一愣，连忙将自己手中的零食袋塞到梁欢手里，接着从自己背上的双肩包里拿出一只粉色的保温杯。

梁欢接过她的保温杯，单手按下杯子上的按钮。杯盖弹开，他仰起头来喝了几口，又还给她。

宋佳曦把保温杯塞回自己的双肩包里，拿回梁欢手中的零食袋，随手捏了一颗玉米泡放进自己的嘴里，道："你没带水吗？要不要我把保温杯留给你？"

梁欢眼眸里满是笑意，点点头，应了一声："好啊。"

说完这句话之后，他朝她手中的那袋零食抬了抬下巴，道："好吃吗？"

宋佳曦乖乖地把手中的零食递到他面前，道："挺好吃的，你要不要尝尝？"

"我手脏。"梁欢有些无奈地看着她，举起自己的一双大手，在她面前晃了晃。他的手掌上都是刚刚打篮球时留下的灰。

"哦。"宋佳曦没有多想，伸手从袋子里捏起一颗玉米泡送到梁欢的嘴边，道，"给，尝尝。"

梁欢唇角的笑容越发灿烂。他微微低头，唇瓣擦着宋佳曦的手指将那颗玉米泡咬到自己口中，顺带舌尖轻轻一卷，将她指尖残留的渣渣舔了个一干二净。

宋佳曦只觉自己的指尖有一种柔软温热的触感，一触即离，感觉就像过了电。

“挺好吃的。”梁欢直起身子，笑容温柔地看着她。

可她瞬间满脸通红。

后来不知道怎么的，画面就转到客厅里的沙发上。

她抱着一盒洗好的草莓，盘着腿坐在沙发上，一边看电视，一边吃。

梁欢就坐在她身边，正在接他们班主任的电话。她把草莓递到他嘴边，他却只是轻轻地摇了摇头。

之后，他挂了电话，转头看着她，一双清澈的眉眼里满是笑意，道：“你很喜欢吃草莓啊？”

“是啊。”她点点头，顺手塞了一个又红又甜的草莓到嘴里，“喜欢吃草莓，也喜欢吃草莓味的棒棒糖！”

梁欢看着她乖乖回答的样子，忍不住笑了出来。他凑近她，语气认真地道：“那……以后我为你种一片草莓好不好？”

“嗯？”她抬起头来，亮晶晶的眼睛里满是问号与疑惑，“真的假的？你上哪儿弄一片草莓园去？”

梁欢淡薄的唇瓣微微弯了弯。他朝她勾了勾手指，道：“你再靠近一点儿，我就告诉你。”

她抱着一盒草莓，不疑有他，朝他靠近了一点儿。

下一秒，他修长的手臂直接勾住她的肩膀，将她整个人都搂进怀里。他一低头，直接吻在了她白皙纤细的脖颈上。

十分钟后，她站在卫生间的洗手台前看着镜子里自己脖颈上一颗颗鲜艳显眼的“草莓”，气得张牙舞爪地发飙道：“这就是你说的草莓园？！这就是你说的草莓园？！”

梁欢一边憋着笑，一边往后退，躲避着她的攻击，一个不小心，打翻了她那盒没有吃完的草莓。

她气得一张小脸红红的，朝他大喊大叫：“梁欢！我要拉黑你！”

他顿时满脸委屈地道：“别嘛！我错了。实在不行，你也给我种一片草莓园……”

“起床了，起床了，该去上班了！起床了，起床了，该去赚钱了！起床了，起床了，该还花呗了……”

一阵闹铃的声音响起，宋佳曦倏地睁开眼睛，看着宿舍的天花板，忍不住伸手蒙住了眼睛。搞什么啊……她怎么又梦到梁欢了？而且还梦到他舔手指、种草莓什么的……天哪，肯定是因为最近听江小柔的虎狼之词听得太多，才害得她做这种梦。

想到这里，宋佳曦随手抄起自己床上的枕头朝江小柔的床扔了过去。

“吓！怎么了？！是不是地震了？！”

突然被枕头砸到的江小柔一个鲤鱼打挺从床上坐了起来，一脸茫然地看着对面的宋佳曦。

“起床！吃早饭去！”宋佳曦没好气地朝江小柔说了一声。

“这才几点啊？”江小柔嘟哝一声，拿起自己枕头下的手机看了一眼，直接又躺了回去，道，“才八点，你自己去吃早饭吧，我要再睡一会儿……”

宋佳曦：“……”好气！

不过今天是周日，江小柔这家伙不睡到中午十二点是不会起床的。

宋佳曦有些郁闷地叹了一口气，又拿起手机看了一眼，这才发现，上面竟然有好几个未接来电。她点开自己手机的通话记录，发现那几个未接来电都是同一个陌生号码打来的，号码的归属地是金陵城。

同一个号码，打了好几次电话，应该不是广告推销吧？

宋佳曦想了想，点了一下那个陌生号码，回拨过去。

听筒里响起一阵嘟嘟声，好长时间都没有人接电话。

就在宋佳曦准备挂掉的时候，电话那边终于有人接了，一个陌生却带着一点儿熟悉的男声响了起来：“喂，宋佳曦？”

“是我。”宋佳曦转头看了一眼还在睡觉的江小柔，动作轻柔地从床上下来。她走到宿舍的阳台上，压低声音问道，“请问你是……”

“我是顾朗。”

原来是顾医生，怪不得这声音听着有些耳熟呢！

宋佳曦连忙有礼貌地道："顾医生，你好。请问找我有什么事吗？"

"抱歉，这么早打电话给你，实在是……"顾朗迟疑了一下，终究还是无奈地道，"昨天晚上我都快睡觉了，梁欢突然打电话约我出去喝酒，到了地方，他也不跟我说话，就一杯接着一杯地喝闷酒。喝到最后，他就直接睡过去了，我费了好大的劲儿，才把他拖回我家。"

宋佳曦微微怔了一下，随即疑惑地道："所以……你为什么打电话给我？"

电话那边的顾朗憋了半天，才继续道："本来我也不想打扰你的，可是他睡到早上四五点的时候，嘴里一直喊你的名字，迷迷糊糊地一直让我给你打电话，翻来覆去念着你的电话号码……我也是没办法，被迫给你打了好几个骚扰电话……好在后来他又睡着了……"

宋佳曦："……"

她听着顾朗的话，一时之间竟然不知道该说些什么才好。

顾朗大概也觉得这通电话有些尴尬，于是在片刻的沉默之后，低声道："那个……虽然这话不应该由我来说，但是……梁欢他其实挺喜欢你的，你知道吗？"

宋佳曦低头看着阳台外面大片大片的梧桐树，手指在玻璃窗上轻轻地戳了一下，"嗯"了一声之后，小声道："我知道。"

"呼……你知道就好，知道就好……"顾朗顿时舒了一口气，道，"那要不……你来看看他？"

"我……"宋佳曦迟疑了一下，刚想开口拒绝，顾朗突然道："抱歉，我们科室主任来电话了，我先接个电话。"说完这句话，他就直接挂断了电话。

宋佳曦低头看着自己手里已经挂断的电话，愣了一下。梁欢他……昨天晚上出去喝酒了？

从她认识他开始，无论是朋友过生日，还是老同学聚会，他向来都是喝矿泉水的，偶尔也会喝喝雪碧，但从来没有见他喝过酒。

她曾经半开玩笑地问他为什么不喝酒，是不是酒品不好。他却温柔地笑笑，说只是没必要喝酒而已。

外面阳光很好，早上八点的太阳晒在身上暖融融的，宋佳曦看着那一片蔚蓝的天空，忍不住叹了一口气。怎么一早上，全是关于梁欢的事情？

她正准备转身回寝室，顾朗的电话又打了过来。

“喂？宋小姐，抱歉啊！刚才我们科室主任来电话，今天不知道怎么回事，有好几个孕妇都要临产，人手不够，我得回去加班。”顾朗语速飞快地道，“能不能麻烦你来替我照看一下梁欢？我家地址你知道的，大门钥匙我给你放在门口的地垫下面。粥在锅里、牛奶在冰箱里，我先走了啊，拜托你了！”

“喂，不是，我……”宋佳曦还没来得及开口说话，那边已经直接挂断了。

听他那语速，好像确实着急赶着去上班的样子，可是……这照顾梁欢的任务怎么就落到她的肩膀上了？宋佳曦轻轻咬了咬唇瓣，拿着手机站在阳台上，在去与不去之间犹豫。

算了，还是去吧，毕竟还欠着顾医生一个人情。人家都这么拜托自己了，她再拒绝，总归是不太好。

这么一想，宋佳曦转身回了寝室，随便换了一身衣服，便出门了。

等她到达顾朗家门口的时候，已经快九点半了。

宋佳曦站在1902室门口，不知道为什么，竟然觉得心里有点儿紧张。

她趴在门上小心翼翼地听了一会儿，确定里面没什么动静之后，这才深吸一口气，弯腰从门口的地垫下拿出顾朗留给她的钥匙。

她手里握着钥匙，轻轻转动门锁，动作极轻地打开大门，然后探了一颗脑袋进去。

客厅里面空荡荡的，一个人都没有，空气里倒是飘浮着白粥的香甜气息。

宋佳曦想了想，随手关上门，准备在门口换鞋。

然而，顾朗这只“单身狗”的家里，连一双女士拖鞋都没有。宋佳曦看着门口地上那双贼大的深蓝色男式拖鞋，纠结了几秒，终究还是默默地光着脚走了进去。

主卧的门没关，房间里拉着窗帘，光线有点儿昏暗。

宋佳曦站在主卧门口，往里面看了一眼。梁欢正盖着被子躺在床上，安静地睡着。只是睡梦中的他双眼紧闭，一双好看的眉毛紧紧皱起，长而卷翘的睫毛轻轻地抖动着，似乎正在做什么不好的梦。

不过总体来说，他应该没什么大事。

宋佳曦突然觉得自己有点儿傻。因为顾朗一个电话，她就担心地坐了一个多小时的地铁过来看梁欢。现在人也看到了，他不过是喝多了，又不是发烧生病，她根本没有必要继续待在这儿。

不如趁着梁欢没醒，赶紧走，省得他醒了以后，还以为自己对他余情未了。

这么一想，宋佳曦干脆地转身，正准备离开的时候，肚子却咕咕叫了起来，宋佳曦这才想起来，她还没吃早饭呢。

客厅里的一阵阵粥香恰到好处地引诱着她的食欲。

第3章　悲惨小梁，在线撒娇

现在已经九点半了，再坐地铁回去，到学校都快十一点了。到时候，说不定她还没到学校，就直接晕在地铁上了。既然顾医生家有现成的粥，那不如吃一碗再走？

宋佳曦挣扎了半天，终究还是抵不住那阵阵香气，默默地走向了厨房。她从电饭煲里盛了一碗粥出来，端着碗，拿着筷子，坐在客厅的餐桌前默默地吃了起来。

不幸的是，这碗粥她刚吃了一半，梁欢就从卧室里走了出来。

坐在餐桌旁边的宋佳曦和站在卧室门口的梁欢，一不小心，打了照面。

四目相对的一瞬间，宋佳曦只觉得自己紧张得呼吸都要停止了。

她端着粥碗，动都不敢动。她用一双亮晶晶的眸子看着眼前的梁欢，正在拼命思考自己该作何解释。梁欢却像没有看到她一样，收回目光，伸手抓了抓自己乱糟糟的头发，丢下一句“要尿尿”，便直接朝卫生间走了过去。

宋佳曦：“……”

片刻之后，卫生间传来冲水的声音，紧接着，梁欢又从卫生间里走了回来。

他目不斜视地往主卧走去，仿佛坐在客厅餐桌旁的宋佳曦不存在。

宋佳曦顿时松了一口气。还好还好，看来他的酒还没有醒，要不就是睡迷糊了。

然而下一秒，梁欢的脚步就停住了。他站在主卧门口，一脸迷茫地转过头来，盯着宋佳曦好一会儿，然后直直地朝她走了过来，接着在餐桌对面的椅子上坐下。

宋佳曦瞬间觉得自己的小心脏又提到了嗓子眼儿。

梁欢眯着眼睛，看着坐在自己对面的宋佳曦，迟疑了很久，才声音低低地喊了一声："宋佳曦？"

宋佳曦："啊……"

梁欢："小曦？"

宋佳曦："呃……"

梁欢："小曦曦？"

宋佳曦："……"

气氛一下子变得安静起来。

梁欢盯着眼前的宋佳曦好一会儿，脸上突然露出一个温柔的笑容，道："我又梦到小曦曦了啊！"

宋佳曦一脸茫然。

梁欢笑完之后，一双清澈的眼眸里闪过一丝难过。他看着宋佳曦，声音闷闷地道："小曦，我又被你拉黑了……"

宋佳曦一脸茫然地看着他，唇瓣动了动，迟疑地道："呃……我……"

"你把我从黑名单里放出来，好不好？我保证以后不骚扰你了……"梁欢眨眨眼睛，可怜兮兮地道。

"可是我……"

"好不好嘛？好不好嘛？好不好嘛……"

宋佳曦忍不住头疼地摸了摸脑袋，实在架不住梁欢撒娇，无奈地连声应道："好好好……"

"那你把我从黑名单里放出来。"梁欢目光灼灼地盯着她。

宋佳曦："……"行吧，其实昨天她确实是冲动了一点儿。

眼看着她把自己的微信号从黑名单里又移了出来，梁欢满意地点点头，丢下"开心"两个字便走回主卧，倒头就睡。

宋佳曦一脸不解。

客厅里一下子又变得安静起来。

宋佳曦转头看了一眼没了动静的主卧，又低头看了一眼自己手里的碗筷，二话不说，飞快地把剩下的半碗粥吃完了。

吃完之后，她蹑手蹑脚地走进厨房，悄无声息地把自己用过的碗筷清洗干净，放回原位之后，逃也似的离开了“案发现场”。

从楼道里出来之后，宋佳曦一直紧绷的神经终于放松下来。但她还是不放心地拿出自己的手机，给顾朗发了一条信息：“顾医生，我已经去你家看过梁欢了，他没什么事，正在睡觉。我先走了，别告诉他我来过。”

这条信息发过去不久，顾朗就回了过来：“好的，我明白。感谢宋小姐替我照顾他。”

宋佳曦抿了抿唇瓣，看着手机屏幕上的字，忍不住有些心虚。

其实她也没做什么，还顺便吃了一碗粥……

顾朗家的主卧里，正趴在枕头上“呼呼大睡”的某人，听到门口传来轻微的关门声，以及越来越远的脚步声之后，淡薄的唇瓣忍不住勾起一个好看的弧度。

他一个翻身，从枕头下面摸出手机，看着自己从黑名单里放出来的微信号，一双好看的眼眸里满是璀璨的笑意。

不管是五年前还是五年后，只要他对着宋佳曦一耍赖，某人就忍不住投降了。

而且这一次，她把自己从黑名单里放出来的速度还是很快的，那是不是说明，其实小家伙的心里还是有他的，只是不愿意承认罢了？

想到这里，梁欢点开宋佳曦的头像，看了好一会儿之后，才忍住想要骚扰她的心情，转而点开顾朗的头像，给他发了一条信息道：“顾朗，你可以回来了，回来的时候顺便在楼下的星巴克给我带一杯热巧克力，谢谢。”

顾朗：“梁欢，你太没有人性了！为了把自己从黑名单里弄出来，害得我一大早就在外面跟游魂一样飘荡，有家不能回！”

顾朗手指飞快地在屏幕上打字，吐槽梁欢的话还没全部打完，就听得哗啦一声，眼前的聊天屏幕上弹出一个红包。

他手疾眼快地点开红包，看着里面的二百块，感动得热泪盈眶。

顾朗飞快地删掉还没打完的字，转而贴心地问道：“欢哥，要中杯、大杯还是特大杯？要不要给你再带块蛋糕回去？”

片刻之后，梁欢发了一张狗头的表情图过来。

周一早上，宋佳曦把自己重新改好的毕业设计发给导师，下午就收到了导师满意的回复。

搞定了毕业设计之后，宋佳曦就开始像蚂蚁搬家一样，把宿舍里一些不太重要的东西慢慢地搬到繁星苑她租好的那套房子里。

江小柔在宿舍里闲得无聊，开始帮宋佳曦收拾东西。她收拾了一会儿，却发现宋佳曦好像有点儿心不在焉。

“喂，小曦！”江小柔伸手在宋佳曦的眼睛前晃了晃。

“啊？”宋佳曦回过神来，一脸疑惑地看向面前的江小柔。

“你发什么呆呢？”江小柔伸手指了指宋佳曦手里正在叠的衣服，“你手里那件T恤已经被你叠成球了。”

宋佳曦低头一看，果然，手中的那件T恤已经被她对折对折再对折，折成一小团了。

“没什么，我刚刚……在想上班以后的事情。”宋佳曦有些尴尬地笑了笑，赶紧将T恤叠好。

江小柔眨巴眨巴眼睛，盯了她一会儿，突然坏笑道：“真的吗？你前几天一大早的跑去哪儿了啊？是不是跟你的前男友约会去了？”

宋佳曦心里一慌，结结巴巴地道：“瞎说什么呢，我明明……上自习去了。”

江小柔忍不住用胳膊顶了顶她，道：“得了吧！你毕业设计都完成了，还上什么自习啊！快，老实交代！”

宋佳曦低头，手忙脚乱地整理着自己的东西，道：“没有，才没有，他都好几天没有发消息给我了。”

她刚说完这句话，就后悔得恨不得把自己的舌头给咬下来。

怎么回事，搞得好像她很期待他的骚扰信息一样？

可是，自从那天早上她把梁欢从黑名单里放出来之后，他就一直没有给自己发信息……他该不会是真的喝醉了，酒醒以后什么都不记得了吧？还是说，他以为那天早上发生的一切只是在做梦，梦醒以后，以为自己还在她的黑名单里，所以才没有给她发信息？

等等……他不给她发信息，不是正合她意吗？她怎么莫名其妙地开始在这儿分析起原因来了？宋佳曦摇摇头，努力将自己脑海里的想法甩掉。

倒是江小柔继续八卦兮兮地看着她，道："哦，原来是因为你前男友没有给你发信息啊！"

宋佳曦："走开！我才没有！"

江小柔蹲在地上，伸手摸了摸宋佳曦的脑袋，一脸同情地道："没关系，我明白你的感受，毕竟你也是一个许久没有感情生活的女人，于是内分泌紊乱，导致情绪失控，我能理解。更何况，那么帅的前男友还回来找你了，就算你不馋他的人，也该馋他的身子啊！难道你们就没有重温旧情、干柴烈火、烈火干柴？"

"闭上你的嘴巴！"宋佳曦随手抄起桌子上的一个苹果，堵住江小柔的嘴，道，"你才内分泌失调！"

江小柔一口咬下苹果，认真地道："是的，我感觉自己内分泌失调得快要变态了。"

宋佳曦白了她一眼，正准备开口说话，她的手机突然响了一声。

咦？宋佳曦心念一动，连忙拿过自己的手机看了一眼。上面是梁欢刚发过来的一条信息："小曦曦，我就是来测试一下，看你有没有把我从黑名单里放出来呢。

"咦，竟然放出来了，消息发送成功了啊！"

宋佳曦看着屏幕上的信息，一时没忍住，扑哧一声笑了出来。

江小柔探了颗脑袋过去，道："笑什么呢？谁给你发信息？"

宋佳曦连忙将手机屏幕关上，道："没什么，就是导师说我重新提交的毕业设计通过了。"

江小柔："你笑得春心荡漾，你以为我会相信你的说辞？"

宋佳曦站起身来，朝阳台走去，道："真的，我没骗你。我想起来了，我得先去给我爸爸打个电话。"

江小柔："……"你给你爸打电话需要躲到阳台上去吗？

宋佳曦站在宿舍的阳台上，顺带着还关上了阳台门。阳台上的窗户没关，一阵暖风吹过，将她的发梢吹得飞了起来。

她想了想，终究还是给梁欢回了一条信息："抱歉，梁医生，前天是我太冲动了，不应该把你拉进黑名单。”

不一会儿的工夫，梁欢就回了信息过来：“没事，没事，我已经习惯了。”

宋佳曦：“……”

就在她有些无语，不知道该回什么的时候，梁欢又发了一条信息过来：“听顾朗说，最近你在往繁星苑搬东西，是准备住过去了吗？”

宋佳曦：“嗯，下个月就要毕业了，趁毕业之前把东西搬过去。”

梁欢：“可惜我被我们主任派来首都学习调研了，不然的话还能帮你一下。”

宋佳曦连忙回道：“不用不用，其实我东西也不怎么多。”

梁欢：“那好吧。我还在开会，等我散会了再跟你说啊。”

再跟她说，说什么？宋佳曦虽然有些疑惑，但也没有继续追问他了。

她打开阳台的门，重新回到室内。她一低头就看到江小柔蹲在地上一边整理东西，一边坏笑地看着她，并道：“跟你爸爸打完电话了啊？”

宋佳曦：“……”

她觉得有必要赶紧给江小柔找个男朋友，好释放一下她的虎狼天性。

另一边的首都口腔医院会议室里，一位看起来颇有学者风范、穿着白大褂的教授讲完自己的课题，清了清嗓子，道：“下面让我们欢迎从金陵来的梁欢——梁医生为我们介绍一下他最近在研究的课题内容。”

梁欢在一片鼓掌声中放下自己的手机，站起身来，不慌不忙地走到会议室的最前方。他本就长得极为好看，身材修长挺拔，穿上白大褂之后，更是平添了几分特别的气质。

站在会议室前面，他环顾了一下四周，开始不疾不徐地介绍起自己的研究内容来。

等到他讲解完毕，会议室里响起一片掌声，特别是几个刚毕业没多久前来进修的小姑娘，鼓掌特别积极。

会议结束后，梁欢收拾了一下自己的东西，站起身来。他正准备走，一位留着短发、穿着白大褂的小姑娘在几个同事的撺掇下，有些不好意思地朝他走来。

“那个……梁医生？”短发小姑娘鼓起勇气，朝梁欢喊了一声。

“嗯？”梁欢有些疑惑地回过头来。

“那个……梁医生，能不能加一下你的微信？”短发小姑娘红着脸，不好意思地朝梁欢道，“我和几个同事对你的研究课题很感兴趣，但是刚才有些内容没有听明白，所以想私下里请教你一下。”

闻言，梁欢沉默了片刻。

眼看着气氛有些尴尬，那短发小姑娘连大气都不敢喘，掌心全是汗。

仿佛一个世纪那么漫长的沉默过去后，梁欢终于点了点头，声音低沉地道：“行吧，你扫我一下。”

他说完这句话，就拿出自己的手机，打开微信二维码，递到那短发小姑娘面前。

短发小姑娘顿时如蒙大赦，赶紧拿出手机扫了一下二维码，小声道：“好了。”

“嗯，稍等一下。”梁欢收回自己的手机，看了一眼通讯录新的朋友那里，有一个加好友申请，却并没有急着点接受。

他点开了自己的个人信息，默默地将自己的微信名“省口腔医院梁医生”改成了“喜欢小曦曦的梁医生”。改完之后，他才点开加好友申请，接受了刚刚那个短发小姑娘发来的申请。

“好了，已经通过了，我那边还有事，先走了。”梁欢一脸严肃地点了点头，收起手机，动作利落地转身，不带一丝留恋地走出了会议室。

“好，梁医生再见！”短发小姑娘有些激动地看着梁欢走出会议室的背影，之后又低头看了一眼自己的微信。聊天界面上有一条新消息——

你和“喜欢小曦曦的梁医生”已经成为好友了，快来聊天吧。

短发小姑娘一脸茫然。

看起来清冷疏离的梁医生，竟然叫这个微信名？

从会议室出来后，梁欢忍不住又掏出自己的手机看了一眼。

嗯……自己的新微信名真是越看越喜欢。

梁欢看着看着，嘴角忍不住勾起一抹好看的弧度来。

他点开自己的置顶聊天，精挑细选了一张表情图，给宋佳曦发了过去。

刚收拾完东西、坐在椅子上休息的宋佳曦，手机顶部突然弹出来一条提示：

喜欢小曦曦的梁医生给您发来一条新消息。

宋佳曦愣住。她手指一划，便点开梁欢发过来的消息，那就是一张表情图，上面有一只胖乎乎毛茸茸的小猫咪正睁大圆溜溜的眼睛看着她，图片上只有一行字——你的小可爱出现啦！

宋佳曦扯了扯嘴角，顺手点开梁欢的微信头像看了一眼。要是她的记忆没有出错的话，就在几十分钟之前，他的微信名还是“省口腔医院梁医生”吧？

宋佳曦白皙纤细的手指飞快地在屏幕上按着：“梁医生，能解释一下你的微信名吗？”

梁欢倒是回复得很快：“我觉得这个世界上最美好的就是晨曦，清晨五点到七点的阳光，温暖又光明，是一天最温柔的开始。一个人对自己喜爱的事物，总是忍不住想起个昵称，我喜欢晨曦，所以我管它叫小曦曦。所以，我是喜欢小曦曦的梁医生。”

宋佳曦看着屏幕上梁欢的回答，只觉得自己的世界观、价值观、人生观都被刷新了。不仅被刷新了，还得到进一步的升华、升腾与蒸发。

她沉默片刻，回了几个字过去：“黑名单了解一下？”

梁欢抿着唇瓣笑了笑，立刻低声下气地求饶道：“别这样，我这刚放出来没多久，你不能因为我喜欢晨曦就拉黑我啊。”

梁欢一边走路一边看手机，然而他这条消息发过去之后，宋佳曦就再也没有回过他的消息了。倒是刚刚加他的那个短发小姑娘发了一条信息过来：“梁医生，打扰你了，那个……能不能推荐一些您平常浏览的学术网站呀！知道您比较忙，我可以自己去查阅文献。到时候要是有什么不懂的，再向您请教。”

梁欢想了想，随手发了几个自己常用的网站过去。

短发小姑娘立刻连连感谢道：“谢谢梁医生，谢谢梁医生！”

梁欢又发了个“OK”的手势过去。

短发小姑娘继续问道：“对了，梁医生，我们几个同事都觉得你的微信名很特别呢！你是不是养了一只宠物，名字叫小曦曦啊？”

宠物？梁欢盯着那两个字看了一会儿，干脆利落地回道："是我女朋友。"

他这几个字发过去之后，基本等于终止对话，也终止了小姑娘的念想。

宋佳曦回过梁欢的信息之后，看着他那句"你不能因为我喜欢晨曦就拉黑我啊"，忍不住扯了扯嘴角。

怎么说呢，树不要皮必死无疑，人不要脸天下无敌。以前她和梁欢在一起的时候，一定是被猪油蒙了心，所以才没有看清楚他不要脸的本质。

可是……她看着梁欢的微信名——喜欢小曦曦的梁医生，终究还是忍不住浅浅地笑了一下。

她把手机收起来，看着地上收拾好的一箱行李，笑眯眯地道："小柔，走，陪我把这些东西送到租的房子里去，晚上我请你吃好吃的！"

"真的？"江小柔一脸惊喜地回过头来，看着宋佳曦道，"吃什么好吃的？"

宋佳曦想了想，道："繁星苑附近的大型商场也就万达和金鹰了，你想去哪家？"

江小柔立刻掏出手机，道："稍等，让我先上大众点评看一眼，看看那附近都有什么好吃的。"

五分钟后，江小柔用自己的脑袋蹭着宋佳曦的肩膀，一脸谄媚地道："小曦，小曦，小曦曦，金鹰有一家蟹道乐，我想……"

宋佳曦朝她微微一笑，道："把你的想法憋回去，我请不起。"

江小柔长长地叹了一口气，道："就知道你会这么说，哎，要不咱们把东西放在你租的房子里之后，先过去逛一逛，到时候再看晚上吃什么，如何？"

宋佳曦点点头，道："准奏。"

晚上七点多，正是用餐高峰期。

江小柔和宋佳曦看着商场指示牌上那些琳琅满目的餐厅名，一时之间竟然有些拿不定主意。

江小柔挽着宋佳曦的胳膊，忍不住感慨道："哇，这里新开了好多家餐厅啊！怎么办，每一家都想去试试……等等，我突然想去一趟厕所！小曦，你在这儿等我一下，我马上回来。”

说完这句话之后，她也不等宋佳曦答应，捂着肚子便飞快地跑了。

宋佳曦有些无奈地看着她的背影，转身继续研究指示牌上的餐厅。

她刚研究了一会儿，就听得身后传来一个略带惊讶与激动的中年男子的声音：“宋佳曦？”

咦？宋佳曦回过头去，一眼就看到自己身后站着那天面试时坐在中间的那个中年男子。

电光石火之间，她凭借自己出色的记忆力，飞快地反应过来，道：“梁董好。”

“你好，你好！”梁世超笑眯眯地往前走了两步，一脸好奇地看着宋佳曦，道，“小姑娘一个人出来吃晚饭吗？要不要跟我们一起啊？大家正好熟悉熟悉。”

宋佳曦下意识地后退了一步，委婉而含蓄地拒绝道：“多谢梁董的好意，我今天是跟朋友一起来的，她正好去方便了，我在这儿等她呢。”

梁世超一愣，跟朋友一起来的？该不会是跟男朋友吧？可他那个不靠谱的儿子这会儿正在首都出差呢！难道他没有希望了？

这么一想，梁世超赶忙追问道：“是跟男朋友一起来的吗？”

宋佳曦微微一怔，有些尴尬地回答道：“不是，是跟我一个宿舍的朋友。”

梁世超顿时放下心来。一个宿舍的，那应该是个女性朋友了。他长舒一口气，脸上重新挂上灿烂的笑容，道：“那今天就算了，下次再一起吃饭吧。

“对了，听说你已经跟公司的人力资源部签了合同，我记得A大离公司还挺远的，你下个月就毕业了，有没有想好上班以后住哪儿呢？”

宋佳曦老老实实地回答道：“我在这附近租了套房子，坐地铁去上班只要二十分钟的时间。”

“哦……那也还好。”梁世超听着她的话，微微蹙眉，又仔细想了想，朝她道，“不过要是刮风下雨的话，坐地铁还是有些麻烦。正好我在公司旁边的小区里有套房子，你要是有困难的话，可以直接住那儿。”

宋佳曦一脸不解。她听着梁世超的话，再看着他脸上那灿烂的笑容，不知道为什么，脑海里突然就冒出了一个想法：这……这……他们集团的董事长该不会是那种人吧？不然非亲非故的，他干吗要把自己名下的房子给她住？

宋佳曦不由自主地又往后退了一步，结结巴巴地道："这……这样不太好吧，万一您夫人知道了……"

梁世超很干脆地摇了摇头，道："没事儿，我离婚了，前妻不跟我住一起。"

宋佳曦："……"这怎么能叫没事儿，这事儿更大了啊！

宋佳曦只觉得自己后背上的汗都冒出来了，道："那个……谢谢梁董，真的不用了！我我我……我租的那个房子，租金都交了，合同都签了，东西都搬好了……"

梁世超听着她的话，顿时有些失望地道："这样啊……"

唉……他还以为安排她跟自己那个不争气的儿子住在同一个小区，能让梁欢近水楼台先得月呢……

"是……是啊……"宋佳曦脸上努力扯出一个灿烂而礼貌的笑容。

梁世超在心里默默地惋惜了一会儿，觉得自己还是应该帮梁欢那小子再争取争取，于是又继续问道："要不你给我说说，你喜欢什么类型的男生？嗯……成熟稳重一点儿的、年龄比你大一点儿的，你能接受吗？"

成熟稳重一点儿的、年龄比她大一点儿的……梁董，您该不会是在说您自己吧？

宋佳曦用力地咽了一下口水，只觉得自己心里拔凉拔凉的。她深吸一口气，不知道怎么的，脑子就抽了个风，道："我……我喜欢会撒娇的……"

梁世超愣住，会撒娇的？这年头除了幼儿园的小男孩，就连小学生都很少撒娇了吧？不……他记得梁欢那臭小子上幼儿园的时候也没撒过娇啊！完了，完了完了完了完了……梁欢没希望了。

梁世超长叹一口气，意味不明地看着宋佳曦，道："你这喜好……很特别啊。"

宋佳曦："……"

老实说，那一刻，她害怕极了。她生怕梁董下一秒就表演中年男子现场撒娇。

她努力地保持微笑，不知道该说些什么才好。

梁世超又叹了一口气，抬起手腕，看了一眼手表，然后朝宋佳曦道：“快到时间了，我得先过去了，下次有机会咱们再好好聊聊，我觉得你的择偶观念有必要改善改善。”说完这句话，他朝宋佳曦点了点头，双手背在身后，不慌不忙地走了。

“梁董，您慢走……”宋佳曦笑容僵硬地看着他的背影，直到他的身影消失后，才松了一口气。

好不容易等到江小柔回来，宋佳曦抱着她的胳膊，一脸害怕地把刚才的事情说了一遍。末了，她小心翼翼地看着江小柔，道：“小柔，你觉不觉得我们董事长有点儿奇怪？”

江小柔一只手摩挲着自己的下巴，眉毛紧紧地皱起。她谨慎地点了点头，道：“确实有点奇怪。”

“你说他让我住到他名下的房子里去，还问我喜不喜欢成熟稳重、比我年龄大一点儿的，是不是有什么目的？”

江小柔继续点头道：“不仅如此，他还特意表明了自己离婚、单身的身份，小曦啊，我感觉你们董事长好像看上你了。”

宋佳曦：“……”

“不如你就拿着你们董事长的钱，再住着他的房，然后交往帅气的梁医生？”江小柔一拍巴掌，道，“这简直就是两全其美啊！”

宋佳曦瞪着一双水润的眼眸，看着江小柔，正色道：“江小柔，我鄙视你的想法！你这个三观真是歪得不能再歪了。”

江小柔撇撇嘴，道：“我就是开个玩笑嘛！唉，别管他了，那些有点儿钱的中年老男人都这样，你以后离他远点儿就是了。他又不能强迫你，对吧？这毕竟是生活不是小说，他又不能对你霸道总裁强制爱。”

宋佳曦：“江小柔你有毒吧？”

江小柔嘿嘿一笑，道：“好了好了，不说了，咱们吃饭去。”

另一边，正在跟各部门经理一起吃晚饭的梁世超想了想刚才宋佳曦的话，还是忍不住给梁欢发了一条信息：“你什么时候回来？”

梁欢："有事吗？"

梁世超："什么话，没事我就不能找你了？"

梁欢："再过一周吧。"

梁世超："哦……"

片刻之后，梁世超忍不住又给梁欢发了一条信息："儿子，来，撒个娇。"

梁欢：?

梁世超："撒娇啊！撒娇你不会吗？你说说你，让你回来管理公司你不来，让你撒个娇你也不会，老子要你有什么用？！"

梁欢："爸，你是不是寂寞了？要是寂寞的话，就找个老伴，让你老伴给你撒娇。"

梁世超："不孝子！"

梁欢扯了扯嘴角，看着手机屏幕上的"不孝子"三个字，干脆把手机调成静音模式，扔回桌子上，继续写自己的调研文章。

等他写完这篇调研文章，已经快要夜里十二点了。

梁欢合上面前的笔记本电脑，伸手捏了捏鼻梁，闭着眼睛靠在椅子上休息了一会儿，伸手将手机拿了过来。

他点开微信，里面有他爸发来的十几条信息，一眼扫下去，基本都是中年男子的狂躁怒吼之语。他默默地返回主页面，看着自己聊天界面上置顶的对话框。

唉……真是令人心碎，一整个下午加一整个晚上，小家伙都没有找过他。

梁欢轻轻地叹了一口气，终究还是忍不住点开对话框，发了一张表情图过去。

喜欢小曦曦的梁医生：你的小可爱出现了。

片刻之后，宋佳曦的信息就回了过来："这么晚了，你还没睡？"

梁欢忍不住勾起唇角，一个字一个字地点了出去："嗯……想你。"

宋佳曦："别想了，梁医生还是早点儿睡吧，晚安。"

梁欢看着屏幕上的那一行字，一时之间竟然有些恍神。

当初他们在一起的时候，每天临睡之前都会互相给对方发一句"晚安”，每天早上醒来的时候，也会第一时间给对方发一句“早安”，就算偶尔吵架，她把他拉黑了，也会在睡觉之前，先把他从黑名单里放出来，说一声“晚安”，再把他放回黑名单里去……

梁欢抿了抿唇瓣，幽深的眼眸里闪过一丝落寞，飞快地回了一条消息：“不要嘛，人家睡不着……”

片刻之后，无情无义的宋佳曦发来了十分官方的解决方案：“针对睡不着的情况，这边建议：一、躺在床上，闭上眼睛数羊；二、服用适量安眠药。”

梁欢看着自己的手机屏幕，淡薄的唇角忍不住勾起一抹浅浅的弧度，继续回道：“不行，还是睡不着。小曦曦，你陪我说说话吧。”

然而，冷酷无情的宋佳曦想都没想就直接拒绝了他的请求：“我觉得我跟梁医生之间没什么可说的。”

梁欢看着宋佳曦的回复，忍不住长长地叹了一口气，真是无情无义的女人。

不过没关系，他默默地在屏幕上继续点击：

“小曦——

“小曦——

“小曦曦——

“理理我好吗？”

宋佳曦终于忍无可忍地回道：“梁欢！你到底要干吗？都说了不想跟你说话了！”

梁欢的眼眸微微闪了闪，身子往后靠了靠，整个人都窝在椅子里。他用修长的手指飞快地打字，还一字一顿地念着：“那你……给我发一条语音吧，好不好？我想听听你的声音……”

这段话他刚打完发出去，手机就直接黑屏了。

梁欢：怎么回事？

他从椅子上坐起来，按了按手机开机键。妈的，好像没电了！

这种关键时刻，怎么能没电呢？！

梁欢站起身来，满屋子找充电器。他记得昨天晚上充电了啊，怎么就没电了呢？这招待所也太不靠谱了吧，早知道他就自己去旁边的五星级酒店开个房间住了。

他在房间里转了一圈，终于在卫生间的洗手台上找到了自己的充电器。

这打扫房间的阿姨很有自己的想法啊！她在洗手台上铺了一块白色的毛巾，然后把梁欢那一堆乱七八糟的东西都按照大小高矮的顺序给排列整齐了。

梁欢无语地扯了扯嘴角，拿上自己的充电器，重新回了房间。

他给手机充上电，然后赶紧按下开机键。

十几秒钟后，他的微信不断地响起新消息的提示音，连带着手机的顶部也一直在弹出提示框：

“无情无义的小曦曦给您发来一条新消息。”

“无情无义的小曦曦给您发来一条新消息。”

“无情无义的小曦曦给您发来一条新消息。”

提示框一口气弹了十几条，害得梁欢的手机差点儿刚开机就死机。

宋佳曦竟然给他发了这么多条消息！那是不是代表着，他们两个还有复合的可能？！

梁欢按捺住心中的激动，赶紧输入自己的锁屏密码，点开微信。

他刚打开聊天界面，宋佳曦的消息就刷屏了——

“梁欢，你还要不要点儿脸了？！

“哦，对了，我忘记了，你一直都不要脸！

“真的，你知不知道，树不要皮必死无疑，人不要脸天下无敌！

“你要是敢自称天下第二不要脸的话，都没人敢自称第一！

“你是不是有病？！大半夜的睡不着觉发什么神经？！

“渣男！再见吧你！”

屏幕上的最后一条信息，是宋佳曦发来的一连串微笑、挥手、再见的表情。

梁欢一脸茫然地看着自己的手机屏幕，完全不知道刚刚发生了什么事情，竟然让宋佳曦如此激动地对着自己连骂了十几条。

他眨眨眼睛，迟疑着按了几个问号发了过去。

下一秒，屏幕上立刻弹出他颇为熟悉的一句话：消息已发出，但被对方拒收了。

梁欢看着那一行字只觉欲哭无泪。这是怎么了，他做了什么，为什么又被拉黑了？！

梁欢强忍住心中的悲痛，将宋佳曦发过来的消息一条一条地往上翻，一直翻到最上面，当他看到自己最后发出去的信息时，瞳孔瞬间一缩。

这……坑人的输入法！

手机关机之前，他发出去的最后一条消息是：那你给我发一条语音吧，好不好？我想听听你的呻吟……

他只是图省事，打“声音”两个字的时候，直接打了首字母“sy”，谁知道最后出来的竟然是……

怪不得宋佳曦一口气骂了十几条，还把他再次拉黑了……

梁欢：“……”怎么办，这下解释不清了。

宋佳曦把梁欢拉黑以后，脸红得不行。她趴在床上，翻来覆去，竟然好半晌都没有睡着。

不远处，江小柔的床帐里透出一抹微弱的光线，她肯定又在戴着耳机追剧。

宋佳曦想来想去，还是觉得意难平，干脆翻身下床，穿上拖鞋，跑到江小柔的床铺前，掀开她的床帐，喊了一声：“小柔，我睡不着。”

正在看剧的江小柔听到身后有动静，吓得立刻将手机屏幕朝下一扣。她摘下耳朵上的无线蓝牙耳机，转过头来看着黑暗中站在床边的宋佳曦，忍不住伸手拍了拍胸口，道：“吓死我了！大半夜的，你干吗呢？”

“我睡不着……”宋佳曦干脆脱了拖鞋，爬上江小柔的床铺，钻进她的被子里躺了下来，“小柔，你在看什么剧呢？”

“这个……”江小柔的脸上浮现出一抹尴尬的表情。

“那个……艺术鉴赏，懂不懂？”江小柔清了清嗓子，云淡风轻地朝宋佳曦道。

宋佳曦：“……”

江小柔十分慷慨地把自己的蓝牙耳机分了一只给宋佳曦，道：“要一起看吗？”说完，她也不等宋佳曦开口答应，便直接按下了播放键。

她有些慌乱地把耳机塞回江小柔的手里，逃也似的从江小柔的床上翻了下来，道："不用了，不用了，我有些困了，还是去睡觉吧，你继续……"

说完，她便直接扑到自己的床上，拉起被子，将整颗脑袋都给捂住了。

江小柔有些无语地看着她。

都怪梁欢，要是他不发那样的话，也不会害得她睡不着，要是她没有睡不着，也不会看到小柔的手机……啊啊啊啊……都怪那个渣男！

宋佳曦在心里又把梁欢从头到尾地骂了一遍，这才一边数羊一边缓缓地进入了梦乡。

梦里，是熟悉而温柔的香味，灿烂的阳光洒在干净的白衬衫上，混合着青草的淡淡清香，有人把她紧紧地圈在怀中。

吓！

宋佳曦一惊，猛地睁开双眼。

外面璀璨耀眼的阳光已经透过宿舍阳台的玻璃窗照进室内。

不远处的床铺上，江小柔裹着被子，蒙着脑袋，正在呼呼大睡。

宋佳曦翻了个身，隔着睡衣摸了摸自己胸腔里跳得飞快的小心脏。

五分钟后。

宋佳曦从枕头下面摸出自己的手机。她从微信黑名单里捞出梁欢的号，一口气又骂了十几条之后，再次将他放回黑名单。都怪他！罪魁祸首！万恶之源！始作俑者！

梁欢这一夜睡得不怎么踏实，快到早上的时候，迷迷糊糊中他的微信又传来一连串的消息提示音。

谁啊，这么一大早给他发消息，还让不让人睡觉了？

他睡眼蒙眬地摸出自己的手机，瞥了一眼。手机顶部一口气弹出来十几条消息提示：

"又把我拉黑的小曦曦给您发来一条新消息。"

"又把我拉黑的小曦曦给您发来一条新消息。"

"又把我拉黑的小曦曦给您发来一条新消息。"

梁欢一脸茫然。他擦了擦眼睛，撑着胳膊，一下子就从床上坐了起来。

这……怎么了？都过去一夜了，难道宋佳曦还在生气呢？

梁欢看着手机屏幕上再次被宋佳曦刷屏的信息，忍不住开始怀疑人生。他斟酌片刻，郑重其事地在屏幕上打下一句话："对不起，能给我一个解释的机会吗？”

很快，这条消息发出去了，他却收到了系统的自动回复：“消息已发出，但被对方拒收了。”

梁欢：“……”他的命好苦。

正式搬家的那一天，天空中飘着淅淅沥沥的小雨。

宋佳曦撑着伞，将自己最后一箱行李拉到繁星苑的房子里，终于长长地松了一口气。

从今天晚上开始，她就正式入住繁星苑啦。为了庆祝她搬家，小柔晚上会过来陪她一起吃晚饭。

宋佳曦低头看了一眼时间，估摸着差不多该去小区门口的地铁站接小柔了，便拿起雨伞，下了楼。

她从楼道里出来，只见刚才还飘着毛毛细雨的天空，竟然开始下起豆大的雨点儿。哗哗的雨滴落在树叶上，落在地面上，混合着青草味，让闷热的空气一下子变得凉爽不少。

宋佳曦撑起雨伞，刚准备往外走，就看到楼道前的小路对面站着一个人。他撑着一把纯黑色的伞，长身而立。他穿着一件白衬衫，系着藏蓝色的领带。

雨水落在伞面，顺着伞面的弧度往下滑，如同大珠小珠落玉盘，在他周围形成一道雨帘。雨帘后面，是他清冷俊美、轮廓分明的脸庞。那清澈幽深的眼眸里带着一丝浅浅的笑意和浓浓的温柔。

宋佳曦愣了一下，接着就听到他温润低沉的声音：“小曦，我回来了。”

她撑着伞，和他隔着一条小路，隔着一串串从天而落的雨珠，看着彼此。

他从烟雨中走来，带着一身清隽，如同从书画中翩翩而来的贵公子。

片刻的怔忪之后，宋佳曦回过神来，盯着梁欢好一会儿之后，然后直接撑伞从他身边走了过去。

“小曦。”梁欢伸出手来直接握住她纤细的手腕。

他的掌心很热，指尖却带着一丝冰凉。他的手扣在她的手腕上，没有特别用力，却也让她无法挣脱。

宋佳曦不得不停下脚步，抬起头来看着站在自己面前的梁欢。她深吸一口气，脸上露出一个礼貌而疏离的微笑，道：“梁医生，有什么事情吗？”

一声“梁医生”，让梁欢扣住她手腕的那只手微微松了松。然而，也只是松了一下，下一秒，他的手便紧紧地握住她的手腕，道：“小曦，我想跟你解释一下那天的事情。”

“哪天的事？”宋佳曦微微皱眉，有些不悦地看着他。

“就……我那天晚上发错信息的事情……”梁欢清秀帅气的脸庞上浮现出一抹尴尬的神色，“我本来是想打‘我想听听你的声音’，可是输入法它有它自己的想法……

“我没来得及看清楚自己发的信息是什么，手机就没电关机了。等我再开机的时候，你都已经把我拉黑了……”

宋佳曦听着梁欢的解释，沉默半晌之后，抬起头来看着他，点点头道：“好的，我知道了。梁医生还有什么事吗？”

梁欢握着她的手腕，小心翼翼地道：“你真的知道了？”

“嗯。”宋佳曦低头看着他握着自己手腕的大手，一字一顿地道，“现在梁医生可以松手了吗？”

梁欢沉默片刻，轻轻地晃了晃她的手腕，道：“那你还生气吗？别生气了吧……把我从黑名单里放出来，好不好？”

他的声音很好听，低低的，还带着一点儿委屈，混合着滴滴答答的雨声，钻进她的耳朵，一路去往她的心窝里。

宋佳曦咬了咬嘴唇，生怕自己下一秒就心软。她一边用力地挣脱他的手，一边咬牙切齿地道：“不要，我觉得还是黑名单里比较适合你待。”

梁欢的眼眸微微闪烁了一下，看着眼前如同发飙的小猫一般，用力挣脱他钳制的宋佳曦。他轻轻地叹了一口气，终究还是忍不住伸出手一把将她搂进怀里。

宋佳曦还没反应过来，整个人就落入一个温暖的怀抱。

他的白衬衫上是她熟悉的味道，那淡淡的混合着阳光与青草的味道，瞬间将她整个人包围。一双修长而有力的胳膊紧紧地搂着她的肩膀，低沉而富有磁性的声音在她耳边响起：“小曦……别闹……”

他说话的时候，温热的气息喷洒在她耳边，就像有人拿着一根毛毛草在她的耳朵上搔痒。

不知道为什么，她的脑海里竟然浮现出前几天晚上的那个梦。梦里有人把她紧紧地圈在怀中。

宋佳曦的脸瞬间烧得通红，她用尽全身的力气将抱着自己的梁欢拼了命地推开。

梁欢愣了一下，没想到宋佳曦推自己的力气竟然这么大。

这种时候，他若是松手的话，估计宋佳曦会头也不回地走掉。可他若是不松手，等着他的，则很有可能是一辈子的小黑屋。

电光石火之间，梁欢思绪万千。眼眸里闪过一丝狡黠的光芒，他顺着宋佳曦推开自己的力道，往后退了一步，再顺带着踉跄一下，直接向后摔坐在地。

而他手中的那把纯黑色雨伞，也在他“摔倒”的过程中，“不小心”地掉在旁边的地上。

梁欢一脸“惊诧”地抬起头来，看着站在自己面前的宋佳曦，清澈而深邃的眼底写满了委屈与心酸。

豆大的雨点噼里啪啦地落下，落在他的头发上、落在他的脸颊上、落在他的白衬衫上。

一颗颗晶莹剔透的雨珠顺着他的发梢落在他的鼻梁上，再沿着他轮廓分明的下巴、顺着他白皙修长的脖颈，落进衬衫的领口里。

不过顷刻之间，他的身上就被雨水打湿了一大片，再加上他落寞的表情，感觉他如同被人抛弃在雨里的小猫咪。

宋佳曦愣在原地，怔怔地看着被自己推倒在地的梁欢。接着，她下意识地低头看了一眼自己的手。她刚刚……推梁欢的时候，用了那么大的力气吗？他怎么一下子就摔倒了？

“对……对不起。”宋佳曦回过神来，顿时有些手忙脚乱地向梁欢道歉。

她连忙上前一步，在梁欢的身边蹲了下来，将自己手中的雨伞朝他倾过去。帮他挡住雨后，她才结结巴巴地小声道：“我……我不是故意的，我刚刚只是……只是……”

梁欢看着眼前惊慌失措的宋佳曦，温柔地笑了笑，道：“没事，是我自己没站稳，不怪你。”

“我……”宋佳曦咬了咬嘴唇，朝梁欢伸出一只手，道，“我扶你起来吧。”

“嗯。”梁欢叹了一口气，轻轻地应了一声，撑在地面上的大手朝宋佳曦伸了过去，然而他的手刚伸了一半，就堪堪地停在半空。

下一秒，他收回自己的手，无奈地笑了一下，道：“不用了，我的手刚刚撑在地上，都是土和泥，会弄脏你的手。”

说完这句话，他默默地站了起来，原本干净整洁的西装裤上也脏了一大片。

他捡起掉落在地的纯黑色雨伞，深深地看了宋佳曦一眼，声音里带着一丝苦涩，道：“其实今天我是特意来跟你道歉的……但是看样子，你是不想原谅我了……是我不好，明知道我们已经分手了，却还是控制不住自己，一次次地打扰你。”他顿了顿，淡薄的唇瓣张了张，似乎还有什么话要说，最终只是长长地叹了一口气，道，“算了，我走了，你……自己小心一点儿，雨这么大，出去不要着凉感冒了……”说完，他朝宋佳曦温柔地笑了笑，撑着伞，转身离开。

他身上的白衬衫早已被雨水湿透，原本一尘不染的西装裤也沾上一大片泥水。他湿漉漉的发梢上，一颗又一颗的水珠不断落下。

原本干净清爽宛如谪仙的人，此刻如同从云端跌落尘世，狼狈不堪。

宋佳曦看着他转身离去的落寞背影，不知道为什么，眼前浮现出刚才他眼神里的委屈与心酸。她心底的最深处仿佛被刺痛了。那微微的刺痛使得她不由自主地喊了一声：“要不……你去我那儿换身衣服吧。”

梁欢的脚步微微顿了顿，清澈幽深的眼眸里闪过一丝微光，淡薄的唇瓣勾起好看的弧度。转身的瞬间，他却换上一副自责且犹豫的表情，道：“没事的……我回自己家换就好了，反正我……阿……阿嚏……”

话还没说完，梁欢就连着打了两个喷嚏。他吸了吸鼻子，有些无奈地看着宋佳曦，道：“我没事。”

宋佳曦抿了抿唇瓣，快步上前，一把扯住他的袖子，连拉带拽地将他拖回自己刚收拾好的新家。

梁欢被她直接推进浴室，顺带着手里还被塞了一条干净的浴巾。

宋佳曦站在浴室门口，很认真地看着他，道："你赶紧把身上的衣服都换下来，然后洗个热水澡，千万别感冒了。"

梁欢乖乖地点点头，笑着应了一声，道："好。"

卫生间的门被关上。

他拿着浴巾打量了一下这小小的卫生间。

洗手台上放着一只白色的陶瓷马克杯，杯子上印着一只粉嘟嘟的猫爪，旁边是她的电动牙刷。

镜子旁边的架子上挂着她的毛巾，毛巾也是粉色的，上面印着一只白色的胖猫，看起来和那只杯子倒是挺配的。

梁欢站在洗手台前，摸摸杯子又摸摸毛巾，嘴角忍不住勾起一抹浅浅的弧度。

这么多年了，她还是喜欢这些小女生的东西，一点儿都没变。

浴室花洒里的水已经由冷变热，一阵阵热气从玻璃拉门里飘出来。

梁欢心情愉悦地脱掉身上早已湿透的衬衫和西装裤，走进浴室，开始洗热水澡。

一直等卫生间里传来哗啦啦的水声，坐在客厅里的宋佳曦才意识到一个严重的问题——她的新家没有男士衣物。也就是说，过会儿梁欢洗完澡是没有干净衣服可以换的。

他要是没有干净衣服可以换，就没有办法离开；他要是没有办法离开，那岂不是今天就要光明正大地赖在她家了？不行，她不能让梁欢得逞！

这种关键时刻，宋佳曦自然而然就想到了住在她隔壁的顾医生。

顾朗和梁欢是好朋友，而且顾医生还是个男的！她可以跟顾医生借一套男士衣服，如果梁欢非要赖在这里不走的话，那她就把他塞到顾医生家里去！

这么一想，宋佳曦赶紧拿起自己的手机，找到顾朗的号码，给他发了一条短信："不好意思，顾医生，请问你今天在家吗？"

过了一会儿，顾朗回了条短信过来："宋小姐有什么事吗？"

宋佳曦想了想，抱着手机回过去："是这样的，梁医生不小心把衣服淋湿了，我就让他在我家洗了个澡。这会儿我才想起来，家里没有男士衣物，所以就想能不能跟你借两件，让他先穿一下。”

妇产科医生办公室里的顾朗看着自己手机屏幕上的那一大段话，忍不住皱了皱眉。梁欢那小子怎么跑到宋佳曦那儿去了？他不是今天上午才刚从首都回来吗？而且也不知道这小子用了什么伎俩，竟然这么快就进到宋佳曦的家里洗澡去了……这种时候，他若是破坏了他欢哥的好事……

顾朗想着想着，忍不住打了个寒战。他连忙给宋佳曦回了一条短信：“不好意思啊，宋小姐，今天正好是我值夜班，要到明天早上六点多才能下班回去，要不你再问问别的朋友？”

他刚刚回完消息，隔壁办公桌旁的刘医生就抬起头来，问道：“顾朗，还不走啊？都到下班时间了。”

顾朗一脸沉痛地看着刘医生，声音闷闷地道：“刘医生，你是今天的夜班吧？要不咱俩换个班？”

刘医生：“咋了？”

顾朗：“家里……有点儿事，不方便回去。”

刘医生顿时一脸明了地拍拍他的肩膀，站起身来，将白大褂脱了下来，道：“行，那今天就你替我值夜班吧。我先下班回家了啊。”

顾朗：“好的。”

眼看着刘医生离开办公室，顾朗这才长长地叹了一口气。

他想了想，还是把刚才宋佳曦发给自己的信息截了个屏，然后发给梁欢，道：“欢哥，看到没有，这都是兄弟我为了你的幸福所做的牺牲。”

宋佳曦坐在客厅的沙发上，看着手机屏幕上顾朗发给自己的短信，陷入深深的绝望。

她刚才为什么要一时心软让梁欢在家里洗澡换衣服？她就应该让他一身湿透地回他自己家去啊！

就在宋佳曦万般纠结的时候，卫生间的门被打开了。一股热气从门缝里袅袅地飘了出来。紧接着，腰上围着她粉色大浴巾的梁欢缓缓地走了出来。

四目相对的一瞬间，宋佳曦竟然一时之间不知道目光该往哪儿放才好。

她的目光在他赤裸的胸膛上飞快扫过。然后，她红着脸看着旁边架子上的一对水晶杯，结结巴巴地道："你……你洗好了啊？"

梁欢看着她满脸慌乱的样子，忍不住扯着嘴角笑了笑，这才优哉游哉地回应道："是啊，洗好了。洗好了才发现，我没有衣服换。"

"要……要不，你先穿我的T恤？"宋佳曦语无伦次地道，"我有件T恤挺宽松的。"

梁欢微微一笑，道："T恤不是问题，问题是你有宽松的内裤吗？"

宋佳曦听着梁欢的话，整个人都愣住了。

她一脸茫然地看着梁欢，红润的唇瓣微微动了动，道："你……你说什么？"

梁欢似笑非笑地看着她，道："T恤我能穿你的，难道内裤我也能穿你的？你那些粉色、白色带小花和蕾丝的内裤，哪一条我穿得上？还是说……唔……唔唔……"

他的话还没说完，宋佳曦已经飞快地扑了上去，用白皙纤细的小手一把捂住他的嘴，恶狠狠地道："不许说话！"

梁欢微微一怔，随即笑了出来。

他点了点头，轻轻地应了一声："好。"

因为被她捂着嘴，所以他的声音听起来有些闷。说话的时候，他柔软的唇瓣在不经意间碰到她掌心的皮肤。

宋佳曦只觉自己手上有一片灼热的感觉，他说话的气息和呼出的热气全部喷在她的掌心，莫名让她的心跳漏了一拍。

她就这么捂着梁欢的嘴，瞪着他好一会儿，才将手松开，道："我警告你啊，请你不要随便开口说话。"

"嗯嗯！"梁欢强忍着笑意点了点头。

确定他不会乱讲话之后，宋佳曦这才走回客厅的沙发前，在沙发上坐下。她又回头看了一眼腰间只系了一条浴巾的梁欢，闷闷不乐地道："你的衣服都潮了，不能穿了，我扔洗衣机里洗了。"

"嗯！"梁欢听着她的话，点了点头。

"现在你没有衣服穿了。"宋佳曦深吸一口气，继续道，"鉴于你现在不方便出去，所以我觉得，眼下的路只有一条，那就是我去小区附近的商场给你买一套衣服，你觉得可以吗？"

“嗯！”梁欢继续点点头。

“反正只要给你买内裤、裤子、T恤就行了吧？”宋佳曦想了想，道，“你对衣服有什么需求吗？”

梁欢眨眨眼睛，一双清澈的眼眸里闪过一丝微不可见的光芒。他沉默片刻，小心翼翼地开口道：“我现在可以开口说话了吗？”

宋佳曦顿时气得笑了出来，道：“你说呢？”

“哦。”梁欢低低地应了一声，清了清嗓子，一本正经地道，“是这样的，我有一点儿轻微的洁癖，新买回来的衣服，必须过一下水、洗一下才能穿，所以……其实你买不买都没什么区别……”

宋佳曦：“……”

她瞪着一双圆溜溜的眼睛看着梁欢，半晌才愤愤地道：“你什么意思？！”

梁欢微微一笑，看着她，道：“意思就是，你还不如等我今天穿的衣服干了，让我换上。你去买身新的回来，还是得洗，还是得等衣服干，对不对？”

宋佳曦顿时有些抓狂，道：“不是，你现在全身上下一件衣服都没有，你的意思是，你就要这样来回奔跑？”

梁欢眨眨眼睛，一脸无辜地道：“不行吗？反正你家又没有别人……”

第4章　我们重新熟悉熟悉

“不行！”宋佳曦想都没想，直接拒绝了他，“就算我家没有别人，你也不能在我家里光着身子晃来晃去，我……我们又不熟……”

她这句话说完之后，梁欢没有开口说话。他只是站在原地，一双幽深的眼眸微微垂下，脸上带着一抹似笑非笑的表情，看着她。

外面，雨还在不停地下着，噼里啪啦的雨点打在窗户上，衬得屋子里一片寂静。

宋佳曦被他看得有些不自在，只得硬着头皮小声道：“怎……怎么了，看着我干吗？难道不是吗？”

“嗯……”好半晌，梁欢才轻轻地应了一声，声音低低地道，“你对我的态度……确实变得有些陌生了。”

宋佳曦听着他的话，微微一怔，一时之间竟然不知道该说些什么才好。

然而下一秒，梁欢就一边坏笑着往前走，一边促狭地道：“要不咱们重新熟悉熟悉，好不好？”

“啥……啥？”宋佳曦一脸茫然地看着他越走越近，直到他在自己面前站定。

他微微弯腰，白皙修长的手指轻轻地在宋佳曦的脸颊上碰了一下，语气暧昧地道：“是我先重新熟悉熟悉你，还是你先重新熟悉熟悉我？嗯？”

宋佳曦：“……”

“要不就你先重新熟悉我吧？”梁欢直起身来，一双手竟然朝自己腰间系着的粉色大浴巾伸了过去。

眼看着他就要伸手解下系在腰间的浴巾，宋佳曦瞬间回过神来，尖叫着用双手捂住自己的眼睛，语气急促地道："梁欢，你干吗？！你这个死变态！你赶紧住手！你再这个样子，我就把你拉黑！"

梁欢的动作微微顿了顿，唇角勾起好看的弧度。他道："嗯？拉黑？我已经在你的黑名单里了啊。"

宋佳曦："你住手！你再这样，我就让你在黑名单里躺一辈子！"

梁欢愣了一下，将系在腰间的浴巾微微调整了一下，然后带着一丝好笑的语气道："我再哪样啊？这不是刚才出来的时候浴巾系得有点儿松，我感觉它快要掉了，所以把它重新系得紧一点儿吗？"

宋佳曦："……"

梁欢看着她一脸慌张的样子，意味深长地道："不然呢？你以为我要干吗？"

宋佳曦："……"什么叫她以为他要干吗？

刚刚那一瞬，她真的觉得以他脸皮的厚度，他做得出来那种在她面前解开浴巾，然后开始跳舞的事……

等等……跳舞是什么东西？她脑子里怎么会冒出这种猥琐的想法？

客厅里的气氛一时之间有些凝重。

宋佳曦终于回过神来，尴尬地清了清嗓子，努力让自己的声音听起来平稳一点儿，道："你……你不是说要让我重新熟悉熟悉你吗？怎么熟悉？"

梁欢不慌不忙地在宋佳曦身边坐了下来，顺带着整理了一下那条粉色的大浴巾，然后清了清嗓子，道："我姓梁，叫梁欢，今年二十八岁，天蝎座，血型A，身高一百八十厘米。"

宋佳曦："……"

她在听到梁欢的话之后，整个人都僵住了。这……这就是他说的重新熟悉熟悉？这有什么好熟悉的，这些她都知道啊！

梁欢看着她茫然的模样，忍不住抿着唇瓣笑了笑，然后压低声音道："其实……除了一百八十厘米，我还有一百八十毫米，一百八十分钟……小曦……你还记得吗？"

宋佳曦听着听着，不知道为什么，竟然瞬间懂了。

然而，此时此刻，她宁愿自己没有懂。啊啊啊啊，她一定是被小柔给带坏了！

宋佳曦那张白皙粉嫩的小脸上都是红晕。她猛地站起身来，转身朝房间里边走边道："不……不知道你在说些什么，我要出去接小柔了。既然你不想走的话，那就在这儿待着吧。"

她飞快地走进房间，然后把房门关上，背贴在门上，一颗小心脏在胸腔里疯狂地跳着。

宋佳曦转头看着穿衣镜上自己红红的脸蛋，就和那天晚上的她一样……

啊啊啊啊！打住打住！宋佳曦伸手摸了摸自己发烫的脸颊。这种时候她乱想什么呢？她该不会真的像小柔说的那样，开始内分泌失调了吧？

宋佳曦赶紧用手当扇子，给自己扇了扇风。强迫自己冷静下来之后，她打开卧室的门，重新走了出去，对着坐在客厅里的梁欢面无表情地道："我出去了。"

梁欢笑眯眯地看着她，朝她挥了挥手，道："早点儿回来。"

宋佳曦："……"这对话听起来，怎么好像怪怪的。

不过她没有多想，而是赶紧在门口换了鞋，拿上雨伞出去了。

外面的雨下得没有刚才那么大，淅淅沥沥的。

宋佳曦走出楼道的时候，手机铃声突然响了起来。她手忙脚乱地拿出自己的手机，看了一眼上面的来电显示，然后按下接听键，道："喂，小柔？"

"喂，大姐，你到底到哪儿了啊？"电话那边传来江小柔的声音，"不是说来接我的吗？我都在地铁站门口转悠一圈了，连你的影子都没看见啊！"

宋佳曦连忙拔腿就往外面跑，道："马上到，马上到，刚才有点儿事情耽搁了。你再等我十分钟，我保证出现在你面前！"

十分钟后，江小柔看着呼哧呼哧跑到自己面前的宋佳曦，一脸无奈地道："怎么了？出什么事情了？"

"呃……"宋佳曦迟疑了一下，朝她笑了笑，道，"也不是什么重要的事，就是……那个……我出门的时候，正好那个煤气抄表的工人过来抄煤气的使用度数，然后……就耽搁了一下。"

“哦。”江小柔点点头，应了一声，倒是没有继续追问。

她伸手挽住宋佳曦的胳膊，开心地道：“恭喜你呀！小曦曦。从今天开始，你就正式有了自己住的地方，以后我会经常来你这儿蹭住的！”

宋佳曦任由江小柔挽着自己的胳膊往前走，随口问道：“小柔，你工作找得怎么样了？”

江小柔耸耸肩膀，道：“就那样吧。我爸托关系给我找了所学校，我准备去当小学老师。嘿嘿，这样就跟上学的时候一样，有寒暑假可以休息了。”

“小学老师？”宋佳曦有些惊讶地看着她。以她的成绩，就算去重点高中当老师都没有问题，她为什么偏要去当个小学老师？

“哎呀，人生嘛，辛辛苦苦是一生，吃喝玩乐也是一生。”江小柔朝宋佳曦嘿嘿一笑，道，“不瞒你说，上个月有通知，我们家住的那一片又要拆迁了。”

“又？”宋佳曦听着她的话，很敏锐地抓住这个“又”字。

“我没跟你说过吗？我爸我妈都是普通工人，上幼儿园的时候，我们家的房子被征用了，就补偿了我们两套新的住房，我爸把其中一套卖了，然后买了套离他工厂近的老破小。结果没几年，他们工厂扩建，就把附近的老破小都给拆了，我爸就又分了两套房，他又卖了一套，在我的小学附近买了套老破小。没想到我小学还没毕业，那边就要市政修路，我们家又被拆了，因为那里的地段比较贵，我爸又分到了三套房。后来我爸又买了套离我高中近的房子，我上大学的时候，房子又被拆了，这次又分了三套房。结果我这研究生还没正式毕业，我家房子又要被拆了，唉……”江小柔长长地叹了一口气，道，“我这一生，就是在不停地搬家。”

宋佳曦：“不是，这位姐妹，我就想问问，你家现在到底有多少套房？”

江小柔抬头望天，掰着手指头数了数，然后郑重其事地道：“这么多年我爸拆了买，买了拆，来来回回，好像有二十多套房了吧。”

宋佳曦：“……”

“哎呀，好了，不说这些了，咱们吃饭去，吃完了逛街，然后今天晚上我去你的新家住一晚！”江小柔挽着宋佳曦的胳膊，一脸兴奋地道。

宋佳曦一脸震惊地看着她，道：“你说什么？！”

“我说……吃完了逛街，然后去你家住一晚啊……”江小柔一脸茫然地看着宋佳曦，道，“不然呢？下这么大的雨，你该不会想让我自己一个人回到那冷冷清清的寝室吧？”

宋佳曦张了张嘴，用一双圆润的眼眸盯着江小柔许久，才弱弱地道：“我……我不是这个意思……我的意思是……我刚把行李什么的搬过去，还没来得及收拾，我怕你嫌弃……”

江小柔嘿嘿一笑，伸手勾住宋佳曦的脖子，开心地道：“我怎么会嫌弃我们家小曦曦呢！没事的，刚搬家，东西乱是正常的，回头晚上我帮你收拾收拾。”

宋佳曦脸上带着欲哭无泪的表情，点了点头，道：“好……”

晚上吃饭的那家店是江小柔挑的，这一次换成她请客，说是为了给宋佳曦从寝室搬走饯行。

宋佳曦心不在焉地吃着东西，味同嚼蜡，满脑子都是家里那个全裸的死变态。

吃过晚饭，江小柔拽着宋佳曦直奔屈臣氏而去，说是要去买新牙刷和新毛巾，以后就放在宋佳曦家里，方便她去蹭住。

宋佳曦站在屈臣氏的货架旁边，看着不远处的江小柔挑得兴高采烈的样子，忍不住长长地叹了一口气。完了，这下该怎么办？她到底要不要在小柔去她家之前，跟小柔解释一下事情的来龙去脉？

就在宋佳曦各种纠结的时候，不经意瞥到隔壁货架上的商品——旅行专用一次性内裤。

哎？！这是个好东西啊！

宋佳曦顿时两眼发光，快步走到货架前看了一眼，然后挑了一盒男士用的。

江小柔挑好东西就去收银台结账。她把自己的购物篮放到收银台上，回头看了宋佳曦一眼，扯着嗓子喊道：“小曦！我结账了！你有没有什么要买的，拿过来我帮你一起结啊！”

宋佳曦低头看了一眼手中的旅行专用一次性男士内裤，沉默片刻，抬起头来，朝江小柔道：“你先结账吧！我再去挑几瓶洗发水、护发素什么的。”

江小柔眨巴眨巴眼睛，道：“要不我等你一起？”

宋佳曦吓得连忙摇头，道：“不用不用，你先结账，然后帮我买杯奶茶吧，逛了这么久，我有点儿渴了。”

江小柔：“哦，那好吧。”

江小柔转过头去，给收银员报了自己的会员手机号，就结账了。

江小柔结完账，朝她挥了挥手，转身出去买奶茶。宋佳曦这才长长地松了一口气，赶紧拿着一次性内裤跑去收银台。

她一边将手中的那盒内裤放到收银台上，一边转头看着店门入口处，急匆匆地道：“结账。”

“好的，这位小姐，一共是五十六元。您购物满五十元，可以再加二十元换购一盒冈本003，请问您需要吗？”收银员站在柜台后面，手里拿着扫码枪，笑眯眯地朝宋佳曦问道。

宋佳曦专注地看着店门外不远处正在奶茶店买奶茶的江小柔，也没听清楚收银员在说什么，就随便点头道：“嗯嗯，好好好。”

“好的，一共是七十六元，请问购物袋需要吗？”收银员笑眯眯地继续问道。

“要要要，快点！”宋佳曦眼看着江小柔手里拿着两杯做好的奶茶转身又走回来了，顿时吓出一身冷汗。

收银员动作利落地从柜台下面拿出一只屈臣氏专属的蓝绿色购物袋，然后把宋佳曦买的两样东西都装进去，这才笑着道：“请问这位女士，您是现金还是扫码呢？”

宋佳曦回过头来，看到自己买的东西已经装进袋子里，顿时松了一口气。她掏出手机，打开微信付款页面递了过去，道：“扫码扫码。”

“好的。”收银员手里举着扫码枪，对着宋佳曦的二维码扫了一下，然后笑眯眯地将袋子递过去，道，“谢谢惠顾，祝您购物愉快。”

宋佳曦飞快地接过收银员手里的袋子，看也没看，就赶紧塞进自己的背包里。

她刚把背包的拉链拉上，江小柔就走了过来，将手中的一杯奶茶递过来，道：“喏，你要的奶茶。”

“谢谢！”宋佳曦长舒一口气，将背包重新背好，接过她手中的奶茶。

“好啦，走吧，咱们回家！”江小柔一手拎着刚买的牙刷和毛巾，一手端着奶茶，开心地朝宋佳曦道。

宋佳曦：“……”她……她还没想好该怎么解释呢！

从门口的商场到繁星苑，走路也就十多分钟的样子。这十多分钟里，宋佳曦正拼命地运转着大脑，想了不下二十个理由和解释，却还是被自己一一否决了。

眼看着江小柔进了楼道，上了电梯，电梯上的数字正在一个一个变化，宋佳曦终于豁出去了，开口道：“小柔，我有件事情要告诉你。”

“什么事？”江小柔原本正看着电梯数字，闻言转过头来，有些疑惑地看着宋佳曦。

“其实我家里……”宋佳曦张了张嘴，话还没有说出口，就听得叮咚一声，电梯门开了。

宋佳曦：“……”

平时没感觉电梯这么快啊，今天怎么一眨眼的工夫就到十九楼了？

江小柔率先走出电梯，抬头看了看楼道里的标记，随口道：“我记得你的新家是在1901吧？嗯，1901往这边，你看，我虽然只来过一次，但记得清清楚楚哦！”

宋佳曦：“……”不是，你等一等，我刚刚想好的解释，怎么一打岔就忘了呢？

江小柔走到1901室门口，转过头来看着还站在电梯口的宋佳曦，道：“快过来开门啊！你还愣在那儿干吗？”

“我……”宋佳曦深吸一口气，走到江小柔面前，在她的注视下，硬着头皮，从包里掏出钥匙。

宋佳曦拿钥匙开门的时候，手有点儿抖。

咔嗒一声，门锁开了，她握着门把手，闭了闭眼睛，感觉有点儿绝望。

“进去呀！”江小柔有些奇怪地看了宋佳曦一眼，伸手推开房门。

客厅里静悄悄的，一个人影都没有。

宋佳曦紧绷的神经顿时松了下来。吓死她了，她还以为江小柔一开门，就会看到在家撒欢的梁欢呢！

不过，这家伙既然不在客厅……她抬起头来朝自己的卧室看了一眼。

果然，她的卧室门紧紧地关着。

江小柔走进客厅，将自己手上拎着的东西直接扔在沙发上，然后一屁股坐进沙发里，伸开双臂，躺着道："啊啊啊……好累啊，下雨什么的，烦死人了。"

"嗯……我也觉得……"宋佳曦随口应了一声，拎着东西朝卧室奔去，"那个什么……我去把身上的衣服换下来，刚才不小心淋湿了，你在这儿等我一下啊。"

"好，去吧……"江小柔瘫在沙发里，有气无力地应了一声，随意地挥了挥手。

宋佳曦打开自己的卧室门，一个闪身就钻了进去。

卧室里面的灯开着，梁欢正躺在她柔软的大床上，裹在被子里，拿着手机看视频。

看到宋佳曦回来了，他的眼睛瞬间一亮，撑着胳膊就从床上坐了起来。他刚准备开口说话，宋佳曦就一个箭步冲上去，一把捂住他的嘴巴，道："嘘——别说话！"

梁欢微微一怔，清澈深邃的眼眸里写满了疑问。

"我的室友来了。"宋佳曦压低声音，一脸严肃地道，"今天晚上她要睡在我这里，我希望你能安静地待在房间里，不要出声。听见没有？我不想让别人误会我们两个的关系。"

梁欢一脸茫然地点点头。

"很好。"宋佳曦看到他点头答应，这才松开捂住他嘴的手。

她把自己的背包拿下来，然后从里面掏出屈臣氏的袋子，随手丢给梁欢，道："拿去，我在屈臣氏给你买的，你先凑合着用吧。"

梁欢接过她丢过来的袋子，打开看了一眼，顺带伸手翻了翻。他看到那盒冈本003之后，猛地抬起头来，目光深邃地看着她，迟疑地道："这……不太好吧？"

"有什么不太好的？！"宋佳曦用力地瞪了他一眼，接着伸手在自己的脖子上横着比画了一刀，道，"让你用你就用，做人那么挑剔，小心我把你从十九楼扔下去！"

梁欢目光灼灼地看着宋佳曦，然后扯着唇角笑了一下，道：“好，那就恭敬不如从命了。”

“很好。”宋佳曦满意地点了点头。

她站起身来，从旁边的衣柜里翻出一件宽松的粉色T恤扔给梁欢：“你暂时就穿这个吧。这个你应该能穿，但是裤子的话……”她又翻了翻，最终只得无奈地朝梁欢道，“我没有合适的睡裤给你穿。”

梁欢朝她笑了笑，乖乖地道：“没事，反正我就在床上待着。”

宋佳曦：“……”

她听着梁欢的话，总觉得有什么地方不太对劲，但一时之间又想不起来。

恰好这个时候，江小柔在外面扯着嗓子喊道：“小曦，小曦！你家客厅这个电视怎么开啊？今天是周末，咱们一起看综艺啊？”

“来了！”宋佳曦应了一声，又压低声音朝梁欢道，“记得千万不要出声！”

说完这句话之后，她才转身打开房门。她正准备出去的时候，身后的梁欢突然声音低低地喊了她一声：“小曦。”

“干吗？”宋佳曦转过头来，皱眉看着他。

“肚子饿……”梁欢眨着一双清澈的眼眸，可怜兮兮地看着她，“我还没吃晚饭呢。”

“冰箱里那么多东西，你自己不会拿着吃啊？”宋佳曦有些无语地道。

“没有你的许可，我不敢拿。”梁欢委屈巴巴地道。

宋佳曦：“……”

行吧。

她叹了一口气，默默地拉开房门走了出去。

她走到客厅，先帮江小柔调好电视频道，又去厨房的冰箱里拿了一盒牛奶和一包切片面包，趁着江小柔不注意的时候，把那两样东西直接从卧室门口扔到床上，又迅速地关上了门。

梁欢：“……”

他看着某人扔在被子上的牛奶和面包，忍不住笑着摇了摇头。

宋佳曦坐在客厅里，心不在焉地陪着江小柔看完综艺节目之后，就开始催她去卫生间洗澡，早点睡觉。

江小柔被宋佳曦推着进了卫生间，满眼疑惑地看着她，道："你干吗催我洗澡啊？你明明知道，我一般都是夜里两三点才睡觉的啊！"

"那什么，早睡早起身体好。"宋佳曦随便编了个理由，又道，"你今晚睡小房间吧，好不好？"

"为什么呀，我就不能跟你一起睡主卧的大床吗？"江小柔从卫生间里探出脑袋，问道。

"呃……主卧里面的床还没收拾好……"宋佳曦结结巴巴地道，"我自己也不能睡。今晚咱俩一起睡小房间的床吧？"

"不是吧？"江小柔忍不住哀号道，"你那小房间里的床撑死也就一米二宽吧，咱们两个人怎么睡啊？"

"咱们两个睡一米二的床也绰绰有余！"宋佳曦没好气地道。

江小柔眼睛转了转，突然朝宋佳曦开口问道，"小曦曦，你老实交代，你跟梁医生之前谈了有一年的时间吧？一年的时间也够你们发生点什么了。"

"别……别问了，我跟你说，小心隔墙有耳……"

"什么隔墙有耳呀！难道梁医生还能在你隔壁卧室不成？"江小柔坏笑着看了宋佳曦一眼，干脆大声道，"梁医生，你在隔壁吗？！"

"你……"宋佳曦被她这句话吓得连呼吸都静止了。

此时此刻，她生怕梁欢在隔壁开口应一声："嗯，我在呢。"

宋佳曦在心里默默地感谢他此刻的沉默不语。

江小柔朝她挤了挤眼睛，道："你承认你跟梁医生已经试过了——"

宋佳曦："……"

下一秒，她直接扯了一条浴巾扔到江小柔的脸上，道："再不进去洗澡，我就把你从十九楼扔下去！"

江小柔嘿嘿一笑，道："好啦好啦，我知道啦！这就去洗澡。不过洗澡之前，我想再问你一个问题。"

宋佳曦双手捂着耳朵，朝江小柔嚷嚷道："我不听，我不听，我不听！"

"别嘛！不是关于梁医生的。"江小柔将她捂着耳朵的双手拿了下来，然后有些不好意思地问道，“你……你觉得顾医生怎么样？”

宋佳曦一愣，看着江小柔难得害羞的样子，半晌才回过神来。她颤抖着手指，不敢置信地道：“你看上顾医生了？”

江小柔用力地点点头，眼睛里都是期盼。

宋佳曦：“对不起，我实在是跟不上你的思维。你去洗澡吧，洗澡的时候好好想想，怎么才能拿下顾医生。”

“哦……”江小柔闷闷地应了一声，这次倒是乖乖地拿着浴巾进去洗澡了。

眼看着江小柔去洗澡了，宋佳曦赶紧回了卧室。

她一推开卧室的门，就看到梁欢正坐在床上目光灼灼地看着她。

宋佳曦微微一怔，奇怪地道：“你看什么？”

梁欢抿着唇笑了笑，声音温柔地问道：“小曦，其实我也想知道，你对我到底评价如何。”

宋佳曦：“……”高空抛物好像是犯法的，要不干脆直接掐死他算了。

眼看着宋佳曦的脸色都变了，梁欢赶紧收起玩笑的神色，道：“抱歉，我只是开个玩笑，不过……”他顿了顿，伸手从屈臣氏的袋子里拿出那盒冈本003，朝她晃了晃，道，“你送这种东西给我，确实容易让人遐想。”

宋佳曦在看到梁欢手中的那盒冈本003之后，整个人都愣住了。

她盯着那小盒子好一会儿，忍不住往前走了一步，道：“这是什么……”

然而下一秒，当她看清楚盒子上的字之后，如同受了惊吓的猫，整个人都弹了起来。她飞快地夺过梁欢手中的小盒子，红着脸道：“这……这不是送给你的……”

梁欢脸上的笑容渐渐消失。他朝宋佳曦扬了扬眉毛，意味深长地看着她，道：“不是送给我的，那是送给谁的？”

“我……”宋佳曦努力回想了一下，她记得自己在屈臣氏的时候没有买这种东西啊，唯一的可能，就是最后她结账时，那个收银员以极快的语速问她要不要换购……难道是那个时候买的？

眼看着宋佳曦站在原地，神色闪躲，遮遮掩掩不愿回答，梁欢的心一点儿一点儿地凉了下来。他修长的手指紧紧地捏着被子，周身散发出隐隐的寒气，声音里带着一丝危险，道："难道是送给别人的？"

宋佳曦一愣，看着梁欢有些生气的样子，一时之间竟然不知道该说些什么才好。

随即，她反应过来，捏着手中的小盒子，朝梁欢抬了抬下巴，语气有些生硬地道："怎么了，难道我不可以送给别人吗？梁医生，容我提醒你一下，我们已经分手了。对于我的私事，我觉得你无权过问。"

梁欢听着她的话，唇瓣微抿，用力地咬了咬牙。他直直地注视着她，一字一顿地道："宋佳曦，你就这么狠心？！"

"我狠心？"听到他的这句话，宋佳曦仿佛听到什么天大的笑话一般，有些好笑地道，"我俩到底谁狠心？当初是谁一声不吭地就出国，一去就是五年，连消息都没有留下？"

"那是因为你非要跟我分手！"梁欢咬牙切齿地道，"我做错了什么，你可以跟我说不喜欢我的地方，我也可以改，可是你一声不吭地就把我拉黑，还屏蔽我的一切联系方式，害得我心灰意冷之下才出国留学！"

"呵，照你这么说，都是我的错了？！"宋佳曦顿时被他气得笑了出来，"你自己干了什么你自己清楚，我最讨厌你这种三心二意、吃着碗里想着锅里、脚踏两条船的渣男！你这种渣男，我不和你分手，难道还留着过年吗？！"

梁欢皱着眉头，声音冷硬地道："什么脚踏两条船？我什么时候做过这种事情？！"

宋佳曦双手抱在胸前，看着眼前一脸疑惑的梁欢，只觉心里一阵阵难受。

其实这些日子以来，她不是没想过和梁欢复合。

这么多年，她总是梦见他，她就知道，自己心里其实是放不下他的。

可是当年的那件事总是在她动摇的时候出现在脑海里，然后让她不敢往前一步。其实说白了，信任这种东西，失去了，就很难再找回来。那些所谓的破镜重圆，就算圆了，也不过是有裂缝的镜子而已。

宋佳曦深吸一口气，努力让声音听起来平静一点儿，道："你不记得就不记得吧，反正这世界上值得你记住的人也没几个。梁欢，我和你的关系，仅限于患者和牙医，等我牙齿矫正结束，再也不想看到你。"

梁欢听着宋佳曦的话，用一双清澈的眼眸直直地盯着她，好像要把她看穿。

经历许久的沉默之后，梁欢突然掀开被子，下了床。

宋佳曦吓了一跳，下意识地往后退了一步，声音里带着恐慌，道："你干吗？"

"回家！"梁欢直接将套在身上的那件粉色宽松T恤脱下来，甩在床上，只穿着一条灰色的一次性内裤，伸手拉开卧室门，走了出去。

"你……你这个样子怎么回家？！"宋佳曦被他吓得转头看了一眼旁边的卫生间，压低了声音问道。

还好，卫生间的门还关着，里面传来哗哗的水声，还有江小柔一边洗澡一边唱歌的声音。

梁欢冷冷地看了她一眼，径直走到阳台上，伸手拽下挂在晾衣架上的衣服，往身上穿。

"你干吗呀？！你的衣服还没有干呢，这样子会感冒的！"宋佳曦跟在他身后，看着他气呼呼地开始穿那些还没干的衣服，忍不住提醒他一句。

梁欢转过身来，一边扣着衬衫上的扣子，一边语气不善地道："我感不感冒和你有什么关系？你跟我不过是患者和牙医的关系而已，就算我感冒，对你来说也不过换个牙医而已。"

宋佳曦站在原地，有些不知所措地看着梁欢。

印象中，他好像一直都是笑眯眯的，从来没有对她发过脾气。虽然有的时候，他会有些不正经，可说话的语气总是很温柔。

梁欢说完那番话之后，似乎也察觉到自己的语气稍微重了点，微微顿了顿。他将自己衬衫上的最后一颗扣子扣好，放缓了口气，道："我走了。"说完之后，他侧了侧身子，直接从宋佳曦身边走了过去。

等她回过神来的时候，门口已经传来砰的一声。

宋佳曦站在客厅里，看着紧紧关上的大门，心里也说不清到底是什么感觉。

就在这个时候，江小柔推开卫生间的门，一边擦着头发上的水，一边疑惑地朝宋佳曦道："怎么了？我刚刚好像听到说话和关门的声音，刚才有人来过了吗？"

“嗯……”宋佳曦回头看了她一眼，努力挤出一个笑容，道，“没什么，就是一个……抄水表的工人。”

“哦……”江小柔半信半疑地点了点头，“你这刚搬家，就来了一堆抄表的工人……”

“嗯，是啊……”宋佳曦尴尬地笑了笑，不说话了。

江小柔在她这儿住了一夜之后，第二天中午蹭过午饭就离开了。

没过几天就是毕业典礼，宋佳曦回学校拍了毕业照，拿了毕业证，算是正式毕业了。

这些天，梁欢一次也没有找过她。当然，他也没有办法找她，毕竟她都把他的微信给拉黑了。只是……

眼看着到了去口腔医院复诊的日子，宋佳曦看着躺在微信黑名单里的梁欢，纠结了半天，还是把他给放了出来。

宋佳曦拿着自己的手机，在客厅里来来回回走了几十圈之后，终于还是强按住心中的紧张与不安，给梁欢发了条信息：“梁医生，在吗？”

片刻之后，梁欢的信息回了过来：“在，有事吗，宋小姐？”

宋佳曦深吸一口气，回道：“那个……我明天早上要去找你复诊，想问一下你有空吗？”

隔了好一会儿，梁欢才回过来：“有空，你按照预约卡的时间来就行。”

宋佳曦：“那个……还有，梁医生你上次走的时候……把内裤忘在我这儿了……”

这条消息发出去之后，梁欢好长时间都没有回她。

宋佳曦捧着手机，连大气都不敢出。

许久之后，梁欢才回了一条信息过来：“是吗？我还以为你扔了呢。”

宋佳曦看着屏幕上的信息，回道：“这个……你的私人物品，我无权处置。万一我扔了它，你找我赔呢。”

这一次梁欢倒是飞快地回了她，只是语气看起来不太好：“呵呵，怎么会呢，我连人都不记得，怎么可能记得一条内裤。”

宋佳曦：“……”都这么多天了，梁医生还没消气呢？

她看着梁欢回过来的信息，觉得有些好笑。耍小脾气的梁欢，她还是第一次见。以前他们在一起的时候，好像大部分时间都是她在耍小脾气。

想到这里，宋佳曦忍不住想要逗逗他："那请问梁医生，您的这条内裤还要吗？"

梁欢很冷傲地回了一句："不要了，我看起来像那种缺内裤的人吗？"

宋佳曦笑眯眯地回："平时虽然不像，但你淋湿了的那一天，确实挺像的。"

梁欢："……"

梁欢："送你了，给你留着，以备不时之需。"

对方已撤回一条消息。

梁欢："一看就知道，自从跟我分手之后，你连个男人都没有，留着做个念想吧。"

对方已撤回一条消息。

梁欢："我不要了！"

宋佳曦刚才回过消息之后，就去厨房冰箱里拿了一瓶酸奶，等到她再次回到客厅的沙发前，拿起自己的手机时，就看到屏幕上显示梁欢撤回一堆消息，最后一条是："我不要了！"

宋佳曦只觉得自己满头问号："你刚刚撤回了什么？"

梁欢："错别字。"

宋佳曦："哦……"

梁欢："明天早上记得准时过来，我要忙了。"

宋佳曦："好的。"

距离她上一次去省口腔医院，已经过去一个月，天气也变得越来越热。

梧桐树的叶子越长越茂盛，绿油油的枝叶在半空撑起一片阴凉。

宋佳曦刚走出地铁站，就感到一股热浪扑面而来。她伸手在自己的脸颊边扇了扇，抬头看了一眼蔚蓝的天空，耀眼的阳光直晃得她睁不开眼睛。

进了省口腔医院，坐电梯到四楼，宋佳曦熟门熟路地找到正畸科四诊室，然后靠在门边，偷偷地往里面看了一眼。

八号位上，有一个熟悉的身影坐在那里，看背影，他似乎在抬头望天，神游太空。

宋佳曦抿着嘴笑了笑，然后缓缓走了进去。

她在八号位前站定，双手背在身后，声音清脆地喊了一声：“梁医生！”

坐在转椅上的梁欢回过头来，用一双深邃的眼眸无精打采地看了她一眼，脸上的医用口罩被他拉到了下巴处，嘴里似乎还叼着一根棒棒糖。

不过一个星期没见，他的头发好像长长了一点儿，整个人看起来蔫蔫的，一点儿精神都没有，脸颊好像也消瘦了一些。

梁欢看着站在自己身后的宋佳曦，眼睛一下子就湿润了。

宋佳曦眼看他的眼眶瞬间红了，仿佛下一秒就要哭出来的样子，顿时大惊失色，张了张嘴，刚想开口问他“怎么了”的时候，梁欢用白皙修长的手指从旁边的面纸盒里抽出一张面纸，擤了一下鼻涕道：“抱歉，感冒了。”

宋佳曦：“……”

她小心翼翼地看着梁欢，语气讪讪道：“该不会是……那天从我家离开之后就感冒了吧？”

梁欢白了她一眼，声音闷闷地道：“你说呢……”

宋佳曦有些尴尬地笑了笑，看着梁欢嘴里叼着的棒棒糖，赶紧转移话题：“那个……梁医生不是不爱吃棒棒糖吗……”

梁欢嘴里含着糖，含混不清地朝她道：“不然怎么办呢，心里苦，只能多吃点糖，弥补一下。”

宋佳曦：“……”

行吧，这话题进行到这里，已经让人没办法接下去了。

梁欢看她不说话，便朝她仰了仰下巴，道：“还愣着干吗，躺上去。”

“哦……”宋佳曦低低地应了一声，倒是没有再和梁欢作对，而是乖乖地躺到躺椅上。

梁欢嘴里叼着棒棒糖，手上戴着医用手套，扒着宋佳曦的大钢牙看了一会儿，继续声音闷闷地道：“挺好的，牙齿排列得很好，理论上说，今天就可以摘掉牙套了，不过建议你还是再戴几个月，防止牙齿又慢慢地移回去。”

然而，宋佳曦听到他前面的那几句话之后，瞬间两眼一亮道：“真的吗？今天就可以摘掉了？”

梁欢沉默片刻，用湿漉漉的眼睛看着她道：“你就这么想快点摘掉牙套，以后再也不来见我？”

“呃……”宋佳曦微微怔了一下，赶忙解释道，“不是啊，那个……就算牙套摘掉了，我听说还要佩戴保持器的，到时候还不是要来找你复诊？主要我这个大钢牙都戴了一年多了，吃东西多不方便啊。自从我戴了大钢牙，再也没有啃过甘蔗，再也没有吃过金针菇，再也没有啃过猪蹄，梁医生……”

宋佳曦可怜巴巴地看着他，恨不得给他罗列出一堆因为戴牙套而不能吃的东西。

梁欢有些无奈地看着她道：“行行行，我知道了，那我今天给你摘了吧，不过摘掉之后要戴保持器，做保持器至少要一个多小时，你有时间等吗？”

宋佳曦立刻点头如捣蒜道：“有！我有！”

梁欢又淡淡地瞥了她一眼，这才拿了一堆拆牙套的器械，开始给她一个一个拆除粘在牙齿上的托槽。

宋佳曦躺在躺椅上，看着梁欢一边流着眼泪，一边吸着鼻涕，却还神色严肃地给自己拆托槽的样子，就忍不住想笑。

最后一个托槽拆掉之后，梁欢随手拿了一面镜子递到宋佳曦的面前，让她照了照，道：“看一下拆除以后的样子，牙齿排列得很完美吧？”

“嗯嗯！”宋佳曦笑眯眯地点了点头。

只是……她用舌头舔了舔自己的牙齿，感觉牙齿表面好像坑坑洼洼的，很不平整啊！

似乎是看出了她的疑惑，梁欢将手中的镜子放回桌子上，又拿起打磨的工具，道：“牙齿表面有一些残留的胶，我给你打磨一下就行了。”

还要打磨？！宋佳曦转头看着梁欢手里的工具，再联想到打磨时那刺耳的嗞嗞声，下意识地打了个冷战。

似乎看出她的担心，梁欢沉默片刻，还是声音温柔地道：“别怕，我会轻点儿，一点儿都不疼……”

她的脸唰的一下就红透了。

梁欢坐在椅子上，手里举着打磨工具，眼看宋佳曦的脸颊顷刻间红得跟熟透的苹果一样，忍不住朝她挑了挑眉，声音闷闷地道："怎么了，你脸红什么？"

"没……没什么。"宋佳曦伸出双手用力捂住自己的脸颊，想要给自己降降温，然而并没有什么用，甚至连带着她掌心的温度也升高了。

梁欢只觉得自己脑袋上满满的都是问号。但他安静地坐在那儿，等着宋佳曦好不容易把脸上的温度降下去之后，才低低地开口道："可以开始了？"

"嗯嗯……"宋佳曦赶紧闭上眼睛，努力让自己的大脑一片空白，什么都不去想。

耳边响起一阵嗞嗞声，牙齿上似乎有什么东西在到处乱迸。

片刻之后，梁欢让了让身子，朝宋佳曦道："好了，起来漱口吧。"

宋佳曦连忙睁开眼睛，撑着胳膊坐了起来。她拿起旁边的水杯，接了点儿水，将牙齿上磨出来的渣渣给冲掉了。

确定她的牙齿没有什么异样的感觉之后，梁欢就安排人给她的牙齿套了模，再然后，就是等她的保持器做出来。

宋佳曦坐在梁欢的位子旁边，看着他一边叼着棒棒糖一边打病历的样子，沉默片刻，终究忍不住小声道："那个……还有棒棒糖吗？能不能给我一根？"

梁欢叼着棒棒糖，回头淡淡地瞥了她一眼，抿了抿唇瓣，很不要脸地开口道："不好意思，最后一根了。你要吗？你要我给你。"他说的最后一根，显然是指他嘴里的这根。

宋佳曦扯了扯嘴角，伸手指了指他手边的抽屉，道："你瞎说，我上次明明看见你的抽屉里有整整一抽屉的棒棒糖！"

梁欢低头顺着她手指的方向看了一眼，依然面不改色心不跳地道："哦，你说那些啊，那些都过期了。"

宋佳曦：你不是在逗我吧？

梁欢转过头去，继续一脸冷漠地在电脑上打病历，道："身为你牙齿矫正的主治医生，我觉得有必要提醒你一下，无论是在佩戴矫正器还是保持器期间，都不建议你吃糖，很容易蛀牙的。"

宋佳曦："……"怎么办，感觉好气！

她瞪着一双圆润的眼睛死死地盯着梁欢。偏偏某人完全无视她的目光，修长的手指在键盘上悠闲自在地有一下没一下地敲着，偶尔还伸手拽一张面纸，擤一下鼻涕。

宋佳曦闭了闭眼睛，深吸一口气，道：“那好吧，那你把最后一根棒棒糖给我啊！”

她刚说完这句话，梁欢正在敲键盘的手一下子就顿住了。他转过头来，因为感冒而不停流眼泪，看起来红红的眼睛里带着一抹不敢置信。她这句话的意思是……她要他嘴里的那根棒棒糖？

宋佳曦虽然觉得有点儿尴尬，但还是挺直背脊，目光炯炯地回瞪着他，毫不示弱。

两个人就这么互相瞪着对方，瞪了好一会儿，梁欢终于败下阵来。他伸手拉开自己的抽屉，从里面拿出一根阿尔卑斯草莓牛奶味的棒棒糖，递给宋佳曦，道：“算了，你还是吃这个吧。我感冒了，不能传染给你。”

“哼！”宋佳曦十分傲气地哼了一声，接过梁欢手中的棒棒糖，就像接过战利品。

她拆开糖纸，把棒棒糖塞进嘴里，感受草莓的香甜气息与牛奶的馥郁味道在舌尖融化的同时，忍不住微微眯了眯眼睛，满足地小声感慨道：“好吃！”

梁欢淡淡地瞥了她一眼，舌尖在嘴里的棒棒糖上转了一圈，随口道：“好吃吗？我怎么感觉一点儿味道都没有。”

“那是因为你心里苦！”宋佳曦直接用他刚才说过的话怼了回去。

梁欢：“……”

他不说话了，她就也不说话了。两个人就这么默默地坐在桌子旁边，一个慢悠悠地敲病历，一个乖乖地看另一个敲病历。

等到宋佳曦的牙齿保持器做好之后，梁欢给她讲了一下摘戴的步骤，然后让她戴上。透明的保持器戴在牙齿上，如果不近距离仔细看，是根本看不出来的。

宋佳曦看着镜子里的自己，感觉非常满意。她转过头来看着梁欢，心里纠结片刻，终究还是忍不住小声道：“梁医生，这会儿已经十一点半了，我……请你吃个午饭吧。”

梁欢微微一怔，像是听到什么爆炸性的消息，一脸惊愕地看着她。

宋佳曦被他看得有些不好意思，只得转过头去，看着地面，道："去不去啊？"

梁欢抿了抿唇瓣，半晌才声音闷闷地道："我十二点才下班……"

"那你上次……"

宋佳曦想起上次她在口腔医院遇到他的情景，那一次他说自己十一点半就下班，其实就是为了请她吃午饭而故意翘班的吧……

她轻轻地叹了一口气，声音低低地道："我等你下班吧……"

梁欢眼眸里瞬间闪过一抹欣喜，但还是有些别扭地道："为什么要请我吃饭啊？我不过是你的牙科医生而已。"

宋佳曦歪着脑袋想了想，认认真真地道："毕竟害你感冒，我也有一部分责任，请你吃顿午饭，就当给你赔不是了，好不好？"

梁欢吸了吸鼻子，仔细思考了她的话，又伸手拽过一张面纸，擤了一下鼻涕，道："你确定？你是诚心诚意请我吃午饭的吗？"

宋佳曦信誓旦旦地道："绝对诚心！"

梁欢撇撇嘴，道："不会出了口腔医院的门，你就请我吃煎饼馃子吧？"

宋佳曦顿时有些哭笑不得地道："怎么可能……"

"那好吧。"梁欢把嘴里的棒棒糖嘎嘣嘎嘣地咬碎了，又把棒棒糖的棍子扔掉，最后把口罩从下巴处扯回来戴好，缓缓地道，"那你等我一会儿。"

"嗯。"宋佳曦点点头，伸手指了指外面，道，"我去外面的椅子上等你。"

"好。"梁欢头也不回地应了一声。

他眼角的余光瞥到宋佳曦出去之后，藏在口罩下面的嘴角终于忍不住勾出一个好看的弧度来。嘿嘿，他家小曦曦竟然主动请他吃饭！这是不是代表他苦尽甘来、时来运转、枯木逢春了？！

梁欢心不在焉地坐在位子上，眼看着时间到了中午十二点，诊室里的同事一个个站起身来，伸着懒腰道：

"下班了下班了，中午吃什么？"

“我这边快好了，你稍微等我一下！”

“哎，我们还去吃前天中午吃的那家吧，我觉得那家菜还挺好吃的。”

“走走走，吃饭去了！”

梁欢也跟着手速飞快地关掉电脑屏幕，脱掉身上的白大褂，摘掉脸上的医用口罩，随便抓了抓自己的发型，不慌不忙地朝诊室外面走去。

宋佳曦就在诊室外面的等候椅上乖乖地坐着，只不过拿着手机，低着头，嘴里念念有词，看起来似乎正在打游戏。

梁欢微微一笑，迈开脚步朝她走去。他刚在她面前停下来，就听到她的手机里传来一声让人扼腕叹息的“Defeat（战败）”。

他低头往她的屏幕上瞄了一眼，大大的“失败”两个字伴随着己方水晶的爆炸，弹了出来。

“都是些什么智障队友！”宋佳曦愤愤地看着自己的手机屏幕，恨不得钻进屏幕里指着队友的鼻子狠狠地骂一顿。

她抬起头来看着站在自己面前一脸兴味的梁欢，连忙收起手机，道：“你下班了？”

“嗯，我……”梁欢点点头，还没来得及开口说话，就听得身后有一个陌生的女声喊了他一声：“梁医生？！”

梁欢有些疑惑地回过头去，只见一个穿着红色连衣裙的女人正满脸笑容地朝他走过来。这个人他记得，也是之前李医生手上的一个患者，名字好像叫……唐雪梅？

“梁医生！”那名叫唐雪梅的女子快步走到他的面前，脂粉未施的脸庞上是显而易见的灿烂笑容。

“梁医生，我今天正好陪我爸爸来看牙，他准备做种植牙，谢谢你介绍的刘医生啊！”唐雪梅站在梁欢身边满脸感激地道。

梁欢微微顿了顿，声音清冷地道：“没什么，不过举手之劳而已。”

“这怎么能是举手之劳呢！多亏了梁医生，介绍了在种植牙方面最权威的刘医生，要不然我爸爸还不知道要遭多少罪呢！”

唐雪梅和梁欢说了一会儿，仿佛刚刚看见面前的宋佳曦，一脸惊讶地道：“这位是……”

宋佳曦微微一怔，正准备站起来介绍一下自己，却听得梁欢清冷的声音里突然带了一丝温柔的笑意道："这是我女朋友，宋佳曦。"

那个叫唐雪梅的女人听到梁欢的话之后，明显愣了一下，有些疑惑地朝梁欢道："不是听说……梁医生没有女朋友吗？"

梁欢不紧不慢地道："那可能是唐小姐听错了吧。"

"哦，没事，像梁医生这样优秀的人，传言总归是五花八门的。"不过愣了片刻，唐雪梅就回过神来。她伸手将自己耳边的碎发稍微顺了顺，然后朝宋佳曦伸出手来，道："你好，我叫唐雪梅，之前是在李医生那里看牙，上个月刚分到梁医生手上。"

宋佳曦和她握了握手，道："你好。"

"你叫宋佳曦吧？我叫你佳曦好吗？我和梁医生一样大，是新美集团市场部的副经理，你要是来新美商场逛的话，可以用我的钻石会员卡，化妆品和服饰一律打八折。"唐雪梅满脸笑容地看着宋佳曦，十分得体地道。

宋佳曦点点头，倒是没有说什么。

"佳曦看起来年纪不大，应该比我小吧？你要是愿意，可以喊我一声姐姐。对了，妹妹用的粉底是什么牌子的？看起来服帖又自然。不像我，平时忙着工作，连化妆的时间都没有。"唐雪梅继续笑眯眯地朝宋佳曦问道。

宋佳曦一愣，听到唐雪梅的这句话之后，心中竟然难以抑制地有些激动。

宋佳曦深吸一口气，正准备试一试传说中的反击语录，却听得梁欢在一旁声音凉凉地道："她一般不爱擦粉底，平时出门就涂个防晒，再涂点口红，你看她皮肤那么好，都是天生的。"

咦？宋佳曦转过头去，满眼疑惑地看了梁欢一眼。他这是……在帮她吗？虽然她不需要他的帮忙，但是这话听起来……确实挺悦耳的。

唐雪梅一愣，似乎没想到梁欢竟然会开口代替宋佳曦回答。

然而，更让她没想到的是，梁欢竟然慢悠悠地继续道："不过我个人还是建议唐小姐有空化个妆吧，毕竟到了你这个位置，化妆已经是基础的社交礼仪了。"

唐雪梅有些尴尬地笑了笑，敷衍着点了点头，道："梁医生说得有道理。不过关于化妆方面的事，我还是要多请教请教佳曦妹妹，毕竟经验没她丰富。"

梁欢轻笑了一声，道："你请教她没用，她人生中的第一支口红，还是自己去买的死亡芭比粉，后来的那些颜色都是我给她挑的。"

唐雪梅立刻转移话题道："那看来还是应该多向梁医生请教了。"

梁欢摆摆手，一脸无所谓的表情，道："不敢当不敢当，这些东西你随便在百度查一下就找出来了，教程很详细。"

唐雪梅："……"

眼看话题聊不下去了，她假装低头看了一眼手机上的时间，然后朝两人笑着道："哎呀，这会儿已经十二点多了，今儿真是赶巧了，遇见你们。要不中午一起吃个饭吧？我请客。"

梁欢伸出一只修长的胳膊直接搂住宋佳曦的肩膀，将她往怀里带了带，道："实不相瞒，我被我女朋友拉进黑名单已经整整一个星期了，今天好不容易才从小黑屋里出来，我答应她陪她烛光午餐的。"

烛光午餐？宋佳曦听着他的话，忍不住扯了扯嘴角。梁医生，你也太能扯了吧？

"是吗？"唐雪梅听着他的话，脸上的神情已经有些尴尬，但还是面带微笑地道，"想不到佳曦妹妹看着温柔可爱，竟然也会把梁医生拉进黑名单呢！要我说啊，拉黑这种事情，特别伤感情，一般只有任性的小女生才会这样做。"

梁欢搂着宋佳曦的肩膀，笑容如同清风明月，缓缓地道："没事的，我都习惯了，黑名单就跟我的家一样，三天不进就想得慌。可能每对情侣相处的方式不同吧，这就是我跟她的情趣。"

唐雪梅："……"说实话，她感觉自己已经听不下去了。平日里梁医生看起来冷若冰霜的，没想到在女朋友面前竟是这样的。

经历了片刻尴尬的沉默之后，唐雪梅抬起头来，朝两个人笑着道："那既然如此，我就不打扰你们的二人世界了。下次有机会再一起吃饭，我先走了。"

梁欢点点头，懒洋洋地随便挥了几下搭在宋佳曦肩膀上的那只手，道："慢走。"

眼看着唐雪梅的身影消失在拐角处，宋佳曦这才伸手拍掉某人扣在自己肩膀上的"狼爪"。她抬起头来瞪了梁欢一眼，声音清脆地道："我怎么不记得什么时候答应和梁医生复合了呢？”

梁欢有些尴尬地伸手摸了摸自己的鼻子，悻悻地道：“我这不也是没办法嘛……”

宋佳曦微微一笑，哼了一声，道：“看起来梁医生的桃花运很旺。”

梁欢听着她的话，低下头来用一双幽深的眼眸看着她，沉默片刻之后，突然温柔地开口道：“我不想要桃花运，我只想要你。”

第5章　我不喜欢别人说你不好

“你……”宋佳曦被他突如其来的深情弄得措手不及，一时间，竟然有些不知所措，反问道，“想要我干吗？”

梁欢抿着嘴唇，露出一个好看的笑容，道：“想要你请我吃饭。”

宋佳曦没忍住，直接朝他翻了个大白眼：“干吗非要我请你吃饭，刚才不是有人自愿请你吃饭吗？”

梁欢眨眨眼睛，想了想，认真地道：“她话里话外都在说你的不好，我不喜欢别人说你不好。”

宋佳曦抬起头来看着他。他清澈的眼眸里映出她小小的身影。他的目光温柔而深邃，看向她的时候，仿佛流淌的时间都静止了一般。不知道为什么，在那一刻，她的心里竟然冒出一些细微的感动来。

然而下一秒，梁欢就伸手摸了摸她的头发，笑着道：“能说你不好的人，只有我。小曦，你昨天是不是又没洗头？”

他的这句话直接扎了她的心。其实，她昨天晚上是有认真考虑到底要不要洗头的，但是一想到今天是去见梁欢，她生怕搞得太隆重，让他误以为自己是什么重要的人，于是一番纠结之后，她干脆就不洗了。

此时此刻，他的这句话让她心底刚刚生出的感动之情瞬间消失得无影无踪。

她盯着梁欢片刻，直接转身朝电梯的方向走去，道：“我改变主意了，我不想请你吃饭了。”

之前在诊室里对她爱搭不理的梁医生，听到这句话后一秒钟破功了。

他快步跟在宋佳曦身后，可怜兮兮地尽力挽回道：“为什么啊？别这样啊！小曦，你不就是昨天没洗头吗，我又不嫌弃你！再说咱俩认识这么多年了，已经这么熟了，我真的一点儿都不介意你不洗头来见我的！”

宋佳曦往前走的脚步一下子就停住了。她转过身来，看着跟在自己身后的梁欢，一字一顿地道：“梁医生，我、和、你、不、熟。”

梁欢微微一怔，附和着点了点头，道：“你说不熟就不熟吧。可是你刚才明明答应请我吃饭的，而且还说你是诚心想请我吃饭的……”

宋佳曦微微一笑，道：“难道梁医生没有听说过一句话吗？女人都是善变的。”

梁欢一下子就想起五年前，她总是喜欢把“女人都这样”“女人本来就小心眼”之类的话挂在嘴边。于是，他下意识地反驳道：“你也不算是女人吧？”

片刻之后，他像是回过神来，嘀咕道：“哦……不对……以前不算，后来算了……而且还是我亲自把你变成女人的……”

宋佳曦：“梁医生，你在说什么？！你有种再说一遍！”

“咯咯……那个……”梁欢眼看某人就要发飙，赶紧转移话题道，“可是我都感冒好几天了……前几天还发烧来着，你都不发微信关心我一下……”

一提到自己感冒，梁欢顺手从兜里掏出一张面纸，当着宋佳曦的面，眼泪汪汪地擤了擤鼻涕。

宋佳曦：“……”怎么办？毕竟刚才是自己说要诚心诚意请他吃饭的，做人要讲信用，更何况他感冒确实是因为她。

眼看着她不说话了，梁欢突然轻轻地叹了一口气，声音沉沉地道：“算了，我也不勉强你。其实每次和你见面的时候，我都有很多心里话想要和你说，可是不知道为什么，说着说着，你就生气了，大概是我说话的方式不对吧。”他顿了顿，眼神哀怨地看着宋佳曦，继续道，“你是不是要回去了？路上注意安全，到家记得及时吃饭，不然肠胃会出问题，我还是去医院门口买个煎饼馃子算了……”

说完这番话之后，梁欢再次长长地叹了一口气，落寞地将手中用过的面纸丢进旁边的垃圾桶里，然后垂头丧气地往电梯那边走。

宋佳曦站在原地看着他萧瑟的背影，抿了抿唇瓣，终究还是忍不住上前一步，伸手扯住他的袖子，轻声道："算了，看在你是病人的分上，我就不跟你计较了。咱们吃饭去。"

毕竟她已经在这儿等了他半个小时了，大不了吃完以后把他拉黑名单就是了，反正他说黑名单是他家。

眼看着宋佳曦同意和他一起吃饭，梁欢一双清澈的眼眸顿时笑得眯了起来。

他亦步亦趋地跟在宋佳曦身后，心情极好地进了电梯。

从电梯出来之后，宋佳曦转头看了一眼乖乖跟在自己身后的梁欢，想了想，道："感冒的人吃什么比较好？"

"嗯？"梁欢微微一怔，接着便温柔地笑道，"你想吃什么都可以，我不挑食的。"

"感冒的人是不是只能吃清淡一点儿的东西，比如……喝点粥？"宋佳曦直接忽视他刚才的那句话，一只手摩挲着下巴很认真地思考道。

梁欢："……"

他听着宋佳曦的话，神色略带慌张地道："不要，我不要喝粥。"

"为什么？"宋佳曦抬起头来，一双圆润的眼睛眨巴眨巴地看着他，"你刚才不还说吃什么都可以，不挑食的吗？"

"不要！"梁欢恨不得将脑袋摇得跟拨浪鼓一样，"我对喝粥有阴影了，一提到喝粥，我就想到你上次发给我的那条微信——老奶奶靠墙喝粥，你就是在发完那条微信之后，把我再次拉黑的！"他顿了顿，目光微垂，看着宋佳曦，认真地道，"我不能喝粥！我怕喝过粥之后，你又把我拉黑了。"

宋佳曦听着他的话，愣了一下，有些不自然地转过头去，道："我跟你开玩笑呢，怎么可能请你吃饭就只让你喝粥啊！"

糟糕，他怎么知道她打算吃过饭以后要把他拉进黑名单？难道这就是传说中的属于男人的第六感？

梁欢将信将疑地看着她，倒是没有再说话。

气氛一时之间有些尴尬，宋佳曦为了掩饰自己内心的真正想法，连忙转移话题道："要……要不我带你去喝鱼汤吧？听说感冒的人喝点鱼汤好得快点儿……"

梁欢沉默片刻，一双深邃的眼眸里满是问号，看着她道："你……确定吗？我记得感冒的人应该多喝鸡汤吧？鱼汤……好像是给产妇下奶用的……"

宋佳曦："……"

梁欢："……"

宋佳曦转身大步流星地朝医院门口走去，道："爱吃不吃！"

梁欢顿时哭笑不得地跟了上去，道："好好好，鱼汤就鱼汤吧！你别恼羞成怒啊！我也没说什么……这不主要因为顾朗是妇产科医生，我听他说得有点儿多吗……"

顿时，宋佳曦脚步更快了，边走边道："你才恼羞成怒！你从上到下、从前到后、从左到右都恼羞成怒！"

梁欢一边憋着笑走在她身边，一边声音温柔地道："是是是，我是恼羞成怒了，你别生气啊！我最喜欢喝鱼汤了，真的，我可爱喝鱼汤了，这辈子最爱喝的就是鱼汤！所以……咱们，去哪家喝鱼汤啊？"

宋佳曦听着他的话，转过头狠狠地瞪了他一眼，直接进了地铁站。

梁欢伸手摸了摸自己的鼻子，尴尬地笑了笑，默默地跟上。

坐了两站地铁，两个人直接在大行宫这一站下来。

"这附近有一家很出名的鱼汤馆。"宋佳曦拿着手机，按照上面的导航，一边往前走，一边疑惑地道，"按照导航上说的，应该是往这边走啊！可是感觉前面不像有饭店的样子啊……"

梁欢站在她身边，探头看了一眼她的手机屏幕，然后将她的手机转了个方向，道："你拿反了……"

宋佳曦："……"

梁欢默默地站在她身边，努力缩小自己的存在感。

好在将手机转过来之后，按着导航的指示，不过走了五分钟，两人就找到了传说中很出名的鱼汤馆。

这会儿正是午餐时间，鱼汤馆里人声鼎沸，很是热闹。

宋佳曦带着梁欢进了鱼汤馆，立刻就有服务员笑眯眯地迎上来道："您好，欢迎光临，请问几位？”

宋佳曦朝服务员伸出两根手指，晃了晃，道：“两个人。”

“两个人的话，请这边走，跟我来。”服务员带着他们走到餐馆里一个靠窗的位子上，道，“现在两人位就只有这里，两位坐这里可以吗？”

宋佳曦看了看，点点头，直接在位子上坐了下来。

梁欢见她不说话，便也跟着在她对面的位子上坐了下来。

那服务员将手中的菜单递给宋佳曦，道：“这位女士可以先看看菜单，点单的话，直接喊我过来就可以了。”

宋佳曦接过菜单，开口道：“我们现在就点单吧，你们家有没有什么特色鱼汤？”

“我们这里比较出名的是青鱼汤、黑鱼汤和鲢鱼汤。”那服务员笑眯眯地朝宋佳曦道，“鲢鱼今天已经卖光了，只剩下黑鱼和青鱼了，这位女士您看一下，需要哪种？”

青鱼和黑鱼？宋佳曦愣了一下，然后疑惑地问道：“哪种做汤好一点儿？”

“那当然是黑鱼汤更有营养了，不过黑鱼比青鱼稍微贵一点。”服务员继续笑眯眯地回答道。

“哦……那就黑鱼汤吧。”宋佳曦点完必点的鱼汤之后，又随便点了几个小菜，便将菜单还给服务员，道，“麻烦快一点儿。”

“好的。”服务员接过菜单，又跟宋佳曦核对了一下她刚刚点的菜，就立马下单了。

梁欢默默地坐在宋佳曦对面，没有开口说话。

宋佳曦有些奇怪地朝他道：“你怎么不说话？”

梁欢迟疑片刻，低声道：“我觉得……我还是不要开口说话比较好，这样你就不会生我的气了。”

宋佳曦：“这个……”

其实她也不知道为什么，她明明不是那种爱生气的人，但在听了梁欢的话后，总是莫名其妙地有些上头。

此时，他既然都这么说了，她再不让人说话，总归是不太好的。于是，宋佳曦斟酌了一下，十分诚恳地道：“没有，我没有生你的气，你不要这么想。”

“真的？”梁欢有些不太相信地看着她，道，“你真的没有生气？”

宋佳曦点了点头，道：“真没有生气。”

梁欢想了想，又继续道：“那近期也不会把我拉黑了？”

宋佳曦一愣。他这句话说得倒是委婉又委屈……

“近期也不会把我拉黑”也就是说，他说这句话的时候，还是给她留了退路的。他知道她迟早会拉黑自己，所以……

宋佳曦有些无奈地笑了笑，道：“嗯，保证近期不会把你拉黑，行了吧？”

“行了。”梁欢的眼眸里终于露出一丝浅浅的笑意。

宋佳曦看着他脸上清浅的笑意，感觉他的笑容仿佛高山上徐徐吹来的清风，让人不由自主地沉醉。

唉……明明是个长得很好看的人，行为举止也很有气质，可是一开口……总是在撒娇耍赖……宋佳曦忍不住叹了一口气，站起身来，朝梁欢道：“我去一下洗手间，先把保持器摘下来。”

“好！”梁欢点了点头，乖乖地应了一声。

宋佳曦将自己的保持器摘下来，用水清洗之后，放进一个小盒子里。

等她回到自己的座位上时，发现他们点的黑鱼汤已经上来了，而梁欢正在和服务员争辩。

宋佳曦有些疑惑地看着他们，随口问道：“怎么了？你们在吵什么？”

梁欢抬起头来，一双幽深的眼眸直视着她，然后朝放在桌子上的黑鱼汤仰了仰下巴，道：“他们给我们上的根本就不是黑鱼！”

站在一旁的服务员却朝梁欢道：“先生，这就是黑鱼！”

宋佳曦低头看了一眼桌子上的鱼汤。鱼汤看起来很是鲜美，呈奶白色，色泽诱人，只不过里面的鱼已经被剁成一段一段的，根本看不出原来的样貌。说实话，以她对鱼类的认知，根本分辨不出什么是青鱼什么是黑鱼。

梁欢皱着眉头，神色不悦地看着服务员，道：“刚才点单的时候，我女朋友说了要黑鱼，你们自己也说黑鱼比青鱼稍微贵一点儿，现在却端上来一碗青鱼汤，怎么，想以次充好吗？”

那服务员神色微微变了变，却还是一口咬定这就是黑鱼。

梁欢冷笑一声，伸手拿起筷子，直接将汤碗中的鱼头给夹了出来，道：“该不会连你都不会分辨青鱼和黑鱼吧？青鱼，口中大，端位，呈弧形，上颌略长于下颌，上颌骨伸达鼻孔后缘下方。唇发达，唇后沟中断，间距宽。眼中大，位于头侧前半部。眼间宽而微凸，眼间距为眼径两倍有余。黑鱼，头长，前部略平扁，后部稍隆起。吻短圆钝，口大，端位，口裂稍斜，并伸向眼后下缘，下颌稍突出。牙细小，带状排列于上下颌，下颌两侧齿尖利。眼小，上侧位，居于头前半部，距吻端颇近。既然你说这是黑鱼，那麻烦给我找一找，黑鱼下颌两侧尖利的牙齿在哪儿呢？”梁欢一边说着，一边用筷子将那颗鱼头的嘴给掰开，让服务员现场给他找鱼的牙齿。

那服务员被他说得一愣一愣的，一时之间，竟然站在原地，一句话都说不出来。

“怎么了？”就在这个时候，这家鱼汤馆的餐厅经理走了过来。她穿着一身套裙，胸前别着“餐厅经理”字样的牌子，一脸微笑地朝他们问道。

梁欢把刚才跟服务员说的话又简短重复了一遍，那餐厅经理的神色顿时变了。

但她还是保持着得体的微笑，道：“抱歉，影响你们的用餐体验，请稍等片刻，我给你们查询一下。”

过了一会儿，那餐厅经理手上拿着一张打印小票，满脸歉意地走了过来，道：“真是不好意思，刚才服务员下单的时候，把你们的黑鱼汤打成了青鱼汤。这是我们的工作失误，这样吧，今天的这份青鱼汤算是我们餐厅送二位的，希望你们能谅解我们的服务员在百忙之中犯下的错误，再次向你们道歉。”

梁欢听着她的话，转过头来看向宋佳曦，道：“我没有意见，但同不同意你们的解决方案，还得我女朋友说了算。”

“啊？我……”一直处于茫然状态的宋佳曦这才回过神来。她看着笑意盈盈的餐厅经理，想了想，道：“这次就算了吧，希望你们下次不要再下错单了。”

“好的，感谢二位的体谅，祝你们用餐愉快。”餐厅经理满脸歉意地朝他们说了一句，这才离开。

宋佳曦难以置信地看着梁欢，道：“你还会分辨青鱼和黑鱼？”

梁欢微微一笑，道：“准确地说，我能分辨各种鱼类的牙齿。”

虽然觉得哪里有点儿不对劲，宋佳曦还是默默地点赞道：“不愧是牙医……”

吃过午饭，梁欢依依不舍地告别宋佳曦，含泪继续上班当牙医了。

宋佳曦一个人坐地铁回到繁星苑。

只是她刚从电梯里出来，就看到1902室的门口堆了一大堆行李。顾朗正忙里忙外地把那堆行李一件一件地推回去。

宋佳曦有些好奇地走到1902室门口，站在外面轻轻地敲了敲门，道：“顾医生？”

刚把一箱子行李推进客厅的顾朗听到敲门声后回头看了一眼。看到宋佳曦，他立刻直起身子，伸手擦了一把额头上的汗水，然后朝她笑了笑，道：“宋小姐。”

宋佳曦伸手指了指外面那堆成山的行李，道：“顾医生这是在干吗呢？搬家啊？”

顾朗有些无奈地笑了笑，道：“不是，都是我朋友的东西。从今天开始，有个朋友要过来和我一起合住。”而且那个朋友，还是你认识的。

顾朗在心里默默地说了一句。

“顾医生要有新室友了？”宋佳曦有些好奇地看着他，随手拿起一件行李，帮他推进了屋子，“正好我下午没什么事，帮你一起搬吧。”

“这怎么好意思，你一个女孩子家，哪能让你做这种体力活！”顾朗赶忙上前一步接过宋佳曦手中的那件行李。

“顾医生不用跟我客气，我的那间房子还是顾医生帮我联系着租下来的呢！大家都是邻居，帮点儿忙是应该的。”宋佳曦笑眯眯地将自己的包包顺手放到了门口的鞋柜上，然后自告奋勇地搬起了东西，道：“顾医生怎么会想起来跟别人合租呢？”

听到她的这句话，顾朗忍不住长长地叹了一口气。唉……还不是因为你……欢哥那个禽兽，非要近水楼台先得月……

但他脸上还是保持着得体的微笑，无奈地道：“找个人合租，还能分摊一半的房租，何乐而不为呢！”

宋佳曦点了点头，道：“说得有道理！”

顾朗笑了笑，默默地搬东西，不说话了。

好不容易把房门口的那些东西都搬进来了，顾朗和宋佳曦两个人累得瘫在了沙发上。

宋佳曦一边喘着气一边朝顾朗道：“你那个朋友……为什么不自己搬东西啊？全靠你一个人，他人都没有出现。”

顾朗伸手扯了扯自己的领子，用手扇着风，道：“他下午要上班，我今天正好调休，就帮他搬一下了。”

宋佳曦随口道：“顾医生的朋友……也是医生吗？”

“呃……是啊……”顾朗微微一怔，点头应了一声。

他生怕宋佳曦接着就要问自己的朋友是哪个科室的，于是赶紧转移话题，道：“对了，上次在A大门口看到的宋小姐的那个朋友，她……毕业以后准备做什么？”

“哎？你是说江小柔吗？”宋佳曦顿时来了兴致，道，“她去应聘当小学老师了，不过要九月份才开始正式上班。对了，顾医生，你有女朋友吗？”

“我？”顾朗张开双手，瘫在沙发上，有些自嘲地笑了笑，道，“我哪有时间谈女朋友啊，每天不是在接生就是在接生的路上……而且不知道为什么，我父母给我介绍的相亲对象，一开始听说我是当医生的，都对我很感兴趣，可是见了面聊了之后，听说我是妇产科的医生，就都没有下文了。我琢磨着我长得还算帅啊，怎么就没有姑娘要我呢……”

宋佳曦听着顾朗的话，一双圆润的眼眸转了转，突然一个转身朝顾朗热情地道：“顾医生，要不我给你介绍个女朋友吧？”

“嗯？”顾朗直起身子来，一双好看的眼眸看着眼前的宋佳曦，神色有些激动地道，“你要给我介绍女朋友？”

“对呀对呀，就是我那个室友，江小柔，你上次见过的那个！”宋佳曦心潮澎湃地道，“怎么样，顾医生，她是你喜欢的类型吗？”

顾朗仔细回想了一下，上次在A大门口站在宋佳曦旁边的那个小姑娘。

小姑娘留着齐肩短发，眉眼间笑意盈盈，看起来很是温柔贤淑、小鸟依人，应该是那种容易腼腆害羞的女孩子。

只是……顾朗轻轻地叹了一口气，道：“可是她好像对我并不是很感兴趣啊……上次我们四个一起吃饭的时候，我还加了她的微信，可是后来我们都没有联系过了。”

宋佳曦十分认真地道：“顾医生，谈恋爱这种事情，男生要稍微主动一点儿，你不能等着女生来联系你啊！”

“可是……我对谈恋爱这件事情一窍不通啊！”顾朗有些苦恼地朝宋佳曦道，“我也不知道该和女孩子聊些什么，之前跟几个相亲的女孩子讲了自然分娩和剖宫产的利弊之后，她们就再也不理我了。”

宋佳曦不敢置信地看着他，道：“你给相亲对象科普自然分娩和剖宫产？”

顾朗：“我的专业就是这个啊……而且这已经是我懂得的唯一和女孩子相关的知识了……”

片刻的沉默之后，宋佳曦爆发出一阵狂笑。

顾朗：?

“喀喀……对不起，哈哈哈……我就是……哈哈哈……没忍住……哈哈哈哈哈哈哈……”宋佳曦笑得前仰后合，眼泪都要笑出来了。

顾朗：“……”

过了好一会儿，宋佳曦终于止住自己的笑，伸手擦了擦笑出来的眼泪，认真地道：“这样吧，我帮你约一下小柔，就说你为了庆祝新室友搬家，打算请我们吃饭，到时候你跟小柔多聊聊，喀喀……那个，聊星座啊、电影啊、喜欢的歌曲什么的，千万别聊顺产和剖宫产！”

顾朗听着宋佳曦的话，感动得连连点头，道：“好！多谢你了，宋小姐！”

“不用喊我宋小姐，多见外啊！你跟小柔一样，喊我小曦就行了！”宋佳曦笑眯眯地摆了摆手，道。

她跟顾朗又商量了一下，约定这周五晚上，她叫上江小柔，顾朗叫上他的新室友，到时候四个人一起出去吃饭。

搞定了这件事情，宋佳曦便开开心心地回家了，顺带着给江小柔汇报了一下情况。

果不其然，江小柔听到这个消息，兴奋地在电话那边一直尖叫，并且夸下海口，说自己一定要在一个月之内睡到顾医生。

宋佳曦扯了扯嘴角。她对于江小柔的虎狼之词已经有了一定的免疫力，便没有再多说什么了。

挂了电话，她打开自己的笔记本电脑，想起自己写小说的网站，又登录上去看了一眼。

这么长时间没更新，读者对她的催更竟然比之前多了许多。

宋佳曦一条一条认认真真地看着评论区：

"哇，你们觉不觉得作者新写出来的那个男二号好像很帅的样子啊？"

"岂止是很帅啊，感觉人也很温柔啊！而且这么多年对女主角一直念念不忘，我感觉我要站男二号和女主角了！"

"对啊对啊！我对温柔的人最没有抵抗力了。这么一对比，那个男主角简直就是个暴躁狂、神经病！"

"同意楼上说的，感觉男主角就在三天两头发脾气，找女主角的毛病，这感觉有点儿像是放假在家的我和我妈。"

"作者，你怎么不更新了？赶快更新啊！我想看男二号后来怎么样了。"

"今天来看看男主角死了没，没有，明天我再来。"

"我也觉得男二号很好啊，不知道他俩为什么分手，作者还是赶紧让男主角得个糖尿病或者高血压，不治身亡吧！这样男二号和女主角就能名正言顺地在一起了！"

"男二号好，男二号妙，男二号帅得呱呱叫！"

看完评论区的留言之后，宋佳曦发现几乎所有的留言都是冲着男二号去的。

怎么回事？她以梁欢为原型写的男二号，怎么会这么受欢迎？

宋佳曦感觉自己有些茫然。

她又仔细地想了一下，觉得这些读者肯定是被男二号帅气的外表给骗了！什么温柔、什么深情，都是假象！她要把梁欢撒娇耍赖不要脸的事情都给写上去，让这些人好好认识认识男二号的真面目！

这么一想，宋佳曦立刻架起键盘，开始噼里啪啦地疯狂打字。

梁欢做过的那些事，她真是一旦开始写就停不下来了。

宋佳曦敲着键盘，完全沉迷于抹黑梁欢的行为中，简直不能自拔，竟然一口气写到太阳下山，月出西山。

等到她将近期发生的这些事情全部写完，时钟已经指向七点半。她合上笔记本电脑，用力地伸了个懒腰，这才感觉肚子有些饿了。

家里的冰箱里也没什么吃的，除了泡面就是水饺，再不就是手抓饼。

宋佳曦站在冰箱前，认真地琢磨了半天，终究还是伸手拿了一包泡面出来，转身去厨房煮泡面。

吃完泡面，宋佳曦舒舒服服地洗了个澡。她刚换上睡衣，准备爬上床看电视的时候，只听得啪的一声，整个屋子陷入一片黑暗之中。

什么情况？宋佳曦一脸茫然地站在黑暗中，摸索着找到墙上的开关，按了好几下，都没有任何反应。该不会是停电了吧？

在一片黑暗中，她一步一步挪到自己的床前，伸手摸到放在枕头边的手机，打开手机里的手电筒。

借着手电筒的光，宋佳曦走到阳台上，朝外面看了一眼。对面楼的灯光还亮着，那就不是停电，估计是跳闸了吧。可是跳闸的话，这电闸要从哪里拉回去呢？

宋佳曦犹豫了一下，还是走到门口。她打开房门，外面走廊的感应灯一下子就亮了。

她敲了敲1902室的房门，朝里面喊了一声："顾医生，你在家吗？"

片刻之后，屋子里传来一阵脚步声，紧接着，1902室的房门被人从里面拉开了。

"不好意思，顾医生，我……"宋佳曦刚准备问顾朗知不知道电闸在哪儿，看到眼前的男子，整个人都愣住了。

来开门的竟然是穿着一身深灰色丝绸睡衣的梁欢！他额前的刘海还在滴水，显然刚洗完澡。

"梁欢？！"宋佳曦一脸震惊地道，"你怎么在这儿？！"

梁欢站在屋子里，眼眸微垂。他看着门外的人，淡薄的唇角勾起一抹浅浅的弧度，道："我住在这儿啊。"

"什么你住在这儿，这不是顾医生的家吗？"宋佳曦盯着他片刻，突然回过神来，白皙纤细的小手颤抖地指着他，道，"该……该不会顾医生今天下午说的那个新搬来的室友就是你吧？"

“是啊，是我。”梁欢清澈的眼眸笑得眯了起来，“怎么样，惊不惊喜，意不意外？”

宋佳曦：“……”惊喜个鬼！意外个鬼！

她看着眼前的梁欢，脑海里飞快地捋清这之间的关联。

她的隔壁是顾医生，顾医生和梁医生是好朋友，按照梁欢的性情，他怎么可能放过这个接近自己的大好机会？她当初租房的时候，怎么就没有考虑到这一点？

等等……当初好像是她和中介签完合同，顾朗才说自己就住在她隔壁！该不会，他是故意等自己签完字才说的吧？如果真是这样的话，那岂不是一开始这租房的事情，就是梁欢一手安排的？

可是她想了想，又觉得不太可能。当初她和梁欢谈恋爱的时候，感觉他就是个普通家庭出身的学生，平时也没看他买什么名牌衣服、名牌鞋子，就好像现在，他身上穿的这件深灰色丝绸睡衣，还是当初自己在淘宝上给他买的。

“你……我……”宋佳曦盯着她半天，一时之间竟然说不出话来。

梁欢眼睛里满是笑意，伸手轻轻地将宋佳曦搂到怀里，抱了一下，然后又松开，道：“从今天开始，我就是你的新邻居了。小曦，你开心吗？”

宋佳曦盯着梁欢好半天，才无语地道：“对不起，梁医生，我不开心。”

梁欢笑了笑，伸手摸摸宋佳曦的脑袋，声音温柔地道：“没关系，小曦，我很开心。”

宋佳曦：“……”她现在搬走还来得及吗？

“你来找顾朗吗？”眼看宋佳曦不说话了，梁欢便主动问道。

“嗯……”宋佳曦有些闷闷不乐地应了一声，道，“我家里停电了，就是来看看顾医生家有没有停。现在看来，可能是我那儿跳闸了。”

梁欢探头朝她身后看了一眼。果然，她身后的屋子里黑漆漆的，什么都看不到。

“顾朗今天晚上轮班。”梁欢慢悠悠地朝宋佳曦道，“目前家里只有我一个人，你要是不介意，我可以帮你看看电闸。”

他的话音刚落，正准备从卧室里走出来的顾朗，脚步一下子就顿住了。

怎么办……他现在是不是不能出去？可是他好想上厕所啊！然而他已经被欢哥安排去“轮班”了，现在出去，那不是打他欢哥的脸吗？顾朗深吸一口气，硬生生地将自己的尿意憋了回去。他默默地走到书桌前，又坐了下来。

“顾医生轮班去了？”宋佳曦有些疑惑地看着梁欢。她记得下午跟顾朗坐在沙发上聊天的时候，他说自己今天下午和晚上都是轮休啊！

“嗯……”梁欢面不改色心不跳地道，“晚上他们科室突然打电话找他，说是傍晚来了好几个产妇，可能会在今天夜里生产，科室怕人手不够，让他过去了。”

“哦……”宋佳曦半信半疑地点了点头，随口感慨道，“妇产科医生真是不容易啊，一来孕妇就要加班。”

“谁说不是呢！”梁欢笑眯眯地附和道。

屋子里的顾朗：“……”欢哥，你跟宋佳曦到底要站在门口聊到什么时候？还让不让人上厕所了？

可能感应到了顾朗的怨念，梁欢原本斜倚在门框上，这会儿忽然站直了。他伸手朝宋佳曦身后的屋子指了指，道：“我去你那儿看看电闸吧？”

“啊……好。”宋佳曦点点头，转身朝自己的屋子走去，顺便问道，“你知道电闸在哪儿吗？”

梁欢不慌不忙地跟在她身后，慢悠悠地道：“一般都是在入户门那儿，我来看看吧。”

“嗯。”宋佳曦乖乖地应了一声。

进了宋佳曦家的大门之后，梁欢借着门外楼道里的灯光四下打量，然后伸手从口袋里掏出手机，打开手电筒。

入户门的左边是一排搭好的书柜，右边是一面墙。墙上光溜溜的，什么都没有。梁欢想了想，伸手打开靠门的书柜门，配电箱果然就在里面。

宋佳曦站在他身边，一脸好奇地看着柜门里的配电箱。

“这个就是电闸了。”梁欢举着手机，借着手电筒的光，打开配电箱的门。

里面的电源总开关是朝下的，应该是跳闸跳掉的。

梁欢伸手指了指电源总开关的按钮，朝宋佳曦道：“你看，这里跳闸了，把这个推上去，应该就来电了。”他一边说着，一边将电源总开关的按钮给推了上去。

宋佳曦只听得耳边叮的一声响，原本黑漆漆的屋里瞬间有了亮光。

客厅里的吊灯重新散发出光亮，照着桌子上的盆栽，满是绿意和温馨。

原来跳闸就是这么处理的啊！看起来很简单嘛！宋佳曦一边想着，一边朝梁欢客气道：“多谢梁医生了。”

“不客气。”梁欢笑眯眯地看着宋佳曦，“你要是诚心想谢我，可以请我吃饭。”

宋佳曦：“我请你吃一碗米饭，怎么样？”

梁欢顿时可怜兮兮地道：“就只有一碗米饭吗？”

宋佳曦朝他翻了个白眼，道：“你说吃饭，又没说还要吃菜。”

梁欢长长地叹了一口气，道：“小曦曦，你怎么能这样对我……”

宋佳曦扯了扯嘴角，刚准备继续怼他几句，只听得屋子里啪的一声，又跳闸了。整个房间瞬间重新陷入一片黑暗。

宋佳曦：“……”

梁欢：“……”

两人站在门口，在黑暗中大眼瞪小眼。过了一会儿，宋佳曦声音弱弱地道：“这是……又跳闸了？”

梁欢转头看了一眼柜门里面的电闸，打开手电筒照了照，默默地点了点头，道：“好像是的……”

宋佳曦：“那……”

梁欢微微一笑，道：“没关系，重新推上去就好了。”

说完这句话，他便将电源总开关的按钮再次推了上去。

叮的一声，伴随着微弱的电流声，客厅重新亮了起来。

宋佳曦看了看电闸，迟疑了一下，小声道：“该不会过一会儿，又跳闸了吧？”

梁欢张了张嘴，还没来得及开口说话，啪的一声，电闸又跳掉了。

房间里顿时一片安静。

梁欢皱了皱眉，举着手中的手电筒，转头看着电闸总开关，不信邪地将它再次推了上去。

“叮！”灯亮了。

“啪！”灯灭了。

“叮！”灯亮了。

“啪！”灯灭了。

如此几个回合之后，梁欢有些崩溃地道：“这是什么电闸开关啊，怎么推上去就跳掉？怕不是有毒吧？”

宋佳曦：“……”

说实话，在你搬来之前，这电闸从来没有跳过。怎么你才搬来第一天，这电闸跳了，就再也推不上去了？大哥，有毒的怕是你吧？

梁欢用一双幽深的眼眸盯着宋佳曦家的电闸好一会儿，突然转身朝1902室走去，道：“你等我一下啊！我去打个电话问问我朋友，他应该对这方面比较在行。”

宋佳曦：“……”请问她是要站在原地等吗？

梁欢走到1902室的门口，回头看了一眼还傻站在原地的宋佳曦，顿时无奈地笑了一下，道：“你还站在那儿干吗，进来等啊。”

“哦……”宋佳曦赶忙应了一声，乖乖地过去了。

梁欢回去之后直接进了卧室，说是要打电话。

宋佳曦一脸茫然地看着他。不就是打个电话问电闸的事儿吗，怎么还要躲到卧室里面去打呢？

梁欢进的是顾朗的卧室。

顾朗趁着他们去推电闸的时候上了厕所，回来刚在自己的书桌前坐下，就看到梁欢推门进来了。他随口问道：“解决了？”

然而，他话音还没落下，梁欢就一个箭步冲上来，伸手捂住他的嘴。

顾朗一脸不解。

梁欢捂着他的嘴，一脸严肃地道：“小点儿声，小曦在外面客厅里呢。我刚才跟她说你去医院轮班了。”

“唔……唔唔……”顾朗使劲地点了点头，表明自己已经知道了。

梁欢这才把捂着他嘴的手拿了下来。

顾朗忍不住翻了个白眼，压低声音道：“哥，你干吗啊？她那儿不是停电了吗？怎么样了？”

梁欢长长地叹了一口气，道："没用，电源总开关推上去就跳掉，推上去就跳掉，估计是电路有问题，得让物业找电工师傅来检查一下电路。"

顾朗想了想，无奈地道："这会儿都快九点了，电工师父早就下班了，不行明天我帮你联系物业呗。"

"嗯！"梁欢点了点头，用一双清澈的眼眸看着顾朗，嘴角突然勾起不明所以的弧度，慢悠悠地道，"既然现在连小曦家的电闸都在为我助攻，那……今晚我就让她睡我房里好了。"

顾朗："你说什么？你什么意思？！"

梁欢清了清嗓子，道："她家没电了，我想让她住到咱们这儿来。当然了，我喜欢的女人是不可能和你住一个屋子的，肯定得和我住一屋。"

"不是，欢哥……"顾朗一脸茫然地看着他，道，"你刚刚才说我去医院轮班了，现在就想让宋佳曦住到咱们家里来，你有没有考虑过我的感受？"

梁欢沉吟了片刻，一字一顿地道："我发你一个大红包，可以吗？"

"这不是红包不红包的问题！"顾朗感觉自己有些崩溃，只能压低声音道，"哥，你有没有想过，我夜里有可能要上厕所？我要是出去上厕所，正好遇到宋佳曦怎么办？"

梁欢盯了他一会儿，突然伸手拿走他放在桌子上的水杯。

顾朗：？

梁欢端着他的水杯，一脸严肃地道："睡前少喝水，既能防水肿，也能防夜里上厕所。顾朗，我相信你的肾！"

顾朗："我不相信啊！"

梁欢想了想，朝他伸出两根手指，道："两个红包。"

顾朗："这不是红包不红包的问题……"

梁欢："三个红包！"

顾朗："行吧……"

宋佳曦在顾朗家的客厅里坐了一会儿，就看到梁欢手里拿着手机一脸遗憾地从房间里出来了。

她挑了挑眉，声音清脆地问道："你朋友怎么说？"

梁欢轻轻地叹了一口气，道："我朋友说这种推上去就不停跳闸的情形，可能是电路本身的排线有问题，最好让物业找电工师傅来检修一下电路。”

宋佳曦愣了一下，道：“那意思就是说……今晚都不会有电了？”

梁欢点了点头，道：“估计是的。”

宋佳曦顿时有些着急地道：“那怎么办？我手机还剩百分之十二的电，下午用电脑的时候，也没有接电源。我还有一份人事材料，明天上班的时候要交啊！”

梁欢有些为难地看着她，迟疑了片刻，语气艰难地道：“实在不行的话，要不我打个电话跟顾朗说一下，你今天先睡我们这儿吧。”

宋佳曦愣了一下，迟疑地道：“这……不太好吧。”

梁欢想了想，无奈地道：“也是，顾朗不在家，咱们两个人孤男寡女共处一室，万一你对我做出点啥，那不是毁了我的清誉吗……”

宋佳曦：“你说什么？你再说一遍！”

梁欢轻咳一声，用一双清澈的眼眸看着宋佳曦，一字一顿地道：“没什么，我就是怕你我共处一室的时候，你对我动手动脚……”

宋佳曦忍不住冷笑一声，道：“做你的春秋大梦去吧！别说我和你共处一室的时候对你动手动脚，就算我和你睡在同一张床上，我都不稀罕碰你一下！”

听到她的这句话，梁欢眼眸里瞬间闪过一丝狡黠的光芒。他伸手推着宋佳曦的肩膀，朝1901室边走边道：“这话可是你说的，你得说到做到啊！今天晚上，你跟我睡在一张床上！你千万千万、绝对绝对、一定一定不要对我动手动脚！”

宋佳曦还没反应过来，梁欢就已经打开手机的电筒照着她那黑漆漆的屋子，道：“快，赶紧的，拿上你的手机和笔记本电脑，带上你的充电器，来我的房间里睡吧！”

宋佳曦一愣，道：“不是，等等，我好像没说要和你睡在同一个屋子里吧？”

然而，梁欢已经动作迅速地拔掉她插在床头插座上的充电器，顺带拿上她的电脑，道：“这个是你的手机充电器吗？这个是你的电脑吧？带这些就够了吧？反正明天天亮了，屋子里有光了，你还可以回来换衣服化妆。”

说完这些，他也不等宋佳曦回答，直接拽着她的手腕出了门，顺带关上

1901室的房门。

进了1902室，他道："行了，今晚你就先住这儿吧。"

宋佳曦："……"

她是真的没有想到，时隔五年，竟然会以这样的形式跟梁欢共处一室。

片刻之后，她咬了咬牙，道："我睡顾医生的房间，你睡你自己的房间！"

梁欢耸了耸肩膀，十分淡然地道："随便你，只要顾朗同意就行。"

屋子里的顾朗听到外面的梁欢说这句话，觉得自己的脑袋上满是问号。

哥，求你了，做个人吧！你明知道我在屋子里，还让宋佳曦打电话问我她能不能睡我这屋……等等……他让宋佳曦打电话？！

顾朗只觉得自己的脑袋后面瞬间冒出一串冷汗，他赶紧拿起放在桌上的手机，手忙脚乱地把手机调成静音。

果然，他刚把手机调成静音，宋佳曦的电话就打了过来。

顾朗："……"他太难了！

他抬起头看了一眼自己的卧室门。这种时候，他要是直接接电话，那他俩在外面岂不是能听到他的声音？

顾朗在屋子里环视一圈，只得默默地含着泪光钻进衣柜里。

他关上衣柜的门，按下屏幕上的接听键，欲哭无泪地朝那边道："喂？"

"顾医生，"宋佳曦听到电话接通，连忙有些不好意思地道，"是这样的，那个……我听梁医生说，你今天晚上要轮班？"

顾朗含泪道："是……领导安排我去加班，我不得不去……"

宋佳曦："那个，所以你今天不在家吗？"

顾朗："对，我不在家……"

宋佳曦："其实我是想说，嗯……那个，我家的电闸不知道怎么回事，跳闸了，我让梁欢帮我研究了好久，但是电源总开关推上去就会再次跳掉，来来回回好几次，总之就是我家现在没电了……"

顾朗："这样啊，那要不你今晚就先住我们家吧。"

宋佳曦的声音里满是感激："那真的太感谢您了，但是……我跟梁医生睡一个房间，不太方便，所以……那个……顾医生，你今晚不在家，我能不能借你的房间住一下？"

顾朗："……"怎么办，怎么办，这种时候要用什么借口来拒绝她？

顾朗深吸一口气，朝电话那边抱歉地道："实不相瞒，其实我的房间有点儿乱，而且我这个人吧，有些轻微的洁癖，不太喜欢别人碰我的东西……啊，我不是针对你啊，就算是欢哥，我也不让他进我房间的。"说完这句话，他又压低嗓音朝宋佳曦道，"宋小姐，你要小心啊，梁医生对你图谋不轨，不如你让他睡客厅，你睡他的房间。"

宋佳曦微微一怔。对啊，她怎么没有想到呢！

挂了电话，宋佳曦转过头来，用一双圆润漂亮的眼眸直直地朝梁欢看去。

梁欢看了她一眼，挑了挑眉，随口问道："怎么说？"

宋佳曦笑眯眯地道："顾医生不太喜欢别人碰他的东西呢。"

梁欢的唇角勾起浅浅的弧度，他道："所以……你今天晚上就只能跟我睡一个房间了？"

宋佳曦笑着摇摇头，伸手指了指客厅里的沙发，道："准确地说，今天晚上我睡你的房间，你睡沙发。"

梁欢愣住。

上一秒还神采飞扬的梁欢，下一秒便如同被霜打的茄子。他道："不是吧，小曦曦，你怎么忍心让我一个人在外面的沙发上睡一夜？"

宋佳曦眨巴着一双眼睛，很认真地看着他，道："那要不……我睡沙发？"

梁欢沉默了片刻，终究还是败下阵来，道："算了，还是我睡沙发吧……"

他答应得这么爽快，宋佳曦还是有些吃惊的。毕竟以梁欢的个性，在这种情况下，怎么也会撒娇耍赖一会儿，才最终被迫无奈接受。

然而下一秒，梁欢便捂着嘴巴连打了几个喷嚏。

宋佳曦：？

梁欢朝她摆摆手，眼睛红红的，含着泪水道："没事没事，就是感冒还没好而已，我晚上已经吃过药了。"

宋佳曦："……"一个感冒的人，晚上睡在沙发上，再开着中央空调对着脑袋吹，那他会不会明天就发烧？

宋佳曦轻轻地叹了一口气，道："你还是睡你自己的房间吧，我睡沙发就是了。毕竟是我家停电了，来麻烦你，我总不能鸠占鹊巢是不是？”

梁欢想了想，眨眨眼睛，道：“要不一起睡沙发？”

宋佳曦眯了眯眼睛，眼神危险地看着他。

梁欢尴尬地笑了笑，道：“开玩笑，开玩笑的，别这么认真嘛。”

宋佳曦非要在外面的沙发上睡，梁欢拦也拦不住，好在这沙发是布艺沙发，再加上平日里顾朗有轻微的洁癖，总是把沙发套洗得干干净净的，所以睡一晚也不成问题。

梁欢有些无奈地回到自己的房间里，抱了一床被子放到沙发上，道：“这个，被子给你。”

“谢谢！”宋佳曦正坐在沙发上，把笔记本电脑放在自己的腿上，抓紧时间把明天要交的文档剩下的部分写完。

梁欢也不好意思一直坐在她身边骚扰她，便乖乖地回房间蹲着了。

约莫过了半个小时，梁欢听到客厅里传来脚步声，听起来她应该是往厨房去了。于是，他拉开房门，探出脑袋，朝宋佳曦问道：“写完了？”

宋佳曦在厨房里随口应了一声，道：“嗯，写完了，这个饮水机的热水是从哪边接啊？”

梁欢慢悠悠地走到她身边，看了一眼她面前的饮水机，笑着道：“没热水了，你再怎么按也不会出来的。你去沙发上休息一会儿，我来烧点水，过会儿好了给你端过去。”

宋佳曦想了想，道：“嗯……那好吧。”

她回到客厅里打开电视，靠在沙发的靠背上，随手调了一个综艺频道，看了起来。

片刻之后，梁欢穿着睡衣、拖着拖鞋、手里端着满满一杯温水朝宋佳曦走了过来。他走到宋佳曦面前，低头看了她一眼，将手中的水杯递过去，道：“你的水。”

“谢谢！”宋佳曦应了一声，目光却依然停留在电视屏幕上。

梁欢看着她伸过来接水杯的手，目光微微闪了一下。还没等她拿稳杯子，他就直接松了手。正专注于看电视的宋佳曦，只觉得自己手上一热，哗啦啦，一整杯水全部洒了下来。她的睡衣被溅上一些水渍，睡裤上也沾了一些，但是大部分的热水都洒在了沙发上。

哐啷一声，玻璃杯掉在地板上，竟然没有碎，只是骨碌骨碌地滚远了。

宋佳曦回过神来，一脸茫然地看着眼前的一幕。

梁欢的唇角却勾起一抹不易察觉的弧度。

下一秒，梁欢好看的眉毛便蹙成一团，道："抱歉，抱歉，是我刚刚给你的时候没注意，我应该等你接稳了杯子再松手的。"

他一边说着，一边将宋佳曦从沙发上拉起来，道："你没事吧？衣服有没有潮？"

宋佳曦摇了摇头，有些心虚地道："不怪你，是我刚才只顾着看电视，没拿稳水杯……"

梁欢低头，又看了一眼被热水打湿的沙发，声音闷闷地道："这下怎么办，沙发都潮了，晚上肯定不能睡了。"

宋佳曦："……"

她看着沙发，突然觉得哪里有点儿不太对劲。就算她刚才光顾着看电视，没注意手上的水杯，最多就洒出来一些水而已，怎么会一整杯水都泼到沙发上呢？梁欢该不会是故意的吧……

她刚准备开口发问，站在她身边的梁欢却一脸迟疑地道："要不……你睡我房间里吧。实在不行的话，你睡床上，我睡地板上就是了。"

"哎？"宋佳曦有些惊讶地看着他，他竟然没有要求和自己同床共枕？

大概是她眼睛里惊讶的目光太明显了，梁欢有些无奈地笑了笑，道："干吗用这种目光看着我？我像是那种乘人之危的人吗？"

宋佳曦点了点头，下意识地回答道："像……"

梁欢："……"

他伸手揉了揉宋佳曦的头发，满眼无奈地道："你想多了，我向来不会强人所难，更何况是对你。从前不会，现在更不会。"

宋佳曦听着他的话，顿时有些心虚，看来是她把梁欢想得太过奸诈狡猾了。

"好了，时间不早了，还是早点休息吧。"梁欢想了想，抱起沙发上的被子，转身朝自己的房间边走边道，"过来帮我铺个地铺！"

"哦……好。"宋佳曦回过神来，赶忙跟在他身后进了卧室。

可是不知道为什么，他刚刚满眼无奈朝自己说话的神情，却一直在她的脑海里重复播放，怎么也挥之不去。

帮梁欢打好地铺之后，某人就满心欢快地躺在地板的垫子上，手里拽着被子，朝宋佳曦招手道：“时间不早了，快，睡觉吧！”

宋佳曦看了看坐在地板上的梁欢，又看了看旁边柔软的大床，一张小脸红红的，却还是默默地爬上了床。她钻进被子的一瞬间，周身立刻被一股熟悉的气味包围。虽然是刚换的新被套，但她还是依稀分辨出专属于他的清冷气息。

宋佳曦觉得有些不好意思，又觉得自己的脸红得发烫，干脆用被子蒙住脑袋。

梁欢坐在地板上的被窝里，看了一眼将自己整个蒙住的宋佳曦，有些好笑地道：“大夏天的，你这是打算把自己闷死吗？”

“没有……”宋佳曦在被子里声音闷闷地回答道，“是……房间里的灯光太亮了。”

“哦，那我关灯吧。”梁欢一伸手，啪的一声，直接将房间里的灯给关掉了。

整个房间顿时陷入一片黑暗。宋佳曦在被子里闷了一会儿，实在受不了了，这才小心翼翼地把脑袋伸了出来。

屋子里很安静，安静得只能听到空调呼呼吹着冷风的声音。

宋佳曦在这一片黑暗之中睁大眼睛，看着天花板，突然听到旁边传来梁欢低沉好听的声音：“小曦，晚安。”

那声晚安，跟曾经他们在一起的日子，他每天在自己耳边说的一样。

宋佳曦有些恍神，下意识地回了一句：“晚安，宝贝。”

梁欢躺在地板上，有些惊讶地转过头去，朝床上看了一眼。他的目光微微闪了闪，心口有种说不清的情绪在涌动。

宋佳曦在说完那句“晚安，宝贝”之后，才反应过来自己说了什么，好不容易平静下来的心，再次在胸腔里疯狂跳动起来。

怎么办？完了完了，梁欢是不是听到了？他会不会趁机说些什么让她更加脸红心跳的话？

就在宋佳曦躺在床上胡乱猜测的时候，旁边的梁欢一连打了好几个喷嚏。

片刻之后，他用力地吸了吸鼻子，小心翼翼地打开床头柜上的小夜灯，声音低低地道：“那个……我抽张面纸啊……”他一边说着一边拽了张面纸，用力地擤了一下鼻涕。

宋佳曦抱着怀里的被子，撑着胳膊往地板上看了一眼，迟疑地道：“你感冒……还挺严重的啊？”

“没事，已经快好了。”梁欢将用过的面纸扔到门边的纸篓里，然后重新钻进自己的被窝，闷声道，“这点小感冒，不算什么。”

宋佳曦沉默片刻，看着地板上铺着的那层薄薄的垫子，又看了一眼梁欢身上的薄被子，终究还是不忍心地道：“要不……你还是到床上睡吧？”

梁欢一愣，抬起头来不敢置信地看着她，道：“你说什么？”

宋佳曦躺回枕头上，红着脸道：“睡在地上会着凉的，本来你感冒就是因为我，万一又因为我而感冒加重了怎么办？反正就是在一张床上睡觉而已，以前又不是没有一起睡过……”

梁欢还没回过神来，宋佳曦便转过身去，背对着他，声音低低地道：“反正你的清白早就没了，哪儿还有什么清誉可言。”

片刻的沉默之后，宋佳曦感觉自己身后的床垫微微沉陷一下。梁欢轻手轻脚地钻进被子里，声音温柔地道：“那你会对我负责吗？”

宋佳曦听到他的这句话，身子一僵，好半晌才转过头来，用一双水润的眼眸在黑暗中瞪着梁欢，道：“你死心吧，我是不会对你负责的！”

梁欢眨眨眼睛，委屈巴巴地问道：“为什么啊？”

宋佳曦想了想，一字一顿地朝梁欢道：“因、为、我、是、渣、女！”

梁欢：？

宋佳曦说完这句话之后便转过头去，抱着被子闭上眼睛，道：“就当我们两人互相渣了对方吧。晚安，渣男！”

梁欢：“……”他其实很想刨根问底地问一问宋佳曦，为什么总是喊他渣男，他到底渣在哪儿了？

可每次一提起这件事情，她的情绪就变得很激动，仿佛他真的做了什么十恶不赦的坏事。他怕自己继续追问下去，就会一个不小心又进了黑名单。

五年的时间太长了，长到他心慌。他生怕一个不注意，就收到宋佳曦的红色炸弹，所以赶在她研究生毕业之前回来了。

回来之前，他甚至在想，要是宋佳曦有了男朋友，那他要不顾一切地把她抢走。还好……还好……这么多年，她和他一样，一直是一个人……

梁欢转头又看了一眼宋佳曦背对自己的身影。

黑暗中，他只能勉强看到她纤细的轮廓，他的鼻息间，满满的都是她身上清甜好闻的味道。他迟疑着伸出手，想要碰一碰她的肩，最终却只是小心翼翼地摸了摸她散落在枕头上的长发。她的发丝滑滑的，就跟从前一样。

梁欢忍不住勾起嘴角，无声地笑了一下。从前她总是一脸愤怒地瞪着他，气呼呼地朝他怒吼："梁欢！你又压到我头发了！"

你压到我头发了……以前不觉得，现在回想一下，才发现这句话多美好啊！

不仅身边有人，还有床上的某样生活。

梁欢想着想着，突然神色一怔，默默地收回自己偷偷摸宋佳曦头发的手，转回身去，盖好被子。打住，不能再往下想了，再想就要少儿不宜了。

梁欢在心里轻轻地叹了一口气，听着身旁渐渐传来的宋佳曦均匀的呼吸声，慢慢也被一阵困意笼罩。

夜里半梦半醒的时候，梁欢只觉得身边热烘烘的，就像挨着小火炉。他在迷迷糊糊之中睁开眼睛，朝身边看过去，只见宋佳曦紧紧地挨着他，一条胳膊正搭在他的胸口。这家伙……

梁欢有些困倦地闭上眼睛，心中无奈地叹了一口气。以前他们一起睡觉的时候，她就喜欢挨着他，挨着挨着，就把他给挤到床下去了。

这都五年过去了，想不到她的习惯还是没有改变。

梁欢任由宋佳曦挨着自己。睡意袭来，他刚要再次沉入梦乡，搭在他胸口处的那条胳膊突然不安分地动了一下。他身子一僵，睡意瞬间消失了大半。完了！他怎么把她的那个习惯给忘了？！

第6章 掐住了他命运的喉咙

梁欢僵着身子，小心翼翼地往旁边挪了挪，想让宋佳曦搭在自己胸口上的胳膊掉下来。可是，他往旁边挪一寸，宋佳曦就跟着挪一寸。他往旁边挪一尺，宋佳曦就跟着挪一尺。她反正就是寸步不离地贴着他。

眼看着床边再也没有地方可以让他挪了，梁欢深吸一口气，伸出手来轻轻地捏住宋佳曦的手腕，将她搭在自己胸口的那条胳膊拎了起来。

他躺着伸出一条腿，在脚后跟碰到地面之后，小心翼翼地平挪下去，然后把宋佳曦的那只小手轻轻地放到床上。

他站在床边无奈地看了她一眼，绕着床走了一圈，来到另一边重新躺下来。

可是他刚躺下几秒钟，一旁的宋佳曦就如同有感知似的，再次朝他凑过来，只不过这次换了一条胳膊搭在他的胸口。

梁欢："……"怎么办，他要不要再往旁边挪挪，然后换到另一边去躺着？

就在他心中各种纠结的时候，那只搭在他胸口的小手突然朝下挪了挪。

梁欢只觉得自己后背的汗毛都要竖起来了。他感觉到一股危险的气息正朝自己缓缓靠近。果然，两秒钟后，宋佳曦紧紧地贴了上来。

四下一片安静，空调的出风口还在呼呼地吹着风。可是梁欢觉得自己的身体瞬间变得燥热起来。

这家伙怎么这样！

以前被她抓习惯了，他还能继续安心地睡觉，可是现在……这都五年了！五年了啊！这五年他是怎么过的？！他脆弱的心灵怎么能承受这重重的一击？！

梁欢倒吸一口凉气，在黑暗中闭了闭眼睛，默默地拎住她的小手，挪开。

睡梦中的宋佳曦似是十分不满地嘟囔了一声，翻个身，倒是没有继续摸过来。

梁欢长长地叹了一口气，闭着眼睛，拼命地在脑海里默念：牙髓病可以分为急性牙髓炎、慢性牙髓炎、髓石病；牙周病可以分为牙龈炎、牙龈增生、牙周炎……

他刚把口腔内科所诊治的疾病类型念完，让身体的反应渐渐消下去，黑暗中宋佳曦再次紧紧地贴了上来……

梁欢："……"还让不让人睡觉了？！

可是这软软的身子、这似有若无的香气、这隔着薄薄睡衣的温热的触感……

在那一瞬间，梁欢突然对自己的决定感到后悔。他为什么要手贱打翻那杯水？他为什么要把客厅的沙发弄湿……难道就是为了让自己难受吗？

宋佳曦这一夜睡得十分安稳，早上闹钟响起的时候，她竟然一点儿都没有像往常那般疲倦。

只是当她睁开眼睛之后，看着房间里陌生的环境愣了好一会儿，才反应过来，她昨天晚上是睡在梁欢的房间里了。

床上早已经没有了某人的影子。宋佳曦撑着胳膊坐起来，迟疑地掀开被子，下了床。

她小心翼翼地拉开房门，探出脑袋朝外面看了一眼。客厅里静悄悄的，连个人影都没有，卫生间里也没有任何声音。难道梁欢已经出去上班了？

宋佳曦打开门，走到客厅里，一眼就看到桌上留的一张纸条。纸条上是龙飞凤舞、力透纸背的几行字，一看就是梁欢的笔迹：小曦曦，我去上班了，早餐在桌子上，记得吃。

宋佳曦低头看了一眼，桌上摆着一杯牛奶、两个煎蛋，还有一份三明治，像是梁欢亲手做的。有那么一瞬间，她恍然觉得自己回到了五年前。

如果当初……没有发生那件事的话，他们现在……会不会变得不一样？

宋佳曦摇了摇头，放下纸条，又默默地看了一眼桌上的早餐。她拿起自己的笔记本电脑和手机，打开大门，回了自己的房子。

今天是她正式到中氏集团报到的第一天，也是她正式上班的第一天。宋佳曦怀揣着激动之情走进中氏集团的大楼。

今年集团招聘的应届毕业生一共十一人，他们将按照各自的专业被分配到不同的岗位。

此时此刻，这十一人正坐在人力资源部的会议室里，等待自己的工作安排。

过了一会儿，会议室里走来一个戴眼镜的微胖男生。他伸手推了推鼻梁上的眼镜，站在会议室的前方笑眯眯地朝他们道："我姓庞，叫庞建国，是人力资源部的，大家叫我小庞就行。按照公司规定，应届毕业生在集团实习期限是一年，一年过后，将按大家的表现决定能不能转正。"他顿了顿，继续道，"当然了，一般来说，大家都是能够安全转正的，只要实习期间不犯什么大错就行，比如行贿受贿啦、滥用职权啦、挪用公司财产啦什么的。不过，实习生也没有这个权限，所以你们不用担心。"

他说完这句话，众人一阵哄笑。会议室里紧张的气氛一下子缓解不少。

中氏集团是一家集食品、物流、旅游、商业、房地产、金融和建筑等七大产业于一体的民营企业集团，总部就在金陵城，旗下有两家上市公司。

庞建国大致介绍了一下中氏集团的情况，便拿出一沓实习期考察记录册，分发给他们每个人，道："从明天开始，你们十一个人分为四组，开始在集团内部轮岗。每一个部门的轮岗期限为一个星期，所有部门轮岗结束，需要两个月的时间。"

宋佳曦认真地听着庞建国将轮岗制度和分组名单讲完，正跃跃欲试地准备开始自己的职业生涯，庞建国突然转头看向她，道："宋佳曦，你不用去轮岗。"

啊？听到他的话，宋佳曦微微一怔，一脸疑惑地看着他。

"董事长助理这几天正好休年假，你先去顶几天，熟悉一下集团内的事务。"庞建国说完这句话，又对会议室里的其他十个人道："其他人直接下楼，集团楼下有辆面包车，直接送你们去轮岗的第一站——中氏商场。”

那十个人陆陆续续地站了起来，好奇地看了一眼坐在原位没动的宋佳曦。但他们也没说什么，只是一个接一个地出了会议室。

等所有人离开之后，庞建国才笑了笑，道：“宋小姐请跟我来，我带你去董事长办公室。”

宋佳曦一脸疑惑。董事长办公室……该不会是梁董的办公室吧？她才第一天来上班，梁董就对她如此照顾吗？

宋佳曦揣着满心的问号，默默地站了起来，跟在庞建国身后出了会议室。

梁董的办公室在三十三楼。

庞建国带着宋佳曦搭乘电梯来到三十三楼，朝坐在办公室外间的小秘书说了一声：“梁董让带的人到了。”说完，他就转身离开了。

小秘书站起身来，笑眯眯地看了宋佳曦一眼，伸手指了指最里面的办公室，道：“梁董的办公室就在那儿，你直接过去吧。”

宋佳曦：“……”怎么办，她有点儿害怕。

宋佳曦深吸一口气，走到最里面的办公室门口，伸手敲了敲门，道：“梁董，我是宋佳曦。”

办公室里面立刻响起脚步声。片刻之后，她眼前的门被人从里面拉开。

梁世超笑眯眯地站在办公室里，和蔼地道：“你来啦？”

宋佳曦：“梁……梁董好……”

梁世超让了让身子，道：“你好你好，进来吧。”

宋佳曦迟疑了一下，小心翼翼地走进办公室。

梁世超的办公室很大，装修得也很豪华，金丝楠木制成的办公桌和书柜，在阳光的照耀下，闪烁着金色的光泽。

书柜旁边有扇门，门后摆着一张床。宋佳曦看到那张床，立刻收回目光。

她的思绪开始发散。

梁世超笑眯眯地道：“还站在那儿干吗？坐啊。”

宋佳曦立刻回过神来，朝梁世超笑了笑，乖乖地在他办公桌前面的椅子上坐了下来。

梁世超坐在她对面，盯着她好一会儿，微微一笑，道：“知道我为什么把你单独留下来，让你做董事长助理吗？”

宋佳曦有些拘谨地摇了摇头，道：“不知道。”

梁世超不慌不忙地拿起桌子上的烟盒，从里面抽出一根雪茄，点燃了，叼在嘴上，在烟雾中半眯着眼睛道：“因为我看上你了！”

闻言，宋佳曦吓得心跳瞬间飙到每分钟一百五十次。

这……怎么回事……董事长一上来就这么直接吗？！难道她上班的第一天，就要去辞职了吗？

隔着烟雾，梁世超看着宋佳曦那张变得惨白的脸，微微怔了一下，然后仔细回味了一下自己刚才说的那句话。哦……好像有点儿歧义？

他有些尴尬地轻咳了几声，右手的大拇指和食指捏着雪茄，用力地吸了一口之后，慢悠悠地道：“我的意思是，我看上你的能力了……”

宋佳曦这才松了一口气。

董事长，您说话的时候能不能不要大喘气，真的很吓人……

“今年校招的十一个人，你们每个人的资料我都仔细看过。”梁世超靠在老板椅上，一只手轻轻地敲打着扶手，另一只手捏着雪茄，声音低沉地道，“这些人里，就你成绩最好，学习态度最端正，当然了，我还注意到，除了主业学习，你还获得过各种各样的比赛奖项，像辩论赛啊、设计大赛啊、散文诗歌啊什么的……”

宋佳曦听着梁世超的话，有些不好意思，谦虚地道：“这些都不算什么的，都是些校园内的比赛，算不上什么能力。”

“哎，那不一样，A大校园内的比赛也是很厉害的，毕竟每年能考上A大的学生，都是佼佼者啊！”梁世超笑眯眯地道，“正好这些日子，我的助理休年假去了，你就暂且代替她一下，熟悉一下集团内部的事务，如何？”

宋佳曦应了一声：“好。”

梁世超满意地点点头，随手将雪茄摁灭在桌上的烟灰缸里，道：“算了，不抽了，这玩意儿味道太冲，试了好多次也还是不习惯。对了，你的薪水，我也不会亏待你。”

宋佳曦微微一怔，道：“没关系，薪水在劳动合同上都写了，实习期工资是正式员工的百分之八十。”

“不不不，我不是说这个。”梁世超朝宋佳曦摇了摇手指，道，“你现在既然代替董事长助理干活，那肯定是要拿董事长助理工资的百分之八十，对不对？

“董事长助理的年薪是一百万，不过这一百万里包括绩效奖金和年终奖，所以扣除这些之后，你的实习工资是……”

梁世超皱着眉头，手里拿着手机，打开计算器页面，在上面随便摁了摁，然后把手机屏幕对着她，道：“你实习期的年薪是五十万，够不够？”

宋佳曦一脸震惊地看着梁世超，一时之间竟然不知道该说些什么才好。实习期年薪五十万？！这哪里是够不够的问题？！

据她了解，她们学校上几届的学长学姐毕业之后去那些很厉害的企业，转正以后的年薪也就三十多万，想要达到年薪五十万，至少得有三到五年的工作经验，并且还得升职成功……

宋佳曦觉得自己整个人都凌乱了。

梁世超见她不说话，还以为她嫌五十万太少，于是沉吟片刻，缓缓地道：“是不是觉得有点儿少？年薪五十万确实有点不够花，这样吧，我跟人资的老朱再商量商量，看看能不能把你的实习期稍微缩短一点儿。你放心，转正后，你的年薪肯定是有八十万的，但是想达到一百万还得再工作几年。”

“不是……我，没有嫌工资低……”宋佳曦有些艰难地开口道，“我就是觉得……”有些不敢置信……

这种感觉就像是她在路上走着，天上突然掉下一个巨大的馅饼。不，这不是大馅饼！这是一块大元宝啊，还是金元宝那种！

“没关系，你有什么需求，尽管提出来。能帮你的，我肯定会尽量帮你实现。”梁世超双手交叉放在桌子上，一双睿智的眼眸看着宋佳曦，越看越满意。

小姑娘家世清白，长得漂亮，成绩好，能力好，又不爱慕虚荣，梁欢那臭小子要是能追上她，肯定是上辈子积德了。想到这里，梁世超又十分隐晦地朝宋佳曦问道：“对了，你……谈恋爱了没有？”

“啊？”宋佳曦微微一怔，摇摇头老实地回答道，“没有。”

“怎么还没谈恋爱呢？”梁世超顿时有些着急，“难道最近没有什么人追你吗？”

这个……宋佳曦迟疑了一下，最近在她身边绕来绕去的……也就梁欢一个人吧？可梁欢他是人吗？他就是个渣男！

思及此，宋佳曦十分肯定地道：“没有！”

梁世超：“……”梁欢那臭小子，进度不行啊……

“唉……”梁世超长长地叹了一口气，只觉心中隐隐有种有苦说不出的感觉。

他看着宋佳曦，声音悲凉地道：“你不知道，我跟我前妻好多年前就离婚了。我俩有一个女儿，离婚的时候，法院把女儿判给了我的前妻。哦，我还有一个儿子，可惜我那个儿子游手好闲，一天到晚也不干个正经工作。我这么大的家业，硬是连一个继承人都没有……每到夜晚，我独自一人坐在空空荡荡的老宅里，就觉得无比凄凉……”

宋佳曦：“……”

董事长的情绪怎么一下子就转变了呢？关键是，这种时候，她到底要不要开口安慰董事长几句啊……要不，就随便安慰几句？

宋佳曦看着梁世超，迟疑着开口道：“梁董，您还年轻，这些事情，您过几年再考虑也不迟啊……”

“是啊……”梁世超点了点头，从老板椅中坐起身来，目光炯炯地看着眼前的宋佳曦，语重心长地道，“所以你一定要好好干，我的希望可就全部押在你身上了啊……”

宋佳曦一脸不解。不是，董事长，您说这话到底是什么意思？这怎么……突然又让人听不懂了呢？

从梁世超的办公室出来后，宋佳曦感觉自己整个人都是蒙的。她觉得梁董好像跟自己讲了很多东西，又好像什么都没有讲。

她被分到董事长助理的办公室，有了自己的办公桌，领了办公用品之后，什么事还没做呢，一上午的时间就这么过去了。

中氏集团有自己的食堂，但是宋佳曦还没领到饭卡。她琢磨了一下，默默地去中氏集团旁边商场里的麦当劳点了一份汉堡套餐。

她刚端着餐盘坐下来，江小柔的电话就打了过来。

宋佳曦看了一眼手机，一边按下了接听键，一边拆着薯条的袋子，道：

“喂，小柔？”

“小曦，今天是你第一天上班，怎么样？感觉怎么样？”电话那边传来了江小柔兴奋的声音。

“就……还行吧……”宋佳曦迟疑了一下，道，“今年一共招进来十一个人，除了我以外，其他的十个人都去中氏商场实习了。”

“啊？你没去吗？那你做什么啊？”江小柔有些好奇地问道。

“我……被安排去当董事长助理了……实习期年薪……”宋佳曦环顾了一下四周，猫着腰，用手捂着手机话筒，小声道，“五十万……”

“天啊！”电话那边的江小柔听到这个数字，一时没忍住，脏话都冒了出来，“你们集团这么有钱吗？天啊！早知道我也投你们集团的简历了啊！天啊！五十万啊！还是实习期工资！我为什么要去当小学老师啊？！”

“不是，”宋佳曦听着电话那边江小柔的嚷嚷，满脸尴尬地道，“你听我讲完……其实我们正常的实习期工资应该是一年十万左右……”

“哎呀，那为什么你比别人多这么多？你的工资是别人的五倍啊！”

“就……我也不知道为什么……”宋佳曦迟疑了一下，把今天上午在董事长办公室发生的事情，一股脑儿地跟江小柔说了。

等她说完，江小柔沉默了几秒，严肃地道：“小曦，我之前只是怀疑，但是现在十分确定、肯定以及坚定，你们董事长绝对绝对是看上你了！”

宋佳曦：“……”

江小柔也不等她回答，继续道：“不然你想啊，他为什么非要你当董事长助理？为什么要把你安排在身边，对不对？而且他还旁敲侧击地问你有没有男朋友，还莫名其妙提自己离婚的事情，那意思不就是他的一双儿女都指望不上吗？”

宋佳曦：“……”

江小柔继续头头是道地分析：“最重要的是，他最后那意味深长的一句让你好好干，他的希望都在你身上了，他不就是想要娶你当小老婆，让你再给他生个儿子，好继承他家业的意思吗？！”

“天啊！”宋佳曦心中一惊，道，“江小柔，你别吓我！”

江小柔信誓旦旦地道：“你再仔细想想。”

挂了江小柔的电话，宋佳曦看着面前的汉堡包，突然觉得它一点儿都不香了。

她越想越觉得江小柔的话有道理，越想越觉得心慌。

万一梁董真的对她有意思怎么办？她虽是A大的研究生，但清华北大的研究生不比她好吗？哈佛、斯坦福的研究生不比她牛吗？她何德何能，一来上班就年薪五十万啊……

宋佳曦几乎心不在焉地吃完午饭，硬着头皮继续去集团上班。

好在下午，梁董一次都没有找过她，另一个董事长助理倒是给她布置了不少任务。终于，在下午六点的时候，宋佳曦心怀忐忑地准时打卡下班了。

她回到繁星苑的时候，正好在小区门口遇到下班回来的梁欢。

看到她的瞬间，梁欢眼睛一亮，笑眯眯地打招呼道："小曦！这么巧啊！"

"嗯……"宋佳曦魂不守舍地看了一眼梁欢，胡乱应了一句，没说话。

梁欢察觉到她的情绪不太对劲，一双好看的眉毛微微蹙了蹙，快步走到她身边，看着她道："怎么了？看起来好像不太开心的样子，今天不是你第一天去上班吗？"

"是啊……"宋佳曦抬起头来，努力扯着嘴角朝梁欢笑了笑，接着就目不转睛地进了小区。

梁欢一脸不解。他家小曦曦今天都没有怼他，是不是出什么事了？

他快步跟上宋佳曦，用骨节分明的手指轻轻地戳了戳她的胳膊，道："上班遇到了什么不开心的事情吗？"

"没有……"宋佳曦回过神来，朝梁欢摇了摇头。

"那你……"

梁欢还想再开口问她点儿什么的时候，宋佳曦的手机突然响了。她低头看了一眼信息，然后抬起头来，朝梁欢挤出一个笑容，道："那个……物业安排电工师傅去我家修电闸了，你要是没什么事儿的话，我就先回去了。"

说完这句话，她也不等梁欢回答，便直接朝自己所住的那栋楼跑过去。

梁欢站在原地，紧紧地皱着眉毛。眼看她的背影消失在拐角处，他伸手从兜里掏出手机，找到他爹的号码拨了出去。

电话响了一会儿，那边终于接了起来，梁世超低沉稳健的声音传了过来："喂？"

“爸，今天宋佳曦去集团报到了？”梁欢的声音听起来有些不悦，“你怎么她了？”

“什么叫我怎么她了？”梁世超一听这话，立刻就炸了，“我能把她怎么了，你这臭小子倒是给我说说！”

梁欢沉默了一下，语气稍微变得好了一点儿，道：“不是，我就是看她下班以后有点儿不太开心，问她她又不说，所以才打电话问问你。”

“哼！”梁世超哼了一声，又奇怪地道，“她不开心，她为什么不开心啊？”

“我要是知道的话，还用问你吗？”梁欢翻了个白眼。

“不应该啊！我给她安排了董事长助理的位子，还给她开了五十万的年薪，按道理来说，这条件应该不错啊。”梁世超有些疑惑地道。

梁欢眯了眯眼睛，语气危险地道：“董事长助理的职位，你才开年薪五十万？你别以为我不知道你助理的年薪是多少！”

梁欢心想：才五十万！爸，你也忒抠门了！怪不得小曦不开心！

梁世超：要不……明儿再给她涨点？

“你知道我助理的年薪又怎么了？！”电话那边的梁世超听到梁欢的话，顿时不爽地道，“小姑娘刚来公司第一天，其他人的实习工资一年才十几万，我给她开五十万已经挺不错了。难道要一下子给她开一百万？你也不怕吓着小姑娘？”

梁欢听着自己老爸的话，沉默片刻，觉得似乎有那么一点儿道理。况且，宋佳曦也不是那种为了钱而闷闷不乐的人。

“再说了，”梁世超在电话那头越说越来劲，“就你那个破牙医的工作，一年才赚多少钱？不是我瞧不起你，一年二十万有没有？”

梁欢顿时有些不乐意地道：“爸，你看不起谁呢？我一年的工资至少也有三十万啊！”

“呵，才三十万。”梁世超冷笑一声，道，“就你那一年三十万的收入，也敢看不上宋佳曦一年五十万的实习工资？”

“那不然呢？不然怎么办，我要是不努力工作的话，不就得回家继承家产了吗？”梁欢觉得有些好笑地道，“行了行了，你别跟我扯这些有的没的。你今天还跟小曦说什么了？”

“说什么，我还能说什么？我身为董事长，除了鼓励一下员工，告诉她好好干，我很看好她之外，还能说什么？”梁世超在电话那边翻了个白眼，道，“难不成我要跟小姑娘说，我家那个不争气的、年收入三十万的儿子看上你了，求求你行行好，收了他吧？”

梁欢：“……”这话根本没办法接下去了。他捏着电话的手指微微用力，最终还是没有控制住自己，直接把电话给挂断了。

既然待遇没有问题，他爸也没有对小姑娘施加什么压力，那肯定是有什么别的事情让她不高兴了。梁欢想了想，抬头看了一眼眼前的公寓楼，迈开长腿朝电梯走了过去。

进了电梯，到了十九楼之后，梁欢才发现，宋佳曦正站在1901室门口看着电工师傅修电闸。

梁欢大踏步走上前去，站在宋佳曦身边，朝正在修电闸的电工师傅看了一眼，随口问道：“怎么样，修好了吗？”

那电工师傅皱着眉头，伸手将电闸总开关推上去，不一会儿，总开关又跳掉了。来来回回几次之后，情况跟昨天晚上一模一样。

宋佳曦迟疑了一下，声音弱弱地问道：“这个……是不是修不好了啊？”

电工师傅回过头来，朝宋佳曦尴尬地笑了笑，道：“也不是修不好，主要是有点儿麻烦，你家里这个应该是装修的时候电路排错了，所以到了夏天，一用那些大功率的电器，就容易跳闸。”

大功率的电器？宋佳曦仔细回想了一下，确实，昨天晚上她开着空调、烧着电水壶、放着客厅的电视、音箱，还用电吹风吹头发来着，同时用这么多电器，怪不得跳闸了。

“那……线路排错了怎么办？”宋佳曦皱着眉头，看着那电工师傅，声音里满是期冀地问道，“今天能修好吗？”

电工师傅摇摇头，道：“今天怕是修不好了。这会儿已经是下班时间，我没带全工具。更何况重新排线的话，得找物业要一下电路施工图。要不，明天等物业上班了，我跟物业要了施工图之后，再来帮你修吧。”

宋佳曦：“……”不是吧？！今天修不好了？

站在一旁的梁欢听着那电工师傅的话，眼睛里瞬间闪过一抹惊喜的光芒。

“不好意思啊！”那电工师傅朝宋佳曦打了个招呼，就开始收拾自己的工具包。

他收拾完后，一边往电梯的方向走，一边继续道：“明天我还是这个点过来吧。”

宋佳曦：“不是，师傅你……”

她话还没说完，电工师傅已经进了电梯，走了。

梁欢站在她身边，一双幽深的眼眸微微垂下，脸上带着浅浅的笑意，看着她道：“小曦曦，别难过，我家的大门永远为你敞开！”

宋佳曦：“……”

她抬头看着眼前的梁欢，沉默两秒，转身进了自己的屋子，道：“不用了，我决定今天晚上在你那里充完手机和笔记本电脑的电之后，回自己房间睡觉。”

“你确定？”梁欢挑了挑眉，道，“咱金陵城大夏天的三十八度闷热的夜晚，你确定你没有空调能活？”

“我……”

“哦，对了，没有空调就算了，连电蚊香都没有哦……”梁欢笑眯眯地朝宋佳曦道，“我记得某人好像是特别招蚊子的血型吧？这上班第一天，还是个漂亮小姑娘，结果上班第二天，就被蚊子咬得变形了？”

“你……”

“哦，还有，没有电，你的燃气热水器就不能工作，你的燃气热水器不能工作，你就没有热水洗澡。”梁欢双手抱在胸前，斜倚在楼道的墙壁上，慢悠悠地继续道：“上了一天的班，难道你就不想在这夏日的夜晚洗个热水澡，走进空调房，一边看电视，一边吃口冰镇西瓜？”

“你别说了……”宋佳曦感觉自己绝望得快要哭出来了。

二十一世纪，特别是二十一世纪闷热的夏天，没有什么都不能没有电啊！关键梁欢说的每一句话都戳在她的心坎上，她真的没有勇气面对这没电的夜晚啊！

就在他俩互相看着对方、沉默不语的时候，楼道里电梯发出叮的一声。顾朗从电梯里走出来，看着站在楼道里的两个人，愣了一下，奇怪地道：

“你俩站在这儿干吗呢？”

梁欢回过头来看了顾朗一眼，道：“她家的电路还没修好，今天晚上家里还是没有电。”

闻言，顾朗往前走的脚步一下子顿住了。他脸上的神色变了又变，最终艰难地开口道：“我……今晚可能要加班……”

“怎么又加班？”梁欢微微皱了皱眉，道，“最近生小孩的孕妇很多吗？”

“啊？那……这意思是我今晚……不用加班？”顾朗欲哭无泪地看着梁欢问道。

“你加不加班问我干吗，问你们领导去啊。”梁欢有些无语地看着他。

“好的，欢哥，稍等，我去给我们领导打个电话！”顾朗转头往电梯的方向走。

宋佳曦的眼睛里满是问号。

梁欢一边伸手从自己的口袋里掏出手机，一边摇了摇头，朝宋佳曦道：“这家伙，真是的，连自己要不要加班都记不清了。”

他说完这句话，直接打开自己的微信，找到顾朗的号，转了一千块钱过去，今晚的住宿费加伙食费。

这转账刚发过去，顾朗就飞快地领取了，顺带还发了张“谢谢大佬”的表情图。

片刻之后，宋佳曦的手机响了起来。她低头看了一眼自己的手机屏幕，然后转头奇怪地道：“是顾朗打过来的。”

梁欢挑了挑眉，道：“那你接啊。”

“哦……”宋佳曦心里虽然满是疑惑，但还是接了顾朗的电话，“喂，顾医生？”

“宋小姐，”顾朗在电话那边十分认真地朝宋佳曦道，“不好意思啊，我今天晚上要加班，正好你家没电，你就住到我跟欢哥家里来吧。对了，帮我看着点儿欢哥，千万别让他随便进我的房间！”

宋佳曦：“……”

挂了顾朗的电话之后，她抬起头来，看着梁欢道：“顾医生让我告诉你，他今晚要加班，让你别随便进他的房间。”

“没问题。”梁欢无所谓地耸了耸肩膀，从裤袋里摸出大门钥匙，打开1902室的大门，朝宋佳曦比了一个“请”的手势，“请进。”

宋佳曦：“……”

为什么她跟梁欢之间会发展成这样？！为什么她感觉好像哪里不太对劲，却又说不上来？

进了客厅之后，梁欢看着餐桌上一动未动的早餐，微微怔了一下，随即转过头来，朝宋佳曦道：“我给你准备的早餐，你没有吃？”

“嗯……”宋佳曦低低地应了一声。

“为什么？”梁欢挑了挑眉，道，“你不喜欢吃三明治吗？可是家里只有这个了，晚上我再去给你买点别的食物回来吧。”

“不用了，我只是……”宋佳曦张了张嘴，迟疑片刻，终究还是弱弱地道，“我只是不想和你有太多的交集……”

她说完这句话后，整个客厅里一片寂静。

梁欢那双清澈的眼眸里闪过一丝落寞。他看着眼前的宋佳曦，淡薄的唇瓣微微张了张，半晌，才声音低低地开口问道：“我们……分手了，难道就连朋友都不是了吗？我在你眼里，除了是个渣男，就一无是处了吗？”

“不是……我不是这个意思……”宋佳曦听着他的话，只觉得心头一酸。

她只是怕自己和他接触多了，会再次不可救药地爱上他……

其实他们再次见面的时候，梁欢说得没错，她不敢让他给自己看牙，是因为她对他余情未了……

眼看着宋佳曦开始手足无措，梁欢伸手摸了摸她的脑袋，笑了笑，声音温柔地道：“好了，我知道了，那就是因为你不喜欢吃三明治，对不对？明天早上，我给你换成别的早餐，好不好？”

他的声音低低的，很好听，语气那么温柔，还带着一丝宠溺和乞求，让她根本不忍心拒绝。宋佳曦最终还是轻轻地点了点头。

和梁欢带给她的纠结比起来，董事长那莫名其妙的五十万实习工资似乎也不算是什么大问题了。

吃过晚饭，宋佳曦坐在客厅沙发上看着自己的电脑发呆。

卫生间里传来一阵哗哗的水声，梁欢正在洗澡。

她长长地叹了一口气，伸手点开自己写小说的网站，随便看了看评论。

昨天更新的那些章节，所有评论加起来竟然超过一百条？这是什么情况？

宋佳曦伸手揉了揉眼睛，一脸不敢置信地看着自己的评论区。

“啊啊啊啊，我的天啊！男二号真的是太完美了！这么温柔的好男人上哪儿找啊？”

“就是就是，我突然发现，男人一旦造作起来，就没有女人什么事了！”

“跟男二号比起来，男主角是个什么狗屁东西，眼里还三分薄凉、三分讥诮、四分不满，敢问男主角的眼睛是扇形图吗？”

“我命令女主角，立刻、马上和男二号复合！”

“今天男主角死了吗？没有，我明天再来。”

什么？！这些读者是疯了吗？怎么一个个都看上男二号了？她的男主角哪里不好了？帅气多金又潇洒，她们竟然敢嘲笑她的男主角眼睛是扇形图？！

呸，你们的眼睛才是扇形图！你们的眼睛还是柱形图呢！

宋佳曦一个没忍住，直接在评论区里回怼了那些读者。

怼完那一百多条评论之后，宋佳曦觉得自己整个人都仿佛被掏空。这种感觉，让她一点儿都不想继续写文了。她今天真的是衰到家了！

宋佳曦闭了闭眼睛，生无可恋地点开星座运势，想看看自己这水逆的状态到底什么时候结束。

就在她看星座运势看得正欢的时候，卫生间的门打开了，梁欢脑袋顶着浴巾，穿着睡衣，带着一股氤氲的湿气，晃晃悠悠地走到宋佳曦身边。他伸手戳了戳她的肩膀，道：“我洗好了，你去洗澡吧。”

“好。”宋佳曦正好看完最后一行星座运势讲解，点头应了一声，就直接朝卫生间走了过去。

梁欢眼看着她进了卫生间，低头看了一眼她的电脑屏幕，上面正好是星座运势。他想了想，在电脑前坐下来，正准备看看自己今天的运势如何，目光突然扫到浏览器上的分页——《总裁你冷酷无情无理取闹》最新章节……

总裁你冷酷无情无理取闹？这是什么啊？

梁欢怀揣着满满的好奇，点开了浏览器的分页。

看起来这似乎是个小说网站，页面上是《总裁你冷酷无情无理取闹》这本小说的介绍。

梁欢看着那狗血到不行的简介，忍不住伸手擦了一把额头上的汗水。他竟然不知道，他家小曦曦还有看狗血言情文的爱好？算了，女孩子看的狗血言情文，实在勾不起他的兴趣。

梁欢扯了扯嘴角，正准备把页面关掉的时候，目光却在不经意间扫到这本小说作者的名字。这作者很奇怪，名叫“又欠可可一条狗”。

梁欢好看的眉毛微微皱了皱，电光石火间将这作者的名字给翻译过来——又欠是“欢”字，可可是“哥”字。连起来就是……欢哥一条狗？

梁欢只觉自己的脑袋上满是问号。

不行，就冲着这作者名，他都得看看这篇小说到底写的是什么。

梁欢在沙发上坐下来，点开《总裁你冷酷无情无理取闹》的第一章，一目十行地看了起来。

这小说字数不多，到现在总共就写了十万字的样子。

前六万字，几乎都是女主角和男主角之间的狗血纠缠，总结起来就是：男主角一会儿对女主角好，一会儿对女主角不好，一会儿无情无义地要分手，一会儿声泪俱下地要和好。

梁欢一边在心里咒骂这男主角是不是人格分裂，一边飞快地往后翻。

后四万字，书里突然出现了一个男二号，这男二号是女主角的前男友，帅气温柔，但是不受女主角喜爱。

只是……等等……

梁欢看着看着，突然觉得这男二号的行为怎么看起来有点儿眼熟啊……死皮赖脸地要女主角请吃饭，雨中打伞求原谅，时不时地被女主拉进黑名单，这感觉就是照着他写的啊！

唯一的不同是，他是一名牙科医生，而男二号是一名肛肠科医生……

他没有鄙视肛肠科医生的意思，但是……

这书……该不会是宋佳曦写的吧？

就在他心中满是疑惑的时候，卫生间的门突然咔嗒一声打开了。

梁欢一慌，赶忙将电脑上的页面点回星座运势，然后站起身来，走到客厅的桌子前，伸手拿起一只茶杯，假装自己正在倒水。

穿着睡衣的宋佳曦，因为刚刚洗过澡，小脸红彤彤的，一头秀发也被她随手盘成一个丸子，顶在头上，只余几缕碎发垂在耳边。

梁欢状似漫不经心地回头看了她一眼，端着手里的水杯，喝了一口水，慢悠悠道："今天又没洗头发啊？"

宋佳曦没好气地白了他一眼，道："我昨天洗过了好吗？再说了，天天洗头很烦的，这么长的头发，光是吹干就要半个小时！"

"你要是不想吹头发的话，我可以帮你吹。"梁欢自然而然地说道。

宋佳曦微微一怔，沉默了片刻，然后转过头去，假装没有听到这句话。

梁欢见她不说话，便也没有再说什么，心里还挂念着那本没看完的小说，可他总不能当着宋佳曦的面继续往下看吧？

于是他想了想，开口道："今天晚上你睡我房间，我睡沙发吧。"

哎？宋佳曦听到他的这句话，一脸惊奇地看着他，道："你今晚不跟我一起睡了？"

梁欢眨眨眼睛，嘴角勾起一抹意味深长的笑容，道："你很期待跟我一起睡吗？要是你诚心诚意地邀请我，那我就勉为其难地答应你吧。"

"滚！"宋佳曦直接朝他翻了个白眼，无情地道。

她走到沙发前，合上自己的笔记本电脑，将它抱在怀里，转身进了梁欢的卧室。

片刻之后，她从卧室里拿出一床薄被、一个枕头，丢在沙发上，道："这是你昨天的装备，今晚你就在沙发上度过漫漫长夜吧。"

说完之后，她也不等梁欢回答，再次进了卧室，顺带关上了房门。

梁欢站在原地，伸手摸了摸鼻子。他家小曦曦还是这么无情无义啊！

不过，既然小曦曦进卧室了，那就代表他可以继续看刚才那本小说了。梁欢掏出手机，直接搜索了一下刚刚那本书的书名，找到小说网站，接着刚才看的地方继续往下看。

不过片刻工夫，他就追到作者最后更新的地方。

没了？这就没了？梁欢看着书的末尾处"作者努力码字中"几个大字，一脸茫然。他又不死心地点进评论区，看到大部分读者留言都是挺男二号后，心中顿时有一种扬眉吐气的感觉。果然，群众的眼睛是雪亮的，大家还是很看好他的。

梁欢躺在沙发上，修长的手指在屏幕上来回划了几下，随手注册了一个号，收藏了这本书，还顺带着关注了作者。

他翻了翻作者的主页，发现这个作者的第一本书是五年前写的。

五年前啊……正好是他跟宋佳曦分手的时候。

梁欢的眼眸微微闪了闪，他点进第一本书，大概扫了一眼简介和评论区。

这……男主角也太惨了吧？

男主角和女主角相爱之后，被查出罹患白血病，想要一个人承担这痛苦，却又出了车祸，输血的时候感染了艾滋病，醒了以后又失忆，好不容易恢复记忆，男主角的爸爸出现了，声泪俱下地告诉男主角，男主角和女主角是亲兄妹。男主角受不了这个打击，上吊自杀了。

结果，男主角没死成，抢救过来后反而瘫痪，躺在病床上，插着呼吸机，夜里保洁大婶打扫病房时，顺手拔了呼吸机的插头，男主角硬生生地憋死了……

梁欢忍不住打了个寒战。这……这该不会是侧面反映了当时宋佳曦想弄死他的心情吧？他温柔可爱总是脸红害羞的小曦曦，原来是这么凶残的人吗？

梁欢又心有余悸地翻了翻宋佳曦的其他几本书，基本上每本书里的男主角不是死了就是残了，要不就是一辈子在悔恨中度过。

梁欢："……"

怪不得书评区有个读者每天都来留言："男主今天死了吗？没有，那我明天再来。"

他还以为这个读者是男二号的忠实粉丝呢，原来不过是从他家小曦曦所有的书里，总结出男主角必死的规律而已。

梁欢长长地叹了一口气，默默地收好手机，裹好被子，躺在沙发上。空调的冷风呼呼地吹着，他只觉自己的心拔凉拔凉的。

他在沙发上翻来覆去好一会儿，怎么也睡不着，一闭上眼睛，脑海里就不由自主地浮现出那些小说里各个男主角的悲惨际遇。

妈的！梁欢实在受不了，干脆掀了被子，从沙发上坐了起来。

他侧着耳朵仔细听了一会儿。他的卧室里静悄悄的，一点儿动静都没有。他家小曦曦应该已经睡着了吧？

梁欢迟疑了一下，站起身来，轻手轻脚地走到自己的卧室门前，用白皙修长的大手握住门把手，小心翼翼地开了门。

屋子里面黑乎乎的，借着外面客厅的灯光，依稀可以看见一个人影正躺在他柔软的大床上。

梁欢的眼神不由自主地变得温柔起来。他就这么在卧室门口站了一会儿，又轻轻地关上了门。

左右也是睡不着，他干脆去顾朗的房间，翻了一包烟出来，走到阳台上。

阳台外依稀可见长江的影子，一片夜色中，江水宛如一条黑色的丝带。

江边一排排路灯蜿蜒而上，点点灯光如同黑夜中闪烁的宝石，散发着温柔的橘黄光芒。

梁欢伸手打开阳台的窗户，一阵热浪迎面而来。他拆了手中的烟盒，从里面拈出一根烟，叼在嘴里，准备点烟的时候，才想起自己没有打火机。

梁欢有些烦躁地抓了抓额前的头发，伸手将嘴里的烟拿下来，夹在食指和中指间，抬头看了一眼外面的天空。

天空黑漆漆的，一颗星星都没有，映衬着城市的灯火，地平线处倒是微微发红。

不知道怎么回事，他突然想起五年前的那个冬天。

他清楚地记得，那天是十二月二十号。新闻里说，当天晚上会有狮子座流星雨。

下了晚自习，宋佳曦神秘兮兮地给他发信息让他出来，说是要带他去一个好地方。

一开始他还没反应过来，只以为她又找到了哪个食堂里隐藏的美食，结果她带着他去了学校综合楼的楼顶天台。

上天台之前，要经过一段黑漆漆的楼梯。他能感受到，站在他身边的某人明明怕得要死，却还是打着手电筒，强挤出一个灿烂的笑容，道："学长，你别害怕，这个世界上是没有鬼的。"

那一瞬间，他就忍不住想逗逗她。他故意低下头，附在她的耳边，用那种飘忽不定的气声，一字一顿道："你怎么知道这个世界上没有鬼？"

宋佳曦只觉自己的脖子后面聚起一团冷气，却还是握着手电筒，颤抖着小声道："因……因为一切封建迷信都……都……"

她的话还没说完，梁欢就压低声音道："真的吗？你就这么相信科学吗？科学不过是解释了各种物体的成分，它说鬼火是磷化氢，说海市蜃楼不过是光的折射，那人呢？人不过是一堆行走的蛋白质、糖类、脂类、核酸、水及无机盐组成体吗？"

宋佳曦微微一怔。黑暗中，她觉得自己已经哭出来了："学长……你别吓我。"

她的话音刚落，梁欢便竖起食指抵在她的唇瓣前，低声道："嘘……你听。"

"听……听什么？"宋佳曦感觉自己已经发不出声音了。

这楼道里黑漆漆的，除了两个人的心跳声和呼吸声，她真的什么都没有听到。

然而，梁欢却侧着脑袋，神情凝重地朝她道："你听，有人在说话……"

"说什么？！"宋佳曦只觉自己的心已经提到嗓子眼，用力地咽了一下口水，没有拿手电筒的那只手忍不住偷偷地拽住梁欢的衣角。

本来就是冬天，楼道里又没有开暖气，她觉得周围冷飕飕的，就像有什么阴风在吹。

"有人在说……你为什么……害我……"梁欢附在她的耳朵边，幽幽地吐出这几个字来。

"啊啊啊啊！"宋佳曦顿时脸色惨白地尖叫出声，整个人扑进梁欢怀里，一双胳膊死死地抱住他，声音里带着一丝哭意，道，"你别瞎说！我什么都没有听见！"

"真的……"梁欢反手环住她，任由她把脑袋使劲往自己的怀里钻，眼睛里却满是笑意，"你真的没听见吗？有人在说……你为什么害我……"

"啊啊啊啊啊！别说了！别说了！"宋佳曦抱得更紧了。

"你为什么害我这么喜欢你……"梁欢的声音里已是藏不住的笑意，他低头在宋佳曦的耳边说完这句话，顺带在她冰凉的小脸上亲了一口。

"……"

楼道里顿时一片安静。

宋佳曦这才反应过来，猛地抬起头来，瞪着梁欢道：“你故意吓我？”

“我没有。”梁欢一脸无辜地看着她，道，“我只是说了心里话。真的，这句话一直都在我的脑海里盘旋。”

宋佳曦气得松开抱住他的手，转身要走，这才发现，他修长的胳膊紧紧地搂着她的肩膀，将她整个人禁锢在怀里，她动弹不得。

“你松手！”宋佳曦气呼呼地道。

“你生气了？”梁欢抱着她，声音里带着一丝笑意与温柔，低低地问道。

宋佳曦转过头去，不想理他。

“对不起，别生气了好不好？”梁欢将宋佳曦搂在怀里，声音温柔地道，“我就是想趁机跟你表白一下嘛。”

宋佳曦气得一张小脸鼓鼓的，却也说不出什么太过分的话。

梁欢抿着唇笑了一下，干脆弯腰将她拦腰抱在怀里。

“呀！你干吗？！”宋佳曦只觉自己一个重心不稳，下一秒，整个人都被他抱了起来。

“既然你害怕，那我就抱你上去吧。”梁欢笑了笑，抱着她一步一步缓缓地朝天台走去。

“我……”宋佳曦只觉自己的整张脸都红得发烫，一颗小心脏在胸腔里，不知道是被吓的还是怎么的，扑通扑通跳个不停。

推开天台的门，一阵冷风朝他们吹来。

楼顶的空气带着十足的湿冷与寒气，拼了命地往她的领子里钻。宋佳曦只觉得鼻腔一凉，打了个喷嚏。

梁欢低头看了她一眼，将她往怀里抱了抱，道：“冷吗？”

“还好……”宋佳曦吸了吸鼻子，亮晶晶的眼珠子转了转，环在梁欢脖子上的小手便偷偷地探进他的衣领里。哇，他的领子里面好暖和啊！

她抬起头来，看了他一眼，原本以为她凉冰冰的小手伸进他的领子里，会让他下意识地闪避一下，没想到他正满眼温柔地看着自己，道：“暖和吗？要不要把另一只手也伸进来？”

“不……不用了……”被他这么一问，宋佳曦顿时羞红了脸，把伸在他领子里的那只手拿了出来。

天台上静悄悄的，一个人都没有。她也不好意思一直让他这么抱着，就从他怀里下来了。

梁欢有些好奇地四下打量，然后问道："这就是你说的，要带我来的好地方？"

"嗯！"宋佳曦点点头，转过身来，面对着他，伸手指了指头顶的星空，道，"你知道吗？今天晚上有狮子座的流星雨哦！"

"所以……"梁欢微微挑眉，有些好笑地看着她，道，"你是带我来看流星雨的？"

"对呀！"宋佳曦开心地应了一声，"看流星雨要在远离城市、四周开阔的地方，咱们学校本就在郊区，我研究了一下学校地图，就这里视野最好了。"

她灿烂的笑容就像星空下绽放的繁盛桃花，声音里满满的都是雀跃与期待。

梁欢看着她的笑容，只觉得自己的心情也跟着变好了。他走上前去，伸手摸摸她的脑袋，声音低低地问道："是吗，所以……你想许什么愿望？"

"愿望这种东西，说出来就不灵了。"宋佳曦很认真地看着他，回答道。

"那你与其对着流星许愿，不如对着我许愿。"梁欢双手插在兜里，微微弯腰，额头抵着她的额头，笑着道，"流星不能帮你实现的，我都可以帮你实现。"

"你确定？"宋佳曦一脸不信地道，"我要天上的星星，你也能帮我摘到吗？"

"当然可以。"梁欢忍不住笑了出来，"不过所有的愿望，想要实现的话，都要付出代价。你想要天上的星星，就得付出相应的代价。"

"什么代价？"宋佳曦眨巴着一双漂亮的眼睛，看着他问道。

"嗯……代价就是……你得亲我一口。"梁欢笑眯眯地伸出自己的右手食指，轻轻地在脸颊上点了点。

宋佳曦一脸不相信地看着他，道："真的假的？你该不会就是想骗我亲你一口吧？"

"真的假的，你试一下不就知道了吗？"梁欢眨眨眼睛，一脸无辜地看着她，道，"反正亲我一口，你又不会少块肉。"

听起来……好像有点儿道理。

可是，她想要天上的星星这种心愿，哪有那么容易实现？

宋佳曦的一双小手有些纠结地绞了绞，最终还是红着脸踮起脚尖，在梁欢的脸上轻轻亲了一口。

“好了，我亲好了。”她红着脸看着梁欢，仰了仰下巴，道，“我要的星星呢？”

“你把眼睛闭起来。”梁欢满脸笑意地看着她，道，“我让你睁眼的时候，你再睁开。”

此时此刻，虽然她感觉自己满头都是问号，但还是乖乖地闭上了眼睛。

下一秒，她感觉有个软软的、温热的东西落在她的眼皮上，再然后，她听见梁欢低沉好听的声音：“好了，你可以睁开眼睛了。”

她缓缓地睁开眼睛，眼前还是综合楼天台的景象，梁欢也和她闭上眼睛之前一样，站在她的面前。

宋佳曦环顾了一下四周，除了呼呼的冷风，就是黑漆漆的夜。她道：“星星呢？我要的星星在哪儿？”

“已经给你了啊。”梁欢笑着朝她道。

“哪儿？”宋佳曦一脸迷茫地看着他。

“在你的眼睛里啊。”梁欢伸手轻轻地捏了捏她软嘟嘟的脸颊，声音里满是宠溺的味道，“你的眼睛亮晶晶的，里面有浩瀚的星空，闪烁着璀璨而耀眼的光芒，你不知道吗？”

宋佳曦：“……”她听着梁欢的话，不知道为什么，那一瞬间，脸就跟着了火一样，轰的一下烧了起来。

什……什么眼睛里有璀璨的星空啊……这家伙真能睁着眼睛瞎说。

与此同时，她的心里甜滋滋的，像是吃了蜜一样。

“你就知道拿我开心。”宋佳曦红着脸，又是甜蜜又是恼怒，干脆张牙舞爪地伸出手来，用力地捏住梁欢的脸颊，把他的嘴巴给扯成一字形。

“我说的都是实话……”梁欢眼眸微垂，一脸无辜地看着她。

宋佳曦悻悻地收回双手，抿了抿唇，道：“不跟你扯这些有的没的了，时间快到了，狮子座的流星雨就要开始了。”

梁欢抬起头来，朝天空看了一眼，突然低头一脸严肃地道：“我刚才说错了。”

“什么？”宋佳曦有些疑惑地看着他。

“天上的星空都没有你的眼睛好看。”梁欢十分认真地看着她，一字一顿地道，“真的。”

“你……”宋佳曦听着他的话，一张小脸红得更加厉害。

她瞪着一双圆溜溜的大眼睛，看着梁欢半晌，终于愤愤地反击道：“甜言蜜语，张口就来，这些话都不知道被你用来撩过多少个女孩子了。”

“没有，真的没有，你是我撩的第一个女孩子。”梁欢满脸笑意地看着她，伸手直接将她圈在怀里，道，“再说我刚才说的都是真心话，都是有感而发，才不是什么甜言蜜语。”

“男人的嘴，骗人的鬼……”宋佳曦伸手扯了扯他环在自己肩膀上的胳膊，发现自己竟然扯不动，随口怼了他一句。

梁欢脸上的笑容顿时更灿烂了：“你刚才不还说这个世界上没有鬼吗？封建迷信要不得。”

“反正怎么说都是你有理。”宋佳曦说不过他，只能小声嘟囔了一句。

梁欢笑着在她的脸颊上亲了一口，突然抬起手指着前面的天空，道：“快看，流星！”

“哪儿，哪儿？”宋佳曦立刻回过头，朝天上看去。

黑漆漆的夜空点缀着几颗稀疏的星星，一道细微的、极其不起眼的白色细线极快地划过天际。

啊啊啊啊！许愿！许愿！她要赶紧许愿！

宋佳曦立刻站直身体，双手相握放在胸前，低头虔诚地许下了一个愿望。

那是她对着流星许下的第一个、也是唯一一个心愿。在她年满十九岁、不到二十岁的那一年，她满心期盼的，不过是想和身边的人一辈子在一起。

永永远远，长长久久。

梁欢就这么安安静静地站在她身边，目光温柔地看着她。等她许完愿，他才笑嘻嘻地问道：“你许了什么愿？”

宋佳曦红着脸看了他一眼，道：“不告诉你。”

“不告诉我，我也知道。”梁欢一脸促狭地看着她，俯身凑到她的耳边，声音极低地问道，“是不是许愿想要和我一辈子在一起？”

“你！”心中的愿望被他拆穿，宋佳曦顿时有些气急败坏地道，“梁欢！你的脸皮怎么这么厚？！”

“嗯？”梁欢满脸笑意地看着她，挑了挑眉，道，“这会儿叫我梁欢，不叫我学长了？”

“哼！”宋佳曦转过头去，不想理他。

偏偏梁欢要把脑袋凑到她面前，一脸坏笑道：“这种愿望，你直接对着我许，比对着流星许管用多了。”

“才不要。”宋佳曦伸手将他的脸推开。

“那……我对着你许愿好不好？”梁欢眨眨眼睛，把她圈在怀里，声音低低的，带着一丝蛊惑道，“我希望……可以一辈子和你在一起。从今往后，生命中的每一天，都和你在一起。”

宋佳曦觉得自从今天晚上到了天台，她脸上的红晕就没有消退过。

她有些不好意思地看着眼前的梁欢，声音细得如同蚊子哼哼一般，道：“我又不是流星，对着我许愿没用。”

“你当然不是流星。”梁欢笑了一下，温柔地道，“你是我生命中的恒星。”他顿了顿，又补充了一句，“永恒的恒。”

啊啊啊啊……不行了，她的脸估计更红了！

梁欢眼眸里却闪过一丝狡黠的光芒，声音低低地道：“你还记得我刚才说过的吗？”

“嗯？”

“所有愿望的实现都要付出相应的代价。”他清澈幽深的眼眸深深地注视着宋佳曦，一边喃喃地说着，一边朝她的唇吻下去，“这样，就是我实现愿望的代价……”

咦？宋佳曦整个人都僵住了，唇瓣上传来一阵温热柔软的触感，带着一抹熟悉清冷的味道。她就这么傻傻地站在天台上，任由梁欢抱着自己吻了许久，才缓缓地回过神来。

梁欢脸颊上有一抹浅浅的红晕，然而他的眼睛亮晶晶的。他看着被他亲成傻乎乎的雕像的宋佳曦，忍不住笑了一下，伸手将她拥在怀里，贴着她的耳朵，低声道：“我付出的代价可是很高的哦，这可是我的初吻……”

那天晚上，天空中明明没有什么星星，就连传说中的狮子座流星雨也隔了好久才微弱地划过一颗，可是不知道为什么，在他的脑海里始终有一片灿烂的星海……

梁欢看着阳台外面的夜空，忍不住长长地叹了一口气。

妈的，回忆有多甜蜜，他的心里就有多苦闷。

他实在是想不明白，明明好好的两个人，怎么就走到了眼下这个地步。

“你在那儿站着干吗？”就在梁欢满心懊恼的时候，他的身后突然响起一道熟悉清脆的声音。

他微微一怔，下意识地回头看了一眼。宋佳曦穿着睡衣，打着哈欠，一边揉着眼睛，一边疑惑地朝他看来。

“我……呃……睡不着，吹吹风。”梁欢有些慌乱地看着她，赶忙伸手将阳台的窗户关了起来。

“哦……”宋佳曦低头看了一眼他指间夹着的烟，挑了挑眉，道，“在抽烟？”

“不……不是……”梁欢连忙将指间夹着的那根烟放回烟盒，道，“呃……这是顾朗的。我……就是好奇，拿出来看一看。你看，里面一根都没少。”

“我就随便问问，你这么紧张干吗？”宋佳曦奇怪地看了他一眼，转身朝客厅边走边道，“有点儿渴，我去喝点儿水。”

“好。”梁欢看着她的背影，又低头看了一眼自己手中的烟盒，无奈地摇了摇头。算了，想那么多干吗，至少现在，她还在他的身边，不是吗？

第7章 作者大大求更新

梁欢又在阳台上站了一会儿，捏了捏手里的烟盒，最终回到客厅的沙发上。

他躺在沙发上，翻来覆去折腾了好一会儿，感觉还是睡不着。

算了，干脆再看一遍他们家小曦曦的小说吧，说不定能从里面找到什么他被称作渣男的线索呢……

梁欢翻着手机，默默地把《总裁你冷酷无情无理取闹》又看了一遍，才发现这篇小说的最后更新日期是昨天。而上一次更新日期，则是好几个星期之前。

这更新频率……慢得离谱啊！

梁欢皱了皱眉，又看了一眼那寥寥无几的粉丝榜。他想了想，干脆打赏了十万书币，并留言道："作者大大求更新！"

希望来自他这个粉丝的小小鼓励，能让她加快更新速度。

这么一想，梁欢看着手机屏幕的目光不由自主地变得温柔起来。他翻了个身，又看了一遍留言区的评论，把所有支持男二号的评论都给点了一遍赞，终于隐隐有了一些困意。

梁欢睡到半夜三更，迷迷糊糊之中，感觉好像有门打开的声音，紧接着，卫生间的灯光亮了起来。他眯了眯眼睛，朝卫生间看了一眼，想着可能是宋佳曦夜里起来上厕所，便没有在意。

然而，片刻之后，那脚步声却迟疑地朝他的方向而来。

“梁欢……梁欢……”宋佳曦借着卫生间的灯光，走到客厅沙发前，看了一眼睡在沙发上的梁欢，蹲在他身边低低地喊了一声。

梁欢半睡半醒地睁开眼睛，一脸迷茫地看向宋佳曦。

“我……那个……来了……”宋佳曦一张白净的脸上满是红晕。

“什么来了？”梁欢一脸茫然地看着她，一时之间竟然没有反应过来她在说什么。

“就是那个……”宋佳曦咬了咬嘴唇，脸红得跟熟透的番茄一样，“女生每个月都会有那么几天……”

梁欢盯着她半晌，突然回过神来，道：“哦哦哦，你说那个啊……”

“嗯……”宋佳曦有些不好意思地道，“你家……有安心裤吗？”

“显然没有……”梁欢扯了扯嘴角，撑着胳膊从沙发上坐了起来，“你觉得我跟顾朗需要那玩意儿吗？”

“可是我家……也没有了……”宋佳曦的声音细得跟蚊子哼一般，“最近都没空去超市，没有买，所以……所以……”

梁欢看着她窘迫到不行的样子，明知故问道：“所以什么？”

“所以你能不能帮我去外面买一……”宋佳曦说话的声音越来越小，越来越小，小到最后，梁欢都没有听清楚她在说什么。

梁欢眨眨眼睛，伸手从枕头下面掏出手机，看了一眼，现在是夜里两点三十六分。

“这个点……你确定还有地方可以买安心裤？”

“就是……我看了一下手机软件，附近有一家二十四小时营业的便利店……”

宋佳曦举着自己的手机，给梁欢看了一眼屏幕，道：“就在小区附近五百米左右……”

梁欢低头看了一眼她的手机，掀了被子，从沙发上下来：“行，你在家里等着，我去给你买。”

“好。”宋佳曦红着脸低低地应了一声，站起来的时候，还下意识地回头看了一眼。嗯……还好，没有弄到地上。

梁欢答应帮她去买安心裤，便直接拿上钥匙和手机，在客厅门口穿上鞋子，准备出门了。

出门之前，他转头看了一眼站在客厅里眼巴巴看着他的宋佳曦，突然朝她勾了勾手指，道："你过来一下。"

"怎么了？"宋佳曦有些疑惑地看着他，乖乖地往前走了一步。

梁欢伸出修长的胳膊一把将她揽进自己怀里，用力地抱了抱，然后松开她，道："没什么，就是……我有点儿怕黑，你抱我一下，给我一点儿勇气就行！"

宋佳曦一脸茫然。

然而，还没等她反应过来，梁欢已经打开大门走了出去，并且顺手关上了门。

砰的一声，宋佳曦眼看着大门在自己面前关上，这才回过神来。他刚刚说什么？他竟然说自己怕黑？

曾经在黑漆漆的楼梯上装鬼吓她的人，现在当着她的面说自己怕黑？！五年不见，他脸皮的厚度简直成几何级数增长！他刚才根本就是想骗自己抱他一下而已！

宋佳曦红着脸站在原地。刚刚那个瞬间，他抱紧自己的时候，她的鼻息间尽是他身上清冷好闻的味道，那是她熟悉到不能再熟悉的味道……

算了，还想这些干吗，都是过去的事情了。

宋佳曦摇了摇脑袋，突然觉得等待的时间好漫长。

她来了那什么，此刻站也不是，坐也不是，躺着就更没那个可能了。

眼看着时间一点儿一点儿过去，门口的走廊里终于传来熟悉的脚步声，紧接着，是钥匙打开门锁的声音。

宋佳曦心中一喜，连忙迎了上去。她打开大门，兴奋地道："买到了吗？！"

梁欢一脸歉意地看着她，道："门口那家二十四小时的便利店关门了。"

什么？！宋佳曦听着他的话，感觉就像晴天霹雳。

"我到那家便利店门口的时候，那家的灯已经关了，卷帘门都拉上了。"梁欢有些无奈地道，"有些标着二十四小时便利店的，其实只开到夜里十二点，毕竟后半夜也没什么人了，开着店还得考虑电费和人员工资。"

"那……那怎么办？"宋佳曦用圆润的眼眸无助地看着梁欢。现在已经是夜里三点了，她总不至于在这儿站到天亮吧？

梁欢站在她面前，一双幽深的眼眸微微垂下，盯着她一会儿之后，突然开口道："我这儿虽然没有你要的安心裤，但是有不少医用纱布和医用棉球。"

宋佳曦："你……什么意思？"

"就……"梁欢迟疑了一下，清秀帅气的脸庞竟然莫名浮现出一抹淡淡的红晕，"不管你是用安心裤还是姨妈巾，目的都是止血对不对？医用纱布和棉球同样可以达到止血的目的。"

宋佳曦一时无语。

哥，你在说什么？为什么每一个字我都知道是什么，但把它们连起来之后，我却听不懂是什么意思？

"咯咯……那个……"梁欢为了缓解这尴尬的气氛，赶紧换上拖鞋，一溜小跑奔进屋里，从柜子里翻出医生必备的一大卷医用纱布和一大包医用棉球，然后将这些东西摊在宋佳曦的眼前，道，"我虽然是牙医，但也学过外伤包扎止血。"

宋佳曦只觉得自己脑袋上的问号更多了。

梁欢看着宋佳曦满脸疑惑的表情，想了想，干脆豁出去了，直白地道："我给你包扎起来，虽然止不住血，但也不会淌得到处都是了。"

宋佳曦："……"

她看着梁欢手中的医用纱布和棉球，又低头看了看自己，下意识地双手环胸，后退一步，道："你要怎么包扎？！你这个变态！色狼！"

梁欢微微一怔，目光从宋佳曦的脸颊缓缓下移，末了，有些尴尬地笑了笑，道："确实……不太方便包扎……"

他们两个就这么站在客厅里，大眼瞪小眼。互相瞪了一会儿，梁欢突然灵光一闪，道："那不然的话，我给你做一条安心裤就是了。"

"怎么做？"宋佳曦皱着眉头不解地问道。

"没吃过猪肉，我还没见过猪跑吗？"梁欢十分自信地拿出自己的手机，打开某宝，从上面搜了一下安心裤的图片，然后看了一下结构组成，道，"你家里有针线盒吗？"

"有……"宋佳曦声音弱弱地回答道。

“你去把针线盒拿来，顺便再拿一条新的内裤过来。”梁欢很认真地说道。

宋佳曦：“……”

说实话，她心里有一个声音一直在抗议——千万不要按照梁欢说的去做。

可是眼下……宋佳曦咬了咬牙，默默地打着手电筒，转身去了自己的屋子，翻箱倒柜地找到了针线盒，顺带着还拿了一条粉色印小兔子的内裤过来。

梁欢目光先是落在她手中的针线盒上，接着又移到那条粉色印小兔子的内裤上。下一秒，他扑哧一声笑了出来。

宋佳曦的脸蛋瞬间红得都要滴出血来。她凶巴巴地看着梁欢，道：“笑什么？！”

“咯咯……没什么。”梁欢轻咳一声，掩饰自己的笑意，然后自然而然地接过她手中的那些东西，声音淡淡地道，“这么多年，你的爱好果然一点儿都没有变。”

宋佳曦：“……”

她知道他在说什么，他就是在说自己的内裤幼稚！看起来像幼儿园小朋友的！

她用一双圆溜溜的大眼睛瞪着梁欢，憋了半天，最终憋出来一句：“要你管！反正又不穿给你看！”

梁欢听着她的话，沉默片刻，点点头，一边打开手中的针线盒，一边声音低低道：“没关系，反正也只有我看过。”

宋佳曦：“……”

三更半夜，夜深人静，她是用纱布绕一圈把梁医生勒死比较好，还是绕两圈把梁医生勒死比较好，还是绕三圈把梁医生勒死比较好？

然而此时此刻的梁欢浑然不知宋佳曦正在想什么。他抱着那一堆东西坐到沙发上，找出医用手套戴上，再给剪刀、针线消毒。他先用剪刀把纱布剪成好几片长宽适宜的长方形，接着把长方形的三条边给缝了起来。

宋佳曦看着他缝纱布那娴熟的动作，忍不住低声问道：“你还会做针线活？”

梁欢抬起头来，用一双好看的眼睛看了她一眼，声音里带着一丝浅浅的笑意道："不会，这是我第一次做针线活。"

"那你……怎么那么熟练？"宋佳曦有些疑惑地道。

"哦，你不知道吧？口腔科的医生也要学伤口缝合的。"梁欢低头一边缝着手中的纱布，一边随口道，"有些患者长智齿的时候，会长成阻生齿，拔阻生齿就需要把牙龈切开，把横着长的智齿切断，拿出来之后，再缝合伤口。"

他顿了顿，缝完最后一针，打了个结，然后抬起头来看着宋佳曦，笑眯眯地道："我的缝合技术可是全科室最优秀的。"

宋佳曦："……"

也不知道他在骄傲个什么劲，他是不是没有意识到，此时此刻他正在用他引以为豪的缝合技术缝卫生巾？

只是……

宋佳曦看着他手里缝了好几层的纱布，满脸疑惑地道："这样就好了？不会漏吗？"

"还没好。"梁欢将长方形的三个边缝好之后，把那些医用棉球从剩下的那道口子里塞进去，塞满之后，才把最后的那条边给缝了起来。

一个长条状的用医用纱布缝成的又软又厚实的卫生巾，做好了。

宋佳曦目光复杂地看着那鼓得跟沙包一样的姨妈巾，还没来得及开口说话，就看到梁欢拿起她粉色印兔子的小内裤，直接把那沙包一样的卫生巾给缝了上去。

宋佳曦一时无语。

梁欢速度飞快地缝好之后，将她的小内裤交到她手上，道："好了，你去试试吧。"

宋佳曦低头看着手里原本轻飘飘的小内裤，一时之间，竟然有些哭笑不得。

这可真是……一条有灵魂的安心裤啊……不过，眼下也只能这样了，毕竟有总比没有强……

宋佳曦在心里默默地安慰了一下自己，拿着那条沉甸甸的安心裤，转身默默地走进了卫生间。

换上梁欢亲手制作的安心裤之后，宋佳曦一直提着的一颗心终于落了下来。

只是……这安心裤也太厚实了吧？

宋佳曦抬头，对着卫生间里的半身镜照了照。耀眼的灯光下，她觉得自己越看越像傻子少女……

宋佳曦从卫生间里走出来，看着站在外面的梁欢，忍不住有些脸红。

梁欢那张俊秀帅气的脸颊上有一抹隐隐的得意。他仰了仰下巴，声音里带着一丝调侃道："怎么样，好用吗？"

"就……还行吧……"宋佳曦张了张嘴，也不好意思说他做的安心裤太厚了，只能敷衍着应了一声。

"那就好。"梁欢伸手轻轻地摸了摸她的脑袋，温柔地道，"快去睡觉吧，时间不早了，这会儿都三点半了。"

"好……"宋佳曦点点头，看了一眼挂在客厅墙壁上的时钟。果然，已经三点三十五了。

他俩就为了这条安心裤，竟然前前后后折腾了一个小时。唉……她明天就去超市里买十几包安心裤放家里囤着。

宋佳曦又看了一眼梁欢，犹豫半晌，终究还是低低地说了一声："谢谢你……"

"嗯？"梁欢像是没有听清她说的话，一脸困惑地看着她。

"我说，谢谢你……"宋佳曦稍微提高了一点儿声音，道。

"哦，没事。"梁欢朝她眨了眨眼睛，道，"不用这么客气，下次还有需要的话，可以直接找我，纯手工制作，高奢定制，全世界也不过……"

"闭嘴！"宋佳曦实在是听不下去了，上前一步，一把捂住梁欢的嘴巴，凶巴巴地道，"睡觉去！晚安！"

梁欢微微一怔，随即神情变得温柔。他伸手握住宋佳曦捂着自己嘴的那只小手，顺势在她手背上亲了一口，声音低低地道："晚安，小曦。"

宋佳曦只觉得自己的手背一热，下意识地缩回手，背到身后，神色慌张地看着他，道："你干吗呀？"

梁欢十分无辜地看着她，道："绅士不都是亲手背的吗？你要是不习惯的话，我也可以亲你的脸一口……"他一边说着一边就要俯身朝宋佳曦凑过去。

“走开走开……”宋佳曦一把推开他凑过来的脸，满脸嫌弃地转身回了房间，“我回去睡觉了，拜拜。”

梁欢：“……”

他保持着这个姿势，眼睁睁地看着宋佳曦的背影消失在自己的卧室门后面，这才直起身子，有些无奈地笑了笑。

唉，还是五年前的小曦曦可爱啊！现在的小曦曦真是无情又无义。

梁欢叹了一口气，转身把沙发上的东西大致收拾了一下，然后掀开被子，重新躺了下去。然而，他刚在沙发上躺下来，便身子一僵。

咝……好疼……

梁欢撑着胳膊坐了起来，朝自己身后看了一眼。他刚刚给宋佳曦缝安心裤的那根针，不知道什么时候掉进了被子里。刚刚他一躺下，这针就扎了他一下。

太惨了，他真的是太惨了……

梁欢默默地拿起那根针，小心翼翼地放进针线盒里，这才安心地躺了下去。

早上七点半的时候，宋佳曦原本睡得正熟，却突然心里一惊，从床上坐了起来。

完了！完了完了完了！她有一种不好的预感！

什么有灵魂的安心裤啊！根本就不防侧漏啊！

宋佳曦一个翻身就从床上下来了，扭头看了一眼自己的身后，果然，睡裤上也蹭上了一片鲜红……

有些事情，有些东西，你不得不承认，专业的就是专业的，业余的就是业余的……不然，梁欢就应该去生产安心裤的公司当设计师，而不是去当牙医了。

宋佳曦只觉得欲哭无泪。她站在卧室的门后，侧着耳朵仔细听了一下门外的动静，确定外面什么声音都没有，才小心翼翼地拉开了房门。

然而，她刚一拉开房门，就发现梁欢高大的身影站在门外。

他微微低头，看着眼前跟做贼一样小心翼翼的某人，笑了一下，温柔地道："你醒了？我刚准备敲门的。"

"没有，不是，我没醒！"宋佳曦心里咯噔一下，下意识地一个反手，就把房门又给关上了。

门外的梁欢：？

门内的宋佳曦：！

完了完了，怎么办啊？！宋佳曦懊悔得恨不得把自己的头发给扯下来。为什么自从她遇见梁欢之后，就不断发生各种尴尬的事情？眼下她把梁欢的床给弄脏了，她还怎么面对他？

"小曦，小曦？"梁欢站在门外敲了敲房门，声音里带着一丝疑惑，"你怎么了？"

"没……没什么……"宋佳曦闭了闭眼睛。算了，死就死吧。

她深吸一口气，重新拉开房门，朝站在外面的梁欢笑了一下，道："早啊……"

"早。"梁欢满眼不解地看着她，然后侧了侧身，道，"早什么早啊！赶紧起来吃饭吧，要不然你上班就迟到了。"

"好。"宋佳曦努力扯出一个灿烂的笑容，乖乖地应了一声，人却是站在原地一动不动，"你吃过了吗？"

"还没，这不是等你一起吃早饭吗？"梁欢说着说着，突然像是想起了什么，转身走到客厅，拿出一只大塑料袋，递给宋佳曦道，"这个给你，我一大早去那家便利店买的。"

宋佳曦接过他手中的袋子，低头看了一眼，里面是满满一袋特殊时期的用品，除了安心裤，还有日用卫生巾、夜用卫生巾，以及生姜红糖茶和暖宝宝。

梁欢站在旁边，声音低沉道："是这些吧？我记得你以前就经常买这几个牌子的，我想你反正家里也没有，就给你多拿了几包。"

"我……"宋佳曦猛地抬起头来，看着站在自己面前的梁欢，他正用那双幽深的眼眸默默地注视着自己。

她从来没有想过，已经过去五年了，他竟然连这种细节都还记得。

那个瞬间，她竟然不知道自己该说些什么才好。

"还愣着干吗，快去换上啊。"梁欢看她一直傻乎乎地站着，也不说话，顿时有些好笑道，“你真的一点儿都不担心迟到吗？”

“我……”宋佳曦张了张嘴，最终还是鼓足勇气，朝梁欢道，“对不起，把你的床单弄脏了。”

“啊？”梁欢一脸茫然地看着她。

“就……就是那个……漏了……”宋佳曦涨红了脸，声音跟蚊子哼一般，弱弱道。

梁欢：“……”

空气一下子变得安静起来，连带着周围的气氛都有些尴尬了。

片刻之后，梁欢突然伸手，将她揽进怀里道：“没关系的，别在意，快去把新买的安心裤换上，然后吃早饭吧。床单的事，等下班之后再说，再磨磨蹭蹭的话，你可真的要迟到了。”

“好。”宋佳曦听着他在自己耳边温柔地说话，也不知道为什么，就是没出息地眼眶一酸，差点儿要哭出来。

她抱着梁欢买给自己的一大袋东西，红着脸进了卫生间。

梁欢站在卧室门口，朝自己屋子里的那张大床若有所思地看了一眼。

今天上班的时候，不知道为什么，宋佳曦觉得自己一整天都心神不宁的，可能心里还想着她弄脏了梁欢的床单，总觉得有些忐忑。

“宋佳曦，宋佳曦？”梁世超看着坐在自己面前、一脸担忧的宋佳曦，提高声音又喊了她几声。

“啊？梁董。”宋佳曦猛地回过神来，满脸歉意地看着站在自己办公桌对面的梁世超，声音清脆道，“不好意思，您刚才喊我？”

“怎么了？你看起来好像脸色不太好。”梁世超皱着眉头，看着宋佳曦，突然想起昨天晚上梁欢打给自己的那通电话，难道真的有什么事困扰了她？

“哦，没事，那个……我就是……身体有点儿不舒服……”宋佳曦有些不好意思地看着梁世超，站起身来，朝他鞠了一躬道。

“身体不舒服？要不要去医院看看？”梁世超一听她说身体不舒服，立刻十分关心地朝她道，“要是觉得哪里不舒服，千万不要硬撑，该去医院就去医院，知道吗？”

“没事的，梁董，我真的没事，就是点儿小毛病。”宋佳曦连忙摇头道。

“没事就好。”梁世超想了想，朝她不确定地问道，“那下周去洛阳出差，你可以吗？”

“啊？”宋佳曦愣了一下，下意识地回答道，“能啊，下周应该就没事了。”

“哦，那就好，我让秘书给你订票。”梁世超满意地点了点头，又叮嘱了她几句之后，转身就走了。

一直等到梁世超离开，宋佳曦才回过神来，出差？下周？几个人啊？该不会就她和梁董两个人吧？

好在没一会儿，秘书就跑过来问宋佳曦的身份证号码，好帮她订票和订酒店。

宋佳曦小心翼翼地朝秘书问道：“那个……下周一起出差的，有几个人啊？”

“你不知道？”秘书一脸惊讶地看着她，道，“咱们中氏集团在洛阳有个新店要开业，董事长和几个高层领导下周一起过去给新店剪彩，连上你的话，大概是六个人吧。”

六个人啊，那还好，只要不是她和董事长单独过去就行。

宋佳曦顿时松了一口气，把自己的身份证号码报给秘书，就认真干活了。

下班回家的路上，宋佳曦接到昨天的电工师傅打来的电话，说是他已经跟物业要到了电路施工图，也带齐了工具，今天就能帮她把电路重新连好了。

宋佳曦一听，连忙开心地朝自己家奔过去。

她到家的时候，电工师傅已经在门口等着她了。看到她回来，电工师傅抄起工具，一进门，就直接把电闸给拆了。

宋佳曦站在旁边，看着他对照电路施工图把电闸里面那一堆乱七八糟的线路给重新接好，又把总开关给推了上去。

这一回，他们等了好久，电闸都没有再跳。

电工师傅把东西都收拾好，朝宋佳曦点了点头，道：“行了，这下子应该没问题了。你再用几天看看，要是还有问题的话，直接联系我。”

“好！谢谢师傅！”宋佳曦十分开心地朝电工师傅道谢，一路热情地把他送到了电梯口。

她前脚刚送走电工师傅，梁欢后脚就回来了。

宋佳曦一看到梁欢，就想到他屋子里被自己弄脏的床单，于是赶忙迎了上去，道：“你下班啦？”

“嗯。怎么，一天没有看到我，是不是很想我？”梁欢笑眯眯地看着宋佳曦问道。

“你想得美。”宋佳曦没好气地白了他一眼，然后催促他道，“快点开门，我帮你把床单和被套洗一下。”

“嗯？”梁欢觉得有些好笑地看着她，道，“你该不会一整天都惦记着这个事情吧？别洗了，都已经放了一天了，床单和被套洗不出来了。”

“那……”宋佳曦咬了咬嘴唇，抬眼看着梁欢，道，“要不我买一套新的赔给你吧。”

“好啊。”梁欢想都没想就直接答应了。他顺手牵起宋佳曦的手腕，拉着她就朝电梯的方向走去，“那咱们现在就去买吧。”

“现在？”宋佳曦一脸茫然地看着他，道，“你这么着急的？”

“我就那一套床单被套……”梁欢转过头来，一脸委屈地看着她，道，“搬家的时候，我就带了一套过来，要是现在不买的话……当然，我也不介意睡你弄脏的床单。”

“别，我介意！”宋佳曦赶忙打断他的话，道，“买买买，咱们现在就去买！”

她话音刚落，电梯门打开了。顾朗从电梯里走出来，看着站在电梯外面的两个人，一脸警惕地道：“怎么了？电闸还没修好？”

“修好了。”梁欢声音淡淡地朝顾朗道，“我俩现在去一趟商场。”

“去商场？”顾朗微微一怔，目光有些疑惑地在他们身上打量了一下，道，“你们……已经开始约会了？”

“才不是。”宋佳曦红着脸道，“我昨晚不小心把他的床单给弄脏了，这会儿去商场给他重新买一套，赔给他。”

顾朗听着她的话，微微蹙了蹙眉，不经意地瞥了梁欢一眼，道：“欢哥，这你就不厚道了啊！床单脏了洗一下不就行了，干吗还非要人家赔一套新的给你啊……”

“不是，那个……洗不出来了……”宋佳曦有些不好意思地道。

洗不出来了？顾朗愣了一下。他原本以为宋佳曦是把化妆品什么的蹭到床单上了，或者是把食物的油滴上去了……可是，她说洗不出来了……这世上，蹭到床单上又洗不出来的东西……难道是……

他欢哥真不是个人啊！才认识人家小姑娘多长时间，就把小姑娘给拐上了床……他简直是禽兽！关键是，这床单弄脏了，竟然还要人家小姑娘出钱赔一套新的！他简直是禽兽中的禽兽！

顾朗觉得自己实在看不下去了，一把拽过宋佳曦的胳膊，把她拽到角落里，小声道：“他让你赔你就赔啊！你怎么这么老实呢？不就是床单脏了吗，让他自己买套新的不就行了？”

宋佳曦红着脸支支吾吾地道：“可是……是我弄脏的啊，我赔是应该的……”

“虽然是你弄脏的，但为什么你会弄脏呢？还不是因为欢哥？！”顾朗一脸怒其不争的表情，朝她道，“他要是不那个什么你，你会弄脏？”

啊？宋佳曦一脸茫然地看着他。

顾朗看着宋佳曦茫然的模样，半晌，长长地叹了一口气。禽兽，太禽兽了！他欢哥竟然这么对待人家天真无邪的小姑娘。

梁欢站在电梯门口，看着顾朗和宋佳曦在角落里窃窃私语，默默地在心里掐算了一下时间，觉得顾朗已经误会得差不多了，才凉凉地开口道：“你俩还要聊多久啊？”

顾朗抬起头来，一脸气愤地看着他。

宋佳曦赶忙走回梁欢身边，道：“聊完了，走吧。”

“嗯。”梁欢点点头，用白皙修长的手指在电梯按钮上按了一下，电梯门打开了。

他和宋佳曦一前一后地进了电梯，然后转过身来，在电梯门缓缓合上的一瞬间，他扯着嘴角朝站在电梯外面的顾朗意味不明地笑了一下。

顾朗：“……”

电梯门关上，宋佳曦转过头来，蹙着眉头不解地朝梁欢问道：“你把昨天夜里用纱布和棉球帮我做安心裤的事情告诉顾医生了？”

“没有啊。”梁欢一脸无辜地看着宋佳曦，道，“我是那么变态的人吗？这事儿有什么好炫耀的。”

“那顾医生为什么要说我弄脏床单全是因为你呢……”宋佳曦皱了皱眉，小声嘀咕了一句。

电光石火之间，她突然回过神来。该不会顾医生以为昨天晚上她跟梁欢那啥了，所以才那啥了吧？！

宋佳曦瞪大眼睛，转头看着梁欢，语速飞快地问道：“你把你的床单收起来了吗？”

梁欢微微一怔，摇摇头，道：“没有啊！早上不是急着去上班吗，哪有时间拆床单被套啊？”

“那顾医生岂不是一回家就能看到你房间里的床单？！”宋佳曦立刻手忙脚乱地拼命按着十九楼的按钮，一张小脸涨得通红，道，“怪不得他刚才说了一堆奇怪的话，他肯定是误会了。”

梁欢眼眸微垂，盯着她好一会儿，突然伸手拦住她不停按十九楼按钮的手：“所以呢？你现在回去是想跟他解释，不是他想的那样，昨天不过是你来了‘亲戚’？”

宋佳曦动作一顿，猛地抬起头来看着他。

这样……好像……也有点儿奇怪？

“放心吧，我早上出门的时候把卧室门反锁了，他看不到的。”梁欢轻轻握着她的手腕，声音温柔地道，“再说，清者自清，我们两个清清白白的，什么事情都没有发生，别人怎么想是别人的事情，我们又不能控制别人的想法，对不对？”

宋佳曦：“可是……”

“他不过是误会我们两个发生关系了而已，反正我们……也确实发生过关系。”梁欢松开握着她手腕的手，转头看向电梯屏幕上显示的数字，声音低低地道，“所以严格说起来，他也不算是误会我们……”

宋佳曦：“……”她听着梁欢的话，瞬间满脸通红。

这个人……他的脸皮到底是有多厚啊！为什么就能这样面不改色地说出他们确实发生过关系这种话……

电梯的轿厢里，在梁欢说完那句话之后，突然一片安静。

片刻之后，电梯叮的一声停在了一楼，然后开了门。

梁欢迈开长腿率先走出电梯，然后转头看着依然站在电梯内没有动弹的宋佳曦。他微微挑眉，疑惑地道：“你怎么了？”

“我……”

宋佳曦张了张嘴，眼看着电梯门要关上，梁欢突然一把撑住电梯门。他看着站在电梯内的宋佳曦，眉头微皱，道：“你不开心了吗？因为顾朗误会我们两个人的关系？”

宋佳曦抿了抿唇瓣，没有说话。

梁欢盯着她一会儿，突然开口问道：“你该不会……喜欢上顾朗了吧？”

宋佳曦抬起头来，迎着梁欢灼灼的目光，反问了一句：“不可以吗？”

“不可以！”梁欢想都没想就直接走进电梯，伸手握住宋佳曦纤细的胳膊，道，“你只可以喜欢我一个人。”

宋佳曦顿时被他这句话给气得笑了出来，用力将他握着自己的手给掰开，一字一顿地道：“容我提醒梁医生一下，我们两个已经分手了，而且还是在五年前。”

梁欢任由她掰着自己的手指，握着她胳膊的手却不松开，道：“所以呢？”

“所以我有权利喜欢任何一个人，而梁医生，你没有资格干涉我喜欢谁。”宋佳曦掰着他的手好半天，最终只得放弃挣扎，抬起头来，看着他，道，“梁医生，请你放手，你弄疼我了！”

梁欢听着她的话，握着她胳膊的手微微紧了紧，片刻之后，终究还是松开了。

宋佳曦用另一只手揉了揉被他捏疼的胳膊，然后从包里掏出手机。她打开微信，找到梁欢的账号，直接转了一千块钱给他，道：“我就不陪梁医生一起去买床单被套了。这里是一千块钱，买套正常的四件套足够了。如果梁医生觉得不够的话，那就等我下个月发了实习工资之后再补给你！”

说完这句话，她便将手机放回包里，然后抬起头来看着电梯上不断往上攀升的数字，就是不看梁欢。她能感受到站在自己身边的梁欢，此时此刻周身那低到不行的气压。她也能感受到他的目光一直在她的身上，没有挪开。

可是那又怎样？她和他分手了，这是事实，更何况已经过去五年了。五年的时间，足够让一个对爱情懵懵懂懂的小女孩变成心如死灰的女人。

宋佳曦抿了抿唇瓣，努力忽略梁欢的存在感。

叮的一声，电梯又重新回到了十九楼。

在电梯门打开的瞬间，宋佳曦直接迈开步子朝外面走去。

“宋佳曦！”梁欢跟在她身后，走出电梯，一把拽住她的手腕。

“你还有完没完……唔……”宋佳曦转过头去，一脸愤怒地朝他喊。

然而她的话还没有说完，梁欢已经低头，堵住她红润的唇瓣。

宋佳曦瞪大了眼睛，不敢置信地看着眼前那张近在咫尺的清秀帅气的脸。

他的眉眼还是很好看，和五年前相比，根本没什么变化，睫毛长长的，闭上眼睛的时候，会在眼窝处投下一片小小的阴影。

他的唇瓣也还是很柔软，和记忆中的感觉一模一样，连带着他身上那股清冷的气息，都熟悉得让她心酸。

梁欢一只手握着她的手腕，另一只手直接伸到她的腰后揽住她，将她整个人紧紧地搂在怀里，加深了这个吻。

“唔……你……”

他的舌尖碰触到她的瞬间，宋佳曦心里一颤，却也立刻回过神来。她挣扎着用力将梁欢推开，然后伸手抹了一把自己的嘴唇。下一秒，她直接一巴掌朝梁欢打了过去：“梁欢，你太过分了！”

梁欢伸手轻轻摸了摸自己的脸颊，目光沉沉地看着宋佳曦，没有说话。

宋佳曦打完梁欢才反应过来自己刚才做了什么。她捏了捏微微颤抖的手指，眼泪却不争气地流了下来。

她用力地瞪了梁欢一眼，转身飞快地朝1901室奔过去。

梁欢站在原地，眼看着她的身影消失在楼道里，心中忍不住泛起一抹苦涩。

他好像……又把她弄生气了啊……为什么呢，明明曾经那么容易心软的一个人，为什么现在对自己这么无情呢……

梁欢在原地站了好一会儿，好不容易平复了心中的情绪，这才朝1902室走过去。

他打开1902室的大门，直接走了进去。

正坐在客厅沙发上看电视的顾朗看到他走进来，愣了一下，随即问道："回来了？不是说要出去买床单的吗？"

梁欢淡淡地瞥了他一眼，随手将钥匙扔到门口的鞋柜上，然后一边换鞋，一边声音冷冷地开口道："不去了。"

"怎么了？"顾朗顿时被他勾起八卦之火，"是不是小姑娘反应过来了？这种事情，其实不应该由她赔床单？"

梁欢默不作声地走到他身边，坐了下来，摊开双手靠在沙发上，仰着脑袋看着天花板，就是不说话。

顾朗一脸疑惑地看着他，道："欢哥，欢哥？你到底怎么了？"

"没怎么……"梁欢伸手捏了捏鼻梁，语气里带着一丝疲惫，"你能让我一个人安静会儿吗？"

顾朗微微一怔，盯着他好一会儿之后，默默地起身回自己房间了。

要是早知道复合这么难，当初他就不应该装绅士答应和她分手。什么爱一个人就要尊重她的选择啊，她说分手就分手吗？当初他就应该死皮赖脸地缠着她，再刨根问底地搞清楚，她到底为什么要和自己分手。

妈的，五年前的自己还是太年轻了！

梁欢闭着眼睛，长长地叹了一口气。

宋佳曦回到自己家以后，越想越觉得委屈。公司里有一个奇奇怪怪似乎在打她主意的董事长，家门口有一个已经分手还死皮赖脸求复合的前男友，连电闸都跳了两天，害得她不得不和前男友住在同一个屋檐下。她最近……也太衰了吧……

宋佳曦想着想着，一时没忍住小声地哭了出来。

哭完后，宋佳曦擦擦眼泪，拿出手机点外卖，还安慰自己道：算了，算了，一切都会过去的，大不了以后再也不理梁欢就是了。更何况，她还可以在书里把以梁欢为原型写的那位男二号给弄死。

这么一想，宋佳曦便从手机上打开自己的小说看了一眼。

咦？等等！昨天竟然有人给她打赏了十万书币？！

个、十、百、千、万……十万书币可是一千块人民币啊！

宋佳曦赶紧用力地擦了擦自己的眼睛，确定没有看错之后，她激动得手都在颤抖。她……她这是终于有自己的真爱粉了吗？

宋佳曦用颤抖的手点开她真爱粉的个人页面，认真地看了一眼她的个人简介。

她真爱粉的名字叫“全世界最爱你”，年龄九岁，职业是学生。

这……宋佳曦顿时满头大汗。才九岁，该不会是小学生吧？这一千块，该不会是小朋友偷拿爸爸妈妈的钱吧？

看多了新闻上那些偷拿父母钱去打赏主播的小朋友的新闻，宋佳曦顿时精神一凛，赶紧点开小朋友发在她书评区的帖子看了一眼。

啧……小朋友怎么这么没有眼光，竟然支持她书里的男二号，还给所有支持男二的留言都点了赞？

宋佳曦顿时觉得小朋友可能是被男二号刚出场的那些所作所为给迷惑了。不行！她一定要挽救小朋友的三观。于是，她默默地给小朋友回帖了。

又欠可可一条狗：在吗在吗？你在吗？

正瘫在沙发上闭着眼睛养神的梁欢突然感觉手机振动，紧接着响起消息提示音。他微微蹙眉，随手拿出手机来看了一眼。这一看，他整个人都愣住了。那个连载小说的App上，又欠可可一条狗这个作者竟然给他发消息了？

梁欢顿时来了精神，从沙发上坐了起来，双手捧着手机，修长的手指飞快地屏幕上回了一句。

全世界最爱你：我在，我在！

又欠可可一条狗：谢谢你给我的打赏，那个……我看你的资料上写的，你才九岁，请问你是上小学的小朋友吗？

全世界最爱你：？

梁欢点开自己的个人中心看了一眼，然后默默地点回帖子里。

全世界最爱你：不是，那个资料是我注册的时候随便瞎选的，其实我已经上大学了。

又欠可可一条狗：哦哦哦，那就好。不过你还在上大学，打赏应该也是用的父母的钱，下次还是不要这样做啦，留着钱给自己买点好吃的吧。

全世界最爱你：没关系，我家有钱。

宋佳曦看着屏幕上的回复，忍不住扯了扯嘴角。她……她的真爱粉难道还是个富二代？

又欠可可一条狗：嗯……好吧，不过还是建议你在力所能及的范围内打赏哦。

全世界最爱你：我觉得你的小说写得很好，值得我打赏。

又欠可可一条狗：真的吗？好激动！这么多年了，终于有人能够懂我了！

全世界最爱你：嗯！我喜欢你写的男二号！

又欠可可一条狗：姐妹，不要喜欢男二号。男二号是个绝世无双的大渣男！不要被现在的情节给骗了！前男友之所以变成前男友，肯定是有原因的！

全世界最爱你：不会吧？我看男二号很好啊！他们为什么分手啊？

又欠可可一条狗：嗯……我现在不能剧透。不过，你记得男二号是个大渣男就行了，千万不要将真心错付了！

全世界最爱你：哦……好吧。我就是觉得，你写的男二号很像我的前男友……

宋佳曦一愣，这……这还是一个有故事的读者啊！

她咬了咬嘴唇，盯着手机屏幕好一会儿之后，飞快地回了过去。

又欠可可一条狗：姐妹，你也遇到渣男了吗？你也被渣男抛弃了吗？

全世界最爱你：呃……咱们能私聊吗？在书评区的帖子下面讲私事是不是不太好？

又欠可可一条狗：当然，你加我微信聊吧，我的微信号是187XXXXX003。

梁欢看着手机屏幕上宋佳曦发来的那一串他早就熟记于心的号码，忍不住勾了勾唇角。

他随便注册了一个微信小号，把头像换成一只萌萌的小兔子，名字还是叫全世界最爱你，然后加了宋佳曦的微信号。

不过片刻工夫，对方便通过了好友验证。

是小曦曦啊：姐妹，是你吗，姐妹？

全世界最爱你：呃……是我，我是你的读者，作者大大你好。

是小曦曦啊：姐妹不用这么客气，你叫我小曦曦就好。

全世界最爱你：好的，小曦曦。

是小曦曦啊：姐妹你怎么称呼？姐妹你多大了？姐妹你在哪儿上学呢？

全世界最爱你：……

全世界最爱你：你慢点问……

梁欢白皙修长的手指在屏幕上慢悠悠地打着字回复她。

全世界最爱你：叫我小爱就行了，我今年十九岁。

是小曦曦啊：好的，小爱妹妹，我比你大五岁哦，你得叫我姐姐——

看到那行字之后，梁欢的目光微微闪了闪。他迟疑片刻，终究还是慢悠悠地打了几个字过去。

全世界最爱你：好的，小曦姐姐。

是小曦曦啊：所以，姐妹，你也遇到渣男了吗？

全世界最爱你：呃……渣不渣什么的，就……还好吧，主要是我到现在也没弄清楚分手原因……

是小曦曦啊：为什么？你们两个人是谁先提的分手？

全世界最爱你：对方。

是小曦曦啊：他什么理由都没有给你吗？为什么要分手也没有和你说吗？

全世界最爱你：嗯……分手的时候，我就想着，爱一个人就要尊重她的决定，所以她说分手，我就答应了。可是现在觉得有些后悔，我是不是应该去找她问清楚分手的原因呢？

是小曦曦啊：别，千万别，姐妹！我跟你说，他要跟你分手，肯定是因为他在外面有狗了，你现在去问他，也不过是给自己的心多划一道伤痕而已。

全世界最爱你：可是……我舍不得。

是小曦曦啊：有什么舍不得的，你看我，刚分手的时候不也很舍不得吗？可是等时间过去，一切就都好了。等时间过去了，你就会发现，所有的舍不得，都会变成舍得。

梁欢看着屏幕上的那段文字，微微一怔。

所以，她的意思是，已经过去五年了，她对自己的舍不得已经变成舍得了吗？所以，她才会对自己如此无情无义？

宋佳曦等了好一会儿，也没等到回复，于是又打了几个问号过去。

是小曦曦啊：?

是小曦曦啊：姐妹，你还在吗，姐妹?

梁欢看着微信上弹出来的消息，一下子回过神来，抿了抿唇瓣，不慌不忙地回复。

全世界最爱你：嗯，还在，我会努力的。

是小曦曦啊：对啊，这就对了嘛，姐妹，不要沉迷于我书里的男二号了，男主角要不要了解一下？除了有点儿精神分裂，后期可能会被汽车撞死，别的一切都好。

全世界最爱你：……

是小曦曦啊：我的外卖到了，我要下去拿外卖了，姐妹，下次再聊啊。

全世界最爱你：好的，去吧。

梁欢放下手机，侧耳听着外面的动静。

楼道里响起开门声和关门声，紧接着是一阵阵渐渐走远的脚步声。

看来某人是去楼下拿外卖了。

梁欢长长地叹了一口气。刚刚在楼道里直接吻了她，会不会太冲动了?小姑娘毕竟还在记恨五年前的事情，他这么做，岂不是让她恨上加恨了?

就在梁欢叹气的时候，顾朗从房间里探出脑袋，道："欢哥，周五晚上我约了宋佳曦还有她的好朋友江小柔一起吃饭，为了庆祝你搬过来。到时候，你跟我一起去吧，好不好？"

梁欢回过头看了一眼站在房间门口的顾朗，苦笑了一下，缓缓地道："你确定周五晚上的饭局还存在?你要不要给宋佳曦打个电话确认一下？"

顾朗微微一怔，道："哥，你什么意思?你该不会刚把人家小姑娘给那什么了，就跟人家分手了吧?天啊！哥，你也太禽兽了！你不能这样对人家小姑娘啊！"

梁欢没好气地白了他一眼，不想和他说话。

顾朗："我好不容易约到了江小柔，哥，你不能就这样给我毁了啊！不行，我得去问问宋佳曦。"

顾朗一边说着一边打开大门，走到1901室门前，敲了敲门。

门内一点儿回应都没有。

“宋小姐，你在家吗？”顾朗一边敲门，一边朝里面大声喊道。

“那个……顾医生？”宋佳曦手里拎着外卖袋子，一脸茫然地站在顾朗身后，声音弱弱地道，“我……出去拿外卖了。”

听到身后传来声音，顾朗赶紧转过身。看到宋佳曦，他不好意思地笑了笑，道：“那个，我就是想问问你，周五晚上我们不是约了江小柔和欢哥一起吃饭吗？咱们几点碰面啊？”

宋佳曦微微一怔。这个星期她过得兵荒马乱的，怎么就把这个事情给忘了呢？和梁欢一起吃饭……可是她现在一点儿都不想看见他，怎么办？

宋佳曦迟疑了一下，抬起头来朝顾朗抱歉地笑了笑，道：“那个……周五晚上，我可以不去吗？要不你跟梁欢，还有江小柔一起吃饭吧，可以吗？”

顾朗顿时快要哭出来了，道：“那怎么行啊！你不去的话，我不知道该跟她说些什么啊！万一我又说了一些不合时宜的话，吓着她怎么办？”

“你还有梁医生啊。”宋佳曦朝顾朗笑了笑，道，“梁医生那么会追女孩子的一个人，绝对可以给你靠谱的建议的！”

顾朗：“宋小姐，你是认真的吗？”

宋佳曦抿了抿唇，沉默片刻，然后叹了一口气，道：“我……我再想一想吧，回头答复你，行吗？”

顾朗：“行吧，你一定要好好考虑啊！”

“嗯。”宋佳曦点了点头。

眼见顾朗让开身子，她掏出钥匙，打开家门，进去了。

周五晚上，和梁欢一起吃饭……怎么办，她一点儿都不想去……可是，为了江小柔和顾医生的幸福……

宋佳曦放下手中的外卖，掏出手机，找到她的真爱粉，发了一条信息过去。

是小曦曦啊：姐妹，在吗？姐妹！有急事！

全世界最爱你：怎么了？

是小曦曦啊：周五晚上有个饭局，饭局上有我前男友，怎么办？我去还是不去？！

全世界最爱你：去啊，当然要去！不去的话，他还以为你怕他呢！

是小曦曦啊：姐妹，你说得有道理，可是我真的不想见到他啊！

全世界最爱你：你……对他还余情未了？

是小曦曦啊：姐妹你瞎说什么呢……

全世界最爱你：那你干吗不想见到他？实在不行，到时候你就把他当陌生人呗！你这样躲着不是个办法，你得反守为攻，主动出击才行！

是小曦曦啊：有道理。

全世界最爱你：你还要打扮得漂亮一点儿，让他悔不当初！

是小曦曦啊：好的！姐妹！听你的！

梁欢看着手机屏幕上宋佳曦的回复，顿时长长地舒了一口气。

怎么说呢，小姑娘虽然变得无情无义了，但还是很好忽悠。

周五，人来人往的德基商场，巨大的奢侈品广告牌前站着两个西装笔挺、帅气非凡的男生。

两人一个清冷，一个俊朗，一个仿佛冰山之巅，一个如同皓月清风，周身的气质竟将他们身后巨大的奢侈品广告牌上的模特都给压了下去。

来来往往的女生看到两人忍不住窃窃私语，甚至有人互相撺掇着想要上前去跟他们要联系方式。

顾朗拿着手机，低头看着上面的信息，然后激动地道："来了，来了！她们已经出地铁了，正在电梯里。"

梁欢闻言，抬起头来，朝电梯的方向看去。

不过片刻工夫，他便从人群中看到一个熟悉的身影。

宋佳曦今天穿着一条深蓝色缀满星星的长裙，如同将璀璨的星空穿在身上，一阵微风吹过，裙摆飘逸，仿佛自带仙气。

梁欢目不转睛地看着她，突然想起自己昨天和她的对话——

你还要打扮得漂亮一点儿，让他悔不当初！

此时此刻，她真的漂亮得让他恨不得将她藏起来。

江小柔今天穿着白色的娃娃衫、浅灰色的格子百褶裙，配上她的齐肩短发，看起来像个乖巧的洋娃娃。

看到江小柔的瞬间，顾朗的眼眸亮了一下。然后，他连忙迎上去，道："江小姐，宋小姐，你们来了。"

江小柔抬起头笑眯眯地朝顾朗道："顾医生，叫我小柔就行了。"

"好。"顾朗点点头，有些不好意思地笑了一下，但还是轻轻地喊了一声，"小柔。"

宋佳曦站在江小柔身边，笑着打了声招呼："顾医生，你好。"

"你好，你好。"顾朗连忙又朝宋佳曦点了点头，应了一声。

梁欢不慌不忙地走到顾朗身边，目光微垂，看着一身飘逸长裙的宋佳曦，道："你今天很漂亮。"

宋佳曦抬头瞥了他一眼，然后转过头去不理他。

梁欢有些尴尬地伸手摸了摸自己的鼻梁。小姑娘还在生气呢!

顾朗虽然不知道他们之间发生了什么，但也隐约察觉到他们可能吵架了，便笑着打圆场道："好了，现在人到齐了，咱们晚上吃什么？小柔，你有什么想吃的吗？"

江小柔微微一怔，然后朝顾朗笑了笑，道："我都可以，我不挑食的。"

顾朗又朝宋佳曦问道："宋小姐，你呢？"

宋佳曦笑眯眯地朝顾朗道："顾医生，你决定就好啦。"

顾朗只得把求救的目光转向梁欢。梁欢笑了笑，双手插在兜里，不慌不忙地道："我已经订好一家西餐厅了，从这里走过去大概八百米的样子，你们要是没有什么别的意见，咱们就去那家西餐厅吧。"

江小柔听着他的话，点点头，应了一声："好。"

宋佳曦见江小柔没有意见，自己当然也没有意见。

而顾朗则是不论梁欢说什么，都会举双手双脚赞同的人。

既然大家都没有意见，梁欢便转身朝德基商场外面走去。

那家西餐厅的位置比较隐秘，藏在商场后面那一片地形复杂的巷子里。

梁欢和宋佳曦走在前面，顾朗和江小柔跟在他们后面。

路上车水马龙，人来人往，一派热闹繁忙的景象。

走了一会儿，梁欢转头朝身边的宋佳曦看去。半晌，他声音低低地问道："小曦，你还在生气吗？"

宋佳曦转头看了他一眼，认真地想了想，道："我不生气了。"

梁欢有些不敢相信地挑了挑眉，道："真的？"

宋佳曦点点头，道："真的！我决定从现在开始，就把你当成一个路上的陌生人。既然是陌生人，那我跟你有什么好生气的。"

梁欢："……"

六月底的傍晚，气压有些低，空气又热又闷，再加上宋佳曦的这句话，梁欢只觉得自己心里堵得慌。

他们又往前走了片刻，天边突然闪过一道亮光，紧接着是几声低沉的雷鸣。

不过顷刻，豆大的雨点便哗哗地落了下来。

这条路的路边是施工筑起的围墙，人行道上虽然种着一排排高大的梧桐树，但这种雷雨天气，在树下躲雨显然是不明智的。

眼看开始下雨，顾朗连忙伸出一只手挡在江小柔的头顶上，然后朝前面看了一眼，道："快，往前走，过了前面的红绿灯，可以到马路对面的书店躲雨。"

说完这句话，他拽着江小柔的胳膊飞快地朝前跑去。

梁欢转头看了一眼宋佳曦脚上的那双高跟鞋，沉吟片刻，低声问道："你能跑吗？"

废话！显然不能啊！

宋佳曦有些无语地看着他，心中有些微微抓狂。

她本来以为今天是在德基商场里面吃晚餐，还想着在商场里不用怎么走路，所以穿了一双高跟鞋。没想到，人都到德基商场了，梁欢却突然说要去离那儿八百米远的一家西餐厅吃饭。

八百米，说长不长，说短不短，但她穿着高跟鞋，实在不怎么好走路。更何况此时此刻还要在雨中狂奔。

宋佳曦闭了闭眼睛，咬了咬牙，双手提着长裙的裙摆，刚跑了没几步，就觉得脚下一崴，整个身体不由自主地朝前摔去。

完了！她心中一惊，脑海里刚刚冒出这两个字，胳膊便被一只温热的大手给拽住了。紧接着下一秒，她整个人落入一个温暖的怀抱中。

"没事吧？"梁欢眼看着宋佳曦要摔倒，赶忙上前一步，将她扶住。

"喀喀……那个，我没事……"宋佳曦站稳身子，有些不好意思地看了梁欢一眼，红着脸，磕磕巴巴地道，"我那个……就是不太习惯穿高跟鞋……”

梁欢听着她的话，倒也没说什么，只是径直走到她面前，蹲下身子，背对着她道：“上来。”

“啊？”宋佳曦愣了一下，一脸茫然地看着蹲在自己前的梁欢。

“我背你过去。”梁欢声音沉沉地道。

“不……不用了，我还是自己走过去吧……”宋佳曦看着蹲在雨中的梁欢，声音闷闷地道。

梁欢转过头来，用一双幽深的眼眸直直地盯着她，道：“你要是不上来的话，我也不介意就这么直接把你抱过去。”

宋佳曦：“……”算你狠！

她深吸一口气，走上前去，轻手轻脚地趴在梁欢后背上。

待到她在他背上趴好之后，梁欢便稳稳地站了起来，背着她快步朝马路对面走去。

这雨说大不大，说小也不小，只是每一颗雨落下来，砸在宋佳曦的身上，都仿佛是砸在她的心头。

她趴在梁欢的背上，任由他背着自己，穿过人群，穿过车海，穿过这热闹而繁华的世间，一步一步地往前走。

她能感受到他扶着自己腿的那双大手，掌心干燥而炽热。她能听到他的呼吸声，有些急促而微喘。她趴在他宽阔温暖的后背上，如同风雨中的一只小蚂蚁，找到一片叶子作为归宿。

第8章　老师还在这儿呢

宋佳曦突然想起五年前那个特别寒冷的冬天。

对天不怕地不怕的她来说，这个世界上最可怕的事情，莫过于体育课上的长跑测试。

上高中的时候，她最讨厌的就是八百米跑。每一次八百米跑的时候，她都一边咬牙，一边含泪，不断地告诉自己：坚持住，熬下去，等你上了大学，就再也不用考八百米了！

然而事实证明，虽然大学不用考八百米了，却改成了考两千米。

两千米啊！要绕着操场整整跑五圈！

两千米测试开始之后，第一圈她还勉强能跟上前面的同学，到了第二圈，她感觉自己的肺仿佛要爆炸了。大量的冷空气不停地通过鼻腔往她的肺里钻，纵使她张大了嘴，大口大口地呼吸着，却还是感觉自己的腿越来越沉。

第三圈的时候，她实在跑不动了，班上跑得快的同学已经比她多跑了一圈。

宋佳曦越跑越绝望，跑到第四圈的时候，一想到自己已经跑了两个八百米，却还是比别人少跑一圈，顿时没忍住哭了出来。

她一边哭一边跑。体育老师站在场地里掐着表，无奈地道：“跑最后一名的那个同学，你别哭了，把哭的力气都用在跑步上，坚持下去，你就及格了！”

她都已经这么努力在跑了，却还是只能勉强及格。向来各科成绩都是优秀的宋佳曦，顿时哭得更厉害了。

“宋佳曦！”

就在她感觉自己已经坚持不下去的时候，一个熟悉的声音突然在终点的地方响了起来。

她抬起头，泪眼模糊地朝前面看去。冬日的阳光下，里面穿着浅驼色毛衣、外面套着一件黑色羽绒服的梁欢正站在终点处朝她挥手。

男生用一双清澈的眼眸温柔地看着她，朝她挥了挥手，声音里满是笑意，道：“快跑过来，给你糖吃！”

吃什么糖，现在什么糖都拯救不了她！呜呜呜——

宋佳曦鼻子一酸，哭得更加厉害。但她终究努力拖着如同灌了铅的双腿，拼命朝终点奔去。不是为了及格，也不是为了糖，只为了站在终点处的那个他。

眼看着终点线近在眼前，她一咬牙，拼命朝那个双手张开的怀抱冲了过去。

当他抱住她的那一瞬，她只觉得整个世界一片空白，天地之间，仿佛剩下他们两人。

“真没出息，都多大了，跑两千米还哭成这样……”梁欢抱着怀里的宋佳曦，觉得有些好笑地捏了捏她不知道是哭红的还是冻红的鼻子，温柔地道。

“我……我最讨厌跑步了啊……”宋佳曦抱着梁欢，一把鼻涕一把眼泪地哇哇大哭。

站在终点线旁边计时的老师有些无奈地看着眼前的这一幕，尴尬地轻咳一声，道：“咳咳，同学，老师还在这儿呢……”

听到这句话，宋佳曦身子一僵，转过头来，眼含泪水，满脸尴尬地看着老师，道：“老师……”

“平时没事的时候要加强锻炼，你看看你，就跑个两千米而已，哭成这样……”老师有些嫌弃地看着宋佳曦，举起手中的秒表朝她晃了晃，道，“哭成这样，还没跑及格，你说你，还得补考……”

“还要补考？”宋佳曦一听到“补考”两个字，只觉得眼前一黑，整个人就要晕过去。

“算了，看在你男朋友这么帅还不停鼓励你的分上，这次就放过你吧。”老师觉得有些好笑地看着她，摇了摇头，道，“算你及格，但是明年再考两千米的时候，希望你能表现得比今天好一点儿。”

“明年还要考？！”宋佳曦顿时有些绝望地道。

“嘿嘿，A大的优良传统嘛，学习成绩和身体素质要两手抓！”老师轻轻地拍了拍宋佳曦的肩膀，道，“刚跑完，不要急着停下来休息，再走动走动，让身体慢慢放松下来。行了，这节课没别的事了，散了吧。”

说完这句话，老师拿起挂在胸前的哨子吹了两声，操场上的学生便三三两两地散了。

梁欢低头看着满脸通红直冒热气的宋佳曦，忍不住俯身在她凉冰冰的脸颊上亲了一口，道：“还走得动吗，要不要我背你回去？”

“要！”宋佳曦几乎没有任何犹豫地应了一声，也不等梁欢蹲下身子，便手脚并用地往他身上爬。

梁欢觉得有些好笑地看着她，默默地蹲下来。等她趴好之后，他才稳稳地背着她朝宿舍的方向走。

学校里的梧桐树眼下只剩光秃秃的树干。

冬日晴远的阳光从枝丫间投射下来，照在宋佳曦的身上，也照在梁欢的脸上。

她把自己凉冰冰的小脸贴在他热乎乎的脖子上，闭着眼睛，心满意足地道：“要是你能背着我跑两千米就好了……”

梁欢回过头来看了她一眼，无奈地笑着道：“你怕是想累死我。”

宋佳曦嘿嘿笑了一下，蹭了蹭他的脖子，朝他撒娇道：“不是说我跑过终点就有糖吃吗？糖呢？在哪儿？”

“在我上衣的口袋里，你自己拿。”梁欢背着她，一边往前走，一边温柔地道。

宋佳曦伸手在他的兜里摸出几块糖，挑了一下，剥了一颗旺仔牛奶糖扔进嘴巴里，然后搂着他的脖子问道：“以后每一次我考两千米的时候，你都会在终点等着我吗？”

“嗯。”梁欢点点头，认真地回答道，“以后每一次我都带着糖，在终点等你。”

那个冬天，她跑完两千米之后的冬天，好像连阳光都是牛奶糖的味道。

可惜，后来的每一次两千米跑，都只有她一个人哭着冲过终点。而那条长满梧桐树的路，后来也只有她一个人慢慢地走过。

夏日的雷阵雨来得快，去得也快。

梁欢他们在马路对面的书店里等了一会儿，外面的雨就停了。

刚刚下过雨的傍晚，空气里弥漫着青草和泥土的芳香，原本闷热的天气一下子凉爽了不少。

雨停以后，他们又往前走了约莫十分钟的样子，终于到了梁欢订好位子的那家西餐厅。

这家西餐厅坐落于幽深的小巷中，门面看起来朴实无华，和巷子中的普通人家一般，只有大门的右边挂着一块小小的竖牌，上面写着西餐厅的名字。

梁欢走到门口，伸手敲了敲门，立刻就有服务员笑眯眯地过来打开大门。

那服务员低头看了一眼时间，又看了一眼自己手中的预约单，十分有礼貌地道："请问是梁先生吗？"

"嗯。"梁欢淡淡地应了一声，道，"我们一共四位。"

"好的，请随我往这边走，包厢已经为您预留好了。"那服务员朝他们鞠了一躬，然后比了一个"请"的手势，示意他们跟着自己走。

宋佳曦进了门，看着院子里错落有致的亭台楼阁，脑海里突然蹦出一个词来——别有洞天。

到了他们预订的包厢门口，隔壁包厢正好有人走出来。看到梁欢的瞬间，那人先是一愣，随即便带着满脸灿烂的笑容朝梁欢打招呼道："欢哥！好久不见！"

梁欢转过头去，看着站在隔壁包厢口的人，微微蹙眉，点点头道："周正，好久不见。"

那被叫周正的年轻人，个子很高，穿着一身价值不菲的西装，头发潇洒不羁地朝天竖着。

周正和梁欢打过招呼之后，看了一眼他身边的宋佳曦，又看了一眼跟在他俩身后的顾朗和江小柔，随口问道：“欢哥和朋友一起来吃饭？”

“嗯。”梁欢点了点头。

周正的目光里满是好奇，他打量着宋佳曦，道：“这位是……嫂子？”

梁欢张了张嘴，正准备开口回答，宋佳曦突然道：“不是，我们只是普通朋友。”

“哦……”周正眨眨眼睛，看着宋佳曦的眼眸里闪过一丝惊艳，然后笑眯眯地自我介绍道，“你好，我叫周正，周是周末的周，正是正确的正。”

“我叫宋佳曦。”宋佳曦迟疑了一下，回道。别人都自我介绍了，她不说自己的名字，好像不太礼貌？

“宋小姐，不知道你有没有男朋友呀？”周正朝宋佳曦眨了眨眼睛，声音里满是期待。

“我……”

宋佳曦还在想该怎么岔开这个话题，梁欢突然伸手一把勾住她的脖子，将她揽进怀里，满眼不悦地看着周正，道：“别想了，她是我的人。”

周正：“……”刚刚不还说你们只是普通朋友吗？

梁欢眯了眯眼睛，没好气地道：“再过一段时间，就不是普通朋友了。”

顾朗和江小柔听到梁欢的这句话，不约而同地朝梁欢看过去。

周正愣了一下，伸手挠了挠自己的后脑勺，一脸尴尬地道：“哦……哈哈哈……是这样啊，那我就不打扰你们了。我那个……我去一趟卫生间。”

说完这句话，他又依依不舍地朝宋佳曦看了一眼，这才转身朝卫生间的方向走去。

顾朗默默地朝梁欢伸出一个大拇指来，率先进了包厢。

江小柔朝宋佳曦比画了一个加油的姿势，也跟着进了包厢。

包厢外，就剩下梁欢和宋佳曦两个人，大眼瞪小眼地站在那里。

宋佳曦扭头看了一眼某人搭在自己肩膀上的爪子，挑了挑眉，道：“把你的咸猪手拿走。”

梁欢抿了抿唇，悻悻地缩回自己的爪子，然后尴尬地摸了摸鼻子，道：“小曦，我刚刚……”

宋佳曦脸上露出一个十分标准的微笑，道："你刚刚确实说对了一件事！"

"什么？"梁欢一脸茫然地看着她。

"再过一段时间，咱们确实就不是普通朋友的关系了。"宋佳曦面带微笑地说道。

顿时，梁欢的脸色一变。

"再过一段时间，咱俩就连普通朋友都不是了。"宋佳曦直接白了他一眼，扭头走进包厢。

梁欢："……"嘤嘤嘤，他心里苦。

心里苦的人怎么办？当然是默默地喝酒了。

待他们点完自己要的餐点，梁欢直接让服务员给他拿了两瓶红酒。然后，他坐在角落里，默默地一杯接一杯地喝着。

顾朗和江小柔有些担心地看了梁欢一眼。

江小柔在桌子底下偷偷地踢了踢宋佳曦的腿，压低声音道："小曦，你不管一下梁医生吗？照他这个喝法，过一会儿人该喝醉了。"

宋佳曦看了一眼坐在自己对面不说话光喝酒的梁欢，沉默片刻，终究还是不忍心地开口道："你少喝点儿。"

梁欢晃着自己手里的红酒杯，抬起眼来看了她一下，声音凉凉地道："要你管，再过段时间，我们连普通朋友都不是了。"

宋佳曦："……"喝吧，喝死你算了。

她拿着刀叉将盘子里的牛排当成梁欢，狠狠地一刀又一刀地切下去。

顾朗看着眼前的这一幕，顿时倒吸一口凉气。

欢哥，牛啊！你这一招该不会是以退为进，置之死地而后生吧？就是不知道你这后面还活不活得过来。

虽然宋佳曦和梁欢之间有一些小小的别扭，但丝毫不影响顾朗和江小柔相谈甚欢。两个人从诗词歌赋聊到人生理想，再聊到星座电影和童年回忆，竟有一种一见如故的感觉。

当然这一切的前提都是顾朗克制住了自己，没有往生孩子该顺产还是剖宫产的方向聊。

吃过晚饭，顾朗十分绅士地提出要送江小柔回家，江小柔也很痛快地答应了。

临别之前，江小柔突然一把抱住宋佳曦，在她耳朵边上激动地小声道："小曦曦，我有一种预感，今晚顾医生就要成为我的人了！"

宋佳曦一怔，目光复杂地盯着江小柔好一会儿后，突然伸手扶住她的肩膀，语重心长地道："算了，毕竟你也这么大了，我就不多说什么了，记得做好安全措施。"

江小柔二话不说，朝宋佳曦比画了一个"OK"的手势。

眼看顾朗和江小柔离开，宋佳曦这才转头看了一眼站在自己身边的梁欢。她朝梁欢挑了挑眉，声音清脆地道："咱俩是坐地铁回去，还是直接打车回去？你喝了这么多酒，肯定不能开车了。"

梁欢听着她的话，也不回答，就这么默默地站在她身边，一双幽深的眼眸直直地看着她。

宋佳曦等了好一会儿也没等到他的回答，忍不住抬起头看了他一眼。这一看，她倒是整个人都愣住了。夜晚的灯光下，他正用一双清澈见底的眼眸直直地看着自己，那昏黄柔和的灯光照在他的皮肤上，仿佛给他镀上一层金色的光晕。他挺直的鼻梁下，一双薄唇微微抿起，淡粉色的唇瓣散发着诱人的光泽。

哎呀，怎么说呢……光看脸的话，梁医生是真的好看啊……

宋佳曦看着眼前那张俊美非凡的脸，忍不住在心里轻轻地叹了一口气。

她伸手在梁欢的眼前晃了晃，声音里带着一丝无奈，道："喂，问你话呢，你是想坐地铁回去，还是打车回去啊？"

"嗯……"梁欢沉默了片刻，突然开口道，"都要。"

都要是什么意思？一边坐地铁一边打车吗？宋佳曦扯了扯嘴角，无语地看着他，道："都不起来，请你挑一个！"

"哦，那我挑你。"梁欢认认真真地回答道。

宋佳曦愣住。这家伙是怎么了？怎么开始答非所问了？不就是喝了两瓶红酒吗，他该不会是喝醉了吧？可是……她和他在一起的时候，她从来都没有见他喝过酒，所以也没有见他喝醉过，眼下这个情形……

就在宋佳曦皱着眉头思考梁欢到底是不是喝醉了的时候，她的身后突然响起一个清朗的声音："欢哥！宋小姐！"

宋佳曦回过头去，一眼就看到周正和几个朋友正不慌不忙地朝他们走过来。

周正走到他们面前，笑眯眯地打了声招呼："欢哥，宋小姐，你们也吃完了啊？"

宋佳曦转头看了一眼身边的梁欢，见他没有开口说话的意思，只得硬着头皮点点头道："嗯，是啊，刚吃完，准备回去了。"

"你们准备怎么回去啊？要不要我开车送你们？"周正倒也不介意梁欢没有答他的话，一门心思都放在宋佳曦身上。

"这个……不用了，我们直接打车回去就好了。"宋佳曦连忙摆了摆手道。

"打车多麻烦，我的车就停在外面的停车场里，我送你们回去吧。"周正一脸殷切地看着宋佳曦道。

"滚！"站在旁边没有开口的梁欢，此时突然开口冒了一个字出来。

周正一愣，转过头来看着梁欢，尴尬地道："那个……欢哥，你别误会，我对嫂子没有别的意思，真的，这不就是看你们没开车过来，正好顺路送你们嘛。"

梁欢淡淡地瞥了他一眼，伸手将宋佳曦圈在自己的怀里，声音冷冷地道："不用了，我家小曦曦说了，她要背我回家。"

周正：？

宋佳曦：？

"这个……欢哥喝醉了？"周正转过头来，一脸疑惑地朝宋佳曦道。

"我……我也不知道啊……"宋佳曦有些哭笑不得地看了梁欢一眼。

半晌，宋佳曦朝周正无奈地摊了摊手，道："算了，周先生，就不麻烦你了，我们自己打车回去就行了。"

"我不要打车，我要你背我。"梁欢修长的胳膊勾着宋佳曦的脖子，把她往怀里搂了搂，义正词严地道，"你背我回去。"

"好好好，我背你，行了吧？"宋佳曦实在是没办法了，只得妥协道，"你松手！我快被你勒死了！"

梁欢听到她的这句话之后，搂着她脖子的胳膊微微松了松，但语气还是带着一丝委屈："我不管，以前都是我背你回去的，今天就要你背我……"

宋佳曦："……"

一旁的周正见自己实在插不上话，只得掏出手机，朝宋佳曦道："要不我加一下你的微信吧，回头你要是有什么事的话，可以直接打电话给我。"

宋佳曦看着他递到自己面前的手机，迟疑了一下。她还没开口说话，一旁的梁欢已经直接将他的手给推了回去，道："自觉一点儿，嫂子的微信是你想加就能加的吗？她有什么事直接联系我就行了，还用得着联系你？"

周正："……"欢哥口齿清晰、有理有据、逻辑缜密，那么问题来了，他到底喝醉了没？

梁欢眼看着周正还站在他们面前，忍不住眯了眯眼睛，危险地道："想挨打吗？"

周正立刻回过神来，干笑了几声。他一边往后退，一边打招呼道："那个，我先走了，就不打扰你们了。"

宋佳曦眼看着他和一帮朋友走远，这才转过头来，疑惑地看着梁欢，问道："你是不是喝醉了啊？"

"没有啊。"梁欢低头，脸上突然露出一个灿烂的笑容，道，"我没有喝醉，你看，我还能走直线。"他一边说着，一边松开搂着宋佳曦的手，转身朝旁边的墙直直地走了过去。

眼看着他下一秒就要撞墙，宋佳曦赶忙一把拉住他，道："是是是，我看出来了，你没有喝醉。走吧，走吧，咱们回家吧。"

"好。"梁欢乖乖地点了点头，修长的胳膊重新勾住宋佳曦的脖子，严肃而认真地道，"你背我回去。"

宋佳曦："……"

得了，也不用继续问他到底要打车回去还是坐地铁回去了，她自己默默地叫辆车就完事了。

好在梁欢喝醉以后不吵也不闹，就这么默默地、深情地看着宋佳曦。

宋佳曦任由他把胳膊挂在自己的脖子上，直接忽视他的目光，连拉带拽地把他弄回了繁星苑。

晚上九点多的小区很安静，除了偶尔路过的行人，只有蛐蛐的叫声回荡在耳边。

宋佳曦带着梁欢直接进了电梯，按下十九楼的按键之后，就站在电梯里面，默默地看着屏幕上的数字一下一下地变化。

叮的一声，电梯在十九楼停下。电梯门打开，宋佳曦拽着梁欢，走出了电梯。

到了1902室门口，宋佳曦把他挂在自己脖子上的胳膊拿了下来，然后指了指1902的大门，道："到家了。"

"嗯。"梁欢低低地应了一声，乖乖地站在1902室门口，一动不动。

宋佳曦一边从自己的包里翻钥匙，一边朝梁欢看了一眼，道："还站在那儿干吗，自己开门啊。"

"好。"梁欢听话地点点头，人却是站在那里一动不动。

宋佳曦："……"

不过两瓶红酒而已，他就醉成这样了？但凡今天晚上桌子上有那么一盘花生米，他都不至于醉成这样！

思及此，宋佳曦长长地叹了一口气，收回自己的钥匙，走到梁欢跟前，道："算了，我帮你开门吧。你的钥匙呢？"

"嗯……"梁欢听到她的这句话之后，竟认真地思考了片刻，然后摇了摇头道，"不知道。"

不知道？宋佳曦扯了扯嘴角，也不跟他客气，直接伸手朝他的西装兜里翻了过去。嗯，上衣外口袋里没有钥匙，内口袋里也没有，裤兜里除了一部手机，别的啥也没有。

宋佳曦简单地搜身完毕，抬起头来，看着站在面前的梁欢，无语地道："你没带钥匙？"

"我带了啊……"梁欢眨眨眼睛，一脸迷茫地看着她道。

"那你的钥匙呢？在哪儿呢？"宋佳曦忍不住朝他翻了个白眼。这人喝醉就喝醉吧，怎么连钥匙放在哪儿都记不得了？关键是顾医生不在家，要是顾医生在家的话，还能有个人给他开门。

宋佳曦一想到顾医生，立刻指着门口的地垫，道："你别站在地垫上，去，站到旁边去。"

梁欢有些疑惑地看着她，反应了片刻，然后乖乖地站到了旁边。

宋佳曦蹲下身子，掀开1902室门口的地垫，看了一眼。

唉……地垫下面没有钥匙。这种时候，她总不能打电话给顾医生，让他来送钥匙吧？万一打断了他和小柔的好事怎么办？宋佳曦一脸纠结地站起身来，盯着梁欢半晌。

“你要是没带钥匙，就不能回家了，你知道吗？”宋佳曦深吸一口气，声音清脆地道，“反正我已经把你送到家门口了，剩下的事情，你自己解决吧！”

说完这句话之后，她便直接掏出自己的钥匙，开了1901室的门，回了自己家。

1901室的大门砰的一声关上了，站在门外的梁欢却没什么反应。

宋佳曦回到自己家里之后，换上拖鞋，把包扔到门口的鞋柜上，然后直接去卧室，把那条深蓝色缀满星星的长裙换下来。

当她重新穿上睡衣的那一刻，感觉整个人都解放了。她走到冰箱前，从里面拿出一瓶燕麦核桃味的酸奶，打开喝了两口，然后走到客厅，拿起遥控器，打开电视。

电视屏幕上播放了一会儿广告之后，就开始放那些无聊的节目。

宋佳曦按着手中的遥控器，来来回回换了两遍频道，终究还是沉不住气，走到大门口，打开门，朝外面看了一眼。

刚刚还站在外面的梁欢，不知道什么时候坐了下来。他背靠着1902室的大门，一条胳膊搭在屈起的右腿膝盖上，头微微低着，似乎是在闭目养神，又好像是睡着了。他额前的刘海微微垂下，遮住他清秀的眉眼，在楼道的灯光下，竟显出几分落寞的模样。

宋佳曦从门缝里盯着他好一会儿，忍不住轻轻地叹了一口气。

她声音低低地喊了梁欢几声：“梁欢，梁欢？”

坐在1902室门口的那个人一点儿反应都没有，就像没有听见她的声音。

他该不会是睡着了吧？

宋佳曦抿了抿唇，打开大门，走出房间。她走到梁欢面前，蹲下来，伸手轻轻地推了推他的肩膀，道：“梁欢？”

眼前那个一直低着头的人终于有了一丝反应。他缓缓地抬起头来，原本闭着的眼睛缓缓睁开，深邃的眼眸里映出楼道里的灯光，也映出她小小的身影。

宋佳曦看着他的眼睛，只觉得他的眼睛仿若广袤璀璨的宇宙，有着摄人心魄的力量。

她就这么默默地看着他，许久之后，再次轻轻地叹了一口气，道："算了，今晚顾医生恐怕是不会回来了，你先睡我那儿吧。"

听到她的这句话之后，梁欢终于有了一点儿反应。他朝她露出一个灿烂的笑容，声音低沉而温柔地道："好。"

"走吧。"宋佳曦站起身来，往回走了两步，然后看着依然坐在地上的梁欢，挑了挑眉，道，"起来啊。"

"头有点儿晕……"梁欢坐在地上一脸无辜地看着她。

宋佳曦："活该！让你坐那儿一口气喝两瓶红酒！自己什么酒量，心里没点儿准数吗？以前和我在一起时，你不是说自己不喝酒？现在怎么又喝了？"她一边说着，一边弯下腰，朝梁欢伸出一只手。

梁欢看着自己面前的那只小手，沉默片刻，然后轻轻地握住，借着她的力量，勉强站了起来。

他默默地跟在宋佳曦身后，进了1901室的门，突然声音低低地说了一句："有的时候喝醉了，就好像你还在我身边一样。"

宋佳曦正往里走，闻言微微停了一下，然后转过身，看着站在自己身后的梁欢，红润的唇微微动了动，却笑道："干吗突然这么煽情？当初说分手的时候，你不是答应得很痛快吗？你不是二话不说，直接飞去了美国吗？"

梁欢眼眸微垂，看着宋佳曦，一时没有说话。

就在宋佳曦以为他不会开口说话的时候，梁欢却突然声音低低地问道："当初如果我不答应分手，如果我努力地挽回一下，结局是不是就会不一样？"

宋佳曦怔了一下，没有说话。

梁欢朝她笑了笑，声音里带着一丝苦涩，道："你知不知道，我在美国的那些日子里，曾经无数次地想过，如果我不答应和你分手，我们是不是就会像那些异地恋的情侣一样，每天有空的时候打开视频聊聊天，没空的时候就给对方留言，等着对方回复自己。

"他们都说异地恋是没有结果的，感情会在一天又一天的问好和晚安间慢慢消磨掉。小曦，你是因为这个才跟我分手的吗？

"其实这五年间，每一年的圣诞节我都有回来。我曾在学校里那条长满梧桐树的路上等你下课。可惜每一次，我待不了几天，就要回去。我答应过你，要在你每一次考两千米的时候，在终点等你。所以，你知道吗？在操场旁边那棵靠着终点的大树上，我挂了一个小小的晴天娃娃，让它代替我在终点等你。

“其实我一直都没有忘记你，一直都记得你。我想我这辈子做过最后悔的事情，就是和你分手。所以，小曦，我们和好吧，好不好？”

宋佳曦听着他的话，不知道为什么，总觉得心里闷闷的，连带着鼻头都感觉酸酸的。这么多年，其实她和他都没有忘记彼此。可是……

她吸了吸鼻子，努力将眼睛里的泪水憋回去。她抬起头来看着他，声音里带着一丝颤抖，道：“你先回答我一个问题。”

“什么问题？”

“五年前，我大一下学期的那个端午节，你去了哪里？”宋佳曦艰难地问出了这个问题。

“端午节？”梁欢一脸迷茫地看着她，努力回想了一下之后，不确定地问道，“我没有陪着你吗？”

“没有。”宋佳曦很肯定地回答道。

“那我……是回家了，和家人在一起？”

宋佳曦：“……”

她看着眼前一脸迷茫、明显已经忘了当初发生过什么的梁欢，转过头去，声音闷闷地道：“算了，你不记得就算了。时间不早了，你还是早点休息吧。”

“小曦。”眼见她转身要走，梁欢连忙一把拽住她的胳膊。

宋佳曦回过头去看着他，没有说话。

“如果我想起来五年前的端午节发生了什么事，你就会和我和好吗？”梁欢看着她十分认真地问道。

宋佳曦盯了他一会儿，突然问道：“你真的喝醉了吗？”

梁欢微微一怔，竟然很认真地摇了摇头，道：“没有，都和你说了，我没醉，一点儿都没醉。”

宋佳曦：“……”

看他说得那么认真，她竟然一时之间也分辨不清，他到底喝醉了没有。

毕竟每一个喝醉的人，都觉得自己没有喝醉。

宋佳曦长长地叹了一口气，道："五年前的事情，过去就过去了吧。世界上哪有那么多如果呢？我们都已经分手了，再说这些也没有意义了。好了，不说了，你早点儿睡觉吧，你的卧室在那边，你睡那个次卧，我帮你换新床单吧。"

她说完这句话，就要转身往次卧的方向走。

然而，梁欢紧紧地拽着她的胳膊，说什么都不放手，只道："不要，我不要睡次卧，我要和你一起睡主卧。"

宋佳曦："你想得美！"

梁欢扁了扁嘴，可怜兮兮地看着她，道："为什么？以前我们都是一起睡的，你不是最喜欢抱着我睡了吗？你为什么突然要把我赶去次卧？你不爱我了吗？"

宋佳曦一时无语。

不是，这位兄台，我们刚才还在聊分手的事情，你这么快就把这一茬给跳过去了吗？

"我不管，我要和你一起睡主卧！"梁欢眼眸微垂，看着宋佳曦，不容置疑地道。

宋佳曦："……"怎么办，她竟然有点儿头疼。面对喝醉酒又蛮不讲理的梁欢，她就算现场拉黑也没有什么用啊。眼下，唯有用缓兵之计了。

思及此，宋佳曦闭了闭眼睛，深吸一口气，抬起头来，道："想睡主卧？"

"嗯。"梁欢认真地点了点头。

"先去洗澡。"宋佳曦伸手指了指卫生间，凶巴巴地朝梁欢道，"不把自己洗干净了，不许上床！"

"好！"梁欢立刻乖乖地应了一声，转身就朝大门口的方向走去。

宋佳曦扯了扯嘴角，一把拉住他的胳膊，将他送到卫生间门口，道："方向走反了。"

"哦……"梁欢站在卫生间里面，看着站在外面正打算关上卫生间门的宋佳曦，突然开口道，"你不进来一起洗吗？"

宋佳曦满眼问号地看着他。

“我们以前不是经常一起洗吗？”梁欢眨眨眼睛，脸不红心不跳地朝宋佳曦道，“我最喜欢和你一起泡澡了……”

说完这句话之后，他转头看了一眼浴室里面，发现里面没有浴缸，顿时有些遗憾地道：“你家怎么没有浴缸啊？”

宋佳曦听着他的话，明显回想起一些不合时宜的画面。她满脸通红地瞪着梁欢，凶巴巴地道：“你再挑三拣四的，就回大门口蹲着，今天晚上别住在我家了。”

“你好凶……”梁欢可怜兮兮地看着她，委屈地道，“你是不是在生理期？脾气这么暴躁……”

宋佳曦面带微笑地看着眼前的梁欢，随手从旁边的架子上拿起一个苹果，二话不说，直接塞进梁欢的嘴里，道：“再不闭嘴，就让你见识一下什么叫真正的暴躁！”

梁欢：“……”

他伸手将某人塞进自己嘴里的苹果拿了下来，顺带着啃了一口道：“嗯，还挺甜的，但是再甜都没有你的嘴甜……”

他说完这句话，竟然朝宋佳曦伸出手，想要将她抱进怀里。他道：“小曦曦，来亲一口吧。”

“亲你妹！我看你是缺少毒打！”宋佳曦实在是忍无可忍，一把将梁欢推进卫生间，然后死死地关上门，吼道，“滚去洗澡！”

“哦……”卫生间里传来梁欢悻悻的嘀咕声，“果然是在生理期，这暴躁得都快上天了。”

宋佳曦：“……”忍住，忍住，千万不要和喝醉的人一般见识，更何况用菜刀容易造成伤亡事故，还是用菜板毒打他一顿吧……

好在梁欢说完那一句之后，没有再说什么别的让宋佳曦当场爆炸的话了。

片刻之后，卫生间里传来一阵阵哗哗的水声。

宋佳曦长舒一口气，重新在沙发上坐了下来，手里拿着遥控器，开始优哉游哉地看电视。

又过了一会儿，她身后卫生间的门突然咔嗒一声打开了。

紧接着，梁欢熟悉而低沉的声音在她身后响了起来：“小曦，浴巾呢？”

“什么浴巾啊？”宋佳曦喝了一口酸奶，疑惑地转过头。下一秒，她直接噗的一声，把刚刚喝进嘴里的酸奶给喷了出来。

她一脸惊恐地跳上沙发，哆嗦着手指，指着眼前的梁欢，声音颤抖地道：“你怎么光着出来了？！你连浴巾都不裹一下的吗？！”

站在她身后的梁欢浑身上下冒着热气，一颗颗晶莹剔透的水珠顺着他的下巴、脖颈、小臂、腹肌不断地滑落。

他走过的地面，一步一个水印，几乎是人到哪儿，水就淌到哪儿。

“我不是没找到浴巾吗？”梁欢一脸无辜地看着宋佳曦，声音性感而有磁性，“你干吗一脸惊恐的样子？”

“你你你……”宋佳曦伸手捂着自己的眼睛，语无伦次地道，“你先回卫生间里去，我去阳台上给你拿浴巾！”

“哦……”梁欢淡淡地应了一声，转身朝卫生间走去，“捂着眼睛干吗？又不是没见过……”

“你再给我废话，我就把你从十九楼扔下去！”宋佳曦一边飞快地往阳台走，一边朝某人怒吼。

啧……他家可爱的小曦曦都开始爆粗口了，看来这几天确实是暴躁得不行啊！

梁欢淡薄的唇瓣忍不住勾起一道浅浅的弧度。

宋佳曦跑去阳台上，从晾衣架上随便拽了一条浴巾，然后飞快地扔进卫生间，红着脸大声道：“我请你裹好了再出来，听见没有？！”

“听见了。”梁欢隔着一道门慢悠悠地应了一声。

片刻之后，他腰上系着浴巾，再次从卫生间里走了出来。

宋佳曦看着裹上浴巾的梁欢，终于长长地舒了一口气。

她伸手指着地面上刚刚梁欢走过时留下水印的地方，道：“去，拿拖把过来，把地上的水拖干净！”

梁欢眨巴眨巴眼睛，看着地上的水迹，无辜地道：“不要！你刚刚说，只要我洗完了澡，就能和你一起睡主卧的，你没说我还要拖地！”

“但是地是你弄脏的！”宋佳曦一脸严肃地看着梁欢，道，“你要是不拖干净的话，今晚你连主卧的门都别想进！”

梁欢："……"

他沉默了片刻，一脸诚恳地看着宋佳曦，道："我不知道拖把在哪儿。"

"你等着！"宋佳曦丢下这么一句话，又飞快地跑去阳台，拿了拖把回来，直接塞进梁欢的手里，道，"给你！"

"唉……"梁欢长长地叹了一口气，默默地拿着拖把，把自己刚才弄得到处都是水的地方拖干净了。

"现在可以去主卧了吗？"梁欢手里拿着拖把，可怜巴巴地看着宋佳曦问道。

宋佳曦一下子就被他的这句话给问住了。怎么办，她之前不过是为了敷衍他，才答应让他睡主卧的。眼下，他却当真了，怎么办？啊啊啊啊！

没事，实在不行的话，就让梁欢睡主卧，她睡次卧好了！这么一想，宋佳曦便朝梁欢点了点头，道："行吧，你去主卧吧。"

"好。"梁欢声音低低地应了一声，将手里的拖把交给宋佳曦，转身便朝主卧走去。

眼看着他已经进了主卧的门，却突然转回身，温柔地道："那你快去洗澡啊，我在床上等你。"

宋佳曦："……"哥，我发现你喝多之后是真的不要脸啊……

然而，虽然她心里是这么想的，表面上还是朝梁欢露出一个尴尬而不失礼貌的微笑，道："好的，你去等着吧。"等到明天早上，你也等不到我的！

宋佳曦说完这句话，直接朝梁欢翻了个白眼，接着拿上自己的换洗衣物进了卫生间。

梁欢眼看宋佳曦进了卫生间，一双幽深的眼眸微微暗了暗，转身走进主卧。

他绕着主卧的床转了一圈，随手塞了一个枕头到被子里，摆好形状之后，便关上主卧的灯，走进次卧。

宋佳曦洗完澡后从卫生间出来，朝主卧看了一眼。主卧的灯已经关了，借着外面的光依稀可以看见床上有一个"人影"躺在那儿。

这家伙睡得这么早吗？

宋佳曦转头看了一眼客厅墙上的时钟，这会儿已经晚上十点多了，时间不早了，再加上他又喝多了酒，这么早睡下也差不多。

反正不管怎么说，只要他睡着了，不要再来缠着她就行。

宋佳曦这么想着，随手推开了次卧的门。

然而，她刚刚把次卧的门打开，里面便立刻伸出一只手来，一把握住她的手腕，将她拽了进去。

“啊……”宋佳曦尖叫一声，整个人还没回过神来，就被梁欢直接按在门上，堵住了嘴。

她瞪大眼睛，看着眼前低着头、闭着眼睛、认真亲吻自己的人，只觉得大脑里一片空白。

倒也不是完全空白，此时此刻，她的脑海里只有一个念头在不停地循环——这不要脸的臭男人，嘴巴怎么能这么软！

他的唇齿间还残留着淡淡的红酒香，混合着刚刚刷过牙的清新薄荷味，在她的唇瓣上辗转徘徊。

片刻的怔忪后，宋佳曦回过神来。她伸出手，努力想要将梁欢推开。然而不知道为什么，这家伙今天的力气大得出奇，任由她随便推搡，他自岿然不动。

他就这么把她堵在门后，认真而激烈地吻了她许久，直到她浑身都没有力气，这才放开她的唇，将她紧紧地搂在怀里。

他用自己的脸颊轻轻地蹭了蹭她的脸颊，仿佛呵气一般，在她耳边低低地呢喃道：“小曦，我好想你……”

宋佳曦微微一怔，只觉得浑身上下都使不出力气。她被梁欢紧紧地搂在怀里，红着一张脸，憋了半天才憋出来一句：“你想个屁！”

她说这几个字的时候，原本想气沉丹田、气势磅礴、气吞山河再气贯长虹的，然而声音出来之后，却带着一丝说不出的娇嗔与妩媚，听起来像是在闹别扭。

梁欢紧紧地搂着她，闭了闭眼睛，在她耳边低声道：“真的，我真的很想你……你不在我身边的时候，我一直在想你。你在我身边的时候，我更想你……我连做梦都想像现在这样紧紧地抱着你……”

宋佳曦：“……”

她张了张嘴，却发现自己一句话都说不出来。在这一刻，她仿佛深深地感受到他的想念之情，那种恨不得将她揉进骨血里的想念……

“小曦……”梁欢突然伸手关掉了次卧的灯。

整个房间瞬间陷入一片黑暗。

他在这一片黑暗之中，将宋佳曦打横抱起，然后轻轻地放到次卧的床上，接着欺身而上。他轻轻地亲吻着她的额头、她的眼睛，声音温柔而带着一丝蛊惑，在她耳边低低地道：“我好想你……”

宋佳曦身子一颤，连带着心尖儿都跟着颤了颤。

梁欢紧紧地抱着她，声音仿佛被施了魔咒，更加魅惑地道：“我好想你……”

他熟悉的声音夹杂着微微的喘息钻进她的耳朵，让她原本红到不行的小脸更红了。宋佳曦转过头去，手掌软绵绵地撑在他的胸口，努力地抵挡着他，道：“梁欢，你喝醉了……”

“嗯……”梁欢低头堵住她的唇瓣，声音软软地道，“那我宁愿一醉到底，不要醒来。”

大概是他的情话太动听，也可能是她一个人坚强了太久，宋佳曦明明在心底拼命喊着不行、不可以，一双纤细的胳膊却不由自主地绕住了他的脖子。

其实，她也很想他。这五年来，每时每刻，每分每秒，她都在想他。

如果这一切是梦的话，那她宁愿不要醒来。

“小曦……”梁欢感受到她的回应，修长的大手沿着她纤细的腰肢缓缓地往下滑去。然而，当他掀起她的睡裙，指尖传来绵实、柔软的触感之后，整个人都愣住了。他低下头去，借着窗外的月光，看到了她穿在身上的安心裤。

梁欢：“……”

宋佳曦：“……”

原本暧昧而微妙的气氛在这个瞬间突然凝结。

宋佳曦回过神来，双手捂住自己热得发烫的脸颊，羞得不能自已。

还好……还好她有生理期护体……不然这夜深人静、月黑风高的时刻，他俩孤男寡女、干柴烈火的，万一发生点什么不该发生的事情，她明天早上一觉醒来，岂不是要后悔死？！

“小曦……你……”梁欢淡薄的唇瓣微微张了张，迟疑了一下，刚想开口问问她生理期怎么还没结束，宋佳曦突然一个翻身，从床上爬了起来，接着手忙脚乱地穿上拖鞋，飞快地朝主卧跑去。

“我……我去睡觉了，晚安……”她红着脸，动作迅速地关上主卧的门，整个人就如同刚从虎口逃脱的兔子一般。

梁欢愣在原地，低头看了看自己空空如也的怀抱，突然想起来，她的生理期好像是前天开始的。

算一算，今天才第三天……一般情况，她的生理期要五六天后才结束。

梁欢伸手扯了扯自己的头发，心底突然感到一阵烦躁。现在怎么办？他都已经箭在弦上了……

梁欢闭了闭眼睛，有些绝望地抱住被子，在床上翻来覆去地滚了好几下。

啊啊，他好想要他家小曦曦！

两分钟后，梁欢认命地从床上起来，默默地走进了卫生间。

宋佳曦回到自己的房间后，一颗小心脏还是在胸腔里飞快地跳个不停。她伸手摸了摸发烫的脸颊，大口大口地喘着气，仿佛刚刚逃过一场劫难。

那个不要脸的臭男人真是有毒，竟想趁着喝醉的时候，把她给……幸好她有生理期护体……什么妖魔鬼怪、什么魑魅魍魉、什么有毒的臭男人，统统退散！

宋佳曦背靠着房门，闭了闭眼睛，脑子里还是忍不住浮现出梁欢那张清秀帅气的脸庞，而他刚刚说过的话似乎还萦绕在她的耳边。

有那么一瞬间，她其实也很想……就那么从了他……

可是……宋佳曦低头看了一眼自己的安心裤。算了，算了，别想了，她这是被江小柔附体了吧？她怎么可能会从了梁欢？

此时，正坐在自家客厅里、手里端着牛奶杯的江小柔突然连着打了两个喷嚏。

坐在她对面的顾朗赶忙关心地道：“怎么了？是不是感冒了？”

“没有……”江小柔用力地吸了吸鼻子，顺手拽过一张面纸擦了擦，道，“就是不知道为什么，突然感觉鼻子好痒，可能是有人在想我吧，嘿嘿。”

顾朗听着她的话，这才放下心来。他低头看了一眼手表，放下手中的茶杯，站起身来，声音清朗地道：“时间不早了，我就不继续打扰你了，你早点休息吧。”

江小柔微微一怔，放下手中的牛奶杯，也跟着站了起来，道：“顾医生你……要回去了？”

“嗯。”顾朗点了点头，有些不好意思地朝江小柔笑了笑，道，“今天和你在一起很开心，所以那个……下次我还可以约你出来一起吃饭吗？”

“可以啊。”江小柔十分爽快地答应了。

“嗯……不带欢哥和宋小姐的那种吃饭……”顾朗在说这句话的时候，脸上不由自主地浮现出一抹浅浅的红晕。

“好！”江小柔转了转眼珠，突然往前走了一步，声音带着一丝促狭的笑意，问道，“顾医生……是不是喜欢我呀？”

“我……我……”顾朗大概没想到江小柔会这么直接地问出来，心中紧张，脸更红了。

江小柔就这么站在他的面前，歪着脑袋看着他，一双漂亮的眼眸眨也不眨。

顾朗只觉自己的心跳得特别快，看着眼前的江小柔，婉转又含蓄地道：“嗯……我……我其实对你挺有好感的，所以……那个……我……”

“真的吗？”江小柔眨巴眨巴眼睛问道。

“嗯……真的。”顾朗红着脸，很认真地看着她回答道。

“其实我也很喜欢顾医生。”江小柔抬起头来，笑眯眯地看着顾朗道。

顾朗顿时眼睛一亮，满脸惊喜地看着她。

“那……顾医生之前谈过恋爱吗？”江小柔想了想，问道。

“没有……”顾朗有些不好意思地伸手挠了挠自己的后脑勺，声音低低地道，“以前上学的时候，课业繁忙，没有时间谈恋爱。后来毕业工作了，家里偶尔会介绍女孩子给我认识，但经常都是见了一面之后，她们就不理我了。”

“哦……我也没有谈过恋爱！”江小柔笑眯眯地朝顾朗伸出手，声音清脆地道，“要不，我们两人谈个恋爱试试？”

顾朗一愣，低头看着江小柔伸过来的手，瞬间回过神来。他有些羞涩地伸出手，和江小柔握了握手，结结巴巴地道：“那……请多指教。”

江小柔看着顾朗握住自己的那只手，白皙、修长、骨节分明、掌心有力。

不知道为什么，她心中竟然隐隐有一种激动的感觉，这么多年了！她终于摸到男人的手了！

江小柔按捺住心中的激动，清了清嗓子，道：“那……从今天开始，顾医生就是我的男朋友了。”

“嗯……”顾朗红着脸看着眼前的江小柔，点点头，应了一声。

“那作为男女朋友，我们是不是应该抱一下？”江小柔抬起头来，满眼期盼地看着顾朗问道。

顾朗微微一怔，瞬间回过神。作为男女朋友，两个人站在这里一脸正式地握手，好像确实有些不妥。但是抱一下的话……他……他还没有抱过女生啊……

顾朗有些不好意思地看着江小柔，迟疑了一下，终究鼓起勇气，伸出手来将江小柔抱进怀里。

顾朗轻轻地拥着江小柔，一颗心脏在胸腔里跳得厉害。

江小柔反手抱住顾朗的腰，微微皱了皱眉。怎么男生抱起来的手感，跟她们家小曦曦不太一样呢……小曦曦抱起来软软的，又香又甜，可是顾医生抱起来……硬邦邦的？

江小柔心中满是疑惑，伸出手来在顾朗的胸口摸了摸。

顾朗立刻松开抱着她的手，有些震惊又有些窘迫地看着她，道：“小柔……你……”

“呃……那个，对不起啊……”江小柔回过神来，满眼歉意地看着顾朗，道，“第一次抱男生，感觉跟抱女生的区别有点儿大……顾医生你……平时经常锻炼吗？怎么抱起来硬邦邦的……”

“有时候下班没事做，我就会去健身房锻炼。”顾朗迟疑了一下，朝江小柔道，“你要是有兴趣的话，下次我们一起去。”

“好！”江小柔点点头，应了一声，一双胳膊重新抱住顾朗的腰，不松手。

顾朗：“……”呃……现在这种时候，他应该说些什么？他是不是也应该学着小柔一样，反手抱住她？

就在顾朗纠结要不要再抱江小柔一会儿的时候，他怀里的江小柔突然抬起头来，一双眼睛闪闪发亮地看着他，道：“虽然第一次抱你有些不习惯，不过这样多抱一会儿，感觉还不错。”

顾朗听着她这么直白的话，脸上刚刚消退一些的红晕，再次卷土重来。

“咳咳……那个，时间不早了……”他有些慌乱地看着江小柔，用抱着她的手轻轻地拍了拍她的后背，“我……我该回去了。”

“为什么？你不是和梁医生一起住吗？难道两个人一起住，还有时间限制？”江小柔有些不解地问道。

“不是……我只是……”顾朗感觉自己有些语无伦次。其实他也很想再跟江小柔多聊一会儿，可是第一次约会，他就故意在女孩子的家里待到很晚，万一被她误会自己有什么目的怎么办……

“你不喜欢和我在一起吗？”江小柔抱着他，在他的怀里抬起头来，眼巴巴地看着他问道。

“不是不是……”顾朗连忙否认。

顾朗否认完之后，又不知道该说点什么才好。他是真的没有和女孩子相处的经验啊……

房间里面静悄悄的，他抱着江小柔，江小柔抱着他，两个人就这么大眼瞪小眼地互相看着对方。

片刻之后，江小柔忍不住扑哧一声笑了出来，道：“顾医生，你看起来好紧张啊！”

顾朗红着脸，轻咳两声，想要掩饰自己的尴尬。然而下一秒，江小柔便伸手扯住他衬衫的领子，强迫他低下头来，紧接着她踮起脚尖，红润的唇直接凑到他的嘴唇上。

顾朗瞬间瞪大了眼睛。唇瓣上传来一阵柔软而香甜的气息，是他从未感受过的陌生。他看着眼前江小柔那张俏皮白皙的脸颊，一时间，大脑里一片空白。

江小柔亲了顾朗一口之后，舔了舔嘴唇，道：“嗯……感觉挺软的……

和我想象的不一样。”

顾朗：“……”

他忍不住伸出一只手来，有些崩溃地扶了扶自己的额头，目光深沉而认真地看着江小柔，道：“为什么我有一种你在拿我做实验的感觉？”

江小柔微微一怔，接着不好意思地笑了笑，道：“我……我表现得这么明显吗？其实……也不算做实验啦……就是……你说我活到这么大了，还没和男生接过吻……现在好不容易有男朋友了，我就实践一下……”

顾朗听着她的话，有些无语地扯了扯自己衬衫的领口，目光深沉地看了她半晌，突然开口道：“这种事情，还是让男生主动来做比较好……”

他话音刚落，修长的手臂便直接搂住江小柔的腰，将她带到自己的怀里，然后低头吻住她红润的唇瓣。女孩子的嘴唇香甜又柔软，带着淡淡的牛奶气息，滑溜溜的，就像果冻。

顾朗的眼眸微微暗了暗。片刻的迟疑之后，他便加深了这个吻。

良久之后，他气息不稳地松开江小柔，却又舍不得似的在她的额头上轻轻亲了一口。

江小柔有些急促地喘息着，一双眼睛亮晶晶地看着顾朗，眼眸里写满了期待。

顾朗只觉得眼前的江小柔可爱到让人忍不住想犯罪。他伸手摸了摸江小柔的脑袋，额头抵着她的额头，声音低低地道：“我真的该走了，再这样和你待下去，我怕自己会忍不住，对你做出一些过分的事情来……”

江小柔扯着他的衣袖，眨巴眨巴眼睛，小声道：“别嘛……要不……咱们把男女朋友该做的事情都做一遍？”

顾朗微微一怔，顿时觉得有些好笑地看着她，道：“你知道自己在说什么吗？”

“我当然知道……”江小柔双手搂着他的脖子，轻轻地央求道，“反正早晚都要发生的事情，不如早点发生……顾医生，我们……就试一试嘛……”

顾朗有些头疼地开口问道：“江小柔……你真的在拿我做实验？”

“没有！我是真的喜欢顾医生！”江小柔赶紧信誓旦旦地道。

顾朗：“……”

江小柔："……"

片刻的沉默之后，顾朗突然问道："你不后悔？"

江小柔一脸茫然地看着他，道："这有什么好后悔的……顾医生，你不要有心理负担，我是一个成年人……"

顾朗盯了她一会儿，突然将她打横抱起，朝卧室走去："好，那你等我一下，我先洗个澡……"

他把江小柔放到卧室的床上，目光晦暗不明地看了她一眼，转身便朝卫生间走去。

江小柔心里顿时掀起一阵小小的风浪，伸手从床头柜上拿过自己的手机，给宋佳曦发了一条信息："小曦曦！我好激动！怎么办？！"

那边立刻回了信息："怎么了？你已经把顾医生变成你的人了？"

江小柔："快了，快了，他马上就是我的人了！顾医生已经去洗澡了！"

宋佳曦："对顾医生温柔一点儿，别把人家吓着。"

江小柔："不说了，我也要去洗个澡，再换一套性感的内衣……"

宋佳曦："这么快就鸳鸯浴了？你这进展有点儿迅速啊……"

江小柔："呸！你想什么呢？我家又不是只有一个卫生间……不说了，不说了，洗澡去了。"

江小柔给宋佳曦汇报完便扔下手机，愉快地哼着歌走进主卧附带的卫生间。

十几分钟后，沐浴完毕的江小柔和顾朗站在主卧的大床前大眼瞪小眼。

江小柔盯着他好一会儿，轻咳一声，开口道："那个……咱们这就开始了？"

顾朗目光微沉，低低地应了一声，修长的大手轻轻地捏了捏江小柔的下巴，道："真的不后悔？"

"不后悔！"江小柔十分肯定地回答道。

江小柔一个没忍住，还是拿过手机，给宋佳曦发了一条信息："小曦曦！我成功了！"

第9章　你平时最喜欢的健身项目是什么

宋佳曦看着手机屏幕上江小柔发来的虎狼之词，又回想刚才差点儿就从了梁欢时的意乱情迷。一时之间，她竟然说不清自己心里是什么滋味儿。

江小柔："对了，这两天顾医生应该都不会回去了，你跟梁医生说一下，让他一个人独守空房吧。"

宋佳曦："？"

江小柔："哎呀，刚刚品尝了爱情的禁果，一顿怎么够，当然要多品尝几顿啊！再说，顾医生不在家，不是正好给你们相处的机会吗？小曦，你要好好把握啊。"

宋佳曦："不是，顾医生怎么能不回来呢？他不回来谁给梁欢开门啊？"

江小柔："咋了，梁医生没带钥匙？那更好啊！梁医生住你那儿，你们也升华一下感情。"

宋佳曦："升华个屁！我们五年前就分手了！"

江小柔："分手归分手，就算你不想和他和好，你也可以用他的身子啊！把他当成一个工具不就好了？"

宋佳曦："顾医生呢？不在你身边？"

江小柔："哦……他去卫生间洗澡了，大概是因为刚才运动的时候出了很多汗吧。"

宋佳曦："好的，再见。"

江小柔："别啊，再聊五毛钱的啊！我这不是在和你分享我第一次的心得嘛！"

江小柔："小曦曦，小曦曦？"

然而不论她怎么发，宋佳曦都不回她的消息了。

真是的……好朋友，关键时刻竟然不顶用！江小柔愤愤地放下手机，趴在床上，抱着枕头，眯着眼睛，差点就要睡着。

片刻之后，她身边的床垫微微动了动，紧接着，一条修长有力还带着一丝凉意的胳膊将她搂进怀里。

江小柔迷迷糊糊地睁开眼睛，看了一眼躺在自己身边的顾朗，在他怀里找了一个舒服的姿势，像只猫一样蜷缩着。

"小柔……"顾朗的声音微微有些沙哑，他低头轻轻地亲了一下江小柔的额头。

"嗯……"江小柔似有若无地应了一声。

"可以……再做一次吗？"顾朗一个翻身压在江小柔的身上，低头亲吻着她白皙修长的脖颈，喃喃地问道。

江小柔的困意一下子就没有了。她瞪大了眼睛，看着眼前明显意犹未尽的顾朗，声音颤抖着道："还……还来？"

"嗯……"顾朗用脸蹭了蹭她软乎乎的脸颊，"不太满足……"

这……江小柔断断续续地问："顾医生，你……你平时最喜欢的健身项目是什么？"

顾朗气息沉稳地回答道："马拉松。"

江小柔说顾朗这个周末都不会回去了，果然顾朗就没有回去。

宋佳曦看着赖在自己家里死活不肯离开的梁欢，只觉得头痛到不行。

好在梁欢为了弥补对她造成的"伤害"，十分自觉地承包了打扫卫生、洗衣服、做饭等家务活动。

宋佳曦看着餐桌上满满当当都是她喜欢吃的菜，一时之间，竟然不知道该说些什么才好。

梁欢拿着筷子坐在她对面，一边往她的碗里夹菜，一边声音温柔地问道："怎么了？你怎么一动不动地坐着啊？这些不都是你喜欢吃的吗？"

宋佳曦回过神来，看着自己碗里的菜，红润的唇瓣微微动了动，声音里带着一丝不敢置信："你……什么时候学会做菜的？"

五年前，他们有一段时间是住在一起的。

那个时候，梁欢还不会做菜。每顿饭两个人不是点外卖，就是一起去饭店吃。偶尔心血来潮，梁欢自己在家做一顿饭，还把锅给烧坏了。

梁欢拿着筷子的手微微顿了一下。沉默片刻，他无奈地笑了笑，道："在国外生活了这么多年，吃西餐都快吃吐了，那边中餐馆的食物吃起来又很奇怪，我也是被逼无奈，才慢慢学会烧饭。一开始总是失败，不是煮饭忘了放水，就是炒菜时火太大，把锅给烧焦了。后来，慢慢地，我也能做那么两三道简单的菜了。再后来，我就把所有你喜欢吃的菜都学会了。"

梁欢顿了顿，用一双幽深的眼眸看着宋佳曦，云淡风轻地道："那个时候，我就想着，希望有一天，我亲手做一桌你喜欢的菜给你吃……"

"呃……那个……咳咳……"宋佳曦听着他的话，心里顿时有一种说不出来的情绪。

她轻咳一声，拿着筷子，夹起自己碗里的菜，尝了一口，然后点点头，道："很好吃。"

"嗯。"梁欢朝她笑了笑，唇角勾起一抹温柔的弧度。

宋佳曦看着他帅气俊美的脸庞，不知道为什么，又想起江小柔那天夜里跟她说的话——

就算你不想和他和好，你也可以用他的身子啊！把他当成一个工具不就好了？

不行！打住！她怎么可以有这种想法？！宋佳曦连忙摇了摇头，努力将自己脑海里的想法给甩掉，然后红着脸，开始埋头吃东西。

"怎么了，不喜欢吃吗？"梁欢一脸茫然地看着她，不是上一秒还说他做的菜很好吃吗，怎么下一秒就拼命摇头了？

"没什么，没什么，刚刚突然想到一些工作上的事情。"宋佳曦红着脸，声音闷闷地道。

她不能再这样下去了！再这样下去，说不定哪一天就对梁欢心软了。

难道她真的是因为五年没有谈恋爱，内分泌失调了？

上次她爸爸打电话给她，让她回老家相亲……实在不行的话，她就回去相亲试试吧。

好在周末这两天，“清醒”后的梁欢并没有对她做出什么出格的事情来。他们两个人，一个负责做饭打扫，一个负责继续写狗血小说，相处倒也融洽。

因为周一是宋佳曦和董事长一起出差的日子，所以周日晚上她拿出自己可爱的淡黄色行李箱，开始收拾行李。

梁欢坐在沙发上，看着走来走去的宋佳曦，忍不住挑了挑眉，道：“你要去哪儿？”

“明天要出差。”宋佳曦一边收拾着自己的行李箱，一边随口回答，“下个星期我都不在家，要是顾医生还没回来，你就自己一个人住在这儿吧。”

“刚上班就要出差啊……”梁欢皱了皱眉头，声音闷闷地道，“你们公司怎么回事啊，竟然安排一个刚进公司的实习生去出差。”

“领导安排的，我有什么办法。”宋佳曦把自己的笔记本电脑放到行李箱里，突然抬起头来看着梁欢，“对了，我们董事长也姓梁，叫梁世超，你认识吗？”

梁欢微微一怔，神色有些不自然，看着她道：“你怎么会突然问这样的问题？”

“应该不认识……人家可是上市集团的老总，身家上万亿的那种……”宋佳曦问完这个问题，又低下头，一边继续收拾东西，一边喃喃道，“姓梁的那么多，再说你看起来也不像是个霸道总裁。”

梁欢：？

宋佳曦抬起头来看着一脸问号的梁欢，笑了笑，道：“你要真是霸道总裁的儿子，也不会跟顾医生挤在一起租房子了。你应该大手一挥，直接把这栋楼，哦，不是，直接把这个小区给买下来！”

梁欢：“不是……你……怎么突然对霸道总裁感兴趣了？”她该不会是霸道总裁小说写多了吧？

虽然他不能把整个小区都买下来，可这整个小区都是中氏集团建起来的啊……当初开盘的时候，他还帮了他爹不少忙呢！

“没什么，就是感慨一下。”宋佳曦撇了撇嘴，将行李箱收拾好就合上了。

她站起身来，看着坐在沙发上的梁欢，还想再说点什么的时候，门铃突然响了起来。

“来了来了。”宋佳曦一边应着，一边朝大门走去。

吱呀一声，门开了，门外竟然站着神清气爽、满脸笑意的顾朗。

宋佳曦看着眼前的顾朗，微微一怔，道：“顾医生？”

“宋小姐，”顾朗朝宋佳曦笑了笑，探头朝屋子里面看了一眼，道，“我听说欢哥忘了带钥匙，这几天都住在你家，真是不好意思。这几天我忙着加班，也没时间给他送钥匙，打扰你了。”

宋佳曦：“……”哼，你别以为我不知道你在加什么班！小柔可是每天都在给我汇报的！

但表面上，她只能笑眯眯地朝顾朗道：“没事，没事，顾医生加班辛苦了，真是不容易啊……”

眼看着顾朗把梁欢领走之后，宋佳曦长长地舒了一口气，关上自家的大门。

她转过身来看着空荡荡的客厅，又看了一眼梁欢刚刚坐过的沙发，不知道为什么，竟然觉得自己的心里空落落的。她大概……是真的应该去谈个恋爱，转移一下自己的注意力了。

宋佳曦有些自嘲地笑了笑，轻轻地摇着头往卧室走去。

在洛阳出差的这几天，宋佳曦感觉自己每天都忙得跟陀螺一样。

第一天，她一到洛阳就被拉去开了一场长到无敌的会，接着又和公司领导们一起参加洛阳公司这边的接风宴。

第二天，她跟着领导们去视察即将开业的新店，从财务到市场到人事，几乎每个部门的人都见了一遍。

第三天，新店开业剪彩，她在人群后面扛着单反相机不停拍照，然后又从拍出来的上百张照片里挑出光线、角度、表情满意的，写新店开业的新闻稿。

第四天，洛阳知名景点一日游。

虽然这几天忙是忙了点儿，但好在董事长没有跟她说什么奇奇怪怪的话，这让她一颗悬着的心渐渐地放了下来。

晚上，宋佳曦瘫在酒店房间的大床上，感觉腿都要断了。

此刻，她累得动都不想动，可是过会儿还得把东西收拾一下，毕竟明天他们就要打道回府了。

啊……好累啊……

宋佳曦在床上翻了几下，正准备起身收拾东西，突然传来一阵敲门声。

这么晚了……宋佳曦低头看了一眼时间，一边朝门口走去，一边随口问道："谁啊？"

"是我。"门外传来一个中年男子低沉的声音。

宋佳曦微微一怔。这声音……该不会是董事长吧？

她打开房门，看着站在外面的梁世超，有些尴尬地笑了笑，道："梁董，这么晚了，找我有什么事吗？"

"是有点儿事。"梁世超笑眯眯地朝她点了点头，直接走进她的房间，道，"来来来，进来说。"

"呃……"宋佳曦看了一眼外面的走廊，迟疑了一下，没有关上房门，而是任由它大敞着。

她走到房间里，看着已经在书桌前坐下的梁世超，小心翼翼地开口道："那个……梁董找我有事？"

"嗯！"梁世超点了点头，面带微笑地道，"出差的这几天，我仔细观察了一下你，觉得你是个做事认真仔细的小姑娘，十分有责任心，我很喜欢！"

宋佳曦一脸茫然。完了完了！他来了！董事长该不会是打算跟她告白了吧？

梁世超见宋佳曦一脸茫然地站在原地，还以为她不好意思，于是笑得更加灿烂了，道："是这样，我想着反正你还是单身……不如，考虑一下……"

宋佳曦紧张得呼吸都要停住了，道："考虑什么？"

梁世超笑眯眯地道："要不要考虑一下，跟我儿子相个亲？"

什么？！听到董事长的这句话之后，宋佳曦整个人都愣住了。跟……跟董事长的儿子相亲？不是跟董事长相亲吗？

梁世超看着宋佳曦愣在原地的样子，笑着道："怎么了？不愿意？"

"不是……我……我以为……"宋佳曦一脸茫然地看着梁世超，一时之间竟然不知道该说些什么才好。

真的吓死她了，刚刚那个瞬间，她差点以为梁董就要跟她表白了。原来一直以来，她都误会梁董了！

梁世超坐在书桌旁边的椅子上，手指在桌面上轻轻敲了敲，语重心长地道："上次我好像跟你说过，我儿子不务正业是吧？"

"啊？嗯……"宋佳曦默默地点了点头。

"唉……他也不是不务正业，怎么说呢，他就是不愿意回来帮我打理公司，发展集团业务，其实他自己还是有正经工作的，条件也不是太差。"梁世超想了想，觉得自己还是有必要给梁欢强行解释一下。

可是，他刚帮梁欢说了几句好话，立刻话锋一转，道："不过说实话，他那个所谓的正经工作，我是真的看不上眼。他辛辛苦苦天天上班，还要经常加班，结果年薪比你的还少，简直没眼看！"

宋佳曦："……"这种时候，她该说些什么才好？

"不过也还凑合，过得下去吧。"梁世超想了想，继续道，"我儿子吧，长得还行，个子也凑合，大概一米八的样子，无不良嗜好，脾气一般，不太爱说话，长这么大，从来没有见他往家带过女孩子，也没听说他有女朋友……"

宋佳曦一脸不解。不是，董事长，您这话题好像越说越歪啊……

"不过你放心！我已经问过他了，他绝对喜欢女生！"梁世超好像生怕宋佳曦误会，赶紧斩钉截铁地道。

他不说这句话还好，一说这句话，整个房间里都弥漫着一股尴尬的气氛。

宋佳曦扯着嘴角，努力让自己的笑容看起来真诚一点儿。

梁世超身子微微前倾，一双睿智的眼眸里满是期待的光芒。他看着宋佳曦，问道："所以，怎么样？要不要考虑一下我儿子？"

"呃……"宋佳曦小心翼翼地在旁边的沙发椅上坐下来，挺直腰背，看着眼前的董事长，迟疑了片刻，然后轻轻地道，"那个……梁董，其实我有一点儿不太明白……"

“有什么不明白的，你尽管说！”梁董朝她做了一个“请”的手势。

“就是……像您这样的成功企业家……”宋佳曦认真地想了想，仔细斟酌了一下词句，声音平稳地道，“在为儿子挑选对象的时候，不是应该讲究门当户对吗？”

“嗯？”梁世超听到宋佳曦的问题后，忍不住笑了出来，点了点头，又摇了摇头。

宋佳曦有些不解地看着他。

梁世超想了想，道：“你说得对，按照社会的正常观念，像我这样身份地位的人，确实应该在下一代的婚姻上考虑门当户对。但是有一点，世事并不是绝对的，门当户对有它的好处，也有它的坏处。”

梁世超轻轻地叹了一口气，似乎陷入某段回忆中。半晌，他才继续道：“这么说吧，当初我和我的前妻就是因为门当户对而结的婚，但是这种没有一点儿感情的商业联姻，崩溃得也很快。她喜欢自由，喜欢不被约束，向往浪漫的生活，而我就是那种循规蹈矩的人。几年过下来，我们本来就没什么感情的婚姻也千疮百孔。她生下儿子之后不久，就和我离婚了。后来我就想着，等儿子长大了，只要他有喜欢的女孩子，不论对方是什么样的家庭条件，我都能接受。毕竟我的事业发展到这一步，已经不需要靠联姻来稳固。可是没想到，这么多年，他竟然连一个女孩子都没有带回来。你说，他会不会真的喜欢男人，表面上却跟我说他喜欢女孩子？”梁世超说着说着，突然又有些怀疑地问道。

宋佳曦：“……”我连你儿子是谁都不知道，我怎么可能知道他的性取向？！

“既然儿子靠不住，那就只能我自己出马了。”梁世超仔细琢磨片刻之后，继续道，“我觉得你挺有前途的，学习好，成绩好，做事又踏实，所以想着给你俩撮合撮合。当然了，也不是非要你俩有结果什么的，你就当认识个新的朋友，相处看看。你们能在一起当然是最好的，不能在一起的话，也不要有心理负担。我那儿子什么德行，我自己也是知道的。”

眼看董事长都把话说到这个份上了，宋佳曦考虑了一下，终究还是迟疑着点了点头，道：“那……好吧，就先当朋友认识一下吧。”

“好！”梁世超一听宋佳曦答应了，立刻高兴地站起来，伸手拍了拍宋佳曦的肩膀，道，“我去问问我那不争气的儿子什么时候有时间，回头让你俩约着见个面！”

宋佳曦有些不好意思地点了点头。

既然小姑娘已经答应，那么他的任务就算完成了。梁世超高兴得双手背在身后。他一边朝门口走，一边长舒了一口气，道：“总算是落下了一桩心事。”

宋佳曦一直把董事长送到房门口，眼看着他离开，这才重新将门关上。

梁世超一回到自己的房间，立刻掏出电话，找到梁欢的号码，拨了过去。

电话里面嘟嘟嘟地响了好几声，也没有人接。

梁世超皱了皱眉，正准备挂断的时候，电话终于被接了起来。

“喂？爸，你找我？”梁欢那听起来就不怎么高兴的声音从话筒那边传了过来。

“兔崽子，怎么这么长时间才接电话？干什么呢？”梁世超一听到梁欢的声音，原本还挺好的心情，一下子就高兴不起来了。

“还能干吗？洗澡啊！”梁欢有些无语地朝自己的老爸道，“你以为谁都跟你一样，年纪大，不爱洗澡啊……”

“你才不爱洗澡！兔崽子，你哪只眼睛看见我不洗澡了？！”梁世超顿时火冒三丈。这小兔崽子，自己在这边为了他的感情生活操碎了心，还想方设法地帮他约喜欢的女孩子出来见面，结果呢？结果就换回一句他不爱洗澡？！

“我就随口这么一说，你干吗这么大火气？肝火旺啊？要不要让我同事给你抓点降火药？”梁欢一边用浴巾擦着头发上的水，一边不怕死地继续刺激老爸。

梁世超：“……”梁世超突然有一种不想帮他找对象的冲动，甚至还有那么一点儿想破坏他俩的关系……

听电话那边没了声音，梁欢这才慢悠悠地继续道：“怎么了？爸，你怎么不说话了？这么晚打电话给我，是有什么要紧事吗？该不会是大半夜的，突然感觉空虚寂寞冷了，就想我了吧？”

“滚！有多远滚多远！”梁世超一个没忍住，直接把他的电话给挂断了。这兔崽子！不配让自己给他介绍对象！更何况还是介绍宋佳曦这么好的姑娘！

梁世超握着电话的手青筋暴起，恨不得把手机直接给捏碎。

片刻之后，他的手机铃声又响了起来。梁世超低头看了一眼，居然是梁欢那臭小子主动打过来的。

他深吸一口气，等着电话响了好几声之后才不慌不忙地接了起来："干什么？有事吗？没事我要洗澡了。"

"爸，"电话那边传来梁欢低低的笑声，"别这样，你都一大把年纪了，怎么还这么沉不住气啊？说你两句你就直接挂电话，"

梁世超："……"他一点儿都不想和这个小兔崽子说话！他俩谁先说话谁是狗！

"爸，你说话啊！怎么突然不说话了？你打电话给我是干吗啊？"梁欢将浴巾直接挂在脖子上，一只手拿着手机走到冰箱前，打开冰箱，从里面拿了一瓶冰水出来。

好了，是这兔崽子先说的话，他是狗！梁世超在心里把梁欢的定位放到狗上，这才哼了一声，语气不悦地道："还能有什么事，就是问问你，女朋友追到了没有？"

"爸，你这话问得就十分艺术了。"梁欢没忍住，冷嘲热讽地道，"你都把我未来女朋友带去洛阳出差了，我四天没看见她了，你说我能追到吗？"

"哦，她来洛阳出差了，你就不会追着她一起到洛阳来吗？"梁世超没好气地翻了个白眼，道，"智商这么低，活该你追不到女朋友。"

梁欢："我不要上班的吗？"

"上什么班？为了你那年薪三十万的工作努力奋斗啊？"梁世超的语气里带着鄙视，"你知道你这行为怎么形容吗？"

"怎么形容？"梁欢打开手中的冰矿泉水，抬起头来喝了一口。

"你这行为，就是两只小蜜蜂飞在花丛中，飞得高的那只对飞得低的那只说low（廉价的）货。"梁世超面无表情地朝电话那边道。

噗的一声，梁欢直接把喝进嘴里的那口水给喷了出去。

"咯……咯咯，爸，你这都是从哪儿学来的啊？"梁欢扯着脖子上的浴巾，擦了擦嘴角，一脸无语地问道。

“呵，没想到吧？你爸爸也是跟得上时代的人。”梁世超冷笑一声，一脸高傲地道，“老子今天打电话，就是通知你一下，老子给你安排了一场相亲。”

“相亲？”梁欢皱了皱眉，想都没想就直接拒绝了，“不去。”

梁世超：“为什么？”

梁欢撇撇嘴，道：“什么为什么？你又不是不知道我喜欢宋佳曦，除了她，我谁都看不上。”

梁世超：“你喜欢人家有什么用，人家喜欢你吗？我告诉你啊，这次的相亲，你去也得去，不去也得去。你要是不去，到时候可别后悔。”

听着他的话，梁欢没忍住，笑了出来，道：“我有什么好后悔的，不去就是不去。爸，你与其在这儿关心我的感情问题，不如考虑考虑你自己的感情问题。你年纪也不小了，实在想给我找个后妈的话，我也没意见。”

梁世超：“……”梁世超那刚刚到了嘴边，想告诉他相亲对象就是宋佳曦的话，一下子就不想说了呢！呵，就他儿子这性格、这说话方式，他儿子就不配有女朋友！

梁世超在心里把梁欢给骂了个狗血淋头，声音沉沉地道：“你真的不去？”

“不去！”梁欢信誓旦旦地道。

“行吧，那我给小姑娘介绍别的对象。”梁世超深吸一口气，冷冷地道，“我跟你没什么话可说了，你先挂还是我先挂？”说完，不等梁欢开口，他又继续道，“还是你先挂吧，我不介意白发人送黑发人。”

梁欢：？

梁世超：“愣着干吗？挂电话啊！”

梁欢听着话筒里的咆哮声，默默地把电话挂断了。

他爸……该不会是到更年期了吧……

放下电话，梁欢想了想，给宋佳曦发了一条信息：“小曦曦，你什么时候回来啊？我一个人在家，孤单寂寞冷，还怕黑……”

片刻之后，宋佳曦回了一条信息过来：“怕黑就抱紧顾医生。”

梁欢：“顾朗加班去了，家里真的就我一个人……弱小可怜又无助……”

真的，顾朗自从上周末回来过一次之后，这一周天天都说自己加班，梁欢连他的影子都没见。

顾朗加班去了？宋佳曦看着手机屏幕上梁欢发过来的信息，顿时觉得有些好笑。顾医生那叫加班吗？那叫夜夜笙歌吧！

这几天，江小柔天天跟她抱怨顾医生的耐力太过持久，害得她腰酸腿疼下不了床。末了，她偏偏还要加一句不愧是喜欢跑马拉松的男人。

这算什么，痛并快乐着吗？更夸张的是，从昨天开始，江小柔每次事前都要来一句：宝宝，我要去跟顾医生跑爱的马拉松了，跑完再跟你聊。

结束以后，她又要全方位和宋佳曦分享自己的感受、心得与体会。

宋佳曦有些无奈地摇了摇头，默默地收起手机，不回梁欢的消息。

梁欢眼看自家可爱的小曦曦不理他了，一颗心顿时千疮百孔，痛到不能呼吸。

虽然很想继续骚扰她，但又怕自己被拉黑的梁欢，只得含泪默默打开自己的小号，切换到某人的读者模式，开始假装催更。

全世界最爱你：小曦，小曦，你在吗？

是小曦曦啊：在啊，怎么啦？

全世界最爱你：你为什么不更新？为什么不更新？我都等了好几天了！

是小曦曦啊：这几天出差了，比较忙嘛，没什么时间更新，等明天回去之后再更新啦，乖——

全世界最爱你：出差？你去哪里啦？

是小曦曦啊：洛阳啊！对了，你喜不喜欢吃牡丹饼？我送你一些吧，就当是感谢你对我小说的支持！

全世界最爱你：不用啦，我不太爱吃甜食。

是小曦曦啊：是吗？好可惜，其实牡丹饼还挺好吃的。那你有没有什么别的想要的礼物？我送你啊！

梁欢看着手机屏幕上最后的那句话，忍不住轻轻地叹了一口气。

他什么礼物都不想要，就想要她一个人。

眼看对方许久都没有回话，宋佳曦缓缓地打出几个问号，发了过去。

梁欢回过神来，迟疑了一下，修长的手指在手机屏幕上点了几下，发了一条信息给她："你能给我发条语音吗？今天是我的生日，可是我家里一个人都没有。"

梁欢看着自己发出去的信息，忍不住勾唇笑了笑。

今天当然不是他的生日，但他这么说，以他家小曦曦的性格，她是不会拒绝的，这样他就能听到她的声音了。

然而，梁欢还没得意几秒，微信上直接弹出语音通话的提示。他手一抖，下意识地按了拒绝。

是小曦曦啊：接电话呀！

全世界最爱你：那个……等一下，我在刷牙，稍等片刻啊……

打完这行字后，梁欢赶紧去软件商店下载了一款变声器的App，打开调试了一下，确定自己的声音变成可爱的妹子音之后，才又打了回去。

"喂，是小爱同学吗？"梁欢的手机话筒里传来宋佳曦清脆好听的声音。

紧接着下一秒，梁欢身后不远处的小米音箱突然接了一句："我在。"

梁欢："……"

顾朗就喜欢买这些没用的东西！没有女朋友的男人，果然只能跟AI机器人聊天。

梁欢走到小米音箱前，二话不说，直接拔了插头。

"喂，喂喂？能听见吗？"宋佳曦听对面一直没有声音，忍不住把手机从耳朵边上拿了下来，看了一眼。手机屏幕上显示的是接通状态啊……难道她没开声音？

宋佳曦又调了一下手机音量。不对啊！她手机的音量已经调到最大了啊！

梁欢听着宋佳曦的声音，不知道为什么，突然觉得有些紧张，又切换到变声器那里，确定变声器还开着，这才迟疑地清了清嗓子，开口道："咯咯……那个……喂？"

宋佳曦听着话筒里传来的软软的声音，忍不住笑了出来，道："小爱同学？"

"嗯……那个……是我……"梁欢紧张地应了一声，生怕自己会露馅儿。

“你的声音听起来好小啊！你真的上大学了吗？确定不是小学生？”宋佳曦有些好奇地道。

“真的，我不骗你。”虽然梁欢这边听着还是自己的声音，但是看宋佳曦的反应，她那边听起来应该是个软萌妹子的声音。

“那开普勒第三定律是什么？”宋佳曦突然随口问道。

梁欢微微一怔，下意识地回答道：“开普勒第三定律啊，嗯……T2/R3=K，K=4π2/GM。对吗？”

宋佳曦满意地点了点头，道：“虽然不能证明你是大学生吧，但至少证明你不是小学生。”

梁欢哭笑不得地道：“我声音听起来就那么像小学生吗？”

“是呀！”宋佳曦笑着回答道，“软软的，听着就让人忍不住想要捏你的脸。”

梁欢听着宋佳曦那欢快的语气，胆子顿时肥了不少，道：“那你来捏呀！”

宋佳曦笑眯眯地道：“好，以后有机会见面，让我捏一捏你的脸。对了，今天是你的生日吗？”

梁欢轻轻地叹了一口气，语气一下子变得忧伤起来：“嗯，今天是我的十九岁生日……”

宋佳曦很认真地朝电话那边道：“生日快乐哦！你爸爸妈妈呢？”

梁欢可怜兮兮地回答道：“他们两个都忙着工作，心里根本就没有我。”

宋佳曦：“嗯……爸爸妈妈也是为了给你创造更好的生活环境嘛，别太难过，不是还有我陪着你吗？”

梁欢的眼珠转了转，他突然问道：“那你能不能给我唱生日歌啊？我自己给自己唱的话，感觉有点儿奇怪。”

“好啊……”宋佳曦想都没想直接应了一声，然后清了清嗓子，很认真地唱了起来，“祝你生日快乐，祝你生日快乐……”

宋佳曦唱完一遍之后，梁欢拼命地给她拍马屁：“小曦姐姐，你唱得好好听啊！你的声音就像百灵鸟一样婉转动听。姐姐，姐姐，你能不能再给我唱一遍啊？”

“啊？”宋佳曦愣了一下，有些哭笑不得地问道，“还要听？”

“嗯嗯！好听！”梁欢用最真挚诚恳的语气道。

宋佳曦有些不好意思地摸了摸自己的鼻子，声音低低地道：“那……我给你再唱一遍吧，祝你生日快乐……”

梁欢一边听着宋佳曦给自己唱生日歌，一边默默地打开手机录音，把她第二遍唱的给录了下来。

宋佳曦唱完之后，问道：“可以了吗？”

“嗯嗯，可以了！”梁欢笑眯眯地关上录音，保存好音频文件，道，“谢谢小曦姐姐！”

宋佳曦笑着道：“不客气。”

梁欢又得寸进尺地道：“那姐姐今天可以更新小说吗？我最想最想要的生日礼物，就是看姐姐的更新！我特别特别好奇，男二为什么要跟女主分手啊，姐姐可以快点写吗？”

宋佳曦有些无奈地朝电话那边道：“不要啦，今天一点儿都不想码字，明天早上还要赶飞机，过会儿我要早点儿去洗澡睡觉了。”

“哦……那好吧……”梁欢有些惋惜地应了一声。

时间已经不早了，她明天早上还要赶飞机。宋佳曦用力地摇了摇脑袋，翻了个身，脑海里竟然又不由自主地浮现出梁欢的身影。

宋佳曦抱着被子从床上坐了起来。她伸手抓了抓自己的头发，有些崩溃地看着一片黑暗的房间。怎么办？！她好像睡不着了！都怪江小柔，为什么要给她看那些东西？！都怪梁欢，为什么要莫名其妙地跑进她的脑海里来？！

宋佳曦一边想着，一边拿出自己的手机，翻开和梁欢的对话框。他们两个最后的聊天记录，还停留在梁欢发给她的那句“顾朗加班去了，家里真的就我一个人……弱小可怜又无助……”上。

她咬了咬牙，飞快地给梁欢发了一堆信息。

是小曦曦啊：“顾朗加班，你也可以加班啊！大家都是医生，为什么顾医生那么敬业，你却待在家里休息呢？”

是小曦曦啊：“你一个人又怎么样啊？你一个大男人，难道还怕黑怕鬼不成？！”

是小曦曦啊：“你弱小可怜又无助个屁！你就是一切罪恶的源泉！”

是小曦曦啊：“等我回去了，不要让我看到你，不然我看见你一次，就打你一次！”

正在阳台上静一静的梁欢看到宋佳曦发来的一堆消息后，只觉得自己的脑袋上都是问号。

梁欢盯着手机很久，也没反应过来这到底是怎么回事。

他划拉着屏幕，又往前翻了翻。自己也没说什么过分的话啊，怎么突然被劈头盖脸地骂了一顿呢？

梁欢沉默片刻，手指在屏幕上飞快地跳动。

梁欢：小曦曦，我做错了什么吗？为什么你要见我一次打我一次？

梁欢：小曦曦，你是不是心情不好？为什么心情不好啊？

梁欢：小曦曦，你怎么了，是不是失眠了？你要是失眠，要不要我给你唱安眠曲？

梁欢：小曦，小曦，小曦曦，有什么话，咱们敞开了说好吗？你这样，我有一点儿害怕……

梁欢：小曦曦？

下一秒，他的手机屏幕上突然弹出来一行字：消息已经发出，但被对方拒收了。

梁欢：“……”他这是又被拉黑了？为什么啊？！他什么也没做啊！

难道他家小曦曦的生理期还没结束？梁欢掰着手指，来来回回数了好几遍。也不对啊！这都快十天了，再不结束，就不正常了啊！

梁欢再次看向自己的手机屏幕，突然觉得人生怎么就如此艰难呢！

算了，明天他们家小曦曦就要从洛阳回来了，实在不行的话，等她回来以后，他再当面问问。

梁欢长长地叹了一口气，又看了一眼窗外黑漆漆的天空，只觉那一片黑暗就跟自己现在的心情一样。

以前他们在一起的时候，偶尔也会吵架。那个时候，他刚谈恋爱，不知道女孩子生气的时候是要哄的。

有一次在大街上，不知道为什么，宋佳曦突然不高兴了，一股脑儿地把买的所有东西全部塞进他的手里，转身就走。

他两只手拎着满满的袋子，一脸茫然地看着她的身影离自己越来越远，心中慌乱的同时，赶紧快步跟上。但他没有立刻追上她，而是在她的身后保持着一定的距离，能够正好看见她，又隔着拥挤的人群。

他就这么不紧不慢地跟在她身后，走了大约一条街的距离，在下一个路口，他一闪神，前面不远处的宋佳曦竟然不见了。

就是那个瞬间，他心中所有的淡然、所有的疑惑、所有的不甘都消失了。他站在原地，目光快速扫过周围的人群，确定看不到她的身影，他是真的慌了。

她的手机和钱包还都在他这儿，也就是说，她身上既没有电话，也没有钱，她要是走丢了，连学校都回不去。

当下，他便拎着手里的东西来来回回把这一段路找了三四遍，最后还是没有找到她，他已经慌得准备报警了。

好在这个时候，他的手机突然响了起来。

梁欢放下手中的东西，拿起手机看了一眼，是一个陌生号码打来的。他没有犹豫，立刻按下接听键。话筒里传来宋佳曦快要哭出来的声音。

"梁欢，你是不是不要我了？！我走丢了，你也无所谓吗？"

梁欢听着她的声音，只觉心里一揪，连忙问道："你在哪儿呢？！我已经在这儿转了三四圈了，都没有看到你的身影！"

"我在大行宫站二号出口……"宋佳曦强忍着泪水，朝电话那边道，"我手机还在你那儿呢……"

"你在那儿等着，我马上过去！"梁欢说完这句话，拎起所有的东西，便朝大行宫站的二号出口奔了过去。

隔着马路，远远地，他就看到站在二号出口旁边的宋佳曦。小姑娘低着头，双手背在身后，左脚支撑着身体，右脚有一下没一下地踢着地上的石头。

在看到她的那一瞬间，梁欢悬着的心终于落了下来。他快步跑到她身边，二话不说直接把她抱进怀里，也顾不得周围路人异样的眼光。

一直强忍着泪水的宋佳曦在被梁欢抱进怀里的一瞬间，终于再也忍不住，哇的一声哭了出来。

“你说，你是不是不要我了？我往前走了，你竟然连追都不追我一下……

“你知不知道我走着走着，突然一回头，看到你人没了，我是什么心情吗？

“你还有没有一点儿良心了，我身上又没手机又没钱包，你就放心我一个人走？

“梁欢你怎么这么狗？！你上辈子是条狗吧？”

梁欢抱着怀里的宋佳曦，听着她明明带着哭腔却连气都不喘一下的控诉，忍不住低头在她粉嫩的脸颊上亲了一下，道：“对不起，都是我的错。你别生气了，好不好，嗯？”

“我为什么不能生气啊？你让我不生气，我就不生气吗？那我多没面子……

“你说是你的错，你错哪儿了？你要是说不出来的话，就是在敷衍我……

“还对不起对不起，对不起有用的话，要警察干什么？差一点儿我就要报警，让警察叔叔送我回学校了……”

宋佳曦抬起头来，一双漂亮的眼眸里满是泪水，瞪着梁欢道。

梁欢哭笑不得地看着她，道：“我的错，都是我的错，我不应该惹你生气，不应该看着你走掉却不去追你。其实我有偷偷跟着你的，我一直都在你身后，就是刚才不知道为什么，我一转头，你就不见了……”

宋佳曦听着他的话，忍不住伸手狠狠地掐了一把他的胳膊，道：“什么叫你一转头，我就不见了？我是鬼吗？大白天的还能消失不见？”

梁欢抱着她，又低头在她的额头上轻轻亲了一口，道：“你不是鬼，你是我的小仙女，好了吧？”

“哼。”宋佳曦哼了一声，用力吸了吸鼻子，不依不饶地道，“你老实交代，刚才不来追我，是不是因为在生我的气？”

“我没有……”梁欢下意识地否认道。

“真的没有？”宋佳曦满眼狐疑地看着他。

第10章　他是一个有原则的人

“呃……”梁欢迟疑片刻，小心翼翼地说了一句，“其实是有那么一点儿的……”

“哼！”宋佳曦再次重重地哼了一声。

梁欢抱着她，十分耐心地哄道：“好了，别生气了，以后我再也不这样了，好不好？以后不管咱俩谁对谁错，都是我的错，好不好？”

宋佳曦听着他的话，想了想，然后问道：“你说真的？”

“真的！”梁欢认真地点了点头。

“那你以后要是敢跟我生气，你生气一次，我就打你一次！”宋佳曦一边说着一边手握成拳，在他的胸口轻轻地捶了几下，“打到你不敢生气为止！”

“这么凶残吗？”梁欢听着她的话，一时没忍住，扑哧一声笑了出来。

宋佳曦朝他挥了挥自己的小拳头，凶巴巴地道：“很凶的！比老虎还凶的那种。”

梁欢抿着唇瓣，一脸了然地看着她，道：“我懂，你是母老虎嘛……”

宋佳曦撇了撇嘴。

梁欢立刻低头在她红润的唇瓣上亲了一口，道：“没有，我刚才什么也没说，你什么也没听见。”

宋佳曦：“……”她明明听见了！

不过，现在这样，他们两个也算和好了吧？

宋佳曦抬起头，用一双水润的眼眸直直地看着眼前的梁欢。她想了想，突然开口道："梁欢，要是有一天，我不在你身边了，你会来找我吗？"

梁欢微微一怔，道："你为什么会不在我身边？"

宋佳曦皱了皱眉头，道："就是如果嘛！假设，要是有一天我走丢了，你会来找我吗？"

梁欢胳膊收紧了一些，将她抱在怀里，下巴搁在她的脑袋上，声音温柔低沉地道："会，我一定会去找你的。"

"不论隔着多远，你都会来找我吗？"宋佳曦继续追问道。

"嗯，不论隔着多远，我都会去找你的。"

"直到找到我为止吗？"

"直到找到你为止。"

梁欢眨了眨眼睛，温柔地道："好了，别瞎想了，我不会把你弄丢的。"

下一秒，他眼眸里满是笑意地看着她，道："过会儿我就去淘宝，买一根狗绳，以后天天把你拴在身边。"

宋佳曦愣住。片刻之后，她反应过来："梁欢！你该不会说我是狗吧？你是不是找打？！"

梁欢想着想着，忍不住低低地笑了出来。

其实，她还愿意打他，至少说明她没有把他当外人吧……要是实在不行，他就让她打一顿吧……大不了，他就赖在地上说自己被她打出了内伤，要她陪自己去医院检查？嗯……这行为虽然看起来很像碰瓷，但他是一个有原则的人，他的原则就是只碰宋佳曦的瓷。

想到这里，梁欢心中的惆怅顿时飘散得无影无踪。他走出阳台，顺手关上门，仿佛将无尽的黑夜也顺手关在了身后。

周五一大早，宋佳曦就和梁董，以及公司另外几个高层领导，一起打车去了机场。

然而，他们到了机场之后，原本黑压压的上空，突然雷电大作，不过片刻工夫，就开始哗啦啦地下起雷阵雨。

他们在机场等了一个多小时，好不容易等到雷阵雨过去，却突然被通知，因为航空管制，飞往金陵城的那个航班要延迟到下午才能起飞。

梁世超听到这个消息，低头看了一眼手表，直接大手一挥，朝宋佳曦他们道："要不坐高铁回去吧。"

有几个公司高层不太想折腾，就跟梁董说他们想继续在机场等着。

梁世超倒也没有为难他们，问了一下，结果只有宋佳曦和另外一个部门领导愿意和他一起坐高铁回去。

于是，他们三个直接从机场打车去了高铁站，又是一番折腾后，才坐上回金陵城的高铁。

搭乘高铁从洛阳到金陵城大概需要三个半小时。下午两点多，梁世超他们抵达金陵高铁站之后，顺便在群里问了一下几个还在洛阳机场等飞机的高层人员有没有上飞机。结果那几人悔不当初地在群里哭诉，说航空管制结束之后，竟然又开始下雷阵雨了，他们的航班又延误了。

梁世超直接在群里发了两个字给他们——活该！

反正已经是周五下午了，梁世超也不太想去公司，就干脆让宋佳曦和另外一个部门领导直接回家。

临走之前，梁世超朝宋佳曦比画了一个打电话的手势，道："上次跟你说的事情，回头咱们电话联系啊！"

"啊？哦，好……"宋佳曦一脸茫然地看着他，好半晌才反应过来，他是指让他儿子和她相亲的事情。

然而，站在一旁的部门领导听到他们的对话之后，却是意味深长地看着宋佳曦。

宋佳曦回到繁星苑的时候已经是下午四点多了。

她一回到已经一个星期没有回来的小家，就立刻把阳台的落地门打开透气。

和雷雨大作的洛阳不同，金陵城一片晴好，四点多的太阳照得地面明晃晃的，地上的碧绿的树叶反射出耀眼的光芒。

开了一会儿落地门，宋佳曦觉得屋子里热得不行，于是赶紧把门关上，打开空调。

十分钟后，凉爽的空气环绕在她身边，她长长地舒了一口气，将行李箱里的东西都拿了出来。她把脏衣服扔进洗衣机，直接去浴室洗澡。

六点多的时候，宋佳曦正坐在沙发上看着电视等外卖，突然她家的门铃响了起来。她一边依依不舍地起身去开门，一边随口道："来啦来啦。"

"是不是我的外……"宋佳曦原本想问是不是自己的外卖到了，结果看到站在门外的梁欢。她一脸茫然地道："梁欢？怎么是你？"

梁欢长身而立，随手递给她一根充气狼牙棒，道："来，打我。"

宋佳曦猝不及防地被塞了一根充气狼牙棒在手里，整个人站在门口，蒙住了。

她看着眼前的梁欢，眨眨眼睛，回过神来，声音里满是疑惑："你……干吗啊？"

"你昨天不是跟我说了吗？"梁欢目光严肃、表情认真地看着她，道，"你说等你回来之后，看见我一次，打我一次。"他微微顿了顿，然后继续道，"你现在看见我了，来，打我吧！"

宋佳曦听着他的话，一脸哭笑不得的表情。她把手里的充气狼牙棒塞回梁欢的怀里，道："神经病！"

"你真的不打我？"梁欢凑到宋佳曦面前，微微俯身，一脸期待地看着她，道，"过了这个村可就没这个店了啊！"

"不打！"宋佳曦双手抱在胸前，仰了仰下巴，道，"万一把你打坏了，你赖上我怎么办？"

梁欢："……"

他伸手，有些尴尬地摸了摸自己的鼻子。怎么他的方案还没开始实施呢，就被她给识破了……

他们两个人就这样站在1901室的门口，盯着彼此好一会儿。终于，宋佳曦长长地叹了一口气，道："对不起。"

梁欢微微一怔，满头问号地看着她，道："干吗突然跟我道歉？"

"昨天晚上我心情不好。"宋佳曦轻轻地咬了咬自己的嘴唇，有些不好意思地朝梁欢道，"朝你莫名其妙地发了一通脾气，是我不对……抱歉……"

梁欢听着她的话，忍不住笑了笑，又伸手摸了摸宋佳曦的脑袋，道："干吗跟我道歉啊，我又没有生你的气。再说，你心情不好的时候，朝我发脾气，总比朝别人发脾气好吧？”

梁欢的声音温柔又好听，莫名地抚平了她心中的焦躁。

宋佳曦抿了抿唇瓣，不说话了。

梁欢看着她自责的样子，忍不住笑了笑，伸手戳了戳她的肩膀。

“嗯？”宋佳曦抬起头来，有些不解地看着他。

梁欢的表情极其诚恳，他道：“没关系，让暴风雨来得更猛烈一些吧，我承受得住！”

宋佳曦：“……”

你知不知道你这话听起来，像一个求着别人蹂躏自己的变态？

就在气氛变得有些微妙的时候，宋佳曦的手机铃声突然响了起来。她回头看了一眼放在沙发上的手机，随口说了一句“等下啊，我去接个电话”，便转身回到客厅里。

她拿起手机，按下接听键，喂了一声。

“我的外卖到了吗？哦哦，你直接坐电梯上来吧，就在十九楼，不用刷卡，对！谢谢啊！”宋佳曦朝电话那边说完之后，便挂了电话。

她抬头看着站在大门口的梁欢，声音清脆地道：“我的外卖到了，我去拿外卖。”

“好。”梁欢应了一声，侧了侧身子，让她走出去。

宋佳曦走到电梯间门口，等到电梯门打开之后，从外卖小哥的手里接过自己的外卖。她又跟外卖小哥说了好几句“谢谢”之后，这才拎着手里沉甸甸的食物，转身朝1901室走去。

她走回1901室门口，看着依然站在那儿没有动弹的梁欢，忍不住有些好奇地道：“梁医生还有什么事情吗？”

“嗯……”梁欢点点头，用一双幽深的眼眸默默地看着宋佳曦，声音低低地道，“我忘了带钥匙。”

宋佳曦眼睛里满是问号地看着梁欢。这位同志，你是认真的吗？

她出差的那几天，他天天都能正常回家，从来没有忘记带钥匙。怎么她一回来，他就忘了带钥匙呢？

片刻的沉默之后，宋佳曦淡然地道：“哦，那你打个电话给顾医生，让他给你送钥匙吧。”

梁欢迟疑了一下，声音弱弱地道：“顾朗……今天加班。”

宋佳曦听着他的话，忍不住扑哧一声笑了出来，道：“顾医生天天加班？不至于吧……”

“真的，不相信你打个电话问问。”梁欢很认真地看着她道。

宋佳曦直接从梁欢身边走了过去，进了屋子，道：“不用，反正又不是我没带钥匙，梁医生还是自己想想办法吧。”

梁欢顿时一脸委屈地道：“这大热天的，你就忍心我一直站在走廊里？”

“不然呢？”宋佳曦眨眨眼睛，看着他，道，“难道我要引狼入室？”

“什么狼不狼的，我是那种人吗？”梁欢一脸无辜地看着她，道，“再说了，你刚刚不是还跟我道歉吗？说你昨天不应该朝我发脾气，那既然你道歉了，就应该拿出道歉的诚意来啊。”

宋佳曦朝他挑了挑眉，道：“什么道歉的诚意？”

“我没带钥匙，你就好心收留我一下呗。”梁欢十分不要脸地道。

宋佳曦：“……”

哥，说句实话，我见过脸皮厚的，却没有见过像你这么厚的。您这脸皮，都快要赶上长城那城墙砖的厚度了吧？

梁欢见宋佳曦一脸无语的样子，干脆死皮赖脸地直接进了屋子，然后顺手关上大门，道：“大门别一直敞着，容易有蚊子飞进来。我先进来吹吹空调，凉快一下。”

宋佳曦眼看他轻车熟路地直接走到客厅的沙发前，二话不说瘫在沙发上，突然觉得好像有哪里不太对劲。

她盯着眼前的梁欢片刻，猝不及防地问道：“你刚刚拿在手上的狼牙棒呢？”

“啊？”梁欢愣了一下，像是没想到她会突然提到狼牙棒，整个人都怔住了。

“嗯？狼牙棒呢？”宋佳曦看着两手空空如也的梁欢，追问道。

“这个……”梁欢迟疑一下，有些心虚地开口道，“我……你……那个，刚才你去电梯门口拿外卖的时候，我顺手把它给扔了。反正你也不打算打我，留着它也没什么用。你说对吧？”

宋佳曦朝他挑了挑眉，道：“是吗，扔哪儿了？”

“呃……”梁欢硬着头皮随口编了一句，“我……扔到楼道的垃圾间里了。”

他们这个小区，每一层的楼道里都有一个垃圾间，每天早中晚，都会有阿姨准时过来收垃圾。

宋佳曦看着梁欢，想了想，将自己手中的外卖放到餐桌上，然后走到大门口，打开房门，直接朝楼道的垃圾间走去。

片刻之后，她折了回来，一脸平静地看着梁欢，道：“垃圾间里没有你的狼牙棒。”

梁欢：“……”

宋佳曦沉默了片刻，声音低低地道：“骗我有意思吗？”

梁欢看着她脸上失望的神情，不知道为什么，心里突然一慌。他有些不自在地看着她，声音里带着一丝慌乱，道：“不是……我不是故意骗你的，狼牙棒我真的扔了……”

“扔哪儿了？”宋佳曦抬头看着他，声音淡淡地问道。

“我……”梁欢纠结了片刻，最终还是长长地叹了一口气，低着头，有些颓废地道，“我扔回家里了。”

“哦？”宋佳曦朝他挑了挑眉毛，道，“你刚刚不是说你没带钥匙吗？”

“嗯……”梁欢微微抿唇，沉默片刻，声音低低地道，“其实我带了……刚才我趁着你去电梯门口拿外卖的工夫，用钥匙打开房门，把狼牙棒扔了进去，顺手把钥匙也扔了进去。”

宋佳曦愣了一下，道：“你竟然……”

“所以我现在是真的没有钥匙了。”梁欢眼巴巴地看着她，道，“我只是想和你多待一会儿。你都出差五天了，我都五天没有看见你了。我就是……有那么一点儿……想你……”

他说完这句话，整个客厅里一片寂静。

宋佳曦盯着他半晌，然后自嘲地笑了笑，道：“都说自古深情留不住，唯有套路得人心。梁医生，你这套路真是……老母猪戴胸罩……”

梁欢目光微垂，满眼疑惑地看着她。

宋佳曦红润的唇瓣动了动，一字一顿地道："一套又一套。"

梁欢："……"

他上前一步，伸手紧紧地握住宋佳曦的手腕，表情严肃认真地道："我对你只有深情，没有套路。"

宋佳曦直接朝他翻了个白眼，道："我看你是只有套路，没有深情吧？"

梁欢："骗你是小狗。"

宋佳曦："你本来就是狗。"

梁欢："别这样，要怎么做你才肯相信我？"

宋佳曦将自己的手腕从他的掌心里抽了出来，看着他，一字一顿地道："不用了，我以前相信过你，是你辜负了我的信任。"她顿了顿，继续道，"算了，我们还是不要讨论这个话题了。"

梁欢皱了皱眉，道："为什么不讨论这个话题？小曦，你不能一直逃避！"

"我就逃避怎么了？！五年前的事情我一点儿都不想再提，是你一遍又一遍地让我不停回想起那段分手的日子！"宋佳曦看着眼前的梁欢，不知道为什么，眼泪一下子就从眼眶里涌了出来。

"是，五年前是我先说的分手！所以呢？先说分手的那个人，就一点儿都不伤心了吗？你有没有，有没有哪怕追问过我一次，到底为什么要和你分手？你知不知道，有的时候女生提分手，只是希望自己能够被挽留一下？！可是你没有啊！

"五年前，你听我说要分手，干脆地留下一句那就分手吧，然后转身就走了，不是吗？我等了一个星期，等你来问我，等你来挽留我，结果呢？结果等来你要出国留学的消息！

"我对你来说算什么？不过是玩玩而已的一个对象吗？你要出国留学，这么大的事情，你竟然从来没有提过！我还是从其他同学的口中听到了这个消息！刚和你分手的那段时间，我每天都难过得吃不下饭，体重从一百斤直接掉到了八十斤，每天晚上我都一个人躲在宿舍的被子里哭，我想只要你愿意开口挽留我，问一下我到底为什么要分手，我一定会和你和好！结果呢，你一条消息都没有发给我！

“以前我们吵架的时候，你用你同学的手机给我打电话，用路上的公用电话给我打电话，甚至让我们班主任给我打电话！所以，事实证明，只要一个人想联系你，就总是有成百上千种办法来找你，对不对？！

“我说分手之后，你一次都没有找过我！五年了，整整五年的时间，你音信全无，然后突然出现在我的面前，嬉皮笑脸地问我是不是对你余情未了。你回来干吗？就想看看我的心里是不是还有你吗？还是想再和我谈几天恋爱，然后再消失得无影无踪？”

宋佳曦的眼睛红红的，看着眼前的梁欢，一颗又一颗的眼泪不断地从她的眼里落下。

她伸手胡乱抹了抹眼泪，连带着鼻头都有些微微泛红，道：“我才没有哭，我这是……饿的……”

梁欢看着眼前的宋佳曦，只觉得自己的心一阵一阵刀绞般的疼痛。

他从来都不知道，她竟然是这样的想法……

这么多年，他一直克制着自己不要去找她，生怕她会厌烦自己，一直忍到实在忍不住了，才跑回国内来找她。他却从来没有想过，原来这么多年，她也一直等着自己来找她。

宋佳曦吸了吸鼻子，抬了抬下巴，一脸高傲地道：“都五年了，五年间，你对我不闻不问，凭什么现在你来问我，我就要告诉你当初为什么分手？凭什么你说要复合，我就得屁颠屁颠地和你复合？梁欢，你把我当猴儿耍吗？”

梁欢张了张嘴，艰难地道：“我……其实……”

宋佳曦转过头去，看着地面，道：“别说了，都不重要了。我已经下定决心要忘了你。最近我们董事长介绍了一个相亲对象给我，我决定去相亲，然后开始一段新的感情。”

梁欢朝她挑了挑眉，声音里满是不敢置信：“你刚刚说什么？你再说一遍！”

宋佳曦目光平静地看着他，道：“我要去相亲了，重新开始一段新的感情。”

梁欢在片刻的怔忪之后，一脸严肃地道：“不行！我不同意。”

宋佳曦淡淡地瞥了他一眼，假装自己没有听到他的话，直接走到餐桌前，拉开椅子坐下来。

梁欢立刻跟在她身后，走到餐桌前，顺手拉开她对面的椅子，也坐了下来，道："你怎么能去相亲呢？你怎么能去和陌生人相亲呢？"

宋佳曦面无表情地拆着自己手里的包装袋，将外卖从袋子里拿了出来，然后拆开一次性餐具的袋子，将竹筷掰开，顺手磨了磨，道："不然呢？谁相亲不是和陌生人相亲的，难道还要和熟人相亲？"

梁欢被她这句话一噎，顿了顿，才继续道："我的意思是，相亲这种事情，本身就不靠谱。对方又是不认识的陌生人，你怎么知道他到底是什么样的人啊？万一对方长得奇丑无比，是个人面兽心的家伙呢？万一人家只是想玩弄玩弄你的感情，不想和你结婚呢？万一他前女友很多，多到两只手都数不过来呢？再万一，他是个同性恋，只是来找女孩子结婚打掩护的呢？"

宋佳曦听着他的话，忍不住朝他翻了个白眼，道："你想多了。"

梁欢目光沉沉地看着她，十分严肃地道："这种事情，必须做好万全的准备。"

他说完这句话，屋子里顿时变得十分安静。

宋佳曦抬起头来，脸上带着一丝嘲笑的意味。她看着他，道："梁医生，我觉得你应该搞清楚一点，是我去相亲，而不是你去相亲。如果你要去相亲，搞清楚这些问题就是你的事情，但我去相亲的话，只要对方让我看得顺眼，我觉得就可以尝试和他交往。"

梁欢那双好看的眉毛越皱越紧。

宋佳曦打开面前的餐盒，将里面的凉皮用筷子搅拌了一下，又起身去厨房拿了一瓶醋过来。她往里面加了一些醋，一边吃一边慢条斯理地道："而且这些问题，我都不用担心，我们董事长给我介绍的相亲对象，是他儿子。我们董事长虽然年纪大了，但是五官俊朗，眉目和善，年轻的时候一定是个大帅哥。这样的人，生出来的儿子长得肯定不会差。至于前女友什么的，就不劳您费心了。我们董事长说，他儿子从小到大还没有带过一个女孩子回家，连喜欢的人都不曾有过，所以人家肯定不是玩弄感情的渣男。"

宋佳曦说完这句话，用一双圆溜溜的眼睛看着梁欢，又道："反正感情不感情的，也就那么一回事，只要能摆脱你的纠缠就行了！"

梁欢一脸茫然地听着宋佳曦说了一大堆话，满脑子回荡的都是"我们董事长的儿子”这几个字。

他紧紧地盯着眼前的宋佳曦，半晌才张了张嘴，声音里满是不敢置信：“你……刚刚说什么？你相亲的对象……是你们董事长的儿子？”

“是啊。”宋佳曦朝他仰了仰下巴，一脸高傲地道，“想不到吧？”

梁欢怔忪地道：“确实想不到……”

他只觉得自己的脑子仿若一团乱麻。一片兵荒马乱中，他突然想起自家老爹打给自己的那个电话。难道……他爹说的那个相亲对象……

想到这里，他立刻从椅子上站了起来。

宋佳曦抬起头来，一脸不解地看着站在自己面前的梁欢，道：“你要干吗？”

“我……突然想起来……我好像有一把备用钥匙落在办公室了，我这就回去拿……”梁欢说完这句话，立刻转身，夺门而出。

宋佳曦一脸茫然。这人又发什么神经呢？

不过……

她低头看着自己面前的凉皮，忍不住长长地叹了一口气。他走了也好，省得她不知道该怎么继续面对他。

梁欢从宋佳曦家里出来之后，直接坐电梯去了地下停车场。他走到自己的车前，拉开车门，坐了进去。然后，他一脚油门踩下去，就朝自家老宅一路飙去。

梁欢将车停在自家别墅的院子里，匆匆忙忙地下了车。

他按了指纹锁，直接进门，扯着嗓子喊道：“爸！爸！你在家吗？”

“干什么啊？”梁世超手里端着保温杯慢悠悠地出现在二楼的楼梯口，不慌不忙地朝他道，“在外面浪的狗子还知道回家啊？”

“爸！”梁欢立刻三步并作两步上了楼梯，站在梁世超面前，声音隐隐有些激动地朝他道，“你之前不是说给我安排了个相亲对象吗？”

“是啊，怎么了？”梁世超举着保温杯，吹了吹里面的枸杞，轻轻地呷了一口，然后看了一眼梁欢，道，“你不是拒绝了吗？”

梁欢看着自己的老爹，清了清嗓子，努力让自己的神情看起来淡然一点儿。他道：“你给我介绍的相亲对象，是不是宋佳曦？”

梁世超瞥了他一眼，又喝了一口保温杯里的水，慢条斯理地道：“是啊，怎么了，你不是给拒绝了吗？”

梁欢尴尬地轻咳两声，声音闷闷地道：“那个……爸，我当时不是不知道那相亲对象是宋佳曦吗，所以……那个什么，您看看能不能……”他没有继续说下去，而是满眼期待地看着自家老爹。

梁世超朝他微微一笑，手里端着保温杯，一步一个脚印地走下楼梯，道：“哎呀，这个恐怕不能了啊……”

梁欢微微一怔，一双好看的眉毛微微皱了皱。他跟在他爸身后，亦步亦趋地下了楼梯，道：“爸，您这话什么意思？”

“什么意思，就是字面上的意思啊。”梁世超坐在客厅的豪华沙发上，一脸悠闲地朝梁欢道。

梁欢：“……”

他扯了扯嘴角，沉默片刻，朝自家老爹道：“你……该不会把相亲给取消了吧？”

“那怎么可能。”梁世超低头继续慢条斯理地吹了吹保温杯里的枸杞，喝了一口，咂了咂嘴，道，“我可是好不容易才说服了人家小姑娘同意去相亲的，所以……”

他顿了顿，朝旁边一脸紧张的梁欢瞥了一眼，不慌不忙地继续道：“既然你拒绝了，我就只能把你陈叔叔家的儿子介绍给她了……”

“爸！”梁欢一听这话，脸色瞬间一黑，道，“你怎么能这样？！”

梁世超朝他翻了个白眼，道：“我哪样了？我总不能跟人家小姑娘说，我想给你介绍我儿子，可我那个不争气的狗儿子拒绝了你吧？人家小姑娘那么好，你拒绝了，我总得给人家另外介绍个靠谱的吧？”

“不是！爸，那你打电话给我的时候，也没说要给我介绍的相亲对象是宋佳曦啊！”梁欢皱着眉头，有些不高兴地朝自家老爹道，“你要是一开始就说，要介绍宋佳曦给我相亲，那我怎么可能拒绝呢？”

“哦，那你这意思，这事儿是赖我了？”梁世超一听这话顿时不乐意了。

啪的一声，他将手中的保温杯重重地放在大理石茶几上，然后半眯着眼睛看着坐在自己对面的梁欢，声音不悦地道：“老子给你打电话的时候，什么都还没说呢，你就先讽刺我，说我年纪大，不洗澡，是不是你？”

梁欢微微一怔，淡薄的唇瓣动了动，却说不出一个字来。

“然后我说我给你找了个相亲对象，还没来得及说是谁呢，你就说，给你介绍相亲对象，还不如让我自己去找个老伴，是不是？！”梁世超用手狠狠地拍了拍茶几，一脸恨铁不成钢的表情，看着梁欢问道。

梁欢：“……”

“你说说你，我好心好意想要撮合你和宋佳曦，结果呢，你是怎么对待我的？我得到的，除了嘲讽还有什么？嗯？”梁世超仰了仰下巴，斜睨着梁欢，道，“既然咱们两个话不投机半句多，那我为什么还要告诉你，相亲对象就是宋佳曦？你就自个儿后悔去吧，唉——”

他说完这句话之后，重新抄起放在茶几上的保温杯，动作十分夸张地喝了一口，然后大声地感慨道：“啊……真好喝！这味道真甜！”

梁欢盯着自家老爹半晌，最终，只得欲哭无泪地道：“爸……我错了还不行吗？”

“别！你没错！”梁世超朝梁欢摆了摆手，道，“你一点儿错都没有！错的是我，不该掺和你和宋佳曦之间的事儿，不该给你俩安排一场相亲！”

“爸，你别这样，我真错了还不行吗？”梁欢无奈地叹了一口气，生无可恋地朝自家老爹道。

“呵！”梁世超冷笑一声，抱着保温杯看着眼前的梁欢，突然身子往前倾了倾，压低声音道，“儿子，你知道你这话听起来像什么吗？”

“什么？”

“像极了跟女朋友道歉却一点儿都不诚心的渣男！”梁世超直接朝他翻了个白眼道，“而且还是渣男最常说的那一句，行行行，都是我的错还不行吗。”

梁欢：？

梁世超看着自己的儿子，突然话锋一转，随口道：“哎？对了，渣男还喜欢说什么来着？你到底想怎么样？你还有完没完了？你爱怎么样就怎么样吧！是不是这几句？”

梁欢：“……”怎么了这是，他在宋佳曦那里已经是个渣男了，怎么回家了，在他爸嘴里，他又变成渣男了？

眼见梁欢不说话，梁世超突然伸手捅了捅他的胳膊，道："你说话啊，怎么不说话了？"

"爸……"梁欢一个没忍住，直接把自己心里想的给说了出来，"要不是你是我爸，我都要怀疑你是不是被渣男给伤害过，怎么对渣男语录就这么了解呢。"

梁世超冷笑一声，放下手中的保温杯，靠在豪华沙发软软的靠背上，声音幽幽地道："那可不是吗，我被你这个渣男给伤害得体无完肤。"

梁欢："爸！"

梁世超朝他摆了摆手，道："行了行了，你也别在这儿一声声地喊我爸了，反正我已经跟你陈叔叔的儿子说了，下周五给他安排了和宋佳曦的相亲。至于你……你就在家里祈祷，要么宋佳曦看不上你陈叔叔的儿子，要么你陈叔叔的儿子看不上宋佳曦吧。只有这样，我才能给宋佳曦安排第二场相亲，到时候再把你补上去。"

梁欢顿时不乐意地道："爸，你这不是胳膊肘往外拐，把你儿媳妇往外推吗？"

"还儿媳妇？"梁世超一脸鄙视地看着他儿子，道，"你都追了这么久了，还一点儿动静都没有，这说明什么？说明人家根本看不上你！我劝你还是把你那没前途的工作给辞了吧，回来好好打理公司，说不定人家还能看在你是董事长儿子的分上，尝试着和你交往交往。"

梁欢深吸一口气，盯着自家老爹看了半晌，终究还是忍不住道："爸，我和你老实说了吧，宋佳曦她……是我前女友……"

梁世超听到这句话一愣，原本正打算去拿茶几上的烟盒的动作微微顿了顿。他抬起头来，一脸不敢置信地看着他，道："你说什么？"

"她是我前女友……"梁欢声音闷闷地道。

"什么时候的事儿？"

"五年前……"

"都分手五年了？！"梁世超一脸震惊地道，"怎么从来没有听你提起过？！你俩为什么分手了？她是不是嫌弃你年纪大，不洗澡？"

梁欢："我哪里年纪大，哪里不洗澡？五年前我才二十二岁好吗？而且我天天都洗澡！"

梁世超听着他的话，冷笑一声，道："哦，你这意思就是我年纪大了？我也才五十多岁而已，男人五十一枝花，你听没听说过？"

梁欢："什么五十一枝花，不是四十一枝花吗？"

梁世超直接瞪了他一眼，道："别在这儿给我扯这些有的没的，说吧，人家那么好的小姑娘，你为什么跟人家分手了？"

梁欢听着自家老爹的话，沉默了半晌，最终语气诚恳地道："我也不知道……是她先提的分手。"

梁世超："人家那么好的小姑娘，跟你提分手，那肯定是你做得不对！"

梁欢："……"

梁世超："那然后呢？人家跟你分手了，你就没有开口挽回一下吗？"

梁欢："爸，你不是说爱一个人就要尊重她的决定吗？"

梁世超一愣，扬了扬眉毛，道："我什么时候说过这种话？"

梁欢沉默片刻，抬起头来看着自家老爸，声音幽幽地道："当初我妈要跟你离婚，你不是二话不说，就跟她离了吗？当时我还问过你，为什么要跟妈离婚，你说，爱一个人，就要尊重她的决定……"

梁世超的神色顿时变得不太自然起来，他道："那……那不是你妈先跟我提的离婚吗……你说我和你妈，孩子都生了两个了，当时你姐都上小学了，她非要跟我离婚，那肯定是觉得和我过不下去了啊！你也知道，那个时候集团正值上升期，我平时总是加班，没空陪她，她又是一个爱到处旅游、喜欢浪漫情调的人，那我给不了她，就只能放手，让别人给她了啊……"

梁欢听着自家老爹的话，沉默了良久，声音闷闷地道："所以我妈一说离婚，你就痛快地离了？"

梁世超叹气道："那肯定是我做得不够好，让她失望了呗……"

梁欢跟着叹了一口气，道："所以当初宋佳曦提分手的时候，我也觉得是不是我不够好，让她失望了……"

梁世超转头看了梁欢一眼。梁欢也默默地看了自己的老爹一眼。两个人同时叹了一口气。

偌大的客厅里一片安静，父子俩坐在豪华沙发上，低着头，谁也没有说话。

半晌，梁世超拿起茶几上的烟盒，朝梁欢晃了晃，道："要不要抽支烟？"

梁欢摇了摇头。

梁世超从烟盒里抽出一支烟来，用打火机点着，深深地吸了一口，又缓缓地吐出烟圈。他在一片烟雾缭绕中看着客厅天花板上吊着的水晶灯，声音落寞地道："这么一说，我跟你妈离婚也有二十多年了。这二十多年，也不知道她过得怎么样。对了，还有你姐，我上一次见她还是五年前……这五年来，她倒是跟你一样，音信全无。"

梁欢看着自家老爹，张了张嘴，想要说点什么，最终还是将所有的话都咽回了肚子里。

他站起身来，有些颓废地朝大门口边走边道："算了，我还是回去吧，与其让你想办法帮我安排相亲，还不如回去继续劝劝宋佳曦，让她别去相亲了。"

梁世超手里夹着烟，转头看了一眼自家儿子，忍不住叹了一口气，道："别去了，刚才逗你呢！我没让你陈叔叔的儿子代替你去相亲。"

梁欢正往外走的脚步一下子就顿住了。

他回过头来，一脸不敢置信地看着自家老爹，道："爸，你说什么？"

"我说，相亲时间还没定呢！相亲的人也没定呢！刚才就是逗你玩的。"梁世超慢悠悠地道。

梁欢立刻大步走回自家老爹身边，道："爸！那你什么时候安排我跟宋佳曦相亲？"

"这个啊……"梁世超狠狠地吸了一口烟，然后慢慢地吐出几个烟圈，道，"等下周上班了，我给你问问宋佳曦再说吧。看她什么时候有空，回头我再通知你。"

"爸！"梁欢顿时一脸激动地看着自家老爹。

梁世超斜睨着他，慢慢地道："咱俩到底谁年纪大，不洗澡？"

梁欢："……"

梁欢："是我……"

"呵……"梁世超冷笑一声，叼着嘴里的烟，站了起来，不慌不忙地一边朝楼上走，一边随口道，"行了，准备吃饭吧……"

梁欢站在原地，唇角忍不住勾了勾，默默地跟上自家老爹。

周末这两天，宋佳曦没看见梁欢的影子。这样也好，她正好落得清闲。

周一早上，她正准备出门上班，竟然在门口遇到了同样准备出门的顾朗。

宋佳曦抬头看了顾朗一眼，朝他打了个招呼，顺手关上门，道："顾医生，好久不见啊。"

顾朗朝她点了点头，道："听欢哥说你上周出差了，刚回来啊？"

"嗯！"宋佳曦一听他这么说，立刻朝他道，"对了，顾医生，你等一下！"

她说完这句话之后便又重新开了门，跑进去，提了两只礼盒出来，塞进顾朗手里，道："这是我从洛阳带回来的牡丹饼，送给你和小柔的，回头你有空帮我带给她就行了。"

"送给我俩的？"顾朗先是愣了一下，随即便笑了出来，道，"好，谢谢宋小姐。"

宋佳曦点了点头，再次将大门关上，然后和顾朗一边朝电梯走，一边随口问道："顾医生是去上班吗？"

顾朗笑了笑，声音清朗地道："不是，今天我调休，正准备去小柔家找她呢，正好把你送的牡丹饼带过去。"

宋佳曦听着他的话，一双清澈的眼眸在他身上打量了一圈，别有深意地道："这样啊……顾医生要注意身体啊，加班什么的，可千万别累坏了……"

顾朗微微一笑，道："没关系，我身体好得很。"

宋佳曦："……"她朝顾朗笑了笑，两个人一起进了电梯。

宋佳曦到公司的时候，离九点还差十五分钟。

办公室里没什么人，她走到自己的座位前，先开了电脑，然后拿起自己的茶杯，朝茶水间走了过去。

茶水间就在办公室进门的地方，因为她来得有点儿早，水还没烧开，宋佳曦干脆把茶杯放在桌台上，然后走到窗边，一边看外面的风景，一边等水烧开。

叮的一声，外面的电梯响了。

一阵窸窸窣窣的脚步声响起之后，好几个同事的声音依稀从楼道里传了过来。

“哇，真的假的啊？你听谁说的？”

“你别管我听谁说的，反正肯定是可靠的消息……”

“我也听说了，我也听说了！哎呀，不过随便想想都觉得肯定是真的啊……”

“就是啊，每年进公司的实习生那么多，哪个不是一进来就去下面的商场实习啊！也就她，一来就当上了董事长助理，听说给她开了好几十万的年薪呢……”

“天啊，我都工作六年了，年薪竟然还没有她高……”

“那不是废话吗，你长得有人家小姑娘水灵好看吗？”

“哎呀，别说了，别说了，到办公室了。”

宋佳曦站在茶水间里，将外面的声音听得清清楚楚的。她忍不住微微皱了皱眉。她们刚才讨论的人，好像是她？毕竟一进来就当上董事长助理的人，好像就只有她一个？而且听她们话里的意思，好像是觉得她和董事长有什么不可告人的关系？

宋佳曦认真地想了想，顿时觉得，算了，要不是董事长说，要安排他的儿子和自己相亲，她不也以为董事长对她有什么不良企图吗？

宋佳曦无奈地摇了摇头，走到饮水机旁看了一眼。水已经烧好了，她便直接接了一杯热水，回了办公室。

一整个上午，她都坐在自己的座位前认认真真、勤勤恳恳地敲着电脑键盘。

周围的同事也都跟什么事儿都没发生一样，神态如常地和她交流。

这样和谐的氛围一直维持到中午下班的时候。

快下班了，梁世超突然出现在他们这一层。

那些已经收拾好东西准备下去吃饭的同事看到梁董走进办公室，赶紧朝他问好，然后又默默地在座位上坐下来。

梁董笑眯眯地朝他们点了点头，双手背在身后，直接走到宋佳曦的座位前。他伸出一只手来在她的桌面敲了敲，道：“走啊，一起吃个午饭。”

宋佳曦：“……”

她抬头看着站在自己办公桌前的梁董，忍不住扯了扯嘴角。然后，她在周围同事的目光注视下默默地关了自己的电脑，站起身来，朝梁世超应了一声：“好。”

她跟在梁世超的身后走出办公室。

当她的身影消失在办公室透明玻璃门后的一瞬间，整个办公室沸腾了。

“天啊，看见没有，梁董亲自下来找她一起吃午饭啊！”

“我就说她和梁董关系不一般吧？这下你们相信了？”

“最重要的是，他们连避讳都不避讳了！啊啊啊！宋佳曦这是要当我们老板娘的节奏？”

“管她是不是要当老板娘，反正梁董对她很特别就是了。”

“唉……如花似玉的小姑娘……”

“怎么了，你什么意思？我们梁董不也玉树临风的？换了是你，你不愿意和梁董在一起？”

“我倒是想啊……可我这性别就是第一道难题啊……”

办公室里如同炸开了锅，大家七嘴八舌地猜想着宋佳曦和梁世超之间的关系。

宋佳曦默默地跟着梁世超走出办公室，忍不住开口问道：“梁董……您这样做，就不怕同事们误会吗？”

“误会什么？”梁世超随手按了电梯按钮，又转头看了宋佳曦一眼，然后恍然道，“哦，你是怕他们误会你跟我之间的关系吧？”

宋佳曦：“……”咦，原来梁董并不迟钝啊！

梁世超朝她笑了笑，道：“没事，俗话说得好，身正不怕影子斜，脚正不怕鞋子歪，不做亏心事，不怕鬼敲门。咱们两个清清白白的，他们爱怎么想就怎么想吧。”

宋佳曦：“梁董说得有道理。”

梁世超呵呵笑了笑，没说话，心里却在想，不这么来一出，万一办公室里有哪个不长眼的臭小子看上你了，天天追求你怎么办。

俗话说，近水楼台先得月啊！他那个不争气的狗儿子不愿意回来上班，那就只能他这个做老爸的帮忙清除一切有可能出现的障碍了。

电梯到了，梁世超朝宋佳曦比了个“请”的手势，让她先进电梯，这才跟着进去。

他站在电梯里，一边看着屏幕上显示的数字，一边状似不经意地朝宋佳曦问道："对了，这周五晚上你有没有空啊？"

"这周五？"宋佳曦愣了一下，道，"应该没什么安排吧。"

"那上次我跟你说的相亲的事儿，"梁世超转过头来笑眯眯地看着宋佳曦，道，"咱们就定在周五晚上吧，怎么样？我这儿正好有两张电影票，送给你，回头你们吃过晚饭之后，还能顺便看个电影。"

宋佳曦顿时有些不好意思地道："电……电影票就不用了吧……"

梁世超笑眯眯地道："要的，要的，年轻人嘛，吃个饭看个电影，互相了解一下，多好啊！只是希望到时候你能给我儿子一点儿面子，不要一看见他觉得不满意，转身就走啊……"

宋佳曦有些惊讶地道："怎么会呢……"

梁世超笑了笑，语气里满满的都是嫌弃，道："谁让我那儿子不争气呢！你要是看不上他，也是正常的。"

宋佳曦笑了笑，道："梁董您谦虚了，像您这么优秀的人，您儿子肯定也是人中龙凤。"

梁世超赶紧朝她摆了摆手，道："别别别，我自己的儿子我知道他什么样子。你说说，好好的集团企业不来继承，非要在外面发展自己的理想……唉……"

宋佳曦迟疑了一下，终究还是忍不住开口问道："不知道令公子是做什么工作的……"

梁世超微微一怔，随口糊弄道："就是个不值得一提的工作，活又多，钱又少，天天还屁颠屁颠地去上班，也不知道他图个什么。"

宋佳曦听着他的话，一个没忍住笑了出来，道："但是我看梁董您也没有特别强烈地要求他回来继承家业啊！您每次提起他的时候，就是嫌弃地唠叨几句。"

梁世超轻轻地叹了一口气，道："他不愿意回来，我还能把他绑回来不成？只是当初集团刚刚成立没多久，我为了公司天天加班，忽略了他妈妈，最终导致我们婚姻破裂。所以，现在想一想，他不愿意继承公司，可能是因为他觉得是公司害得他妈妈离开了吧……算了，他不愿意继承就拉倒，反正我现在岁数还不算大，他赶紧找个媳妇，给我生个孙子、孙女，我好好栽培栽培，让我孙子、孙女继承公司也是一样的。”

梁世超说完这些话，抬起头来，一脸郑重地看着宋佳曦，道：“其实我还是很看好你的，就怕你看不上我儿子……”

宋佳曦：“……”

这……她竟然突然感受到了一股巨大的压力？

宋佳曦有些尴尬地笑了笑，声音清脆地道：“梁董，您也别太着急了，感情这种事情吧，是勉强不来的。每个人有每个人的缘分，缘分到了，一切就水到渠成了。”

梁世超点点头，道：“你说得有道理，强扭的瓜不甜，唉……”

自从得知宋佳曦是他儿子的前女友之后，他就愁得不行。你说要是没有前女友这一茬的话，他让梁欢好好表现一番，也不是不可能，可偏偏他俩以前谈过恋爱……这分了手的男女朋友，想要破镜重圆，就有一定的难度了啊……说不准到时候宋佳曦看到梁欢的第一眼，就直接转身走人了！唉……愁！愁死人了……狗儿子一点儿都不让人省心！

梁董不说话后，宋佳曦自然也就不说什么。他们找了家餐厅，随便点了一些吃的，又聊了一些工作上的事情，就直接回办公室了。

临近下班的时候，江小柔突然在微信上疯狂地给她发信息。

江小柔：小曦，小曦，小曦曦，你在吗？

江小柔：小曦，小曦，小曦曦，你在干吗？

江小柔：小曦，小曦，小曦曦，你被野男人拐跑了吗？

宋佳曦满头黑线地看着自己的手机屏幕，飞快地回了一句。

宋佳曦：你再刷屏，我就拉黑你了。

江小柔：嘿嘿，别啊，小曦曦，你晚上有空吗？

宋佳曦：有空啊，干吗？

江小柔：晚上一起出来吃个饭，逛个街啊？

宋佳曦：哇，稀奇了，你晚上竟然不跟顾医生约会了？怎么突然想起找我了？顾医生今天不是调休吗？

江小柔：那我总不能一天二十四小时总跟顾医生黏在一起吧？我还有你啊，毕竟你才是我的正宫皇后！

宋佳曦：那是，我确实是正宫皇后，皇上您每逢初一、十五才想起我，平常的日子，您可都在顾贵妃那儿——

江小柔：行吧，我实话实说吧。我扛不住了……我想休息一天……

宋佳曦：怎么回事，刚才我的眼前好像有一辆高铁，突然飙了过去！

江小柔：哎呀，别废话了，下班以后老地方见，你要是敢放我鸽子，我就……

宋佳曦：你能怎么样？

江小柔：到时候你就知道了！

宋佳曦：算你狠！

她回完江小柔的信息之后，忍不住对着手机屏幕无奈地笑了笑，然后放下手机，继续认真工作。

终于到了下班的点，宋佳曦收拾了一下办公桌上的东西，将电脑关掉，然后背上包包，拿起手机，打卡走人了。

出了公司的大门，她直接到马路对面的地铁站坐地铁，去了新街口。

新街口地铁站的七号出口处，宋佳曦一眼就看见靠在墙上百无聊赖玩手机的江小柔。她收起自己的手机，快步上前，在江小柔的肩膀上用力拍了一下，道："小柔！"

江小柔抬起头来看着站在自己面前的宋佳曦，忍不住直接扑进她的怀里，道："呜呜呜，小曦曦，我好想你啊！我都半个月没有见到你了！"

宋佳曦被她这么一抱，整个人朝后面一个踉跄，差点儿摔倒。

她伸手扶住江小柔的胳膊，一脸无奈地朝她道："干吗呀，至于吗你，不就是半个月没见面……"

江小柔抬起头来，用一双水润的眼眸看着她，欲哭无泪地朝她控诉道："不，你根本就不知道这半个月我是怎么过来的！"

宋佳曦扯了扯嘴角，伸手将自己差点被她扯掉的包带往上扶了扶，然后一脸云淡风轻地道："还能怎么过来的，不都是在床上过来的吗？你终于完成了你的心愿，开心吗？"

江小柔轻轻地叹了一口气，道："半喜半忧吧。"

宋佳曦挑了挑眉，道："怎么说？"

说完，她脸一红，飞快地把手从江小柔的胸口抽了回来，道："小柔！

你越来越变态了！”

江小柔一脸生无可恋地道：“胸大了虽然是件好事，可我腿酸啊……这都酸了半个月了……”

宋佳曦：“那你……还能逛街吗？”

江小柔顿时一挺胸，道：“能啊，怎么不能！”

宋佳曦：“……”

江小柔立刻笑嘻嘻地挽住她的胳膊，一边朝德基商场里面走，一边道：“哎呀，不要光说我嘛！小曦曦，你跟梁医生最近怎么样啊？”

宋佳曦一把捂住她的嘴，道：“我的姑奶奶，这可是在大街上，我求求你了！”

“唔……唔唔！”江小柔一脸茫然地看着宋佳曦，眨巴眨巴眼睛，点了点头。

宋佳曦这才无语地把捂住她嘴巴的手拿了下来。

江小柔压低声音道：“你跟梁医生……真的不可能和好了？”

“嗯。”宋佳曦点点头，道，“我已经决定要把他忘了，重新开始一段新的感情。”

江小柔听着她的话，想了想，颇为赞同地道：“也对，咱不能在一棵树上吊死，怎么样，你是不是已经有新目标了？要是没有的话，我给你介绍一个？”

宋佳曦摇了摇头，道：“不用了，我们董事长安排了这周五晚上，我跟他儿子相亲。”

“你们董事长的儿子？”江小柔一脸震惊地看着她，道，“就是那个你一去上班，就给你开了年薪五十万的董事长？”

“是啊。”

“你竟然要跟他儿子相亲了？！天啊！这不是小说里才会出现的情节吗？！董事长的儿子，可是标准的富二代啊！”

江小柔一番感慨之后，突然双手握住宋佳曦的手，十分诚恳地朝她道：“小曦，苟富贵，勿相忘！”

宋佳曦一脸哭笑不得地看着眼前的江小柔，道：“你够了啊！你这个拆迁专业户还用得着我苟富贵，勿相忘？”

“那不一样，拆迁能拆多少钱？这么多年下来，撑死了一个亿吧？”江小柔一脸认真地看着她，道，“可是你们梁董不一样啊！他可是身家亿万的董事长啊！”

“好了好了，说得人家梁董的儿子能一眼看上我似的。”宋佳曦觉得有些好笑地看着江小柔，道，“人家富二代什么样的女孩子没有见识过？非要看上我这么一个平平无奇、家世普通的女生？”

“可是你长得好看啊！”

“他们那种人身边最不缺的就是环肥燕瘦的莺莺燕燕了，我虽然长得还凑合，但也不是什么顶级大美女，人家干吗要一眼相中我？”宋佳曦摇了摇头，朝江小柔道，“好了，别想那么多了，做人要清醒一点儿，生活不是电视剧，哪有那么多的命中注定啊。”

“可是……”江小柔张了张嘴，还想再说点儿什么的时候，宋佳曦直接打断了她的话，道：“你还逛不逛街了？不逛我可就回去了哦！你要不还是回家陪你的顾贵妃吧？”

江小柔一咬牙，道：“逛！朕今天就是把腿断在路上，也不能断在床上！”

宋佳曦听着她的话，一个没忍住，笑了出来。

一周的时间转眼就过去了。

周五临下班的时候，宋佳曦看着桌上梁董塞给她的两张电影票兑换券，迟疑了一下，终究还是把它们放进了包包里。

说起来，这个相亲也挺奇怪的。她不知道对方长什么样子、叫什么名字，连他是做什么工作的都不知道，甚至今天晚上就要去相亲了，她却连对方的手机号码都没有。

梁董一脸神秘地告诉她，让她直接去约定的饭店，回头见面的时候，手里拿一本书，就算是暗号了。

这搞得……跟特务接头一样……

难道这就是那个年代的人的特殊喜好？

宋佳曦长长地叹了一口气，就这么穿着上班时的小西装，朝约好的地点出发了。

去之前，江小柔建议她好好地打扮一下，好让对方有一眼惊艳的感觉。

但宋佳曦想了想，觉得自己不过是去认识一个朋友，还是用一颗平常心对待为好。更何况，他们两人本就家世悬殊，她又何必打肿脸充胖子，假装千金小姐呢……

宋佳曦心里胡乱想着一些事情，不知不觉就到了约定的饭店门口。

这会儿正是饭点，饭店门口排了长长的队伍。

好在他们之前就预约过，宋佳曦在入口处报了自己的名字，直接进去了。

她在预留好的双人位上坐好，张望了一下。对方应该还没到吧……

宋佳曦想了想，默默地从包里拿出一本沈从文的散文集。她正准备翻开看看的时候，眼角的余光突然瞥到一个熟悉的身影，那人正朝自己走来。

“小曦。”一道熟悉清冷的声音在她耳边响起。

宋佳曦微微一怔，转过头来，看着站在自己身边的梁欢。她一脸茫然地道：“你怎么在这儿？”

梁欢眼眸微垂，目光温柔地看着眼前的宋佳曦，不答反问道：“你为什么在这儿？”

“我……”宋佳曦那白皙粉嫩的脸颊上瞬间浮现出一抹浅浅的红晕。

她不着痕迹地将手中的那本散文集重新放回包里，然后故作淡然地道：“我约了朋友在这里吃饭。”

“这么巧，我也是。”梁欢微微一笑，声音低低地道。

“哦，嗯……那个，那你朋友来了吗？”不知道为什么，宋佳曦竟然觉得心中有点儿慌乱，好像自己做了什么坏事被抓到一样。

等等……她记得自己之前跟梁欢说过，这周五要相亲……这家伙该不会是故意来砸场子的吧？

“她来了啊！”梁欢不慌不忙地拉开宋佳曦对面的那张椅子，坐了下来，顺手将一本沈从文的散文集放到桌子上。

那个是……

宋佳曦的目光直直地落在桌面的那本沈从文散文集上，一瞬间，她脑海里一片空白。身边客人的说话声、店内播放的轻音乐声、门口服务员的叫号声似乎一下子都消失不见了，她的眼前就剩下那本沈从文的散文集。

也不知道过了多久，她终于慢慢地将视线从沈从文散文集上转移到面前的梁欢身上。他今日穿着一件干净的白衬衫，衬衫领口的第一颗扣子系得很好。他额前的刘海轻轻垂落在他的眉眼上，却遮不住眼眸中温柔的光。

他面带微笑地看着她，仿佛早就料到她会是这样的表情……

宋佳曦沉默了片刻之后，终究还是忍不住，声音闷闷地开口道："你……就是我们梁董的儿子？"

她早该想到的！她之前怎么就没想到呢？！梁董姓梁，梁欢也姓梁，她身边姓梁的人这么少，果然他们两个就是父子！

可是，这也不怪她没能将他们联系到一起啊！以前谈恋爱的时候，她只知道梁欢家庭条件不错，因为他很少住校，大部分时间都住在学校旁边的小区里。

曾经她以为那个小区里的房子是他爸妈帮他租的，现在看来，那房子该不会是他家的房产吧？

更何况他从来都没有提过他父母是做什么的，只说父母离婚了……她怕他伤心，所以从来也不问。最重要的是，她看他平时的表现，根本就不像一个身家亿万的富二代啊！学校门外的麻辣烫、后街的烤串、巷口的煎饼，他吃得比谁都欢！富二代不是应该看不上这些东西吗？

宋佳曦盯着眼前的梁欢不由自主地陷入了沉思。

梁欢清了清嗓子，声音温柔地道："那个……既然咱们是来相亲的，那我就先自我介绍一下吧？我姓梁，叫梁欢，今年二十七岁，职业是一名牙医，家里有房有车还有企业，如果我不努力工作的话，就只能回去继承家业了。感情方面嘛，我的情感经历比较简单，大学期间谈过一个女朋友，后来不知道为什么就分手了，所以我只有一个前女友，这点你放心。咱们礼尚往来，你要不要也自我介绍一下？"

梁欢往前倾了倾身子，用一双清澈的眼眸看着宋佳曦，声音里满是笑意，道："最好重点介绍一下你的感情经历，比如说，为什么和前男友分手了。"

宋佳曦："……"

她盯着梁欢好一会儿，终于闭了闭眼睛，拎上自己的包站起身来，朝他微微一笑，道："我想梁医生是弄错人了，我根本就不是来相亲的。"

梁欢抬起头来看着她。

“你桌子上的那本沈从文散文集，应该是你和相亲对象的见面暗号吧？”宋佳曦看着梁欢，大言不惭地道，“真是不好意思呢，你看我，并没有带书哦……”

她说完这句话之后，捏着自己包带的手指忍不住紧了紧。

幸好！幸好她刚才在看到梁欢走过来的时候，赶紧把散文集放进包里了，不然这会儿，她真是跳进黄河也洗不清了。

反正他也不可能当着这么多人的面翻她的包，他要是敢这么做，她就敢当街喊“打劫了”！想到这里，宋佳曦不禁抬了抬下巴，一脸得意地看着他。

梁欢：“……”

他低头看了一眼手机上的时间，然后朝宋佳曦微微一笑，道：“是吗？那可能是我弄错人了，不过现在约定的时间已经过了，可能我的相亲对象不打算来了吧。反正你的朋友也没来呢，不如……我们一起吃个饭？”

“不用了！”宋佳曦想都没想，直接拒绝了梁欢，道，“刚刚我朋友打电话给我，说他今天晚上有事，不来了，所以……我就不在这儿吃饭了。我突然想起来，我们领导交代给我的工作还有一些没有完成，我得回公司加班去了。”

梁欢朝她挑了挑眉，淡薄的唇微微动了动，正准备继续说点什么的时候，他的手机铃声突然响了起来。他低头看了一眼，手机屏幕上竟然不停地闪烁着“老爹”两个大字。

他朝宋佳曦说了一声“稍等”之后，便直接按下了接听键。

宋佳曦刚才站在那里的时候看见了梁欢手机屏幕上的来电显示，她心里顿时有些紧张起来。这种时候，董事长打电话做什么？

“喂？爸……”梁欢接了电话之后，一脸淡然地朝那边喊了一声，然后便继续道，“嗯，已经到饭店了，嗯，看到了，你给我介绍的相亲对象，是宋佳曦吧？”

“嗯……对，她好像没有带散文集，好，好，知道了……但是她说她要回去加班啊……你是不是给她布置了一堆工作？”

梁欢一边说着一边抬起眼来朝宋佳曦看过去。

宋佳曦顿时觉得自己呼吸一窒，一颗小心脏在胸腔里疯狂地跳动。

“嗯？要把电话给她吗？”梁欢微微一怔，随即便将手中的电话递到宋佳曦的面前，道：“你们梁董找你。”

宋佳曦：“……”

她默默地接过电话放到自己的耳朵旁边，深吸一口气，又努力挤出一抹笑容来，声音清脆地朝电话那边喊了一声：“喂，梁董？”

“小宋啊，你到饭店了吗？”梁世超在电话那边十分关切地朝她问道。

“我……嗯……到了……”宋佳曦迟疑着应了一声。

“哦，哈哈哈，那你见到我儿子了吧？”梁世超顿时爽朗地笑道，“怎么样，你觉得他长得还可以吧？”

宋佳曦：“……”

她又看了一眼坐在座位上的梁欢，实在忍不住，转过身去背对着他，声音低低地朝电话那边道：“嗯……挺帅的。”

“哈哈哈，你觉得帅就好，你觉得帅就好啊！”

梁世超在电话那边笑得十分开心，继续问道：“听小欢说，你没有带散文集出来啊？”

“呃……”宋佳曦愣了一下，只得硬着头皮回答道，“那个……今天下班的时候走得匆忙，散文集忘在办公桌上了……”

梁世超顿时惋惜地道：“哎呀，那真是不巧。不过就算你没带散文集，小欢也认出你来了。哈哈哈哈，你说说，这是不是说明你们两个有缘分啊？”

“呃……哈……哈哈哈……”宋佳曦一时之间也不知道该回答些什么才好，只能干笑了几声。

“哦，对了，我刚才听小欢说，你要回去加班？”梁世超突然话锋一转，关切地问道，“怎么了，是不是在办公室里，有人因为你是实习生，就故意欺负你，把自己手上的工作全部扔给你做啊？你告诉我，我帮你出气！”

“不不不，不是的，梁董……”宋佳曦赶忙否认道，“没有同事欺负我，主要是我……呃，那个周一咱们不是要开经营分析会吗，会议上要用的材料我还没有整理好，我怕周末两天不够整理的，所以就想回办公室加个班，抓紧时间把材料都弄出来。”

“哎哟，不就是个经营分析会吗，什么时候开不行啊！”梁世超一副不在乎的样子，朝宋佳曦道，“你要是来不及整理，咱们就延期到下下周再开就是了。”

宋佳曦一脸茫然。延期到下下周？那所有部门的材料不就要更新到下周五的时间节点了吗，这要是被各部门老总知道是因为她而延期的，那她不得被人在暗地里骂死？！

宋佳曦连忙朝电话那边道："不是的，梁董，我不是这个意思……我那个，周末两天肯定能把材料做完的！"

梁世超："真的？那会不会耽误你今晚跟我儿子的相亲？"

宋佳曦："……"

宋佳曦深吸一口气，道："不会的……"

梁世超："那会耽误你们看电影吗？"

宋佳曦生无可恋地朝电话那边道："也不会的……"

"哦哦，那就好，那就好！"梁世超听着宋佳曦的回答，笑眯眯地道，"那我就不打扰你们吃饭了，希望你们能相处愉快？"

宋佳曦："好。"

梁世超："那你把电话给小欢一下，我还有些话要跟他说。"

宋佳曦听到他的这句话之后，默默地将手机递还给梁欢。

梁欢接过手机，一脸淡然地朝电话那边道："喂，爸，还有什么事吗？"

"儿子，爸只能帮你到这儿了！"电话那边，梁世超的声音听起来如释重负，"剩下的，就靠你自己了！"

梁欢扯了扯嘴角，有些无奈地应了一声，道："好。"

"对了，你把免提打开。"梁世超道。

梁欢默默地将手机从耳朵旁边拿了下来，顺手点开免提。

宋佳曦有些疑惑地看了他一眼，紧跟着下一秒，便听到手机里传来梁世超的声音："小宋啊，我已经跟梁欢说了，回头你们吃过晚饭，看完电影，让他把你送回去。女孩子晚上一个人回家，不安全！"

宋佳曦觉得无语。她要是跟梁欢一起回家的话，更不安全好吗？！谁知道这家伙今天是不是又故意不带钥匙！

"喂，喂喂，能听见吗？"梁世超见那边迟迟没有回答，忍不住又喂了两声。

"那个……我听到了……"宋佳曦深吸一口气，道，"就……不用送了吧，反正坐地铁回去也挺方便的……”

“那怎么行，男生要有绅士风度，既然已经约了女孩子出来吃饭，就得把女孩子安全送回家。没事，你不用跟他客气，也不用有什么心理负担。我不是非要你们两个交往，就算是普通朋友，蹭个车回去也没什么的，对吧？”梁世超说着说着，突然带着一丝担心道，“还是说……你觉得这小子条件太差了……连普通朋友都不想和他做？”

“没有没有，我不是这个意思……”宋佳曦艰难地道，“那……那就麻烦了。”

“没事，不用客气，那我挂电话了啊！你们晚上玩得开心一点儿！”梁世超说完这句话之后便直接挂断了电话。

梁欢抬起头来看着站在原地一动不动的宋佳曦，挑了挑眉，道：“还站着干吗，坐下来吃饭吧，你们领导都说今天晚上你不用加班了。”

宋佳曦低头看着坐在桌边的梁欢，只觉心里怄得慌。她真是怎么都没想到，自己的相亲对象竟然是梁欢！

她要早知道对方是梁欢的话，说什么也不会答应这次相亲的！

她已经在一个叫梁欢的坑里栽过跟头了，刚准备从坑里爬起来，没想到一迈脚又栽到另一个叫梁欢的坑里！

现在这算什么，在哪儿栽了跟头，就在哪儿躺着别起来是吗？

宋佳曦心情复杂地盯着梁欢半天，最终默默地在原来的位子上坐下来，淡淡地道：“算了，点菜吧。”

梁欢那双好看的眼眸里满是笑意。他温柔地道：“别这么垂头丧气的，你之前不是说了吗，要开始一段新的感情？要不，你就把我当成你的相亲对象，咱们重新认识，开始一段新的感情怎么样？”

宋佳曦抬起头来，脸上露出灿烂的笑容，道：“这位小哥哥，我能问一下，现在几点了吗？”

“嗯？”梁欢低头看了下时间，道，“这会儿是十九点二十六分。”

“十九点是晚上七点吧？”宋佳曦继续问道。

“是啊。”

“这才晚上七点，还没到睡觉时间呢，你怎么就开始做梦了呢？”宋佳曦面带笑容一字一顿地道。

梁医生又在偷偷套路我

忘记呼吸的猫——著

下册

青岛出版集团 | 青岛出版社

第11章 能不能教教我

梁欢有些无奈地看着宋佳曦，正准备开口说点儿什么，宋佳曦已经抬起手来朝不远处的服务员招了招手，道：“你好，这边点单。”

“好的！”那服务员立刻笑眯眯地应了一声，朝他们这桌走过来。

宋佳曦翻着菜单，随便点了两个自己喜欢吃的菜，又点了两个梁欢喜欢吃的菜，最后点了一些点心，对服务员道：“先点这些吧，不够我们再加。”

“好的，跟您确认一下菜品。”那服务员拿着点单器，将宋佳曦刚刚点过的菜又报了一遍，问道，“是这些吗？”

“嗯！”宋佳曦点点头。

“好的，您稍等。”那服务员朝他们两个人点了点头，“有什么需求可以直接按服务铃。”

待服务员离开之后，梁欢看着宋佳曦，淡薄的唇微微勾了勾，道：“想不到你还记得我喜欢吃什么。”

宋佳曦淡淡地瞥了他一眼，伸手拿起桌上装有柠檬水的水壶，给自己倒了一杯水，顺带给梁欢也倒了一杯，道：“我和你只是分手而已，又不是失忆。就算是普通朋友，我也记得他们喜欢吃什么，别想太多。”

梁欢脸上的笑容微微僵了僵。片刻之后，他悻悻地端过自己的茶杯，喝了一口柠檬水。唉……这柠檬水不够酸，抵不了他心里的苦……梁欢又默默地将水杯放下。

眼看着气氛变得有些尴尬，宋佳曦站起身，道："我去一下卫生间。"

"好！"梁欢应了一声，眼看着她走出店门，朝商场里卫生间的方向走去。

他赶紧掏出手机，打开百度搜了一下：怎么和前女友聊天？排在搜索结果第一位的，有三条建议：

一是和前女友聊以前共同的爱好；二是和前女友聊身边有趣的见闻；三是和前女友聊未来的发展规划。

梁欢默默地将这三点都记在心里，又将手机收了起来。

没一会儿工夫，宋佳曦就回来了。她刚坐下，梁欢便目光温柔地看着她，开口道："对了，你现在还打游戏吗？咱们以前不是经常一起玩《生化危机》吗？最近好像又出了不少新游戏吧？"

宋佳曦淡淡地瞥了梁欢一眼，慢悠悠地道："我现在不玩那种了，只玩《王者荣耀》。"

梁欢微微一怔，道："那……是什么？"

宋佳曦随手将自己的手机拿出来，点开《王者荣耀》的图标，朝梁欢晃了晃，道："你离开之后没多久，腾讯出来的一款手游，5V5的实时对战游戏，有点儿像以前你们男生玩的《英雄联盟》。"

梁欢："……"糟了，他在国外五年，对国内的这些手游一无所知……这话题怎么好像进行不下去了？

梁欢迟疑了一下，小声道："那你……能不能教教我？"

宋佳曦的动作微微一顿。接着，她不着痕迹地将手机重新收回包里，随手将耳边的碎发撩了一下，道："喀喀，那个……梁医生平时工作这么忙，还有空打游戏啊？"

梁欢注视着她，淡薄的唇勾起浅浅的弧度，道："我平时工作忙不忙，你不是最清楚了吗？"他下班后都围着她转了。

宋佳曦："……"

她沉默片刻，无奈地道："我们还是聊聊《王者荣耀》吧。"

梁欢笑眯眯地道："好的。"

在宋佳曦给他讲解了游戏里英雄和召唤师之间的关系，以及各种英雄的职业、每一赛季的段位更新之后，梁欢终于忍不住问道："所以你现在的段位是……"

宋佳曦仰了仰下巴，一脸骄傲地道："最强王者。"

梁欢沉默片刻，道："那如果我现在注册一个账号，进去之后的段位就是最底层的倔强青铜？"

宋佳曦点了点头，道："是的。"

梁欢："咱俩不能一起排位？"

宋佳曦："当然不能了，毕竟咱俩的段位差得也太多了。"

梁欢："……"行吧，这话题算是聊到头了，不如进行下一个话题：聊聊身边有趣的见闻。

于是，梁欢清了清嗓子，问道："那个……你去洛阳的那段时间，有没有发生什么比较好玩的事情啊？"

宋佳曦愣了一下，一脸狐疑地看着梁欢。刚刚不还在聊《王者荣耀》吗？怎么一转头的工夫，他又开始聊洛阳了？这话题未免转得太生硬了吧？

但她还是认真地想了想，道："好像……也没什么特别好玩的事情吧，天天都在开会，忙死了，回了酒店什么事情都不想做，只想点个外卖，吃完了躺着。哦，对了，说到外卖，那天我点了一份外卖，结果外卖小哥都送了一个小时了，还没送到。我实在等不住了，就给外卖小哥打了个电话，问他怎么回事，没想到外卖小哥竟然告诉我，刚在商场电梯口遇到个人，心脏骤停倒下去了，他给人家做了半个小时的胸外按压，后来人被送去医院了，他马上就过来。哈哈哈哈，厉害不？果然外卖小哥都是十八般武艺齐全的！"

梁欢有些疑惑地看着宋佳曦，问道："外卖送一个小时不是很快吗？我在美国的时候，外卖经常要两三个小时才能送到啊！"

宋佳曦："不是啊！国内的外卖一般半个小时就送到了呀，超过一个小时就很慢了，基本只有刮风下雨那种天气，外卖小哥爆单的时候，配送时间才会超过一个小时。"

梁欢："……"

宋佳曦一脸无语地看着他，道："啊，不过你不知道也正常，外卖也就最近这几年才发展起来，五年前国内也没什么送外卖的……对了，还有网购也是，都是你去国外的这几年发展起来的。"宋佳曦想了想，继续道，“五年前，网购还是年轻人在电脑上买东西，现在连我妈妈都开始用手机在网上买猫粮了，而且她还加入了专门网购的群，群里一帮小姐妹天天给对方推荐自己新买的东西。”

宋佳曦说着说着，忍不住笑了出来，道：“你可能不知道，现在中老年人也撑起了网购的半边天呢！”

梁欢张了张嘴，半晌才小心翼翼地问：“可网购不是要等好几天才能收到货吗？有那个等的工夫，为什么不直接去商场买呢？”

宋佳曦眨眨眼睛，用看老古董一样的眼神看着梁欢，道：“不会啊！现在江浙沪地区包邮，一般今天下单的东西，明天就到了。而且，有些东西你得逛好多商场才能买齐，哪有网购方便？我妈还在网上买了鞋柜、购物手推车、烤箱……一堆乱七八糟的东西，基本都是第二天就到了。”

梁欢：“……”为什么他不过去国外待了五年，却好像一下子和宋佳曦隔了一个时代？难道这个话题，他也聊不下去了吗？

梁欢深吸一口气，伸手拿过桌上的杯子，又喝了几口柠檬水。他勉强压下心里的苦，强颜欢笑地继续下一个话题：“那个……那你对未来有什么打算吗？”

宋佳曦原本正兴高采烈地给他介绍网上购物的方便与快捷，突然一下子被打断，顿时有些不太高兴地瞪了他一眼，然后随口道：“我还能有什么打算，继续相亲，找个看得顺眼的男生在一起。”

梁欢：“……”他千疮百孔的小心脏又被捅了一刀。

梁欢：“那万一……你找不到看得顺眼的男生呢？”

宋佳曦：“那就自己过呗，每天打打游戏、上上班，没事的时候约着小姐妹一起去逛街做美甲，偶尔出去旅游。生活这么美好，干吗非要把自己拴在男人身上？”

梁欢：“……”这话题是彻底聊不下去了啊！啊啊啊啊！

就在梁欢万念俱灰的时候，宋佳曦突然开口问道：“你呢？未来有什么打算？当几年牙医后继承家业，还是继续回美国进修？”

梁欢微微一怔，抬起头来，一双幽深的眼眸看着她，神情却是前所未有地认真，道：“我只想余生都和你在一起，至于在哪里、做什么，对我来说都不重要。”

宋佳曦："……"

她盯着眼前的梁欢好一会儿，红润的嘴唇微微动了动，似是想说些什么，最终只是默默地拿起筷子，夹了一块排骨放到梁欢的盘子里，道："快吃吧，不然一会儿菜都凉了。"

梁欢低头看了看自己盘子里的排骨，又抬头看着坐在对面的宋佳曦，一字一顿地道："我是认真的，我这辈子从未想过要和别人在一起。"

"哈……哈哈……哈哈哈……"宋佳曦有些尴尬地笑了笑，然后又往梁欢的盘子里夹了一堆菜，"好了，好了，快吃菜吧！"

梁欢轻轻地叹了一口气。唉……今日又是不被小曦曦接受的一天！

他们面对面地坐着，默默地吃完这一桌菜之后，梁欢随手就把账给结了。

宋佳曦想结账，发现梁欢已经结过了，立刻把他的微信从小黑屋里放了出来，转了一半的钱给他，道："我们是相亲。相亲这种事情，是不需要你请我吃饭的，所以我们还是AA制吧！"

梁欢盯着宋佳曦好一会儿，终于幽幽地道："你就非要和我划清界限吗？"

宋佳曦："……"

梁欢转过头去，眼睛看着别处，声音闷闷地道："钱我是绝对不会收的，你要是真觉得过意不去，就请我喝杯奶茶吧。"

宋佳曦看着梁欢垂头丧气的样子，忍不住轻轻地咬了咬嘴唇。半晌，她点了点头，道："好，那你在这儿等一会儿，我去买奶茶。"说完这句话，她就朝二楼卖奶茶的店跑去。

片刻之后，宋佳曦手里拎着两杯奶茶，站在去一楼的手扶梯上。她正打算看看梁欢在哪里，旁边上楼的手扶梯上，一个年轻漂亮的女子牵着一个粉粉嫩嫩的小男孩，笑眯眯地道："乐乐，晚上想吃什么？"

"想吃冰淇淋！"小男孩奶声奶气地回答。

"好！妈妈带你去吃！"漂亮女子温柔地应了下来。

宋佳曦盯着那漂亮女子好一会儿，只觉得她有些眼熟，却又想不起来在哪里见过。就在她努力回想的时候，电梯已经到了一楼。她从手扶梯上走下来，又回头看了一眼已经到达二楼的女子和小男孩。她皱了皱眉，最终还是作罢，朝梁欢等她的地方走去。

宋佳曦快走到梁欢等她的地方时，远远地看到有两个女生围着他。一个女生拿着手机正对着梁欢拍，另一个女生则满脸羞涩地朝梁欢问道："那个……小哥哥，我能不能跟你问下路？"

梁欢皱着眉头，看了一眼旁边那个拿着手机拍他的女生，没好气地道："问什么路？"

"到你心里去的路。"那女生抬起头来，精致漂亮的脸蛋上满满的都是期待。

梁欢："不好意思，死路一条。"

梁欢搂着宋佳曦进了电梯，上了四楼的影院。

一进电梯，他就乖乖地把搂着宋佳曦肩膀的胳膊撤了回来。

宋佳曦盯了他一会儿，突然开口道："想不到你对别的女生这么毒。"

"什么？"梁欢微微一怔，低头看着站在自己身边的宋佳曦，迟疑了片刻，这才反应过来。原来之前他跟那两个女生的对话，她都听到了。

"你这样，很容易找不到女朋友的。"宋佳曦想了想，认真地道。

"我只要你做我的女朋友。"梁欢目光微垂，看着她，声音温柔地道。

宋佳曦轻轻地叹了一口气，有些无奈地道："你看，你这样很容易就把天聊死了。"

梁欢："……"

叮的一声，电梯到四楼了。

宋佳曦看了梁欢一眼，摇了摇头，率先走出电梯。梁欢默默地跟上。

现在正值暑期档，电影院上映的电影还是很多的。

梁欢和宋佳曦站在售票区前，仰着脑袋，看着屏幕上不停滚动的售票信息。过了好一会儿，宋佳曦转头看着梁欢，道："咱们看哪一部啊？"

梁欢十分淡然地指着最下面一行几乎没卖出票的一部电影，道：

“看那个，《山野惊魂》。”

宋佳曦有些不敢相信地看着梁欢，道：“你确定吗？你以前不是最讨厌国产恐怖片的吗？而且据说这部电影的评分很低，我看最近比较火的都是一些国外大片，你确定不看吗？”

梁欢低下头，一脸严肃地看着宋佳曦，道：“国外的大片不差我们这两张票，可是国产恐怖片要是再没有人支持一下，这个行业说不定就完蛋了。我国电影业要发展，就要全面开花，无论哪个类型、哪个题材，都能找到自己的受众，而国产恐怖片就需要我们这样的人义无反顾地支持！”

宋佳曦被他说得一愣一愣的，一时之间竟然找不到反驳的话。

于是，她点了点头，道：“好，就看那个吧。”

梁董给的两张电影票，其实是兑换券，可以在售票处兑换成电影票。

宋佳曦拿着两张兑换券，走到前台售票处，对着售票小姐姐一脸悲壮地道：“你好，我要换两张《山野惊魂》的票。”

原本满脸笑意地迎接宋佳曦的售票小姐姐，听她说完这句话，整个人都愣住了。她不敢置信地道：“您好，女士，您……刚刚说什么？”

“我说，换两张《山野惊魂》的票。”宋佳曦一脸无奈地再次重复道。

售票小姐姐：“行吧，稍等，我这就给您换票。”

宋佳曦：“再给我一盒爆米花。”

“好的。”

那售票小姐姐打完电影票，转身去装爆米花。宋佳曦清清楚楚地听到她跟身边的同事道：“想不到《山野惊魂》这部烂片竟然卖出两张票……来买票的妹子可能没看到网上的评分吧？”

宋佳曦：“……”她看到了好吗？！可她不是为了支持国产恐怖片的发展吗？

片刻之后，售票小姐姐将装好的爆米花桶连带着两张电影票递给宋佳曦，道：“您好，您的票和爆米花，请拿好。祝您观影愉快！”

宋佳曦：“谢谢。”

她买的正好就是下一场的票。梁欢顺手接过她手里的爆米花桶，又看了一眼时间，道：“正好开始检票了，咱们进去吧。”

宋佳曦点了点头，拿着电影票就和梁欢一起朝检票口的小哥哥走去。

检过了票，进了放映厅，宋佳曦四下环顾了一圈，忍不住说：“梁欢，你知道吗，我刚才换电影票的时候，听售票小姐姐说，咱们看的这场电影，今天就卖出去两张票……还是咱俩买的。”

“只卖了两张票？”梁欢听到她的这句话，一双好看的眉毛忍不住微微皱了皱。

“是啊。”宋佳曦在他身边的位子上坐了下来，道，“你确定要看这场吗？”

“当然要了。”梁欢十分认真地道，“你看，支持国产恐怖片的人就只剩咱们两个了，这重任落在咱们的肩膀上，你难道没有感受到强烈的责任感吗？”

宋佳曦：“……”这家伙什么时候对国产电影爱得如此深沉了？

就在他们说话的时候，放映厅的灯光一下子暗下来。大屏幕开始放电影了。

既然电影的名字叫《山野惊魂》，那故事肯定就是发生在山野了。

影片一开始，几个年轻人开着小皮卡，一边哼着歌，一边在公路上行驶。车子开到半路，突然没油了，他们找到一家荒废的加油站，却发现加油站里既没有人，也没有油。无奈之下，他们只得弃车，朝远处飘着炊烟的山野走去。

故事刚开始，导演就用昏暗的镜头、惊悚的音乐铺垫出诡异的气氛。

宋佳曦坐在一片黑暗中，看着大屏幕，内心毫无波澜，甚至有点儿想笑。

按这剧情走向，后面肯定是男、女主角的朋友一个接一个地挂了，只剩下男、女主角，最后两人战胜了可能是鬼、也可能是坏人的恐怖东西，逃出山野。

唉……无聊。

宋佳曦轻轻地叹了一口气，低头拿起一颗爆米花，丢进自己嘴里。只是她拿爆米花的时候，不经意间碰到梁欢的手，他的手指一片冰凉。

宋佳曦有些疑惑地转过头去，却看到坐在自己身边的梁欢正脸色惨白地看着大银幕。她微微一怔，忍不住伸手戳了戳梁欢的胳膊，道："你怎么了？看起来脸色不太好的样子，是不是不太舒服？"

梁欢缓缓地转过头来，一双幽深的眼眸里满是委屈之色。他看着宋佳曦，淡薄的唇微微动了动，吐出两个字："我怕……"

宋佳曦：？

梁欢小声道："有点儿害怕……"

宋佳曦：？

下一秒，也不等宋佳曦开口，梁欢就直接抱住她的胳膊，将自己的脑袋贴上去，道："好可怕，让我抱一会儿……"

宋佳曦："……"

哥，你一个五年前和我一起玩《生化危机》，拿着冲锋枪在僵尸堆里横冲直撞的人，现在看一部连鬼影子都没出现的国产恐怖片，你说自己害怕？

梁欢抬起头，仿佛猜到她心里在想什么，声音闷闷地道："我不怕僵尸，我怕鬼……"

宋佳曦有些无语地白了梁欢一眼，接着一脸嫌弃地将他搂着自己胳膊的爪子扒开，身子往旁边挪了挪，道："是你自己要来看恐怖片的，再害怕也得扛住。"

梁欢："你就这么无情吗？"

宋佳曦微微一笑，道："为了国产恐怖片的未来，欢哥，加油哦！"

梁欢："……"

就在两人说话的时候，大银幕上的音乐突然一响。紧接着，一张眼睛流血的女人的脸出现在银幕上，女人尖叫道："纳命来！"

"啊啊啊啊啊！"毫无心理准备的宋佳曦被那突然出现的女人脸一吓，下意识地扑进了梁欢的怀里。

"啊啊啊啊啊！"电影里的那群青年男女也都尖叫着四下逃散。

梁欢心里也是咯噔一下，但他的承受能力明显比宋佳曦强一点儿。于是，他一脸淡然地拍了拍宋佳曦的后背，缓缓地道："别怕别怕，五年前，你也是一个拿着霰弹枪在僵尸堆里横冲直撞的女人，这不就一个女鬼吗，别害怕。”

宋佳曦：“……”

她不是怕女鬼，是被刚刚那突如其来的音乐给吓到了好吗？！

回过神来的宋佳曦有些尴尬地从梁欢的怀里撤了出来，然后轻咳几声道：“那个我……其实……”

梁欢低头，昏暗的电影院里，她白皙粉嫩的脸上满满的都是红晕，她又尴尬又羞涩的样子，真的让人忍不住想狠狠地欺负她。

他就这么注视着宋佳曦，过了好一会儿，才缓缓地伸出手来，轻轻地摸了摸她的头顶，声音低低道：“没事，看电影吧，再这样下去，我怕自己会忍不住亲你。”

宋佳曦听着他的话，一张脸顿时红得更加厉害。然而，她抬起头来看向梁欢的时候，却发现他已经转过头，盯着前方的大银幕不说话了。

只是……他的眼睛虽然盯着前方大银幕，目光的焦点却未曾落在银幕上。那种感觉，就好像他在盯着眼前的大银幕发呆。

宋佳曦抿了抿唇，又看了梁欢一眼，这才转过头继续看电影。只是不知道为什么，当女鬼伴随着恐怖音乐再次出现时，她一点儿害怕的感觉都没有了。她的脑海里满满的都是刚刚梁欢的侧脸——落寞中带着一点儿悲伤。

她就这么坐在他旁边，心不在焉地看完这部电影，梁欢也一直保持着发呆的姿势，直到终场。

从昏暗的放映厅里走出来，回到灯光耀眼的商场，宋佳曦低头看了一眼时间，已经是晚上十点多了。

梁欢朝她扬了扬手里的车钥匙，道：“走吧，我开车送你回去。”

“嗯。”这一次，宋佳曦难得没有拒绝。

开车回去的路上，梁欢也没怎么说话。宋佳曦坐在副驾驶座上，只觉车里的气氛有些尴尬。她迟疑了一下，终究忍不住小声问道：“你怎么了？是不是心情不好？”

“没有。”白皙修长的手指覆在方向盘上，梁欢看着前面的路，低低地回答了一句。

路边的灯光一下又一下晃过他轮廓分明的侧脸，在他的脸上留下片刻的光明，就这样周而复始，不断交错。

宋佳曦听着他的回答，一时之间竟然不知道该说些什么才好。他好像并不是很想继续说话。她迟疑了一下，也没有追问。

车内又是片刻的静默，梁欢终于轻轻地叹了一口气，道："我不在的这五年，你害怕的时候，都是自己一个人吗？"

"什么？"宋佳曦一愣，转过头来，一双圆润的眼眸直直地盯着他。

梁欢的声音听起来有些自责与难过。他看着前方的路面，声音低低地继续道："刚分手的那段日子，你一定很难过吧？那么难过的日子里，我却没有陪在你身边……我离开之后，只剩下你一个人，在满是回忆的校园里，走我们曾经一起走过的路，去我们曾经一起吃过饭的食堂，在我们曾经一起去过的教学楼和自习室学习，那些日子你都是怎么过来的？"

梁欢说着，突然转过头来看了宋佳曦一眼。

宋佳曦连忙将头转回去，看着车窗外的景色，努力让自己的声音听起来平静一些，道："没什么，都过去了。"

"嗯……"梁欢轻轻地应了一声，继续开车，有些疲倦地道，"我一直以为你很坚强、很乐观，直到刚才你被电影银幕上突然出现的女鬼吓得扑进我怀里，我才反应过来，其实你也很弱小，很需要我的保护……当初分手的时候，我怕自己继续留在这里会很难受，所以选择去国外留学。其实说白了，这不过是逃避而已，那个时候我根本没有想到，我在选择离开的同时，也将你抛下了……这么多年，我总会梦到当初我们第一次见面的场景。你还记得吗？在那场迎新辩论赛上，我对你说过，如果是你，我肯定不会分手。"梁欢说着，又叹了一口气，道，"是我不好……没能遵守当初的约定。"

宋佳曦坐在副驾驶座上，看着车窗外不停掠过的路灯，眼泪却是止不住地一颗接着一颗往下掉。她眨了眨眼睛，抬起头来，想让所有的泪水都收回去，可是这样的动作，除了让她的泪水更加汹涌，没有任何作用。

"我以为我回来，对着你撒撒娇、耍耍赖，就会让你像从前一样原谅我、接受我。"梁欢说着，声音里突然也有了重重的鼻音，"可是我从来没有想过，这五年来，也许你已经对我死心了无数次。我有什么资格要求你五年来一直留在原地等我……一个女孩子的青春里，能有几个五年……如果我没有回来的话，我甚至都不敢想象，你还会这样孤独地等多久、等多少年……”

“别说了！”宋佳曦用略带哭腔的声音打断他的话。

她伸手扯过放在驾驶台上的纸巾，擦了擦脸上的眼泪，又擤了一下鼻涕，努力让自己的嗓音听起来正常一点儿，道：“你现在说这些还有什么意义？一年一年又一年，不也这么过来了吗？”宋佳曦转头看着正在开车的梁欢，扯出一个不太自在的微笑。

“人生那么长，我们在一起的时间不过一年而已，后半辈子难道要一直纠结于那一年吗？只能怪我遇人不淑吧，满心欢喜地刚上大学就遇到了你，我原本以为大学四年我们两人都能甜甜蜜蜜地在一起，却不料美好的时光就只有一年而已。

“你去国外留学，轻而易举地离开，而我连离开这座校园都不行。大四毕业考研的时候，我曾经想过，要不要考去别的学校，去一个没有你的回忆的地方，可到了填志愿的时候，我又忍不住嘲笑自己，都过去快三年了，难道还忘不掉你吗？这种时候离开，也太矫情了吧！读研究生的这几年，我已经差不多把你忘掉了，也差不多要开始新的生活了，就在我即将离开校园的时候，你突然回来了。

“你回来干吗？回来了又有什么用？你能继续陪我在学校满是梧桐树的路上散步吗？你能陪我在教学楼的自习室里一起背单词吗？你能陪我在食堂的餐桌上一起抱怨阿姨的厨艺吗？你能把过去的那五年没有你的时光，赔给我吗？你不能……”

宋佳曦说着，声音里又带上浓浓的哭意。她用力吸了吸鼻子，看着梁欢一字一顿地道：“你哪怕早回来一年，说不定我就原谅你了……”

梁欢握着方向盘的手忍不住紧紧地攥起，手背上的血管也十分明显地扩张开来。他不敢转头看宋佳曦的表情，也不敢接她的话，只能一声又一声重复地说着：“对不起，小曦……对不起……”

宋佳曦盯着他许久，突然轻轻地笑了出来，道：“没关系。”

她转过身，低下头看着自己的衣摆，又低低地重复了一句：“没关系，真的没关系……后来我想了想，要怪只怪我们当初太年轻，对爱情懵懵懂懂，不知道如何正确地爱一个人吧。在错的时间，遇见对的人，本身就是一场唏嘘之旅……”

梁欢：“……”他听着宋佳曦的话，只觉心里一下一下地疼，如同被刀扎。

此时此刻，他恨不得狠狠地抽自己几个耳光。为什么他隔了五年才回来找她？这五年的时间，他都干什么去了……

接下来，两个人谁也没有说话。

梁欢把车子开回繁星苑，停在车库里。

两人肩并着肩进了电梯，再从电梯出来。

到了1901室门口，宋佳曦才淡淡地说：“再见，晚安。”

梁欢张了张嘴，“再见”两个字，怎么也说不出口。他总觉得，一旦自己说了“再见”，就会失去她了。他淡薄的唇微微动了动，最终只说出两个字来：“晚安。”

宋佳曦抿着嘴朝他笑了笑，拿出钥匙打开门，推门进去，再将门关上。

梁欢站在走廊里许久，直到走廊里的感应灯灭，才轻轻地叹了一口气，掏出自己的钥匙，打开1902室的大门。

客厅里的灯亮着，正在房间里收拾东西的顾朗听到门口传来的声音，走了出来，看着站在鞋柜旁一动不动的梁欢，奇怪地道：“欢哥，你回来了？”

“嗯。”梁欢抬起头来，看了顾朗一眼，动了动手指，放下手中的钥匙，换鞋走进客厅。

“欢哥，要不要吃点水果？我刚从小柔那儿回来，她爸妈从老家带了许多刚摘的水蜜桃。你要是吃，我给你切一个。”顾朗笑着走到梁欢身边，用胳膊肘顶了顶他，问道。

“不用了。”梁欢轻轻地叹了一口气，抬头看了一眼春风得意的顾朗，伸手轻轻地拍了拍他的肩膀，道，“小柔是个好姑娘，你要好好珍惜。”说完这句话，梁欢直接进了自己的卧室，关上了门。

卧室里没有开灯，梁欢站在一片黑暗中，背靠着卧室的房门，闭了闭眼睛，眼泪终于不受控制地流了下来。

过去的那五年，他不在她身边的那五年，他好想全部找回来……

回家之后，宋佳曦直接朝卫生间奔去。还好还好，脸上的妆还在，没有因为流泪而毁掉，不然她今晚就丢人了。

将脸上的妆卸掉，又洗了个澡，宋佳曦趴在柔软的大床上，却翻来覆去地睡不着。她打开手机，看了一眼时间，这会儿已经快十二点了。可是她的心就像被什么东西堵住一般，有一堆话想要找人倾诉。

她翻着微信通讯录，从上到下，从下到上，翻了两遍，最终停在“全世界最爱你”那个账号上。

这种时候，她所有的心里话，说给一个陌生人听，也许会比较好吧？

宋佳曦迟疑了一下，点开“全世界最爱你”的聊天对话框，发了一条信息过去。

是小曦曦啊：“姐妹，你睡了吗？”

是小曦曦啊：“要是没睡的话，咱们来聊五毛钱的天啊？”

宋佳曦发完这两句，真的发了一个红包过去，红包里也真的只有五毛钱。

只是她的信息和红包发过去许久，对方也没有回应。

宋佳曦长长地叹了一口气。这么晚了，“小爱同学”应该已经睡觉了吧？

就在她放下手机准备努力睡觉的时候，手机突然响了一声。宋佳曦飞快地拿过手机看了一眼。

全世界最爱你：“还没睡呢，聊五毛钱的天是聊多久？”

宋佳曦顿时激动地回：“想聊多久就聊多久！”

全世界最爱你：“作者大大，你不用睡觉的吗？要是睡不着的话，不如起来更新小说？”

是小曦曦啊：“哎呀，更什么新啊，陪我聊天啊！”

全世界最爱你：“行吧，你想聊什么？”

宋佳曦看着“小爱同学”发过来的那句“行吧，你想聊什么”，一下子愣住了。是啊，她要怎么跟“小爱同学”聊关于梁欢的事情呢？就这么直接跟她说，自己有个前男友？

宋佳曦趴在柔软的大床上，用力地摇了摇头，换了个方式，道：“那个，你还记得我新书里的那个男二号吗？就是那个渣男！”

全世界最爱你："记得，怎么了，关于男二号，你有新的灵感了？"

是小曦曦啊："唉……其实这个男二号，是我以前男友为原型写的……"

全世界最爱你："然后呢？"

是小曦曦啊："然后……我今天晚上好像对他说了很过分的话……"

全世界最爱你："反正是渣男，过分就过分吧，没关系的，你不要有心理负担。"

是小曦曦啊："可是，我好像……还是喜欢他……"

梁欢躺在床上，举着手机，眼眶红红的，以"小爱同学"的身份和宋佳曦聊天。然而，他俩聊着聊着，宋佳曦突然发过来一句"可是，我好像……还是喜欢他……"

梁欢看到这句话，一个没拿稳，啪的一下，手机直接砸在他的脸上。他立刻翻身从床上坐起来，抱着手机，再次定睛朝屏幕看去。没错！他确定，不是自己眼花！宋佳曦确实发了一句"我好像……还是喜欢他……"。

那一瞬间，梁欢只觉心中所有的积郁一扫而空。

她还喜欢他！他家小曦曦还喜欢他！

梁欢欣喜若狂地从床上跳下来，绕着卧室跑了两圈，再次在床上坐好。

见他一直没有回消息，宋佳曦又发了一条信息过来："小爱同学？你怎么不说话了？"

梁欢立刻飞快地在屏幕上打字。

全世界最爱你："我在，我在，刚才有点儿事情，那个……你的意思是，你还喜欢那个渣男？"

是小曦曦啊："嗯……怎么办呢……"

梁欢想了想，决定以退为进。

全世界最爱你："姐妹，你要想清楚啊！渣男就是渣男，他能渣你一次，就能渣你第二次。你确定还要继续喜欢他吗？"

他的这条消息发出去之后，宋佳曦许久都没有回复。

梁欢心里顿时咯噔一下。完了，他该不会用错策略了吧？他刚刚干吗要以退为进啊，直接让他家小曦曦找自己复合不就好了吗？！

就在他犹豫着要不要追加一条信息的时候，宋佳曦终于回了他。

是小曦曦啊：“姐妹，你说得有道理，虽然我的理智告诉我不能和他在一起，可是……唉……”

全世界最爱你：“你就是觉得自己还喜欢他？”

是小曦曦啊：“嗯……”

全世界最爱你：“那你俩当初是因为什么分手的呢？”

是小曦曦啊：“渣男劈腿！”

全世界最爱你：“啊！你是认真的吗？”

是小曦曦啊：“千真万确！我对天发誓！我亲眼所见！”

梁欢一脸茫然地抱着手机，看着手机屏幕上的“渣男劈腿”四个字，一时间竟然不知道，自己究竟是在何时何地和谁一起劈了个腿……

全世界最爱你：“也许……是你看走了眼？”

是小曦曦啊：“怎么可能！我还和他的劈腿对象聊了一下，确定他劈了腿！”

全世界最爱你：“不是，他劈腿的对象到底是谁啊？”

是小曦曦啊：“反正是一个不认识的小姐姐！”

全世界最爱你：“……”

这就过分了啊！你口口声声说我劈了腿，还和我的劈腿对象聊过，结果竟然说你不认识我的劈腿对象？！

梁欢深深地吸了一口气，努力平复一下情绪，回道：“我觉得，你们之间可能存在什么误会……就目前看来，从你书里男二号的表现来看，你前男友的心里应该只有你一个人。”

是小曦曦啊：“小姐姐说他是酒后乱性……也许他自己也不记得了吧……”

天啊？！梁欢看见这句话，直接从床上跳了起来。当初是哪个小姐姐对宋佳曦说他酒后乱性的？！他酒量这么好，千杯不醉，怎么可能酒后乱性？！

全世界最爱你：“这应该……不可能吧……”

是小曦曦啊：“我觉得有可能啊！毕竟我前男友酒量那么差，喝啤酒几杯就倒……”

我他妈那是装的啊！梁欢在心里不停地咆哮。可是眼下，他不能告诉宋佳曦，其实正在和她聊天的就是他……

梁欢闭了闭眼睛，深吸了好几口气，回道：“我觉得……你们两个之间的事情，还是当面谈一谈比较好，万一当初是个误会呢……”

是小曦曦啊：“我不知道该怎么开口……而且我上次暗示了他，他明显不记得当初的事情了……”

梁欢一时语塞。这他妈说的，连他都快要相信自己真的劈腿了好吗……难道他真的在某次喝醉之后，做了对不起宋佳曦的事情，然后又给忘了？不可能啊……他和宋佳曦在一起的时候，从来没有喝过酒啊……

全世界最爱你：“怎么说呢，当局者迷、旁观者清，我觉得你对你前男友的人品，好像不是十分了解。我建议你和他从朋友做起，认认真真、仔仔细细地观察一下他像不像是那种劈腿的人！”

是小曦曦啊：“……”

是小曦曦啊：“小爱同学，我怎么感觉你好像比我还激动呢？”

全世界最爱你：“没有……我就是……以一个朋友的身份，建议你一下……”

是小曦曦啊：“嗯，那好吧……”

梁欢盯着手机好一会儿，没有回她。

片刻之后，宋佳曦又发来一条信息。

是小曦曦啊：“小爱同学，我有点儿困了。”

梁欢在黑暗中忍不住微微勾起唇角，轻轻地叹了一口气，认命地回了她一句。

全世界最爱你：“要是困了的话，早点儿睡觉吧，女孩子熬夜不好。”

是小曦曦啊：“好！小爱同学，晚安。”

全世界最爱你：“晚安。”

放下手机，宋佳曦抱着枕头缓缓地闭上了眼睛。

然而，此时此刻的梁欢却是满头问号。到底是从哪儿冒出来的小姐姐，让宋佳曦对他产生了如此大的误会？

梁欢心烦意乱地捏着手机，从床上起身，正打算去阳台上吹吹风，冷静一下，手机突然响了起来。他低头看了一眼，是一个陌生号码打过来的。

这么晚……会是谁给他打电话啊？梁欢皱着眉头按下屏幕上的接听键。

“Uncle（舅舅）爸爸！”手机听筒里传来一个奶声奶气的声音，“What are you doing now（这会儿你在干什么）？”

紧接着下一秒，那边又传来一个好听的女声：“乐乐，妈妈不是跟你说过吗？回国以后，要说中文哦！”

“哦，好吧！”小孩子奶声奶气地应了一声，又朝电话那边大声道：“舅爸爸！你在干吗呢？有没有想乐乐呀？”

梁欢紧皱的眉头一下子松开，声音里满是笑意地朝电话那边道：“乐乐？你怎么想起来给我打电话了？”

“因为乐乐想舅爸爸了呀！”电话那边的小孩子使劲撒娇，“舅爸爸回国好久了，都没有给乐乐打电话。妈妈说，现在是暑假，就带我来中国找舅爸爸！”

“你妈妈带你回国了？”梁欢听着他的话，愣了一下，又笑着问道，“那你们现在在哪儿呢？”

“在……大酒馆！”乐乐开心地回答道。

“哦，不对，是大宾店……”乐乐想了想，又修正了一下答案。

梁欢顿时意会过来，道：“你是想说，你们在酒店吗？”

“嗯嗯！对！”乐乐刚点头应了一声，那边就传来一个声音：“好了，快把手机给妈妈……”

“不要，我要和舅爸爸聊天！”

“妈妈有事要和你舅爸爸说，快把手机给我！”

“不要不要！”

“梁乐！你再不把手机给我，我就要揍你了哦！”

“就不，就不……哇……”

梁欢听着电话那边吵吵闹闹的声音，过了好一会儿，话筒里才重新传来一个温柔的女声：“喂，小欢？”

“姐……”梁欢有些无语地朝电话那边道，“你怎么又揍乐乐了啊？”

“男孩子，揍一揍没关系的。”电话那边，梁清一副云淡风轻的样子。

梁欢：“……”

梁清轻咳了两声，继续道：“那个，其实我这次回来，是想让乐乐在国内上学。我研究了一下，你在鼓楼区有一套房子，是套学区房，要不，你把乐乐的户口落到那套房子上去？”

梁欢扯了扯嘴角，道：“姐……你怕不是在逗我吧？你明知道咱家那些房产全部都写的老爹的名字，你要落户，也得老爹同意啊……”

梁清有些尴尬地道：“这不是……五年都没跟老爹联系过了嘛……再说，老爹还不知道乐乐的事儿呢……”

梁欢顿时无语地道：“那早晚得知道啊！你还能瞒他一辈子不成？乐乐好歹也是他的外孙啊！”

梁清迟疑了一下，小声道：“我怕老爹骂我……”

梁欢直接翻了个白眼，道：“都过去这么多年了，骂你你就听着呗！反正乐乐都这么大了，他还能让你塞回去？”

梁清沉默片刻，十分心虚地道：“要不……你就说乐乐是你的私生子？”

“天啊！姐，你还是个人吗？”梁欢不可置信地朝电话那边道，“在国外的时候，你让我替你去开家长会，假装是乐乐的爸爸就算了，这他妈都回国了，你还让我假装是乐乐的爸爸？”

“反正乐乐也姓梁，是我的还是你的，也没什么区别……”梁清说着，声音越来越小，最后干脆没声了。

梁欢一脸正气地朝电话那边道：“不行！你自己的事情，自己解决！”

梁清顿时哭哭啼啼地道：“当初是你说生下来咱们一起养的，现在你竟然把责任全部推给我了？难道乐乐就不是你的外甥吗？”

梁欢：“不行，我最近没空，乐乐户口的事情……我再另外想办法吧，实在不行，就在鼓楼区给你买一套房。”

梁清一听这话，顿时无语地道：“你知道学区房多少钱一平方米吗？七万！买套学区房，至少也要七百万，敢问你有这么多钱吗？”

梁欢："……"

梁清又道："我听说你回国之后去当牙医了？牙医是不是很赚钱，一年工资多少？二百万有没有？要是有的话，咱们还能勉强在乐乐上小学之前，买套学区房。"

梁欢："……"

梁欢："对不起，我一年工资才三十万。"

梁清："算了，看来还是得靠老爸。"

姐弟俩在电话里沉默片刻，梁欢终于清了清嗓子，道："要不，过两天你先回趟老宅，看看老爹的反应？不就是单亲妈妈，未婚生子吗……相信老爹不会直接把你打死的……"

梁清："你还是我弟弟吗？你还有没有一点儿良心？！"

梁欢听着电话那边梁清的咆哮，忍不住提醒她："姐，不要说脏话，注意一下你温柔的人设，乐乐还在你旁边呢！"

"我在他眼里早就不是温柔的妈妈了。"梁清没好气地说了一句，迟疑了一下，又继续道，"要不，明天你跟我一起回老宅，你先进去，探探咱爸的口风？"

梁欢想了想，只得无奈地答应了。

第二天一大早，梁欢还在睡梦中，手机铃声就一遍又一遍地响了起来。

他闭着眼睛，手在床头柜上一阵乱摸，终于摸到手机。

这么早……谁啊？梁欢半眯着眼睛，看了一眼手机上面的来电显示，好像……还是昨天夜里的那个陌生号码。

梁欢长长地叹了一口气，认命地接起电话，道："喂，姐……你怎么起得这么早啊？"

"这不是时差还没倒过来吗……"梁清在电话那边有些心虚地道，"我一想到今天要回家见咱爸，心里就有点儿紧张。你说，万一他要是不认乐乐怎么办？"

"怎么会呢……"梁欢有些无语地道，"老爹就算不认你，也不会不认乐乐的，这你就放心吧。"

梁清："……"

梁欢撑着胳膊从床上坐起来，晃了晃脑袋，努力让自己清醒一点儿，道："你现在在哪儿？我去接你吧。"

"在希尔顿酒店。"梁清长长地叹了一口气，道，"你来吧，我跟乐乐在大堂等你。"

"好。"梁欢应了一声，直接挂断电话。

他起床换了一身衣服，又简单地洗漱了一下，直接出门。

车子开到希尔顿酒店门口，梁欢一眼就看到牵着乐乐站在大门口的梁清。他把副驾驶座旁的车窗放下来，朝梁清喊了一嗓子："姐！"

梁清听到声音，立刻朝他的方向看过来，随即牵着乐乐，打开车门，坐到车后座上。

上了车，梁清先给乐乐系好安全带，又把自己的安全带系好，这才有气无力地道："行了，走吧。"

梁欢回头看了她一眼，唇角忍不住勾起一抹笑容，道："姐，你看起来好像不是很开心啊！"

梁清瞥他一眼，长长地叹了一口气，转头看着车窗外面，不说话了。

车子一路驶到梁家老宅的别墅门口，梁欢正准备下车，梁清突然道："你先进去探探老爹的口风，嗯……对了，你把手机通话开免提，这样我在车里也能听到老爹是怎么说的。"

顿时，梁欢觉得好笑地看着她，道："姐，你用得着这样吗？"

梁清皱了皱鼻子，道："快去！"

"好好好，知道了。"梁欢笑着应了一声，转头又看了乐乐一眼，道："乐乐乖，在车上等舅舅，舅舅一会儿就过来接你，好吗？"

"乐乐不能跟着舅爸爸一起进去吗？"梁乐眨巴着一双圆溜溜的眼睛，看着梁欢，道。

"嗯……这里是你外公的家，舅舅要先进去跟你外公说一声，告诉他你来了，这样外公才能给你一个惊喜。"梁欢想了想，声音温柔地道，"所以乐乐乖乖地在这里等舅舅，好不好？等惊喜准备好了，舅舅就来接你进去。"

"好！"梁乐听到梁欢的这番话，立刻乖乖地坐在后座上不动了。

梁欢朝他笑了笑，又朝梁清点了点头，转身朝别墅的大门走去。

虽说这会儿也就早上七点多的样子，可梁世超作为一个自律的中老年人，早早地就起床锻炼，准备吃早餐了。

梁欢开门进去的时候，梁世超刚在客厅里打完一套太极拳。见梁欢来了，梁世超一脸惊奇地道："哟，这是谁啊？一大早的，竟然跑我这儿来了！怎么，昨天晚上相亲失败，来我这儿诉苦了啊？"

梁欢："……"听听，听听，这是一个亲爹应该说的话吗？

说实话，这老头儿，梁欢每次一看见他，就忍不住想狠狠地怼他。然而，梁欢此时此刻肩负重任，只能深吸一口气，朝梁世超笑了笑，道："相亲……还行吧……"

至少从昨天晚上他们家小曦曦发过来的聊天内容，他得知小曦曦的心里还是有他的，至于其他的，只能一步一步慢慢来了。

"那你不再接再厉约人家女孩子出去玩，跑回来找我干什么？"梁世超有些疑惑地看了他一眼，随手拿起一旁的毛巾，擦了擦额头上的汗，"怎么，空虚寂寞冷啊？"

梁欢："……"

他伸手从口袋里掏出手机，直接拨通他姐姐的电话号码，然后重新将手机放回口袋，状似不经意地朝自家老爹道："也没什么，就是特地回来感谢你一下。对了，爸，有件事情，我想问问你的看法。"

"什么事，你说。"梁世超放下毛巾，端起茶杯来，轻轻地吹了一口气，然后慢悠悠地喝了一口。

"是这样的，我有一个朋友吧……"梁欢轻咳一声，想了想，朝自家老爹十分委婉地道，"她……未婚先孕了……你……"

他这句话还没说完，梁世超直接噗的一声，把嘴里的茶水全喷了出来。

梁欢身子一侧，堪堪躲过他爹的茶水攻击。

"咯咯……咯咯……"梁世超被茶水呛得干咳了好几声，这才抬起头来，看着梁欢，道，"以我多年畅游微博的经验，一般这个我有一个朋友吧，都是指的自己……"梁世超瞪着梁欢，"你……该不会让哪个姑娘未婚先孕了吧？"

梁欢：？

梁世超咂了咂嘴，忍不住又追问道："你……该不会昨天晚上把宋佳曦给那什么了……然后又那什么了……结果今天就那什么了，所以……你才特地一大早回来，想要问问我的想法？”

“我不是！我没有，怎么可能？！”梁欢顿时涨红了脸，看着自己的老爹，“你一天到晚都在想什么呢？这么大年纪了，少刷点儿微博！”

梁世超听着他的话，直接白了他一眼，道：“我不多刷点儿微博，怎么跟得上时代的潮流？你知道昨天的热搜是什么吗？你什么都不知道，你还不如我！”

梁欢忍不住翻了个白眼，道：“行行行！全世界你最潮，行了吧？那你倒是回答我的问题啊！你对……女孩子未婚先孕是什么样的看法？”

“什么什么样的看法，我能有什么样的看法？！”梁世超没好气地瞪着他，道，“这种女孩子就是不懂得自尊自爱，证都没有跟人家领呢，就怀孕了！怀孕了怎么办，打掉还是生下来啊？打掉，那好歹是一条人命，作不作孽啊，你说？！你要生下来，人家如果愿意跟你结婚倒也罢了，人家要是不愿意跟你结婚呢？转头甩了你，还是钻石王老五、单身贵族，而你呢，你就是个单亲妈妈，啥也不是！以后再结婚的话，哪个正经人家敢要你？还不如人家二婚的抢手！”梁世超越说越来气，唾沫星子飞得到处都是，“我警告你啊，你可别让哪个女孩子未婚先孕，被我知道了，看我不打断你的狗腿！”

梁欢沉默片刻，终究还是小心翼翼地迈出了那一步，道：“爸，如果……我是说如果……如果是我姐，未婚先孕了呢？”

上一秒还在唾沫横飞的梁世超，瞬间安静下来。他瞪大眼睛，盯着梁欢好一会儿，嘴唇动了动，半晌才小心翼翼地道：“你……你姐未婚先孕了？孩子是谁的？”

“这个……”梁欢咬了咬牙，声音低低地道，“孩子是谁的我也不知道……我姐也不愿意说……”

“那……那怀孕几个月了？”梁世超声音颤抖着问道。

“就……大概……快六十个月了吧……”梁欢有些心虚地朝自家老爹道。

“六十个月？！”梁世超一愣，满眼疑惑地道，“什么意思？！”

“嗯……先是怀了十个月……然后生下来又过了四年多，就是将近六十个月吧……”梁欢说着，声音越来越低，到最后干脆就没声了。

梁世超一脸茫然地看着他，半晌才回过神来，道：“你……你这意思是……我的大外孙……已经四岁了？”

“嗯。”梁欢点了点头。

“那人呢？我大外孙人呢？！还有你姐人呢？！”梁世超端着茶杯的手都在哆嗦，急切地问道。

“就……在门外呢……”梁欢深吸一口气，道。

梁世超听到这句话，先愣了一下，随即放下手中的茶杯，大步流星地朝别墅门外走去。

第12章　你们家梁医生火了

梁世超推开别墅的大门，看着停在别墅门口的车，脚下一个踉跄，飞快地朝车子奔去。

梁清打开车门，牵着梁乐的手从车上下来。看着眼前的梁世超，她有些尴尬又心虚地喊了一声："爸……"

"你……"

梁世超的目光在梁清和梁乐的身上来回转悠，手哆嗦着，一会儿指向梁清，一会儿指向梁乐，一时之间，竟然不知道该说些什么才好。

梁乐乖乖地牵着妈妈的手，仰着脑袋看着妈妈，奶声奶气地道："妈妈，他就是外公吗？"

梁清抿了抿唇瓣，轻轻地拍了拍梁乐的脑袋，道："乐乐，去，喊外公！"

"外公！"梁乐一听这话，立刻迈着一双小短腿，张开双手，屁颠儿屁颠儿地朝梁世超奔了过去。

梁世超眼看一个白白净净、粉嫩可爱的小团子朝自己奔来，瞬间感觉自己的心融化了。他蹲下身子，张开胳膊，将梁乐抱进怀里，任由那软乎乎的小脑袋在自己的脸颊上蹭了蹭，激动地开口道："你就是我的大外孙啊？你叫什么名字啊？"

"我叫梁乐！小名叫乐乐！"梁乐被梁世超抱在怀里，一双小手有些好奇地摸摸梁世超的头发，又摸摸他的胡子，像个小大人儿一般，道，"因为舅爸爸叫梁欢，所以我叫梁乐，这样我和舅爸爸就是欢乐组合啦！”

梁世超听着他的话，开心得直点头，道：“叫乐乐好，外公希望你一生都幸福快乐！”

“外公，你跟妈妈说的不太一样哦！”梁乐一双小短胳膊圈在梁世超的脖子上，任由他将自己抱起来，“妈妈说你很凶很凶的，要是我不乖的话，还会被揍！可是外公一点儿都不凶啊，笑眯眯的，很可爱！”

“你妈都这样说我？”梁世超抱着梁乐站起身来，一双眼睛朝梁清看了过去。

“呃……我不是，我没有，爸，你别听他瞎说！”梁清立刻心虚地否认道，“我……就是给他讲了几件我小时候调皮挨打的事情……而已……”

“哼！”梁世超瞪了她一眼，直接抱着乐乐转身朝别墅大门内走去，“有什么话，回去再说，我还要好好跟你算账呢！”

梁清：“……”

她转头朝梁欢偷看了一眼，看到梁欢朝她比了一个“OK”的手势之后，这才放心地跟着进了别墅大门。

此时，宋佳曦正躺在自己柔软的大床上做着美梦。她的微信提示音不停地响着。她迷迷糊糊地拿过手机，随便瞥了一眼，上面竟是江小柔发来的一连串消息。

江小柔：“天啊！小曦曦，你知道吗？你们家梁医生火了啊！”

江小柔：“你快起来看啊！抖音上有个偷拍你们家梁医生的视频，点赞数都三百多万了啊！”

江小柔：“好像是一个网红主播拍的吧？下面一堆人求梁医生的联系方式呢！”

再下面，是江小柔发过来的视频。

宋佳曦点开那条视频看了一眼。视频的开始，是昨天晚上那个叫薄荷茶兔兔的网红女主播对着镜头笑嘻嘻地说：“快看，快看，那边有个帅气的小哥哥，今天我就来给你们示范一下，怎样撩帅气的小哥哥，第二十八弹！”

她说完这句话，视频镜头就一转，转向站在不远处的梁欢。

因为视频镜头开了美颜功能，原本在现实里清朗帅气又带着一丝高傲气质的梁欢，看起来竟然有了阴柔美。

薄荷茶兔兔一路小跑地朝梁欢奔去，声音甜甜地道："那个……小哥哥，我能不能跟你问个路？"

梁欢皱着眉头朝镜头看了一眼，眼神清冷而疏离，声音淡淡地道："问什么路？"

"到你心里去的路。"薄荷茶兔兔抬起头来，一双戴着美瞳的大眼睛满含期待地看着梁欢。

紧接着，下一秒，宋佳曦就清清楚楚地听到梁欢冷笑了一声，道："不好意思，死路一条。"再然后，就是梁欢臭着一张脸道："我同意你们直播了吗？谁让你对着我一直拍的？"

紧接着，视频没有了画面，只剩下一片漆黑，白色的字幕弹了出来。

"那又怎么了？我同意你们拍我了吗？

"我不喜欢加陌生人的微信。

"别一口一个小哥哥、小哥哥地叫，说不定你年纪比我还大呢！我说了我不想加微信，你听不懂吗？"

梁欢说完那些话，视频里重新出现薄荷茶兔兔满是遗憾的脸："不好意思啦，各位，今天的撩小哥哥教学失败。唉……兔兔会好好反省自己是不是魅力不够的，咱们下期再见啦！"

视频播放完，宋佳曦又看了一眼，江小柔还特地发了一个链接给她。

江小柔："你点这个链接，可以直接打开抖音，里面还有评论呢！哈哈哈哈。"

江小柔："那个薄荷茶兔兔原本发这条抖音的时候，肯定以为大家都会帮她说话，没想到下面一堆人骂她活该！哈哈哈哈。"

江小柔："评论里都是夸你们家梁医生好帅的，还说自己要是有这样的男朋友，肯定有满满的安全感。"

江小柔："小曦，小曦，小曦曦，你怎么不回复我啊？你是不是和野男人约会去了？"

宋佳曦一路翻到江小柔发给自己的最后一条信息，忍不住扯了扯嘴角。这家伙，自己每次不回复她的时候，她都是这一句。

宋佳曦拿着手机，懒洋洋地打了两个字过去："刚醒。"

江小柔："姐姐，这都快十二点了，你怎么还没起床啊？该不会昨晚纵欲过度了吧？"

宋佳曦："这位同学，你是说你自己吧？"

江小柔："哈哈哈，怎么可能？昨天我爸妈来了，还从老家带了好多水蜜桃，顾医生都没好意思住我这儿。"

江小柔："对了，我还让顾医生带了一些水蜜桃给你。既然你已经醒了，那我让他给你送过去！"

宋佳曦连忙回复道："别！我只是睡醒，但还没起床，还想在床上再赖一会儿。等我起来洗漱好了，我会自己过去拿的！"

江小柔："那行吧，那我先去吃饭了啊！"

宋佳曦："你可以跪安了。"

微信终于安静下来，宋佳曦点开江小柔刚才发的链接看了一眼。视频点赞数已经有三百多万了，留言也超过五万条。

她随手点开留言看了一眼，一群人直夸梁欢长得帅，并且讨要联系方式。

宋佳曦又往下翻了翻，竟然还有人留言说："这不是省口腔医院正畸科的梁医生吗？我在他那里看过牙，梁医生是真的帅啊！"

这条留言下面还有一堆问题："快告诉我是哪里的省口腔医院！他日若是我追到了梁医生，必定涌泉相报！"

宋佳曦看着那些留言，忍不住扯了扯嘴角。

网络时代，一个人真是可以莫名其妙地火起来……

哦，不对，梁欢也不算莫名其妙地火起来，他毕竟是靠自己那张脸火起来的……

宋佳曦又翻了一会儿留言，觉得没什么意思，直接退出抖音。

她在床上趴了一会儿，在被窝里赖够了，这才起床洗漱去了。洗漱完毕，她换好衣服，迟疑着给顾朗发了一条信息："顾医生，你在家吗？"

片刻之后，顾朗的消息便回了过来："我在呢。"

宋佳曦："小柔说她让你帮我带了一些水蜜桃，我现在来拿，你方便吗？”

顾朗：“方便方便，你来吧！”

宋佳曦放下手机，又给自己做了一番心理建设，这才打开自家大门，走到1902室门口，敲了敲顾朗家的门。

吱呀一声，大门被打开，顾朗站在门里，笑眯眯地看着宋佳曦，道：“宋小姐。”

“顾医生。”宋佳曦朝他点了点头，已经做好会听到另一个声音的准备，然而她没想到的是，竟然没听到梁欢的声音。

顾朗侧了侧身子，道：“进来吧，水蜜桃我放在冰箱里了，你稍等一下，我给你拿出来装好。”

“好。”宋佳曦点点头，直接进了门。

她站在客厅里，一双黑白分明的大眼睛不由自主地朝梁欢的卧室瞥了一眼。

他的房门没有锁，门是开着的，里面一点儿动静都没有。

大概察觉到宋佳曦的目光，顾朗转过头来，朝她笑了一下，道：“欢哥不在家。”

宋佳曦立刻收回目光，有些尴尬地朝顾朗道：“那个……我不是来找梁欢的。”

顾朗听着她的话，朝她投去一个“我懂”的眼神，又意味深长地朝她笑了笑，就继续去拿水蜜桃了。

把水蜜桃装好，顾朗拎着袋子直接朝宋佳曦道：“我帮你拎过去，这些水蜜桃还挺重的。”说完，他就朝宋佳曦的家走去。

宋佳曦顿时有些不好意思地跟上，连声道谢。

等顾朗走了，宋佳曦看着空空如也的客厅，忍不住又掏出手机看了一眼。

自从昨天晚上和梁欢分别之后，直到现在，他都没有发过一条消息给自己。

他……会不会是对她彻底失望了？

宋佳曦迟疑着咬了咬嘴唇，在自己反应过来之前，下意识地发了一条消息给他：“听顾医生说你不在家？”

彼时，梁欢正陪着梁世超、梁清、梁乐在老宅吃午饭。突然听到手机响了，他连忙掏出来看了一眼，竟然是他们家小曦曦发来的消息。

梁欢顿时激动地放下手中的筷子，双手捧着手机，十分不要脸地回了一句：“家里有点儿事，我回老宅了。怎么了？小曦曦，你是不是想我了？”

宋佳曦发完那条消息才回过神来，自己竟然这么直接地发了一条消息给梁欢，搞得好像很在意他去了哪里一样……

她连忙手忙脚乱地点了撤回，结果信息刚刚撤回，就看见梁欢回过来的消息。

宋佳曦：“……”这人是二十四小时时刻盯着微信消息吗？

宋佳曦沉默片刻，只能假装什么都没有发生，道：“啊，你说什么？不好意思啊，我刚刚发错消息了……”

梁欢看着手机屏幕上宋佳曦的回复，忍不住勾起唇角，笑了一下。他顺手就把刚刚的信息截图发了过去，道：“嗯？怎么了？难道除了我，顾朗还有另外一个室友？”

宋佳曦：“……”

她咬了咬牙，涨红了脸，干脆一不做二不休，道：“是啊，我以为顾医生在江小柔那儿呢，所以问了一下顾医生。小柔在不在家，然后我想给小柔发消息确认一下，结果一不小心发给了你。”

梁欢看到她的回复，嘴角的笑容更灿烂了，顺手又截了一张顾朗刚刚发过来的消息截图给宋佳曦。那张截图上，只有顾朗发过来的一句话：“欢哥，刚刚宋佳曦来咱们家了，她还朝你的房间看了一眼。我跟她说，你不在家。”

宋佳曦：“……”

不行，她的人生太艰难了……

这对话，她快要进行不下去了。

这么一想，宋佳曦干脆把手机屏幕给关上，眼不见心不烦。

正在吃饭的梁清一抬头就看见自家弟弟笑得跟傻子一样。她挑了挑眉，忍不住道：“干吗呢？捧着手机笑得像个花痴。”

听到梁清的话，梁欢立刻收起脸上的笑容，淡淡地瞥了她一眼，道：“你懂什么！你知道喜欢的人给自己发信息是什么样的感觉吗？你根本就不知道。”

梁清：“……”这话就有点儿扎心了。这让她想起当初她喜欢的那个人……

想她梁清从小到大要什么有什么，家里有钱，她还有颜值，学习成绩好，身材也好，人生可谓顺风顺水，直到她遇到那个人……

她明目张胆地喜欢他那么久，想尽办法和他偶遇，偏偏他根本不正眼看她，还直接告诉她，两个人不合适……

一想到这里，梁清捏着筷子的手指忍不住用力。

然而，她还没来得及开口反击，一旁的梁世超已经用看穿一切的语气，朝梁欢嫌弃地道：“才发了两条就不发了，人家该不会是发错信息了吧？”

梁欢：“爸，你瞎说什么呢？这会儿不是午饭时间吗？她说自己要去吃午饭了。”

梁世超表情淡然地一边夹菜，一边随口道：“哦……那就是用吃午饭这个借口来中止和你的对话。儿子啊！你可长点心吧！这跟人家说自己要去洗澡了，然后一去不回有什么差别？”

梁欢：“爸，你什么意思？！”

梁世超抬起头来，一双眼睛朝他看过来，不慌不忙地道：“还能有什么意思？人家去洗澡，是因为洗澡不能带手机，所以才不回消息。你这边呢？吃午饭难道不能回消息吗？你不也在吃午饭，你还不是捧着手机笑得跟傻子一样？”

梁欢一听这话，顿时不乐意了，把手机放到桌上，语气愤然地朝梁世超道：“我要是傻子，爸，你是什么？”

梁世超一脸无所谓地道：“我是你爹！但你的傻属于后天变异，跟先天遗传没有一毛钱关系。”

梁欢：“……”这饭快要吃不下去了！

眼看父子俩就要吵起来，梁清赶忙岔开话题：“小欢有喜欢的人了啊？这是好事儿啊！什么时候把人家姑娘约出来，一起逛街呀？”

“哼。”梁世超趁着梁欢还没开口，直接道，“早着呢！他想追人家姑娘，可是不容易啊！五年前跟人家分手了，连挽留都没有挽留，这都过了五年了，他想吃回头草，呵……”

梁欢：“……”

“五年前分手了？”梁清一脸疑惑地转过头来，看着梁欢，道，“你什么时候谈的女朋友啊？我怎么从来没听你提起过？”

梁欢长长地叹了一口气，道：“唉……别提了……往事不堪回首。”

正在旁边用手抓着鸡腿大口大口啃肉的梁乐听到这句话，顿时开心地举着鸡腿，含混不清地道：“介个我会耶（这个我会耶），小楼桌夜又东轰（小楼昨夜又东风），故国不堪回首月明窘（故国不堪回首月明中）。”

梁欢听完，顿时一脸惊奇地看向自己的姐姐，道：“乐乐还会背李煜的词？”

梁清一脸骄傲地看着他，道：“还有唐诗三百首，乐乐最起码已经背了一百多首了。”

“这么厉害吗？”梁欢转过头来看着梁乐，一双清澈的眼眸里满是宠溺和笑意，“那乐乐知道自己刚才背的那首是什么意思吗？”

梁乐眨巴眨巴眼睛，默默地摇了摇头。

“他不知道词的意思，只是会背而已。”梁清替梁乐解释道，“他这个年纪，正是记忆力好的时候，先把该背的都背了，等以后长大，自然而然就知道是什么意思了。”

梁世超淡淡地瞥了一眼姐弟俩，随便夹起一块排骨，放到自己的碗里，道：“清清这次回国准备待多久啊？听小欢说，你打算让乐乐在国内上小学？”

“嗯！”梁清朝老爹点了点头，道，“要说教育，国外确实名牌大学比较多，但中小学教育还是国内靠谱一些。我不希望乐乐一直待在美国，时间长了，连自己是谁都不知道。”

梁世超听着她的话，点了点头，道：“有道理，咱中国人，不能忘了自己的根在哪儿。对了，你既然回来了，那集团那边，你……”

还没等自家老爹说完，梁清连忙道：“爸，你看我都在国外这么多年了，对国内现在的状况也不太了解，而且这些年我一直都是搞装修设计的，你让我去接手集团事务，我哪会啊……这不是还有小欢吗？”

梁世超听着她的话，没好气地白了她一眼，道：“就知道你们一个两个的，谁都指望不上，你就一门心思地搞你那什么装修设计，说起来好听，实际上还不是去给人家刷墙、铺地板、装家具！还有你弟弟，也不知道他那个年薪三十万的牙医有什么好当的，天天盯着别人的大门牙，这嗜好真特别！”

梁清和梁欢听着自家老爹的话，默默地低下头，不反驳。

梁世超瞪了他俩一眼，将慈爱的目光转向已经啃完鸡腿的梁乐，道：“乐乐呀，以后跟着外公一起管理集团好不好？”

梁乐仰起脑袋，一双圆溜溜的眼睛看着梁世超，奶声奶气地问道：“外公，管理集团是什么？”

“唔……就是外公有一家公司，旗下有一个超大超大的商场，以后这个大商场就由你来管，好不好？”梁世超循循善诱道。

“大商场？”梁乐顿时眼睛一亮，道，“那我要是管大商场的话，商场里的玩具也都归我吗？”

“那当然，整个商场都是你的！”梁世超十分肯定地道。

梁乐忙不迭地点头道：“好！我要跟着外公管理大商场！”

梁清：“……”

梁欢：“……”

姐弟俩默默地看了对方一眼，从彼此的眼睛里看到对自家老爹的浓浓的鄙视之色。

吃过午饭，梁世超把梁清叫进书房，两人谈了好长时间，梁欢就陪着梁乐在客厅里玩。

下午阳光正好，梁欢不经意间瞥见别墅外面院子里洒落的一地光影，忍不住长长地叹了一口气。

梁乐从他背后跳上来，双手环住他的脖子，一脸好奇地道：“舅爸爸，你在叹什么气啊？”

“没什么，就是突然想起了一个人。”梁欢握着梁乐胖嘟嘟的小手，轻轻地笑道。

“谁呀？”梁乐歪着脑袋，长长的睫毛像两把小扇子。

梁乐盯着他，眨巴眨巴眼睛，突然压低声音道：“是不是想起了你喜欢的人？”

梁欢听着他的话，忍不住笑出来。他伸手捏了捏梁乐粉嫩的脸蛋，觉得好笑地道：“你一个小孩子，懂什么叫喜欢！”

“我懂啊！喜欢就是想和对方在一起，时间越长越好。”梁乐像个小大人儿一样朝梁欢道，“就像我喜欢妈妈一样，我希望从早到晚都待在妈妈身边，不要去幼儿园。”

梁欢听着他的回答，忍不住扑哧一声笑出来。

一双小手搂着他的脖子，梁乐继续道：“舅爸爸，你喜欢的那个人是什么样的呀？”

“我喜欢的人啊……”梁欢抱着梁乐坐在客厅沙发上，看着别墅外面璀璨的阳光，笑了笑，道，“是个很可爱、很容易害羞的女孩子。”

那时候的天好像总是很蓝，阳光好像总是很灿烂。他每次看见宋佳曦的时候，她的脸上都挂着甜甜的笑容。

在他们确定关系之前，有一次，学校里组织活动，让每个年级每个系派几名代表，一起去参加敬老院的活动。

一大清早，他和几个同学站在指定的地点等校车来接，结果一眼看到穿着羽绒服和短裙的宋佳曦。那个时候，他还不知道有一种东西叫“光腿神器”。他站在初冬清晨的寒风中，看着宋佳曦“光”着腿走过来，不由自主地打了个哆嗦。

这么冷的天，还敢光腿穿裙子，这女孩真是位勇士啊！

等到走近了，宋佳曦大概也看到了他，顿时脸上一红，赶忙转过身去，背对着他。

他看她这样，忍不住想要逗逗她。于是，等到所有人到齐后，大家排队上校车时，他故意走到宋佳曦身后，和她一起上了校车。

先上车的同学坐前面，后上车的坐后面。宋佳曦正好坐到校车中部靠窗的位子。梁欢就跟在她身后，直接坐在她旁边的位子上。

等他坐下来，宋佳曦转头看了他一眼，顿时红着脸惊讶地道：“学……学长？”

窗外的阳光正好照在她身上，她头顶细小的绒毛在阳光中被染上淡淡的光晕

“学妹早啊！”梁欢笑眯眯地朝她打了声招呼。

“我……那个……学长你……”白皙纤细的手指指了指自己，又指了指梁欢，红润的唇微微张了张，宋佳曦却是半晌都说不出话来。

梁欢一脸淡然地看着她，不慌不忙地道：“这么巧啊，又遇到

你了。”

宋佳曦眨眨眼睛，只能红着脸附和道：“是……是啊……好巧啊。”

“所以，我们是不是很有缘分？”梁欢的眼眸中闪过一抹促狭的光芒，他一只手搭在前面座椅的靠背上，另一只手搭在自己座椅的扶手上，完全堵死了从里面座位走出去的路。

宋佳曦听着他的话，红着脸，不知道该怎么回答。

眼看她涨红了脸，梁欢忍不住笑了笑，没有继续逗她。

等到校车上的人全部坐下，带队老师清点了一下人数，确认人到齐之后，校车开始晃晃悠悠地朝敬老院开去。

从出发地点开往敬老院，至少要一个多小时。本就是冬天，车上暖气又开得很足，车子开出去没多久，学生们就昏昏欲睡起来。

宋佳曦已经困得不行，可她一睡着，脑袋就会不由自主地靠到车窗上去。坚硬冰冷的车窗和她的额头一碰触，立刻将她的睡意赶走一半。

然而，车子继续晃一晃，她就又困了，一睡着，脑袋又磕到车窗上。如此来来回回好几次，坐在她身边的梁欢终于看不下去了，直接伸手将宋佳曦的脑袋按到自己的肩膀上，声音低沉温柔地道：“睡吧，我的肩膀借给你。”

“我……不用……”宋佳曦的脑袋刚一碰到梁欢的肩膀，立刻触电般弹了起来。

梁欢觉得有些好笑地看着她，道：“怎么了？不困了？”

“不……不是……”宋佳曦羞红了脸，看着梁欢帅气的脸，不好意思地道，“那个……我其实不是特别困……”

“哦……”梁欢眨眨眼睛，面带微笑地看着她，厚颜无耻地道，“可是我有点儿困……要不学妹把肩膀借给我睡一会儿吧，好不好？”

宋佳曦：？

梁欢一脸无奈地道：“你看，我的座位靠过道，旁边连让我靠的窗户都没有，昨天晚上我看书看到很晚，今天还没睡够就被叫来参加活动。学妹要是不介意的话，能不能把肩膀借给我睡一会儿？”

“我……”宋佳曦张了张嘴，还没来得及回答，梁欢已经将脑袋放到她的肩膀上。

他调整了一下坐姿，找了个舒服的姿势，闭上眼睛，声音低低地道："好困……我先睡一会儿，到了之后，麻烦学妹喊我一下。"

宋佳曦在他脑袋放在自己肩上的瞬间，整个人都僵住了。她的鼻息间传来一阵淡淡的清香，是那种男孩子特有的、阳光的味道。

他的头发轻轻地扫过她的脖颈，让她忍不住缩了缩脑袋。她就这么僵直地保持着一个姿势，直到实在抵挡不住困意，睡了过去。

她再次醒来的时候，发现原本靠在自己肩上的梁欢竟然坐直了身子，而她的脑袋竟然就枕在他的肩膀上。然而这些都不是关键，关键是，她刚刚在睡梦中，梦到自己参加高中同学聚会，一帮人在吃烧烤，一串一串又一串，害得她口水直流。

醒来之后她才发现，虽然同学聚会是一场梦，但她的口水直流却不是梦。她真的把口水蹭到了梁欢的肩膀上，虽然只有一点儿！

宋佳曦立刻坐直身子，红着脸偷偷地瞄了梁欢的肩膀一眼。这……大冬天的，大家衣服都穿得这么厚……学长他……应该没有察觉到吧？

就在她心中各种敲小鼓的时候，身边的梁欢带着一丝笑意道："睡醒了？"

"呃……嗯……"宋佳曦顿时心慌得不知道目光该往哪儿瞄才好。

"马上快到敬老院了。"梁欢看着她脸红到不行的样子，忍不住笑了笑，道，"你的脸怎么那么红，该不会是热的吧？"他一边说着一边伸出手来，手指轻轻地碰了一下她的手背。让他没想到的是，她的手背竟然一片冰凉。

梁欢皱了皱眉，语气带着一丝关心，道："你的手怎么这么凉？是不是穿得太少了？这么冷的天，你还光着腿穿裙子出来，不怕冻着吗？"

宋佳曦听着他的话，一脸茫然地抬起头来看了他一眼。下一秒，她一个没忍住，笑了出来，道："我没有光腿啊！我穿着很厚的连裤袜……"

梁欢低头看了一眼，她黑色的短裙下是一双纤细匀称的腿。只是……这看起来确实像什么都没穿啊……

宋佳曦看着他眼睛里满满的问号，忍不住伸手捏着自己腿上的连裤袜，拎起来一小揪，道："你看，是很厚的肉色连裤袜。"

梁欢："……"是他孤陋寡闻了。

他有些无奈地朝宋佳曦笑了笑，道：“你们女生……还有这种奇怪的装备？”

“嘿嘿。”宋佳曦一脸得意地笑了笑，倒是没有了刚开始的拘谨感。

眼看着前面拐个弯就到敬老院了，带队的老师站了起来，扯着嗓子大声喊道：“同学们都醒一醒啊！我们快要到达目的地了，大家都清醒清醒，保持良好的精神状态，我们过会儿就要下车了啊！”

昏昏欲睡的学生们纷纷迷迷糊糊地睁开眼睛。

果然，几分钟后，车子就在敬老院门口停了下来。

带队老师率先跳下校车，站在车子外面，大声道：“一个一个地下车，按顺序排队，大家慢一点儿，不要着急。”

眼看前面的学生下得差不多了，宋佳曦和梁欢这才站起身来，在过道里排队等待下车。

他们排队的时候，宋佳曦突然听到身后有个男声奇怪地道：“咦，欢哥，你肩膀上怎么湿了一块？”

“什么？”听到这句话，梁欢回头看了同学一眼，目光顺着同学手指的方向——自己的左侧肩膀看过去。果然，在他肩头的位置有一小块圆圆的深色印记，看起来像是沾上了水渍。

梁欢看到那块深色印记，似有若无地朝宋佳曦瞟了一眼。

宋佳曦顿时脸颊红得不行，赶忙低下头来，假装什么也没看见、什么也没听见。

梁欢勾起唇，微微笑了笑，然后朝自己的同学道：“哦……可能是不小心蹭到哪儿的水了吧！没事儿，过会儿就干了。”

他这句话说得很随意，听的人便也随意地点了点头。毕竟只是一件微不足道的小事，谁也不会揪着衣服上的一块水渍不放。

从车上下来之后，外面冰冷的空气一下子就将众人包裹住。

宋佳曦呼吸着冰凉的空气，一个不适应，连着打了好几个喷嚏。

梁欢站在她身边，声音温柔地问道：“冷吗？”

“不冷……”宋佳曦用力地吸了吸鼻子，双手插在羽绒服的兜里，声音闷闷地道，“就是刚才车里太热了，这一下车，冷热交替有点儿刺激，才打了好几个喷嚏。”

"嗯。"梁欢点点头，应了一声，突然又道，"刚才我肩膀上的那处水渍……该不会是你睡觉时流的口水吧？"

"我……"宋佳曦原本以为这事儿已经过去了，没想到梁欢会在这时突然提了起来。她红着脸，眼神有些闪烁地看着梁欢，"那个……学长，我……我不是故意的……"

"没事，你不要紧张，我就是随便问问。"梁欢眼眸微垂，看着她紧张到不行的样子，笑着道，"我又没有怪你。"

听他这么说，宋佳曦顿时更加不好意思了，道："学长，等回去之后，你把外套给我，我……我帮你洗干净，再还给你。"

"啊？"梁欢假装一脸惊讶地看着她，道，"那怎么好意思……"

"没事没事，应该的……"宋佳曦赶紧认真地道，"学长千万不要跟我客气！"

"哦……那我就不客气了？"梁欢试探着道。

"不用客气，真的不用客气！"宋佳曦连连点头道。

站在队伍前面的老师突然扯着嗓子朝他们两人喊道："站在后面的两个学生，不要再讲悄悄话了！你们两个从下车开始一直讲到现在，我刚刚都说了些什么，你们听了吗？！"

老师话音刚落，站在宋佳曦和梁欢前面的那些学生立刻回过头来，朝他们两人看过来。

有认识梁欢和宋佳曦的同学看到他们站在一块儿，便开始朝他们挤眉弄眼，一个劲儿地吹口哨。

梁欢一脸坦然地站在宋佳曦身后，双手插在裤兜里，接受着所有人的目光。

倒是宋佳曦，低着脑袋，恨不得在地上找条缝儿钻进去。

那带队的老师认识梁欢。梁欢毕竟是学校里的风云人物，只是老师眼看他脸上一点儿不好意思的神色都没有，有些生气地朝他抬了抬下巴，道："梁欢，我刚才说的，你知道吗？"

梁欢沉默片刻，一脸诚恳地看着老师，道："抱歉，老师，你刚才说的我没有听到。"

"我就知道你没有听到！"老师顿时气呼呼地道，"你就光顾着跟身边的女生说话，怎么了？歧视老师没她长得好看吗？！"

老师说完这句话，周围的学生顿时发出一阵哄笑。

宋佳曦的脸红得更厉害了。

倒是梁欢，一副优哉游哉的模样，朝老师微微一笑，道："毕竟同性相斥，异性相吸，老师，您长得没她好看，不是您的错，咱俩性别相同，才是根本原因。"

"哈哈哈哈哈……"

那帮学生顿时笑得更厉害了，有几个男生直接把手指放进嘴里，吹了好几个响哨。

老师被梁欢气得直摇头，站在队伍最前面，双手拍着巴掌，大声道："好了好了，你们一个个的都别笑了，人家梁欢至少还有女生站在身边陪着说话，你们呢，还不是只能站在这里听我说话？"

他这句话一出，四周的笑声戛然而止。

老师看着那些学生憋屈到不行的表情，忍不住在心里冷笑一声。哼！怼不过梁欢，我还怼不过你们吗？

他把此次活动的要点，以及需要特别注意的地方又跟所有人说了一遍，这才举着手中A大的旗子，朝敬老院的大门走去。

敬老院门口，早有工作人员等着了。见他们过来，工作人员立刻笑眯眯地迎上。

来敬老院看望老人是A大多年以来的优良传统。每个月，A大都会组织不同的学生去敬老院，有的帮忙打扫卫生，有的推老人出去晒太阳，有的陪老人下棋聊天。总之，敬老院每个月都会热闹一次。

宋佳曦不太爱下棋，也不太爱说话，干脆选了打扫卫生这个项目。

她手里拎着一桶水，另一只手拿着一块抹布，开始认真地擦窗户。只是她擦着擦着，梁欢就莫名其妙地出现在她身边。

"学妹，擦窗户呢？"梁欢笑眯眯地斜倚在一旁的墙壁上，直直地看着宋佳曦。

宋佳曦抬起头来看了梁欢一眼，点点头，喊了一声："学长。"

"需要帮忙吗？"梁欢卷起袖子，不知道从哪儿变出来一块抹布，站在宋佳曦身边，道，"我看高处的玻璃，你好像擦不到，要不我帮你吧？"

"哎？"宋佳曦微微一怔，迟疑片刻，然后点点头，道，"那就麻烦学长了。”

“不麻烦。”梁欢笑眯眯地将手中的抹布放到水桶里打湿了，连挤都不挤，直接朝高处的玻璃招呼过去。

“啊——”抹布上的水顺着窗户的玻璃直接滴在宋佳曦的脑袋上。

听到身边的惨叫声，梁欢微微一怔，赶忙将手中的湿抹布放了下来。他眼睁睁地看着水沿着宋佳曦的额头缓缓往下流，连带着她额前的刘海都湿了一片。

“抱歉，抱歉，我不是故意的……”梁欢赶忙用袖子给宋佳曦的脑袋擦了擦，等他擦得差不多了，把袖子抬起来的时候，宋佳曦额前的刘海早已被他擦得乱糟糟的，就像荒地里的杂草，横七竖八地贴在额头上。

“噗……”梁欢看着眼前的景象，一个没忍住，笑了出来。

宋佳曦：“……”

她转头看着窗玻璃上自己的影子，突然觉得内心很绝望。

梁欢笑完，仿佛终于意识到自己做得不对，连忙敛去唇边的笑意，诚恳地朝宋佳曦道：“抱歉……我不是故意要笑你的。”

宋佳曦：“……”这个学长……简直就是魔鬼！

梁欢强忍着笑意，看着眼前的宋佳曦，突然，双手捧住她的脸颊，目光微垂，声音温柔地朝她道：“没关系，就算刘海乱了，你也依然很可爱！”

他的指尖有些冰凉，碰触在她脸上，瞬间让她整张脸都变得通红通红的。

宋佳曦连忙转过头，打掉他的手，磕磕巴巴地道：“你……你擦窗户都不知道要把抹布挤干的吗？”

梁欢抿着唇笑了一下，道：“抱歉啊……这是我人生中第一次擦窗户……”

宋佳曦：“……”你连窗户都没擦过，来帮什么忙？！是来帮倒忙的吗？！

她有些无语地看了梁欢一眼，默默地拿起自己的抹布，拎上水桶，转身朝另一扇窗户走去。

梁欢赶忙迈开长腿跟上，道：“我真的不是故意的。过会儿活动结束，我带你去美发店把头发洗一下吧？抱歉，真的抱歉！”

“没事……”宋佳曦声音闷闷地道，“我自己回宿舍洗一下就行了。”

“不行，是我把你头发弄湿的，必须由我负责。”梁欢一把拽住宋佳曦的手腕，很认真地看着她，道，“学长可不是那种不负责任的人。”

宋佳曦抬起头来，冬日的阳光照耀在他的身上，在两人之间洒下一片暖意。他幽深的眼眸带着浅浅的温柔的笑意，那一瞬，她恍若看见温柔的天使。只是这话……听起来，不知道为什么，好像有点儿暧昧？

宋佳曦迟疑了片刻，终究还是红着脸点头答应了。

见她答应，梁欢那张清秀帅气的脸上顿时露出一个灿烂的笑容。

宋佳曦看着他脸上的笑容，只觉得自己的一颗小心脏在胸腔里扑通扑通跳个不停。

学长……长得也太好看了吧！他这样对着人笑，谁受得了啊？！

宋佳曦咬了咬嘴唇，赶紧转过身去，拿着抹布假装正认真地擦玻璃。

梁欢见她不说话，便也没有再说什么，而是默默地拿起自己的那块抹布，挤干了水，站在她身边，学着她的样子，开始认真地擦玻璃。

两人不说话以后，气氛一下子就变得安静起来。

冬日阳光正好，晒在两人身上，让人感觉暖融融的。

宋佳曦擦着擦着，忽然看到玻璃窗外的院子里，一位满头银丝的老奶奶穿着黑色的长大衣，领口一丝不苟地系着丝巾，脸上化着得体的妆容，推着坐在轮椅上的老爷爷出来晒太阳。

那位老奶奶把老爷爷推到院子里，站在他身边，微微弯腰，一边指着天上白纱一般的云朵，一边笑着和他说话。

老爷爷穿着西装，领口系着领结，头上戴着一顶黑色的羊毡帽，虽然坐在轮椅上，但看起来很精神。

老奶奶看着天上的云，他就满脸笑意地看着老奶奶，院子里偶尔有阵阵微风吹过，岁月静好。

宋佳曦看着院子里的情景，忍不住勾起唇，脸上露出一个感动的笑容。

站在她身边的梁欢显然也看到了院子里的那对老人。他看了一会儿，又转身看了一眼站在自己身边的宋佳曦，突然声音低低地道："宋佳曦。"

"嗯？"宋佳曦转过头，一双清澈圆润的眼睛朝他看去。

梁欢脸上露出一个好看的笑容，淡薄的唇微微动了动，声音温柔地道："我们以后也像他们两人一样，好不好？"

"啊？"宋佳曦愣了一下，一时间竟然没有反应过来他说的"他们两人"是谁。

梁欢伸手指了指正在院子里晒太阳的那对老夫妻，眼睛笑得弯了起来，道："就像他们一样，以后我老了，你也推着我出来晒太阳，好不好？"

"我……"宋佳曦顺着他手指的方向看了一眼，一张白皙粉嫩的小脸瞬间变得红红的。学长这……这是在说什么呢……什么等以后他老了，让她也推着他出去晒太阳啊……

梁欢眼看她的脸又变红了，唇角的笑意更加明显，道："嗯？学妹，你怎么不说话了啊？到底好不好啊？"

"你……"宋佳曦被他追问得有些不好意思，只得低着头，用蚊子哼哼般的声音低低地应了一声，"好……"

"嗯？你说什么？"梁欢朝她挑了挑眉，故意逗她道，"你刚刚是在说好还是不好啊？"

宋佳曦的脸顿时更红了。

唉，那个时候的小曦曦真是又可爱又爱脸红啊……

梁欢从回忆中回过神来，又看了一眼坐在自己身边一边啃手一边看电视的梁乐，忍不住捏了捏他粉嘟嘟的脸蛋，叹了一口气，道："问君能有几多愁，恰似一江春水向东流啊……"

梁乐听了梁欢的话，转过头来，眨巴眨巴眼睛看着他，道："舅爸爸，你在愁什么呀？是不是愁自己找不到女朋友啊？"

梁欢轻轻地叹了一口气，道："找肯定是能找到的，就是不知道要多久而已……"

梁乐也跟着轻轻地叹了一口气，道："唉……十年生死两茫茫，不思量，自难忘！”

梁欢听着他念的词，直接一巴掌拍在他的后背上，道：“你懂这词是什么意思吗？在这儿乱用，给舅舅换一首！”

“哦……”梁乐歪着脑袋想了想，奶声奶气地重来了一句，“此情可待成追忆，只是当时已惘然！”

“你妈妈都让你背了些什么啊？！”梁欢顿时被梁乐气笑了，“你就不能给舅舅背点好的吗？”

梁乐有些不开心地朝梁欢嘟了嘟嘴，道：“舅爸爸，你的要求真多！我背最后一首！君住长江头，我住长江尾，日日思君不见君，共饮长江水。”

他背完这首诗后，晃着一双小短腿，继续啃手看电视。

梁欢：“……”他严重怀疑，梁乐是不是偷窥了他的生活……

他现在的生活，简直是“君住01室，我住02室，日日思君不见君，共走楼道板”……

唉……

楼上书房里，梁清和梁世超已经就过去五年的生活彻头彻尾地聊了一下。

此时，他二人走出书房，走下楼梯，看了一眼坐在客厅里正陪梁乐看电视的梁欢，忍不住同时叹了一口气。

他们这一家，为什么情路如此坎坷？难道情场不顺这种事情，也会遗传的吗？

在老宅待了两天后，周一，梁欢从别墅开车去了医院。

梁欢一进他们科室，就觉得气氛不太对劲儿，也说不出到底哪里不对劲，就是……感觉每个人看他的眼神都怪怪的。

虽然是星期一，但因为现在正值暑假，来牙科医院矫正牙齿的学生还是非常多的。

梁欢忙碌了一上午，临近中午下班的时候，好不容易有了一点儿休息的时间，他们科室的张主任竟然跑到他的桌子前，用手指敲了敲桌面，道：“梁医生，过来一下。”

“嗯？”梁欢微微怔了一下，随即站起身来，跟在张主任的身后去了主任办公室。

到了主任办公室，张主任慢悠悠地用一次性水杯在饮水机上接了杯热水，放在办公桌上。接着，他在自己的位子上坐下，朝梁欢比了个手势，道：“坐吧。”

梁欢依言坐下。

张主任又说：“喝水。”

梁欢满眼问号地看着张主任，迟疑地道：“主任，你……是不是有什么事情要跟我说？你要是有事就直说吧，你这样……我有点儿害怕……”

“怕什么怕，我还能把你吃了不成？”张主任扯了扯嘴角，道。

梁欢朝他笑了笑，默默地拿起桌上的一次性水杯，喝了一口水。

张主任双手交叉坐在办公桌后面，一双睿智深沉的眼睛盯着梁欢好一会儿，突然开口道：“梁医生，我发现你其实长得还挺帅的。”

“噗——”

梁欢听到他的这句话，一时没控制住，直接把刚刚喝进嘴里的水全部喷了出来。他一边咳嗽，一边抽过桌上的面纸，擦了擦嘴角，一脸惊恐地看向张主任，道：“主任，你喊我过来，就是为了和我说这个？”

张主任脸上的神色也略微有些尴尬。

梁欢害怕地将水杯重新放回桌上，一双胳膊紧紧地环住胸口，道：“主任，你死心吧，我们是不可能的。我已经有喜欢的女孩子了，就是上次想要换主治医生的那个。主任，你别忘了，你还领了我发在群里的红包啊……”

张主任听着他的话，顿时没好气地瞪了他一眼，道：“我对你不感兴趣。”

“哦……那就好。”梁欢顿时放松下来，用疑惑的眼神看着张主任，道，“那你干吗喊我来办公室，什么话都不说，就夸我长得帅……我长得帅又不是一天两天的事情了……”

张主任有些无语地看着他，伸手推了推鼻梁上的眼镜，扯了扯嘴角，道：“梁欢，你要点儿脸！”

梁欢嘿嘿一笑，倒是不说话了。

“喀喀……是这样的。”张主任想了想，觉得还是把事情从头到尾说清楚比较好，于是看着梁欢的眼睛，认真地道，“咱们杨院长有个女儿，你知道吧？”

梁欢点点头，道：“我知道啊，今年初三刚毕业，听说中考考得还挺好的。”

“小孩子嘛，喜欢的就是那些东西，微博啊、抖音啊、游戏啊。”张主任有些无奈地道，“周末，杨院长的女儿在家刷抖音，正好杨院长喊她吃饭，她不听，杨院长一生气，就把她的手机给抢了过来，说要看看她一天天盯着手机，到底在看什么。”

梁欢：“……”他在心里偷偷地打了个哈欠，暗道这事儿和他有什么关系，又不是他让杨院长的女儿去刷抖音的，为什么要来和他说啊……

眼见梁欢就要走神，张主任立刻敲了敲桌子，道：“结果，你猜杨院长从她女儿的手机里看到了什么？”

梁欢百无聊赖地道：“看到了什么？该不会是看到了我吧？”

他本是随口一说，没想到张主任竟然猛地一拍桌子，道：“对！就是看到了你！”

梁欢：“你说什么？”

张主任伸手扶了扶眼镜，目光炯炯地看着梁欢，道：“你还不知道吗？你在抖音上火了啊！”

梁欢：？

张主任见他一脸不敢相信的样子，干脆把自己的手机掏出来。

杨院长在自家女儿的手机上看到梁欢的视频后，立刻就把这条视频转发给了杨院长。杨院长在惊讶之余，也赶紧下载了抖音，上去一搜，果然，梁欢还挺火的！

张主任和杨院长看完所有关于梁欢的视频后，突然浮现一个念头。

梁欢眼看张主任将手机掏了出来，打开抖音，搜了一下#全网找这个传说中是牙医的小哥哥#的话题后，一排与话题相关的短视频，立刻跳了出来。

张主任将自己的手机递给梁欢，示意他随便点开一条短视频看看。

梁欢接过他的手机，点开最上面的一条视频，看了一眼，下一秒，眉头忍不住紧紧皱了起来。那上面竟是周五晚上，他在商场一楼等宋佳曦买奶茶回来时，那个网红女主播偷拍的视频。那条视频已经有了四百多万点赞量，七万多条评论。

梁欢迅速地扫了一眼，将手机还给张主任，道："哦，就是一个偷拍视频而已，这人我都不认识。"

张主任接回自己的手机，放回白大褂的口袋里，目光炯炯地道："重点并不在于你认不认识发这条视频的人，重点在于，你看你长得这么帅，随便被人偷拍，都能有四百多万的点赞量，所以……杨院长和我有一个想法……"

梁欢挑了挑眉毛，看着张主任，道："什么想法？"

张主任伸手推了推眼镜，一脸严肃地道："这个想法分为两步，第一，咱们省口腔医院本来就有自己的抖音账号，只是关注人数连一万都没有突破，所以我们打算每天更新一些关于口腔方面的小知识。

"第二，咱们再创建一个小号，写个脚本或是剧本，大概是从一个女性患者的角度，嗯……她在咱们口腔医院遇到高大帅气的男医生，一见倾心之后，一来二去，两人终成眷属。"张主任顿了顿，端起桌上的茶杯喝了一口，润了润嗓子，道，"这两个想法，你挑一个来拍吧。"

梁欢："主任你是在逗我吗？我像是那种会拍抖音的人吗？"

张主任咂了咂嘴，语重心长地道："年轻人，要跟得上时代的步伐啊！你看现在，是个机构就会注册微博，在微博上抢用户，抢潜在患者。咱们医院现在再去搞微博就有点儿晚了，但抖音是新兴产品，咱们现在进入，还是能搞起来的嘛。"

梁欢："对不起，我的职业是牙医，不是主播。"

张主任想了想，道："杨院长准备给两个想法，拨点款，请专业人士来负责拍摄和营销，你要是出镜，是有一定报酬的。"

梁欢想都没想，直接拒绝道："我不缺钱。"

张主任："……"

梁欢："……"

两人静静地对视片刻，张主任眯了眯眼睛，抬了抬眼镜，一字一顿地道："梁医生，配合医院的宣传工作，也是你身为医院一分子的责任，你这样子我会扣你工资的！"

梁欢：？

张主任继续循循善诱道："其实第一个内容呢，咱们可以随便找位同事来进行科普宣传。但是第二个想法吧，除了你之外，还真没有别人担得起这个重任！"他说着，突然压低了声音，"对了，你之前追的那个女孩子，不正是你的患者吗？追上了吗？要是没追上的话，可以邀请她一起来拍摄啊！到时候你们朝夕相处、日久生情……"

张主任说到后面，顿了顿，用一种"你懂的"的眼神看着梁欢。

梁欢微微一怔，找宋佳曦来一起拍摄短视频？这主意听起来倒是有一定的可行性，不然以他们现在的生活方式，真的是一点儿交集都没有了。

梁欢轻轻地叹了一口气，表情为难地朝张主任道："唉……主任，这个事情吧，不是我不配合你……只是我跟人家有点儿误会，要是我开口喊她一起拍摄短视频，她肯定会拒绝我。"

张主任立刻直起身来，朝梁欢比了一个"OK"的手势，道："这个你不用担心，我会替你安排好的！"

梁欢顿时眼睛一亮，道："真的？"

张主任点点头，道："绝对没问题！"

梁欢立刻应道："那我能给这短视频的剧本提点意见吗？"

张主任："你说。"

梁欢想了想，一脸开心地道："我希望能亲自参与这个剧本的创作，然后呢……现在抖音上的那些用户，你也知道的，情节越暧昧，看的人越多，对吧……"

张主任点点头，道："对，没错。"

梁欢朝张主任眨了眨眼睛，道："所以……"

张主任立刻会意，道："一直到你追到人家姑娘之前，视频拍摄，绝不停止！"

梁欢一拍桌子，道："成交！"

张主任也跟着拍了一把桌子，道："爽快！"

梁欢朝张主任伸出手来，笑眯眯地道："主任，合作愉快！"

张主任握了握他的手，也笑着道："报酬方面你放心，绝对不会亏待你的！"

梁欢摆了摆手，道："什么报酬不报酬的，我这都是出于对咱们医院的热爱，才同意拍这短视频，报酬我不需要！谈钱伤感情！”

张主任满意地点了点头。

周一下班的时候，宋佳曦随意收拾了一下桌上的东西，挎着自己的小包出了公司大门。

一出门，她的电话就响了起来。宋佳曦低头看了一眼，是一个陌生号码。她迟疑了一下，终究还是接起电话，道：“喂？”

“喂，你好，是宋佳曦吗？”电话那边传来一个和蔼的中年男子的声音。

“是，请问你是……”宋佳曦握着手机，一边看着马路上的车，一边从人行横道过了马路。

“哦，宋小姐你好，我是省口腔医院正畸科的主任，我姓张，叫张洪海。”电话那边，张主任简洁明了地介绍了一下自己，继续道，“之前你在我们医院做过牙齿正畸，你还记得吗？”

“我……记得……”宋佳曦迟疑了一下，将手机拿到自己面前又看了一眼。

这该不会是诈骗电话吧？这年头，不管是什么样的个人信息，那些诈骗团伙都能从各种渠道搞来。

“是这样的，我们医院最近正在做满意度调查，请问您对本次做的正畸治疗还满意吗？”张主任笑眯眯地朝电话那边问道。

宋佳曦顿时松了一口气，道：“满意，挺满意的。”

“好的，如果要给我们医院打分的话，满分是五分，您愿意给我们打几分呢？”

“五分吧。”

“好的，谢谢您对我们医院的支持。是这样的，我们医院最近搞了一场公益活动，就是希望参与牙齿正畸的患者能够来医院拍摄几条短视频，用于宣传牙齿正畸的重要性。这次的宣传活动主要是面向全市所有的中小学生，毕竟牙齿正畸这种事，还是在成年前治疗比较好。”张主任一边说着，一边回头看了一眼坐在自己身边的梁欢。

梁欢听着他的话，肃然起敬，不由自主地朝他竖起了大拇指。

张主任满意地点点头，继续朝电话那边道：“所以我想代表院方问问宋小姐，愿不愿意参与这次公益活动。”

“宣传牙齿正畸的公益活动？”宋佳曦愣了一下，想都没想直接点头应了下来，“好的，没问题，能给小朋友做示范，是我的荣幸！”

“真的？！那太好了！”张主任顿时开心地问道，“不知道宋小姐什么时候有空来医院拍视频呢？”

宋佳曦想了想，随口问道：“你们打算什么时候拍啊？”

“我们请了专业的摄像团队，不过，之前做过正畸的患者们答应的拍摄时间不太一样，所以目前我们暂定周六上午先拍一些人。”张主任笑眯眯地继续道，“宋小姐，周六上午有空吗？要是没时间，我们也可以约别的时间。”

“周六上午……”宋佳曦想了想，答应道，“我有空的，没事。”

“那就好，那我们周六上午九点见，宋小姐到时候直接来正畸科找我就行了。”

“好。”宋佳曦应了下来，又和张主任客气了一番，这才挂了电话。

周六上午。

宋佳曦顶着大太阳坐地铁赶到省口腔医院，直接朝正畸科去了。只是她还没走到正畸科门口，就遇到了从科室里走出来的梁欢。

宋佳曦微微怔了一下，奇怪地道：“梁欢？你怎么在这儿？”

梁欢看着一脸疑惑的宋佳曦，忍不住笑了笑，道：“我来上班啊！当然在这儿了。”

宋佳曦迟疑了一下，忍不住嘀咕道：“以前从来没看你周六来上班，怎么我一来，你就周六上班了？”

梁欢低头看了宋佳曦一眼，朝她挑了挑眉，道：“嗯？怎么了？你在嘀咕什么？”

“那个……没什么。”宋佳曦有些尴尬地朝他笑了笑，四下里打量了一圈，随口问道，“对了，你们正畸科的张主任，他的办公室在哪儿啊？”

“张主任？”梁欢眼底闪过一丝狡黠的光芒，伸手指了指宋佳曦身后不远处的楼道，声音温柔地道，“走廊尽头，最后一间办公室就是张主任的。”

“哦，好，谢啦！”宋佳曦点了点头，朝梁欢说了一声谢谢，转身就朝张主任的办公室走去。

她沿着长长的走廊一直走到最后一间办公室门口，站定，伸手敲了敲门。

咚咚咚——

办公室里传来一个和蔼的中年男人的声音：“请进。”

宋佳曦握着办公室门上的把手，将门推开。

办公室里面或站或坐，围了好多人，旁边还放着一些摄影器材。

坐在办公桌后面的张主任看到宋佳曦进来，连忙从办公桌前站起来，朝宋佳曦迎了过来，道：“宋小姐吗？你好你好，我就是那天给你打电话的张洪海。”

“你好，你好，张主任，叫我小宋就可以。”宋佳曦有些受宠若惊地握了握张主任的手，又看了一眼周围站着的那帮人，迟疑着道，“拍视频要这么多工作人员吗？”

“哈哈哈哈……”张主任爽快地笑了出来，道，“没有没有，这些不全是工作人员，我们还要拍一些关于口腔卫生的科普小视频，他们都是各个科室的医生，今天不上班，就没有穿白大褂。”

“哦……”宋佳曦顿时了然地点了点头。

张主任随手拉了一把椅子到办公桌前，朝宋佳曦指了指，道：“宋小姐先坐吧，刚刚因为灯光调试的问题，他们几个的科普视频可能要重新录一遍，你能不能稍微等他们一会儿？”

宋佳曦笑着道：“没事，我不着急。”

“那就好，那就好，我就怕耽误你的时间。”张主任一边说着，一边朝摄影师道：“你们先拍科普小视频吧，半个小时差不多能好吧？”

戴着鸭舌帽的摄影师点了点头，道：“灯光调试好了，半个小时应该能录好。”

“好的。”张主任笑眯眯地应了一声。

办公室隔壁有一个房间，里面已经被布置成了摄影棚的样子。摄影师带着自己的助手走了进去，旁边几个正在聊天的医生也跟着过去了。

刚刚热闹非凡的办公室，一下子清静不少。

第13章　要求达到五十万赞

张主任眼看办公室里只剩下他和宋佳曦两个人，顿时长长地叹了一口气。

宋佳曦有些疑惑地抬起头，朝张主任看了一眼道："张主任您……看起来好像不是很开心的样子啊？"

"唉……"张主任又是长长的一声叹息，道，"不瞒你说，这次拍短视频的活动，其实是院长想出来的。领导嘛，你也懂，想起来的时候一套一套的，真要实践起来，还是有一定难度的。"

宋佳曦想了想，安慰道："但是，我看您这边安排得不是井井有条吗？"

"你不知道……"张主任愁眉苦脸地朝宋佳曦道，"领导要是光吩咐我们拍几条视频就算了，咱们拍好给他看看就行，对不对？关键是，领导还下了任务，说我们拍的这些视频，必须达到五十万的点赞量……你说说，我们医院的官方账号连一万粉丝都没有，上哪儿弄五十万点赞量啊……"

宋佳曦一怔，不敢置信地道："不会吧，除了拍视频，还要求你们的视频达到五十万点赞量？"

"啊……也不是一条视频的点赞量，这不就是……要求我们拍的所有视频，点赞量总计达到五十万吗？"张主任说着说着，又长长地叹了一口气道，"老实说，我感觉这些视频加起来，能有五十个点赞量就不错了，还五十万，等下辈子吧……"

宋佳曦眨眨眼睛，看着张主任愁到不行的样子，不知怎么回事，突然想起之前江小柔发给自己的那条梁欢被偷拍的视频。

她迟疑了一下，朝张主任小声道："那个……张主任……不知道你，玩不玩抖音？"

张主任听到宋佳曦的这句话，眼睛里瞬间闪过一道亮光。

他抬起头来，看着宋佳曦，有些无奈道："现在的年轻人都爱玩抖音，我年纪大了，不太关注这些……"

"其实……抖音上有一条视频，这几天挺火的……"宋佳曦一边说着，一边掏出自己的手机，打开抖音，翻到梁欢的那条视频，递给张主任道，"张主任，您看一看……这个人你看着眼熟不？"

张主任接过宋佳曦的手机，眯着眼睛，伸手推了推自己架在鼻梁上的眼镜，朝屏幕上看了过去。

下一秒，他故作惊讶地朝宋佳曦道："这……这不是我们正畸科的梁医生吗？"

"对呀！"宋佳曦满脸笑意地道，"你看，他被人家随便偷拍一下，就能有四百多万的点赞，而且现在全网都在找他呢。张主任，你让他给你做那些宣讲小视频，还愁没有点赞量吗？"

张主任迟疑了一下，再次叹了一口气，将手机还给宋佳曦，声音带着无奈道："说实话，其实我也问了一下身边的年轻人，他们说，像这种科普小知识的视频啊，看的人其实很少，大部分年轻人还是爱看那种有剧情的短视频，比如什么在路上遇到帅气的学长啦，比如在图书馆遇到心仪的小哥哥啦，反正在哪儿遇到不重要，重要的是遇到的那个人一定要帅！"

宋佳曦眨眨眼睛，建议道："那你们梁医生不是长得挺帅的吗？你可以让他帮你们拍啊！"

"可是梁医生他不愿意啊！"张主任幽幽地叹了一口气，道，"我跟他说有报酬，他说他不缺钱，我跟他说扣工资，他说他不在乎……我也没办法啊。"

宋佳曦微微一怔，想了想，这确实是梁欢的风格。毕竟这家伙的老爹是中氏集团的董事长，他还看得上拍短视频赚的这点儿钱？

张主任盯着宋佳曦好一会儿，突然开口道："要不，你愿意帮我们拍吗？”

宋佳曦：？

张主任用几近哀求的声音道：“宋小姐，你就帮帮忙吧。我上有老下有小，这个任务要是完成不了，院长要扣我绩效的。梁医生他被扣钱无所谓，我要是被扣钱了，老婆能念叨三天三夜。”

宋佳曦看着眼前的张主任，下意识地朝后坐了坐，结结巴巴地道：“不是，我……我也不太适合拍短视频啊……”

“你适合的！你看你长得这么漂亮。唉……其实，原本答应我们拍短视频的那个女孩子，一不小心扭了脚，得休息半个月才能好，可是我这负责拍摄的工作人员都已经来了……”张主任说着，竟然开始抹起眼泪，“宋小姐，你就好人做到底，帮我一次吧！就一次！等那个女孩子脚好了，就不用你继续拍了。”

宋佳曦连忙摆着双手，道：“张主任，你别这样，我帮你就是了！”

“真的？！”张主任抬起头来，一脸惊喜地看着她。

“真的……不过就一次……”宋佳曦艰难地点了点头。

“好！好！”张主任顿时开心地连连点头，然而还没等他继续感谢宋佳曦，他放在办公桌上的手机突然响了起来。

“不好意思，稍等一下啊，我接个电话！”张主任打了声招呼之后，便拿起自己的手机，按下接听键道：“喂？小刘啊，你到了吗？什么，你出车祸了？严不严重？你胳膊骨折了？那怎么办？你不能来拍短视频了？行，行吧……那你好好休息。”张主任挂了电话，绝望地朝宋佳曦看了一眼。

宋佳曦迟疑着道：“主任，你怎么了？”

“就是之前那个答应演短视频剧的男生，他来口腔医院的路上出车祸了，被救护车送去了人民医院……”张主任一脸绝望地道，“我这好不容易说服了你当女主角，结果男主角又不能来了……”

宋佳曦：“……”不知道为什么，她竟然有点儿同情张主任了。他明明是个医生，却要被迫搞这些短视频平台的东西，现在还要愁演员问题……唉，这年头，当医生也不容易啊。

宋佳曦眼看张主任愁得开始薅自己的头发，赶忙开口道：“那个……张主任，你别急啊！我刚才过来找你的路上，正好看到梁医生今天来上班了，要不……你让梁医生先客串一下？”

张主任听到这句话，眼中闪过一抹狡黠的光芒。然而，他抬起头时，却是愁容满面，道：“可是梁医生不愿意啊……”

宋佳曦咬了咬唇，憋了半晌，终于憋出来一句：“要……要不我去劝劝他？”

“别，你可千万别去，梁医生脾气不太好。”张主任立刻一脸感动地看着宋佳曦道，“没事的，可能我就是今年运气不好吧。你不知道，今年年初，我爸高血压犯了，晕倒的时候磕到了脑袋，去医院躺了两个星期，结果我爸刚好，我妈哮喘又犯了，在家休养了一个月才好。我女儿最近成绩下滑得也厉害，她们老师天天在群里点我的名字……你说，我好歹也是管理一整个科室的主任，可是在老师面前，还不是跟孙子一样……眼下这短视频的任务估计是完不成了，算了，扣钱就扣钱吧……可能我今年犯太岁吧……”

眼见张主任越说越伤心，宋佳曦干脆站了起来，道：“主任，你别担心，我去帮你劝劝梁欢，保证让你的短视频拍下去！”

说完这句话，她直接朝主任办公室外面冲去。

张主任见宋佳曦冲出去，转身端起桌上的茶杯，轻轻地吹了一口气，悠闲自在地喝了一口茶。她果然是个好姑娘啊！梁医生没有看走眼！

张主任想了想，还是给梁欢发了条信息：“搞定！”

正畸四室，梁欢正坐在自己的位子上，看着张主任发过来的“搞定”二字，勾起唇角。下一秒，宋佳曦的身影便出现在科室门口。

“梁欢！”宋佳曦喊了一声。

梁欢回过头去，看了她一眼，将手机放下，笑着道：“怎么了？你找我？”

宋佳曦迟疑了一下。今天他们科室里的人不算多，但还是有几个人在。

她想了想，朝梁欢招了招手，道：“你能不能出来一下？”

“好。”梁欢笑眯眯地站起身来，迈开长腿走到科室门口，低头朝宋佳曦声音温柔地道：“咱们出去说。”

宋佳曦点点头，朝外面大厅的等候椅走去。

她走到等候椅前，随便挑了一个位子坐下，然后伸手拍了拍身边的位子，朝梁欢道："坐！"

梁欢眨眨眼睛，晃晃悠悠地走到她身边，坐下，道："怎么了？是不是想我了？"

宋佳曦："以前我和你在一起的时候，怎么就没发现你这么自恋呢？"

梁欢勾了勾唇角，声音低低地道："因为和你在一起的时候，我只顾着恋你了，没有空自恋。"

宋佳曦："……"她以前不仅没有发现梁欢这么自恋，还没有发现梁欢这么不要脸。

宋佳曦睁着一双圆溜溜的眼睛，盯着梁欢半晌，没有说话。

梁欢面带微笑地回视着她。

他们就这么保持这个姿势互相看了一会儿。梁欢终于轻轻地咳了一声，道："你……喊我出来就是为了盯着我？"

"哦，不是……"宋佳曦回过神来，不着痕迹地挪开目光，轻咳了一声，道，"是这样的，你们张主任今天本来打算喊我来拍一条关于正畸知识的小视频，但他说拍摄剧情短视频的男、女主角，一个腿断了，一个胳膊断了，暂时找不到人，所以……我就先替她顶一下。"

"哦……"梁欢听着她的话，淡淡地应了一声，随即又挑了挑眉，道，"可是这个事情和我有什么关系呢？又不是我把他们的胳膊腿弄断的。"

宋佳曦微微一怔，然后尴尬地清了清嗓子，道："这不是……你们张主任希望你能暂时顶替一下男主角吗……"

她说完这句话，就见梁欢用似笑非笑的眼神看着她。他就这么坐在她身边，也不说话。

宋佳曦被他看得有些不自在，转过头去，声音闷闷地道："你们主任不好意思亲自来说，就让我来问问你，愿不愿意暂时演一下男主角……"

梁欢盯着她，还是没有说话。

然而，他的心里忍不住感慨，原本以为张主任说的搞定，是指让宋佳曦答应演女主角，没想到现在宋佳曦不仅答应了，甚至反过来劝自己演男主角。也不知道他们主任到底用了什么样的办法，这简直就是套路中的套路啊！难道这就是传说中的套中套？

看来他们主任年轻的时候，肯定不是省油的灯！有机会的话，他一定要向主任好好请教请教。

就在梁欢思绪万千的时候，宋佳曦突然伸手推了推他的胳膊，道："说话啊，你到底愿不愿意？"

"嗯……我……"梁欢回过神来，朝宋佳曦微微一笑，道，"我好像不太适合拍这些东西吧？"

宋佳曦：？

梁欢有些抱歉地道："我不太喜欢拍照，也不太喜欢被人关注。"

宋佳曦："……"好像确实是这样啊！以前他们在一起的时候，他也很少和自己自拍，最多出去旅游的时候，让路人帮他们拍一张合影。

宋佳曦沉默片刻，态度诚恳地道："有报酬的。"

梁欢笑着挑了挑眉，道："你觉得我缺钱？"

宋佳曦："那你缺什么？"

梁欢微微一笑，声音温柔地道："你是装不知道，还是真不知道？我缺你啊。"

宋佳曦："抱歉，打扰了，告辞。"说完，她站起身来，打算转身离开。

没想到，梁欢一把握住她的手腕。宋佳曦转过头来，一双黑白分明的大眼睛看着梁欢那张清秀帅气的脸颊，有些生气地道："你干吗呀？"

"只是逗你一下，不要生气。"梁欢笑眯眯地看着宋佳曦，道，"你刚刚说，我们主任让你代替那个胳膊断了的女孩子，来演有剧情的短视频？"

"什么胳膊断了的女孩子啊！那个女孩子是腿摔断了，胳膊断了的是男主角。"宋佳曦有些无语地道。

"哦……那……你答应他演了？"梁欢眼眸闪了闪，问道。

"是啊。"宋佳曦点了点头，道。

"你希望我去演男主角？"梁欢直直地盯着宋佳曦的眼睛，声音温柔地问道。

他……宋佳曦听着他的话，不知道为什么，觉得这话听起来有点儿别扭。什么叫她希望他去演男主角啊？搞得像她迫不及待要跟他演一对儿一样！

想到这里，宋佳曦直接否认道：“不是，是你们主任想让你演。他觉得你长得帅，而且上周你被人家偷拍的视频在抖音上火了，他觉得你主动出演一条短视频，肯定能更火！”

梁欢勾起唇角笑了笑，道：“是吗？”

宋佳曦看着他的笑容，又是一阵心虚。其实……是她给他们主任推荐的梁欢，也是她给他们看了梁欢的短视频。只是这种事情，绝对不能被梁欢知道。

宋佳曦抬了抬下巴，一字一顿地道：“你到底演不演啊？你要是不愿意演，我就去跟你们主任说你不想演，让他赶紧另外找一个男生跟我搭戏。”

“演。”梁欢听到她这句话，握着她手腕的手瞬间一紧，有些无奈地看着宋佳曦，声音低低地道，“我演还不行吗？”

“哼，这还差不多。”得到梁欢肯定的回答之后，宋佳曦顿时松了一口气。

梁欢牵着宋佳曦的手站起来，一边朝张主任的办公室走，一边声音淡淡地道：“走，去看看到底是什么样的剧情吧。”

“啊？哦……”宋佳曦一时之间没有反应过来，就这么由梁欢牵着自己的手，朝张主任的办公室走去。

到了张主任的办公室门口，梁欢连门都没敲，直接推门进去喊了一声：“张主任，你找我？”

“嗯……咳咳，那个……是！”张主任正拿着手机玩消消乐的游戏，听到身后突然传来梁欢的声音，赶忙将手机扣在桌面，站起身来，回头朝他们看去。

梁欢垂在身侧的另一只手，在宋佳曦看不到的地方，悄悄地朝张主任比了一个“OK”的手势。

张主任顿时心知肚明，道：“哦，对了，我找你是为了拍视频的事儿。”

张主任当着宋佳曦的面，将刚才的那些话又说了一遍，目光炯炯地看着梁欢道："梁医生啊，感谢你对医院宣传工作的配合！"

梁欢站在张主任的办公桌前默默地看着张主任，没有说话。

一旁的宋佳曦生怕梁欢反悔，赶紧在他背后扯了扯他的衣摆。

梁欢轻轻地叹了一口气，装作一脸为难的样子，道："那就……先看看今天要拍的内容吧。"

"好嘞！"张主任立刻应了一声，伸手从办公桌的抽屉里掏出两份打印好的剧本，分别递给宋佳曦和梁欢，道，"你们先看看。我去隔壁房间，看看摄影师给他们拍的关于口腔知识科普的小视频好了没。"说完这句话，他立刻起身朝隔壁房间走了过去。

宋佳曦有些无奈地摇了摇头，又看了一眼身边的梁欢，这才低头朝手中的剧本看去。剧本上第一行字，就是他们即将创建的抖音新账号——我和牙医小哥哥的故事。

这名字……宋佳曦忍不住打了个寒战，怎么感觉有点儿……一言难尽呢!

第一集的内容很简单，先是女主角拿着手机在马路上走，画外音是女主角边走边说："做了好久的心理准备，今天终于要去省口腔医院矫正牙齿了，有点儿激动，又有点儿担心……毕竟大钢牙不太好看……"

再然后就是女主角排队挂号，上电梯，进正畸科的诊室，然后坐在办公桌前，没有戴口罩的梁欢突然回过头来，朝她微微一笑（注释：这一笑要笑出让人心动的感觉，要干净清爽，阳光帅气）。

第一集，结束。

宋佳曦看完剧本，顿时松了一口气，还好还好，没有什么她跟梁欢的对手戏，前半部分只要她一个人就可以完成，后半部分只要拍梁欢的"回眸一笑"就行。

她盯着手中的剧本，完全没有注意到站在她身边的梁欢，目光都落在她的身上。

片刻之后，张主任从隔壁房间走了出来。

摄影师和另外几个负责科普小知识的医生也跟着出来了。

张主任笑眯眯地朝摄影师道："好了，我们剧情短视频的男、女主角已经来了，咱们可以开始拍摄了。"

那戴着黑色鸭舌帽的摄影师看了宋佳曦一眼，又看了梁欢一眼，点点头，道："好，那咱们先拍男、女主角相遇的那个场景吧。"

咦？宋佳曦一愣，不是应该从头开始拍吗？

似乎看出她的疑惑，摄影师笑着解释道："拍摄其实并不是按照剧情内容顺着拍的，而是在演员到场的情况下，先拍两人的对手戏，其他单人的部分，可以后期补拍。"

宋佳曦："哦……"

站在主任办公室里的那几个医生一听说梁欢要拍对手戏，顿时起哄道："梁医生，我们可以围观一下你的感情戏吗？"

听着这些医生起哄的声音，宋佳曦顿时满脸通红。什……什么感情戏啊？今天明明就只拍她和梁医生相遇的戏啊！哪来的感情戏啊？

梁欢倒是一脸坦然地看着自己的几个同事，道："围观可以，别吓着人家小姑娘就行。"

拍摄口腔科普小知识的医生里面，有一个是梁欢他们科室的。他盯了宋佳曦好一会儿，突然有些疑惑地道："这不是那位红包姑娘吗？"

"红包姑娘？"其他的几个医生听到这句话，顿时十分感兴趣地问道，"为什么叫人家红包姑娘啊？小姑娘是特别爱发红包吗？"

"那倒不是。"梁欢他们科室的医生张了张嘴，欲言又止道，"算了，还是不说了……"

"老孙，你不厚道啊！大家的好奇心都被你吊起来了，你竟然不说！"站在孙医生身边的一个医生，立刻用胳膊肘顶了他一下。

老孙一脸为难地看着站在宋佳曦身边的梁欢，道："那不行，人家梁医生还在这儿呢！就算要说他的坏话，也得在他背后说。"

梁欢顿时觉得有些好笑地看着老孙，道："老孙，你这话说得就不厚道了啊！我又没做坏事，干吗怕你说我坏话？"

"就是，人家梁医生都说不介意。赶紧的，老孙，别磨叽，快说说小姑娘为什么被叫红包姑娘？"那几个医生看梁欢这么坦然，立刻开始催促老孙。

这下，就连宋佳曦都好奇地朝老孙看了过去。

"那什么……"老孙尴尬地清了清嗓子，朝围着自己的众人道，"就……那个小姑娘一开始做牙齿矫正的时候，不是在李医生手上嘛，后来李医生休产假，小姑娘的主治医生就换成了梁医生。不知道为什么，小姑娘似乎不是很想在梁医生手上看牙，就找了张主任，要求换一个主治医生。说实话，我们还挺希望小姑娘能分到自己手上的，谁知道梁医生这个禽兽先下手为强，在群里发了大红包，抢到红包的人，就得说自己没空……于是，小姑娘想换主治医生的愿望就这么落空了……”

老孙说完这番话，周围的医生立刻起哄道：“哦哦哦，想不到还有这么一出呢！梁医生，你也太不厚道了！老实交代，你是不是看见人家小姑娘，就对人家一见钟情了？”

宋佳曦没想到自己这个“红包姑娘”的称号竟是这么来的，更没想到自己当初要换主治医生，他们整个科室竟然联手骗她……

梁欢听着周围同事的起哄，微微一笑，眼眸微垂，看着站在自己身边的宋佳曦，声音低沉而又温柔地道：“嗯……早就对她一见钟情了。”

早在那场辩论赛上，就对她一见钟情了……

“哦哦哦！”张主任办公室里，医生们的叫声几乎掀翻整个房顶。

一旁的摄影师听着梁欢的话，脸上也忍不住露出一个会心的笑容。

宋佳曦白皙粉嫩的脸上都是红晕。她有些不好意思地看着周围的医生，红着脸阻止他们起哄：“你……你们别听他瞎说，他这个人就是这样，满嘴跑火车！”

“好了，好了，都安静一下！”张主任在关键时刻站了出来，朝几个起哄的医生道，“都注意一下自己的身份！你们是医生，不是哈士奇，鬼嚎什么鬼嚎？！”

满屋子的叫声一下子停了下来。

“咯咯……”刚刚还扯着嗓子叫的几个医生，立刻伸手整理了一下自己的衣服，脸上的表情瞬间变得淡然从容，不过顷刻之间，就恢复了医生的严肃面孔。

那戴着鸭舌帽的摄影师朝梁欢和宋佳曦笑了笑，道：“那咱们就开始拍摄吧？梁医生的办公桌在哪儿？”

“在正畸四室，八号位。”梁欢朝摄影师说了一声，转身朝办公室外面边走边道，“我带你们过去吧。”

“好。”摄影师应了一声，喊上灯光师和收音师，一起朝梁欢的办公室走去。

到了正畸四室门口，摄影师突然掏出一只手机，递给宋佳曦，道，“过会儿你就从这里走进去，然后举着手机，拍梁医生转过头来的镜头，可以吗？”

“哎？”宋佳曦微微一怔，道，“不用摄影机拍吗？”

“这种假装是日常发抖音的视频，还是要用手机拍。”摄影师朝宋佳曦笑了笑，道，“不用紧张，台词都可以后期配，你只要直接走进去，对着梁医生拍一下他的回头一笑就可以了。”

“哦，好。”宋佳曦乖乖地点了点头。

梁欢十分从容地走进科室，在自己的办公桌前坐好。一切准备就绪后，摄影师喊了一声：“好，现在预备，女主角进场，走，走，一直走，走到办公桌前，停下，说话。”

宋佳曦一脸茫然地转头看着摄影师，道：“说什么？不是说后期配音的吗？”

摄影师顿时有些无奈地道：“别的都可以后期配音，但你不说话，梁医生就不知道什么时候回头啊！你随便说什么都行，就说‘你好，我来看牙’，或者说‘请问你是我的主治医生吗’？”

宋佳曦：“哦……那我重来一次吧。”

她默默地拿着手机，重新打开录视频的模式，从正畸四室的门口走到梁欢的办公桌前，停下脚步，小声问道：“那个……请问你是我的主治医生吗？”

听到她声音的梁欢转过头来，清秀帅气的脸上带着浅浅的笑意，那双干净清澈的眼眸，仿佛夏日阳光下的一汪泉水，剔透又清凉。

“嗯，我是。”梁欢微微一笑，声音温柔地道。

“我……”宋佳曦看着眼前帅气温柔的梁欢，只觉自己的一颗小心脏在胸腔里面扑通扑通跳个不停。怎……怎么回事，明明已经认识他这么久了，为什么他朝自己灿烂一笑，她还是会有一种抵挡不住诱惑的感觉？

“好！咔！非常好！”一旁的摄影师立刻上前接过宋佳曦手里的手机，点开刚才宋佳曦拍摄的视频看了一眼。

宋佳曦默默地站在旁边，努力安抚自己疯狂跳动的小心脏。

没想到，摄影师看着她拍出来的视频，眉头皱得越紧，到了最后，哭笑不得地把手机递到宋佳曦面前，无奈地道："小姑娘，你别光顾着看梁医生啊！你也看看你的镜头，有没有拍到他的脸啊！"

宋佳曦：？

她接过摄影师手中的手机，看了一眼刚刚拍摄的视频回放。果然，镜头一开始还是对着梁医生的，只是后来他回头转身站起来的时候，她光顾着看梁欢那张帅气的脸了，忘了把手机镜头朝上方倾斜，对准他的脸。这就导致，待他站起来后，她的镜头只拍到他的胸口。

宋佳曦满脸通红，手疾眼快地把视频给删了，道："抱歉，抱歉，我忘了把镜头抬高一点儿。我重新拍一次吧。"说完这句话，她立刻捧着手机飞快地走回科室门口。

摄影师朝宋佳曦笑了笑，道："小姑娘，你别紧张，权当自己是在偷拍一个帅哥，一切的宗旨，都是镜头对准帅哥的脸，知道吗？"

"嗯嗯。"宋佳曦立刻点头。

"好，咱们再来一遍。"摄影师说了一声，宋佳曦立刻举着手机，再次从科室门口走到了梁欢的办公桌前。

"那个……请问你是我的主治医生吗？"宋佳曦全程紧盯手机屏幕，确保梁欢的脸处于屏幕的正中央。

"嗯，我是。"梁欢回过头来朝宋佳曦温柔一笑，站起身来。

宋佳曦赶忙将手机镜头往上倾斜，对着他。

"好！咔！"摄影师上前，接过宋佳曦手中的手机，一边看刚刚拍摄的内容，一边连连点头，道，"非常好，非常好，这一次拍得非常好！

"这样，稍等一下，我去把前期要拍的走路镜头补拍一下，然后小姑娘帮我录一下台词，咱们立刻就能发抖音了。"摄影师一边说着，一边朝楼下走去，走之前还不忘回头道，"等着我啊，千万别乱跑。"

"哦……好……"宋佳曦乖乖地点了点头。

周围那些围观的医生看着他们拍了一会儿，就各自回自己的科室忙去了。

张主任站在旁边，伸手拍了拍宋佳曦的肩膀，道："宋小姐，辛苦你了。"

“不辛苦，真的，一点儿都不辛苦。”宋佳曦有些受宠若惊道。

她从头到尾不过就是举着手机，从科室门口走到梁欢的办公桌前而已，有什么辛苦的啊……

“要不，你先在这儿休息一会儿？”张主任朝宋佳曦眨了眨眼睛，道，“我去办公室把第二集的剧本给你拿过来。”

哎？宋佳曦听到这句话，微微一怔，道：“还有第二集？不是说，只拍一集吗？”

“不是啊。”张主任一脸无辜地看着宋佳曦，道，“你看，咱们好不容易请了摄影师团队过来，结果他们来了以后只拍一集，连十分钟都没有用到，那咱们不就亏了吗？咱们好歹也要拍一个星期的量，下个星期再找人家过来拍啊。”

“可是……”宋佳曦一脸茫然地看着张主任。

刚才主任给她剧本的时候，只给了她第一集的量啊！她就是觉得第一集里自己和梁欢没什么对手戏，才答应下来的，没想到竟然要拍七集？

张主任看着宋佳曦犹豫的样子，立刻双手合十，道：“宋小姐，你就帮帮我吧！七集也很快的，你看着第一集，不就用了几分钟不到的时间吗？这七集一拍，撑死了一小时！求求你了！现在我是真的找不到人了！”

宋佳曦眼看张主任又要哭出来的样子，赶忙朝他点点头，道：“好好好，我帮你把七集都拍了。主任，你别着急。”

“太好了，我去拿剧本！”张主任见她答应，立刻开心地转身朝自己的办公室跑去，生怕自己跑慢一步，宋佳曦就要反悔。

宋佳曦站在正畸四室的诊室里，有些无奈地看着张主任飞奔而去的背影，轻轻地叹了一口气。

然而，她这口气还没叹完，身边的梁欢凉凉地开口道：“我刚刚可只答应了陪你拍一次啊！”

宋佳曦满脸疑惑地抬起头来，朝梁欢看去。

梁欢皱着眉头，脸上带着一丝不太开心的神色，看着她道：“七集呢，说起来只要拍一个小时，但我上午还要工作啊！我不能一个小时不工作，光顾着拍短视频吧？”

宋佳曦：“……”这个……好像说得有些道理啊……

“而且，我的理想是当一名优秀的牙医，可不是当什么火爆全网的网红。”梁欢蹙着眉头，慢悠悠地朝宋佳曦道，“七集，是不是太多了？”

宋佳曦看着他，红润的唇张了又合，合了又张，半晌才声音闷闷地道：“可是……你不拍的话，张主任上哪儿去找另外一个人来拍啊？而且……第一集遇见的是你，总不能到了第二集，医生就换人了吧？”

梁欢一脸为难地看着她，道：“可是我要工作啊……”

“那……”宋佳曦咬了咬唇，想了想，迟疑着道，“要不咱们趁你工作的间隙拍？我跟摄影师了解一下后面几集都是什么内容、什么镜头。然后，你下午要是不忙的话，咱们再把剩下的六集给拍了吧。”宋佳曦眼巴巴地看着梁欢问道。

梁欢微微一怔，低头看着宋佳曦，有些疑惑地道：“你为什么这么执着于拍短视频呢？”

“我答应了张主任要帮忙，肯定帮到底啊！”宋佳曦很认真地朝梁欢道，“做事要有头有尾，我不能帮了一半，就丢下主任跑了啊！”

“做事要有头有尾吗？”梁欢嘴里低低地念叨着宋佳曦的那句话，一双幽深的眼眸里闪过一丝狡黠的光芒。

他突然伸手摸了摸宋佳曦毛茸茸的脑袋，道：“你这个习惯倒是挺好的。”

“那当然！”宋佳曦一脸自豪地回答道。

“嗯……如果你答应中午让我请你吃午饭，顺便晚上你再请我吃晚饭的话，我就陪你把剩下的六集拍了，怎么样？”梁欢突然凑近她，挑了挑眉，声音低低地问道。

哎？宋佳曦看着他突然凑到自己眼前的帅气脸庞，一时间竟然愣住了。

不知道为什么，她竟然从他的话里嗅到了浓浓的套路味道。不过……宋佳曦咬了咬嘴唇，自从上一次她和梁欢在车上敞开了，说了一下这五年的感受，她心里沉重的包袱好像减轻了不少……

如果，她是说如果，如果他们两人，心里真的还有彼此的话，那……要不要试着重新开始？想到这里，她抬起头来，目光认真地看着梁欢，道：“好啊，中午你请我吃饭，晚上我请你吃饭，你再陪我拍六集。”

咦？梁欢听到她的这番话，一脸震惊地看着她。她……她这是答应了？他原本以为，她肯定会拒绝自己的……他都做好被拒绝的准备了。

大概他眼里的惊讶之色太过明显，宋佳曦有些不太自在地转过头去，声音淡淡地道：“干吗，不要吗？不要的话，就算了。”

“要！”梁欢回过神来，忙不迭地答应，“要要要！中午咱们一起吃饭！”

宋佳曦红着脸，假装朝科室外看去，随口嘀咕道：“张主任怎么还不回来呢？”

好在她刚刚念叨完，张主任就拿着几张纸回来了。

他笑眯眯地走到宋佳曦面前，将几张纸递给她，道：“来，看看，要是对剧情有什么不满意的，咱们还可以现场改！”

这……剧本还能改？这也太随意了吧？

宋佳曦哭笑不得地接过张主任手中的剧本，大概扫了一眼。

第二集也没什么内容，就是拍了一下梁医生工作时认真的样子；第三集，是女主角在地铁站里偶遇梁医生；第四集，是女主角在小区门口遇到梁医生，然后惊奇地发现，自己和医生竟然住在同一个小区。

这……剧情……

这人物设定……

宋佳曦看着，不知道为什么总觉得跟自己有点儿像呢？

她有些疑惑地抬起头，看了一眼身边的梁欢。梁欢朝她挑了挑眉，道：“怎么了，看着我干吗？是不是后面的剧情特别难拍？”

“不是……我……”宋佳曦迟疑了一下，把手中的剧本递给梁欢。

梁欢接过剧本，随便扫了几眼，然后没忍住，笑了出来，道：“这剧情走向跟咱俩还挺像的啊！可这后面又是地铁站，又是小区门口的，得换好几个地方拍啊……”

他翻完剧本，将那几张纸还给宋佳曦，道：“真是麻烦……”

“麻烦什么呀？！”宋佳曦顿时有些不爽地道，“总不能七集全在医院拍吧？剧情也要有合理性啊！难道人家要在医院拍七集你认真工作的场景啊？真是的！”

被宋佳曦怼得一愣一愣的梁欢迟疑了半晌，小声道：“我不就是……客观陈述了一个事实……”

“什么事实？既然是短片，那两个人肯定不能只在医院相遇啊！”宋佳曦朝梁欢嘟了嘟嘴，道，“你可别想反悔啊！你刚刚才答应我要把这七集拍完的。”

梁欢顿时无奈地笑了一下，道：“我是那种出尔反尔的人吗？”

“你是！”宋佳曦想都没想，回答道。

张主任站在两人身边，看着他俩互不相让的样子，忍不住偷偷地笑了一下。

片刻之后，刚刚下去拍医院外面镜头的摄影师回来了。他已经在路上把视频编辑好了，此时朝宋佳曦招了招手，道：“小姑娘，来，把这几句词单独念一下。”

“哦，好。”宋佳曦应了一声，乖乖地走到摄影师面前，接过他编辑好的台词，认真地念了一遍。

“OK，搞定，咱们把视频和刚才你念的台词合到一起，再添上背景音乐……”摄影师一边手速飞快地在手机上编辑视频，一边念叨道，“顺便加上字幕，弄好以后，再点一下这个发送键……好了，第一条视频就这么发出去了！”

摄影师说完，把手机递给一旁的张主任，道：“主任，你看一下，这样行不行？”

张主任接过手机，点开视频看了一下，一边看一边点头，道：“不错不错，挺好挺好！哎哟，最后还给梁医生弄了慢镜头回放啊！这回头，帅呆了！”

“真的？”梁欢听到张主任的这句话，也凑了过去，朝手机屏幕看了一眼。

果然，最后一个镜头，摄影师不仅帮他搞了慢动作回放，还给他加了满屏幕飘洒的金粉，连背景音乐都是：“是心动啊，糟糕，眼神躲不掉……”

梁欢看着看着，没忍住，直接笑了出来。

宋佳曦有些好奇地问道：“你笑什么？”

梁欢有些尴尬地收起唇边的笑，道：“那个，没什么，我就是……

终于明白抖音上那么多偶遇小哥哥的视频，都是怎么来的了……”

宋佳曦：“……”

这么一想，好像确实是这样。毕竟谁现实生活中和别人说话的时候，一直用手机对着别人拍啊……

张主任却是直接朝科室里还在的医生们嚷嚷道：“好了，好了，咱们科室的第一条抖音发出去了啊，你们赶紧关注点赞，再发给亲朋好友，让他们也关注点赞一下！”

“好……”

科室里，响起稀稀落落的应答声。

梁欢有些无奈地摊了摊双手，从口袋里掏出手机，朝宋佳曦的方向看了一眼，然后偷偷地点开抖音，登录“我和牙医小哥哥的故事”账号，点开看了一眼消息。最近关注他的人里，多了一个叫“是小曦曦啊”的账号。

这名字，他一看就知道是宋佳曦的。梁欢想都没想直接回关了她。

“我和牙医小哥哥的故事”这个账号是他和张主任一起创建的，两个人都有账号密码，不过主要使用人还是他。当然了，上传视频的时候，是摄影师小哥上传的。

刚发出去的那条视频，才二十八个赞，连一条评论都没有。

梁欢想了想，直接点开页面链接，一口气买了一堆点击量和推广服务。

梁欢干完这件事，直接把手机放回口袋里。

那边，宋佳曦正和摄影师小哥探讨第二条视频该怎么拍，张主任朝他使了个眼色之后，就转身回办公室了。

梁欢转头看了一眼科室窗外璀璨的阳光，只觉今天真是个好日子。

第二条视频拍摄结束之后，摄影师又大概处理了一下细节，再存到账号的草稿箱里，已经是中午了。

科室里该下班的人下班，该去吃午饭的人吃午饭。梁欢也整理了一下自己的办公桌，站起身来，朝坐在外面候诊椅上的宋佳曦走过去。

他走到宋佳曦面前，见她正在刷抖音，便伸手轻轻地戳了戳她的肩膀，道：“走了，我下班了。”

“嗯？”宋佳曦抬起头来看了梁欢一眼，连忙把手机屏幕关掉，放进包包里，然后站起身来，朝梁欢笑了一下，道，“好，走吧。”

梁欢和她走到电梯前，梁欢按了下去的按钮，然后温柔地问道：“中午想吃什么？”

“中午啊……”宋佳曦想了想，有些雀跃地道，“想吃叉烧包，还想吃肠粉！”

“吃粤菜？”梁欢笑了出来，伸手摸摸她的脑袋，道，“我知道一家粤菜餐厅的菜很好吃，带你去。”

“好！”宋佳曦开心地点了点头。

梁欢看着她满脸笑容的样子，忍不住微微一怔。下一秒，他扑哧一声笑了出来。

宋佳曦有些疑惑地看着他，道：“你笑什么？”

“没什么。”梁欢敛了敛唇角的笑意，轻咳一声，道，“就是……好像从我这次回来见到你以后，你还是第一次这么高兴地和我说话。”

宋佳曦微微一怔，然后有些别扭地道：“哪有，我平时也挺高兴的……”

“嗯……可是对着我的时候，就不是那么高兴了。”梁欢笑眯眯地看着她，道，“你每次看见我，那眼神就像要吃了我！”

宋佳曦红着脸道：“瞎说，谁要吃了你！”

梁欢：“我的意思是，你那眼神就像要吃人。你脸红什么？你……是不是想歪了？”

宋佳曦：“……”你才想歪了！明明就是你的话引人遐想！哼！

她转过身去，看到电梯门打开的瞬间，赶紧走进电梯。

现在的她，一点儿都不想和梁欢继续说话！

梁欢微微一笑，看着她一脸窘迫的样子，优哉游哉地跟在她身后进了电梯。

某人说要带她去一家很好吃的粤菜餐厅，果然就带她去了。

宋佳曦坐在这家装修得很有港式复古风味的餐厅里，往四周环视了一圈，忍不住朝梁欢小声问道：“这家餐厅是新开的吗？为什么之前我都没有听说过啊？”

“嗯，新开的……”梁欢点点头，伸手拿起放在桌上的菜单，递给宋佳曦，道，“看看有什么想吃的，不用和我客气。”

宋佳曦接过菜单，几乎每翻一页，眼睛都会亮一下。这家餐厅菜单上的菜简直太合她的胃口了！但她还是强忍着把菜单从前翻到后，只点了两个自己最想吃的菜。

点完后，她就把菜单递给梁欢，道："给你吧，你想吃什么？"

梁欢朝她挑了挑眉，道："你就只点了两个菜吗？是不是其他的菜都不合你的意？"

"不是……"宋佳曦有些不好意思地道，"其实我每一道都想点，但是……点太多的话，我们也吃不完，所以想着先点两个最想吃的，其他的等以后慢慢来吃。"

梁欢听着她的话，眨了眨眼睛，突然身子往前倾，凑近她，声音暧昧地问道："那你以后，还跟我一起来吃吗？"

"啊？"宋佳曦微微一怔，一双清澈圆润的眼睛看着眼前梁欢那张帅气的脸颊，声音低低地道，"我……那个……以后再说吧……"

梁欢："……"伤心，他们家小曦曦还是对他这么疏远。

梁欢又随便点了几个宋佳曦爱吃的菜，把菜单还给服务员。

过了一会儿，他们点的菜都上来了。宋佳曦迫不及待地拿起筷子，夹了一块看起来就很美味的叉烧送进自己的嘴里。嗯……入口即化，唇齿生香。

梁欢坐在她对面，看着她心满意足的样子，忍不住勾起唇角，笑了笑。

他一只手撑着下巴，另一只手给宋佳曦又夹了一些菜，正准备说话，手机突然响了起来。

梁欢的手机就放在桌面上，所以铃声一响，瞬间吸引了宋佳曦的注意力。她下意识地朝他的手机瞥去，却在看到手机屏幕上不断跳动的名字时，整个人都僵在了原地。打来电话的是一个微信号，屏幕上不断跳动的名字，叫"人间有味是清欢"。

宋佳曦整个人如同被雷劈中一般，脑海里一片空白。下一秒，她的大脑如同爆炸一般，不断地跳动着这个名字——人间有味是清欢。

她记得，她记得这个名字！

五年前，她和他分手的前一段时间，她经常看到这个微信号。对方不停地给梁欢发信息，有时候是深夜，有时候是大清早，有时候则是他们正在吃饭或者看电影的时候。

而每一次，梁欢接到这个微信号打来的电话，就会自然而然地拿起手机，转身朝阳台走去，接着在阳台一聊就是好久。

其实有好多次，她都想开口问他，那个“人间有味是清欢”到底是谁，然而她的心底又有一个声音在不断地告诉她：不要问，不要问，两个人在一起，就是要相互信任，不是吗？万一你问到让你失望的答案，该怎么办？

这么多年，她以为他和那个“人间有味是清欢”早已断了联系，所以又回来找自己。

宋佳曦用纤细的手指死死地捏着手中的筷子，一双清澈圆润的眼眸紧紧地盯着梁欢，生怕他下一秒就站起身来，拿着手机转身朝饭店外走去。

好在梁欢只是皱眉看了一眼手机屏幕，然后就当着宋佳曦的面接起电话：“喂？”

“小欢！”电话那边传来梁清歇斯底里的声音，“乐乐在家里玩的时候，一不小心从楼梯上摔下来了，脑袋磕到了楼梯的边角，现在满头满脸都是血，你快回来啊！”

“什么？！”梁欢听到这个消息，立刻从椅子上站起来，“我马上回去，你别乱动！”

说完这句话，他直接挂了电话，然后抱歉地道：“小曦，我家里出了一点儿事情，我得马上回去一趟。抱歉，下次再陪你吃饭，好不好？”

宋佳曦听到他的这句话，瞬间心里一片冰凉。她努力控制着自己握着筷子的手，让它抖得不要太厉害，然后脸上挤出一个灿烂的笑容，道：“好啊，你去吧，下次咱们再一起吃饭就是了。”

“好。”梁欢点了点头，拿起自己的车钥匙，又拿起手机，正准备转身离开，突然又折了回来。

他站在宋佳曦身边，弯腰在她白皙粉嫩的脸颊上轻轻亲了一口，声音低低地说：“下午再联系。”说完，他便赶紧朝店门外面跑了出去。

宋佳曦坐在原地，盯着梁欢匆忙离去的背影，只觉得心里荒草丛生。

和五年前一样，他最终还是丢下自己，去找那个“人间有味是清欢”了……

宋佳曦捏着筷子的手不停地颤抖，直到抖得握不住筷子，啪啪两声，两根筷子掉在桌子上。两行清泪顺着她的脸颊缓缓滑下。宋佳曦感觉到自己脸颊上一片冰凉的时候，下意识地伸手抹了一把脸蛋。她竟然……不争气地哭了？

五年前，她就一个人偷偷地躲起来哭。五年后，她竟然还是一个人哭？

宋佳曦赶紧伸手擦了擦脸上的泪水，又想起梁欢亲过自己的脸，便愤恨地用袖子使劲擦了两下。渣男就是渣男，对前任藕断丝连，对现任低声下气！梁欢果然就是条狗，别人随便一个电话，就巴巴地赶过去了。

宋佳曦努力让自己的心情平静下来，重新拿起筷子，看着满满一桌美食，突然失去了食欲。

刚刚特别好吃的叉烧，现在不知道为什么，她只觉得十分油腻，仿佛只要再多吃一口，胃里的酸水就要不停地往上冒。

这家店她以后再也不要来了！宋佳曦在心里暗暗地道。

梁欢从餐厅里奔出来，拿着车钥匙，一路奔到停车场。他上了车，出了停车场，匆匆忙忙往回开的时候，梁清的微信电话又打了过来。

“喂？”梁欢随手按下接听键，一边打着方向，一边朝电话那边应了一声。

“喂，小欢。”梁清的声音听起来已经没有刚才那么焦急了，语速飞快地道，“我刚才打了120，救护车已经来家里接乐乐了。我们现在正在去人民医院的路上。乐乐头上的血止住了，爸爸也在车上，你直接去人民医院找我们吧。”

“好。”梁欢低低地应了一声，挂断电话，掉转车头朝人民医院开去。

到了人民医院急诊室，梁欢一眼就在人群里看到满脸泪水的梁清和一脸自责的梁世超。他飞快地跑到二人面前，喊了一声：“姐！爸！”

“小欢，你来了！”梁清眼泪汪汪地看着梁欢，道，“都是我不好，非要在房间里换床单，乐乐说他要去楼下玩，我就让他自己下去。谁知道，乐乐下楼梯的时候，脚下一个踩空，直接从楼梯上摔了下去。我听到声音的时候，连忙赶出来，一眼就看到乐乐满脸是血地趴在地上，那一瞬间，我的心跳都要停了。”

梁世超站在梁清身边，连连叹气，道：“这事儿不怪你姐，都怪我。原本那大理石楼梯上每一层都铺了脚垫，前几天我看乐乐回来了，怕那些脚垫不卫生，就让王姨把脚垫都洗了……唉……怪我，忘了大理石刚刚打过蜡……”

梁欢看着他俩，还没来得及开口，急诊室里的医生就走出来，朝他们大声道：“梁乐的家人呢？来两个力气大的，按住他！”

“在！在！我们都是梁乐的家人！”梁欢、梁清、梁世超赶忙上前一步。

“你是梁乐的爸爸吧？”那医生抬头看了梁欢一眼，朝他招了招手，道，“你过来，帮我们按住小朋友，小朋友一直在哭闹，不肯让我们上药缝线。”

“怎么按？”梁欢连忙跟在医生身后，走进急诊室。

梁清和梁世超也想跟着进去，一旁的护士好心提醒了一句：“还是只进去一个人比较好，家长进去多了，孩子会哭闹得更厉害。这些小孩子都是人精，他们知道总会有家长不忍心的。”

梁清听着护士的话，迟疑了一下，转头看了自己的老爹一眼，终究还是忍住了，没进去。

急诊室里面，乐乐躺在帘子后面的小床上，脸上的血迹已经被擦干净，但他哭得厉害，脚不停地乱蹬，不一会儿就有新的血从额头上的伤口里渗出来。

一个护士姐姐正使尽全身力气压着他，奈何护士姐姐个子娇小，乐乐又使出吃奶的劲儿挣扎，所以，他的身子虽然勉强被按住了，但一颗小脑袋还在扭个不停。

医生带着梁欢进来，就让那个护士姐姐让开了。他让梁欢站在梁乐身边，一脸严肃地道：“你趴到孩子身上，胳膊肘放在孩子身体两侧，双手固定住他的脑袋，让他不要乱动。我要开始缝针了，他要是乱动的话，针缝歪了，以后会留疤的。”

“好。”梁欢咬了咬牙，看着哭得满头大汗的梁乐，上去压住他的身体，双手按住他的脑袋。

医生拿着针，微微俯身，看着梁乐额头上的伤口，又让护士小姐姐拿了酒精棉，把渗出来的血擦干净，这才说：“用力压好，千万别动，我开始缝了，就这样……疼是有点儿疼，但这个位置不太好打麻药……好，再坚持一下，还有两针就结束了，还有一针……不要着急，我打个结，咱们的伤口就缝好了……”

片刻之后，梁乐额头上的伤口终于缝好了，医生把线剪断，长舒了一口气，道：“这种体力活还是得男人来，你看，小朋友这不是动都动不了了吗？”他说着，转头看了一眼身边的护士小姐姐，忍不住又调侃道：“让你平时多吃点儿饭，你非要减肥，看看，才四岁的娃儿都压不住！”

护士小姐姐有些不好意思地看了医生一眼，转过身去，朝还在床上抽泣的梁乐道：“小朋友，你看，这样不就不疼了吗？我们要勇敢一点儿，男孩子，不能哭鼻子哦。”

“嗯……我……我努力不哭了……”梁乐一边抽着鼻子，一边奶声奶气地朝护士小姐姐道。

梁欢看着眼前的情景，也长长地松了一口气。梁乐额头上的伤口看着血肉模糊，有点儿吓人，但被医生缝好之后，看起来就像一道细细的长线。

另一边的粤菜餐厅里，宋佳曦看着满满一桌子的菜，实在吃不下去，便伸手招来服务员，说是要结账。

服务员笑眯眯地站在她身边，很有礼貌地道：“女士，您的这桌菜已经结过账了哦，是刚刚和您一起来的那位先生结的。”

已经结过了？宋佳曦微微一怔。刚刚梁欢走得那么匆忙，想不到竟然还有空把账给结了。既然结过，那就算了吧。

宋佳曦拿起自己的包，站起身来，正准备离开，一旁的服务员看着满桌几乎没怎么动的菜，小声问道：“女士，您这桌的菜都没怎么吃哦，是不合您的口味吗？”

“呃……不是……”宋佳曦愣了一下，有些不好意思地看着服务员，道，“我是……有点儿急事，得赶紧回去。”

“那我帮您把这些菜打包吧？”服务员十分热情地道，“这些都是我们家的招牌菜呢！”

“不用了，不用了，我……真的有急事，那个，我先走了……”宋佳曦生怕下一秒服务员就要转身去拿打包盒，说完这句话，赶紧一溜烟儿地跑了。

从店里逃出来，宋佳曦走在种满梧桐树的中山东路上，抬头看了一眼天空。

七月末的天空蓝得仿佛一块上好的宝石，一片云朵都没有，从梧桐树叶的缝隙中漏出来的那一抹蓝色，像是她心上的裂缝。

宋佳曦只觉心里难受得不行，胸口好像被什么东西堵住了，让她喘不过气来。

她用力地咬着牙，努力让眼泪不掉下来，然后在心里不停地对自己说：宋佳曦，你要坚强。五年前你就已经伤过心了，难道五年后还要被伤一次……明明说好对他不再抱有感情，为什么还想重新开始呢……

“起床了，起床了，该去上班了，起床了，起床了，该去赚钱了，起床了，起床了，该还花呗了……”

就在她觉得自己快要忍不住眼泪的时候，手机突然响了起来。

宋佳曦微微一怔，朝自己身上的包包看去。这个时候……难道是梁欢打来的电话？她迟疑片刻，终究打开包包，从里面拿出自己的手机看了一眼。

手机屏幕上，不断跳动的是“妈妈”两个字。有那么一瞬间，宋佳曦觉得心里满满的都是失望。刚刚，她竟然觉得梁欢会给自己打电话……她有些自嘲地笑了笑，按下屏幕上的接听键，然后将手机放到耳边，低低地喂了一声。

“死丫头，怎么这么久才接电话，你干吗去了？！”电话那边传来宋妈妈咋咋呼呼的声音。

“没……没干吗。”宋佳曦吸了吸鼻子，努力让自己的声音听起来正常一点儿，“在路上呢，刚才没听见手机响。”

“哦……”电话那边，宋妈妈应了一声，开始朝自家女儿哭诉，“小曦啊，妈和你爸，这日子是过不下去了，你都不知道，你爸现在出去可牛了，连电话都敢不接我的……我下午打了十几个电话给他，他一个都没接，好不容易接了一个，还说自己在忙、有事。他有事，他能有什么事？我都听到他边上有人喊他赶紧出牌！你说说，他就知道出去打牌，也不管我，我一个人在家里，又是打扫又是做饭，天天把房间收拾得干干净净的，他连家都不愿意回……小曦啊，要是爸妈离婚，你跟着谁啊？"

宋佳曦听着电话那边的哭诉，终于忍不住抬起头来，用力吸了一下鼻子，道："妈，你怎么又给我爸打夺命连环call（呼叫）啊？之前不都说好了吗？他能去哪儿啊？不是去上班，就是去打牌，要不就是跟同事吃饭，你没事儿老给他打电话，搞得跟监视他一样……"

宋妈妈听着她的话，顿时不乐意了，道："你这死丫头怎么说话呢？我这不是关心你爸吗？我关心他，到头来还变成我的错了？本来就是他不对，每次我给他打电话，他都不接。我让你打电话，他才接。怎么，他就是不想听见我的声音呗？"

宋佳曦闭了闭眼睛，努力让眼泪从眼眶里消失，用脚尖踢了踢地上的石头，声音闷闷地道："那你给他打电话的时候，说话稍微温柔一点儿呗，每次一开口都是，你在干吗，跟谁一起，让那个人接电话。你这样……我爸当然不愿意接了。"

"说来说去，都是我的错了？行！你个小白眼狼，跟你爸一个德行。我俩要是离婚了，你就跟着你爸过去吧！"宋妈妈气得朝电话这边大声吼道。

"妈……"宋佳曦无奈地喊了她一声，声音闷闷地道，"你能不能别总是把离婚挂在嘴上啊？从我小时候开始，你跟我爸一吵架，就要闹离婚，这么多年了，不还好好地在一起吗？你别把所有心思都放在我爸身上，以前你不是喜欢画画吗，要不你出去旅游，到处写生转转呢？"

"我出去，我出去了你爸怎么办？"宋妈妈气呼呼地道，"他一个人在家，指不定把哪只小狐狸精领回来呢！再说，这家里就他一个人，那等我回来，得脏成什么样啊，我跟你说啊……"

宋佳曦站在马路上看着来来往往的车辆，听着电话里自己妈妈不停地叨叨，终究忍不住，眼泪簌簌地落了下来。

在她的记忆里，她的父母基本是三天一小吵、五天一大吵，每次她妈妈都会跑过来问她，要是以后爸爸妈妈离婚了，你跟谁?

小时候，她不懂事，还会抱着妈妈的大腿哭着嚷嚷，说自己不要爸爸妈妈离婚，两个都想要。后来，这样的话听得多了，她便左耳朵进、右耳朵出了。

第14章　孩子的爸爸

电话那边，宋妈妈唠叨了大半天，发现似乎没人回应自己，便问道：“小曦，小曦，你在听妈妈说话吗？”

“嗯，我在听呢……你说吧……”宋佳曦伸手擦了擦脸上的眼泪，应了一声。

“哦，我跟你说，你爸啊……”宋妈妈似乎完全没有察觉到女儿的不对劲儿，又开始念叨，“你以后找男朋友，可千万不能找你爸这样的，知道不？”

“嗯……我知道。”宋佳曦闷闷地应了一声。

“那行吧，我再给你爸打个电话去。”宋妈妈说完，直接挂了电话。

宋佳曦将手机塞回包里，又拿出一张面纸，擤了擤鼻涕，把纸扔进路边的垃圾桶里。

大概是爸爸妈妈这些年的相处方式影响了她，她一直在心里暗暗地告诉自己，要是以后有了男朋友，她一定会很信任男朋友，绝对不会像妈妈一样，用夺命连环call的方式来引起对方的注意。她也不会把离婚、分手这种词一天到晚地挂在嘴边，当成威胁对方的筹码。如果有一天她说分手，那肯定就是真的分手。

也许就是因为这样，她在看到梁欢手机上“人间有味是清欢”的信息时，才不敢去问，生怕多问一句，会让梁欢感到麻烦和讨厌。

宋佳曦站在路边，努力冷静了一会儿，终究忍不住拿出手机。反正……他们已经分手了，最坏的结局不过如此，那她能不能问一下那个“人间有味是清欢”到底是谁？

宋佳曦盯着手机屏幕上梁欢的名字半晌，颤抖着手指，按下拨打电话的按钮。

手机听筒里传来一阵嘟嘟的声音，片刻之后，电话被接了起来。

“喂……”电话那边传来一个陌生女人的声音，“不好意思啊，小欢这会儿正在忙，不方便接电话，要不你过会儿再打来好不好？”

宋佳曦微微一怔，怎么也没想到，梁欢的手机竟然在一个女人的手上。

听筒里面的背景音有些杂乱，隐隐地她还听到有人在喊：“你要抱紧孩子的头，千万不能松手！知道吗？当爸爸的，关键时刻必须发挥作用！”

然后是梁欢的声音传过来：“知道了，我尽量……”

孩子？爸爸？宋佳曦只觉得心里一片冰凉。她下意识地挂了电话，看着眼前车水马龙的马路，终于忍不住蹲下身，抱着膝盖，哭了出来。

原来……他都已经有孩子了……

原来……五年前，他对着另外一个女生说，生下来，我们一起养，是真的……

五年前的一幕幕如同电影回放，不断地在她的脑海里重复。

那是大一下学期，临近暑假，学校里没什么课。大部分科目，老师已经划好期末考试的重点，只要学生们这一学期认真听讲，作业都会做，再复习一下重点知识，基本能拿一个不错的分数。

宋佳曦没课就会约梁欢一起上自习，两人坐在教室最后一排，一个背书，一个复习，倒是一片祥和。

应该就是那个时候，宋佳曦突然发现，上自习的时候，几乎不碰手机的梁欢，竟然时不时把手机掏出来，看一眼有没有收到新信息。要是有，他就皱着眉头，一本正经地回复；要是没有，他就看一眼时间，再把手机放回去。

她心里其实很好奇，梁欢到底在等谁的信息？可她又觉得，两个人在一起，最重要的就是彼此信任。如果他不说，她也不会主动去问。

好几次之后，信息就变成了电话。有时只要电话响起，梁欢就会立刻拿着手机从自习室出去，在走廊里神情严肃地讲许久。

而她的心，也越来越凉。

终于有一次，她趁着梁欢去厕所的时候，偷偷拿过他放在桌上的手机，用自己的生日解锁密码，点开了他的微信。

他的微信里，一共只有两个置顶对话框，一个是她，另一个是“人间有味是清欢”。

宋佳曦迟疑了一下，还是忍不住点开那个“人间有味是清欢”的对话框。

映入眼帘的，就是最近的几条聊天记录。

人间有味是清欢：怎么办，我是不是应该把孩子打掉?

梁欢：不爱就是不爱，我觉得你还是打掉吧

人间有味是清欢：可是我舍不得啊，这毕竟也是一条生命……

梁欢：你清醒一点儿行不行?

人间有味是清欢：那我如果执意把孩子生下来呢?

梁欢：那就生吧，实在不行的话，我们一起把他养大，可以了吧?

人间有味是清欢：我今天下午要去医院检查一下，你陪我去吗?

梁欢：知道了，两点妇幼医院门口见。

宋佳曦看着那些对话，迟疑了一下，还想再往上翻一翻的时候，身后的教室门突然被推开。她吓得赶紧从微信返回手机桌面，然后把手机放回梁欢的书本上。

梁欢走到她身边，俯身在她粉嫩的脸颊上亲了一口，声音温柔地道：“有没有想我？”

宋佳曦有些尴尬地回头看了他一眼，声音低低地道：“你回来了？”

“嗯。”梁欢朝她笑了笑，然后从她身边走过去，回到自己的位子上坐下，伸手拿起自己的手机，打开微信看了一眼，确定没有新信息，便又将手机放了下来。

宋佳曦将他所有的动作都看在眼里，然后默默地转过头，书本上的字竟然一个都看不下去了。她的脑海里一片混乱，满脑子都是刚才微信里梁欢回复“人间有味是清欢”的那句“知道了，两点妇幼医院门口见”。

他……下午要陪别人去产检？

宋佳曦转过头去，一双黑白分明的眼睛偷偷地朝梁欢看了一眼。

察觉到她目光的梁欢，转过头来，朝她温柔地笑了一下，道：“怎么了？一直盯着我，是不是觉得我越看越帅？”

“没有……”宋佳曦连忙收回目光，盯着面前的书本，又看了一会儿，终于忍不住开口道，“那个……今天下午你不是没课吗？咱们一起去逛街，好不好？”

“嗯？”梁欢听到她的话，微微一怔，沉默片刻，伸手摸了摸她的脑袋，道，“下午我有点儿事情要忙，等我忙完了，晚上陪你逛街好不好？”

宋佳曦看着眼前满脸微笑的梁欢，脑海里回荡着一句话：他拒绝了自己。

“怎么了？是不是不高兴？”梁欢见她一直没有说话，便凑近她，伸手捏了捏她的脸蛋，声音温柔地道，“那要不，我下午不去忙了，先陪你逛街，好不好？”

宋佳曦脸上努力挤出一个笑容，道：“没有，我才没有不高兴。你先去忙吧，忙完了再陪我逛街就是了。”

“好。”梁欢凑到她面前，在她额头上轻轻亲了一口，继续背书。

教室里还是和之前一样安静，只有学生们翻动书页的声音和笔尖在纸面上摩擦的沙沙声。

宋佳曦咬了咬嘴唇。两点，妇幼医院门口……她到底要不要跟过去看看，到底是怎么回事？

上完自习，中午，宋佳曦以宿舍里的舍友们还在等自己一起吃饭为由，先跑了。然而，她跑回去之后，却连吃午饭的心思都没有。

她坐在椅子上，看着书桌上的小闹钟，时针一点儿一点儿指向一点。终于，她忍不住了。她拿起地铁卡，背上包，朝学校门口的地铁站奔去。

这一路，在地铁上，她心里十分忐忑不安，每次地铁停站的时候，不断有人上来，又不断有人下去。眼看着地铁离她下车的那一站越来越近，宋佳曦只觉得自己紧张得呼吸都要停止了。

从地铁站出来，宋佳曦越往妇幼医院的方向走，越是心慌。

前面就是妇幼医院的大门，宋佳曦突然在人群中看到一个熟悉的身影。那个高高瘦瘦的背影，那个穿着白色T恤、黑色运动长裤的人，不是梁欢是谁？

宋佳曦连忙找了一棵大树，躲在后面，看着梁欢和站在他身边的那个女孩。

那个女孩留着一头齐腰的大波浪长发，皮肤看起来吹弹可破。她穿着一条浅绿色印白色圆点的V领连衣裙，脚上是一双白色的低跟凉鞋。她……就是他手机里的“人间有味是清欢”？

这么远远地看着，梁欢和那个女孩子好像还很亲密的样子，至少他没有拒绝那个女孩子挽着他的胳膊。不过也是……那女孩都怀孕了，他怎么也得扶着她，不能让她摔着啊！

宋佳曦咬了咬嘴唇，眼看两人进了妇幼医院的大门。她迟疑了一下，终究小心翼翼地跟上。

进了医院大厅后，那女孩就在休息椅上坐了下来，梁欢似乎是去排队挂号了。

毕竟是全市最大的妇幼医院，每一个挂号窗口前都排着长长的队伍。

宋佳曦在人群里张望了一下，看到梁欢站在某列队伍的末尾，就偷偷地走到那女孩的身后。女孩子坐在椅子上，正低着头按手机。宋佳曦就坐在她后面的椅子上，一双眼睛一眨也不眨地盯着她的背影。

她身上有很好闻的香味，绿色连衣裙剪裁得体，手腕上戴着卡地亚的镯子，手指上戴着香奈儿的戒指，还有她放在身边的包包，是古驰的限定款。

其实，宋佳曦在上大学之前是不认识这些牌子的，奈何她们寝室有个小富婆，除了爱买奢侈品之外，还天天念叨着杂志上的那些新品，一来二去的，她竟然也默默地认识了不少牌子。

就在宋佳曦偷偷地打量前面的女孩子时，女孩子的手机铃声突然响了起来。

紧接着，她就听到女孩子接起电话，声音软软糯糯地朝电话那边道：“喂？”

“嗯……真的，没骗你，我怀孕了……

“唉……还能怎么有的，就那天晚上喝多了呗……他也喝多了，我也喝多了，稀里糊涂地就这样了……

“还能怎么办？虽然我很爱他，可是他不爱我啊……最后估计还是要打掉吧……

“可是一想到将来我肚子里的小宝宝也许会长得很像他……我就又舍不得打掉了……

“嗯……嗯……我知道……

“我在妇幼医院呢，打算再检查一下……

“有人陪我，对，他去挂号了，唉……回头再说吧，我现在心情不太好。

“好，拜拜。”

女孩子说完后，直接挂掉电话，继续低着头，手指在手机屏幕上按来按去。

然而，坐在她身后的宋佳曦已经听完她和对方的谈话。她……肚子里的孩子是跟梁欢喝多以后才有的？她说她很爱梁欢，可是梁欢不爱她……她还说梁欢去挂号了？

宋佳曦失魂落魄地站起身，转身朝妇幼医院的大门外走去。

怎么办……为什么会发生这样的事情？她和梁欢之间，为什么会发生这么狗血的事情？

宋佳曦不知道的是，在她离开妇幼医院之后没多久，已经挂好号的梁欢又折回梁清面前，朝她晃了晃手中的挂号单，道：“姐，我挂到专家号了，咱们直接去二楼的专家门诊就好了。”

“嗯，好。”梁清点点头，应了一声，将手机放进包里。

她拽着梁欢的手，从椅子上站起来，然后随口道：“对了，我朋友刚才打电话给我了，问我是不是真的怀孕了。”

“哦……”梁欢淡淡地应了一声。

“你说怀孕这种事情我还能骗她吗？她知道了之后，就帮我骂了几句渣男，然后还问我，是不是让你陪我来医院了？”梁清一边说着一边朝梁欢眨了眨眼睛道，“小欢，我朋友好像对你有点儿意思哦。”

“不好意思，我对她没意思。”梁欢低头，淡淡地瞥了一眼自己的姐姐，想都没想就直接拒绝，“你让她不要继续对我有意思了。”

“……”

梁清听着他的话，一脸无语地看着他，半晌，撇了撇嘴角，道：“真是冷酷无情的臭弟弟，也不知道将来你会看上哪个女孩。”

“要你管！”梁欢白了她一眼，拽着她直接朝二楼的专家门诊走去，“你还是先好好想一想你肚子里的那个该怎么处理吧。”

宋佳曦蹲在马路上，哭得差不多了，站起身来，一边抹眼泪，一边朝回家的方向走去。

梁欢这个渣男，明明小孩都那么大了，竟然还跑回来撩她！他还说什么想和她复合的话，复合，复合，怎么复合？！让她去给人家小朋友当后妈吗？！

对了，她想起来了！刚刚接电话的那个女人的声音，跟她前段时间在电梯上遇到的那个带着小男孩上电梯的女人声音一模一样。

这么一回想，当时那个女人身边带着的小男孩……眉眼之间确实有几分像梁欢……

那个小男孩叫什么来着？好像……是叫乐乐吧？梁欢、梁乐，欢乐组合，还真是父子情深！呸！渣男！不要脸！

宋佳曦一边愤愤地想着，一边在心里把梁欢骂了成百上千遍。

此时，另一边，好不容易按着梁乐缝完额头上的伤口，梁欢伸手擦了擦自己额头上的汗水，忽然打了两个喷嚏。

梁清蹲在梁乐身边，确定他的额头不会留疤后，转过头来看了梁欢一眼，道：“怎么了，感冒了？”

“没有……可能是有人想我了吧……”梁欢随手从急诊室的办公桌上抽出一张面纸，擦了擦鼻子，然后伸手摸了一下自己的口袋。咦，他的手机呢？

梁清看着他一脸茫然摸手机的样子，忍不住笑了笑，道：“找手机呢？”

她一边说着一边站起身来，从自己的包里抽出梁欢的手机，递给他，道：“刚刚你往急诊室跑得太急了，手机从口袋里掉出来了都不知道。”

“谢谢姐！”梁欢接过自己的手机，随口朝梁清说了声谢谢。

“不用谢。”梁清伸手摸了摸梁乐的头发，然后看着梁欢，道，“哦，对了，刚刚有人给你打电话，我看你正在里面压着乐乐，就帮你接了，备注是‘终极boss(老板、上司)’，该不会是你们领导给你打的电话吧？”

他们家小曦曦给他打电话了？梁欢听到梁清的这句话后，神色一怔，赶紧接过手机，一脸紧张地看着梁清，道：“你没跟她乱说什么吧？”

“我能乱说什么啊……”梁清有些哭笑不得地看着梁欢，道，“这不是你们领导吗？我就说你现在正在忙，不方便接电话，过会儿让你打回去啊。”

“哦……那就好，那就好。”梁欢顿时长长地松了一口气。

“不是，你这一脸紧张的神色是怎么回事啊？”梁清觉得有些好笑，看着梁欢，道，“你们领导那么可怕的吗？”

“什么我们领导啊！”梁欢没好气地朝梁清翻了个白眼，道，“这可是我喜欢的女孩子。你以后没事别瞎接我的电话，万一害得人家误会了怎么办？”

“你喜欢的女孩子？！”梁清听到这句话，不敢置信地看着他，道，“你给你喜欢的女孩子备注‘终极boss’？看不出来啊，梁欢，你这口味还挺特别的，害得我以为她是你们领导，生怕耽误了你的工作。”

“怎么了，这备注不贴切吗？”梁欢拿着自己的手机，打开微信看了一眼，他们家小曦曦好像没有给他发信息。

“追女孩子就跟打boss一样，要坚持不懈，用尽一切方法，而我现在追的这个女孩子，比一般boss还要厉害，所以是终极boss。她也是我人生这场游戏中，唯一想要通关的boss，拿下她以后，我就能获得最大奖励，和她结婚。”梁欢一脸骄傲地朝梁清说完这番话，直接朝走廊的窗边走去，“好了，我要给喜欢的女孩子打电话了，你别烦我。”

梁清：“……”臭不要脸，就冲着你给人家姑娘的备注，人家姑娘都看不上你！

梁欢走到窗户旁边，满心欢喜地点开宋佳曦的头像，然后拨了电话过去。

听筒里响起一声又一声的嘟嘟声，可过了许久，电话那边都没有人接听。

梁欢皱着眉头将手机拿到自己面前又看了一眼。奇怪了，他们家小曦曦怎么不接他的电话？该不会是自己回家了吧？

梁欢想了想，挂断电话，又给宋佳曦发了一条信息过去："小曦曦，我这边的事情处理好了，你在哪儿呢？我去找你！"

宋佳曦坐在地铁上，看了一眼梁欢发过来的信息，直接把手机关机，放进包里。事情处理好了……处理好什么了？他不需要陪他儿子吗？还来找她干什么？

地铁摇摇晃晃、哐啷哐啷往前开，她的身边站着一对情侣，男孩子把女孩子整个人都圈在怀里，低头在女孩子的耳边说了些什么，逗得女孩子一直咯咯笑。

宋佳曦盯着那对情侣好一会儿，忍不住长长地叹了一口气。算了，是时候彻底忘记梁欢，开始一段新的恋情了。

"集庆门大街到了，有下车的乘客，请在本站下车。"地铁上的播报声响起，宋佳曦站起身来，在地铁停稳之后，下了地铁，朝繁星苑走去。

一连给宋佳曦发了好几条消息都没有得到回音的梁欢，不知道为什么，只觉得心里突然慌得不行。他握着手机，再次走回梁清面前，皱着眉头道："你真的没有跟她说什么？"

"我能说什么啊？"梁清有些无语地看着自己的弟弟，道，"你觉得我能说什么？我总不至于说，我是梁欢的女朋友，你的男人在我这儿，想要的话，拿钱来赎吧？"

梁欢："……"算了，他还是直接去找宋佳曦吧！

想到这里，他转身就朝医院外面走去。

"梁欢，你去哪儿？"梁清眼看着他一言不发转身就朝外面走，赶忙开口问道。

"去找她。"梁欢丢下这三个字，连头都没有回，直接跑了。

在去停车场的路上，梁欢还给顾朗打了一个电话。

"喂，欢哥？"顾朗那边，在电话响到第三声的时候，就接了起来。

“顾朗，”梁欢跑到自己的车前，一边喘息着用钥匙开锁，一边问道，“你在家吗？”

“嗯？在啊。”顾朗随口应了一声，道，“咋了？”

“快，你去隔壁1901室敲门看看，看宋佳曦在不在家。她要是在家的话，你就告诉我一声。”梁欢声音急促地道。

“啊？为什么啊？”顾朗一脸不解地朝电话那边问道。

“让你去你就去，哪来那么多为什么？！”梁欢没好气地道。

“哦……好吧，那你等一下啊！”顾朗说完这句话，直接挂了电话。

顾朗拉开房门，探头朝走廊看了一眼，然后走到1901室门口，敲了敲门。

房间里静悄悄的，一点儿声音都没有。顾朗敲了几次，正打算放弃，突然灵光一闪。宋佳曦该不会以为来敲门的是他欢哥，所以故意不出声吧？

这么一想，顾朗便清了清嗓子，朝1901室大声喊道：“宋小姐，宋小姐，你在家吗？我是顾朗啊！”

他这么一喊，屋子里终于有人回应：“来了，等一下啊。”

片刻之后，1901室的大门打开了。宋佳曦从里面露出一颗脑袋，还有一双红红的眼睛，看着站在门外的顾朗，道：“顾医生？你有什么事儿吗？”

“呃……那个……我这不是正在准备晚饭吗？家里没有酱油了，我想问问，你这儿有酱油吗？”顾朗灵机一动，随口编了个借口。

准备晚饭？宋佳曦转头看了一眼墙上的时钟，这会儿才下午三点多。

“咳咳……那个……鸡翅得腌制两个小时。”顾朗看着宋佳曦，有些尴尬地道。

“好，你等一下啊，我给你拿。”宋佳曦应了一声，就转身去厨房拿了一瓶酱油给他。

“谢谢宋小姐！”顾朗拿着酱油，转身就给梁欢打了个电话汇报情况：“欢哥，宋佳曦在家！”

“很好，我大概半个小时以后到家。”梁欢说了一声，就直接挂了电话。

他随手将手机扔在车座上，双手握着方向盘，注视着前面的道路，一脚油门踩下去，朝繁星苑疾驰而去。

梁欢回到繁星苑之后，没有急着去敲宋佳曦的房门，而是先回了自己家，拿起顾朗借来的酱油，又拽着顾朗的衣领，直接冲到宋佳曦家门口。

梁欢站在宋佳曦家门口，朝顾朗仰了仰下巴，道：“你来敲门。”

顾朗：“……”哥，这大周末的下午，你到底发什么神经?

但他也只敢在心里默默地念叨一下，最后还是叹了一口气，认命地举起手，敲了敲宋佳曦的房门，道：“宋小姐，我来还酱油了！”

“来了来了！”屋子里传来一阵急促的脚步声，紧接着下一秒，他们眼前的大门被吱呀一声打开，宋佳曦那张白皙粉嫩的脸颊还没从门内露出来，梁欢便飞快地侧身闪了进去，顺带着关上了大门。

这一切都发生在电光石火之间，顾朗看着眼前瞬间关上的大门，忍不住扯了扯嘴角。终究……是他一个人扛下了所有啊！原来在欢哥的眼里，他不过是一个没有感情的敲门机器人……

顾朗长长地叹了一口气，转身回到自己的屋里。

宋佳曦刚把门打开，就看见一个人影直接闪了进来。等她看清眼前的人，整个人都愣住了。她张了张嘴，半晌如同发疯一般，歇斯底里地把梁欢往门外推，道：“渣男！出去！谁让你进来的！”

梁欢被宋佳曦死命地推着，整个人抵在大门上，几乎快被推变形了。

他哭笑不得地朝宋佳曦喊道：“别推了，别推了！你是不是生气了?！”

“我生什么气?我有什么好生气的?我有什么资格生气?！”宋佳曦听着他的话，手上推他的力气更大了。她喊着喊着，眼泪忍不住又掉了下来。

梁欢听着她声音里的哭腔，只觉得自己比窦娥还冤，道：“你别哭啊，别哭啊！你刚刚打电话的时候，接电话的是我姐姐。你别误会啊！那是我亲姐！跟我一样姓梁，叫梁清。当初我妈给我俩起名字的时候，就是借用了苏轼某首词里的一句‘人间有味是清欢’，所以一个叫梁清，一个叫梁欢……我发誓，那真是我亲姐啊！”

宋佳曦正死命推他的身体，听到这句话后，手上的动作一顿。他……他刚才说什么？“人间有味是清欢”是……是他亲姐？

宋佳曦一脸茫然地松开手，抬起头来，怔怔地看着他。

梁欢终于解脱，转过头来，看着宋佳曦红红的眼睛，心疼的同时又有些窃喜。他动了动唇，迟疑半晌，终究忍不住问道：“小曦曦，你刚刚……该不会是吃醋了吧？”

宋佳曦一动不动地站在原地，怔怔地看着他。

梁欢以为她不相信自己说的话，顿时有些着急地解释道：“我没骗你！刚才中午我们一起吃饭的时候，我姐打电话给我，说乐乐从家里楼梯上摔下去了，摔得满脸是血……我这不是一着急，也没来得及跟你解释，就赶紧回去了吗？哦，对了，乐乐是我外甥，就是我姐的儿子，他叫梁乐。我回家的路上，我姐又说他们已经到医院了，我就赶紧去了医院，结果去了医院，急诊医生以为我是乐乐的爸爸，上来就让我进去按着他，否则医生没法缝线……那种情况下，我哪来得及跟医生解释我不是乐乐的爸爸啊！再说，以前在美国的时候，我也经常冒充乐乐的爸爸，去他幼儿园给他开家长会，所以……唉，这都不是重点，重点是我按着乐乐缝线的时候，你正好给我打电话。我姐在急诊室外面，帮我接了电话……等我出来，她告诉我之后，我生怕你误会，给你打了好几个电话，你都没接……”

宋佳曦看着梁欢焦急的样子，脑海里只回荡着两句话——

“那真的是我亲姐……”

“乐乐是我外甥，就是我姐的儿子……”

所以，五年前，一直打电话给梁欢、总是发信息给梁欢的人，其实是他亲姐？

那时候，怀孕的女孩子是梁欢的姐姐？！

怪不得梁欢总是支支吾吾地不愿意说，毕竟自己的姐姐未婚先孕，加上也不是什么光彩的事，说出去对他姐姐的名声不好，因此他总是躲起来接他姐姐的电话……

现在想来，他其实也是在以自己的方式保护姐姐吧？

可她竟然误会他和他的姐姐，还误会了他对自己的一片真心……

宋佳曦一脸茫然地看着梁欢，眼泪突然啪嗒啪嗒不停地往下掉。

“不是……小曦曦，你怎么了？！”梁欢眼看自己解释完后，宋佳曦不但没有原谅他，反而哭得更厉害，顿时慌了神。

他紧紧地握着她的手腕，拽着她转身就朝门外走，道：“我说的都是真的啊！那真的是我姐姐！要不，你现在就跟我回家去，我带你去见一见她！我让她当面给你解释！”

“不……不要……”宋佳曦一慌，赶忙挣脱梁欢的手，盯着梁欢好一会儿，又咬了咬唇，突然一转身，朝自己的房间奔了过去。

梁欢愣了一下，眼看宋佳曦跑回她自己的房间，连忙跟在她的身后进了房间，道歉道：“对不起，都是我不好，我不应该把你一个人扔在餐厅，当时我真的有点儿急……没考虑那么多……我……”

他说着说着，就看到宋佳曦直接跳到床上，用被子将自己整个人都裹了起来，像只北极熊一样，趴着。

“你怎么了？”梁欢上前一步，伸手扯了扯宋佳曦紧紧裹着自己的被子。

这家伙……被子裹得还挺紧的，他竟然怎么扯都扯不动。

梁欢扯了一会儿，有些无奈地松手，道：“别这样，我又没有怪你，你误会也是情有可原的，毕竟我以前都没跟你说过我有一个姐姐……”说完这句话，他忍不住轻轻地叹了一口气，然后在宋佳曦的床边坐了下来，道，“我爸妈在我很小的时候离婚了，我姐跟着我妈，我跟着我爸……但是我妈离婚之后，就带着我姐去另外一个城市生活了，所以从小到大，我也没见过我妈几回。小时候，我还是挺恨我姐的，觉得是她抢走了妈妈，所以我从来都不告诉别人我有一个姐姐。但是我姐……怎么说呢，我妈不常来看我，她倒是经常偷偷跑回来看我。她比我大五岁，我上小学二年级的时候，她已经上初中了。十三岁的小姑娘，偷偷揣着几百块钱，坐长途汽车从一个城市跑到另一个城市。

“我也不知道她当时心里怎么想的，但她每次来找我，都会给我买许多吃的玩的，只是那时候我年纪小，身上又不缺钱，对她买的那些吃的玩的，一概看不上眼，还觉得她是在讨好我。后来我才知道，其实是我妈一直想来看我，但总觉得自己在我很小的时候就离开了，怕我不认她，才让我姐代替她来……

“不过那是后来的事了，在那之前，我一直挺讨厌我姐的，直到有一天她意外怀孕了，大概就是五年前吧。她不敢跟我妈说，更不敢告诉我爸，只能偷偷地问我怎么办。也是那个时候，我才发现，原来一直像个小大人儿一样来看我、照顾我、给我买这买那的姐姐，也就是个小孩子……她也有害怕无助的时候。这么多年，我一直都恨她抢走了妈妈，却从来没有想过，她有没有恨我抢走了爸爸。”

梁欢说着说着，声音有些轻微的哽咽。

他稍微顿了顿，抬起头来，盯着天花板好一会儿，才声音平稳地道：“其实五年前，我也犹豫过，要不要跟你说我妈和我姐的事情，可是我怕你笑我幼稚，怕自己在你心里的形象变得不再完美，就一直没说。再后来，我姐意外怀孕了，这种事情也不算什么光彩的事，再加上那个时候，我对我姐……说不清是个什么样的感觉，可能还是有点儿恨她，也有点儿可怜她，或许心里其实并不讨厌她，反正……我就是不愿意提起她……”梁欢轻轻地叹了一口气，道，“所以……总之都怪我，我应该早点儿告诉你我有个姐姐的。”

说完这些话，他见宋佳曦还是裹着被子，趴在床上一动不动，便忍不住戳了戳她，道：“怎么了？你还在生气啊？”他想了想，干脆张开胳膊，连人带被子，把宋佳曦给圈进怀里，道，“别生气了，我以后再也不会把你一个人丢在餐厅了。下次我去哪儿，一定跟你仔仔细细地说清楚。要是没时间说，我就把你也带上，时时刻刻拴在我身边，好不好？”梁欢隔着被子抱着她，声音温柔地哄着。

然而，原本还躲在被子里没什么声音的宋佳曦，竟然悄悄地抽泣起来。渐渐地，抽泣的声音越来越大，直到最后，她干脆在被子里放开声音，大哭起来。

梁欢吓了一大跳，连忙扯开裹着她的被子，看着因为长时间躲在被子里，头发乱糟糟如同鸟窝一样的宋佳曦。

她原本白皙粉嫩的小脸，因为闷了许久，憋得红红的。再加上她哭得又惨又可怜，脸上到处都是泪痕，看起来就像一个被丢弃的、没人要的孩子。

梁欢赶紧伸手从床头柜上扯了好几张面纸，一边帮宋佳曦擦着脸上的眼泪，一边小声道：“别哭了，别哭了，不就是误会了一下我姐吗？又不算什么丢脸的事，不用哭得这么惨。

“再说，你误会了我姐，我心里其实挺高兴的。好歹你会生气、会吃醋，就代表你心里还是有我的，是不是？”

他白皙修长的手指攥着面纸，刚把她脸上的眼泪给擦掉，下一波眼泪又源源不断地流了出来。

如此这般来回往复，梁欢有些无奈地看着宋佳曦，道：“你再哭，我就要吻你了！”

宋佳曦抬起头来，顶着一双红得跟兔子一样的眼睛，看着眼前温柔的梁欢，非但没被他这句话给吓住，反而哭得更惨了。

“不是……怎么了，我刚刚说错什么了吗？”梁欢看她哭得更悲痛，瞬间慌了神。

他干脆把一整包面纸都拿到自己和宋佳曦的面前，一边扯纸巾给她擦眼泪，一边温柔地哄着她：“乖，别哭了，你要是不想和好，咱们就继续当朋友好不好？五年前端午的事情，我在努力回想呢！可要是真的想不起来，你能给我留一条生路吗？”

“你……你别想了……”宋佳曦哭了半天，终于上气不接下气地冒出这么一句话。

梁欢愣了一下，一双清澈的眼睛看着宋佳曦哭到喘不过气来的样子，一时之间，竟然搞不清楚这句话的意思。她是让自己不要再回想五年前端午的事情呢，还是让自己别想她会给他留一条生路？

梁欢纠结了半天，终于无奈地投降道：“好好好，我不想了。你别哭了，好吗？你再这么哭下去，我的心都快被你哭碎了……”

宋佳曦坐在床上哭了许久，后来，哭声终于渐渐小了。到最后，她一下一下地抽泣着，眼睛红红地看着梁欢。

梁欢默默地递上一张面纸，道：“从认识你到现在，从没见你这么哭过……”

宋佳曦接过面纸，擦了擦脸上的眼泪，突然张开胳膊，朝梁欢扑了过去。她一把抱住梁欢的脖子，哭得凉冰冰的小脸紧紧地贴着他的脸颊，声音嘶哑地道歉：“对不起，对不起……”

梁欢整个人都僵住了。这……这是怎么了？！人生中第一次，他们家小曦曦主动抱着他，跟他道歉……原本只有一点儿心慌的梁欢，这下子是彻底慌了。

他手足无措地抱住宋佳曦，动作笨拙地拍着她的后背，安慰她道："别……别哭啊。我不是跟你说了，我没有生气吗？真的，不用道歉……"

"不是……不是因为今天的事情……"宋佳曦见他一点儿怪自己的意思都没有，好不容易停下的眼泪瞬间卷土重来。

"那是因为什么？"梁欢只觉自己的脸上一片温热的泪水，"是不是因为你总是拉黑我？没事啊！我又不怪你，女孩子，发发脾气也没什么，最后我不是从小黑屋里出来了吗？"

"不是……不是……"宋佳曦听着他温柔的声音，搂着他的胳膊顿时收得更紧了。她用力地摇了摇头，把眼泪蹭得到处都是，最后才支支吾吾、结结巴巴地小声道，"是五年前的事情……我们分手的事情……"

梁欢愣了一下，一双大手扶住宋佳曦的肩膀，神情严肃地看着她，道："我真的没有劈腿，也没有爱过别的任何人。"

"我……我知道……"宋佳曦红着眼睛，吸了吸鼻子，看着梁欢，突然觉得自己真是蠢到家了，以至于当她知道当初的真相后，竟然不知该怎么跟梁欢解释。

他们就这么坐在床上，盯着对方许久。宋佳曦终于垂下脑袋，声音闷闷地道："五年前的端午节……我看到了你姐姐发给你的消息……"

梁欢听着她的话，整个人都怔住了。他的手心突然冒出一层又一层细密的汗珠，心脏也在胸腔里飞快地跳动。他用幽深的眼眸直直地盯着眼前的宋佳曦，动了动唇，半晌才憋出几个字，道："哪……哪条消息？"

"就……她说自己怀孕了，纠结是打掉还是生下来的那几条。"宋佳曦低着头，手指有一下没一下地抠着床单，声音低得如同蚊子哼哼，"还……还说下午要去产检，让你陪着去。"

梁欢一脸茫然地看着宋佳曦，半晌才不敢置信地问道："那天是端午节？"

"嗯……"宋佳曦低低地应了一声，"是端午，而且那个时候临近期末考……”

梁欢盯着她半晌，终于艰难地开口道：“该不会……那个时候，你就已经误会我姐了吧？”

宋佳曦垂着脑袋，半晌才轻轻地冒出一个字：“嗯……”

突然得知了五年前的真相，一时之间，梁欢竟然有些不知所措。他还没来得及开口说话，宋佳曦又声音弱弱地补充了一句：“那天下午……我还在妇幼医院门口看见你姐姐挽着你的胳膊，进了门诊大厅。”

梁欢：“……”

他是真的不记得，他陪梁清去产检的那天是端午节。关键是，他陪梁清去产检之后，和宋佳曦也还是好好的。两个人一起上自习，一起吃饭，中间还一起看了电影。直到放暑假的前一天，她才突然和他提了分手。

他一直在回想那段时间自己到底做错了什么、接触了什么人，就连他们宿舍打扫卫生的阿姨，都回想了一遍，就是没想到自己亲姐身上。

宋佳曦说完，见梁欢半天没有出声，忍不住抬起头来看了他一眼。

两人四目相对的瞬间，梁欢动了动唇，然后迟疑地问道：“所以……五年前……你以为我劈腿了我姐，还以为我姐肚子里的孩子是我的？”

“我……”宋佳曦红着眼睛，红着脸，虽然很想否认，但还是沮丧地点了点头。

“所以……我们分手，不是因为你突然不爱我了？”梁欢的声音里突然有了一丝颤抖，幽深的眼眸眨也不眨地看着宋佳曦，向来波澜不惊的脸上第一次隐隐地出现崩溃的迹象。

宋佳曦用力地咬了咬嘴唇，低着脑袋，不敢说话。

梁欢盯着宋佳曦好一会儿，突然扯过宋佳曦身上的被子，蒙住自己的脑袋，一转身，倒在她柔软的大床上。他所有的动作一气呵成，没有一丝停顿。

宋佳曦一脸困惑地看着他，用一双纤细的小手无措地扯了扯自己的被子，却怎么也扯不回来。

被子里一开始安安静静的，什么动静都没有，片刻之后，竟然传来隐隐的啜泣声。

宋佳曦扯着被子的小手一下子顿住了。她看着用被子蒙住脑袋的梁欢，脑海里突然跳出一个念头——他……这是哭了？

她默默地垂下双手，就这么坐在梁欢身边，一声不吭地看着他，心里如同有一把刀，一刀又一刀狠狠地戳在她心底最柔软的地方。

房间里安静了片刻，梁欢大概收拾好了自己的情绪，掀开被子，从里面露出脑袋，神色如常，只是眼角有一点儿湿润。

“我……”

宋佳曦张了张嘴，正准备说点儿什么，梁欢突然伸出胳膊，一把将她揽进怀中。紧接着，下一秒，他柔软的双唇直接落在她的唇瓣上。

这个吻霸道而强势，带着不容拒绝的决绝。他揽住她腰的胳膊，仿佛用尽所有的力气，恨不得将她揉进自己的身体里。

宋佳曦有些发怔，瞪大了眼睛，看着眼前的梁欢。眼前那张清秀的脸庞还是一如既往地帅气，只是这么多年过去，他的眉宇间也多了一丝稳重与成熟。可是这个瞬间，当他拥着自己，热切又激烈地亲吻自己的时候，又和她记忆里那个狡黠的少年重叠了。

宋佳曦闭了闭眼睛，任由眼泪一颗颗地滑落。她反手抱住梁欢，认真而乖巧地回应着他的吻。

许久之后，梁欢才喘息着松开宋佳曦。他看着眼前还在不停流泪的宋佳曦，忍不住伸手轻轻地在她的鼻子上刮了一下，道：“怎么还在哭呢？”

宋佳曦用手背抹了抹脸上的泪水，一边吸着鼻子，一边声音闷闷地道：“都……都是我不好……误会了你和你姐姐……然后……什么都不问就要和你分手……呜呜呜……都怪我……”

梁欢看着她自责的模样，忍不住低头吻去她脸上的泪水，道：“不怪你，是我不好，没有告诉你我姐姐的事情，害得你误会了。其实你跟我分手的时候，我特别想死缠烂打，可是想起我爸以前跟我说的话，爱一个人就要尊重她的决定，我就觉得还是默默地尊重你的决定比较好……”梁欢说着，突然笑了出来，道，“现在想想，我爸自己的婚姻都失败了，竟然还敢教我如何爱一个人，真是学渣给学渣讲题，一个敢教，一个敢听啊……”

宋佳曦听着他的话，终究没忍住，笑了出来。

梁欢伸出一只大手，紧紧地将她的手攥在手心，眼眸微垂，看着宋佳曦。

她的头发乱糟糟的，眼睛都哭肿了，脸颊上到处都是泪痕，鼻子也哭红了，明明看起来特别狼狈，可是不知道为什么，他就是觉得她好可爱。

“小曦……”梁欢轻轻地喊了一声她的名字。

“嗯？”宋佳曦抬起头来，吸了吸鼻子，可怜兮兮地看着他。

“我们和好吧，好不好？”梁欢握着她的手微微紧了紧，语气认真坚定地道，“过去的就让它过去吧，我们错过的那五年，我用我一辈子的时间来补偿你，好不好？”

“我……”宋佳曦听着他的话，只觉得鼻子一酸，眼泪又不听话地流了出来。她赶忙伸手擦去脸上的泪水，用力地点了点头，边哭边笑地应了一声，“好。”

大概是她回答得太过干脆果断，梁欢受宠若惊地看着她，道：“被你拒绝了那么多次，突然之间，你不拒绝我，我竟然有点儿不习惯……”

宋佳曦：?

下一秒，梁欢又笑了出来，俯身上前，在她光洁饱满的额头上亲了一口，道：“不过真好，我可爱的小曦曦又回来了。”

宋佳曦缩了缩脑袋，用手摸了摸他刚刚亲过的地方，回过神来，看着他，道：“等一下，你什么意思，难道我之前都不可爱吗？”

“呃……”梁欢愣了一下，强忍着笑意，道，“可爱，也可爱，就像一只可爱的小刺猬。”

宋佳曦：“你才是小刺猬！”

梁欢看着她，忍不住又亲了亲她的额头，道：“好，我是小刺猬，那你就是小刺猬的老婆，这样总行了吧？”

“什么小刺猬的老婆，你别瞎说……”宋佳曦红着脸道。

“不行，我就要这么喊。”梁欢眨眨眼睛，看着宋佳曦，突然凑到她面前，又喊了她一声，“老婆！”

宋佳曦：“……”她红着脸转过身，不想理他。

“嘿嘿，老婆，老婆，老婆……”梁欢看着她不好意思的模样，干脆绕着宋佳曦，来了个全方位立体声环绕式喊老婆。

宋佳曦实在受不了了，只得红着脸问道：“你有什么事儿吗？”

“有。”梁欢突然一脸严肃地点了点头，道，“而且是很重要很重要的事情。”

“什么？”宋佳曦愣了一下，看着他突然严肃起来的模样，不由自主地跟着严肃起来。

梁欢眨了眨眼睛，眼里满是笑意地看着她，道：“你看我都喊你老婆了，你什么时候喊我老公啊？”

宋佳曦一脸震惊地看着梁欢，红润的嘴唇微微张了张，好半晌，愣是一个字都没有说出来。

梁欢等了好一会儿，也没等到宋佳曦开口喊老公，就忍不住伸手戳了戳她的胳膊，道：“老婆，老婆，你说话啊……”

宋佳曦回过神来，红着脸看着梁欢，道：“梁欢，我们才刚刚和好！”

梁欢：“所以呢？”

宋佳曦有些无语地道：“才刚和好，就开始老婆老公地叫，你不觉得有些奇怪吗？”

“哪里奇怪了？”梁欢一脸坦然地看着她，道，“要不是因为一些不必要的误会，导致咱们分开了五年，说不定这会儿我们的小孩已经会打酱油了呢。就算我们的小孩不会打酱油，咱们应该也已经结婚了吧？你喊声老公不过分！”

宋佳曦：“……”

梁欢说完，却是自顾道：“说到结婚，要不咱们哪天去把证给领了吧？省得夜长梦多。这样一来，我就受法律保护了，你再也不能随便说一声，就把我给踹了。”

宋佳曦：“……”

梁欢：“好像也不对，结婚之前，是不是应该先见父母？我爸你已经见过了，就是你们董事长。我妈……现在还在国外，暂时见不到她，但你可以先见我姐姐和我外甥啊！这样吧，今天晚上你跟我一起回去吃饭吧，好不好？”

宋佳曦："……"

她看着梁欢满心欢喜地计划着两个人的未来，只觉得心里最深处，原本变得很坚硬的一个地方，竟然开始慢慢地融化了。

梁欢说了好一会儿，才发现宋佳曦一直安安静静地坐在那里。他顿时有些尴尬地笑了笑，声音低低地问道："那个……我是不是太不顾及你的感受了？"

宋佳曦用力地摇了摇头，突然扑到他身上，抱紧他，在他耳边低低地喊了一声："老公……"

她的声音特别特别低，但梁欢还是整个人都僵住了。他……他刚刚听到了什么？！他们家小曦曦竟然开口喊他老公了？！这简直是比铁树开花、大海捞针还要难的事啊！

梁欢顿时激动地看向宋佳曦，道："你刚刚说什么？！你喊我什么？"

宋佳曦红着脸，脑袋埋在梁欢的脖颈上，却是打死也不愿意再开口喊一次了。

就在梁欢央求宋佳曦再喊一声的时候，他的手机铃声突然响了起来。

梁欢拿出手机看了一眼，竟然是自家老爹的来电。

宋佳曦也看到了他手机屏幕上的"老爹"两个字，赶紧红着脸催促他："你看着我干吗？接电话啊！"

"嗯。"梁欢朝她笑了笑，用修长的手指按下接听键，然后将手机放到耳边，低低地应了一声："喂，爸？"

"你个臭小子，跟你姐说了一声要去找你喜欢的人就跑了。你跑到哪儿去了啊？找到了没啊？"电话那边传来梁世超满是嫌弃的声音。

梁欢转头看了宋佳曦一眼，微微一笑，心情大好地道："我在宋佳曦家里呢。"

"你说啥？！"梁世超有些不敢相信地道，"就你俩这关系，宋佳曦能让你进门？该不会是你趁她开门的时候强行闯进去的吧？"

梁欢："……"虽然他不是很想承认，但不得不说，他爸说中了一部分。

"算了，既然你在宋佳曦家里，我就不继续说你了。"梁世超想了想，决定还是给自家儿子留点儿面子，“你自己努力点儿，加把劲儿，赶紧把人家追到手，知道吗？不然人家早晚要被别人拐走。”

“爸……”梁欢淡淡地喊了一声，道，“我跟你说件事。”

“有话快说，有屁快放。”梁世超没好气地道。

“你让王姨晚上多煮点儿菜，晚上我带宋佳曦回去吃饭。”梁欢不慌不忙地朝电话那边道。

梁世超：“哦……”两秒钟之后，梁世超像是突然反应过来了，道，“你说什么？！宋佳曦要来咱们家吃饭？！”

“嗯。”梁欢强忍着笑意，得意地道，“我跟她和好了。”

“真的假的？该不会是骗我的吧？”梁世超有些不太相信地道，“就你那德行，分手都五年了，这才几天，人家小姑娘就原谅你了？”

“呵，晚上你就知道了，再见。”梁欢冷笑一声，丢下这么一句话，直接无情地挂断了自家老爹的电话。

宋佳曦一脸茫然地看着他，有些紧张地道：“你……你怎么跟你爸说晚上要带我回去吃饭呢？我……我这什么都没收拾呢……还刚哭过……”

“没事，别担心。”梁欢搂着她，又亲了一口，这才笑眯眯地道，“你不是经常在公司里和我爸一起吃午饭吗？”

“那……那能一样吗？”宋佳曦红着脸，有些不好意思地看着梁欢，小声道，“再说我中午也不是经常跟梁董一起吃饭，现在公司里都有奇怪的传言了……”

“传言？什么传言？”梁欢微微一怔，看着宋佳曦欲言又止的样子，眼睛转了转，道，“哦，我大概知道是什么样的传言了。”

他一只手撑着下巴，盯着宋佳曦好一会儿，突然笑着伸手捏了捏她的脸蛋，道：“我的女人，只能跟我传绯闻，就算是我爸也不行。”

宋佳曦软嘟嘟的脸被他捏得有些变形。她眨巴着一双黑白分明的眼睛，看着梁欢，道：“说是这样说，但是那么多人的嘴，谁能堵住啊？”

“没事，这个你不用担心，我来解决就行。”梁欢凑上前去，在她红润的唇上又啄了一下，道。

宋佳曦满眼问号地看着他。

“现在时间也不早了。”梁欢将她抱在怀里，低头看了一眼时间，道，“这会儿已经快要五点了，你去收拾一下，咱们晚上一起去我爸那儿吃饭。”

“真的去啊……”不知道为什么，宋佳曦突然感觉有点儿心虚。

虽然每天在公司都能看到董事长吧，但以董事长儿子的女朋友的身份去吃饭，这对她来说还是第一次，而且，她跟梁欢刚刚和好……

“嗯，别怕，他们不会为难你的。”梁欢觉得有些好笑地看着她，道，“顺便也让你见一见我传说中的劈腿对象，真的是……我想了一大圈都没想到会是我姐……”

“好了好了，你不要再说了！”宋佳曦顿时小脸一红，下意识地用手堵住梁欢的嘴巴，道，“再这样说下去，我更没脸去见你姐姐了……”

“那你去洗个脸，换套衣服，嗯？”梁欢笑着道。

“好……”宋佳曦低低地应了一声，站起身来朝卫生间去了。

她站在卫生间的洗手池前，看着镜子里哭成小花猫的脸蛋和在被子里蹭得鸡窝一样的头发，顿时吓了一大跳。

她……她刚刚在梁欢面前，就是这样一个形象？太丢人了……呜呜呜……

宋佳曦感觉自己又要哭了。

她打开水龙头，把脸洗干净，又擦了一些护肤品，化了个淡妆，把头发收拾利索，才从卫生间里走出来。

她一进房间就看到梁欢站在衣柜前，若有所思地盯着她衣柜里的衣服。

宋佳曦吓了一跳，赶忙走上前去，将衣柜门关上，抬起头来看着梁欢，道：“你干吗开我的衣柜？”

“我就看一下……”梁欢眨眨眼睛，一脸无辜地看着宋佳曦，道，“看下你的衣柜还有多少地方，能不能放下我的衣服。”

宋佳曦：“你什么意思？”

梁欢十分坦然地看着她，道：“咱们已经和好了，难道我还要继续跟顾朗一起住？我当然是搬过来和你一起住呀！”

宋佳曦茫然地看着他，道：“谁……谁要和你一起住了？”

梁欢听到她的这句话，原本满是笑意的帅脸瞬间垮了下来，可怜兮兮地看着她，道："你不愿意和我一起住吗？可是五年前，我们分手之前，都是住在一起的啊！以前每天晚上睡觉，你都喜欢抱着我的胳膊，脑袋枕在我的肩膀上，还……"梁欢说着，突然低头看了一眼，这才神色如常地继续道，"还喜欢掐命门……"

宋佳曦的脸瞬间红了。她结结巴巴地道："你……你也说了，那是以前。现……现在都这么多年过去了，我已经不是五年前那个单纯的小姑娘了！"

"真的？"梁欢听着她的话，突然一脸坏笑地看着她，道，"你不是五年前那个单纯的小姑娘了？"

"嗯！"宋佳曦用力地点了点头。

"那你……变成什么了？"梁欢说着，一个没忍住笑了出来。

"你……"宋佳曦的脸顿时更红了。这……这人到底在说什么啊？！

"别瞎说！我现在睡觉老实多了！"宋佳曦努力稳住情绪，声音清脆地道，"但不代表我要和你在同一张床上睡觉，反正，我拒绝和你一起住。"

"为什么呀？"梁欢有些不解地看着她，道，"我们不是已经和好了吗？"

宋佳曦咬了咬嘴唇，低下头来，不说话了。他们和好是和好了，可是不知道为什么，她总觉得这一切好像是一场梦。

曾经在无数个夜里，她也梦见过这样的画面，梦里她和梁欢和好了，两个人手牵手，就像从前一样逛街、聊天、看电影，甚至躺在同一张床上，她枕着梁欢的胳膊，和他嬉笑打闹。

可是无数次，当她醒过来的时候，身边总是空荡荡的。那个在冬天的夜里帮她暖被窝的人，在夏天的夜里被她踹到床边的人，再也没有出现过。

梁欢见她突然不说话，脸上的笑容也渐渐淡了下来，想了想，将她搂进自己的怀里，道："好吧，要是你现在不想和我一起住的话，那我们就先不住在一起。反正，我就在你隔壁，对不对？"

"嗯……"宋佳曦轻轻地点了点头，反手抱住他的腰，将脑袋埋在他的胸口，声音闷闷地道，“我们以后再也不要吵架闹分手了，好不好？”

“好……”梁欢认真地回答道，“以后你要是想分手，我一定死皮赖脸地缠着你。”

宋佳曦抬起头来看着梁欢，沉默片刻，突然开口道：“我觉得，你跟以前有点儿不太一样了。”

“哪里不一样了？”梁欢微微一怔，一脸疑惑地看着她，道。

“好像……比以前更不要脸了……”宋佳曦声音低低地道。

以前的梁欢，人前冷傲，人后偶尔不要脸地跟她撒娇。现在的梁欢，已经将不要脸变成常态，从她再次见到他开始，他不是在撒娇就是在耍赖皮。她总觉得，他不是以前那个学长了……

“那……你还像以前一样喜欢我吗？”梁欢有些紧张地看着她，连带着声音也不由自主地放低了。

宋佳曦盯着他好一会儿，忍不住笑了出来，道：“嗯，喜欢，感觉这样的你更加真实。”

梁欢顿时长长地舒了一口气。

他伸手摸了摸她的脑袋，低头在她的脸颊上亲了一口，道：“那就好，赶快换衣服吧，时间不早了。你想穿什么？我帮你拿。”

宋佳曦红着脸站起身来，走到衣柜前，打开柜门，认真地挑选了一下，然后拿了一件素净的连衣裙出来，道：“不用了，我穿这个就行了。”

她手上的连衣裙是月白色的，裙摆处点缀着湛蓝色的花纹，看起来干净素雅，倒是很适合见家长。

梁欢盯着那条裙子好一会儿，突然站起身来，接过她手上的裙子。

宋佳曦有些疑惑地抬起头来，看着他。

“嗯，就这条吧，挺好看的。”梁欢拿着那条裙子，十分认真地看着她，道，“来，我帮你换上。”

“走开！”宋佳曦听到他的这句话，瞬间满脸通红地看着他，一把抢回自己的连衣裙，将梁欢朝卧室外推去，道，“出去，出去，我要换衣服了！”

“换就换嘛，干吗让我出去？”梁欢依依不舍地回头朝宋佳曦道，

“你不穿衣服的样子我都见过了，干吗还不好意思？！”

“你再乱说，我就用胶带把你的嘴巴贴起来！”宋佳曦有些暴躁地朝梁欢吼道，“让你出去就出去，哪来那么多废话！”

“哦……”梁欢可怜兮兮地应了一声。

他站在卧室门外，看着站在卧室里的宋佳曦，迟疑着又问了一声：“真的不用我帮你换？”回答他的，是砰的一道关门声。

宋佳曦红着脸拿着裙子，站在床前，一边将身上的睡衣脱掉，一边愤愤地想：梁欢这个家伙真是越来越不要脸了！

明明两个人分开了五年，五年中有数不清的委屈和心酸，可是不知道为什么，当他又开始跟她耍赖时，那错过的五年时光好像瞬间消失了一样。他们好像从来没有分开过。

宋佳曦一边想着，一边换上连衣裙。拉拉链的时候，她又想，要是让梁欢进来帮自己换衣服的话，估计今天晚上的饭就不用吃了。

第15章　今晚你一个人独守空房吧

然而，这个想法刚从脑海里飘过，她又想到一个严肃的问题：今天晚上，她和梁欢一起回家吃饭，那……晚上该不会要留宿梁家吧？

梁欢在卧室外等了半天，也没等到宋佳曦换好衣服出来，忍不住伸手敲了敲房门，道："小曦，小曦，你换好衣服了吗？"

"嗯……换好了……"宋佳曦伸手拉开卧室门，看着站在门外的梁欢，迟疑了一下，终究忍不住小声道，"那个……咱们就是回去吃个晚饭吧？"

"嗯？"梁欢一脸疑惑地看着她，一时之间，没有反应过来她说的话是什么意思，于是下意识地点了点头，道，"是啊，只吃晚饭，不过吃完饭可能要陪乐乐玩一会儿。那家伙最近缠我缠得厉害。"

"哦……"宋佳曦低低地应了一声。这个意思，应该就是不用住在梁家了。

她顿时松了一口气，道："我换好衣服了，咱们走吧。"

"好。"梁欢应了一声，转身走到门口，又道，"你等我一下啊，我的车钥匙还在顾朗家里，我回去拿一下。"

"嗯！"宋佳曦点了点头，换了鞋子，乖乖地站在走廊里，等梁欢回去拿钥匙。

梁欢开门的时候，顾朗正从冰箱里拿东西出来准备做晚饭，看到他回来，随口问了一句："哥，晚上要吃我做的蜜汁鸡翅吗？鸡翅已经腌制过了，保证好吃得让你咬断自己的舌头！"

梁欢淡淡地瞥了他一眼，随手拿起自己放在鞋柜上的车钥匙，声音带着一丝得意，道：“不用了，晚上我要带宋佳曦回家吃饭，我爸已经让人准备好一桌子菜了。”

顾朗一脸疑惑地看着站在大门口的梁欢，迟疑了片刻，不敢置信地道：“哥，你说什么？！你要带宋佳曦回去吃饭、见家长？你俩发展得这么快吗？”

刚刚宋佳曦不是还不想给你开门吗？怎么才过了一个多小时，你们就发展到这个地步了？

“呵……”梁欢轻笑一声，仰了仰下巴，道，“你哥就是你哥，好好学着点儿。你什么时候也去见见江小柔的家长？别人家爸妈一来，你连在她家过夜都不敢了。”

顾朗：“你敢让宋佳曦在你家过夜？！”

梁欢皱了皱眉，道：“有什么不敢的！今晚你一个人独守空房吧，再见。”

说完这句话，他直接转身出去，顺带着关上了房门。

顾朗站在冰箱前，手里还拿着刚从冰箱里拿出来的葱和姜，茫然地看着被梁欢关上的大门，转过头来，又看了看自己的手。

他……他不相信……明明昨天欢哥还唉声叹气，说自己已经一个星期没有看见小曦曦了，怎么这才一天的工夫，就这样了？

宋佳曦站在走廊里，把屋子里两个人的对话听得一清二楚。她看到梁欢走出来，顿时一脸气愤地道：“梁欢，你怎么这个样子？！你刚刚在家里的时候，明明说今天晚上……唔……唔唔……”

她的话还没说完，红润的唇就被梁欢堵住了。梁欢一边堵着她的唇，一边将她拽到电梯前，压低声音道：“你小点儿声，我刚刚不就是跟顾朗吹个牛吗？你别揭穿我啊！”

“你……”宋佳曦一把将他捂着自己唇的手掰开，睁着黑白分明的眼睛，气呼呼地看着他，道，“你真的只是吹牛？”

“真的！”梁欢举起手来，朝她发誓道，“我跟你发誓，今天晚上我绝对绝对没有动过和你在老宅里住的念头！”

现在还没到六点，应该算是下午，没到晚上呢！他这个念头是下午动的，绝对不是晚上动的。梁欢在心里暗暗地想着。

“那你干吗要跟顾朗吹牛啊？”宋佳曦的语气顿时软了一点儿，“你让他自己一个人在家独守空房，那你不就不能回去住了？我警告你啊，你也不许住我那儿！”

“好……我知道了。”梁欢有些无奈地看着她，声音里满是宠溺，“我保证也不住你家，好吗？”

“好。”宋佳曦这才松了一口气。只是片刻，她又有些担心地看着梁欢，道，“那你住哪儿？”

“别担心，我之前不是跟你说我在你们公司附近有套房子吗？实在不行的话，我住那儿就是了。”梁欢笑着摸了摸她的脑袋，在眼前的电梯门打开的瞬间，牵着她的手，直接进了电梯，道，“反正，不会没有地方住的。”

“哦……”宋佳曦轻轻地应了一声。

从繁星苑开车去梁家老宅，大概要四十分钟左右。

宋佳曦坐在梁欢的副驾驶座上，看着车窗外的风景，突然转过头，问道：“这五年你都在美国？”

“嗯。”梁欢一边开着车，一边低低地应了一声，道，“在美国，硕博连读，吭哧吭哧念了五年书。”

“五年来，你就没有想着再找个女朋友？”宋佳曦歪着脑袋，看着梁欢轮廓分明的侧脸，问道。

听到她的这句话，梁欢突然转过头来，看了她一眼。

“嗯？没有吗？”宋佳曦眨眨眼睛，追问道。

梁欢忍不住勾着唇，低低地笑了一声。他左手握着方向盘，右手伸出来，掌心向上，道：“牵个手，我就告诉你。”

宋佳曦有些崩溃地道：“你好好开车！”

梁欢目不转睛地看着前方的路，声音带着一丝揶揄，道：“我有好好开车啊……”

车子驶到梁家老宅门口时，宋佳曦从车窗里看着外面气派的别墅，忍不住感叹道：“这就是有钱人的世界啊……”

梁欢觉得有些好笑，转过头来看着她，道：“不过是栋别墅而已，你要是喜欢的话，我们结婚也买一栋这样的！”

“别！不用！”宋佳曦连忙朝他摆了摆手，道，“我只是感慨一下。”

梁欢笑了笑，伸手解开身上的安全带，又侧过身，解开她身上的安全带，道：“走吧，下车吧，他们已经在家里等着我们了。”

“嗯……”宋佳曦抬头，又看了一眼眼前的别墅，深吸一口气，推开车门，下了车。

梁欢开门的时候，她就站在他身后，一颗小心脏在胸腔里扑通扑通疯狂地跳动。

别墅的大门刚一打开，一道小小的身影就朝梁欢扑了过来，道：“舅爸爸！你终于回来了！我头上摔了那么大一个包，你下午都不陪我！你是不是不爱我了？！”

梁欢下意识地弯腰将那小小的身影抱了起来，顺带捏了捏他的脸蛋，道：“怎么会呢？舅舅最爱你了。”

“哼，男人的嘴，骗人的鬼！”梁乐嘟着小嘴说了一句，突然转过头，看着站在梁欢身后的宋佳曦，伸出一根肉嘟嘟的手指，指着她道，“舅爸爸，这个就是你晚上要带回来的女朋友吗？”

“对，她叫宋佳曦。”梁欢笑眯眯地抱着梁乐转过身来，给他介绍道，“你喊我舅爸爸，那应该喊她什么呢？”

梁乐歪着脑袋，一双滴溜溜的大眼睛盯着宋佳曦，好一会儿之后，突然开口道：“小姐姐！”

“嗯？你说什么？”梁欢挑了挑眉，觉得有些好笑，道，“你应该喊她什么？”

“姐姐！”梁乐十分坚定地又喊了宋佳曦一声，然后从梁欢的怀里下来，朝宋佳曦张开双手，道：“姐姐，抱抱。”

“哎？”宋佳曦有些惊讶地看着眼前这个又软又糯的小男孩，迟疑了一下，还是将他抱了起来，道，“不可以喊我姐姐哦，我和你舅舅差不多大呢。”

“不！你就是漂亮姐姐！”梁乐用一双小胳膊环着宋佳曦的脖子，十分坚定地道，“漂亮姐姐，你要不要考虑一下和我在一起？不要和我舅爸爸在一起了。”

“噗。”宋佳曦一个没忍住笑出来，“为什么呀？”

“因为我对你一见钟情了呀！”梁乐像个小大人儿一般，朝宋佳曦道，“刚刚舅爸爸说你是他的女朋友，是女朋友就表示还没有结婚，那漂亮姐姐，你既然没有结婚，我就有追求你的资格！”

“可是……”宋佳曦强忍着笑意，用脸蹭了蹭梁乐白白嫩嫩的小脸，道，“抢别人的女朋友，不太好吧？”

“我没有抢舅爸爸的女朋友！”梁乐很认真地看着宋佳曦，道，“我这是光明正大地和舅爸爸竞争。漂亮姐姐，你有选择的权利。我觉得你应该选择我这样的潜力股！”

“你还知道潜力股？”宋佳曦终于忍不住笑了，一只手抱着梁乐，另一只手捏了捏他的脸蛋，道，“你知道潜力股是什么意思吗？”

梁乐想了想，奶声奶气地道：“反正就是比舅爸爸优秀的意思。”

“那你哪里比他优秀呢？”宋佳曦笑眯眯地问道，全然不顾站在一旁、已经脸色铁青的梁欢。

“这里！”梁乐伸出自己的小手，撩起额前的刘海，指了指下午刚刚缝针的地方，道，“这里是我摔倒的时候留下的伤口，医生叔叔给我缝了针，以后可能会有一道浅浅的疤。漂亮姐姐，你知道吗？脸上有疤的男人最帅了！”

宋佳曦：?

“姐姐，你看过《海贼王》吗？《海贼王》里有个人叫索隆，他的眼睛上有一道疤。他可厉害了，你知道吗？”梁乐在宋佳曦的怀里手舞足蹈，说个不停。

一旁的梁欢实在听不下去了，直接把梁乐从宋佳曦的怀里抱了回来，道：“行了，你比我优秀个屁，你还要人家女孩子抱着你呢！你能像我一样，给她一个公主抱吗？”

梁乐：“……”

听到梁欢的这句话，小朋友终于闭上说个不停的小嘴。

梁欢一脸得意地看着他，道：“怎么样？不能吧？不能给人家公主抱，你还跟我抢个屁的女朋友！”

“我虽然现在不能给漂亮姐姐公主抱，但是等我长大了，就可以给她公主抱了啊！”梁乐一双小手圈在梁欢的脖子上，十分认真地看着他，道，“等我像舅爸爸这么大的时候，舅爸爸就是老头子了，那个时候，你还能给漂亮姐姐公主抱吗？”

梁欢：“……”

宋佳曦站在他们身后，捂着嘴，笑得肩膀疯狂颤抖。

梁欢沉默片刻，表情严肃地道：“那你为什么不想想，等我变成老头子的时候，她也变成老奶奶了呢？”

“不！你瞎说！漂亮姐姐是小仙女，小仙女是永远不会变老的！”梁乐扯着嗓子朝梁欢喊道。

梁欢只觉得自己的耳朵嗡嗡作响，有些嫌弃地转过头去，看了一眼空荡荡的客厅，直接转移话题道：“你妈和你外公呢？他俩不在家？”

“他俩去门口的超市买酒了！”梁乐朝梁欢嚷嚷道，“说是为了庆祝你这个单身狗终于找到女朋友，今天晚上要不醉不归！”

“然后呢？就把你一个人丢在家里了？他们也不怕你从楼梯上再摔下去一次。”梁欢扯了扯嘴角，有些无语地道。

“不，是我自己要求待在家里的。我答应妈妈和外公，会乖乖地坐在客厅的沙发上，等舅爸爸回来。”梁乐转过头去，看着宋佳曦，身子在梁欢的怀里扭来扭去，道，“不过我现在改变主意了，我要漂亮姐姐抱抱！我不要舅爸爸抱了！”

“呵，见色忘义。”梁欢冷笑一声，直接在梁乐的屁股上拍了一巴掌，道，“你除了年轻，就没有别的优势了。”

“谁说的！”梁乐听到梁欢的这句话，气得一双小手叉着腰，道，“外公说，以后公司的大商场都归我管，我就是最大的老板！外公说，我的年收入会有很多很多，够我买很多很多玩具，比你年收入三十块还要多得多！”

“你才年收入三十块！”梁欢没好气地白了他一眼，道，“我那是三十万好吗？”

“那我也比你多！”梁乐伸长了脖子，朝宋佳曦的方向看去，道，“漂亮姐姐，以后我的大商场里的化妆品、衣服、包包还有鞋子，都送给你！你想要什么，都可以来我这儿拿！”

梁欢听着这番话，忍不住翻了个白眼，转过头来，一脸无奈地看着宋佳曦，道：“看见没有，这才是真正的渣男。小小年纪，又是抢别人女朋友，又是买包包、买化妆品的，等他长大了，可怎么得了！”

宋佳曦听着他的话，笑得前仰后合。

就在三个人吵吵闹闹的时候，别墅前面的院子里又驶进一辆车。

梁世超和梁清两人推开车门，从车上下来，看着敞开的别墅门，大声喊道："梁欢！过来帮我们搬酒！"

搬酒？梁欢一脸茫然地看着自己的老爹和老姐，下意识地开口道："你们到底买了多少酒？"

"也不算多，门口超市卖的酒种类有点儿少，我们就一样拿了四瓶吧。"梁世超笑眯眯地走到车子的后备厢前，打开后备厢的盖子，里面满满当当装着各种各样的酒。

他一抬头，看着站在梁欢身边的宋佳曦，脸上的笑容顿时更加灿烂了："小宋啊，今晚不醉不归啊！"

宋佳曦听着梁世超的话，微微一怔，然后有些不好意思地道："梁董……我……我不太会喝酒。"

"哎！怎么还叫梁董呢？"梁世超朝宋佳曦摆了摆手，道，"叫梁叔叔就行了。你放心，不会喝酒没关系，我这儿还买了一些果酒。鸡尾酒的度数只有三度五度的样子，各种口味的都有，你就当饮料喝就行了。"

宋佳曦听着他的话，脸上保持着得体的微笑，悄悄地拽了拽梁欢的袖子，压低声音道："我警告你啊，你今天晚上不许喝酒，你要是喝酒，就没人开车回去了！"

"好！"梁欢笑眯眯地应了一声，道，"我保证不喝酒，行了吧？"

"嗯！"宋佳曦点点头，这才跟在梁欢身后，一起走到梁世超的汽车后备厢旁。

梁清站在梁世超身边，看着跟在梁欢身后的宋佳曦，笑眯眯地跟她打招呼道："你好，我叫梁清，是梁欢的姐姐。你就是我弟弟喜欢的女孩子呀？长得真漂亮！我那个傻弟弟能找到你当女朋友，绝对是他的福气！"

宋佳曦看着站在自己面前的梁清。梁清看起来跟五年前没什么区别，还是一头大波浪的长卷发，清透干净的脸上化着精致的妆容。她笑起来的样子很好看，就像春天里灿烂绽放的花儿，有着极强的感染力。如果仔细观察，其实能发现梁清的眉眼和梁欢的眉眼是有那么几分相像。

只是可惜，五年前，她是悄悄地躲在梁清身后看的，根本就没有发现梁清其实和梁欢长得很像……

一想到自己竟然误会了她和梁欢五年，宋佳曦顿时有些不好意思地看着梁清，道："你好，我叫宋佳曦。"

梁欢难得看到宋佳曦老老实实的样子，一时忍不住想逗她。他抬起头来，看着站在自家老爹身边的梁清，一脸坏笑道："姐，你知道吗？宋佳曦她还以为……唔……唔唔……"

他的话还没说完，宋佳曦已经红着脸，飞快地用手捂住了他的嘴巴。

梁清满眼问号地看着站在自己面前的小情侣。

宋佳曦满脸通红地看着梁清，道："那个……没什么，我就是感觉他好像要说我坏话了。"

"唔……唔唔……"梁欢挣扎了半天，好不容易才把宋佳曦捂着自己嘴巴的手给拿掉。他喘着气，有些无奈地看着宋佳曦，道："你这是想谋杀亲夫啊！"

"谁让你要说我坏话。"宋佳曦悄悄地用手掐了他一把，道。

"谁说的，我话还没说完呢！"梁欢紧紧地攥着宋佳曦的手，转过头来，朝梁清眨了眨眼睛，道："我刚才想说的是，宋佳曦还以为你是我妹妹呢！姐，你说你看起来多年轻。"

"真的吗？"梁清顿时开心到不行，看着宋佳曦道："弟妹真有眼光！实话告诉你吧，其实我确实是他妹妹，我今年才十八岁，哈哈哈哈。"

梁欢有些无语地看着笑得快要背过去的梁清，扯了扯嘴角，道："姐，你要点儿脸好不好？你都三十多了，还装什么十八岁！"

他这句话一出来，梁清脸上的笑容瞬间僵住。她转头朝站在别墅大门前楼梯上的梁乐仰了仰下巴，道："乐乐，去，咬他！告诉他，妈妈到底多大！"

梁乐立刻张牙舞爪地朝梁欢扑了过去，道："舅爸爸你乱说！我妈妈才不是三十多岁！我妈妈明明才十八岁！"说完这句话，他直接扑到梁欢身上，然后一张嘴，一口咬住了梁欢的手腕。

梁欢低头看着死死咬住自己手腕的梁乐，转头无奈地道：“姐，你这样好吗？欺骗小孩子是不对的。”

梁清朝他做了个鬼脸，自顾拿起后备厢里的一袋酒，道：“乐乐，告诉舅舅，妈妈为什么十八岁！”

梁乐松开咬着梁欢手腕的嘴巴，仰着脑袋，大声道：“因为妈妈是小仙女！小仙女是不会老的！小仙女永远十八岁！”说完这句话，他继续张开嘴，又咬在梁欢的手腕上。

梁欢：“姐，你真是够了！乐乐是你儿子，不是狗！你老教他咬人干吗？！”

梁清拎着那一袋子酒，一边朝别墅的大门走去，一边朝梁欢比了个飞吻，道：“你放心，乐乐不会咬别人，就只咬你，因为你比他还像狗！”

“噗……”宋佳曦听到梁清的这句话，终于一个没忍住笑了出来。她忍不住想到自己的笔名——又欠可可一条狗。果然不是只有她一个人觉得欢哥挺像狗的……

梁世超看了梁欢一眼，随手也拎起一袋酒，递给他，道：“狗子，赶紧把酒搬回去，还傻站在这儿干吗？”

梁欢：？

这一个两个的，怎么都觉得他狗？

他转过头来，看着一副看好戏模样的宋佳曦，淡薄的唇微微张了张，道：“老婆……你该不会也觉得……”然而，他的这句话还没问完，突然想起眼前这家伙的笔名——欢哥一条狗。这日子是过不下去了！

梁欢瞬间闭上嘴，拎着手里的酒，又低头看了一眼咬着自己另一只手不放的梁乐，长长地叹了一口气，转身朝别墅走去。

宋佳曦看着他垂着脑袋，一只手拎着袋子，另一只手被梁乐咬着，颓废地往前走的模样，忍不住笑了出来。

梁欢的家人，好像很好相处的样子……不过想想也是，能养出这么自恋又不要脸的家伙的家庭，氛围肯定很好吧。

宋佳曦笑眯眯地拎起一袋子酒，也跟在他们身后进了别墅。

他们来来回回搬了几趟之后，后备厢里的酒终于全部搬空了。

别墅二楼餐厅里，光是各种各样的酒就占了半张桌子。

宋佳曦粗略地数了一下，起码有一百多瓶。这……一百多瓶……该不会都是今天晚上要喝的吧？宋佳曦担心地看了身边的梁欢一眼。

大概看出她的担心，梁世超朝宋佳曦大手一挥，道："小宋啊，你别紧张，这些酒不是必须今晚喝完。这不是不知道你喜欢什么口味，就买了一堆回来吗？你随便挑两瓶，意思一下就好。"

随便……挑两瓶？宋佳曦看着那琳琅满目的酒，一时之间，竟然不知道该拿什么才好。

梁清眨眨眼睛，直接拿了一瓶水蜜桃味的鸡尾酒，递给她，道："弟妹，试试这个，桃子味，甜甜的，很好喝，而且酒精度数只有3度，比啤酒还低。对了，弟妹，你会喝啤酒吧？"

"嗯……能喝一点儿。"宋佳曦接过梁清手中的那瓶酒，有些不好意思地点了点头，道。

"那喝点儿这个，没事的。"梁清一边说着一边看向旁边那堆酒，道："小欢，你喝什么？来瓶伏特加吗？"

梁欢想都没想，直接开口道："我不喝，我晚上还要开车。"

"为什么？"梁清一脸不解地看着他，道，"你还要开车上哪儿去？"

"吃过饭开车送她回家啊！"梁欢朝宋佳曦仰了仰下巴，道，"不然怎么办？"

"弟妹难得来一趟，你干吗非要送人家走啊？"梁清顿时恨铁不成钢地看着他，道，"家里这么多空房间，让弟妹住下来啊！"

"不是……那个……是我非要回去的。"宋佳曦赶忙帮梁欢解释道，"第一次来，就住在这儿，有点儿不太好意思……"

"没事儿，不好意思什么啊！"梁清直接朝宋佳曦道，"你就把这儿当是自己家！放心！我弟弟虽然傻了一点儿，但绝对不是个花心的人。这么多年，他从来没带女孩子回家过！你是第一个，也是唯一一个！不要担心换洗衣物，姐姐那儿有许多新衣服，吊牌还没拆的那种，弟妹你随便选！对了，还有卸妆水、护肤品、化妆品，姐姐那儿都是全的，你要什么牌子，姐姐都有！弟妹喜欢的话，随便挑几套，姐姐送给你！”

宋佳曦茫然地看着梁清，红润的唇张了张，然后支支吾吾地道：“不是……我……”

梁清看了看她，又看了看坐在她身边的梁欢，顿时恍然大悟道：“哦，你是担心小欢对你行为不轨吧？你放心，家里房间很多的，你可以自己睡一间，要是不放心，也可以和我睡一个房间，我保护你！”

“呃……那个……我……”宋佳曦看着热情到不行的梁清，一时间竟然不知道该怎么拒绝才好。

一旁的梁乐似乎还嫌不够乱，扯着嗓子奶声奶气地道：“漂亮姐姐也可以和我一起睡啊！乐乐睡觉很乖的，绝对不会踢人的！”

“和你睡个屁！”梁欢想都没想就朝梁乐道。

“外公……”梁乐转过头去，眨巴着一双圆溜溜的大眼睛，可怜兮兮地看着梁世超道，“舅爸爸凶我……”

梁乐现在就是梁世超放在心上的一块肉，眼看自己最宝贝的大外孙被儿子给凶了，他立刻竖着眉毛，朝梁欢道：“你怎么当舅舅的？！怎么能在小孩子面前说脏话？”

梁欢茫然地看着自己的老爹，道：“我哪里说脏话了？”

“你用词不文明！”梁乐朝梁欢嚷嚷道，“外公说，吃饭的时候，不可以说屎尿屁！”

梁欢：“……”

梁世超朝他仰了仰下巴，道：“看见没有？小孩子都懂的道理，你竟然不懂！你说说你……”他话还没说完，手机铃声突然响了起来。

梁世超低头看了一眼放在桌子上的手机，朝他们几个道：“等会儿啊，我先接个电话。”

他说完这句话，直接拿起手机，按下接听键，笑眯眯地朝电话那边道：“喂，老周啊，什么事儿？”

电话那边不知道说了些什么，梁世超一边听着，一边连连笑道：“真的啊？！那恭喜你了啊！哈哈哈，我家那两个啊，应该也快了吧，哈哈哈哈……

“新房买了吗，装修了没？还没？那正好啊，我跟你说，我最近跟人合伙开了个设计公司，你要是放心的话，就把新房交给我，我让我们公司的头牌设计师给你设计！

“哈哈哈，那必须的！我们公司的头牌设计师可是从美国回来的，之前在美国拿了一堆设计奖呢！”

梁世超一边说着，一边朝坐在自己身边的梁清眨了眨眼睛。梁清顿时会意。老爹这是给自己拉生意呢！

“好，好！没问题！你回头把你儿子的联系方式发给我，我让我们公司的设计师直接联系他。”梁世超笑眯眯地道，“哎，年轻人嘛，婚房还是照着自己的想法设计比较好。咱们这些老一辈的就不掺和了。行，那就这样啊，拜拜。”

梁世超挂了电话之后，一脸得意地道：“看到没？爸爸刚给你接了一单大生意。我朋友的儿子要结婚了，婚房是栋大别墅，纯毛坯，从里到外都要设计装修，这事儿就交给你了啊！”

梁清朝自家老爸比了一个“OK”的手势，道：“没问题！爸，你放心，我设计的保证你朋友一家都满意。”

“那就行，可别给爸爸丢脸了。”梁世超一边说着一边低头看着手机屏幕，老周已经把自己儿子的电话号码发了过来。

梁世超随手就转发给了梁清，道：“这是老周儿子的电话，回头你联系一下他，了解一下对方的装修需求。哦，对了，老周的儿子叫周煜，你存一下啊！”

梁清正在点手机屏幕的手指一下子就顿住了，抬起头来，脸上的笑意有些僵硬，声音带着一丝不确定，道：“爸，你说他叫什么？”

“叫周煜啊！”梁世超转头看了一眼自己的女儿，然后恍然大悟道，“哦，你不知道是哪个煜吧？就是那个南唐后主李煜的煜！”

一旁的梁乐一听，顿时开心得手舞足蹈，道：“李煜我知道，我知道，春花秋月何时了，往事知多少！”

“对，就是那个李煜。”梁世超朝自己的大外孙竖起大拇指，然后朝自己女儿道：“老周的儿子也是个才子啊！耶鲁大学毕业，回国后一直在老周公司里帮忙，从基层一点儿一点儿做起，现在对老周的公司是了如指掌。说起来，他儿子好像跟你差不多大吧，听说以前你俩还是一个高中的，不知道你还有没有印象？不过之前一直没听说他儿子有女朋友，现在倒是突然要结婚了。”

梁世超一边说着，一边摇头晃脑地道：“哎，真是羡慕啊！你说说你，啥时候能结婚啊……”

梁清听着，脸色顿时变得有些惨白。

梁欢注意到自己姐姐的脸色后，连忙在桌子下面用力地踹了老爸一脚。

梁世超被他这么一踹，立刻回过神来。他看了一眼梁清悻悻的神色，赶紧改口道：“没事没事没事，爸爸也不是非要盼着你结婚，反正你看看，乐乐都已经这么大了，结不结婚也没什么。再说了，干吗非要跟男人结婚啊？一个人过不也挺好的吗？家里还有爸爸和你弟弟疼你呢！梁欢，你说是不是？”

梁欢有些无语地看着自己的老爸，直接站起身来，往他面前的杯子里倒了满满一杯威士忌，道：“爸，你要是不会说话，就少说点，多喝点酒，来，干杯。”

梁世超用力地瞪了梁欢一眼，举起面前的杯子，朝宋佳曦和梁清晃了晃，道：“来来来，今天咱们聚在一起吃饭，是为了庆祝梁欢终于脱离单身，找到女朋友！别的事情，咱们就不提了，来来来，干杯，干杯！”

梁清捏着手机的手指微微紧了紧，片刻之后，放下手机，举起面前的杯子，满脸笑意地朝宋佳曦示意了一下，道：“来，弟妹，姐姐敬你。”

宋佳曦有些受宠若惊地看着他们，没办法，只得举起自己的半杯RIO水蜜桃味鸡尾酒，不好意思地道：“我酒量不太好，还请大家见谅。”

梁欢扯着嘴角笑了笑，举起面前的茶杯，跟他们随意地碰了一下。

梁世超顿时有些不爽地看着梁欢，道：“你什么意思？大家都喝酒，你却喝茶，今天的主角不是你吗？”

“唉……”梁欢长长地叹了一口气，端着自己的茶杯，慢悠悠地呷了一口，状似不经意地瞥了一眼自己的老爸，摇了摇头，轻声道，“我也没办法啊……老婆管得比较严，说不让喝酒，就不让喝酒，啧……像我这种有老婆的人，没办法啊，有些苦衷是你们这些没老婆的人不能理解的。”

梁世超："……"

梁清："……"

一旁的宋佳曦听着梁欢的话，瞬间满脸通红，举着手里的酒杯，直接递到梁欢的嘴边，道："我才没有不让你喝！你想喝就喝吧……"

梁欢淡薄的唇角勾了勾。他朝宋佳曦看了一眼，声音带着一丝笑意，道："真的吗？"

他顿了顿，接过宋佳曦手中的酒杯，晃了晃，又压低声音道："老婆，你可要想好啊，这一口酒喝下去，你今天晚上就不能回去了……虽然这个只有3度，可3度也是酒啊……"

宋佳曦的脸早已红得跟熟透的苹果一样。她在桌子下面偷偷地掐了一把梁欢的大腿，声音低低地道："闭嘴吧你……"

"好……"梁欢笑了笑，右手端着酒杯，动作优雅地喝了一口，末了抿抿唇，笑眯眯地道，"味道还不错。"

宋佳曦："……"不知道为什么，她觉得自己好像被算计了……

大家都干过杯之后，梁世超开始招呼他们："来来来，吃菜吃菜！小宋啊，尝尝这个美容养颜蔬菜汤，这可是王姨最拿手的汤……"他一边说着，一边拿起汤碗和汤勺，帮宋佳曦盛了满满一碗汤。

"谢谢梁董……"宋佳曦赶紧站起身来，双手接过梁世超给自己盛的汤。

"怎么还叫梁董呢？"梁世超笑眯眯地看着宋佳曦。

"呃……那个……梁叔叔……"宋佳曦有些不好意思地喊了一声。

"哎，好！哈哈哈！"梁世超高兴地应了一声，然后朝宋佳曦挤了挤眼睛，道，"我等着你喊我爸爸的那一天。"

宋佳曦："……"她……她真的是不知道自己该说些什么才好了。

梁清除了在存周煜电话号码的时候，有一些微微的失态，之后不久便恢复了本性。她原本坐在梁世超身边，后来不知道怎么的，直接坐到宋佳曦的身边。两人越聊越投机，杯子里的酒也是一杯接一杯，根本停不下来。

梁欢有些担心地看着和自己姐姐畅饮无极限的宋佳曦，终究忍不住伸手轻轻地拽了拽她的衣摆，道："小曦，你少喝点儿……我记得你的酒量也不是很好……"

“嘿嘿嘿……”宋佳曦一扭头，脸上露出一个极其灿烂的笑容。

梁欢：“……”这……好像说得有点儿晚了……

宋佳曦眨眨眼睛，看着梁欢，道：“你有什么事儿吗？”

梁欢沉默片刻，有些放弃地道：“没什么事儿，就是让你少喝点儿。”

宋佳曦点点头，道：“好的哦，我知道了哦，不过没关系，我喝的都是只有3度的RIO哦！而且，姐姐说她会调鸡尾酒哦，姐姐调的鸡尾酒好好喝哦！”她一边说着，一边举起梁清刚刚给她调好的一杯鸡尾酒，给梁欢看了看。

梁欢的目光越过宋佳曦，朝坐在宋佳曦另一边的梁清看了一眼。梁清面前已经打开了好几瓶酒，她正一瓶一瓶地把不同的酒倒到面前的杯子里。

梁欢动了动唇，突然朝姐姐喊了一声，道：“姐，你在调什么酒？”

“嗯？”梁清闻言，抬起头来，朝梁欢看了一眼，然后笑眯眯地道，“我在调长岛冰茶。”

她一边说着，一边继续往面前的酒杯里倒酒，道：“先来点儿金酒，再来点儿龙舌兰酒……然后加点儿朗姆酒，嗯……生命之水，不能忘了……还有橙皮酒，再滴几滴柠檬汁……哦，没有摇杯怎么办？算了，就这样搅拌一下吧……”

梁欢眼看梁清把那杯混合了许多酒的杯子摇了摇，然后举起来，朝宋佳曦道：“弟妹，来，干杯！”

这是……什么？！难道她刚刚给宋佳曦调的那杯酒，也是长岛冰茶？他刚想开口阻止，就听到耳边传来宋佳曦的声音。

“姐姐，干杯！”某人乖乖地和他姐碰了一下杯子，将杯中酒一饮而尽。

梁欢忍不住伸手捂住脸。眼前的这一幕，他根本没眼看。

“宋佳曦，你不要喝了。你知不知道长岛冰茶是什么啊？就敢喝！”梁欢眼看宋佳曦还打算把酒杯给梁清，让她继续给自己调酒，赶紧伸手将她手中的杯子抢了过来。

“嗯？”宋佳曦转过头来，眼神已经有些迷离，“什么？难道不是类似冰红茶之类的吗？我觉得很好喝呀，有淡淡的柠檬香味。”

“你知道我姐姐刚刚往里面加了什么吗？”梁欢觉得又好气又好笑，看着宋佳曦，道，“生命之水，你知道生命之水是什么吗？你该不会以为是矿泉水吧？”

“嗯？”宋佳曦眨巴眨巴眼睛，只觉得眼前的梁欢看起来特别特别可爱，冲他露出一个大大的笑容，“难道不是矿泉水吗？”

“是96度的伏特加啊！”梁欢拿起桌上的那瓶生命之水，朝宋佳曦晃了晃，道，“96度是什么概念，你知道吗？95%的酒精用于擦拭紫外线灯，70%～75%的酒精用于消毒，你刚喝的长岛冰茶里的生命之水，度数比消毒酒精还高！”

“哦，是吗？”宋佳曦脸上的笑容越来越灿烂，“我就说嘛，怎么喝下去之后，感觉自己有点儿飘呢……”

她这句话刚说完，坐在她身边的梁清直接扑通一声，趴在桌子上睡着了。

宋佳曦听到声音，回头看了梁清一眼，然后傻笑着看向梁欢，道：“咦，梁欢，姐姐怎么睡着了？”

梁欢闭了闭眼睛，深吸一口气，咬牙切齿地道：“她喝醉了。”

“那我为什么还没倒下？”宋佳曦晃了晃身子，道，“这是不是说明我的酒量比姐姐好？”

坐在他们对面的梁世超，眼看梁清饭还没吃完就趴在桌上睡着了，顿时茫然地看向梁欢，道：“你姐姐这是怎么了？”

“喝醉了。”梁欢面无表情地朝老爸解释道，“长岛冰茶是一款鸡尾酒，虽然名字听起来是茶，其实是一种很烈的鸡尾酒，酒量不好的女生，一般只喝一杯就会醉倒，所以这款鸡尾酒还有一个名字，叫失身酒。”

梁世超盯着梁清，又看了看坐在自己身边、举着鸡腿啃得正欢的梁乐。他突然伸手将梁乐的耳朵捂起来，然后压低声音朝梁欢道：“你姐姐当年该不会就是喝了这个酒，才怀孕的吧？”

梁欢微微一怔，倒是没有想到这个。

他转过头来又看了一眼自己的姐姐，沉默片刻，终究还是长长地叹了一口气，道：“算了，我还是先把她扶到房间里去吧。”

说完这句话，他又看了一眼坐在自己身边傻笑的宋佳曦，一脸严肃地道："你乖乖坐在这儿，不要乱动，也不许继续喝酒，等我回来，知不知道？"

"嗯！"宋佳曦十分配合地用力点了点头。

梁欢再次叹了一口气，站起身来，走到姐姐身边，拽着她的胳膊，稍一用劲，就将她从桌子上拽了起来。随后，他将她的胳膊搭在自己肩膀上，另一只手扶着她的腰，踉踉跄跄地直接把她扔到二楼的保姆房里。

梁世超眼看着自己的儿子就这么草率地把梁清给扔过去，忍不住道："你怎么不把你姐姐扶到楼上她的房间里去？"

"你行你来！"梁欢没好气地白了自己的老爹一眼，道，"这家伙喝醉了以后，整个人跟一摊烂泥似的，我能扶着她走这么几步，已经用尽全部的力气了，还想让我扶她上楼？我怕我把她从楼梯上推下去！"

梁世超："……"算了，反正保姆房也是房间，先让她睡着吧。

正在啃鸡腿的梁乐转过头来，一双圆溜溜的眼睛看着梁世超，奶声奶气地道："外公，你为什么要一直捂着我的耳朵？"

"呃……没什么。"梁世超回过神来，这才发现，自己的手还捂着梁乐的耳朵，于是赶忙将手撤了下来，结结巴巴地道，"那个……什么，乐乐你吃好了吗？时间不早了，外公带你去洗澡睡觉吧？"

"啊？"梁乐微微一怔，看着手中的鸡腿，不解地道，"可是……我还没啃完呢。"

"没啃完，咱们回房间啃吧。"梁世超二话不说，直接抱着乐乐，站起身来，就朝楼上的房间走去。

偌大的餐厅里，只剩下梁欢和坐在桌旁一脸傻笑的宋佳曦。

梁欢："……"他姐姐已经一杯倒了，怎么这家伙还精神奕奕地在这儿傻笑呢？

梁欢和宋佳曦大眼瞪小眼，互相看了一会儿之后，梁欢终于有些无奈地走上前去，伸手戳了戳宋佳曦的胳膊，道："你还吃吗？"

"吃什么呀？"宋佳曦笑眯眯地看着梁欢，道，"吃你吗？"

梁欢抿着唇瓣，看着宋佳曦傻乎乎的模样，叹了一口气，道："吃晚饭……"

“哦……”宋佳曦转头看了看桌子上的菜，然后傻笑着朝梁欢摇了摇头，道，“不吃了哦，我吃饱了。”

“那我带你回房间休息吧，好不好？”梁欢走上前去，伸手拽着她纤细的手腕，想把她从椅子上拽起来。

没想到，宋佳曦干脆朝他张开双手，道：“要抱抱。”

梁欢看着她的样子，忍不住笑了出来。这家伙，喝醉以后还挺可爱的嘛！

“好。”他温柔地应了一声，俯下身子，正准备把她打横抱起，宋佳曦竟然双手搂住他的脖子，紧接着，两条又细又长的大腿直接挂在他的腰上。

梁欢微微一怔，看着树袋熊一般挂在自己身上的宋佳曦，不敢置信地道：“你……确定要这样抱上去？”

这样的姿势，太过暧昧……也太过……梁欢轻咳一声，赶紧制止自己的想法。

“好了，我们回房吧。”宋佳曦双手搂着梁欢的脖子，白皙粉嫩的脸颊在他的脸上蹭了蹭，心满意足地道，“走喽！”

梁欢哭笑不得地看着她，双手搂住她的腰，防止她从自己身上掉下来。

“好好好，我知道了，咱们这就回房间……”梁欢无奈地应了一声，抱着她，转身便朝楼梯走去。

“嗯……”宋佳曦乖乖地伏在他怀里，看着眼前的大理石楼梯，忍不住嘀咕道，“为什么回房间要上楼梯呢？我记得我家里没有楼梯啊……”

梁欢没有回答她的话，而是看着眼前的台阶，小心翼翼地一步一个脚印地走。

这楼梯，乐乐中午刚摔下去过，他可不能抱着宋佳曦也从楼梯上摔下去。

“啊！我知道了！我现在一定是在城堡里，对不对？！”宋佳曦盯着地上的楼梯好一会儿，突然开心地道，“那你是我的王子吗？”

“是是是，我是……”梁欢看着脚下，随口应道。

“不，你不是……”宋佳曦盯着梁欢好一会儿，突然一脸严肃地道。

“那我是什么？”梁欢觉得有些好笑地问道。

“你是渣男！”宋佳曦双手捧着梁欢帅气的脸，一字一顿地道，“你是脚踏两条船的渣男！”

梁欢的脚步一下子停住了。他就这么抱着宋佳曦站在楼梯的拐角，将她的后背抵在墙上，凑近她，压低声音，语气里带着一丝危险的意味，道：“你刚刚说我是什么，嗯？”

“渣男，你是渣男！唔……”宋佳曦后面的话还没说完，红润的唇瓣就被梁欢直接给堵住了。

耳边的聒噪瞬间消失得无影无踪，梁欢亲了她好一会儿，才松开她。

宋佳曦的后背抵在墙壁上，一双纤细的胳膊搂着他的肩。她仰着白皙粉嫩的小脸看他。她清澈水润的眼睛亮晶晶的，鼻息间有一股淡淡的酒香，刚刚被他吻过的红润小嘴微微张着，看起来像是枝头上刚刚成熟的樱桃。

梁欢觉得自己的脑海里满满的都是“秀色可餐”四个字。

“你……”宋佳曦盯着梁欢，突然扁了扁嘴巴，一脸快要哭出来的样子，“你这个渣男……干吗突然亲我？”

梁欢有些头疼地看着她，轻轻地叹了一口气，还是温柔地道：“小曦，我们已经和好了，你忘了吗？”

“嗯？”宋佳曦听着他的话，微微一怔，歪着脑袋，满眼不解地看着他。

“我们下午不是已经和好了吗？”梁欢的声音又低沉又温柔，像是在哄一个不听话的小孩子，“你忘了吗？五年前，你看到的那个跟我在一起的女孩子，是我姐姐啊！梁清，你还记得吗？刚刚她不是还坐在你身边，和你一起喝酒吗？”

“唔……梁清……”宋佳曦微微蹙眉，低低地念着这个名字，“对哦，梁清是姐姐啊！”宋佳曦突然对他绽放出一个明媚的笑容。

她的笑容仿佛明媚的阳光，瞬间照亮整个屋子，又仿佛山谷间怒放的鲜花，灿烂夺目。

宋佳曦眨了眨眼睛，突然凑近梁欢，在他的脖颈间仔细地嗅了嗅。

她的鼻尖碰到他的脖子，让他有痒痒的感觉。梁欢忍不住缩了缩脑袋，往后躲了躲，道："你干吗呢？"

"姐姐，你身上好香啊……"宋佳曦整个人俯在梁欢的肩膀上，在他的发梢、耳郭、下巴处来来回回地嗅着，"你身上的香味和我喜欢的人，特别特别像！"

姐姐？梁欢扯了扯嘴角。很好，他现在虽然不是渣男了，却莫名其妙变成了女人。不过，他们家小曦曦投怀送抱的机会，他怎么会轻易放过呢？

梁欢清了清嗓子，压低声音，凑在宋佳曦的耳边问道："是吗？你喜欢的人是谁啊？"

"我喜欢的人啊……"听到这句话，宋佳曦一下子停住了在梁欢身上嗅来嗅去的动作。

她仔细地想了想，突然认真地道："我跟你说，我喜欢的那个人，他不是人！"

梁欢：？

宋佳曦继续一脸严肃地道："我喜欢的那个人，他是条狗！他可像狗了你知道吗？他的名字叫欢哥一条狗！"

梁欢："……"你说你喝醉就喝醉吧，怎么还开始人身攻击了呢？这才短短几分钟，他已经完成了从渣男到姐姐再到狗的转变。

梁欢长长地叹了一口气，轻轻捏了捏宋佳曦软软的脸颊，道："小曦，你喝多了。"

"怎么可能！"宋佳曦双手掰着梁欢的脸，直直地盯着他的眼眸，一字一顿地道，"我告诉你一个秘密！"

"什么？"梁欢被迫看着眼前的宋佳曦，即便脸颊已经被她掰得有些变形，也不敢挣脱。

"其实我……"宋佳曦说着说着，突然停顿了一下，再然后，用低得不能再低的声音道，"其实我千杯不醉！"

梁欢："……"呵呵，你猜我相信吗？你要是千杯不醉，那现在在干吗？练杂技？

宋佳曦看着他脸上极其复杂的表情，沉默片刻，突然开口问道："你是不是不相信我？"

“相信你，我怎么会不相信你呢……”梁欢有些无奈地看着她。他的脸还被她捧在手心，只是她的力气有点大，他感觉自己的嘴都快被她挤成小鸡嘴了，但他还是努力让自己的声音听起来真诚一些，“我们家小曦曦最厉害了，不管喝多少酒都不会醉，都能保持理智，还能……”

“唔，你好啰唆啊。”宋佳曦想都没想，直接低下头，堵住他的唇。

一阵柔软的触感从唇上传来，梁欢愣了一下，微微垂下眼眸，看到宋佳曦长而卷翘的睫毛轻轻地颤动。她的眼睛紧紧地闭着，神情十分认真。

她十分认真地在吻他。只是……她为什么光把唇放在自己的嘴唇上，就没动静了？

梁欢沉默片刻，忍不住偷偷地舔了一下她的唇瓣。宋佳曦瞬间便从他的怀里弹了起来。

她的眼睛眨也不眨地瞪着他，泛着水润的光泽。她伸手摸了摸唇瓣，声音清脆地问道：“你干吗舔我？！”

梁欢有些哭笑不得地看着她，道：“那你干吗亲我啊？”

“要你管！”宋佳曦凶巴巴地说了一声。下一秒，她便张牙舞爪地张开嘴，径直朝梁欢露在衣领外的脖颈咬去。

梁欢只听得啊呜一声，下一秒，脖子就被某人给咬住了。

一阵温热的触感带着刺痛感袭来，梁欢沉默片刻，伸手轻轻地拍了拍宋佳曦的脑袋，觉得有些好笑地道：“干吗呢？好好说着话，怎么突然变成吸血鬼了？”

“哼……唔唔……”宋佳曦咬着梁欢的脖子，一阵细腻温热的触感从她的唇上传了过来。她甚至能够感受到他白皙如玉的皮肤下，那细微的脉搏跳动。而且，那脉搏跳动的节奏，一开始还是缓慢而沉稳的，慢慢地，竟然越来越快。

梁欢觉得自己的嗓子有些干，不知道为什么，脑海里突然浮现出五年前，他和宋佳曦住在一起时的一些画面。那个时候，他们白天各自上课，晚上就会回到他在A大附近租的房子里。

宋佳曦每天都在作死的边缘徘徊。比如，她经常会在他烧饭的时候，偷偷从背后抱住他，然后在他的脖子上一顿乱亲乱啃，又飞快地逃走；或者在他整理冰箱时，悄悄地凑过来，趁他不注意，把他扑倒在地，按着他一顿猛亲，再次逃走；再或者在他准备洗澡的时候，突然打开浴室门，进去对他上下其手，又飞快地从浴室里逃走。

梁欢想着想着，忍不住舔了舔唇。啧……怎么办，他竟然有些怀念那个时候的他们。

此时此刻，宋佳曦温暖柔软的身子紧紧地贴在他身上，他鼻息间尽是她身上特有的馨香，混合着淡淡的酒味，让他的心跳不由自主地加速。

她的牙齿还咬在他的脖子上，不过力度倒是没有刚才大了，过分的是，她软软的舌尖时不时地调戏他一下。对他来说，这简直是一种甜蜜的煎熬，让他恨不得就在此时此刻此地，将她就地正法。

梁欢咬了咬牙，最终还是用理智将自己拉回现实。他微微用力，一只手将某人咬住自己脖颈的脑袋推开，另一只手顺势将她的头扣在自己的肩膀上，让她动弹不得。

“唔……你干吗？”咬得正欢的宋佳曦突然被打断，脑袋又被梁欢扣住，动都不能动，顿时有些生气地问道。

梁欢深吸一口气，一双好看的眉毛微微蹙起，幽深的眼眸中闪烁着复杂的光芒，眼底的渴望与理智正在搏斗。最终，他声音清冷地道：“小曦，你喝醉了，回房间休息一下吧？”

“我没有！”宋佳曦十分肯定地反驳道。

“哦，好的。”梁欢随口应了一声，却是抱着她径直转身，朝楼上走去。

“啊啊啊，你干吗？！你怎么突然又往楼上走了？”宋佳曦手脚并用地挣扎着，“我不要上楼，我不要休息！我要……我要……”她说着，却突然卡住了。她要干吗来着？她怎么突然想不起来了呢？

梁欢听着她的话，觉得有些好笑地随口问了一句：“你要干吗？”

“我要咬你！”宋佳曦想了半天，终于想起自己刚才是在干吗了。

说完这话，她张开嘴巴，再次朝梁欢的脖子咬了下去。

梁欢一怔，下一秒直接伸手，一把将宋佳曦的脑袋按住。他抱着宋佳曦，直接朝客房的方向走去：“乖，别闹了，喝醉了就好好躺着休息……”

他一边说着，一边用脚踢开客房的门，抱着宋佳曦，直接走了进去。

宋佳曦眨眨眼睛，看着眼前陌生的房间，突然转过头来，道："这是哪儿？"

"客房。"梁欢声音淡淡地应了一声，抱着宋佳曦，直接朝房间中央的大床走去。

等到他走到床前准备将怀里的宋佳曦放到床上的时候，宋佳曦竟然手脚并用，紧紧地搂着他，脑袋摇得跟拨浪鼓一样，道："不要，不要，我不要睡在客房里！"

梁欢站直身子，眼眸微垂，满眼无奈地看着树袋熊一般挂在自己身上的宋佳曦，宠溺地道："你不要睡客房，那要睡哪里？"

宋佳曦眨巴着水润的眼眸，直直地看着他的眼睛，脸上突然露出一个灿烂的笑容，道："嘿嘿，小哥哥，你长得真好看，好像我以前的一个学长啊……"

梁欢觉得有些好笑地看着她，低低地应了一声，道："嗯，我就是你以前那个学长。"

"真的吗？"宋佳曦歪着脑袋，又看了他一会儿，突然点了点头，道，"嗯，好像是真的……"她顿了顿，突然开始撒娇，"学长，我要睡在你的房间！我要和你一起睡！"

梁欢不太相信地看着宋佳曦，道："真的吗？"

"嗯！真的！"宋佳曦认真地点了点头，道，"学长，你长得这么帅，能睡到你，是我的荣幸！"

"噗……"梁欢听着她的话，一时没忍住，笑了出来，"怎么，你不仅要睡在我的房间里，你还想睡我？"

"不可以吗？"宋佳曦眨巴着黑白分明的大眼睛，神色很是无辜。

"可以是可以，就怕你明天早上醒来之后会后悔。"梁欢抱着她，声音带着一丝沙哑，一字一顿地道。

"唔……"宋佳曦歪着脑袋认真地想了想，然后道，"不会的！能睡到学长这样的绝色帅哥，怎么可能后悔？！学长，你就当我是馋你的身子吧！"

梁欢听着她的这句话，整个人都愣住了。他……他们家小曦曦，竟然……这么直接明了？！

“学长，学长，你怎么不说话？”宋佳曦眼看梁欢站在那里不说话，忍不住伸手在他的眼前晃了晃，道，“你到底要不要和我一起睡啊？你倒是说句话啊……”

“嗯……”梁欢低低地应了一声，抱着宋佳曦，转身朝自己的卧室边走边道，“你可千万不要后悔。”

“不后悔，我绝对不后悔，嘿嘿。”宋佳曦搂着他的脖子，开心地在他脸上蹭啊蹭的，像是一只特别满足的小猫咪。

梁欢的房间很大，面积差不多是客房的两倍，房间里还有一个独立卫生间。

他抱着宋佳曦回了自己的房间，把宋佳曦放到大床上，松了松衬衫的扣子，准备转身去卫生间洗澡。

宋佳曦侧躺在他柔软的大床上，一只手撑着自己的下巴，千娇百媚地问道：“学长，你去哪儿啊？”

“洗澡。”梁欢干脆利落地脱掉身上的衬衫。

“学长，要一起洗澡吗？”宋佳曦在床上翻了个身，趴在床上，一双小手托着下巴，满眼期待地看着梁欢。

梁欢站在离大床一米远的地方，眯了眯眼睛，看着宋佳曦，沉默片刻，终于走回床边，俯下身来。他一只手撑在床上，另一只手捏起宋佳曦的下巴，道：“想和我一起洗澡？”

“对呀！”宋佳曦圆溜溜的眼睛瞬间闪烁着灿烂的光芒。

梁欢盯了她一会儿，突然开口道：“那你喊我一声老公。”

“老公！”宋佳曦想都没想，乖乖地喊了他一声。

“你想和老公一起做什么？”梁欢唇角突然勾起一抹浅浅的笑意。

“嗯……我要和老公一起洗澡！”宋佳曦干脆从床上坐起来，眨巴着一双大眼睛，声音清脆地道。

“那洗完澡以后呢？”梁欢循循善诱地道。

“洗完澡以后……要睡了老公！”宋佳曦脸上露出一个开心又灿烂的笑容。

“哦……怎么睡？”

“我睡上面，老公睡下面！”宋佳曦歪着脑袋想了想，认真地道，梁欢终于忍不住笑出来，伸手搂过宋佳曦，将她紧紧地抱在怀里，转身朝卫生间边走边道：“好，我都答应你，你可不要反悔……”

“我才不会反悔呢，我……唔……”宋佳曦后面所有的话都被梁欢堵在了嘴里。

卫生间里响起哗啦啦的水声。

约莫二十分钟后，梁欢身上裹着浴巾，抱着同样裹着浴巾的宋佳曦从浴室出来。他把宋佳曦放到柔软的大床上，正准备起身，脖子却被某人给勾住了。

“嘿嘿……”宋佳曦眼里闪过一丝亮光，双手搂着梁欢的脖子，稍一用劲，就把他给拽了下来。紧接着，她一个漂亮的鲤鱼打挺，直接将梁欢压在身下。

梁欢微微一怔，看着压在自己身上的宋佳曦，眼里的光芒瞬间暗了暗。

第16章　姐妹，不要自暴自弃

“嘿嘿嘿，小美女。”宋佳曦坐在梁欢身上，笑眯眯地打量着他露在浴巾外面的光洁的皮肤。

小美女？梁欢听到这个称呼，整个人都愣住了。怎么不过洗个澡的工夫，他又从学长变成小美女了？

“小美女，哥哥来了。”宋佳曦的双手肆无忌惮地在梁欢的胸口游走。

她前前后后、左左右右地摸了一遍之后，眉头紧蹙，似乎想要看清眼前的梁欢，却又被什么东西挡住了视线，道：“美女……你这个胸……有点儿平啊……”

梁欢这会儿是真的无语了。和宋佳曦认识这么久，无论五年前，还是五年后，这还是他第一次看见她醉酒的样子。只是这家伙喝醉了以后，就好像变了一个人，难道是本性被酒精给释放出来了？

梁欢抿了抿唇，只觉得眼前的宋佳曦就像一个调戏良家妇女的色狼。

他张了张嘴，正准备说点儿什么，宋佳曦突然伸手拍了拍他的胸口，道：“不过没关系，小美女，你不要自卑！俗话说，胸不平，何以平天下！你胸小，你骄傲！你为国家省布料！”

她一边说着一边低下头来，盯着梁欢，看了一会儿之后，眨眨眼睛，道：“虽说你可以为国家省布料，可你也不能什么都不穿吧？姐妹，不要自暴自弃啊！”

梁欢：“……”

“对了，姐妹，我前段时间刚买了一套新内衣！穿着可舒服了，是无钢圈的哦！姐妹你要不要试试？！”宋佳曦一边说着，一边踉踉跄跄地从梁欢的身上爬了下来，只是她下来的时候，一个没站稳，直接摔倒在地上。

好在梁欢的床边铺着一层厚厚的地毯，她就算摔下来，也不会摔痛。

“咦……我的内衣呢？”宋佳曦坐在地毯上，茫然地摸了摸自己的胸口。她怎么没穿内衣？！难道她今天没穿内衣就出门了？

“你刚刚才洗过澡……”梁欢深吸一口气，目光幽深地盯着坐在地毯上的宋佳曦，无奈地道，“内衣脱在卫生间里了。”

“哦！对！姐妹你等着啊！我去给你拿！”宋佳曦怔怔地看着梁欢，片刻之后，回过神来，想要往卫生间滚。

“别拿了。”梁欢一把扯住她纤细的手腕，道，“我不需要。”

“怎么会不需要呢？虽然你是平胸，虽然你可能只有A罩杯，但是我跟你说，其实A罩杯的内衣分很多种，有那种里面有海绵的。你穿了以后，根本就看不出来是平胸，你放心吧……”

宋佳曦正忙着给梁欢普及内衣知识，梁欢已经一把将她捞到床上，道：“别穿了，反正过会儿还要脱。”

宋佳曦盯着梁欢那张帅气的脸颊好久，突然摆出英勇就义的表情，道：“好的，来吧！”

梁欢：“……”这语气……用得着这么壮烈吗？

“姐妹，我们……”

宋佳曦还想开口说点儿什么的时候，梁欢已经低头堵住她的嘴，喃喃地道：“别说话了，谁是你姐妹……”

“你……唔……”宋佳曦眨眨眼睛，整个人还没反应过来是怎么回事，就觉得身上一凉。身上的浴巾瞬间消失，她白皙的皮肤暴露在空调的冷气中。

她感觉自己的脑袋有点儿迷迷糊糊的，头也晕晕的，不知道是不是喝多了酒，手脚竟然感觉有些燥热。

梁欢从她的唇瓣吻到她的下巴，一路沿着脖颈往下时，突然抬起头来，看着她，声音低沉而又沙哑地道："小曦，我是谁？"

"嗯？"宋佳曦愣了一下，一双迷蒙的眼睛盯着他半天，不确定地道，"你是……我的小姐妹？"

梁欢："不对。"

宋佳曦再次盯着他的眉眼，他的眉眼很好看，清秀又帅气，那双星光般璀璨的眸子，和她五年来，每一个梦里的那个人的眼眸一模一样。

她呆愣片刻，声音低低地道："你是……梁欢？"

"嗯哼……"梁欢低低地应了一声，"醉得还算剩下一丝理智。"不过这一丝丝的理智，可能过一会儿就要彻底消失了……

梁欢紧紧地拥着她，如同五年前一样，温柔而坚定地占有了她。

第二天早上，宋佳曦觉得自己头疼到不行。

她迷迷糊糊地睁开眼睛，想要伸手去床头柜上摸手机，看一眼现在几点，结果摸了半天，连床头柜的边儿都没有摸到。

怎么回事？她伸手揉了揉眼睛，看着眼前陌生的天花板，整个人瞬间就清醒了。她……她这是在哪儿？！她身上怎么没有穿衣服？！

宋佳曦心中一惊，撑着胳膊，直接从床上坐了起来。

大概是她的动作幅度太大，一直躺在她身边没有动的那个人终于微微动了动。

梁欢睁开眼睛，看了一眼身边的宋佳曦，直接裹着被子翻了个身，声音带着一丝尚未睡醒的沙哑，道："这么早就醒了，不再睡会儿吗？"

宋佳曦茫然地看着身边的梁欢，用被子里的腿碰了碰他的腿。这个禽兽也没有穿衣服！

这一瞬间，宋佳曦也顾不上什么宿醉了，一把扯住梁欢的胳膊，把他从被窝里拽出来，道："梁欢！你昨天晚上对我做了什么？！"

梁欢睡眼蒙眬地看着她，额前的刘海软趴趴地挡住眉毛，打了个哈欠，声音懒懒地道："该做的不该做的，都做了一整夜，好累哦……"

宋佳曦："……"他……他这话什么意思……

他们昨天下午才刚刚和好，晚上她才第一次跟着他回来见家长，怎么夜里就发生了不该发生的事情？！

宋佳曦瞪着梁欢，半晌，红润的唇才微微动了动，道：“你……你怎么这样……”

梁欢伸手拨弄了一下额前的刘海，一双幽深的眼眸满是深意，看着她，道：“我哪样了？！我也没办法啊！老婆的要求，我不敢不从啊……”

什么老婆的要求，这家伙在说什么呢？！

梁欢看着宋佳曦那一脸困惑的样子，淡薄的唇微微勾了勾，伸手从自己的枕头底下摸出手机，一边用指纹解锁，一边朝宋佳曦低低地道：“你等会儿啊……”

说完这句话之后，他似乎是在手机里找到什么，然后点了一下屏幕。

下一秒，宋佳曦就听到自己的声音从手机里传出来。

“学长，学长，你怎么不说话了？你到底要不要和我一起睡啊？你倒是说句话啊……

“不后悔，我绝对不后悔。嘿嘿。

“学长，要一起洗澡吗？

“……”

这……这……这这这……这都是什么啊？！

宋佳曦听着手机里的声音，一张白皙粉嫩的小脸瞬间变得通红。

她一把抢过梁欢的手机，低头看了一眼，上面正在播放的竟然是录音文件。

梁欢就坐在她身边的被子里，一双眼眸带着浅浅的笑意，看着她，道：“你看，昨天晚上，明明是你主动要求的。

他一边说着，一边伸手扶了扶自己的腰，道：“毕竟也五年没怎么运动了，突然来这么一下，竟然有点儿腰酸。”

“你……”宋佳曦被他一说，脸红得跟熟透的番茄一样。

她赶紧手忙脚乱地将梁欢手机上的录音文件给删除了，然后把手机还给他，道：“卑鄙！无耻！不要脸！”

梁欢听着她的话，微微眯了眯眼睛，突然凑到她面前，嘴巴贴着她的耳朵，声音低低地道：“是吗？可是你昨天夜里不是这样说的啊……”

宋佳曦："我昨天夜里说什么了？我什么都没说！录音文件也被我删除了，你什么证据都没有！我警告你啊，昨天晚上咱们什么都没有发生，听到没有？！"

梁欢觉得有些好笑地看着她，半晌把手机放到床头柜上，声音淡淡地道："好……昨天晚上我们什么都没有发生！你什么都不记得，行了吧？"

宋佳曦双手抱在胸前，瞪了他一眼。然而，下一秒，她就被梁欢扑倒在身后的大床上。

某人居高临下地看着她，嘴角是藏不住的笑意，一字一顿地道："那既然老婆已经什么都不记得了，为夫就勉为其难地帮你回忆一下吧，好不好？嗯？"

宋佳曦微微一怔，还没来得及开口说话，梁欢已经堵住了她的嘴。

"唔……唔唔……"回过神来的宋佳曦，拼命挣扎着，想要挣脱某人的束缚，奈何体力悬殊，挣扎半晌，竟然一点儿挣脱的迹象都没有。

就在她准备祭出防狼必杀技的时候，梁欢的房间门口突然传来砰砰砰的拍门声。紧接着，梁乐清脆可爱的声音在门外响起："舅爸爸！起床啦！太阳晒屁股啦！快点起床陪乐乐出去玩！"

梁欢身子微微一僵，皱了皱眉，回头看了一眼自己的房门，沉默片刻，声音不悦地朝梁乐道："走开，我还没睡醒！"

"舅爸爸，你难道不知道早睡早起身体好吗？一年之计在于春，一日之计在于晨。算了，和你说了你也不懂，我要去客房叫漂亮姐姐起床了！"

梁乐说完这番话，迈着小短腿一路朝客房奔去："漂亮姐姐，起床啦！乐乐已经帮你把早餐准备好了！"

宋佳曦被某人压在床上，就这么听着梁乐的声音由近及远。下一秒，她便听到梁乐震惊地喊着朝楼下奔去："外公！外公！漂亮姐姐不见了！你不是说她昨天晚上睡在客房里的吗？我把……"

再后面的话，宋佳曦听不到了，可能是因为梁乐已经跑到了楼下。她一脸茫然地躺在床上，看着同样茫然地压着自己的梁欢，扯了扯嘴角，顺便踢了他一脚，道："还不赶紧从我身上起来？"

"哦……"这一次梁欢倒是没说什么，乖乖地让开了。

宋佳曦白了他一眼，正准备起床，突然发现自己的衣服不在房间里。

“我的衣服呢？”她抬起头，朝梁欢问道。

“呃……昨晚脱在卫生间里了。”梁欢愣了一下，下意识地道，“你昨晚非要跟我一起洗澡来着。”

宋佳曦：“我要和你一起洗澡，你就和我一起洗澡？那我刚才让你把昨晚的事情都忘掉，你怎么没忘掉呢？”

梁欢眨眨眼睛，一脸无辜地看着她，道：“我又不是机器人，还能选择性清除记忆啊……”

宋佳曦沉默片刻，决定还是先解决眼前的困境，于是抬起头来，朝梁欢问道：“那现在怎么办？我没衣服穿了啊！”

梁欢立刻掀了被子起身，随手从柜子里翻了件T恤穿上，道：“你等会儿啊，我这就让我姐给你挑几件新衣服……”说完这句话，他赶紧从房间里出去了。

等梁欢的身影消失在房门外，宋佳曦才瞬间回过神来。等等！他现在出去找他姐姐要衣服，那不就等于向他姐姐说明，她昨天晚上跟他睡在一起，并且还没有穿衣服吗？！啊啊啊啊！宋佳曦只觉自己彻底绝望了。

半个小时后，从里到外、从上到下，都穿着梁清新衣服的宋佳曦，硬着头皮从楼上下来，走进了餐厅。

餐桌边，梁世超、梁清已经在位子上坐好了，看到宋佳曦下来，两人用慈爱的目光看着她，眼神里的促狭怎么也藏不住。

宋佳曦低着头，假装什么都没看见，默默地拉开椅子，坐了下来。

一旁举着儿童餐具的梁乐，看到宋佳曦之后，忍不住嚷嚷道：“漂亮姐姐！你昨天晚上为什么没有睡在客房里啊？！我今天早上去客房喊你起床，客房都是空的！”

宋佳曦：“……”完了，完了，她的脸估计更红了。

梁清笑眯眯地看了宋佳曦一眼，又朝梁乐看了一眼，随手拿了一个奶黄包塞进他的嘴里，道：“别瞎说，她昨天睡在走廊尽头的那间客房里，你早上去敲门的时候没注意。”

“唔……可是……”

梁乐用力地咬下一口奶黄包，还想再说点儿什么，梁清突然一记眼刀朝他飞去：“闭嘴，吃饭！”

“哦……”梁乐被她这么一凶，顿时乖乖地闭上嘴巴，不说话了。

吃过早餐，梁清突然神秘兮兮地把宋佳曦叫进自己的房间，还把梁乐和梁欢两个人给关在了门外。

宋佳曦站在梁清的房间里，满眼问号地看着她。

梁清转头朝房门那边看了一眼，不放心地又开门看了看，确定梁欢和梁乐两个人没有在外面偷听，便拽着宋佳曦躲到阳台上，小声道：“弟妹，姐姐想请你帮我一个忙！”

宋佳曦一脸茫然地看着她：“什么忙？”

“你先答应我。”梁清有些不好意思地道。

“呃……好！”宋佳曦点点头。

梁清这才长长地叹了一口气，道：“昨天晚上吃饭的时候，我爸不是说他有个朋友的儿子打算装修婚房吗？”

宋佳曦继续点头，应了一声，道：“对啊，梁董的意思，应该是想让你接下这一单大业务吧！”

“嗯……但是我最近吧，正在洽谈别的业务……”梁清憋了半天，朝宋佳曦道，“是个比装修婚房还要大的业务，帮人家装修公司那种，但是我爸给我接的业务，我又不好意思推掉，毕竟是老头子的一片心意。所以，我就想着，你能不能代替我去见一下客户？帮我了解一下他的诉求？”梁清眼睛里满含期望，看着宋佳曦道，“你就说自己是我的助手，回来直接向我转告他的需求就好了。”

宋佳曦一脸茫然地道：“我？可是我对装修设计一窍不通啊……”

“没关系，我都帮你把要问的问题准备好了。”梁清一边说着，一边掏出手机，打开里面的记事本，从上到下，一共罗列了将近四十个问题。

“弟妹，咱俩加个微信。我把这些问题发你，然后你带着它们去见那个客户，行不行？”梁清一脸恳求地道。

“那个……我……”宋佳曦还是有些迟疑。

“求求你了！”梁清双手合十地朝宋佳曦拜了拜，道，“姐姐这边实在忙得走不开，你想，我刚回国没多久，连助理都还没找呢，好不容易那边朋友介绍了大单子，我爸又给我介绍了单子，我哪边都不能辜负啊！”

宋佳曦看着急得快要哭出来的梁清，赶忙安慰她道：“不是的，姐姐！不是我不愿意帮你，我是怕自己没有任何经验，回头给你搞砸了。”

“不会的，弟妹！你只要帮我把这些问题问了就行。”梁清十分认真地朝宋佳曦道，“如果对方问一些奇怪的问题，你又不懂的话，就说你给你经理打电话问问，然后你直接打电话给我就行了。哦，对了，千万别告诉对方我的中文名，像我们这些从国外回来的设计师，用的都是英文名，中文名他们没听说过。”梁清叮嘱道，“姐姐的英文名叫Freda，记住了啊！”

宋佳曦听着梁清的话，默默地点了点头。

“很好。”梁清扫了一下宋佳曦的微信，向她发送好友请求，如释重负地伸手拍了拍她的肩膀，道，“今天中午就靠你了。”

宋佳曦茫然地抬起头，看着梁清，道：“姐姐，你说什么？”

梁清云淡风轻地朝宋佳曦道：“哦，我在短信里约了客户今天中午吃饭，到时候，你直接替我去就可以了。”

宋佳曦：“不是，姐姐，你这样有点儿草率吧？赶鸭子上架也得等鸭子吸收一下知识啊！”

梁清朝她嘿嘿一笑，道：“没关系，姐姐相信你的能力。”

宋佳曦：“可是我不相信啊！我……我还有一个问题，咱们这事儿为什么要躲着梁欢和乐乐啊？在外面也可以商量啊……”

梁清顿时朝她比了一个噤声的手势，道：“嘘！不能告诉他们，要是被他们知道我这么应付老爹介绍的客户，他们转头就会告诉我爸的，回头我又要挨骂！”

宋佳曦：“那我中午……怎么出去？”

梁清伸出手来，一把搂住她的脖子，笑着道：“当然是姐姐送你去啊！你就跟梁欢说，咱俩要出去逛街，不带他！”

宋佳曦：“哦……”

可不知道为什么，她想来想去，还是觉得有些不太对劲儿呢！

楼下的客厅里，梁欢和梁乐两人正坐在沙发上看电视。梁欢怀里抱着半个西瓜。梁乐手里拿着勺子，正跪在他旁边，一边用勺子挖西瓜喂梁欢吃，一边指着电视上的超级飞侠直嚷嚷。

梁清带着宋佳曦若无其事地从他们身边走过，随口朝梁乐问了一句："乐乐，妈妈要和漂亮姐姐一起去逛街买衣服，你去不去？"

"不去！我要看超级飞侠！"梁乐头也不回地应了一声。

梁欢听到声音回过头来，看了她们一眼，道："你们要去逛街？"

"对啊。"梁清面不改色心不跳地道，"你看弟妹来咱们家，都没带什么生活用品，正好我们出去逛街，买一点儿回来放在家里，下次弟妹再过来，不就有自己的衣服穿了吗？"

宋佳曦："……"姐姐，你这个瞎扯的能力，稍微有点儿强啊？

梁欢想了想，觉得有道理，便把抱在手里的西瓜放到茶几上，道："我陪你们一起去。"

"别！"梁清顿时有些紧张地看着梁欢，道，"我们女孩子逛街，你一个大老爷们儿跟着干吗啊？你又不能和我们一起讨论，一起试衣服，跟在我们后面，走到哪儿就往人家沙发上一坐，扫兴！"

梁欢张了张嘴，刚想开口反驳，一旁的梁乐伸手拽了拽他的衣摆，表情严肃地道："舅爸爸，千万不要跟女人逛街，她们逛街的能力很恐怖的！而且还总是只逛不买，真是想不明白，那些衣服、鞋子有什么好看的。"

梁清听着自己儿子的话，忍不住朝他伸出大拇指，道："乐乐真有觉悟！小欢，你就在家里陪乐乐吧，老爸下午要睡午觉，你帮我看好他，等我跟弟妹逛好了，自然会回来的。"

梁欢微微皱了皱眉头，道："什么意思？你们不打算回来吃午饭了？"

"这不是废话嘛！"梁清有些无语地道，"这会儿都已经十点了，我们开车去市中心，到那儿也快十一点了，难道让我们逛半个小时就回来啊？我们中午在外面吃，吃好了逛完了会回来的。放心吧，不会把你女朋友弄丢的。"

梁欢："……"

梁清眼看他不说话了，赶紧扯着宋佳曦的胳膊往大门外走："我们先走了，拜拜！"说完这句话，她直接关上了大门。

“搞定！”梁清站在别墅的大门外，抬头看了一眼天上的太阳，伸手从包包里掏出一副太阳镜戴上，然后朝宋佳曦招了招手，道，“咱们出发吧！”

宋佳曦：“……”她这只鸭子，要上架了吗？！

上午十一点，梁清和宋佳曦准时到达约定的地点。

对方提出的约定地点在市中心中氏商场的星巴克咖啡厅里。

梁清拽着宋佳曦，躲在一旁的阴影里，道：“看见了吗？里面靠窗户坐的那个男人……”

宋佳曦顺着梁清手指的方向看了过去。星巴克靠窗户的位子，坐着很多男人……她的目光从每一个男人身上扫过：“姐姐，你说的是哪个啊？那边坐了很多人啊！”

“哎呀，就是那个！”梁清又指了指，道，“那边那个，大热天还穿着一身银白色的西装搁那儿装的！看见没有，里面穿黑色衬衫、戴领结的那个……”

不是……姐姐，你这怎么都急出东北口音了呢？

宋佳曦再次朝那堆人看了过去。确实，这炎炎夏日的，那人竟然穿着一身银白色的西装！

那人长得很好看，即便这么远看过去，也不影响他身上清淡疏离的气质。他的侧脸轮廓分明，鼻梁上架着一副金丝眼镜，看起来斯文得很。他左手边放着一杯咖啡，右手拿着手机，似乎正在低头看信息。

周围的嘈杂仿佛都与他无关，好像他明明坐在热闹的咖啡店里，却又像身处安静严肃的会议室中。

“弟妹，你到底看见了没啊？你倒是吱个声啊……”梁清在那儿指了半天，也没听到宋佳曦的声音，便忍不住转过头来朝她问道。

“看到了……”宋佳曦压低了声音，点点头道。

“那个人就是周煜。”梁清妩媚的眼睛紧紧地盯着他，声音低低地道，“就是他要装修婚房。过会儿你过去，直接说是我的助理，说我今天有要事，不能过来，然后顺便问问他对装修都有什么需求，知道了吗？”

宋佳曦转过头来，看着梁清，一时之间没有说话。

“怎么了？”察觉到宋佳曦的目光，梁清也收回自己盯着周煜的目光，看着她，有些疑惑地问道。

“姐姐，你人都来了，为什么还要我去帮你见他呢……”宋佳曦有些不解地看着她，“而且，那么多人里面，你一眼就认出了今天要见的那个客户，难道你们以前认识？”

“呃……我……不……不认识啊……”被她这么一问，梁清顿时有些紧张，“这不是刚刚在信息里面他告诉了我，他今天穿的什么嘛……”

“真的？！”宋佳曦满眼狐疑地看着她。

“真的！”梁清用力地点了点头。

宋佳曦转头看了看坐在咖啡店里的周煜，又转头看了看身边的梁清，沉默片刻，突然开口道：“姐姐，该不会那个男人就是乐乐的亲生父亲吧？”

梁清有些慌乱地移开目光，道：“你在说什么啊……我……我怎么听不懂……”

“昨天晚上，你在知道梁董给你介绍的人叫周煜，就开始不停地喝酒，然后今天一大早，就让我代替你来见客户，关键是，这个客户应该是你从未见过的，你却一眼就在人群中指出了他，并且语气还很嫌弃的样子……”宋佳曦十分认真地分析道，“最最最重要的是，那个男人长得挺帅的，帅到绝对能被姐姐看上！”

梁清：“……”

宋佳曦转过头去，又盯着那个男人好一会儿，这才小声道：“说实话，乐乐跟他长得还挺像的！”

梁清：“……”

她和宋佳曦对视良久，终于长长地叹了一口气，道：“对，你说得没错，乐乐的亲生父亲确实是他……可是那又怎样呢？你也听到了，他马上就要结婚了，现在找我装修的，是他的婚房。这种时候，难道我要冲出去告诉他，他还有一个儿子，已经四岁了，然后请求他不要结婚吗？”梁清转过头去，看着人来人往的马路，声音里带着一丝说不出的苦涩，“当初他就没有爱过我，乐乐也不过是他喝醉之后，一时意乱情迷的结果……是我执意要把乐乐生下来的，和他有什么关系呢？他要结婚了，找到了自己爱的人，这是好事。我没有资格去打扰别人的幸福。别人两情相悦，而我又算什么？”

宋佳曦听着她的话，微微一怔，没想到梁清竟是这样的想法。

梁清说完那番话，胸口有些急促地起伏着，半晌才整理好自己的情绪，朝宋佳曦浅浅地笑了笑，道：“所以，虽然我还爱着他，但不论从哪个角度来看，我都不应该再打扰他的生活，对不对？”

宋佳曦咬了咬唇，朝梁清点了点头，道：“好，我知道了。姐姐，我代替你去。”

“谢谢……”梁清看着宋佳曦，感激地说了一声。

宋佳曦又看了一眼手机上已经准备好的几十个问题，深深地吸了一口气，转身朝前面不远处的星巴克走去。

推开星巴克的大门，她径直朝坐在窗边的周煜走去，然后在他桌子旁站定，面带微笑地问道：“你好，请问您是周煜周先生吗？”

正坐在桌边看手机的周煜听到声音，抬起头来，微微皱眉，从镜片后面看着眼前的宋佳曦，迟疑地道：“你是……”

“你好，我是Freda小姐的助理，我叫宋佳曦，您叫我小宋就行。”宋佳曦十分客气地自我介绍道。

周煜听着她的话，沉默片刻，目光越过宋佳曦的身影，朝她身后不远处的店门看了一眼，然后收回目光，道：“你好，宋小姐，请问……你们的设计师Freda小姐呢？”

“是这样的，Freda她今天身体不舒服，所以让我先过来跟周先生见个面，大致了解一下您对婚房的设计需求。”宋佳曦继续笑眯眯地道，“不知道周先生喜欢什么样的风格呢？咱们可以先把总体风格定下来。”

周煜在她说完这句话之后，直接站起身来，道：“既然Freda今天不能来，那我们就约下次吧。”

“啊？不是，周先生，我虽然只是Freda小姐的助理，但您的需求我也可以帮您转告她。”宋佳曦微微一怔，看着站起身的男人，道。

“不用了。”周煜淡淡地瞥了她一眼，伸手推了推架在鼻梁上的眼镜，不冷不热地道，“我不喜欢别人帮我转告。我有什么需求，更喜欢直接和设计师面对面地说。”说完这句话，他又看了一眼宋佳曦，

“哦，对了，帮我转告Freda，让她好好休息，等她病好了，我们再聊关于婚房设计的事情。”

“不是……周先生，周先生？”宋佳曦连忙跟在他身后，边走边道，“您这是婚房装修啊，我们设计师可能最近都不太容易康复，您要是非得等她病好，会耽误婚房装修进度的，要不，您先跟我说说需求？”

“不用了。”周煜脚下生风地一边往前走，一边随口朝宋佳曦道，“我不着急，什么时候婚房装修好了，什么时候我再结婚就是了。”

“可是……”

宋佳曦还想再说点儿什么的时候，周煜已经直接推开星巴克的大门，走了出去。

这家伙走得真快！

宋佳曦站在原地，眼看周煜头也不回地走了，顿时有些无助地转头朝躲在暗处的梁清看了一眼。

躲在外面的梁清眼看宋佳曦进去还没一分钟，周煜就直接转身走了，整个人也有些茫然。等周煜的身影消失之后，她赶忙跑进星巴克，对站在原地一动没动的宋佳曦道：“怎么了？他怎么跑了？”

“他说他更喜欢和设计师面对面地提需求，不喜欢别人帮他转达。”宋佳曦悻悻地道，“我跟他说你身体不舒服，他说那就等你病好了，再来和他聊业务。我说你可能要过一段时间才能好，他说没事，什么时候婚房装修好了，他再结婚就是了……”

梁清：“……”什么，这家伙什么意思？

宋佳曦盯着梁清好一会儿，突然开口道：“姐姐，我有一种奇怪的预感……”

“什么？”梁清看着她，随口问道。

“你说，那个周煜会不会知道他的设计师就是你啊？”宋佳曦小心翼翼地道。

梁清微微一怔，一双好看的眉毛忍不住蹙了起来。片刻之后，她一只手摩挲着自己的下巴，另一只手托着胳膊，道：“有可能，他爸认识我爸，只要随便一打听，就能知道我爸新合伙开的装修设计公司，首席设计师是我。弟妹，你说这狗男人该不会明知设计师是我，才故意给我这么个活儿，来恶心我吧？”

宋佳曦：？

梁清却是自顾说道：“我觉得有可能，五年前我把他给灌醉了，强上了他，五年后他要结婚，想着故意来我面前炫耀一番！”

“姐姐，你……”宋佳曦目瞪口呆地看着梁清，一时之间，竟然不知道该说些什么才好了。

她原本以为，乐乐是梁清和当初她喜欢的那个人酒后那啥出来的，没想到，这酒后那啥，竟然是梁清灌酒灌出来的！

梁清长长地叹了一口气，道：“算了，好汉不提当年勇，当初是我太年轻……”

宋佳曦默默地看着梁清，倒是没有说话。

“走吧，既然不用见客户了，咱们就随便逛逛吧。”梁清消沉了没几秒，重新打起精神，笑眯眯地道，“对了，你跟小欢是怎么认识的啊？”

“我们……”宋佳曦有些不好意思地看着梁清，声音低低地道，“其实很早就认识了，他以前是我的学长。”

“咦？那怎么现在才开始谈恋爱啊？”梁清挽着宋佳曦的胳膊，一边朝商场里走，一边随口问道。

“我……”宋佳曦用力地咬了咬唇，迟疑了片刻，还是把自己和梁欢当年的误会说了出来。

说完之后，她双手捂着脸，声音闷闷地道：“对不起，姐姐……我不是故意要误会你的，实在是……当年我和梁欢在一起的时候，我也不知道为什么，就是像鬼迷心窍了一样……”

听完宋佳曦的话，梁清一脸茫然地盯着她许久。半晌，她才伸出手来，轻轻地拍了拍宋佳曦的后背，道：“好了，弟妹，你别自责了。这事儿吧，归根到底，要怪就怪我弟弟！那个傻子，给老娘写个备注不就行了。我跟你说，他也是活该，当初我加他微信的时候，特地让他给我备注‘漂亮可爱的仙女姐姐’，他就是不听，说什么反正我的网名几百年也不换，备注也是浪费他的时间和生命。你看，这下子报应来了吧？白白把女朋友弄丢了五年，你说他是不是傻子？！”

宋佳曦听着梁清的话，忍不住扯了扯嘴角。姐姐你骂梁欢的时候，真的是一点儿情面都不留啊！

梁清骂完梁欢，伸手拍了拍宋佳曦的肩膀，道："像周煜和梁欢这种男人，就不配有我们这种漂亮的小仙女当女朋友。不过，你跟梁欢已经确定关系了，就算了！那个周煜，真不是个东西！"

宋佳曦沉默片刻，终究还是忍不住道："说不定周煜对你……其实是喜欢的呢？"

"不可能！"梁清想都没想，直接道，"当初那个王八蛋当着我的面，对我说他不喜欢我。"

宋佳曦："……"

梁清觉得自己真是想想都来气，干脆就掏出手机，直接发了一条信息给周煜道："真是抱歉，周先生，我这边的日程都排满了，您的婚房我们可能无法为您效劳，建议您还是另请高明吧。"

片刻之后，周煜直接回了她一条："是吗？我怎么听说你的设计公司到现在还没开张呢！"

"这个王八蛋！"梁清看着周煜给她发过来的信息，顿时整个人都炸了，"竟然敢嘲笑我的公司还没有开张。老娘开不开张，他怎么知道？他又不是我们公司的财务！等着，看我给他骂回去！"

宋佳曦默默站在梁清身边，看着她抓狂的样子，觉得有些哭笑不得。姐姐，你不要忘了你大家闺秀的人设啊！

然而，梁清的手指在手机屏幕上刚敲了没两下，一道修长的身影便出现在她的面前，紧接着下一秒，一只骨节分明的大手径直从她的手里把她的手机给抽走了。

"谁他妈……"梁清眼看着自己的那段话还没打完，手机就被人给抽走了，顿时抬起头来，准备大骂对方。

"要骂我的话，当着我的面骂不是更好吗？"

眼前的人，身材高大，穿着一身银灰色的剪裁得体的西装，一副金丝眼镜遮去眉眼中一半的光华。

梁清瞪着眼前的人，整个人都愣住了。半晌，她才回过神来，纤细的手指颤抖地指着他，道："周……周煜？你刚刚不是已经走了吗？"

"嗯……"周煜抿着唇，微微一笑，道，"走是走了，但是走到一半，突然想起来，我刚才把车钥匙忘在桌上了。"他一边说着，一边朝旁边的桌子仰了仰下巴。

梁清顺着他的目光看过去，果然，桌上放着一把保时捷的车钥匙。

哼，不就是保时捷吗？有什么了不起的！她的车也是啊！

梁清一边想着，一边朝周煜翻了个白眼。

周煜倒是完全不介意她的态度，反而问道："刚刚……你的助理不是说你生病了吗？而且还是短时间内都好不了的那种病。"

梁清看了周煜一眼，没好气地道："周先生纵横商场这么多年，连推托之词都听不出来吗？我那么说，意思还不明确吗？老娘不想给你设计婚房！"

周煜听着梁清的话，沉默片刻，不禁哑然失笑道："这么多年，你这个性格还是没怎么变啊！"

梁清直接白了他一眼，道："要你管！周先生有什么事吗？没事的话，就赶紧拿上你的车钥匙走吧！我跟我的小助理要去逛街了。"

周煜笑了笑，彬彬有礼地道："咱们这么多年没见，今天再见，怎么也算故人相逢吧？不知道我有没有荣幸请你喝一杯咖啡呢？"

梁清挽着宋佳曦的胳膊，一脸不屑地道："我从来不喝咖啡。"

周煜微微一怔，随即不好意思地笑道："是我说错了。你喜欢喝热可可，对吧？要不，坐下来喝一杯吧？"

他一边说着，一边转头看向宋佳曦，也不等梁清开口，直接道："宋小姐也来一杯热可可，可以吗？"

"啊？我……我随便吧……"宋佳曦一脸茫然地道。

"好的。"周煜得到宋佳曦不算特别肯定的答案之后，径直朝星巴克的柜台走去。

梁清："……"

宋佳曦："……"

她们对看了一眼，梁清的一双手忍不住死死地扣着宋佳曦的胳膊，道："完了完了，狗男人要请我们喝东西，肯定不安好心。他要是敢让我给他设计婚房，我就敢照着灵堂的样子给他设计！"

宋佳曦听着她的话，扯了扯嘴角，道："姐姐，你要冷静啊！你公司开业的第一单，千万不能砸了自己的招牌啊！"

梁清立刻反应过来，道："谁说这是我公司开业的第一单？我不是跟你说了吗，我有个朋友给我介绍了一个业务，帮人家设计办公室的，好大一单呢！”

“嗯嗯……”宋佳曦点点头，改口道，“那就算是你公司开业的第二单，你也不能砸了自己的招牌啊！”

梁清：“……”算了，眼下也只能兵来将挡、水来土掩了。

她拉着宋佳曦的手，在靠窗的位子上坐了下来，一只手撑着自己的下巴，转头看着窗外的蓝天。

今天真的很热，蔚蓝的天空万里无云，大中午的太阳火辣辣地炙烤着大地，连马路两边梧桐树的叶子都被阳光晒得低下了头。

梁清眨眨眼睛，看着外面火辣辣的太阳，不知怎么的，突然想到六年前的那个夏天。

那个时候，她刚刚研究生毕业，在一家设计公司当设计师，工作了一年才转正。甲方提出一堆稀奇古怪的要求，让她每天上班上得头都大了。而她唯一的动力，就是手上那个和周氏集团合作的设计项目。负责和她对接项目的，是周氏集团市场部刚来的新人。

第一次见面的时候，他穿着一身白衬衫，戴着细细的金丝眼镜，站在她面前，白皙干净的脸上是清澈的笑容。他微笑着自我介绍道：“梁小姐，你好，我是周氏集团负责和你对接项目的人，我叫周煜。”

虽然他的语气带着客气与疏离，但一见钟情，大抵就是这个样子的。也不知道是他的哪个表情、哪句话触动了她，梁清看到他的瞬间，暗暗下了决定，此生非他不可。

后来，她当然就拿着项目当借口，有事没事就约周煜出来聊聊天、喝喝茶、修改修改项目内容。

眼看着一年过去了，她们公司和周氏集团合作了一个又一个的项目，她和周煜的关系却没有任何进展。她觉得自己对他暗示得已经够明显了，可他还是一如既往地对她客气又礼貌、克制又疏离。

于是，她就去网上查了查。星座上说，摩羯座的男人大多是玩暧昧的高手，在爱情中是绝对绝对不会主动的。

梁清想了想，脑子一抽，就主动去表白了。

那天晚上有场项目结束的庆功宴，双方公司的同事都在，她找了个借口，把周煜喊了出去。

五月的晚风很温柔，那天她穿着浅紫色碎花长裙，站在酒店门口的花坛边，鼓足勇气对周煜说："其实……喊你出来，是有件事情想跟你单独说的。"

周煜眼眸微垂，看着站在自己面前的梁清，点了点头，道："你说。"

梁清红润的唇微微动了动，脸上不由自主地浮上两朵红晕。她低着头，看着自己的脚尖，小声道："那个……其实，我喜欢你很久了……"

当时，如果她能抬起头，一定能够看到周煜眼里瞬间闪过的亮光和他微微上扬的唇角。但她只是低着头，听到周煜低沉好听的声音在她耳边响起："哦，是吗……可是我不喜欢你啊。"

听到这句话，她猛地抬起头，一双眼睛里满是不可思议之色。

大概是她眼里愤怒的目光太过明显，周煜微微怔了一下，随即道："呃，其实我……"

"不喜欢就不喜欢！有什么了不起的！"梁清也不等他把话说完，直接一脚踹在他的腿上，道，"不喜欢我还天天在微信上和我聊天，没事就互道早安、晚安，你以为你自己是海王，天天在那儿养鱼呢？！"

"不是，我……"周煜只觉小腿传来一阵剧痛，脸上的表情稍稍扭曲了一下，后面的话还没说出口，梁清已经狠狠地瞪了他一眼，转身直接回了酒店。

酒店的大堂里，他们的同事还在举杯互相敬酒，梁清回去之后，二话不说，直接端着一杯酒，一口气喝了下去。

跟在她身后进去的周煜有些无奈地看着她，走上前去，刚想和她说，让她少喝一点儿，梁清直接倒了满满一杯酒，递给他，道："来，庆祝项目结束，干杯！"

周煜端着酒，眼看梁清又仰起头一口饮尽，只得无奈地摇了摇头，默默地把酒喝了下去。

后来梁清就开始故意针对他，没事儿端着酒杯给他拼命敬酒，直到把他灌得头晕眼花。梁清脑海里突然冒出一个奇怪的想法：既然得不到你的心，那就要得到你的身！

于是，庆功宴结束后，她扶着周煜一路回到他的家，再顺便得了他的身……

第二天早上，她趁周煜还没醒，直接甩了二百块钱在他的床头柜上，头也不回地走了。

这一走，就是五年。

梁清想着，忍不住长长地叹了一口气。早知道当初就不该酒后乱性的，人家怀孕前都得备孕好几个月，戒烟戒酒、运动健身，她倒好，爹妈都喝了一堆酒。

也不知道喝酒影不影响智商，虽然乐乐背古诗三百首还挺顺溜的，可有时候，她总觉得乐乐有点儿傻，比如这次从楼梯上摔下去吧，难道因为当初他们喝酒，影响了乐乐的运动神经？

就在梁清神游太虚的时候，周煜手里端着两杯热可可，朝她俩走来。

到了桌子前，周煜把两杯热可可放到宋佳曦和梁清的面前，说：“你们先喝。”之后，他就转身去拿他的美式黑咖啡了。

等他再次在梁清对面坐下来后，迎着梁清不太友好的目光，朝她笑了笑，道：“最近过得怎么样？听说这五年你都在国外，还参加了许多比赛，获得很多大奖？”

梁清双手捧着热可可，瞪了周煜一会儿，这才抬了抬下巴，道：“是啊，就这样吧，日子过得还可以，再说我哪有你厉害，从一个小小的市场部员工，摇身一变，成了周氏集团董事长级别的大佬。”

周煜听着她的话，微微一笑，道：“我这是没有选择，必须回去接手集团。哪像你，自由自在，想做自己喜欢的工作就做自己喜欢的工作，多好。”

“呵呵。”梁清干笑了两声，转过头去，懒得理他。

宋佳曦坐在他们身边，听着他俩的对话，只觉自己的处境有点儿尴尬。她偷偷地从包包里掏出手机，给梁欢发了一条信息：“你在干吗呢？”

不过片刻工夫，梁欢的信息便飞快地回了过来：“陪乐乐吃午饭呢！你呢？吃饭了没？”

宋佳曦默默地在手机屏幕上点了点：“还没，不过快了，准备吃午饭了。”

梁欢：“你要是饿了，就赶紧去吃饭，别管我姐。我跟你说，我姐很能逛的，她能逛上一整天连一口饭都不吃。”

宋佳曦：“好，过会儿就去吃饭。”

梁欢：“乖，下午我带乐乐去找你们吧？小孩子一直放在家里看电视，也不太好。你们在哪个商场？”

宋佳曦：“现在在中氏商场，过会儿可能去德基……”

梁欢：“行，我跟乐乐先吃饭，下午去找你们的时候再联系。”

宋佳曦：“好。”

宋佳曦放下手机，抬起头来，发现眼前的两人谁都没有开口说话。她想了想，终于还是打破了沉默，道：“那个……周先生是快要结婚了吗？”

周煜听到宋佳曦的话，转过头来，微微一笑，道：“差不多吧。”

“那……婚礼准备什么时候举行啊？你们的婚房需要在什么时候完工呢？”宋佳曦小心翼翼地看了一眼梁清的脸色，问道。

“这个啊……”周煜沉默片刻，端起自己面前的咖啡，轻轻地呷了一口，道，“等婚房装修完，再举行婚礼吧。”

“那……您对婚房什么时候完工，有没有心理预期呢？”宋佳曦继续追问道。

周煜笑了笑，目光转向坐在宋佳曦身边的梁清，道：“这就要看梁设计师的工程进度了。”

梁清瞥了他一眼，道：“关我什么事！我刚才不是已经拒绝你了吗？”

“可你们公司已经和我签好合同了。”周煜一边说着，一边从西装口袋里掏出一份折叠起来的合同，打开后递到梁清面前，道，“你看，公章都已经盖好了。”

“放屁！今天是周日，我们公司哪有人上班给你盖红章？！”梁清接过周煜手中的合同，低头看了一眼，整个人一下子就愣住了。白纸黑字的合同上确实盖着他们公司红艳艳的公章。只不过这合同日期，却是两天前的。也就是说，这份合同是周五签的。

周五签的合同，她怎么不知道？梁清抬起头来，一脸疑惑地看着周煜，道：“你什么意思？这合同怎么会是周五签的？你不是昨天才让你爸爸打电话联系我爸的吗？”

“是啊。”周煜笑了笑，伸手推了推架在鼻梁上的眼镜，不慌不忙地道，“这不是周五比较忙吗？赶在下班之前，我让手下的人去你们公司签了这份合同。签合同的时候，还特地跟你们公司的人说不要告诉你，等周一上班的时候，给你一个惊喜。你看看，合同上指定了设计师是你，我们这边也已经预付了一百万的订金，你们公司要是想反悔，可是要五倍偿还订金的哦。”

梁清：“……”这狗男人绝对是有备而来的！

五倍偿还订金，那就是说她们公司要赔偿他五百万？她们刚刚开业，哪儿来的钱赔给他？再说了，她凭什么要给狗男人赔钱啊？他结婚，她出五百万，呵，敢情这婚还是她出钱请他们结的啊？！呵，不要脸！

梁清盯着手里的合同好一会儿，又抬起头来，盯着眼前的周煜好一会儿。

半晌，她放下手里的合同，抬了抬下巴，道：“你确定你的婚房要由我设计？”

周煜笑了笑，看着她，却没有说话。

梁清朝他翻了个白眼，道：“你就不怕我把你们的婚房设计成灵堂？”

听到她的这句话，周煜微微一怔，嘴角的笑意立刻收敛了不少。

他沉默片刻，声音淡淡地道：“我觉得梁设计师应该很有专业素养，给别人把婚房设计成灵堂，说出去……恐怕有损你们公司的颜面吧？”

“呵呵。”梁清皮笑肉不笑地看着他，道，“我们公司赔钱赔不起，赔个面子还是赔得起的，大不了就倒闭，我再重新开一家呗。”

周煜盯着梁清许久，突然开口道：“你就这么恨我？”

梁清微微一怔，随口道：“谁说我恨你了？”

修长的手指轻轻地敲打着桌面，周煜一字一顿地道：“那我请你设计婚房，你为什么要推三阻四？还想设计成灵堂故意来气我……”

梁清伸手抚了抚耳边的碎发，随意地道：“那倒不是，我就是好奇什么样的奇女子，竟然能够入周先生的法眼……”

周煜听着她的句话，直接笑了出来，道：“以后你就知道了。”

“呵，没兴趣。”梁清端起热可可，送到嘴边喝了一口，声音淡淡地道，“你喜欢什么样的人我没兴趣，也不想知道。”

周煜：“……”都过去五年了，她的脾气还是这么倔啊！

这么想着，周煜忍不住低下头轻轻地笑了一下。

片刻之后，他抬起头来，看着梁清，微笑着道：“那你是同意帮我设计婚房了？”

“同意，同意行了吧？”梁清没好气地又扫了合同一眼，道，“但这合同里可没写最终的设计施工费用是多少，你就不怕我到时候跟你狮子大开口，让你给我五百万装修费？”

“嗯……”周煜听着她的话，若有所思地看了她一会儿，然后端起手中的咖啡，轻啜了一口，道，“你想要多少都可以，没关系。”

梁清：“……”你怕不是脑子被驴踢了吧？

周煜放下咖啡，抬起头来，平视着梁清，道：“正好现在也快到午饭时间了，咱们一起吃个饭吧？顺便聊一聊设计风格和需求，怎么样？”

梁清：“呵，你请我啊？”

周煜：“当然是我请你。”

梁清：“你就不怕被你老婆知道，你在外面随便请别的小姐姐吃饭？”

周煜笑了笑，道：“她知道。”

梁清：“……”傻子！他到底看上了哪个女的，竟然笑得这么舒心？

周煜站起身来，朝坐在桌边的梁清和宋佳曦微微一笑，道：“既然你们没意见，那咱们就一起去楼上吃饭吧。吃饭的时候详细聊一聊，好吗？”

梁清捏着手里的热可可杯子，沉默片刻，拽着宋佳曦的手腕站了起来，道：“行，既然周先生非要请客，那我跟小曦就不客气了。”

说完这句话，她转过身去，压低声音朝宋佳曦道：“弟妹，赶紧的，查一下楼上哪家餐厅最贵，咱们去最贵的那一家吃！”

宋佳曦顿时一脸哭笑不得的表情。她默默地掏出手机，打开大众点评，挑了一家人均费用最高的餐厅，给梁清看了一眼。

梁清把餐厅名字和所在楼层记下来，直接转身，边走边道："走吧，我知道有一家餐厅东西挺好吃的，既然周先生请客，那咱们就去那家吧。"

周煜笑了笑，倒是没说什么，直接跟在梁清和宋佳曦身后，朝门外走去。

到了那家餐厅，宋佳曦默默地把餐厅定位发给梁欢，道："我们已经开始吃饭了。"

梁欢飞快地回了过来："好，我跟乐乐已经吃完了，现在就开车去找你们。"

宋佳曦发了一张"好的"的表情图过去，就把手机收了起来。

那边梁清拿着菜单，随便瞥了一眼，基于什么贵就点什么的原则，唰唰唰地点了好几道菜。

点完单，等待上菜的过程中，梁清随口道："不知道周先生的婚房打算设计成什么风格呢？"

周煜双手交叉放在桌上，脸上带着浅浅的笑意，看着梁清，道："其实我对装修风格并不是很了解，不知道梁小姐能不能大致给我介绍一下？"

梁清直接白了他一眼，道："你都要结婚装修了，也不提前了解一下风格？你不了解就算了，你老婆也不了解一下？"

周煜依然声音淡淡地道："这种事情当然是找专业人士了解比较好，有时候，个人喜好在专业人士面前不值一提。"

梁清：？

周煜随手拿起桌上的茶壶，给梁清和宋佳曦各倒了一杯水，道："举个很简单的例子，老年人喜欢的装修风格，客厅的电视墙上经常会出现迎客松啊、仙鹤啊、旭日之类的图案，然后再挂上什么瀑布流水的风景画。"他顿了顿，放下茶壶，朝两人笑了笑，道，"这种喜好应该很被你们专业人士鄙视吧？"

"怎么会呢？"梁清皮笑肉不笑地道，"装修当然要按客户的喜好来啊！老年人喜欢这种风格的话，我们肯定也会满足老年人的需求。品位这种东西，还分什么高下呢？不是有句俗话叫千金难买我愿意吗？周先生该不会就是这种风格的爱好者吧？您要是希望我们帮您把婚房设计成这种类型，可以直接说，我们有我们的职业操守，绝对不会当着客户的面嘲笑客户。”

周煜：“我只是举个例子而已。”

梁清：“哦。”

周煜沉默片刻，又道：“那最近比较流行的装修风格是什么？”

“这个很多啊，现代简约、美式田园、欧式豪华、日式简约、北欧清新、地中海风情，都是近期比较热门的装修风格。”梁清说完这句话，瞥了周煜一眼，道，“但我建议你还是要有自己的想法，随波逐流可不是一件好事。”

周煜笑了笑，道：“既然这样，那我回去之后，一定好好了解一下这些风格。下次咱们再见面的时候，我会列一个大致的需求清单。”

梁清：“呵……”还下次见面？做梦去吧！

周煜的指尖在桌面轻轻地敲了几下，他又随口问道：“对了，你喜欢什么风格？”

梁清嗤笑一声，道：“我都喜欢，像我们这样的有钱人，一般都买好几套房子，一套装修成现代风格，一套装修成美式风格，一套装修成田园风格，一套装修成地中海风格，然后每天换着风格住。”

周煜：“……”

宋佳曦：“……”

桌面上突然出现了令人尴尬的静默。

梁清淡淡地瞥了周煜一眼，低头端详了一下自己刚做的美甲，笑着道：“周先生还有什么问题？”

“咯咯……暂时……没什么问题了……”周煜尴尬地轻咳一声，非常识时务地闭上嘴。

梁清对于这个结果是非常满意的。本来，她就不想跟狗男人说话，可是狗男人非要拉着她一个劲儿说个不停。说说说，有什么好说的，难道还要回忆往昔，展望未来吗？你结你的婚，我逛我的街，要不是这个傻子非要找她装修，她这辈子都不会跟他再有什么瓜葛。

宋佳曦默默地坐在梁清身边，想要努力减少自己的存在感。

五年前，她刚见到梁清的时候，觉得这个女孩子长得真漂亮，一身名牌，气质非凡，一看就是大家闺秀。

昨天，她再次见到梁清的时候，觉得梁欢的姐姐真可爱，性格直爽，待人大方，给人感觉十分乐观开朗。

今天，她陪着梁清一起来见传说中乐乐的爸爸，突然觉得，姐姐其实根本是个火暴脾气，而且还是一点就炸的炸药桶，怼人完全不留一丝情面。

也是到了这时，她突然发现，梁清和梁欢这姐弟俩，性格有些方面其实还挺像的。

好在这令人窒息的沉默并没有持续多久，不一会儿的工夫，服务员就开始上菜了。

梁清拿起筷子，倒是一点儿不客气，有什么好吃的，先给宋佳曦的盘子夹满了，然后自己再吃，完全不看坐在自己对面的周煜是什么脸色。

本身宋佳曦就很能吃，再加上梁清这风卷残云一般的速度，不过片刻工夫，桌上的菜就被她们一扫而空。

吃饱之后，梁清放下筷子，伸手摸了摸自己的肚子，往椅子里一靠，道："嗯……口味不错。"

宋佳曦也默默地放下筷子，点了点头。

只是……她抬头看了一眼坐在她们对面的周煜，他基本上就没怎么动筷子，偶尔动一动筷子，腰杆挺得笔直，动作也斯文优雅到不行。用一个形象的比喻来说，周煜吃一只鸡翅的工夫，她和梁清能直接一人吃掉一只鸡。

眼看梁清和宋佳曦都放下了筷子，周煜也动作优雅地放下筷子，正准备起身去结账的时候，餐厅门口突然跑进来一个小男孩。

小男孩穿着白衬衫，外面是一件西装马甲，领口系着领结，如同一阵风般直直地冲梁清扑了过去，道："妈妈！妈妈！你吃好午饭了吗？！"

梁清伸手把梁乐捞起来，抱在怀里，有些惊讶地看着他，道："乐乐，你怎么来了？"

"坐车过来的呀！"梁乐一双小胳膊环在梁清的脖子上，笑嘻嘻地回答道。

周煜一脸震惊地看着眼前抱着梁乐的梁清，唇微微动了动，电光石火之间，脑海里闪过一些模糊的画面。他有些结结巴巴地道："这……这是你儿子？"

梁清抬起头来，怀里抱着梁乐，骄傲地抬了抬下巴，道："怎么，就许你结婚装修婚房，我就不能结婚生子了？"

第17章　这是我老公

“不是……你……什么时候结婚的？”周煜一脸茫然地看着梁清，目光不断在她和乐乐的身上扫视。

“要你管。”梁清直接朝周煜翻了个白眼，道，“难道我结婚还要请你来参加婚礼？”

周煜听着她的话，沉默几秒，突然俯下身子，朝梁乐道：“小朋友，你今年多大了啊？”

“我今年四岁了……”梁乐眨巴眨巴眼睛，看着眼前的这个男人，声音怯怯地道。

今年四岁？周煜微微一怔，抬头朝梁清看了一眼。

五年前他们最后一次见面，她好像灌了他许多酒，那一夜他头晕得厉害，依稀记得是梁清扶自己回家的。

回家后发生了什么，他第二天醒来完全不记得了，只觉得自己好像做了一个春梦，梦里他和梁清发生了一些不可描述的事情。但那到底是一个梦还是真实发生的事，他竟然不知道该怎么求证。难道他要发信息给梁清，问一句，昨晚我是不是把你睡了？那他应该会死得很惨。

然而事实证明，就算他没有问这句话，他照样死得很惨，因为从那天之后，梁清就再也联系不上了。

他和梁清没有什么共同的朋友，他也问过梁清原来的那些同事，然而他们给出的唯一回答就是：梁清辞职了，他们也联系不上。

他找了一圈才发现，原来梁清是自己爸爸好友的女儿。他也是从自己老爹那边才依稀了解到，梁清出国了，在国外拿了很多关于设计方面的大奖，可是她具体去了哪儿，竟然连她自己的亲爹都不知道。

如果五年前，他们最后一次相见的那个夜晚，他做的不是梦，那……

梁清眼看着周煜盯着梁乐的神色变了又变，一转头，发现梁欢竟然不慌不忙地走了进来。她连忙转身，朝梁欢奔去，然后一把抱住梁欢的胳膊，将脑袋靠在他的肩膀上，声音甜甜地道："老公，你来接我了啊？"

梁欢身子一僵，下意识地就朝宋佳曦看去。

确定宋佳曦没有对他产生误会之后，他声音低低地道："姐，你发什么神经？"

梁清伸手在他的胳膊上狠狠地掐了一把，道："少废话，配合老娘演戏就行了。"

疼……好疼……梁欢被她掐得眼泪差一点儿就飙出来了。

周煜直起身子，看着挽住梁欢胳膊的梁清，一双眉头忍不住紧紧地皱了起来。

梁清挽着梁欢的胳膊，动作优雅地走到周煜面前，微微一笑，声音轻快地介绍道："周先生，给你介绍一下，这是我老公，也是乐乐的爸爸。"

说完这句话，她又转头朝梁欢道："老公，这是我今天来见的客户，想让我帮他设计婚房的周先生。"

梁欢有些尴尬地扯着嘴角笑了笑，朝周煜伸出手道："周先生，你好。"

梁乐站在宋佳曦面前，仰着脑袋看着三人，突然奶声奶气地开口道："妈妈，你为什么喊舅爸爸为老公啊？"

梁乐说完这句话，周围的空气瞬间一片寂静。

梁清的嘴角几不可见地抽了抽。她眼眸微垂，瞥了一眼自己的儿子。果然酒后乱性生出来的小孩子不靠谱！这不明显就是个傻子吗？竟然专门挑这种时候拆她的台！

倒是周煜听到梁乐的话，目光在镜片后闪了闪，然后看了看梁清，又看了看梁欢，声音里带着一丝疑惑，道："舅爸爸？"

“那个……”梁清尴尬地轻咳了一下，然后松开挽着梁欢的手，随口胡扯道，“是这样的，他其实是我的前夫，我们已经离婚了，所以孩子喊他旧爸爸，没事的，以后我会给孩子找个新爸爸的。”

梁欢：？

周煜：？

宋佳曦：？

梁清全然不顾眼前这三个人满是问号的脸，直接朝梁欢笑了笑，道：“哎呀，不好意思啊，其实这周先生吧，勉强算我半个前男友。我这不是为了给自己找点场子吗，哈哈哈……没想到这么快就被拆穿了。”

说完这句话，她伸手推了梁欢的后背一把，将他推到宋佳曦身边，道：“行了，这儿也没你什么事儿，你先带着你的小女友出去逛一会儿吧。哦，记得把孩子带走。”

周煜转头看着梁欢和宋佳曦，声音里带着一丝迟疑之意，道：“你前夫……和你的小助理？”

“哦，这不是我前夫劈腿了吗？”梁清伸手撩了撩耳边的碎发，一脸坦然地道，“不劈腿怎么离婚呢？渣男一个，不要也罢。”

梁欢：“……”他好不容易在宋佳曦那里摆脱了渣男的称号，怎么在他姐姐这儿又变成渣男了？

周围又是片刻的静默，梁乐突然开口道：“妈妈，你要给我找新爸爸了吗？”

梁清低下头来，满眼笑意地看着梁乐，道：“对呀，妈妈给你找一个新爸爸好不好？”

“好！”梁乐顿时开心得连连拍手，道，“妈妈，这个就是我的新爸爸吗？”

他一边说着，一边伸手指了指站在旁边的周煜，道：“妈妈，这个叔叔长得还挺帅的！”

梁清：“……”

她脸上的笑容瞬间就僵住了。片刻之后，眼神带着杀气，她看着梁乐，道：“乐乐，不说话会要你的命吗？”

梁乐愣了一下，小声道：“不会……”

“那就给我闭嘴！”梁清朝他吼了一声，又转头朝梁欢道：“还不赶紧把乐乐带走？”

“哦……”梁欢扯了扯嘴角，朝梁乐伸出手来，道：“走吧，乐乐，我带你逛街去。”

乐乐悻悻地伸出手，牵着梁欢的大手，一步三回头，边走边恋恋不舍地回头看梁清和周煜。

好不容易等到梁欢和宋佳曦带着梁乐出了店门，梁清这才伸手拨了拨自己的长发，道：“不好意思啊，周先生，我们家关系有点儿复杂，让你见笑了。”

周煜站在原地，沉默片刻，突然开口道：“孩子是他的？”

梁清没好气地白了他一眼，道：“孩子不是他的，难道还是你的？”

周煜声音里带着一丝颓废，道：“没……我只是觉得那孩子看着有点儿眼熟……”

梁清伸手拿起自己放在椅子上的包，双手抱胸，朝周煜仰了仰下巴，道：“周先生都快要结婚了，就别管人家的孩子看着眼熟不眼熟了。而且这种时候，我觉得你应该庆幸这孩子不是你的，不然的话，你这婚还怎么结？凭空冒出一个孩子，你就不怕你老婆跟你掰了？行了，周先生要是没什么事情，我先走了。我前夫和我的小助理，还有我儿子，还在外面等着我呢。你回去研究研究那婚房到底要装成什么样子，研究好了直接打电话告诉我就行，省得咱俩再见面，我看见你就觉得心烦。”

梁清说完这些话，直接朝周煜摆了摆手，头也不回地走了。

周煜站在原地，怔怔地看着梁清的背影。直到她的身影快要消失在餐厅门口，他才拿起自己的西装外套，飞快地追了上去。

“梁清，梁清，你等等！”周煜一把拽住梁清的手腕，不让她走。

梁清心中一急，用力地甩了好几下都挣脱不了周煜的束缚，顿时骂道：“狗男人，我警告你赶紧给我松手啊！不然我就要报警！你他妈都快结婚了，还跑过来和我拉拉扯扯的，你是不是脑子有病？”

周煜握着她手腕的力道又加重了一点儿，神情凝重地道：“我没有要结婚。”

“你不结婚装修婚房干吗？！”眼看甩不开周煜，梁欢干脆一脚朝他腿上踢去。

周煜身子一躲，躲过梁清的攻击，觉得有些好笑地道：“你这爱踢人的毛病还是跟从前一样。”

“老娘爱不爱踢人要你管？！”梁清实在没办法，只得任由他扯着自己的手腕，冷静下来，道，“周煜，你到底要干什么？”

“我只是想把五年前没有说完的话跟你说完。”周煜握着她的手腕，注视着她，道，“五年前的那天晚上，你跟我说，你喜欢我，对吗？”

“不记得了。”梁清直接朝他翻了个白眼。

“你不记得，我还记得。”周煜一字一顿地道，“那个时候，我跟你说，哦，是吗？可是我不喜欢你啊。”

梁清一听这句话就来气，干脆骂了一句：“傻子，你不喜欢我就拉倒，看把你嘚瑟的，都过去五年了，还拿出来炫耀，有什么好炫耀的！”

周煜有些无奈地看着她，道：“你听我把话说完。”

说完这句话，他微微顿了顿，然后认真地道：“其实我当时想说，我对你的感情，并不只是喜欢，在我们相处的那些日子里，我早已爱上你了。梁清，我不喜欢你，可是我爱你。”

梁清听着周煜的话，整个人都愣住了。她一脸茫然地看着眼前的人，半晌才扯了扯嘴角，不敢置信地道：“你……刚刚说什么？”

周煜握着梁清手腕的手微微紧了紧，表情严肃地看着她，道：“我说我爱你。这句话其实五年前就应该说出来，只是当时我话还没有说完，你就踹了我一脚，跑了。我追进去想跟你解释，你却只顾着灌我酒，我以为你心里不痛快，想着被你灌就灌吧，只要你能开心一点儿，谁知道第二天我酒醒之后，你就从我的世界里消失了。梁清，我打听了五年你的下落，今年好不容易从我爸那儿打听到你回来的消息，想着能够重新接近你，再把你追回来。找你设计婚房，不过是个借口，其实这么做，我是有一点儿私心的。我想知道你会不会吃醋，会不会在意，你的心里还有没有我……”

梁清盯着周煜许久，终于张了张嘴，声音里满是不确定，道：

"你……认真的？不是在开玩笑？"

"我很认真。"周煜眼眸微垂，看着眼前的梁清，一字一顿地道，"我对你一直都很认真。"

"可是我……"梁清另一只没有被他扣住的手在空气里无力地挥了挥，嘴巴张张合合，半晌，竟是一句话都没有说出来。

"你想说你已经结过婚，并且有孩子了吗？"周煜转头朝不远处的梁乐看了一眼。

下一秒，他像是做了什么决定，认真地道："我不介意，反正你刚刚也说了，你已经跟你前夫离婚了。我也不介意你有孩子，你不是说要给孩子找新爸爸吗？梁清，我愿意当他的新爸爸，你愿意接受我吗？"

梁清站在原地，一动不动，脑海里却是一片空白。他刚刚说什么，他说自己五年前就已经爱上她了？所以……这五年来，她到底是在干吗？怀着孩子，默默地把他生下来，然后辛辛苦苦在国外把孩子养大，这一切就因为眼前的这个狗男人说话大喘气？天啊！这也太傻了吧？狗男人一句话竟然要五年才能说完整，怪不得儿子那么傻，原来不是因为酒后乱性，是因为遗传……

好半晌后，梁清整理完自己的思绪，抬起头来，淡淡地瞥了周煜一眼，道："你愿意给人家当爸爸，人家还不愿意给你当儿子呢！这事儿，你得自己去问问乐乐。更何况，带孩子可不是个轻松活儿，你现在嘴上说不介意我有乐乐，说不定过段时间，你就越想越不是滋味，后悔自己今天说的这番话了呢。"

周煜听着她的话，沉默片刻，突然道："你的意思是，只要乐乐同意我当他的新爸爸，你就愿意跟我在一起吗？"

"我可没这么说啊！乐乐同意不代表我同意，但是乐乐不同意我肯定不同意。"梁清白了他一眼，道。

"好。"周煜听到梁清的话，点点头，转身朝乐乐的方向走去。

他径直走到乐乐面前，然后半蹲下来，和乐乐平视，微笑道："你好，我叫周煜。"

"我……我叫梁乐。"乐乐眨巴眨巴眼睛，看着面前这个长得很帅的男人，只觉心里莫名有种亲切感。

周煜笑了笑，伸出手来，道："你好，乐乐，很高兴认识你。"

“我也很高兴认识你。”梁乐学着他的样子，伸出手来和他握了握，那一瞬间，顿时感觉自己像个小大人儿。

“嗯，是这样的，叔叔最近呢，在追求你妈妈，但是你妈妈说，想要追求她，就必须征得你的同意。”周煜蹲在梁乐面前，语气十分温柔地道，“所以，叔叔想问你一下，觉得叔叔怎么样？可以追求你妈妈吗？”

“你问我？”梁乐听着他的话，有些惊讶地道。

他下意识地抬头看了一眼站在自己身后的梁欢和宋佳曦，然后伸手挠了挠自己的小脑袋，道：“嗯……我觉得叔叔你长得挺帅的，可是追女孩子，不是要给女孩子买包包买衣服、买首饰吗？你给我妈妈买东西了吗？”

周煜听着他的话，微微一怔，随即忍不住笑了出来，道：“正准备买呢，可是我有些犹豫，不知道该买什么才好，你能帮我参考一下吗？”

“可以呀！”梁乐立刻开心地点了点头，道，“叔叔，我跟你说，我对我妈妈最了解了，她就喜欢那种亮晶晶的东西，一看什么东西上面满满的都是钻，她就立刻走不动路。叔叔，一楼有卖珠宝的柜台，你要不要给妈妈挑枚戒指？”

“那你愿意陪我去看看吗？”周煜笑着问道。

“可以。”梁乐点点头，伸手牵住周煜的手，带着他径直朝一楼去了。

梁欢：“……”

梁清：“……”

宋佳曦：“……”

眼看着周煜牵着梁乐的手走了，梁欢终于忍不住道：“姐，这是怎么回事？你就放心让他把乐乐牵走了？”

“这有什么不放心的？那可是他亲儿子。”梁清撇了撇嘴，双手抱胸，道。

梁欢：？

梁清又道：“不过我没告诉他，我跟他说，儿子是你的。”

梁欢顿时扯了扯嘴角，道：“姐，你这样有点儿不厚道吧？”

梁清白了他一眼，道："我怎么不厚道了？我这也是为你报仇好不好？当年要不是他说话大喘气，我能和他酒后乱性，然后怀孕吗？我要是不怀孕，会天天找你，让弟妹误会吗？弟妹要是不误会，你俩这五年在一起，说不定现在孩子都有了。"

宋佳曦听着梁清的话，顿时红着脸道："姐姐，你瞎说什么呢！"

梁欢沉默片刻，眯了眯眼睛，咬牙切齿地道："姐，你做得对！千万别告诉他乐乐是他儿子！"

梁清看着梁欢，突然长长地叹了一口气，道："你说，咱们梁家人的情路怎么都这么坎坷呢？咱爸跟咱妈离婚了，到现在两个人还没复合的希望。你看你跟弟妹，就因为一个小小的误会，分开了五年。你再看我，要不是那个狗男人说话大喘气，我用得着一个人辛辛苦苦把乐乐拉扯大吗？"

梁欢沉默片刻，安慰道："至少乐乐的情路还不算坎坷。"

"他还不坎坷？"梁清扯了扯嘴角，道，"小小年纪就看上了舅舅的老婆，这注定是一场无疾而终的爱恋，唉。"

宋佳曦哭笑不得地道："姐姐，乐乐只是闹着玩，你不要有这么重的心理负担啊。"

"算了，我还是去看看他们爷俩儿在干吗吧，就不打扰你们小情侣约会了。"梁清一边说着，一边朝梁欢和宋佳曦挥了挥手，转身就朝一楼去了。

眼看着梁清的身影消失在电梯上，梁欢有些无奈地笑着转过头来朝宋佳曦问道："咱们现在干吗去？"

"要不随便逛逛？"宋佳曦想了想，随口回答道。

"好。"梁欢点点头，用修长的大手牵住宋佳曦的小手，和她十指相扣，"要不咱们也去买枚戒指吧？"

宋佳曦顿时脸一红，道："买戒指干吗？"

"我想跟你求婚。"梁欢低下头来，眼眸微垂，看着站在自己面前的人，认真地道，"我们已经错过了五年，后面的每一天每一分每一秒，我都不想再错过。"

宋佳曦张了张嘴，刚想说点什么，手机铃声突然响了起来。

"啊，等一下啊……"她赶紧朝梁欢说了一句，低头从自己的包里翻出手机。

手机屏幕上的来电显示是她妈妈，宋佳曦迟疑了一下，转头又看了梁欢一眼，拿着手机，往旁边走了两步，这才接起电话，道：“喂，妈？”

“小曦啊，妈跟你爸过不下去了！”电话那边传来宋妈妈的号啕大哭，“这日子真的过不下去了！我跟你爸，明天就去离婚！”

宋佳曦一听到她妈的哭声，顿时一个头变得两个大，道：“怎么了？这次又怎么了？”

“你爸他骗我！他满嘴跑火车……没一句真话……”宋妈妈一边哭，一边道，“我昨天下午回你外婆家了，跟他说住两天再回来，结果今天下午我回家以后，就打了个电话给你爸，你猜你爸怎么说，他说他在家里躺着看电视！我把这个家里里外外绕了两三圈都没有看到他的身影，他竟然跟我说他在家里躺着看电视！他这不就是仗着我不在家，随口骗我吗？我跟他说，我就在家里呢，你在哪个房间啊？你倒是出来啊！结果好了吧，他什么屁话都不说了……你爸他一天到晚就想着法儿骗我！”宋妈妈哭了一会儿，情绪变得稳定起来，“你说我一天到晚把家里收拾得干干净净的，伺候他吃饭，给他洗衣服，结果他倒好，一天到晚的不着家。你说我俩这日子这么过下去还有什么意思？还不如离了拉倒，反正你现在也大了，也不在我们身边了，我跟你爸离了，也落得一身轻松。”

宋佳曦听着她妈的话，有些无奈地喊了一声，道：“妈……你别这样，你一天到晚把离婚挂在嘴边，说多了，我爸就左耳朵进、右耳朵出了。你要是嫌弃他老出去玩，你也可以跟他一起出去啊。”

“我不去。”宋妈妈想都没想，直接拒绝道，“我跟他们一帮老头子有什么好玩的，而且个个都抽烟，往那儿一坐，烟雾缭绕的，回头把我熏得哮喘犯了可怎么办？”

“那要不，我给你报一个老年大学？”宋佳曦想了想，道，“你去上上老年大学，看看书，打打拳，认识认识新的朋友？”

“那玩意儿有什么好上的？你可别浪费钱。”宋妈妈立刻道，“算了算了，跟你商量也商量不出什么来，我再给你小姨打个电话，问问她吧。”

宋佳曦："……"

"对了，你那个新工作怎么样？"宋妈妈说着，像是想起了什么，问道，"工资那么高，工作环境应该也挺好的吧？你趁这个机会多认识一些靠谱的男青年，你这年纪也老大不小了，该谈个恋爱、结个婚了。之前你那些七大姑八大姨给你介绍了一堆相亲对象，我一个都没看上，都是些什么歪瓜裂枣啊！有一个个子还没你高，这样的人她们也敢介绍给你，还说人家有钱，可我一问，年收入十万，也就是你的五分之一，也敢跑来说他有钱！还有个人，介绍了一个离异带小孩的，她什么意思啊？我姑娘嫁不出去了吗，我姑娘好歹也是重点大学的研究生啊！就那个头比你爸还秃的，他配得上你吗？"

宋佳曦有些无奈地张了张嘴，道："妈……"

站在旁边等了许久的梁欢，终于忍不住走到宋佳曦身边，一过来就听到宋佳曦朝电话那边喊了一声"妈"，下意识地开口问道："怎么了，是阿姨的电话吗？"

宋佳曦回过头来，一脸茫然地看着他。

倒是电话里的宋妈妈听到梁欢的声音，顿时有些激动地道："怎么回事儿？小曦，我好像听到一个男生的声音，还挺好听的，是你同事吗？长得帅不？有女朋友了不？"

宋佳曦顿时伸手捂着脑袋道："妈……你冷静一点儿。"

"这怎么冷静？我跟你说，遇到不错的就赶紧把他拿下，当然了，拿下之前要带回来给妈妈审核一下，可千万别找个跟你爸一样的！"

宋佳曦实在忍不住了，直接打断妈妈的话，道："妈，你不是还要给我小姨打电话吗？你要不先去打电话吧，我这边还有点儿事，回头再跟你说啊！我先挂了啊！"说完这番话，她就直接把电话挂断了。

梁欢站在她身边，看着她一脸慌张地挂断电话，顿时觉得有些好笑，道："怎么了？"

"没什么……"宋佳曦长长地叹了一口气，道，"我妈跟我爸吵吵闹闹的，这么多年，已经习惯了。"

梁欢听着她的话，若有所思地看着她，然后伸手摸了摸她的脑袋，道："能吵吵闹闹这么多年还在一起，其实也是一种幸福。像我妈跟我爸，听说他们从来都没有吵过架，一直挺和谐美满的，然后突然有一天就直接离婚了。”梁欢有些无奈地看着她，道，“也许你觉得他们吵吵闹闹挺烦的，说不定他们自己乐在其中。”

宋佳曦听着他的话，又想了想，觉得似乎没有刚才那么烦心了。只是……她妈妈让她带梁欢回家接受审核的事……算了，还是过一阵子再说吧。

“算了，咱们逛街去吧。”宋佳曦摇摇头，决定把那些烦心的事情都丢到脑后，挽着梁欢的胳膊，拽着他，直接朝电梯的方向走去。

梁欢微微低头，看着某人主动挽住自己胳膊的那只手，唇角忍不住勾了勾。

跟梁欢和好之后，宋佳曦还是继续住在自己租的1901室里。梁欢也依然住在1902室内，只不过现在每天都会去她的公司楼下，等她下班，然后接她回家。

时间久了，中氏集团里关于宋佳曦的传言又变了样子。有人说她一边勾搭集团董事长，一边养着小白脸，中午和董事长吃饭，晚上和小白脸回家。还有人说她明明是刚毕业的实习生，却能直接成为董事长助理，背后肯定有比董事长还厉害的靠山。

最夸张的是，有人看到“我和牙医小哥哥的故事”的抖音账号火了之后，直接说宋佳曦以后是要进娱乐圈的，董事长和其他大老板都是她的靠山，她下一步就要接演电视剧，进军大银幕。

宋佳曦听着这些传言，只觉好笑，也懒得解释，继续正常上下班。

眼看夏天转眼过去，在一个秋高气爽的早晨，当她到达办公室之后，发现所有同事的目光都落在她的身上。那些目光有一点儿同情，又有一点儿嘲讽，还有一点儿幸灾乐祸。

宋佳曦有些疑惑地看着周围的同事，迟疑几秒之后，终于还是伸手拍了拍坐在自己对面的一个关系不错的女孩子，小声问道：“怎么了这是？为什么他们都在看我？”

那女孩子看了宋佳曦一眼，压低声音道：“你还不知道吗？今天一大早，你男朋友来了咱们公司，直接进了董事长的办公室，到现在还没出来……”

梁欢跑到中氏集团来了？他今天不上班吗？宋佳曦听着自己同事的

话，微微一怔，只觉得脑子里都是问号。

“你说……你男朋友都上去这么久了，还没下来，他该不会跟董事长吵起来吧？”宋佳曦的同事一脸担忧地看着她，道。

宋佳曦顿时不解地道：“他们为什么要吵起来？”

“那不是……”那同事刚准备说些什么，话到嘴边，立刻又咽了回去，“没……没什么……”

宋佳曦眨眨眼睛，看着她脸上悻悻的表情，又看了看周围同事闪烁的目光，终于回过神来。

他们该不会以为她的男朋友是来找她的金主算账的吧？就像那种劈腿的小三来找正主算账的戏码，说不定已经在他们脑海里演绎了千百回。

宋佳曦顿时觉得有些好笑地摇了摇头，在自己的位子上坐下来，打开电脑准备一天的工作。

她不着急，她的同事却有点儿着急了。那小姑娘用圆珠笔敲了敲宋佳曦桌上的隔板，小声道：“你不上去看看什么情况吗？万一他们打起来呢？”

宋佳曦笑眯眯地看着她，道：“放心，不会打起来的。”

同事：“……”这姑娘心这么大，该不会他们董事长已经知道她拿着自己的钱去养小白脸了吧？

就在办公室里所有人纷纷猜疑的时候，梁欢和梁世超竟然坐电梯从董事长办公室那一层下来了。他们刚一走进宋佳曦所在的大办公室，整个办公室瞬间安静下来。

所有人都紧紧地盯着他们，生怕稍不注意，就错过一场好戏。

梁欢和梁世超说了几句话，径直走到宋佳曦的办公桌前，伸手敲了敲她的办公桌，道：“小曦曦，我走了啊。”

宋佳曦一脸茫然地站起身，道：“你怎么跑集团来了？”

梁欢一脸无奈地道：“我爸的车送去保养了，他今早没有车过来上班，就让我送了他一下，我就顺便去他办公室里看看有没有值钱的东西，想顺一点儿走。”

宋佳曦：“……”

“好了，不说了，今天我就跟我们主任请了一个小时的假，得赶紧走了。”梁欢说完这句话，又转身朝梁世超随意地摆了摆手，道：“爸，我走了啊。”

梁世超双手背在身后，朝梁欢点了点头，道：“嗯，去吧，路上注意安全。”

等到梁欢进了电梯，梁世超笑眯眯地朝宋佳曦道：“小宋啊，跟我上去一趟。”

“啊？哦……好。”宋佳曦回过神来，随口应了一声，赶紧拿上自己的笔记本，跟着梁世超上楼了。

等两个人的身影消失之后，整个办公室瞬间就炸了。

“天啊？！你们有没有听到，刚刚那个帅哥竟然喊梁董爸爸？！”

“所以，天天来接宋佳曦下班的那个帅哥，是梁董的儿子？”

“怪不得梁董天天和宋佳曦一起吃饭呢，人家是跟自己儿媳妇一起吃饭啊！”

“天啊，天啊，我的天啊！”

伴随着办公室里一阵阵的感叹声，关于宋佳曦的奇怪传言瞬间烟消云散。

从梁世超的办公室回来之后，宋佳曦感受到同事们巨大的热情，原先对她不屑、刻意保持距离的同事，此刻像是看到自己的亲人一样，十分热情地凑上前来，问她和董事长的儿子是怎么认识的。

宋佳曦笑了笑，只说两人以前是一个学校的，众人便立刻脑补了一幅校园恋爱的美丽画卷。虽然嘴上说着对谣言不在意，但当谣言真正解除之后，宋佳曦还是觉得浑身上下一片轻松。

吃过午餐后，她坐在自己的位子上，慢悠悠地打开许久没有更新的小说。评论区的留言还是那些，偶尔有一两个催更的，都问男主角为什么这么久了还活着。

宋佳曦忍不住笑了笑，想着现在反正也是休息时间，干脆开始更新小说。

男主角不负众望地出了车祸，短短三千字内，宋佳曦直接把剧情来了个反转。

此时另一边，正在办公室里休息的梁欢，手机响起特别关注的提示音。

他掏出手机看了一眼，他们家小曦曦的“太监文”竟然更新了？

梁欢抿着唇笑了一下，伸手点开手机屏幕上弹出来的更新提示，认真地看了起来。看完新鲜出炉的三千字，梁欢只觉得心中畅快无比。

那个讨人厌的男主角终于出车祸死了，而那个以他为原型的深情男二号终于可以上位了！梁欢那双幽深的眼眸里满是笑意，随手点开这本书的打赏界面，十分豪气地打赏了五十万书币。

这五十万书币，约等于现实中的五千人民币。用五千人民币来庆祝他上位成功，还是很值得的。

这边，梁欢刚刚打赏成功，那边宋佳曦的书就上了网站的世界频道。

世界频道：《总裁你冷酷无情无理取闹》收到热心书友“全世界最爱你”的五十万书币打赏，大家快来围观好书啊！

无数正在看书的书友看到那条弹出来的世界频道通知，立刻手疾眼快地点了进去。

不过片刻工夫，宋佳曦的书评区便出现自她写书以来最多的评论。

此豆就是彼逗：来了来了，我来了！

呆呆的苏小八：来围观一下传说中的好书，这年头，很难见到这么清新脱俗还让人印象深刻的书名了！

在下林弟弟：这个作者的书我以前好像看过，她经常把男主角用各种各样的方法弄死，简直心理变态！

目标上了万玺：哇，五十万书币啊！哪个大佬打赏的？！

糊涂寒本寒吖：只想抱紧大佬的大腿，嘤嘤嘤。

宋先生的大粥粥：什么，这本书的最新章节里男主角又死了啊？这种垃圾情节也有人打赏？

每天改名的钰子：还没看，收藏一下。

猫东西：奶奶！你关注的作者终于更新了！

宋佳曦发完最新章节后，端着水杯去了茶水间。过了一会儿，她端着水杯再次坐到电脑前，发现自己的书评区炸开了锅。因为“全世界最爱你”打赏了五十万书币给她！

五十万书币，五千块？！宋佳曦的手一个哆嗦，水杯里的水洒得办公桌上到处都是。她手忙脚乱地扯了几张面纸，把桌上的水胡乱擦掉，然后颤抖地拿起自己的手机，飞快地在通讯录里找到“全世界最爱你”，发了一堆消息过去。

是小曦曦啊：姐妹，姐妹，你在吗？

是小曦曦啊：姐妹，你为什么突然给我的书打赏了五十万书币？

是小曦曦啊：姐妹！五十万书币就是五千块钱啊！你一个学生，五千块是你的生活费吧！

是小曦曦啊：姐妹，我把这个钱退给你，你的心意我领了，只要你喜欢我的书，就是我写作的最大动力！

宋佳曦连着发了一堆消息过去，然而“全世界最爱你”却一点儿反应都没有。

她转头看了一眼电脑右下角显示的时间，这会儿是下午两点多，“小爱同学”该不会去上课了吧？

是小曦曦啊：姐妹，你是不是去上课了啊？那等你下课看到消息，一定记得回复我啊！

发完这条信息，宋佳曦又去书评区看了一眼。书评区里的人有好奇的，有骂她的，还有帮她说话的。片刻工夫，她书评区的热度排名就像坐了火箭一样，噌噌往上蹿。

宋佳曦有点儿慌。她一个默默写书的“小透明”作者，突然被这么多人关注，这让她一时之间不知道该怎么办才好。

眼看她书评区的热度还在不断上升，坐在她隔壁的同事伸手敲了敲隔板，道：“佳曦，下午要开会的材料都打印出来了吗？过会儿三点就要开会了，你别忘了啊！”

“哦，好。”宋佳曦听到这番话，立刻关掉网页，开始认真地准备开会的材料。

梁欢忙完手上的事情，随手拿起手机，打开阅读网站又看了一眼。咦，他不过打赏了他家小曦曦五十万书币，他家小曦曦的书怎么就成为畅销榜排名第七的书了？难道打赏还能让作品的排名得到提升？

梁欢幽深的眼眸里突然闪过一道亮光。他点开宋佳曦的书，毫不犹豫地又给她打赏了五十万书币。

网站的世界频道再次哗然。越来越多的读者跑到宋佳曦的书评区看这本一天被人打赏一万元人民币的神书。

打赏完后，梁欢又看了一眼宋佳曦新书的排名，嗯，变成畅销榜的第三名了。要不……再来五十万打赏？

世界频道：《总裁你冷酷无情无理取闹》收到热心书友“全世界最爱你”的五十万书币打赏，大家快来围观好书啊！

梁欢再次点开排行榜看了一眼，很好，他家小曦曦的书已经排在畅销榜第一名了。

把宋佳曦的书送到畅销榜第一名之后，梁欢满意地放下手机，继续工作了。

下午的会议开得宋佳曦头昏脑涨，好不容易把这个月的经营分析会开完后，她抱着笔记本电脑从会议室里出来，回到自己的座位上。

她休息了一会儿，放空了一下大脑，伸手拿起手机，点开微信看了一眼。她的好姐妹“小爱同学”还是没有回复。

怎么回事，“小爱同学”怎么不理她了？宋佳曦想了想，忍不住又点开小说网站，打算看看书评区。

然而，当她点开自己的小说时，手机页面瞬间弹出两条来自世界频道的消息。

咦，今天打赏的人这么多吗？

当她看清小说名叫《总裁你冷酷无情无理取闹》之后，整个人都僵住了。这……这是什么情况？怎么她的小说又被打赏上了世界频道？

宋佳曦颤抖着手指点开世界频道的消息，发现自己的小说一共被打赏了三个五十万书币，瞬间感觉有些晕眩。怎么了，这是怎么了？！又有大佬来给她打赏了吗？

宋佳曦看了一眼打赏人，同一个账号同一个人——全世界最爱你。

又是“小爱同学”给她打赏的？这短短一个下午，“小爱同学”给她打赏了一万五千人民币？！

瞬间，宋佳曦脑海里浮现出无数个新闻标题：#大学女生痴迷网络小说，豪掷万元打赏作者#、#女生背着父母给某网络作家打赏上万元

#、#一万五千元的打赏，让这个本就不富裕的家庭雪上加霜#……

她感觉自己有些窒息。片刻之后，她深吸一口气，点开“小爱同学”的微信，直接拨了语音通话过去。然而，语音铃声响了很久，对面还是没有人接。

宋佳曦正准备继续拨过去，她挂在电脑上的QQ图标突然跳动起来。那个不停闪烁的头像图标是……她的编辑？

宋佳曦一愣，赶紧点开QQ对话框。

狐狸爱吃小笼包：宝宝，你的书登上畅销榜第一名了。

又欠可可一条狗：呃……那个，我没注意到啊……

狐狸爱吃小笼包：我这边看了一下，你之前断更很长时间哦。

又欠可可一条狗：那个，之前工作有点儿忙，所以没怎么更新……

狐狸爱吃小笼包：既然已经登上畅销榜第一名，要不这段时间努力更新一下？只要你更新稳定，这边就给你正常排推荐了哦。

又欠可可一条狗：我……我努力吧……

狐狸爱吃小笼包：好的，加油哦。

宋佳曦看着自己的编辑发过来的最后一句话，只觉有些茫然。她……她这是火得都惊动编辑了吗？可是，她并不想登上畅销榜第一的位子啊……

宋佳曦只觉得欲哭无泪。

《总裁你冷酷无情无理取闹》拥有了将近十万的收藏量，宋佳曦默默地承受着这个年纪不该承受的压力，还是扛不住评论区的留言催更，又更了两千字。

快下班的时候，说好来接她的梁欢突然打电话过来，说自己要和主任紧急出差一个星期，刚买了火车票，立刻就要走，因为明天上午就得参加一个十分重要的会议。

宋佳曦听着梁欢急匆匆的解释，只觉电话里面的背景音有些杂乱。

梁欢说了没几句，直接挂了电话，因为他们主任催着他赶紧检票。

宋佳曦叹了一口气，本来想跟他讨论一下“小爱同学”的事情，现在看来，还是等下次找个机会跟他说吧。

既然梁欢出差了，那她的下班时间一下子就空了出来。宋佳曦想了想，直接打了电话给江小柔，想要约她出来一起逛街，没想到接电话的竟然是顾朗。

“找小柔吗？她正在洗澡呢，要不等她洗完澡出来，让她回个电话啊？”顾朗十分淡然地道。

宋佳曦沉默片刻，直接摇了摇头，道：“算了，我就不打扰你们约会了。”

挂了电话，她又打给梁清，既然小柔没时间，那找姐姐一起逛街也是一样的。

然而，接电话的是梁乐。梁乐奶声奶气地道：“漂亮姐姐，我妈妈跟周叔叔去别墅那边量房子了。她把手机忘在家里了，等我妈妈回来，我让她给你回电话吧。”

宋佳曦：“……”还是算了吧，看来周煜成为姐夫，已经指日可待了……

就在她觉得自己有些淡淡的忧伤时，一整天没有动静的“小爱同学”终于回她信息了。

全世界最爱你：怎么了，我不就打赏了你一万多块钱，你干吗这么激动？

是小曦曦啊：我不是激动，我是觉得，你一个学生，拿着父母辛苦赚来的钱给我打赏，这样总归不太好。我把你打赏的钱还给你吧？

她发完这句话后，直接转了账过去。

下一秒，她的转账就被退了回来。

全世界最爱你：没事，我爸妈赚钱一点儿都不辛苦。我们家很有钱的，你放心。我只是非常非常喜欢你的小说而已。你看，我支持的男二号终于成功上位了！

是小曦曦啊：……

全世界最爱你：你要是实在过意不去，不如发点儿独家存稿给我？

是小曦曦啊：什么独家存稿？

全世界最爱你：比如被系统强制跳过的“详细描写”，嘿嘿。

是小曦曦啊：你一个大学生，应该多想想自己的课业成绩，别一天到晚想东想西好吗？

全世界最爱你：要不我再给你打赏五十万书币？

是小曦曦啊：别……我写……

虽说富贵不能淫，贫贱不能移，威武不能屈，但宋佳曦真的很怕“小爱同学”一时脑热，再给她打赏五十万书币，送她上西天……不是，是上世界频道。

她生怕自己会让“小爱同学”那本就不富裕的家庭雪上加霜，虽然她说自己家很有钱，可是再有钱，能有欢哥有钱？连欢哥那么有钱的人，都没给她的小说打赏过……等等，梁欢好像还不知道自己背着他偷偷地写小说吧？

就在宋佳曦思绪万千的时候，“小爱同学”又发过来一堆消息。

全世界最爱你：你答应我的啊，给我单独写一份不可描述的内容！

全世界最爱你：你千万不能反悔啊！你要是反悔，我就一直拿五十万书币砸你！

全世界最爱你：话说你会写吗？你写过这种东西吗？

全世界最爱你：对了，你写这个要多久啊？半个小时能不能写好？

宋佳曦看着手机屏幕，扯了扯嘴角，回了她一句。

是小曦曦啊：我还没有写过这种类型的小说，要不你先给我一点儿时间，让我学习学习怎么写？

全世界最爱你：这个还要学习？

是小曦曦啊：来来来，键盘给你，你写给我看看！

全世界最爱你：那个……还是你写吧！那你快点儿去学习一下，明天发给我看行不行？

是小曦曦啊：我尽量……

她回完这句话，“小爱同学”又和她瞎聊了一会儿，就说自己要去洗澡，下线了。

宋佳曦长长地叹了一口气，生无可恋地收拾了一下办公桌上的东西，灰溜溜地下班了。

吃过晚饭，她坐在自己房间里的书桌前，盯着电脑屏幕许久也写不出来。

本来，她只是一个写言情小说的小作者，最擅长写各种各样的狗血情节，再把男主角用不同的办法弄死，一切就完事了。她从来没有给她的男、女主角安排过任何床戏，最多也就蜻蜓点水地亲个嘴而已。

眼下，她竟然答应“小爱同学”写一份不可描述的详细内容……啊啊啊啊！人生苦短啊！宋佳曦一双胳膊撑在桌面上，使劲扯着自己的头发。

半个小时以后，她默默地拿起电话，拨通了江小柔的号码。这种时候，能够救她的，也只有江小柔了。

电话嘟嘟嘟地响了好多声，也没有人接，就在宋佳曦准备挂电话的时候，电话终于被接了起来。

“喂……小曦曦？”电话那边传来江小柔清脆好听的声音，只是她的声音压得有些低，好像是在偷偷说话。

“喂，小柔！你终于接电话了！”宋佳曦听着电话那边江小柔熟悉的声音，只觉得自己差一点儿就要哭出来，“江湖救急，小柔！你一定要帮帮我的忙啊！”

“嗯……怎么了？”江小柔小声道。

“是这样的，出于一些需要，我想问问，你那边除了人类原始行为鉴赏的视频之外，有没有关于人类原始行为鉴赏的书？”宋佳曦轻咳一声，白皙粉嫩的脸颊浮现一抹浅浅的红晕。

江小柔沉默片刻，憋着笑意，道：“你要那种书？”

宋佳曦：“就……差不多吧……是这个意思。”

江小柔低笑了一声，道：“我有啊，有可多可多了。你等会儿啊，我这就起床开电脑发给你！”

宋佳曦听着她的话，微微一怔，道：“这才八点多，你都已经上床睡觉了？”

“呃……不是……”江小柔随口否认道，用一只手捂着自己手机的话筒，另一只手推了推顾朗的肩膀，道：“你出去一下……”

顾朗的眉头微微皱起。他看着眼前的江小柔，道：“为什么还要我出去？你刚刚不是说就接个电话，很快就好了吗？”

江小柔微微一怔，悻悻地笑了笑，道：“那个……这不是小曦曦要我发点东西给她吗？很快的，我把电脑一开，文件一打包，发给她就行了。”

顾朗沉默了片刻，突然长臂一伸，将她放在床头柜上的笔记本电脑拿了过来，给她道：“你就在这儿直接发给她吧，我不动，你发完咱们再继续。”

江小柔：“……”哥！你还是个人吗？！她埋怨地看了顾朗一眼，默默地打开自己的笔记本电脑。

因为顾朗随手把她的笔记本电脑扔到枕头上，她只得把手机通话开成免提，然后一边和宋佳曦说话，一边用右手点着触控板，在电脑硬盘里找东西。

江小柔：“小曦曦，你等一下啊，我已经开机了。记得上大学的时候，我下载过一个压缩包，压缩包的名字叫《五百部合集》，就是不知道我把它放到哪个盘里了，我得先找一找。”

宋佳曦倒是没有多想，只是随口应了一声：“好。”

顾朗一双胳膊撑在床垫上，朝江小柔挑了挑眉，道：“你还有《五百部合集》？嗯？”说话间，他轻轻地挪动了一下。

“呀……”江小柔惊呼一声，转过头来，漂亮的眸子狠狠地瞪了他一眼。

“你怎么了？”宋佳曦听着电话那边江小柔的惊呼声，立刻关心地问道。

“那个，没事，我就是刚刚脚滑了一下……”江小柔满脸通红地应了一声，在几个电脑硬盘里找来找去，却怎么也找不到自己之前下载的压缩包了。

顾朗等了好一会儿，也没见她找到要给宋佳曦的东西，终于忍不住顶了她一下，道：“怎么还没好啊？这么慢。”

“唔……你……你轻点啊！”江小柔也忍得正难受，咬了咬牙，一巴掌拍在顾朗的肩膀上，道，“都说了我不知道放哪儿了，你急什么？”

顾朗有些无奈地看着她，道：“你难道不会直接用查找吗？”

江小柔微微一怔，道：“怎么直接查找？”

顾朗：“电脑给我。”

他说完直接俯下身，胸口压着江小柔的后背，一双胳膊圈在她的身体两侧，左手直接按下CONTROL+F键，然后在地址栏里输入江小柔要找的文件名。不过片刻工夫，一排排包含关键字眼的搜索结果，立刻呈现在江小柔和顾朗的面前。

顾朗眯了眯眼睛，看着电脑屏幕上那数量可观的搜索结果，突然压低声音道：“你……有这么多库存？”

“呃……那个……不是，不是这样的……”江小柔也没想到，顾朗竟然一下子给她搜出来这么多，更没想到的是，自己这些年竟然积攒了这么多“精神食粮”，甚至有好多文件她自己看着都觉得眼生。很大概率是她以前疯狂下载，又没有时间看，后来就慢慢遗忘在电脑硬盘里了。

宋佳曦听着电话那边顾朗和江小柔的对话，随口问道：“小柔，你找到了吗？”

“找到了，找到了，我这就发给你，我打包发你QQ上吧！”江小柔连忙随便点了几个文件，将它们一股脑儿搞成压缩包，然后在自己的QQ好友列表里找到宋佳曦的头像，点开，全部发了过去。

宋佳曦见QQ开始自动接收文件，顿时开心地道：“好的，我已经在下载了，我没什么其他事儿，你继续睡觉吧。”

“好……那我挂电话了哦。”江小柔弱弱地应了一声，挂了电话之后，转头看了一眼趴在自己身上一动不动的男人，伸手推了推他，道，“你干吗啊？继续啊？”

顾朗突然朝她笑了笑，道：“我有点儿好奇，你看过的那些故事里面，都是怎么描述这些事情的。”

“还……还能怎么描述啊，就那么描述呗。”江小柔顿时有些不好意思，“你有什么好好奇的，你都已经实践过了好不好。”

“嗯，那我们继续吧。”顾朗低头在她白皙莹润的耳垂上轻轻咬了一下，正准备将她的笔记本电脑放回床头柜上，手指不小心碰到了触控板。然后，一个文件夹被他打开了。

好死不死的是，那文件夹里放满江小柔这些年来搜集的人类原始行为鉴赏视频。更残忍的是，顾朗的手指点了触控板两下，其中一条视频，就这么“碰巧”播了出来。

顾朗呆愣片刻，忍不住低头看了江小柔一眼，笑了笑，道：“我怎么不知道……我的女朋友竟然还有这种爱好？”

江小柔：“……”你不知道的，关于我的事情，多了去了……

顾朗见她不说话，又顶了顶她，道：“要不，咱们一起学习一下吧？”

江小柔一脸茫然地抬起头，看着他，道：“学习什么？”

顾朗朝她的笔记本电脑瞥了瞥，道：“你说呢？”

“我……”

江小柔张了张嘴，还没来得及反抗，所有的话便被顾朗堵在口中。

被某人折腾得迷迷糊糊的江小柔，一边嘤嘤哭着，一边在心里暗暗地发誓，下次就算大火烧了宋佳曦的房子，她也不会在跑“马拉松”的时候接她的电话了！

这边，宋佳曦接收了文件，给自己做了一番心理建设，才开始解压文件。

片刻之后，她看着满满一文件夹的TXT文档，一时之间，竟然不知道从何下手。算了，干脆闭着眼睛随便瞎选一个吧。

宋佳曦闭上眼睛，握着鼠标，胡乱晃了一圈，双击一下。

她睁开眼睛，看着刚被自己点开的TXT文档，认真地研究起来。

五分钟后，宋佳曦白皙粉嫩的小脸已经变得通红。这……这……这简直太那个什么了……这作者怎么能把这种事情写得这么详细呢……

架不住心中的好奇，宋佳曦还是默默地看了下去。

十分钟后，宋佳曦实在不好意思再看，默默地关了TXT文档，回过头来，对着自己的文档开始发呆。干脆直接把现成的文档发给她算了，哪怕不是自己写的，里面也是她要的内容啊……

宋佳曦灵机一动，再次将自己刚刚看过的文档打开，随便挑选一段关于那什么的描写，复制出来，然后贴到自己的文档里，又大概修改了一下男、女主角的名字，就直接保存了。

做完这些事情，她点开“小爱同学”的微信头像，给她发了一条消息。

是小曦曦啊：小爱同学，我……写完了。

全世界最爱你：这么快？该不会是随便瞎写应付我的吧？快发给我看看！

梁欢躺在酒店里，看了一眼坐在旁边书桌前、正和家人视频聊天的张主任，嘴角微微勾了勾，直接用手机接收了宋佳曦发过来的文档。

这个文档并不大，字数也不多，他大概扫了一眼，也就三千多字的样子。但是，等他定睛一看，白皙帅气的脸颊瞬间浮现出一片红晕。

他……他们家小曦曦竟然描写得这么详细？最最最关键的是，他不过看了她发过来的三千字文档，竟有一种想立刻回去扑倒她的感觉……

宋佳曦把文档发过去之后，半晌也没等到“小爱同学”的回复。她忍不住又发了一条消息过去。

是小曦曦啊：那个……你看完了吗？

过了好久，“小爱同学”终于回了她的消息。

全世界最爱你：看完了。

是小曦曦啊：怎么样？

全世界最爱你：写得还行。

是小曦曦啊：还行是什么意思？

全世界最爱你：就是尚可的意思。

是小曦曦啊：反正我已经给你了，没什么事的话，我去洗澡了啊。

全世界最爱你：好，你去吧！

宋佳曦看到他的这个回复，这才安心地关上电脑，起身去卫生间洗澡。

另一边，梁欢盯着宋佳曦刚刚发过来的文档，心想，原来他们家小曦曦喜欢这样啊？下次一定要试试，原来女孩子在那什么的时候，心里是这种感受啊……唉，怎么办，越看越想他们家小曦曦了……

梁欢轻轻地叹了一口气，退出手机上的文档，切回自己的微信，然后默默地给宋佳曦发了一条信息：“老婆，我想你了……”

消息发出去之后，大约过了二十分钟，梁欢的手机突然响了起来。梁欢赶忙低头看了一眼手机屏幕，然后接起电话，道：“喂，老婆，你洗好澡了？”

宋佳曦在电话那边疑惑地道：“咦，你怎么知道我刚刚洗澡去了？”

梁欢一愣，赶忙打着哈哈道：“我瞎猜的，那个……你刚刚真的去洗澡了？”

“对呀，刚洗好。”宋佳曦穿着睡衣，往自己的大床上一躺，长长地嘘了一口气，“你呢，在干吗？”

“想你啊……”梁欢声音低沉又温柔地道，“每时每刻都在想你。”

“一天到晚没个正经。”宋佳曦听着他的话，忍不住笑了一下，随手拿起遥控器打开电视，一边换台，一边和梁欢有一搭没一搭地聊着天。

眼看时间不早了，梁欢叮嘱宋佳曦早点休息，然后依依不舍地挂了电话。

第二天一早，宋佳曦开开心心地收拾好自己，拿上包包，出门坐地铁上班。

在地铁上，她随手掏出手机，打开小说网站看了一眼。这一看，她整个人都蒙了。怎……怎么“小爱同学”今天又给她打赏了两个五十万书币，让她一大清早就上了两次世界频道？

宋佳曦忍不住伸手揉了揉眼睛，赶忙点开网站的排行榜看了一眼。她……她今天竟然又是畅销榜第一名？连着两天上五次世界频道，宋佳曦的这本书顿时引起了所有人的好奇。

一群读者跑来她的书评区，想看看这到底是一个什么样的故事。

宋佳曦颤抖着手，点开“小爱同学”的对话框，给她发了一条消息。

是小曦曦啊：你……你怎么又给我打赏了？

这一次，“小爱同学”十分爽快地回了她几个字：我乐意。

宋佳曦：“……”有钱人的世界，她真的不懂。

更让她不懂的是，后面一整个星期，“小爱同学”竟然每天砸一百万书币，让她稳居畅销榜第一名。宋佳曦看着每天的畅销榜排名，感觉自己快要哭了。这叫什么？这就叫你我本无缘，全靠“小爱同学”用钱砸。

她的小说连着霸占了一个星期的畅销榜，男频那边也有读者过来看宋佳曦的“旷世神作”。

有被蒙在鼓里的出版社，希望出版宋佳曦的这本《总裁你冷酷无情无理取闹》。更夸张的是，在宋佳曦被“砸”上畅销榜的第二个星期，竟然还有影视公司跑来咨询这本书的影视版权。

宋佳曦虽然很想让出版社和影视公司都冷静一点儿，但她的编辑显然很开心，并且光速谈好出版版权的价格和影视版权的价格，而她只要坐在家里，等着款项到账就行。

宋佳曦想了想，决定等钱款到账后，把“小爱同学”打赏的钱全部还给她。

只是她还没来得及给“小爱同学”发信息，梁欢的电话就打了过来。

宋佳曦白皙修长的手指在手机屏幕上点了一下，按下接听键，喂了一声。

梁欢低沉温柔的声音从话筒里传来：“喂，老婆。”

宋佳曦已经被他喊老婆喊到麻木了，便下意识地应了一声：“嗯……”

“我已经在回金陵的高铁上了。”梁欢坐在高铁上，笑眯眯地看着车窗外飞速掠过的景色，声音低低地道，“你有没有想我？”

宋佳曦微微一怔，波澜不惊的声音里顿时有了一些惊喜，道：“你要回来了？”

“对，六点半到金陵南站。”梁欢笑着朝她撒娇道，“老婆，你来接我好不好？”

“六点半的话，我来不及吧？”宋佳曦愣了一下，小声道，“我们六点才下班呀，半个小时我赶不到金陵南站。”

“没事，我刚才已经打电话给我爸了，你今天可以早点儿下班。”梁欢的声音里满是笑意。

宋佳曦有些不敢置信地道：“梁董就这么同意了？”

“不然呢？”梁欢觉得有些好笑地道，“他儿子都十天没有见到自己的老婆了，身为爸爸，总要理解一下儿子的相思之苦吧？”

宋佳曦：“……”

梁欢又道：“你到底来不来接我啊？”

宋佳曦无奈地叹了一口气，道：“好，来……正好我有一件重要的事想跟你说。”

梁欢微微一怔，眼珠转了转，试探地问道：“怎么……你要跟我求婚啊？”

“你想得美！”宋佳曦听着他的话，忍不住翻了个白眼，道，“是别的事情。哎呀，等见了面再说吧。”

“好。”梁欢笑了笑，直接应了下来。

和梁欢打完电话之后，宋佳曦赶忙打开自己的微信，找到“小爱同学”的名字，发了信息过去。

是小曦曦啊：小爱同学，小爱同学，你在吗？

全世界最爱你：嗯，我在啊。

是小曦曦啊：那个，今天编辑来跟我说，《总裁你冷酷无情无理取闹》那本书的出版版权和影视版权都卖出去了。

第18章　要不咱们见面详谈吧

全世界最爱你：真的？那太好了，到时候一定要找个帅帅的演员来演男二号！

梁欢看着手机屏幕，忍不住勾唇笑了笑。

其实，宋佳曦这本书的出版版权和影视版权都是他帮忙联系卖出去的。

毕竟是富二代，谁还没有个投资文娱、影视的朋友呢？他不过是在群里提了一句，几个好兄弟就抢着要嫂子小说的版权。

是小曦曦啊：那个，等我版权卖出去的款项到账之后，把你打赏的钱还给你吧。

全世界最爱你：为什么？

是小曦曦啊：你毕竟还是学生，打赏也都是用的父母的钱，我知道你肯定要说家里有钱，你不在乎，可对我来说不行。以后等你工作了，想怎么打赏我都没关系，但是现在，我必须把你打赏的钱退给你。

全世界最爱你：……

是小曦曦啊：真的，我不缺钱，我写小说只是为了好玩，不是为了赚钱。你真的没必要给我打赏这么多。

全世界最爱你：我也不缺钱，我打赏给你的不过是我的零花钱，你不用有太多心理负担。

是小曦曦啊：……

宋佳曦看着自己手机屏幕上“小爱同学”的回复，一时之间，竟然不知道该说些什么才好了。

零花钱，一个大学生的零花钱竟然有十几万？

是她孤陋寡闻了，还是有钱人的世界离她太远？

宋佳曦捧着手机，沉默许久之后，突然拿出破釜沉舟的勇气，给“小爱同学”发了一条消息。

是小曦曦啊：小爱同学，我们见个面吧？！

全世界最爱你：啊？

是小曦曦啊：既然你不愿意我把钱退给你，那你有没有什么其他的愿望，只要是我能帮你实现的，一定帮你实现！

梁欢坐在高铁上，看着宋佳曦发过来的这段话，忍不住弯起一双漂亮的眼眸。

全世界最爱你：真的吗？不论什么愿望你都能实现？

是小曦曦啊：呃，当然是在我能力范围内的啊！你要我给你摘星星，我肯定摘不来的！你要伊丽莎白女王的王冠，我肯定也是搞不来的！

全世界最爱你：我当然不会要那些不可能的东西，我的意思是，在你能力范围内能实现的，你真的愿意帮我实现吗？绝对不会后悔？

是小曦曦啊：当然啊，但是……那个……裸奔什么的，虽然也在我能力范围内，但我肯定不会做啊！

全世界最爱你：我是提那种要求的人吗？

是小曦曦啊：哈……哈哈哈，我就举个例子……

梁欢看着宋佳曦的回复，忍不住笑了笑。他白皙修长的手指轻轻摩挲着手机后壳，转头又看了一眼车窗外急速掠过的风景，这才不慌不忙地在手机上敲下一行字。

全世界最爱你：要不咱们见面详谈吧？

要见面？宋佳曦看着“小爱同学”的回复，整个人一下子就愣住了。她作为一个写书的扑街小作者，竟然要跟她的书迷见面了？这这这……这种事情，她以前想都没有想过啊！不过……感觉好像有点儿刺激？

宋佳曦抿了抿唇，眨巴眨巴眼睛，按捺住心中的激动之情，回了两个字，外加两个感叹号：好的！！

全世界最爱你：这周六中午可以吗？

是小曦曦啊：可以可以！

全世界最爱你：那周六中午我们一起吃午饭，下午再逛逛街，看看电影吧！

是小曦曦啊：好的！

和“小爱同学”约定见面时间之后，宋佳曦又看了一眼时间，已经五点半了，这个点她要是出发去金陵南站的话，正好来得及接梁欢。

宋佳曦赶紧偷偷拿上自己的工号牌，十分低调地从办公室里走了出去。

她打车到达金陵南站的时候，正好是六点二十分。

下了出租车后，宋佳曦直接朝出站口的方向走去。

已经是十二月了，金陵城的温度一天比一天低，不过还是有很多不怕冷的小姐姐光着腿穿着裙子。

宋佳曦一边感慨小姐姐们的勇气，一边给梁欢发信息，问他到了没。

六点三十五分，她终于在南站的西九号出站口看到推着行李箱、穿着黑色大衣的梁欢。

他风尘仆仆而来，帅气的脸上带着一丝不易察觉的疲倦之色。他眼眸微垂，看着手中的手机屏幕，正在发信息。

宋佳曦盯着他许久，忍不住开口朝他喊了一声：“梁欢！”

梁欢听到她的声音，抬起头来，朝她的方向看去。

下一秒，宋佳曦就看到他紧皱的眉头舒展开来，幽深的眼眸仿佛一下子被点亮。唇角勾起一抹浅浅的笑意，他推着行李箱，快步朝她走来。在离她还有一米远的时候，他直接松开推着行李箱的手，一个箭步上前，将她紧紧地拥在怀里。

他身上的大衣还残留着一丝刚从站台上下来的冷冽空气，宋佳曦被他抱了个满怀，反手紧紧地圈住他。

“有没有想我，嗯？”梁欢低沉好听的声音在她耳边轻轻响起。他一边蹭着她柔软的脸颊，一边朝她坏笑着，道。

“嗯……”宋佳曦有些不好意思，干脆将脑袋埋在他的怀中，低低地应了一声。

“我也想你。”梁欢俯身在她的脸颊上亲了一口，一只手牵着她，另一只手推着自己的行李箱，边走边道，“咱们先回家吧，坐了一下午的高铁，好累，我先把行李箱放回去，然后出去吃饭。”

“好。”宋佳曦乖乖地点点头，任由他牵着，朝出租车的上客点走去。

打车回到繁星苑后，梁欢没有回1902室，而是直接推着行李箱进了宋佳曦的1901室。

大门刚刚关上，宋佳曦就被他紧紧地拥在怀里。下一秒，雨点般密集的亲吻便落在宋佳曦的脸上、唇上、脖颈上。

宋佳曦有些哭笑不得地伸手推了推梁欢，道：“你干吗呀？”

“想你……”梁欢自顾啃着她的脖颈，含混不清地应了一句。

“想我就想我吧，干吗一直啃我的脖子？你以为是鸭脖啊？”宋佳曦又伸手推了推梁欢，道，“快松手，快松手！”

梁欢被她推得没办法，只得憋屈地松开手，道：“亲一下都不让吗？”

“没有不让你亲，只是现在……”宋佳曦伸手指了指挂在墙上的时钟，道，“都已经七点半了，你不饿吗？”

梁欢眼眸微垂，看着她白皙粉嫩的皮肤，轻轻地咽了一下口水，道：“饿。”

“那还不赶紧出去吃饭？”宋佳曦觉得有些好笑地看着他，正准备开门出去，梁欢突然伸手握住她的手腕。

咦？宋佳曦微微一怔，转过头来，有些疑惑地看着他。

梁欢微微抿唇，看了她一会儿，突然笑了一下，道：“我给你带了礼物，你要不要看看？”

“现在？”宋佳曦愣了一下，无奈地道，“吃完饭回来看不行吗？我也挺饿的……”

梁欢沉吟片刻，牵着她的手，朝大门边走边道：“老婆说得有道理，咱们还是应该先填饱肚子，不然一点儿力气都没有。”

两人从楼道里出来，一阵寒风迎面而来。梁欢牵着宋佳曦的手，放进自己的衣兜里，一边往前走，一边声音低低地道：“这天气好像比我出差之前更冷了。”

“对啊。”宋佳曦紧贴着梁欢，一边往前走一边道，“前天刚刚来了阵冷空气，昨天一下子就降了十几度，我都把地暖打开了，不然夜里好冷。”

“嗯。”梁欢低头看了她一眼，伸手将她揽进怀里，道，“气温骤降，最容易生病了，过几天估计有不少人感冒，明天你要是坐地铁上班的话，记得戴口罩。”

“好。”宋佳曦乖乖地点了点头，抬头看了梁欢一眼，随口问道，“你们去开会，说的什么内容啊？这么紧急。”

“也没什么……”梁欢想了想，朝她笑了一下，道，“冬季本就是流感高发期，最近又出现了几种新型流感，所以开个会研究研究。”

“你们牙医也管流感的事儿？”宋佳曦有些好奇地道。

“牙医不管，可谁让我是行业精英呢。”梁欢忍不住道，“再加上我有个比较牛的博士学位，开会喊上我，也不算什么事儿。”

宋佳曦听着他的话，忍不住撇了撇嘴，道：“看把你能的。”

“我只是实话实说而已。”梁欢低头又亲了她一下，道，“晚上想吃什么？”

吃过晚饭，宋佳曦和梁欢从商场走回繁星苑，只觉自己快要冻僵了。

不过吃顿晚饭的工夫，气温竟然又降了，还让不让人活了？

好在她前几天已经把家里的地暖打开，一开门，屋里的热气扑面而来。冷热交替之下，宋佳曦忍不住打了个哆嗦。

梁欢转头看了她一眼，伸手在她的脑袋上轻轻摸了摸，声音带着一丝宠溺，道：“快去洗个热水澡吧，让你出门的时候多穿一点儿，你偏不听。你看看你，嘴唇都冻紫了。”

“我……这不是没想到今晚又降温了吗？”宋佳曦哆哆嗦嗦地应了一声，倒是乖乖地朝卫生间走去，道，“那我先去洗个澡，你等我一下。”

“好。”梁欢眼眸微微闪了闪，声音温柔地应了一声。

片刻之后，浴室里传来一阵哗哗的水声。

梁欢估摸了一下时间，觉得她差不多在洗头了，便慢悠悠地站起身来，一边扯着衬衫上的领带，一边朝浴室走了过去。

打开浴室门的时候，不出意外地，他听到了宋佳曦的尖叫声。不过很快，她的尖叫声便被他的吻堵住。

十分钟后，被梁欢用浴巾裹得严严实实的宋佳曦，如同一颗香糯可口的粽子，被某人抱在怀里，从浴室出来了。

宋佳曦瞪着一双圆润的眼睛，满脸通红地朝梁欢道："梁欢，你放我下来！刚刚明明是你让我先去洗热水澡的，结果我才洗到一半，你就把我给抱出来了，你到底什么意思？！"

梁欢低头看着宋佳曦，微微一笑，声音里带着一丝坏笑，道："你洗澡太慢了，我改变主意了，不想等那么久了。"

"那你敲敲门，让我快一点儿不就行了？"宋佳曦又挣扎了两下，奈何自己连胳膊都被梁欢裹在浴巾里，根本动弹不得。

"嗯，理论上来说，这样也是可行的，但我还是喜欢亲自进去把你抱出来。"梁欢不慌不忙地抱着宋佳曦走到她房间里柔软的大床前，然后动作温柔地把她放到床上，再拿起另外一块浴巾，给她把头发上的水都擦干，低头在她耳边轻轻道，"正好，你先在被子里等一下，我去把给你带的礼物拿过来。"

"什么礼物？"宋佳曦一挨到床，飞快地钻进被子里，一脸警惕地看着他。

"睡衣。"梁欢丢下两个字之后，直接转身去客厅，从行李箱里拿礼物。

片刻之后，他手里拎着一个包装精致的袋子重新走了回来，把袋子放到床上，朝宋佳曦招了招手，道："过来试一试。"

宋佳曦迟疑了一下，看着腰上随便裹着浴巾、坐在床边的梁欢，道："你……你不先去穿件衣服吗？这样冷不冷啊？万一冻感冒了怎么办？"

"没关系，我不冷。"梁欢朝她笑了笑。

不冷就不冷吧，反正这家伙自己就是医生。宋佳曦想了想，从被子里伸出一只手来，拿过袋子看了一眼。里面是一套月白色的丝绸睡衣，面料摸起来又软又滑，款式也很简洁大方。

宋佳曦抬起头来，脸上露出一个灿烂的笑容，道："谢谢！"

"不客气。"梁欢微微一笑，长长的睫毛眨了眨，接着站起身，一边朝房间外面走，一边随口道，“你试一下，看看合不合身，试好了喊我进来看看。”

“好！”宋佳曦点点头，眼看梁欢真的出去了，顺带着把房门也关上，立刻从被子里跳出来，打开衣柜，从抽屉里拿出一套内衣先穿上。

她穿好内衣，正准备拿起床上的睡衣试穿的时候，房门突然被梁欢打开。

“对了，那个睡衣上的吊牌……”

房间里，宋佳曦正背对他打算换睡衣。她的上半身只穿着一件黑色的蕾丝胸衣，胸衣的肩带绕过她圆润的肩头扣在背上，只有细细的一条。

一整片雪白光滑的后背对着他，乌黑顺滑、带着一点儿湿意的长发披散在身后，半遮半掩之间，竟然有种摄人心魄的诱惑。

“你……你干吗啊？我还没换好衣服呢！”宋佳曦吓了一跳，赶忙随手抓起那件还没来得及穿的睡衣，遮住自己，白皙的脸颊瞬间布满了红晕。

“嗯……我只是想提醒你一下，试穿的时候记得先把吊牌摘了。”梁欢眨了眨眼睛，目光落在她又长又白的腿上。

他缓缓地走进房门，顺带将房门给关上。

房间里的气氛顿时变得有些微妙。

宋佳曦紧张地咽了一下口水，眼睁睁地看着梁欢一步一步地靠近自己。

房间里虽然开着地暖，但她露在空气里的皮肤还是感觉到些微的寒意。更何况，此时的梁欢仿佛饿了十几天的狼终于看到猎物。

“我……那个，正准备摘吊牌呢！所以，你要不先出去一下，等我把睡衣换好，再喊你进来？”宋佳曦深吸一口气，看着梁欢，垂死挣扎。

“不用了。”梁欢低低地应了一声，白皙修长的大手毫无征兆地握住宋佳曦紧紧地攥着睡衣的手，将挡住她身体的睡衣拿开。

宋佳曦顿时紧张得连大气都不敢出。

梁欢目光微垂，看着她，半晌终于俯身吻上她的唇，喃喃地道：“别穿睡衣了，你什么都不穿最好看……”

宋佳曦："……"禽兽！不要脸！这肯定是他计划好的！

然而，她还没来得及开口反抗，所有的声音就被梁欢堵在口中。

俗话说得好，小别胜新婚。

直到深夜，宋佳曦有气无力地瘫在床上，几乎是用气声朝梁欢抱怨道："我好累啊……"

大概昨天晚上折腾得太累，宋佳曦这一觉睡得特别特别沉，等到她睁开眼睛，伸手摸过自己的手机，发现这会儿已是上午十一点了。

啊……还是感觉好累啊……

宋佳曦放下手机，正准备闭上眼睛再睡一会儿，突然一个翻身，从床上坐了起来。等等！现在几点了？！

她拿过手机再看了一眼，屏幕上明晃晃地显示着上午十一点。完了完了完了！她上班迟到了！

宋佳曦一个翻身下了床，然而当她的双脚碰到地板的瞬间，只觉得脚一软，整个人都摔了下去。都怪梁欢那禽兽，一点儿都不懂得节制！关键是，那禽兽好像一大早就神清气爽地去上班了，这不公平……

宋佳曦气得扶着床沿站起来。她正准备去换衣服，再向老板请假，梁欢的电话适时地打了进来。宋佳曦没好气地看着手机屏幕上不断显示的"梁欢"两个字，直接接了电话，道："喂，干吗？！"

"你醒了？"梁欢低沉好听的声音从电话那边传了过来，"早上我看你睡得太沉了，就没有叫醒你。"

"我谢谢你啊！"宋佳曦咬牙切齿地朝梁欢一字一顿道，"多谢你害我上班迟到。"

梁欢听着她的话，又低声笑了，道："没事，别担心，我早上帮你请过假了，你一整天都可以在家休息。"

宋佳曦："梁欢，你不要太过分啊！就算集团是你爸爸的，你也不能这样三天两头地给我请假啊，害我被扣工资不说，还会耽误工作进度！"

梁欢又笑了笑，道："没事，昨天那提前半小时下班不算什么，今天也不过给你请了一天假而已。"他顿了顿，又继续道，"不会扣工资的，放心吧，我给你请的是年休假。"

宋佳曦：“你什么意思？为什么把我的年休假给请掉了？！”

“年休假可以分开请的，你知道吗？”梁欢强忍着笑意，朝宋佳曦道，“没事的，虽然你请了一天的年休假，但你还有四天年休呢，够你出去玩的，而且请年休假是不扣工资的。”

宋佳曦直接啪嗒一声挂了电话，不想再听这个禽兽说话了！既然梁欢已经把她的年休假给请了，那她就继续在床上躺一会儿吧。

宋佳曦这么一想，干脆又抱着被子躺了下来。只是躺着躺着，她突然想到，要是明天上班，同事问她今天去哪儿玩了，她该怎么回答？难道说自己在床上躺了一天吗？

宋佳曦躺在床上，把梁欢从上到下、从前到后，全方位骂了一遍，默默地点了外卖，然后起床洗漱去了。

洗漱完毕又吃过外卖，左右闲着没事，她干脆打开自己的笔记本电脑，又看了一眼自己的小说。嗯，“小爱同学”又把她送到畅销榜的第一名了，这样下去也不是个办法啊！

宋佳曦一咬牙，干脆打开文档，噼里啪啦地写了起来。

不行，她今天一定要把故事给完结了！这样“小爱同学”就不会不停打赏了。

宋佳曦抱着这个念头，手指飞快地在键盘上敲着，闷头写了整整一个下午。

当她写上“全书完”三个字，再敲上最后一个句号后，终于长长地松了一口气。

搞定，总算又完结了一本！她抬起头来，看了一眼墙上的时钟，竟然已经快六点半了，好像……又到了点外卖的时间？

宋佳曦拿出手机，正准备打开外卖App，突然听到一阵敲门声。

“谁啊？”她站起身来，一边低头看着外卖App上的菜单，一边开了门。

门外，梁欢拎着打包好的食物，正笑眯眯地站在那里看着她。宋佳曦微微怔了一下，一脸疑惑地看着他，道：“你……下班了？”

“对啊。”梁欢伸手推开她家大门，自顾走了进来，换了拖鞋，再把手中打包好的食物放到餐桌上，道，“特地给你点的烤羊腿，吃吗？”

“烤羊腿？”宋佳曦吸了吸鼻子，用力地嗅了一下空气里香喷喷的肉味，肚子不由自主地咕咕叫了起来。

她一边伸手拆着包装，一边随口朝梁欢问道：“你怎么知道我想吃烤羊腿？”

梁欢淡薄的唇微微勾了勾，眼眸在她身上转悠了一圈，这才声音淡淡地道：“你的腿不是又累又酸吗？所以我就想着给你点个烤羊腿，不是说吃哪儿补哪儿吗？”

宋佳曦正在拆包装的动作一下子顿住。她抬起头来，看着梁欢脸上那似笑非笑的表情，突然觉得空气里的烤肉味没有那么香了。

梁欢忍不住朝她挑了挑眉，道：“怎么了？”

“总觉得你，”宋佳曦红润的唇微微张了张，半晌才挤出来一句话，“无事献殷勤，非奸即盗！”

梁欢顿时笑了出来，道：“谁说我无事献殷勤了，我明明是有事啊。”

宋佳曦微微蹙眉，看着他，道：“你有什么事？”

梁欢俯身凑在她的耳边，故意压低了声音，道：“我的事情就是……想让你多吃点儿羊腿，好好补一补腿，晚上咱们才能再接再厉啊。”

宋佳曦听着他的话，耳朵根都红了。她默默地放下手中的包装袋，转身拿起手机，道：“算了，你自己吃吧，我不吃了，我还是自己点外卖。”

然而，她还没来得及把自己的手机屏幕解锁，一只大手就伸了过来，挡住她的手机屏幕。

宋佳曦抬起头，微微皱眉，看着面前的梁欢，声音带着一丝不悦，道：“你干吗呀？”

“你确定不吃羊腿吗？”梁欢眨了眨眼睛，长长的睫毛微微动了动，目光温柔地注视着宋佳曦，笑眯眯地问道。

宋佳曦撇了撇嘴，道：“不吃！谁要吃你那不安好心的羊腿！”

“哦。”梁欢低低地应了一声，挡着她手机屏幕的大手却没有任何收回的意思，“其实……有句话，我觉得还是提前跟你说一下比较好。”

“什么？”

“就算你点了别的外卖，不吃我给你带的烤羊腿，今晚你还是逃不过一劫。”梁欢脸上露出一个好看的笑容，“也就是说，吃或者不吃，对你来说并没有什么差别。但是对羊腿来说，倒是有点儿区别。”

宋佳曦用黑白分明的眼眸盯着梁欢许久，终于动了动唇，朝他道：“梁欢，你还是个人吗？！”

“不是。”梁欢十分诚恳地朝宋佳曦道，“我知道自己在你心里是条狗。”

宋佳曦：“……”果然，树不要皮必死无疑，人不要脸天下无敌。但是做人，就要有不到最后绝不放弃的精神。

于是，宋佳曦抬起头来，一脸诚恳地看着梁欢，可怜兮兮地请求道：“今晚……可以放弃吗？我的腿真的很酸。”

梁欢微微一怔，大概是她脸上的表情真的太惨了。他沉默片刻，低声问道：“真的很酸吗？”

“嗯！”宋佳曦用力地点点头，眼睛水汪汪的，看起来像是快哭了。

梁欢轻轻地叹了一口气，道：“那好吧，让你的腿休息休息……”

“嘿嘿，宝宝爱你！”宋佳曦一听梁欢答应了自己，顿时开心地直接扑了上去，抱着他的脖子，在他的脸颊上用力亲了一口。

梁欢有些无奈地搂着她，伸手在她翘挺的小鼻子上轻轻捏了捏，道：“好了，快点吃晚饭。”

“嗯嗯，好！”宋佳曦立刻欢快地去拆装烤羊腿的包装袋了。

她心满意足地吃完两根烤羊腿，又喝了一瓶饮料，接着去浴室把自己洗得香喷喷的，躺在自己软软的大床上后，忍不住抱着被子，在床上翻了两个滚。

反正现在离睡觉时间还早，不如……去“王者峡谷”打两把？这么一想，宋佳曦立刻一个翻身，趴在床上打开了游戏。好友列表里好像没什么高手在线，她看了一眼，直接点了单排。

就在她盯着自家队友，看他们都在选什么英雄的时候，梁欢突然推开她的房门走了进来。他走到床边坐下来，看了一眼趴在床上的宋佳曦，随口问道：“你在干吗呢？”

“打游戏啊……”宋佳曦回答着，飞快地选了牛魔做辅助。

“哦……”梁欢低低地应了一声，下一秒，直接脱了拖鞋，也钻进她的被子里。

宋佳曦微微一怔，趁着游戏加载的时候，转头看了他一眼，道：“你干吗？”

“我看一下。”梁欢一本正经地回答道，“看一下高端局都是怎么打的，我现在还在黄金徘徊呢。”

宋佳曦听着他的话，想了想，点点头，道：“行，那你看看吧，我可以给你讲一讲当辅助的思路。”

“好。”梁欢应了一声，便直接伸出一只手来，搂着她的肩膀，趴在她身边。

游戏开始之后，宋佳曦一边告诉梁欢辅助的出装，一边直接朝中路走了过去。

梁欢心不在焉地看了几眼。宋佳曦直接在被子里蹬了他一脚，道：“别乱动，打团呢！”

“嗯……”梁欢的手立刻就停住了。

等这一战结束之后，被他烦得实在不行，她干脆没好气地道：“走开，我打排位呢！”

“好。”梁欢应着，“你乖乖打排位，我忙我的……”

“不是，你……你快住手！”宋佳曦很想伸手去阻止他，但她的排位还在进行中，并且下一场团战即将开始。她只得一边死死地盯着屏幕，一边扭着身子，躲着他，道，“走开，走开，这把我要是输了，就打死你！”

“嗯……”动作微微一顿，梁欢探头看了一眼战绩，他们队10比3，领先对方七个人头，“放心吧，你们已经领先对方很多了，这把肯定不会输的。”

宋佳曦气到不行，继续用脚蹬着他道：“滚！你吃晚饭的时候明明说今晚让我休息一下的。”

“准确地说，是让你的腿休息一下。”

“所以呢？让我的腿休息，我就不用休息了吗？”宋佳曦顿时觉得有些好笑地看了他一眼。

“没事，你继续打游戏，集中注意力。”

“我怎么集中注意力啊！你……唔……你给我走开！”

“那还是别玩了。”梁欢直接从她的手中抽走手机，道，“挂机撑死也就扣你两分而已。”

明天梁欢再来敲门的话，她说什么也不会给他开门了！

转眼就到了周六。

今天是宋佳曦和“小爱同学”约好见面的日子。

一大早，宋佳曦就从床上爬起来，翻箱倒柜地找衣服。不过片刻，她的大床上就被各种羽绒服、毛衣、大衣、长裙、短裙给铺满了。

梁欢躺在被窝里，露出一颗脑袋，睡眼惺忪地看着站在镜子前搭配衣服的宋佳曦，声音带着一丝沙哑，道：“你干吗呢？这一大清早的。”

宋佳曦拿着手里的米色毛衣和驼色长裙，一边放在自己身上比画，一边随口道：“穿衣服啊，看看穿哪一套好看。”

“你要出去吗？”梁欢抱着被子，斜靠在床头，长长地打了个哈欠，道。

宋佳曦回过头来，看了梁欢一眼，一脸认真地道：“对，我中午要出去见个网友，今天中午就不跟你一起吃饭了。”

梁欢茫然地看着宋佳曦，好半晌才回过神来。今天好像是周六，是他以“小爱同学”的身份，和他们家小曦曦见面的日子！

只是……他低头看了一眼自己的手机，这会儿才早上八点多。他俩约的是中午饭，她也不用这么早就开始打扮吧？

宋佳曦拿着毛衣和长裙站在床边，冲梁欢看了一会儿，突然道：“你为什么不问我是去见男网友还是女网友？我们认识多久了？怎么认识的？”

“嗯？”梁欢抬起头来看了她一眼，虽然心里说着“我知道啊”，但还是乖乖地开口道，“你去见男网友还是女网友啊？你们怎么认识的？”

“嘿嘿，这个嘛，说来话长！”宋佳曦丢下手中的衣服，坐到床边，一脸认真地看着梁欢，道，“我告诉你一个秘密啊，其实我平时有空，会在网站上写点小说啊什么的。然后呢，就有一个读者特别特别喜欢我写的书，把我刚刚完结的那本从头到尾都追了哦，还给我打赏了好多钱。我今天中午就是去见她的。”

“是吗？”梁欢强忍住笑意，假装十分惊讶地道，“那这个读者是男的还是女的啊？”

“是女的！”宋佳曦斩钉截铁地道，“而且还是个正在上大学的学生！”

“哦。”梁欢十分配合地点了点头，道，“那你……怎么知道她是女的呢？万一是个男的怎么办？”

“不可能！我跟她打过电话的，她的声音一听就是个软软的妹子。”

“可是，你不知道世上有一种东西叫变声器吗？”梁欢一脸无辜地看着她，道。

宋佳曦微微一怔，随即又朝他嘟了嘟嘴，道：“我知道啊，可‘小爱同学’肯定是个女孩子，你看哪个男的会叫自己‘小爱同学’？再说她又没有见过我，干吗假装成一个女孩子来接近我啊？”

梁欢抿着唇笑了笑，点点头，道：“嗯……你说得有道理。”

梁欢坐在床上，看了一会儿宋佳曦挑衣服，干脆起床，穿上自己的衣服准备走人了。

宋佳曦有些奇怪地看着他，道：“你要上哪儿去？”

“回隔壁啊。”梁欢朝她眨了眨眼睛，笑眯眯地道，“你中午都约了人吃饭，我总不能一个人在家，可怜巴巴地待着吧？”

“哦，说得也是。”宋佳曦想了想，又道，“要不，你中午跟我一起去吧？”

梁欢正在穿拖鞋的动作微微一僵，抬起头来，有些尴尬地看了宋佳曦一眼，道：“为……为什么啊？”

“有什么关系，反正你是我男朋友啊，一起去见一下我的读者也没事的。我们又不是约了单独吃饭。”宋佳曦眨巴着一双黑白分明的大眼睛，道。

“呃……”梁欢沉吟了片刻，还是点头答应了下来。

眼看时间快到了，宋佳曦和梁欢来到约定的地方。

一进商场，宋佳曦顿时觉得整个人都暖和了。

她搓了搓双手，从羽绒服的口袋里掏出手机，打开微信，找到“小爱同学”的头像，然后给她发了一条信息：“小爱，小爱，我已经到了，你到哪儿了呀？”

信息发出去之后，“小爱同学”半天都没有回她。

察觉到她动作的梁欢，转过头来看着她，道：“怎么了？”

“没什么……”宋佳曦眼睛眨也不眨地看着手机，一边继续给“小爱同学”发信息，一边随口道，“我读者可能正在路上，没有听到手机信息吧。”

梁欢默默地低头，掏出手机来看了一眼，微信图标上显示着未读消息十二条。唉，什么时候他家小曦曦给他发信息，也有给“小爱同学”发信息这么勤奋就好了。

梁欢轻轻地叹了一口气，正准备回她信息的时候，手机屏幕上突然弹出宋佳曦的通话界面。

伴随着微信语音的响铃声，宋佳曦转过头来，朝梁欢看了一眼。看到梁欢手机屏幕上，自己的头像正在不停闪烁时，她微微怔了一下，然后赶忙挂了电话，道：“不好意思，不好意思，我打错了。”

宋佳曦挂断电话，想直接返回通讯录列表，然而她的手指还没点到返回键，就看到自己对话框上的备注名——小爱同学。

哎？不对啊！这电话明明是打给“小爱同学”的，怎么梁欢的微信语音突然响了起来？

她转过头来，朝梁欢的手机屏幕又看了一眼，然后缓缓地抬起头来，看着站在自己面前的梁欢。

梁欢嘴角噙着一抹淡淡的微笑，不慌不忙地道：“被你发现了啊，其实我就是‘小爱同学’。”

宋佳曦：“……”

气氛大概僵持了五秒，她眯了眯眼睛，咬牙切齿地问道：“你就是‘小爱同学’？”

梁欢听着她的问话，有些尴尬地轻咳了一声，然后点点头。

宋佳曦沉默片刻，朝他问道：“你什么时候知道我写小说的？”

“呃……”梁欢伸手摸了摸鼻子，小心翼翼地看着她，道，

“就……有一天我找了个借口去你那儿，然后不小心看到了你的电脑屏幕，然后发现你的作者后台没有关。”

宋佳曦倒吸一口冷气，道：“所以你一直都知道我在写小说？”

“嗯。”梁欢十分坦然地点了点头，道，“不仅知道，我还把你以前写的小说，全部看了一遍。”

宋佳曦：“……”

梁欢：“我还知道你喜欢把你所有小说里面的男主角以各种各样的方法弄死。”

宋佳曦：“……”

梁欢：“我还知道你的作者名叫‘又欠可可一条狗’，喀喀……这个意思好像是‘欢哥一条狗’？”

宋佳曦：“……”

梁欢：“我还知道你这本刚刚完结的书，男二号是以我为原型写的，不过我很欣慰，男二号终于和女主角在一起了！”

宋佳曦：“……”

梁欢：“我还……”

宋佳曦直接打断了他的话，道：“你还还还，还个屁！所以前段时间你不停地给我打赏，还让我写那种东西，是故意的？！”

梁欢听着她的话，微微一怔，下意识地反驳道：“我不是，我没有，怎么可能！”

宋佳曦眯了眯眼睛，盯着他，眼神里透露出一丝危险的气息。

梁欢顿时慌乱地道：“没有，我不是那个意思。我当时让你写被系统给那个的文章，是……是……是指女主角和男二号相识的片段……真不是那种文的意思！”

宋佳曦冷笑一声，道：“呵，所以这意思是我理解错误了？是我特地写了那种文章，污染了你的眼睛？”

“呃，也不是这个意思……”梁欢有些尴尬地看着她，带着一丝心虚道，“实话实说，你写的那种文非常好看，非常带感，每次看完之后，我都有一种……的感觉。”

宋佳曦就这么站在他面前，用一双黑白分明的眼睛直直地盯着他。她想起来了，她终于想起来了！自他出差回来以后的这一个星期，每天晚上，他都在不停折腾她，用的全部是她那篇文章里的知识！这个禽兽，简直不要脸！

宋佳曦感觉自己气得头皮都要炸开了。她狠狠地瞪了梁欢一眼，转身就朝商场外面走去。

“哎……哎……老婆，你怎么走了啊？”梁欢眼看宋佳曦大步往外走，赶忙抬脚跟上，“老婆，我真的不是故意要瞒你的，我一开始就是好奇，真的只是好奇……而且我看了你的小说以后，觉得你写得特别特别好，忍不住就想给你打赏！真的！我所有的打赏都是真心实意的，这都是对你文笔的赞美！”

“呵呵。”宋佳曦转头朝他冷笑一声，道，“你猜我信不信你说的？”

梁欢顿时委屈巴巴地看着她，道：“小曦，小曦，小曦曦，我说的都是真的，我可以对天发誓！而且那个时候，你又老是拉黑我，我真的是想你想得实在没办法了，才会用‘小爱同学’的号跟你聊天！”

宋佳曦听着他的话，直接白了他一眼，出了商场，直接朝地铁站的方向走去。

梁欢一脸茫然地跟在她身后，边走边问：“你这是要去哪儿啊？我的车在停车场里呢！你想去哪儿，我送你去。”

“不用！我要回家！”宋佳曦双手插在羽绒服的兜兜里，气得闷头直往前走。

“那我开车送你回去？”梁欢也顾不上那么多了，快步跟在宋佳曦的身后，不停地问。

宋佳曦目不斜视地看着前方，根本就不理他。

进了地铁站，她直接从自己的包里掏出地铁卡，刷卡过了闸机口，直接朝地铁二号线的方向走去。

“不是，老婆，你等等我啊，我没有地铁卡！”梁欢一边朝宋佳曦喊了一声，一边手忙脚乱地打开自己的支付宝。好在他虽然没有地铁卡，但地铁站是支持刷支付宝的。

他匆匆忙忙地刷了支付宝上的二维码，进去之后，飞快地朝宋佳曦消失的电梯口跑了过去。

他刚下电梯，就看到二号线地铁过来了。宋佳曦双手揣在兜里，面无表情地上了地铁。

天啊！梁欢心中惊叹一声，赶忙三步并作两步，朝离自己最近的门冲了过去。

他前一秒刚冲进地铁，下一秒门就在他身后关上了。梁欢长长地舒了一口气，朝刚刚宋佳曦进去的那节车厢走去。然而，新街口这一站上来的人实在太多了，都已经过了两站，梁欢才往前走了两个车厢。

眼看着再有一个车厢就能走到宋佳曦身边了，结果这一站又上来一大群人。

梁欢在车厢里被挤得跟沙丁鱼罐头一样，最终默默地放弃了往前挪动的打算。

他站在原地，隔着车厢和车厢的连接处，紧紧地盯着宋佳曦。

好在又过了两站，宋佳曦直接在集庆门大街这一站下车了。

梁欢赶忙跟着下去。这下他倒是可以肯定，他们家小曦曦确实是要回家。

至于他的车，算了，就先放在新街口的地下停车场吧。

梁欢在宋佳曦身后大约一米远的地方，默默地跟着她往繁星苑的方向走。

进了小区，又进了电梯，宋佳曦连看都不看梁欢一眼，直接按了十九楼的按钮。

梁欢悻悻地站在她身边，小心翼翼地看了她一眼，又伸手轻轻地戳了戳她的胳膊，低声问道："你生气了啊？"

宋佳曦转过身去，不理他。

梁欢只得可怜兮兮地认错道："对不起嘛，都是我不好，是我做得不对，不应该假装读者来欺骗你……"

叮的一声，十九楼到了，宋佳曦直接从梁欢身边走过去。

梁欢长长地叹了一口气，默默地跟在她身后。

宋佳曦走到1901室门口，拿出钥匙开了门，进去之后，转身就要关门，然而一只大手却伸了出来。

既然门关不上，那她干脆就不关了。

宋佳曦瞪了梁欢一眼，径直走进客厅。

梁欢可怜兮兮地站在门口，看着宋佳曦，小声道："小曦，你要怎么样才能原谅我？”

宋佳曦转身在客厅的沙发上坐了下来，抬头看了站在门口的梁欢一眼，然后冲着他勾了勾手指。梁欢立刻乖乖地走到她面前。

宋佳曦伸出手来，用力一拽，就把梁欢整个人给拽得倒在沙发上。下一秒，她一个翻身就坐在梁欢的肚子上，拳头如同雨点般落了下来，道：“让你骗我！让你假装大学生！让你开变声器跟我说话！让你威胁我写那种东西！看我今天不打死你！”

梁欢哭笑不得地一边伸手抵挡着宋佳曦的拳头，一边哀号道：“我真的不是故意的！真的不是故意的！老婆，你听我解释！”

1901室的大门没关，梁欢的惨叫声响彻整条走廊。

就在宋佳曦揍他揍得热火朝天的时候，走廊的电梯门叮的一声打开了，一对中年夫妻从电梯里面走了出来。

宋妈妈手上拎着两只大袋子，转头朝同样拎着两只大袋子的宋爸爸道：“也不知道女儿在不在家，我说让你来之前打个电话，你偏不打！”

宋爸爸直接白了她一眼，道：“都说了要给女儿一个惊喜，你打了电话还算什么惊喜？！这都快半年没见着我乖女儿了，也不知道她是不是饿瘦了……”

宋妈妈一出电梯，就听到回荡在走廊里的惨叫声，忍不住皱了皱眉，道：“这谁家的男人叫得这么惨啊……被老婆揍了？”

宋爸爸却是一哆嗦，道：“凶残，真凶残，大城市的人果然压力大脾气暴躁，老婆，幸好你……”

他的话还没说完，走在他前面的宋妈妈脚步一下子就停住了。

“怎么了，你怎么不往前走了？”宋爸爸愣了一下，抬头朝前面看了过去。

走廊的尽头，1901室的门大敞着。

他们心心念念的乖女儿正把一个个子很高的男生压在沙发上，不停地揍人家。

而刚刚他们听到的惨叫声，就是从那个男生的嘴里发出来的。

“老婆！老婆！别打了！再打就要打坏了！

“我错了，我真的错了！我以后再也不敢了！

“要不你休息一会儿吧，一直打我也是很累的！”

宋妈妈见到眼前这一幕，手里的两只袋子，啪的一声，直接掉到了地上。

宋爸爸却是神情复杂地看着自家女儿。

正在揍梁欢的宋佳曦像是突然察觉到什么，抬起头来，朝门口看去。下一秒，她也直接愣住了。她……她爸妈怎么来了？！他们前几天不还闹离婚吗？

在片刻尴尬的沉默之后，宋佳曦扯了扯嘴角，看着站在门外的两个人，小声道：“爸，妈……你们怎么来了？”

爸？妈？梁欢微微一怔，顺着宋佳曦的目光朝门口看去，只见一对穿着得体的中年夫妇正目瞪口呆地站在那里。

“小曦啊，你这是？”好半晌之后，还是宋爸爸先回过神来，看着被宋佳曦压在身下的梁欢，迟疑着道。

“咯咯……那个，没什么……”宋佳曦回过神来，赶忙从梁欢身上跳了下来，满脸通红地站在沙发旁边，又看了一眼被自己摁在沙发里的梁欢，伸手把他拽了起来道，“闹着玩儿呢！”

梁欢一脸痛苦地揉了揉自己的肩膀，站起身来，朝站在门口的宋佳曦爸妈道：“叔叔阿姨好，我没事的，我都习惯了。”这言下之意，就是他其实经常被打。

“都……都被打习惯了？”宋妈妈声音颤抖地朝梁欢问道。

眼前这男孩子个子又高，长得又帅，看起来还十分有礼貌，这么好的娃娃，怎么就被自家女儿给揍成这样？

宋佳曦顿时瞪了梁欢一眼，道：“妈，你别听他瞎说，我今天第一次打他！”

宋爸爸站在老婆身边，声音幽幽地道：“家暴只有零次和无数次……”

宋佳曦：“……”

梁欢眨眨眼睛，唇角勾起一抹不易察觉的弧度。他走到门口，朝站在外面的宋佳曦爸妈道：“叔叔、阿姨，你们快进来吧，别站在门外了，来，到沙发上坐！”

他一边说着一边把宋佳曦的爸妈给迎了进来，然后十分热络地走到厨房，泡了两杯热茶，端到他们面前，道：“小曦也没跟我说你们今天要来，刚刚我跟小曦是在家里闹着玩儿呢，让你们见笑了。”

宋妈妈一脸茫然地坐在沙发上，端着茶水，看着忙前忙后的梁欢，声音弱弱地开口道：“小伙子，你是？”

梁欢这才好像刚刚回过神来，有些不好意思地朝宋妈妈笑了笑，道：“阿姨，忘了自我介绍了，我叫梁欢，是宋佳曦的男朋友。”

“男朋友？！”宋妈妈顿时转过头来，看着自家女儿，道：“什么时候的事情，怎么没听你跟我们说呢？”

宋佳曦抿了抿唇，半晌才小声道：“就……最近几个月吧，这不是打算等感情稳定了再告诉你们吗……”

“你都把人揍成这样了，还不稳定啊？”宋妈妈没好气地白了她一眼，道，“该不会是打算把人揍死了再告诉我们吧？”

宋佳曦：“……”她是真的没有想到，自己这辈子第一次揍梁欢，就被抓了个正着，而且抓她的人，还是她亲妈。

“阿姨，没事的。”梁欢赶忙开口维护宋佳曦，“我平时经常锻炼身体，她打我一点儿不疼的。”

宋佳曦翻了个白眼，道：“那我下次再用点儿力！”

“你这孩子瞎说什么呢，打人是不对的！”宋妈妈赶紧道，“妈妈平时都是怎么教育你的，有话要好好说，能动口的绝对不要动手。”

“哦……”宋佳曦听着妈妈的话，悻悻地应了一声。

宋妈妈这才转过头去，脸上露出一个慈祥的笑容，道：“小梁啊，来，坐到阿姨身边来。”

梁欢微微一笑，动作优雅地走到宋妈妈身边坐下。

“小梁啊，今年多大啦？”宋妈妈目光温柔地看着梁欢，声音里满是笑意地问道。

梁欢：“阿姨，我今年二十七。”

“哎哟，那正好比我们家小曦大三岁嘛，大三岁好，会照顾人！”宋妈妈顿时笑得嘴都合不拢，道，“小梁啊，你是做什么的？”

梁欢笑眯眯地道：“阿姨，我今年正好刚拿到口腔医生博士学位，回国后在省口腔医院做牙科医生。”

“哎呀！博士好啊！这孩子爱学习！以后小孩子的学习都不用愁！

牙医也好，牙医可是高收入群体！”宋妈妈越听越对梁欢感到满意，于是继续问道，“那你爸爸、妈妈都是做什么的呀？家里就你一个孩子吗？”

听到这句话之后，梁欢脸上的笑容微微一顿，表情变得有些感伤：“阿姨，实不相瞒，我爸爸和妈妈在我很小的时候就离婚了。我还有一个姐姐，姐姐跟着我妈妈，我跟着我爸爸。从小到大，我都不知道有妈妈是什么样的感觉，所以我小时候经常想，等我以后长大了，结婚了，一定要给我的孩子一个完整的家，我要让我的孩子感受到爸爸妈妈完整的爱。阿姨，其实我挺羡慕小曦的，她平时经常跟我说起你们，说阿姨您烧的菜可好吃了。她一个人在金陵工作，每次想家的时候，就开始念叨您烧的菜。对了，还有叔叔，她也经常提，说叔叔最宠她了，不管她要什么，叔叔都愿意给她买。”

“哎哟，这孩子真是……”宋妈妈听到梁欢的这番话，顿时笑得眼睛都看不见了。她拉着梁欢的手，轻轻拍了拍，道，“我们家小曦啊，也没什么别的缺点，就是比较任性、孩子气，你俩在一起，你还要多担待她一点儿。”

“好。”梁欢目光灼灼地看着宋妈妈，很认真地点头答应了一声。

“你也是个苦命的孩子。”宋妈妈说着说着，突然长长地叹了一口气，道，“没事，以后你跟小曦在一起，我跟你叔叔，就是你的爸爸妈妈。”

“阿姨……”梁欢十分感动地看着宋妈妈。

宋佳曦看着眼前的这一幕，忍不住扯了扯嘴角。

她爸爸平时就是嘴比较笨，不会哄着她妈妈，所以她妈妈才会三不五时就夺命连环call去查岗。眼下，她妈妈遇到了梁欢这嘴上抹了蜜一样的家伙，肯定是招架不住的。

就在宋佳曦腹诽的时候，便听得她妈妈又问道：“对了，小梁啊，你跟小曦到底在一起几个月了啊？”

梁欢轻轻地叹了一口气，一脸诚恳地朝宋妈妈道：“阿姨，这个就说来话长了。其实我跟她已经认识快七年了，当初她刚上大一，我上大四，是她的学长，那会儿我们在一起了一段时间，后来我大四毕业就出国硕博连读了。这一去就是五年。这五年间，我在美国对小曦日思夜想，小曦在国内对我也是念念不忘，所以今年我博士刚一毕业就回国了，虽然分开了五年，但我们感情的热度一点儿都没有降低。眼看着马上过年了，我还想着要在过年前去拜访一下叔叔、阿姨，没想到叔叔、阿姨就先过来了。”梁欢十分认真地朝宋妈妈道，“今天虽然是第一次见到叔叔、阿姨，但我对你们有一种一见如故的感觉，可能是命中注定我们将会成为一家人吧。正好趁这个机会，我也想问一下叔叔、阿姨，不知道你们什么时候有空，咱们两家的家长可以见个面？我爸爸也很喜欢小曦，天天念叨着让我们早点儿结婚。”

“哈哈哈哈，这真是，你看我跟你叔叔一点儿准备都没有！”宋妈妈光是听着梁欢的话，就笑得跟花儿一样，转头朝宋爸爸看了一眼，心情大好地问道：“孩子他爸，咱们选个时间跟亲家见一面吧？”

宋爸爸微微皱了皱眉，在旁边的单人沙发上坐着，一只手放在沙发的扶手上不停敲着，另一只手撑着自己的下巴，道：“结婚可不是儿戏，我看你的生活用品什么的都在这房子里，可这房子是小曦租的。难道你俩结婚以后，就一直住在租的房子里？”

梁欢微微怔了一下，随即便朝宋爸爸看了过去，道：“叔叔，其实有件事情，我一直瞒着小曦。”

宋爸爸挑了挑眉，道：“嗯？什么事？”

梁欢转头看了一眼宋佳曦，继续道：“其实这房子我已经买下来了。”

宋佳曦：？

梁欢继续道：“小曦当初工作定了以后，我就说让她搬去我那儿住，我有一套房子就靠着她公司，走路只要五分钟，但是小曦不愿意。她说毕竟我们还没有结婚，是不能住在一起的。正好我朋友认识房产中介，就带着她在这附近看了一圈房子，小曦看上了这一套，租下来了。我看她挺喜欢这房子的，干脆背着她买了下来。”

宋佳曦：？

等等，这……这意思就是，她的房东其实是梁欢？

她瞬间回想起当初顾朗带着她看房子的时候那意味深长的眼神，也就是说，那个时候顾朗已经知道这房子被梁欢买下来了？

宋爸爸听着梁欢的话，也愣了一下。他有些不太相信地看着梁欢，道："你的意思是，你在小曦上班的公司附近有一套房，然后还把小曦现在租的房子也给买下来了？"

梁欢笑眯眯地点了点头，道："对！"

宋爸爸迟疑着道："你……不是牙医吗？今年刚刚毕业的话，上班也不过半年，牙医的工资半年就能买两套房了？"

梁欢微微一笑，不慌不忙地解释道："是这样的，其实我父亲是中氏集团的董事长，整个金陵城内，有很多楼盘都是中氏集团开发的，作为董事长，留几套房在手上，也不是什么大事。其实在金陵城内，除了这两套房，家里还有好几套。"

宋爸爸："……"

宋妈妈："……"

客厅里安静了片刻，宋爸爸不敢置信地道："你说的中氏集团，是新街口中氏商场那个中氏集团？"

梁欢点了点头，道："确切说，中氏商场只是中氏集团旗下的一部分，其实中氏集团一直有涉猎各个行业。"

宋爸爸听着他的话，忍不住转头看了宋妈妈一眼。

梁欢又笑眯眯地继续道："对了，小曦还把我们的故事改编成了小说，小说一发表就非常受欢迎，很快登上网站畅销榜第一名，现在小说的出版版权和影视版权都已经卖出去了。相信再过不久，叔叔阿姨就能在电视上看到我跟小曦的爱情故事了。哦，顺便提一下，买小曦影视版权的那家公司，背后的投资人也是中氏集团，所以小曦将来肯定会变成一个非常有名气的作者。"

宋爸爸："……"

宋妈妈："……"

宋佳曦："……"

也不知道怎么回事，这客厅里，一下子只剩下梁欢一个人不停地叨叨了。

眼看着一下午的时间很快过去，在梁欢十分"真挚"的自我介绍下，宋佳曦的爸爸妈妈对他已经十分满意、赞不绝口了。

宋妈妈更是撸起袖子，拎起自己今天带来的好几袋菜，一边朝厨房走，一边朝梁欢道："来，今天阿姨给你做几道拿手好菜，不是我自夸，阿姨可是专门去过烹饪学校学习的！”

梁欢屁颠儿屁颠儿地跟在宋妈妈身后，十分热情地道：“好！那我给阿姨打下手，顺便偷学一下，等以后小曦想念阿姨做的菜时，我就可以亲手做给小曦吃了。”

“哎呀，你这孩子真是的，小曦能找到你这么好的男朋友，真是她上辈子修来的福分啊！”宋妈妈和梁欢有说有笑地进了厨房。

外面的客厅里，宋佳曦坐在沙发上，和自己的爸爸面面相觑。

宋爸爸沉默半晌，轻咳一声，语重心长地道：“小曦啊，这年头能找到个自己喜欢又喜欢你的人，不容易啊！你要好好珍惜，平时温柔一点儿，别动不动就揍人家小梁，知道吗？”

“我哪有动不动就揍他……”宋佳曦满眼无奈地看着自己的老爹，道，“爸，你别听他瞎说。”

“你这孩子……”宋爸爸有些无奈地看着她，摇了摇头，倒也没再说什么。

他从茶几上拿起遥控器，打开电视，随便调到新闻频道，看了起来。

宋佳曦乖乖地坐在他身边，一边削苹果，一边时不时地瞄两眼。电视上，新闻主持说话的声音混合着厨房里抽油烟机的声音，让这小小的房子变得热闹了不少。

宋佳曦转头看了看自己的爸爸，又看了一眼在厨房里忙碌的妈妈和梁欢，只觉得心里有一种小小的满足感。

做好饭之后，一家人围着桌子，有说有笑地边吃边聊。聊着聊着，梁欢的爸爸突然打了个电话过来。

梁欢看了一眼手机屏幕上不断跳动的名字，站起身来，朝他们微微一笑，道：“你们先吃，我去接个电话。”

“好，快去吧。”宋妈妈笑呵呵地朝梁欢点了点头。

梁欢攥着手机走到小房间的阳台上，这才按下接听键。

“喂，儿子？”电话那边响起梁世超有些不满的声音，“今儿是周六，你怎么不带我儿媳妇回来吃饭呢？刚才吃晚饭的时候，乐乐还一直嚷嚷着要找他的漂亮姐姐呢！”

“爸……”梁欢转头看了一眼客厅里正在吃饭的宋佳曦一家人，淡薄的唇角忍不住勾起一抹温柔的弧度，“今天小曦的爸爸妈妈来了，晚上我们在小曦家里一起吃饭。”

“什么？”梁世超微微怔了一下，赶紧追问道，“我儿媳妇的爸妈来了？”

“嗯。”梁欢淡淡地应了一声。

“那你怎么不早点儿说呢？你这孩子，你说说你，也不安排爸爸跟小宋的家人见个面！你说，我要你有什么用？”梁世超顿时有些不开心地朝梁欢道。

梁欢：“……”

梁世超：“他们今天晚上不走吧？我不管，明天中午我就要跟我亲家一起吃午饭！你给我把地点什么的都安排好了。”

梁欢：“明天中午就要一起吃饭？”

梁世超：“废话，两家家长当然越早见面越好。到时候吃饭的时候，把婚期定一下，我就可以安心地躺在家里等着抱孙儿了。”

梁欢沉默片刻，应道：“行吧，过会儿我跟他们说一声。”

“别过会儿了，现在就去吧。”梁世超忍不住催促道，“算了算了，还是我来说吧，你把电话给小宋的爸爸。”

梁欢：“行吧，你等下。”

他说完这句话，直接来到餐桌边，朝宋爸爸笑了一下，道：“叔叔，正好我爸打电话过来了，他想跟您说会儿话。”

宋爸爸微微怔了一下，随即立刻放下手中的筷子，抽过一张餐巾纸，把手擦了擦，然后接过梁欢递来的手机。

“喂，你好。”宋爸爸面带微笑地朝电话那边打了声招呼。

宋佳曦看了一眼正和梁世超打电话的老爸，忍不住伸手扯了扯梁欢的衣角，小声问道：“怎么回事，你爸爸怎么突然要跟我爸爸通电话？”

梁欢在她身边坐了下来，眉眼间都是笑意，看着她，道：“还能怎么回事，我爸想让咱俩早点结婚呗。”

宋佳曦一脸茫然地道：“然后呢？”

“然后当然是把结婚的正常流程过一遍啊！”梁欢笑得像只狐狸，朝宋佳曦道，“先是见父母，然后是双方家长见面，然后商量商量订酒席、拍婚纱照的事，再商量商量领证办酒的日子，不就行了吗？婚房的事又不用愁，那么多套房子，你想结婚以后住哪套，咱们就住哪套。”

宋佳曦：“……”不是，这个进度好像有点儿快啊……

她感觉自己和梁欢和好以后，明明没几个月的时间，怎么这么快就开始研究结婚的事情了呢？

当然，她也不是不想和梁欢结婚，只是今年年初的时候，她还觉得谈恋爱、结婚这种事情离自己很远很远，结果今年还没过去呢，这两样事情，她就都要办成了？

“好好好，有空有空，当然有空了，那咱们就明天中午见？”

这边梁欢和宋佳曦在偷偷聊天，那边宋爸爸速度飞快地和梁世超定好了见面的时间。

挂断电话之后，宋爸爸把手机还给梁欢，笑眯眯地道：“你爸爸约我和小曦的妈妈明天中午一起见个面吃顿饭。”

梁欢接过自己的手机，放进兜里，笑着道：“我爸的意思应该是想明天商量商量我和小曦结婚的事情。”

“是得好好商量商量，过了年，小曦也二十五岁了，是该结婚嫁人了。更何况你爸爸刚刚也说了，希望你在三十岁之前结婚生子。你看看，这过完年，你不都二十八了吗？”宋爸爸哈哈笑道。

“是啊，要不年前先把婚订了吧？”梁欢笑眯眯地道。

“也行，毕竟酒店什么的，如果要选好日子，一般需要提前半年预订。我看咱们可以先订婚，孩子她妈，你说是吧？”宋爸爸转过头来看着宋妈妈，道。

“行行行，都行。”宋妈妈乐呵呵地点了点头，道，“你们明天商量商量，怎么方便怎么来。”

宋佳曦：“……”

第二天中午，宋佳曦的爸爸妈妈和梁欢的爸爸进行了愉快的会面。

因为还有一个多月就要过年，两家一商量，决定在大年初二举办订婚仪式，正好又是过年，又是放假，双方亲戚都有空。

宋佳曦坐在梁欢身边，目瞪口呆地看着三位家长商量得热火朝天，他们已经就订婚日期到未来小孩用什么品牌的尿不湿，进行了全方位的讨论。

梁欢笑眯眯地捏了捏宋佳曦的手，道：“既然订婚日期是在一月，那咱们就在五月或者六月结婚吧。”他顿了顿，又继续道，“那个时候天气不是很热，你穿婚纱正好。”

宋佳曦：“……”说实话，她已经不知道自己该说些什么了。

眼看着这顿午饭快要吃完，梁世超突然站起身来，从自己的公文包里掏出五个盒子，摆在宋佳曦和她的父母面前。

“这是……”宋佳曦的爸妈一脸疑惑地看着梁世超。

梁世超笑眯眯地朝宋佳曦仰了仰下巴，道：“儿媳妇，快打开看看。”

宋佳曦愣了一下，随手拿起一个盒子，打开看了一眼。黑色的绒布里，安安静静地躺着一只做工精细、雕工复杂、足有她三指宽的金镯子。

这……她迟疑了一下，放下手中的盒子，又打开另外一个，里面躺着一模一样的金镯子。

剩下的三个盒子里，分别是一条款式繁复的金项链、一对镶玉的金耳环和一枚又宽又厚、分量十足的金戒指。

宋爸爸看着眼前金灿灿的五个盒子，一脸疑惑地朝梁世超问道：“亲家，你这是？”

梁世超笑眯眯地道：“结婚不都是要买五金的吗？这是给我儿媳妇儿的五金。我今儿上午特地去中氏商场挑选的，你看看。”

他一边说着，一边随手从盒子里拿出一只金镯子，道：“我这都是挑最大最厚的买！”

宋佳曦的爸妈顿时有些哭笑不得，道：“这……咱们这才第一次见面，你就送小曦这么贵重的东西，再说我们也没什么准备……”

梁世超大手一挥，道：“不用准备，真不用准备，梁欢什么都不缺，就缺一个媳妇儿。”

一顿饭结束之后，宋佳曦整个人都是蒙的。

梁欢搂着她的肩膀，一边往外走，一边在她耳边笑眯眯地道：“接下来的日子，你要忙起来了哦，选婚纱、选婚庆公司、选咱们以后结婚住哪套房，可有的忙了。”

宋佳曦转过头去，一双大眼睛眨巴眨巴地看着他，道：“那你呢？”

“我？我就在旁边给你提意见啊。”梁欢笑眯眯地回答道。

第19章　牙医也是医生啊

最近，因为要准备订婚的事情，梁董早早地就给她放假了。她每天都待在家里，不是研究婚纱图册，就是在网上看婚庆公司的展示视频，也没什么时间关心其他的。

今天，离梁欢下班还早，宋佳曦想着刚刚江小柔打电话说的那些事，忍不住打开微博看了一眼。

等到她把最近的消息都刷完才发现，原来江城的肺炎疫情已经比较严重了。医院人满为患，医护人手不够，医疗资源相对紧缺。

她不过是在家里待了一个星期，外面的世界竟然已经天翻地覆？宋佳曦带着沉重的心情，拼命地收集关于江城疫情的消息。

眼看外面的天色越来越暗，门口终于传来钥匙转动的声音。

宋佳曦听到声响，立刻丢下手机，飞奔到门口，看着戴着口罩站在门口、用医用酒精对着自己消毒的梁欢，这才想起，最近每天梁欢回来都会先在门口给自己消毒，然后才进屋。

她目光紧紧地盯着梁欢，声音带着一丝紧张，道：“你……知不知道江城有很多肺炎感染者？”

梁欢微微一怔，正在消毒的动作一下子就停了下来。他转过头来，眼眸里带着一丝疲惫与讶异之色，道：“你怎么知道？”

“小柔今天打电话跟我说了。”等他消毒结束进来，宋佳曦立刻跟在他身后，担心地问道，“你也是医生，你知道内部情况吗？我今天刷了一下午的微博，听说江城那边有很多医护人员都病倒了。”

梁欢沉默片刻，在沙发上坐了下来，轻轻地叹了一口气，摘下脸上的口罩，低声道："本来还在犹豫着该怎么跟你开口，既然现在你问了，只能跟你说，情况比你想象的还要严重。"

宋佳曦一愣，一时间竟然不知道该说些什么。

梁欢脸上勉强扯出一个笑容，道："这次的肺炎传染性比当年的SARS高很多，虽然目前看来致死率不是很高，但当医院的医疗资源过度负荷之后，新的感染患者得不到有效医治，还是会比较麻烦的。"

"那……"宋佳曦张了张嘴，低声道，"怎么办？"

"目前还没发现特效药。"梁欢张了张嘴，声音低低地道，"不过听说再过几天可能就要'封城'了。小曦，我们初二的订婚仪式，可能没有办法顺利举行了。"

宋佳曦在他身边坐下来，很认真地看着他，道："没关系，订婚仪式不能顺利举行，大不了我们就换个日子。"

"还有……我……"梁欢目光闪烁地看着她，半晌之后，艰难地开口道，"我……报名去支援江城了……"

他的这句话说完，整个客厅里顿时一片安静。

宋佳曦好半晌才反应过来他这句话的意思，道："你要去江城？"

梁欢脸上努力扯出一个笑容，道："小曦，我是一名医生……"

"可你只是一名牙医啊！"宋佳曦的声音突然变得有些尖锐。

梁欢抿了抿唇，声音低低地道："牙医……也是医生啊……"

宋佳曦听到他的这句话，几乎下意识地扑进了他的怀里。她紧紧地搂着他的脖子，无法控制地颤抖着，道："可是……可是那边真的很危险啊……"

她很想开口跟梁欢说"别去行不行"，可是这几个字到嘴边，不知怎的，又被她咽了下去。

梁欢反手抱着她纤细的身子，将脑袋埋在她的肩颈里，嗅着她身上特有的馨香气息，轻轻地叹了一口气。这些天，他一直没有跟她说关于江城那边的情况，其实也是因为他根本不知道该怎么开口。

客厅里一片安静，他们就这样静静地抱着彼此。许久之后，宋佳曦的声音已经带了一丝浅浅的哭腔。她松开搂着梁欢脖子的手，小声问道："是不是非去不可？"

梁欢张了张嘴，最终也只是无奈地伸手摸了摸她的脑袋，道：“放心，没那么危险的，只要做好了防护措施，不会那么轻易感染上的。”

“那……那万一呢？”宋佳曦伸手擦了擦眼角的泪花，吸了吸鼻子，道。

“万一感染了，只要心态好，及时补充营养，再对症下药，也会康复的。”梁欢将她搂进怀里，声音低低地道，“你放心，这个病致死率没有那么高的。”

“可是……我们之前分开了五年，现在好不容易重新在一起了……这才几个月，你就又要抛下我，去那么危险的地方……”

宋佳曦将脑袋埋在他怀里，一边抽泣着，一边道：“道理我都懂，国家有难，江城有难，人民有难，你们身为医生，此时此刻就是冲锋陷阵的战士……可我就是……舍不得……而且……你真的就是……男人的嘴，骗人的鬼……之前信誓旦旦跟我说，为了我，可以放弃整个世界……你根本就说话不算话……”

梁欢听她语无伦次地说着，忍不住无奈地笑了笑，抱着她，低头在她耳边道：“那……放弃整个世界的前提也得先有世界啊，是不是？现在我得先去把世界拯救了，救完以后，我才能放弃它啊，对不对？我真的没有骗你，只要那边情况好转，我立刻就抛弃那边回来陪你，好不好？”

宋佳曦跟鸵鸟一样埋着脑袋，好半晌才红着眼睛看着他，道：“你准备什么时候出发？”

“呃……我……”梁欢看着她红红的眼睛，淡薄的唇瓣微微张了张，半晌才艰难地挤出几个字来，“我们这一批……是一月二十六号走……”

“一月二十六号？”宋佳曦听到他的回答，一脸茫然地看着他，道，“那不就是大年初二？我们原本是在那天订婚啊……”

“那个……是这样的，你听我解释……”梁欢窘迫地看着宋佳曦，结结巴巴道，“这……这日子不是我定的，是组织上定的……毕竟情况紧急，我们肯定是越早支援越好……那个……我……”

宋佳曦坐在他身边，哭也哭过了，抱怨也抱怨过了，这会儿理智突然就恢复了。她听着梁欢的话，点了点头，道：“好，你去吧，大不了等你回来之后，咱们再办订婚仪式就是了。”

梁欢小心翼翼地看着宋佳曦，试探地问道：“你……不生气了？”

“我没有生气，就是有点儿担心你……”宋佳曦有些不好意思地看着他，道，“但是就算我担心你，也阻止不了你去支援江城的决心，对吗？”

梁欢有些讪讪地道：“你不用太担心，真的，我是去支援，又不是去坐牢……我问过我们主任了，下班以后我回了住处，可以和你打视频电话聊天的。”

“嗯……”宋佳曦点了点头，盯着梁欢半晌，没有说话。

梁欢迟疑着道：“怎……怎么了？”

“没事儿。”宋佳曦脸上露出一个亲切的笑容，道，“我就是想跟你说一声，你要是不小心感染了，又一个不小心不治身亡了，那以后就会有人住着你的房子，睡着你的老婆，打着你的孩子，还花着你的钱。”

梁欢听到这句话，顿时一脸惊讶地低下头来，目光在宋佳曦的肚子上来来回回扫了好几圈，忍不住伸手摸了一下，道：“老婆，你有了？”

“我没有。”宋佳曦直接朝他翻了个白眼，道，“我只是打个比方。我跟你说，你要是挂了，我肯定会嫁给别人的，到时候我就和别人生小孩去了。”

梁欢扯了扯嘴角，一双大手紧紧地握着宋佳曦的手，道：“老婆你放心，我肯定不会让你有这个机会的。”

宋佳曦和梁欢互相看了彼此一会儿，忍不住扑哧一声笑了出来。

在梁欢决定去支援江城没多久后，全国各地陆续将突发公共卫生事件响应级别调整为一级响应，江城也赶在年三十之前‘封城’了。

这一年春节，各家各户取消了在饭店的年夜饭，取消了走门串户的拜年，开始待在家里，一边关注疫情的动态，一边耐心地自觉隔离。

大年初二这天，是梁欢他们医院和另外几个医院的支援医生的出发时间。

虽然早就做好心理准备，但是当她戴着口罩，看着梁欢穿着统一的冲锋衣，走上大巴车的那个瞬间，还是忍不住热泪盈眶。

梁欢上了大巴车，坐在靠窗的位子上，看着站在车外的宋佳曦，目光里满是温柔和不舍。其实，他想跟她说些什么，可是话到嘴边，声音还没发出来，他的鼻子就忍不住有些酸。

眼看着大巴就要发车，梁欢终于深吸一口气，将身子探出车窗，朝站在人群中的宋佳曦大声喊道："等我回来，我们就去领证！"

"好！"宋佳曦听见这句话，眼泪啪嗒啪嗒地掉了下来。

梁欢去支援江城的事情，是瞒着梁世超和梁清的。偶尔梁世超打电话过来，宋佳曦就随便找个借口，说梁欢正在上厕所，梁世超也懒得继续问。

只是这样的次数多了以后，梁世超终究忍不住有些怀疑，在他又一次听宋佳曦说梁欢去上厕所以后，沉默了许久没有说话。

他不说话，宋佳曦也就不敢说话。她生怕自己多说一个字，都会暴露梁欢不在家的事实。

短暂的沉默之后，梁世超终于压低声音道："儿媳妇啊，你老实交代，你们最近在家里是不是光吃肉不吃蔬菜啊？梁欢那小子该不会是便秘了吧？怎么每次我打电话过来，他都在蹲坑？"

"呃……这个……那个……"宋佳曦也不知道怎么的，脑子一抽，就朝梁世超道，"叔叔，你往好了想，也许他只是得了痔疮呢？"

梁世超："……"

宋佳曦："……"

天啊，她刚刚都说了些什么……

宋佳曦回过神来，后悔得恨不得把自己的舌头咬掉。

"那建议他还是等疫情过后，赶紧去医院做个手术吧。"梁世超长长地叹了一口气，又叮嘱了宋佳曦几句不要出门、不要去人多的地方、一定多吃蔬菜多喝水之类的话，这才挂了电话。

宋佳曦长长地松了一口气，坐在沙发上捧着手机，点开梁欢的对话框看了一眼。

最近梁欢都是夜里三点多才给她打视频电话，每次看到他一脸疲惫却还要故作轻松的样子，她就忍不住鼻头一酸。但是不管怎么说，只要他还平安就好。

下午刷微博的时候，宋佳曦看到一句话：哪有什么从天而降的英雄，只有挺身而出的凡人。

当她看到那句话的瞬间，眼泪一下子就流出来了。

或许在别人眼里，梁欢是留学归国的医学博士，是支援江城的最美逆行者，是保护病人的白衣天使，可是在她眼里，梁欢从来只是梁欢。他会撒娇，会耍赖，还会折腾得她下不了床。

所谓的白衣天使，只不过是一群年轻人换了身衣服，学着前辈的样子，从死神的手里抢人而已。

她吸了吸鼻子，擦了擦眼泪，正准备发条信息告诉梁欢自己今天吃了什么，梁欢却突然弹了一条视频通话过来。

宋佳曦愣了一下，赶紧用袖子胡乱擦了一把脸，然后脸上努力扯出一个灿烂的笑容，接了梁欢的视频电话。

她看着手机屏幕上眼圈发青、脸颊凹陷、下巴上满是胡楂的梁欢，故作轻松地道："呀，今天怎么有空白天给我打电话了？"

"小曦，顾朗受伤了，"梁欢一脸憔悴地看着屏幕那边的宋佳曦，声音低低地道，"很严重。"

宋佳曦听着他的话，整个人都愣住了。下一秒，她赶紧开口问道："顾朗怎么了？"

"今天隔离区有一位感染肺炎的病人去世了，病人家属也被确诊，因为情绪比较激动……所以持刀捅伤了顾朗……"梁欢的声音里带着一丝苦涩，"虽然靠同事全力抢救过来了，但人还昏迷着，正在ICU（重症加强护理病房）里躺着……"

宋佳曦听着他的话，嘴巴张了张，半晌才不敢置信地哭了出来，道："这病人家属怎么这样？！顾朗有什么错？！他不过是去支援江城的医生啊……"

梁欢轻轻地叹了一口气，看着屏幕那边泪流不止的宋佳曦，没说话。

许久之后，他才低声道："顾朗这次过来支援江城，是瞒着父母、瞒着江小柔的……他跟父母说，过年在江小柔家，跟江小柔说过年回老家，所以……"

宋佳曦眼睁睁地看着视频通话里的梁欢，伸手抹了一把眼睛，似乎是在擦去眼角的泪水。

这个男人去支援江城，出发的那天没有哭，到了江城后，为了怕浪费防护衣，工作时间不吃不喝，穿着尿不湿长达八小时没有哭，却在他的好朋友、好战友被病人家属捅伤进ICU以后，忍不住哭了出来。

也许在那一刻，他是真的寒心了，当他和同事们战斗在抗疫一线，拼命和死神搏斗时，却被自己努力想要保护的人从背后捅了一刀……

宋佳曦擦着眼泪，边哭边道："那顾朗……现在怎么样了？医生怎么说？"

梁欢咬了咬嘴唇，哽咽着道："医生说……医生说……顾朗可能撑不过今晚了……"说完这句话，他将头转向旁边，不想让宋佳曦看见自己哭的样子。

宋佳曦听到梁欢的这句话，只觉脑袋都是空白的，耳边嗡嗡作响。看着屏幕上梁欢的侧脸，他的嘴巴在动，好像在说着什么，可她竟然一句都听不清楚。

顾医生……可能撑不过今晚了？！怎么可能！明明就在十天前，她还看见顾朗从隔壁屋子里走出来，笑眯眯地和她打招呼，说自己要去江小柔家里。

明明就在五天前，她去送梁欢的时候，还看到顾朗轻装上阵，脚下生风，像是要去江城旅游一样。

明明就在今天上午，江小柔还打电话给她，抱怨自己联系不上顾朗，也不知道他回老家是不是勾搭了哪个漂亮妹子。

那个爱跑马拉松的顾医生，怎么突然就可能撑不过今晚了？

"小曦，小曦，你在听我说话吗？"

也不知道过了多久，宋佳曦突然听到手机里传来梁欢的声音。

她回过神来，泪眼蒙眬地看着梁欢，张了张嘴，带着哭声道："怎么办？顾朗不能死！他要是死了，他的父母怎么办？小柔怎么办？"

梁欢沉默片刻，道："所以……要不要告诉江小柔？"

宋佳曦微微一怔，随即便坚定地点了点头，道："要！"

梁欢轻轻地叹了一口气，眼角还是红红的："我怕她接受不了这个事实……"

宋佳曦用力地吸了吸鼻子，不容置疑地道："不！小柔只是看起来柔弱，其实她很坚强……最重要的是……梁欢……如果此时此刻躺在那里的人是你……我希望我能第一时间知道这个消息……”她说着，又忍不住哭了出来，“梁欢，你一定要照顾好自己……”

“好……”梁欢低低地应了一声，抹了一把眼睛，脸上努力挤出一个笑容，道，“我要去继续工作了。小曦，江小柔……就交给你了。”

“嗯……”宋佳曦泪眼蒙眬地看着梁欢终止了视频通话。

看着暗掉的手机屏幕，她无声地哭了好一会儿，这才从茶几上抽出一张面纸，擤了擤鼻涕，又擦掉眼泪，打起精神，给江小柔打了个电话。

电话响了没两声，那边就接了起来。江小柔明媚快乐的声音从话筒那边传了过来：“喂，小曦曦，是不是想我了呀？”

“小柔……”宋佳曦轻轻地喊了她一声，话还没说出口，眼泪又不由自主地掉了下来。

江小柔听出她语气里的不对劲，赶忙关心地道：“小曦，你怎么了？你是不是哭了？发生什么事了，是不是你家梁医生欺负你了？你告诉我，我帮你削他！”

“不是，不是……”宋佳曦努力让自己的声线听起来平稳一点儿，深吸了一口气，抬头看着天花板，再缓缓地将那口气呼出来，道，“小柔……顾朗去了江城。”

“哎？”江小柔微微一怔，随即便愤愤地朝宋佳曦道，“这家伙！他明明跟我说过年回老家陪父母去了，竟然偷偷地背着我去了江城！他为什么不告诉我？是不是怕我反对？！等他回来了，看我不削死他！”

“嗯……嗯……”宋佳曦听着电话那边江小柔气愤不已的声音，忍不住边哭边点头。

“不是，顾朗去了江城，你哭什么啊？”江小柔有些哭笑不得地道，“他这不是正好和你们家梁医生做伴儿了吗？”

“小柔……”宋佳曦努力控制着情绪，声音颤抖着道，“顾朗被人捅伤了……现在躺在ICU里……医生说……医生说……他可能撑不过今晚了……”

她的这句话刚刚说完，电话那边便一阵沉默。

片刻之后，江小柔的声音也跟着颤抖起来：“天啊……宋佳曦，你跟我开玩笑呢吧？今天可不是愚人节啊……”

宋佳曦听着她的话，用力地吸了吸鼻子，眼泪怎么也止不住。

电话两边的人都沉默了许久，江小柔小心翼翼地问道：“那我……我能给顾朗打个电话吗？”

下一秒，江小柔的声音里已经带了哭腔：“怪不得我打他的电话，他总是不接……而且今天从早上起床开始，我的眼皮就一直不停地跳。小曦，怎么办？怎么办？顾朗不能死啊……小曦，顾朗在ICU里吗？ICU里能打电话吗？我不要他开口回应我，我只想让他们把手机放在顾朗旁边，我只想跟他说说话……小曦，我怕我再也没有机会和他说话了……”

宋佳曦听着电话那边江小柔哭得上气不接下气的声音，也只能哭着道：“你等会儿，我给你问问，我去问问梁欢……”

挂了江小柔的电话，宋佳曦又赶紧拨了梁欢的电话。

好在梁欢刚和宋佳曦打完电话，坐在原地冷静了一会儿，没有急着回去。他看到宋佳曦的来电，赶紧调整了一下情绪，接了起来。

“喂……”电话那边传来宋佳曦十分焦急的声音，“梁欢，ICU（重症加强护理病房）可以带手机进去吗？小柔想和顾朗说说话，你能把顾朗的手机送进去吗？”

梁欢愣了一下，片刻之后，声音沙哑地应了一声：“我试试……”

“好……”

江小柔自从接到宋佳曦的电话，一直在屋子里焦急地来回踱步。

她不知道宋佳曦能不能联系上梁欢，也不知道梁欢能不能说服ICU的医生，把手机送进去，更不知道躺在ICU里的顾朗到底还能撑多久。

时间一分一秒地过去，对她来说，每一秒都漫长无比。她不敢想象，要是没有了顾朗，她以后的生活该怎么过下去……说起来，他们不过在一起短短半年的时间，可这半年是她过往二十五年的生命中，最快乐的时光。

就在江小柔的心里越来越慌的时候，放在沙发上的手机突然响了起来。她一个箭步冲过去，看到手机屏幕上不断跳动的“顾·马拉松·朗”几个字之后，瞬间落下眼泪。她颤抖着双手接了电话，低低地喂了一声。

“喂，江小柔……”电话那边传来的是梁欢的声音，“我跟ICU的医生说了，顾朗的手机马上由他消毒以后带进去，你有什么想跟顾朗说的？医生说……多鼓励鼓励他，说不定他就能熬过今晚了……”

“好……好……”江小柔一边点头答应，一边拼命地捂着嘴流泪。

接下来，她的手机听筒里传来一阵嘈杂的声音，似乎有人在低声交谈，接着是手机碰到什么东西的声音。过了一会儿，手机那边的声音突然全部消失，整个世界只剩下电子仪器的嘀嘀声。

江小柔知道，那些嘀嘀声是连接在顾朗身上的仪器发出来的。她终于忍不住，哇的一声哭了出来，道：“顾朗……顾朗你能听见我说话吗？你醒醒，你不能就这么睡过去。你知道吗？我还在家里等着你回来呢！你骗我说你过年回你父母家这笔账，咱俩还没算呢！你不能死……知不知道，我命令你，你不可以死！”

江小柔拿着手机，蹲在沙发边，哭得稀里哗啦。然而，手机听筒里没有任何回答，只有均匀稳定的嘀嘀声回应她。

江小柔哭了好一会儿，情绪终于稳定了一些。她伸手扯过面纸，一边擦眼泪，一边朝电话那边继续道：“自从你听说梁医生要和我们家小曦曦订婚后，就一直问我要不要嫁给你，要不要嫁给你……我……我一直没回答，是因为我觉得你太蠢了……真的，我从来没有见过像你这么蠢的男生。

“你说说你，要是想向我求婚，好歹也正式一点儿，弄个仪式啊！你要是不想弄仪式，那就买一枚戒指，递到我面前，我肯定二话不说就点头答应了，你……你就光问……

“算了，谁让你没有谈过恋爱呢……我上次洗衣服的时候，在你的衬衫口袋里发现了一枚戒指，你都买了戒指，该早点儿拿出来啊！你是不是怕我拒绝你，想等我答应以后再给我？

“好，我答应你，等你从江城回来，我们就结婚，好不好？就算没有仪式、没有戒指，也没关系，只要你平平安安地回来，我什么都答应你……”

江小柔说着说着又哭了出来。

“还有，有一件事情我没告诉你……我这个月例假已经推迟两周了……早上起床，我验了一下，我怀孕了……也不是我不告诉你，是因为我打你的电话，一直没有人接……

“顾朗，你要是死了，你的孩子就没有爸爸了，你知不知道？你怎么忍心让咱们的宝宝没有爸爸？你当初不是信誓旦旦地跟我说，等我以后生娃了，一定要找你接生吗……顾医生，我还有九个月就要生宝宝了，到时候我去你们科室找你，你一定要给我接生啊……”

江小柔就这么蹲在客厅沙发边，絮絮叨叨地对着电话说了两个多小时，说到她的手机提示电量不足，才赶紧拖着已经蹲麻的腿，找到充电器，充上电以后继续絮叨。

她又絮叨了半个小时，电话那边突然挂了。江小柔愣了一下，再打过去，一直没有人接。她又拨了一下手机号码，结果听筒里传来一个机械的女声：“对不起，您拨打的用户已关机，sorry……”

关机？怎么会关机？下一秒，江小柔回过神来。他们给顾朗把手机送进去的时候，肯定忘了给手机充电……

江小柔擦了一把脸上的眼泪，赶紧打电话给宋佳曦，让她跟梁医生说顾朗的手机没电了。

然而，宋佳曦打了半天梁欢的电话，那边都没有人接，想来他应该是穿上防护服去上班了。

宋佳曦实在没办法，只得不停地安慰电话那边的江小柔：“你别担心，顾医生肯定能挺过今晚的。梁欢是八个小时一轮班，等八小时以后他下班了，看到我的未接来电记录，肯定会打回来的。”

江小柔一边抽抽搭搭地应着，一边看了一眼时间。现在是下午六点，梁医生是四点去上班的，也就是说，他夜里十二点才能下班。

这剩下的六个小时，江小柔简直不知道自己是怎么熬过来的。她想上网看看新闻，结果发现顾朗受伤的事已经上了微博热搜，评论里清一色地都在骂那个捅伤医生的患者家属。好在警方已经将人抓了起来，等待他的将是严厉的法律惩罚。

她刷了一会儿新闻，觉得自己实在静不下心来，干脆去看电视剧，可是那些平时喜欢的电视剧，这会儿不知道为什么，突然变得索然无味。她盯着电脑屏幕许久，也没看明白到底是在讲什么。

时间一分一秒地过去，明明只是短短的六个小时，她却感觉过了一个世纪那么漫长。

夜里一点多，宋佳曦终于给她打来电话，并且给她带来一个好消息——顾朗醒了！

江小柔听着电话那边宋佳曦兴奋的声音，一时没忍住，眼泪又流了下来，道："真的吗？！你可千万不要骗我……"

"真的！千真万确！我听梁欢跟我说的。他说，顾朗的主治医生都在感慨顾朗的身体素质好，还说顾朗到底是年轻人，这要换了个年纪大的，说不定就这么去了……不过我跟梁欢分析了一下，我们都觉得，肯定是因为平时顾朗经常跑马拉松健身！所以说，平时多锻炼锻炼身体还是有好处的！"

"嗯，嗯……"江小柔听着宋佳曦的话，激动得说不出话来。

宋佳曦听着她的声音，忍不住心酸道："好了，小柔，别哭了，顾医生只要醒了，就没事了。过几天，等他身体好一点儿，就能出ICU了……"

"我……我没哭……"江小柔擦了擦脸上的泪水，吸着鼻子道，"我这是高兴的……"

二人又聊了一会儿，已是夜里两点多了。江小柔挂了电话，一颗悬着的心终于落了下来。

第二天下午，让江小柔没有想到的是，顾朗竟然给她打来了电话！

她听着电话那边顾朗虚弱的声音，憋了许久，终究还是没忍住，骂他道："看见没有，这就是你欺骗我的下场！看你以后还敢不敢骗我！"

电话那边传来顾朗低低的笑声，然后她听到他轻声道："对不起啊，小柔，这段时间都没办法陪你跑马拉松了……"

这男人，都什么时候了，还满脑子想着搞那种事！江小柔直接被他气笑了，道："没事，反正未来三个月，我得保胎，就算你想跑马拉松，也跑不了。"

"保胎？"电话那边的顾朗听到这两个字，整个人都愣住了，紧接着，他忍不住激动地朝江小柔问道，"小柔，你有了是吗？你有了？"

"嗯哼……"江小柔闷闷地应了一声，拿着手机的那只手有一下没一下地抠着手机壳的背面，像是在安慰顾朗，又像是在命令他，"所以，你一定要赶快好起来，赶快战胜疫情，到时候你还得亲自给我接生呢，知道吗？”

“好！”顾朗的声音虽然听起来还是很虚弱，但语气里的开心却是掩饰不住的，“我一定努力，快点儿好起来，等我回去，等我回去咱们就结婚。”

“嗯。”江小柔听到他的这句话，脑海里一直绷着的那根弦终于松了下来，忍不住又伸手抹了一把眼泪，哽咽着道，“你怎么那么蠢，人家拿刀捅你，你不会躲开吗？亏你天天夸耀自己身手灵敏，身手灵敏还能被捅五刀……”

“小柔，你别哭啊……”听到江小柔哭了，顾朗顿时有些慌乱地道，“别哭，我没事的，躺几天我就能起来了。这不是穿着防护服，一层一层又一层的，行动有些不方便吗？我要是不穿防护服，肯定能把那人按在地上一顿捶，捶得连他亲妈都不认识他……”

江小柔拿着电话，一边哭一边笑道：“你就吹牛吧你……”

顾朗度过危险期之后，又被迫在病床上躺了两个星期，最后实在受不了，嚷嚷要下床继续他的支援工作。

不过，领导考虑到他的身体情况，最终只安排了一些比较轻松的工作给他。对顾朗来说，只要不继续在床上躺着，让他干什么都行。

梁欢依然每天下班后和宋佳曦打视频通话，只不过日子一天天过去，他脸上被口罩勒出的痕迹也越来越重。

有时候，宋佳曦看着他消瘦又满是勒痕的脸，忍不住心疼地问：“疼吗？”

每当这个时候，梁欢就朝她嘿嘿一笑，道：“不疼，一点儿都不疼。这勒痕只是看着严重，其实一点儿都不疼，真的……”

他看宋佳曦不是很相信的样子，又补充道：“不是说脸上有疤的男人最帅吗？你看我脸上这两道勒痕，像不像杀生丸殿下脸上的妖纹？”

听到他的这句话，宋佳曦终于忍不住笑了出来，道：“你怎么这么自恋？人家杀生丸殿下比你帅多了。”

有时候，梁欢也会给她讲一些支援江城的医护人员遇到的趣事。比如，为了让患者们保持身心愉悦，减少他们的精神压力，医护人员带头教他们跳广场舞；再比如，东三省的医护人员负责的病区，病人想要出院的话，还得先通过东北话的考级；再再比如，大家都穿着防护衣，谁也认不出谁来，一对医护夫妻愣是盯了半天才认出对方之类……

宋佳曦听着听着，原本紧张的情绪也慢慢地放松了。

整个二月就在她和梁欢的视频通话中过去了。

三月底，已在江城待了整整两个月的梁欢和顾朗终于回来了。

专机抵达机场后，领导亲自奔赴机场，用“过水门”的形式为医疗队接风洗尘。

“过水门”，类似于国外军队里站在红毯两侧的仪仗兵用军刀搭建起一座“门”，有“接风洗尘”的寓意，是民航界的最高礼仪。

宋佳曦捧着鲜花，戴着口罩，早早地等在机场。她周围的其他人有拉着横幅的、有举着牌子的、有抱着鲜花的，大家无一例外仰着脑袋，伸长脖子，等着飞机舱门打开。

当所有去支援江城的医护人员一个接着一个有条不紊地走出舱门，朝大家挥手致意时，宋佳曦一眼就在人群里看到了梁欢。

他的头发长长了一些，额前的刘海几乎挡住他帅气的眉眼，口罩虽然遮住他大半张脸，但宋佳曦还是能感觉到他脸上浅浅的笑意。他看起来又瘦了一些，但步伐异常轻松。

等所有医护人员都下了飞机，排好队伍，手捧鲜花的人一个接一个地上前，将怀里的鲜花送给他们。

轮到宋佳曦时，她几乎一路狂奔到梁欢面前，二话不说，朝他身上扑了过去。

梁欢伸出双手将她整个人抱住，任由她纤细的长腿挂在自己腰间。他笑着低声道：“这么多人呢，你也不注意一下形象。”

“形象有什么用，反正大家都戴着口罩，谁也不知道我是谁！”宋佳曦紧紧地搂着梁欢的脖子，一边哭一边嚷嚷道，“我都两个月没看见你了，我好想你！”

站在梁欢身边的医护人员看到眼前这一幕，忍不住发出阵阵哄笑，甚至有人戴着口罩吹了一个长长的口哨。

眼看摄像机朝他们两人转过来，宋佳曦赶紧从梁欢身上跳下来，把手里的鲜花塞进他的怀里。

梁欢捧着鲜花，弯起一双好看的眼眸，笑眯眯地看着她。

“我……那个……咯咯……”宋佳曦纠结了一会儿，突然伸手从口袋里掏出一个红色丝绒的盒子，打开盒子递给梁欢，红着脸道，“梁欢，你愿意娶我吗？”

梁欢微微一怔，有些讶异地看着宋佳曦手中的盒子，却没有伸手去接。

周围的同事，还有围观群众，又开始大声地起哄。

“梁医生，快答应她啊！还愣着干吗？！”

“快快快，赶紧的！没看到人家小姑娘的脸越来越红了吗？”

“答应她！答应她！答应她！”

就连站在一旁西装笔挺的领导们看着眼前这一幕，脸上都露出老母亲一般的微笑。

梁欢盯着宋佳曦好一会儿，突然伸出手，把盒盖给合上，又把她的手给推了回去。

宋佳曦和周围的人看到眼前的这一幕，都愣住了。

好半晌，宋佳曦张了张嘴，低声问道：“你……你什么意思呀……”

梁欢笑眯眯地看着她，突然从自己的冲锋衣口袋里掏出一个深蓝色的丝绒盒子，然后单膝下跪，将盒子打开，道：“求婚这种事，还是应该由男生来做。你看你，连单膝下跪都没有，一点儿诚意都没有！”说完这句话，他微微顿了顿，声音温柔地道，“应该我来问你，宋佳曦小姐，你愿意嫁给我吗？从今往后，不论生老病死，贫穷或是富贵，健康或是疾病，都愿意和我在一起吗？”

宋佳曦看着眼前的这一幕，眼泪忍不住啪嗒啪嗒地落下来。她一边哭一边点头，道：“我愿意，梁欢，我愿意！”

梁欢听着她的回答，忍不住开心地笑了出来。他牵过宋佳曦的手，从盒子里拿出那枚在阳光下散发着璀璨光芒的钻戒，然后十分郑重地将它戴在她白皙纤细的无名指上。

给她戴好戒指，梁欢低头，隔着天蓝色的医用口罩在她光洁的手背上轻轻印下一吻。周围的起哄声热烈得几乎要掀翻整个机场。

宋佳曦低着头，脸红到不行，看着单膝跪在自己面前的梁欢。

亲吻完她的手背，梁欢不慌不忙地站起来，朝她眨了眨眼睛，道：

“你好像……要出名了哦……”

哎？宋佳曦微微一怔。

果不其然，第二天，“支援江城医护人员机场归来遭遇现场求婚”的新闻，就登上了当地新闻网站的头版头条。紧接着，这条新闻还上了微博热搜，然后被各大官媒转发。

再然后，当天现场的新闻视频又在抖音上火了，有眼尖的网友认出新闻里的两人，正是抖音前段时间爆火的账号“我与牙医小哥哥的故事”里的男、女主角。

于是，又有一大群网友跑去“我与牙医小哥哥的故事”的抖音账号下留言，短短几天，账号涨了将近一百万粉丝，连带着省口腔医院的官方账号也涨了十几万粉丝。

张主任高兴得连嘴巴都合不上，天天催梁欢，说隔离期结束后，赶紧和宋佳曦一起拍短视频。

然而，十四天的隔离期满后，梁欢直接拽着宋佳曦奔赴民政局，光速换回两本红色的小本本。

宋佳曦捧着手中的红色小本本，一脸茫然地抬起头来，看着站在自己身边的梁欢。她……她就这么嫁作他人妇了？她怎么一点儿感觉都没有？

梁欢倒是心满意足地把自己的小红本本从前到后翻了一遍，然后隔着口罩亲了宋佳曦一口，道：“嘿嘿，这下子我终于是受法律保护的了！”

宋佳曦有些哭笑不得地看着他，道：“受法律保护，就让你这么开心？”

“那当然！”梁欢一本正经地道，“只要我受法律保护，就再也不怕你拉我进小黑屋了。不管你把我放在小黑屋里多久，咱们始终还是住在同一个屋檐下。”

宋佳曦听着他的话，忍不住扯了扯嘴角，一点儿都不想和他聊下去。

“对了，结婚以后，咱们就搬去你公司旁边的那套房子吧？”梁欢一只胳膊搂着宋佳曦的脖子，另一只手拿着自己的小红本本，道，“那套房子还没装修，你想装修成什么样子都可以，还可以找我姐帮你设计。现成的苦力，不用白不用。”

“这样真的好吗？”宋佳曦有些无语地看着他，道，“姐姐的设计公司，现在也走上正轨了，我看她平时工作还挺忙的……”

“忙什么忙……”梁欢有些嫌弃地道，“她现在天天忙着和周煜发短信、打视频通话，一逮着机会就和人家出去约会，说是要把失去的那五年都补起来。公司里招聘了一群设计师，她把活全部推给手下的员工做，她要是敢把我们的新房设计也推给别人……我就去我爸那儿告状！”

宋佳曦听着他的话，忍不住扑哧一声笑出来：“你都多大了，还跟家长告状。”

梁欢笑了笑，道：“我就是这么一说，我姐才不会把我的活儿推给别人做呢！”

“嗯……”宋佳曦点点头，转头看了一眼人来人往的马路，忍不住感慨道，“一转眼，已经是四月了啊！”

“是啊！”梁欢也跟着感慨道，“还记得两个月前，城市的主干道上基本没什么人，许多店铺也都关着门，那时候到处一片冷清。不过还好，现在冬天过去了，天气暖和了，整个城市也复苏了。”

宋佳曦听着他的话，转过身来，突然伸出双手紧紧地抱住了他。他的身上依然是她熟悉的味道。她将脑袋埋在他的胸口，用力地蹭了蹭，道：“这些都是你和你的同事的功劳，你们是所有人的英雄！”

梁欢抿着唇，笑了笑，反手抱住她，低头在她耳边道：“我才不要做所有人的英雄，我只想做你一个人的英雄。”

“那么英雄今天晚上想吃什么？我来给你做一顿大餐，如何？”宋佳曦从他的怀里抬起头来，笑眯眯地看着他。

“嗯，什么都行。”梁欢满脸宠溺地看着她，“但我最想吃的……只有你。”

宋佳曦：“……”

下一秒，她直接松开梁欢，边走边道：“我改变主意了，今天晚上咱们还是点外卖吧。”

“嗯，点外卖也好，省得你做饭太过劳累，这样也能节省一点儿体力，咱们晚上好……”梁欢亦步亦趋地跟上，依然没正经地小声念叨。

宋佳曦红着脸，终于忍不住吼道：“梁欢！你正经一点儿！咱们还在大马路上呢！”

“叫什么梁欢呀，叫老公啊！”梁欢朝她晃了晃手里的红本本，嬉皮笑脸地道，“我们现在可是法律意义上的夫妻了哦。”

“你想得美！”宋佳曦气急败坏地道。

“你叫不叫？”

“不叫！”

“真的不叫？”

“打死我也不叫！”

“哼！”梁欢重重地哼了一声，伸出一只白皙修长的大手，用力地捏了一下宋佳曦的脸颊，直扯得她脸颊都变形了，才仰了仰下巴，道，“没关系，今天晚上，我让你求着叫我老公！”

宋佳曦：“……”怎么回事，为什么她突然有一种不好的预感？

梁欢捏完她的脸后，将手放下，从口袋里掏出手机，一边漫不经心地打开日历，一边随口絮絮叨叨道：“哎呀，咱们已经分别多少天了？让我算一算，我是一月二十六号出发去江城的，现在已经四月十号了，好像已经七十多天了啊！记得咱们中国有一句古话，叫小别胜新婚。咱们这七十多天，算不算小别啊？好像应该算大别吧？还是算超大别？特大别？那咱们应该胜几次新婚呢？”

眼看梁欢掰着指头像煞有介事地数了起来，宋佳曦终于忍不住涨红了脸，一双水润的眼眸看着他，半晌，语气特别诚恳地道：“老公，我知道错了，你今天晚上想吃什么，我都给你做……”

“咦？”梁欢的动作停了下来。

他一脸迷茫地左右张望了一下，然后看着眼前的宋佳曦，坏笑道：“我刚刚好像听见有人在喊我老公呢！谁呀？是谁在喊呀？你听到了吗？”

宋佳曦的脸顿时变得更红了。她张了张嘴，深吸一口气，语气艰难地道：“老公，是我在喊你呀！你刚刚没听清吗？要是没听清，我再喊你几声好不好？老公老公老公……”

梁欢脸上的笑意收都收不住。他一边将宋佳曦抱进怀里，用力地搂了搂，低头在她耳边温柔地道：“嗯嗯，老公听见了，老婆真乖。看在你这么乖的面子上，今天晚上老公就努力一把，争取让你能够见到明天早上的太阳！”

宋佳曦终于忍不住挣脱梁欢的怀抱，用手指着他的鼻子骂道：“禽兽！”

梁欢笑着看她，道：“老婆，你就体谅我一下嘛，这么长时间没见你。”

“我呸！”宋佳曦没好气地道。

“可是，在江城的时候不一样啊！我一想到再坚持几天就能回来见你了，当然要为了你守身如玉啊！”梁欢朝宋佳曦眨了眨眼睛，道，“老婆，你感动吗？”

“不感动，我一点儿都不感动。”宋佳曦扯了扯嘴角，道。

“别这样嘛，老婆。顾朗的娃儿都已经在江小柔的肚子里了，咱们得努力追上他们的进度啊！”梁欢搂着宋佳曦的肩膀，很认真地道。

宋佳曦：“……”人家顾医生天天跑马拉松，如此勤奋努力，再不出娃，简直天理不容啊！但是这话她并不想说给梁欢听，因为她一点儿都不想梁欢向顾朗看齐，毕竟她不是江小柔那样的虎狼之人。

然而，她不说，不代表梁欢不会学习。

自从得知顾朗和江小柔有娃之后，梁欢就把顾朗当成自己的学习目标。每天下班之后，梁欢都会和顾朗在微信上讨论什么样的姿势最容易受孕。

顾朗讲起理论来头头是道，毕竟是妇产科医生，这个身份让他在梁欢那里莫名得到了权威认证。

梁欢在顾朗那里学习了新知识后，转身就运用到宋佳曦的身上。

眼看着江小柔的肚子越来越大，宋佳曦却还是一点儿动静都没有，梁欢感觉自己快要抑郁了。

宋佳曦看着蔫得跟霜打的茄子一样的梁欢，哭笑不得地道：“好了，你别太郁闷，怀孕这种事情吧，讲究缘分。你越是着急，越没有结果的。”

梁欢看了宋佳曦一眼，没有说话，抱着手机，继续跟顾朗研究最新姿势去了。

炎热的夏天很快过去，眼看着天气一天天凉爽起来，江小柔肚子里的娃娃终于在国庆节的这一天有了动静。

其实，江小柔的预产期还有十天才到，这娃儿不知道怎么的，非要赶在国庆节这一天出生。

国庆节这一天，顾朗又正好在医院值班，当江小柔早上起床，发现自己落红以后，整个人都吓得愣住了。

下一秒，她直接打电话给宋佳曦，语气激动地喊道："小曦！小曦！小曦曦，快！快来我家送我去医院！我要生了！"

彼时，宋佳曦还在睡梦中，一接到江小柔的电话，立刻一个鲤鱼打挺从床上蹦了起来。

旁边累了一夜的梁欢，迷迷糊糊地睁开眼睛，朝她看了一眼，疑惑地开口道："你干吗呀？"

"快快快！快起床！小柔要生了！顾朗不在家，咱们赶紧过去，把小柔送到医院里去！"挂了电话，宋佳曦直接用力地把梁欢给推醒了。

"江小柔要生了？"梁欢一脸茫然地从被窝里坐起来，睡眼惺忪地盯着宋佳曦许久，长长地叹了一口气，道，"她都要生了，你还没怀孕……"

宋佳曦顿时觉得有些好笑地看着他，道："都什么时候了，你竟然还埋怨这个？！赶紧起床，小柔还在家里等着我们呢！"

"唉……"梁欢长长地叹了一口气，默默地掀开被子，认命地从被窝里爬了出来。

一番简单的梳洗之后，梁欢开着车到了江小柔家楼下。

宋佳曦一边慌慌张张地解开绑在身上的安全带，一边推开车门，朝梁欢道："我去楼上接小柔，你在楼下把车掉个头，等我们！"

"真的不用我跟你一起上去？"梁欢有些迟疑地道。

"不用，放心吧，我能搞定！"宋佳曦朝梁欢比了一个OK的手势，直接下车。

她坐着电梯，一路来到江小柔家门口，用之前江小柔告诉她的密码，打开了江小柔家的密码锁。

门开了，宋佳曦小心翼翼地探进去一颗脑袋，小声喊道："小柔，小柔？"

“我在这儿等你呢！”江小柔挺着肚子坐在客厅沙发上，一只手拿着手机，另一只手朝宋佳曦挥了挥，笑眯眯地道，“小曦曦，你来得还挺快的嘛！”

“那当然啊！我直接把梁欢从被窝里拖出来，我俩就出门了。”宋佳曦朝她嘿嘿一笑，然后盯着她圆滚滚的肚子，一脸关心地道，“感觉怎么样了？”

“目前还没什么感觉。”江小柔伸手摸了摸自己的肚子，一脸淡然地朝宋佳曦道，“其实我都怀疑自己是不是真的要生了，但是顾朗跟我说，一旦落红或者羊水破了，就要立刻去医院。我刚才给他打了电话，他没接，估计正在产房里给别人接生吧。”

宋佳曦听着她的话，突然一脸坏笑地看着她，道：“这么一说，今天正好你家顾医生上班，看来顾医生要亲手把自家的小宝宝接到世界上来了。”

“想不到当初第一次见面，顾朗说以后生孩子一定要找他，还真说中了。不仅过程找他，连结果都要找他。”江小柔嘿嘿地笑着道。

“好了好了，别废话，赶紧上医院去。”宋佳曦看着江小柔一脸轻松的样子，自己也放松下来。她走上前去，搀着江小柔的胳膊，把她从沙发上拽起来，目光在四周扫了扫，道，“有没有待产包什么的？我帮你拿下去。”

“那边是我的洗漱用品，帮我拿一下。”江小柔朝不远处的柜子仰了仰下巴，道，“拿那个就行了。”

宋佳曦：“你确定只带洗漱用品吗？我看网上其他的准妈妈去医院都要带一堆东西。”

“带什么呀，医院楼下的超市，还有对面的便利店，什么都有，到时候现买不就行了？”江小柔十分轻松地道，“你放心吧，我的洗漱包里放了一只奶瓶。”

“那奶粉和尿不湿呢？小宝宝穿的衣服呢？”宋佳曦一脸迷茫地问道。

“奶粉和尿不湿都可以现买啊！”江小柔大手一挥，道，“放心吧，顾朗都跟我说了，他们医院楼下卖什么的都有，而且小宝宝出生以后，医院会给一套衣服，等出院回家了再换上自己的衣服就行了。”

宋佳曦：“行吧，既然你都这么说了，那我就把你的洗漱用品拿上。”

宋佳曦默默地走到柜子前，拿起江小柔早已经准备好的洗漱包，转身准备扶她的时候，江小柔笑眯眯地道：“没事儿，我能自己走！”说完这句话，她直接穿上鞋子，拿上手机和充电器，出门了。

虽然她挺着大肚子，但是不知道为什么，宋佳曦觉得她的身形看起来无比轻松。

梁欢在小区门口把车子掉头后，一直趴在车窗上，眼巴巴地看着小区大门。

不一会儿，江小柔挺着圆滚滚的肚子健步如飞地走了出来。

梁欢：？

这怎么就一个人下来了？他们家小曦曦呢？而且这家伙走路简直不要太快啊！这真的是快要生的人吗？

就在梁欢满心疑惑的时候，跟在江小柔身后的宋佳曦终于赶了上来，而她手里也只拎了一个小小的洗漱包。

江小柔看到小区门口梁欢的车，立刻动作利落地拉开车后门，钻进车里，然后笑眯眯地朝梁欢打了个招呼：“嗨，梁医生，好久不见。”

“小柔。”梁欢朝她点了点头，应了一声，待宋佳曦拎着小小的洗漱包，坐到副驾驶座上，才迟疑着开口道：“没了？就这点东西？”

“嗯！”宋佳曦用力地点了点头，道，“小柔说别的都现买。”

梁欢默默地朝江小柔竖起一个大拇指，直接发动了车子。

江小柔笑眯眯地坐在车后座上，一边不慌不忙地发短信通知自己的父母和顾朗的父母，一边随意地道：“听说梁医生最近一直在忙着‘造人’呢？怎么样了？”

“咳咳……”听到这句话之后，宋佳曦用力地咳了一下。

江小柔微微一怔，立刻道：“没事儿，别着急。俗话说得好，有心栽花花不开，无心插柳柳成荫，有时候精神太紧张，也不容易成功。”

梁欢：“……”

车子一路平稳地驶进省妇幼医院的大门，江小柔刚一下车，便觉得身下一热，羊水顺着她的腿流到了地上。

三个人一下子就愣住了。

片刻的沉默之后，江小柔朝宋佳曦和梁欢扯了扯嘴角，笑了一下，道："你们看，你们的干儿子多懂事，等到妈妈下车之后才破羊水，不然的话，梁医生的车子就要弄脏了。"

顿时，宋佳曦哭笑不得地朝她道："现在是说这个的时候吗？赶紧去产科啊！"

江小柔一脸茫然地任由宋佳曦和梁欢两人一左一右把自己搀扶进医院。

他们到达产科的时候，顾朗刚接生完一个小宝宝，正从产房里出来。他一出来，就跟江小柔他们打了个照面。

顾朗一脸茫然地看着站在自己面前的三个人，声音疑惑道："怎……怎么了？是小柔要生了，还是宋佳曦怀上了？"

"你老婆羊水破了！"宋佳曦哭笑不得地朝顾朗喊了一声。

"还有十天才预产期呢，这么早羊水就破了？"顾朗一愣，随即赶紧扶过江小柔的胳膊，道："别慌，别慌，你先跟我进待产室躺下，我找人给你做胎心监护。那个……欢哥，能不能帮我去办一下住院手续？"

"好。"梁欢很淡然地应了一声，转身就朝楼下走去。

宋佳曦默默地跟在顾朗和江小柔身后，进了待产室。

宋佳曦坐在江小柔的病床前，眼看顾朗忙前忙后，忍不住羡慕地道："其实这么看，找个妇产科的医生当老公也不错啊！"

江小柔躺在床上，一边做着胎心监护，一边吃着香蕉补充体力，道："没事儿，等以后你生的时候，让顾朗给你接生就行了。"

宋佳曦沉默片刻，朝江小柔道："那还是算了，我怕我到时候会不好意思。"

江小柔："嘿嘿。"

做完胎心监护，江小柔就挂上了催产素，等着开宫口进产房。

宋佳曦眼看她由一开始的轻松自在刷手机，到有一句没一句地骂骂咧咧，再到疼得说不出一句话，最后疼得恨不得拿头撞墙，只觉得自己的一颗小心脏在胸腔里疯狂跳动。

每隔一会儿，顾朗就来检查一下宫口的情况。直到差不多开了七指宽的距离后，他才朝早已疼得满头大汗的江小柔道："好了，可以进产房了。”

江小柔：“我……”

宋佳曦看着已经语无伦次的江小柔和依然一脸冷静的顾朗，忍不住在心里默默地给顾朗竖起了大拇指。顾医生不愧是在妇产科饱经磨砺的王牌医生，眼看老婆快要生了，还能保持如此冷静的状态。

然而，让她没想到的是，顾医生在陪着江小柔进产房之后没多久，就遭遇了他产科生涯的滑铁卢——他晕过去了。

是的，没错，是顾朗晕过去了，不是江小柔晕过去了。

等在产房外面的宋佳曦和梁欢是这么听其他医生描述的。据说，顾医生之前表现出来的冷静，都是强装的，其实他心里紧张到不行。在产房里，他眼看江小柔痛苦到不行的样子，不知道为什么，突然就感同身受。然后，他一边给江小柔接生，一边默默地哭，哭到最后，一口气没上来，直接晕过去了。

他晕过去的时候，整个产房一片沉寂。

江小柔一时没忍住，扑哧一声笑了出来，然后又扑哧一声，娃儿生出来了。

等到江小柔回到病房，顾朗才慢慢地醒过来。

顾朗刚一醒来，就感受到来自四面八方的关怀。

江小柔的爸爸妈妈、他自己的爸爸妈妈，还有梁欢和宋佳曦，全部凑在他的陪护病床前，一脸关切地问道：“你醒啦？感觉怎么样？”就好像他才是那个刚刚生完娃的人。

顾朗一脸茫然地看着眼前的六个人、十二只眼睛，张了张嘴，声音弱弱地道：“我……这是怎么了？”

“你晕过去了。”旁边的病床上，江小柔正倚着抱枕坐着，一边拿着水果刀削苹果，一边道，“就在你晕过去的这段时间里，你们产科的人已经全部来病房参观过你了。”

顾朗：“……”他晕过去了？他怎么不记得了？他脑海里最后的画面还是江小柔躺在产床上，撕心裂肺地喊着她再也不要生娃了啊！

然而，江小柔一脸淡然地安慰他道：“没事的，人生嘛，任何事都会有第一次，再说紧张到晕过去也不是什么丢脸的事，对吧？哦，对了，你还没看到你儿子吧？喏，就在你旁边的推车摇篮里，你看看。”

顾朗有些迷茫地环顾了一下四周，还没来得及开口说话，一个小小的襁褓就被塞进了他的怀里。他低头看着襁褓里的小小婴儿，婴儿的小脑袋圆溜溜的，脸上很光滑，一点儿胎脂都没有，头发虽然毛茸茸地贴在头皮上，但发量还是很浓密的。

婴儿正闭着眼睛睡觉，一双眉毛紧紧地皱着，微微张着的嘴动来动去，就像是在睡梦中吃什么好东西。

光是看着他，顾朗就觉得自己的心要化了。

顾朗的妈妈凑上前来，一脸慈爱地看着自家儿子怀里的小婴儿，笑眯眯地道："你快看，这娃娃跟你小时候长得多像啊！你刚出生的时候，睡觉也是这样的，紧紧地皱着眉毛，多可爱。"

梁欢和宋佳曦盯着顾朗怀里的小宝宝，就差渴望得流口水了。

江小柔削完苹果，一边张嘴啃着，一边朝顾朗道："娃儿还没名字呢！顾朗，要不你给娃儿起个名字？"

顾朗一边逗弄着怀里的小婴儿，一边想都没想，直接道："就叫顾爱柔吧，顾朗爱小柔的意思。"

"咯咯……咯咯……"正在啃苹果的江小柔一下子就被这个名字给呛住了，一脸无奈地看着顾朗，道，"这不合适吧？人家好歹是个男孩子，长大了也是大老爷们儿，你就没有想过以后他走在学校大道上，他的同学在他身后大声喊，'爱柔，爱柔，等我一下'是个什么样的情景吗？"

顾朗："……"

顾朗："好像确实不太合适？"

江小柔："完全不合适！"

顾朗想了想，认真地道："要不叫顾国庆？正好娃儿是国庆节这天出生的。"

这回江小柔还没开口，顾朗的爸爸先开口道："不妥，这和你四大爷重名了。"

顾朗一愣，这才想起来，他四大爷确实叫顾国庆！

"那今年正好是建国七十一周年，要不就叫顾建国？"顾朗仔细想了想，朝自己的爸爸问道。

顾朗的爸爸没好气地白了他一眼，道："不妥，这和你二太爷重名。”

“我……”顾朗张了张嘴，还没来得及开口说话，就听到自己的妈妈在一旁埋怨道：“你这孩子怎么回事？好歹也是个年轻人，怎么起名字跟你爷爷那辈似的，不是国庆就是建国？你就不能想个简单又好记的名字？”

顾朗沉默了许久，终于张了张嘴，道：“要不就叫顾十一吧……正好是十月一号生的，名字好记又好写！”

“你！”顾朗的爸爸正准备继续骂他，一旁的江小柔突然拍手道：“哎！叫顾十一好！以后娃儿上小学的时候，写名字肯定比别的同学快！而且我最近看的小说里面，主人公的名字都是用数字命名的！你看像叶七七啊、沐九九啊，再加上我们家顾十一，以后他肯定也是男主角的命！”

顾朗爸爸：“……”

顾朗妈妈：“……”

江小柔爸爸：“……”

江小柔妈妈：“……”

你俩给娃儿起名就这么简单粗暴吗？别的不说，你们好歹一个研究生毕业、一个博士毕业，起个名字，难道都不先去翻翻字典吗？

然而，娃儿的父母已经举双手双脚同意这个名字，他们这些老人也不好再说些什么。

顾十一的名字定下来之后，也不知道小宝宝是不是听懂了他们的讨论，突然哇的一声就哭了出来。

“哎呀，十一肯定是饿了。快！把十一抱过来，我喂他喝奶。”江小柔一看娃儿哭了，赶紧放下苹果，接过顾十一。

顾朗的爸爸、江小柔的爸爸，以及梁欢，立刻十分识趣地从病房里面出去了。

宋佳曦看着江小柔笑眯眯地给娃喂奶的样子，只觉得江小柔从上到下、从里到外都散发着母性的光辉。

江小柔妈妈一转头，看到宋佳曦正眼巴巴地盯着自家女儿，便笑着道：“小曦啊，你怎么样了？有没有情况呢？”

宋佳曦有些不好意思地看着江小柔妈妈，道：“没有呢，这不是正在努力吗……只是这都努力大半年了，也没什么消息，中间也去做过体检，什么毛病都没有，就是不成功……”

江小柔妈妈笑着道：“这种事儿啊，你越是着急，越是容易失败。年轻人，要放松心态，出去旅游一圈，到处转一转，说不定一个不小心就怀上了呢。”

宋佳曦想了想，觉得也有道理，于是点点头道：“好，等过两天我就跟梁欢出去转悠转悠。”

他们又闲聊了一会儿，宋佳曦眼看江小柔有些困了，便站起身来，跟她们道别，去外面走廊上找梁欢。

梁欢看到她出来，伸手抱住她，道：“看完了？”

“嗯！”宋佳曦点点头，一脸羡慕地道：“刚出生的小宝宝好可爱啊，又小又软。我刚才还偷偷摸了一下他的小手，他的小手都没有我的小拇指长。”

梁欢宠溺地贴着她的额头，轻轻地蹭了蹭她的鼻子，道：“那走吧，咱们还等什么？”

“上……上哪儿去？”宋佳曦一脸茫然地看着他。

“回家造娃去啊！”梁欢笑眯眯地搂着她的脖子，一边转身朝医院外面走，一边道，“你看顾朗的娃都出生了，咱们要还是一点儿动静都没有，是不是太说不过去啦？”

“哦……”宋佳曦听着他的话，迷茫地点了点头，正准备跟着他走，突然脑海里一道亮光闪过，整个人都定住脚步，站在原地不动了。

“怎么了？”梁欢眼看着她站住不动，朝她挑了挑眉，道。

“我……我好像……例假推迟十天了……”宋佳曦一脸茫然地看着梁欢，道，“上一次还是八月二十号来的，按理说，九月二十号应该来的，可这都十月一了……我……”

梁欢一听这话，立刻牵着她的手朝电梯的方向走去。

“咦？等等，你去哪儿啊？你让我再好好想一想，到底是不是迟了十天……”宋佳曦任由梁欢牵着进了电梯，还在努力回想着自己的例假到底迟到了几天。毕竟以前，她的例假也曾迟到一个星期，但在第八天时来了。

“正好咱们在医院，顺便去检查一下呗。”梁欢的语气隐隐有些激动。

他搓了搓手，看着站在自己身边的宋佳曦，低声道："难道我努力了这么多月，终于要出成果了？"

宋佳曦哭笑不得地看着他，道："还没检查呢，你别激动啊！说不定只是我记错了呢！"

"没事，查一查。"电梯到了一楼，梁欢直接牵着宋佳曦的手朝挂号处走去。

一个小时后，宋佳曦看着化验单上的结果，整个人都蒙了。她……她这是真的有了？

然而，她还没把这个结果消化掉，梁欢已经张罗着四处打电话、发短信，恨不得告知全天下，宋佳曦有了！

正抱着顾十一拍嗝的顾朗，看到梁欢的短信，直接回了一句："恭喜恭喜，正好来我们产科建档，等再过几个月，我亲自给嫂子接生！"

梁欢十分高傲地回了一句："不用了，我怕你给我老婆接生的时候，又晕过去。"

顾朗："……"这话题还能不能愉快地聊下去了？算了，还是再见吧。

顾朗干脆放下手机，专心地给自家娃儿拍嗝了。

自从知道宋佳曦怀孕，梁欢整个人就变得异常勤奋，不论烧饭还是打扫房间、洗衣服，他都抢着做。

有时候宋佳曦实在无聊，只想自己去倒杯水，梁欢也会一脸严肃地道："你别动，我去倒！"

每当这个时候，宋佳曦就认真地道："梁医生，你自己也是医生，应该知道孕妇在孕期适当做一些运动有益身体，一直在床上躺着才是有百害而无一利。"

梁欢正准备倒水的动作微微一顿，有些尴尬地朝她笑了笑，道："这个……我这不是忍不住吗？一看到你，我就忍不住想要为你做点儿什么。"

宋佳曦直接朝他翻了个白眼，伸出手来，道："茶杯还给我！"

"哦……"梁欢闷闷地应了一声，默默地将手中的茶杯放回宋佳曦手里。

纵然是这样，宋佳曦去厨房倒水时，他也寸步不离地跟着。

宋佳曦实在受不了了，便无奈地道："梁医生，麻烦你给我一点儿自己的空间好吗？你这样一直二十四小时跟在我身后，让我有一种被监视的感觉。"

梁欢闻言，顿时委屈地看着她，道："老婆，你是不是嫌弃我了？你是不是不爱我了？你以前不是这样的……"

宋佳曦："……"谁说孕妇在孕期会情绪敏感？这情绪敏感的明明是娃儿的爸好吗？！

宋佳曦拿着水杯，一边倒水，一边在心里默默地数着，这样的日子还要再熬五个月……看来不给梁欢找点儿事情做是不行了。

宋佳曦心里一合计，转身朝梁欢认真地道："老公，要不你想想，给咱们的孩子取个什么名字吧？不然到时候，万一跟顾朗一样，孩子都出生了，名字还没想好，就简单粗暴地用出生日期当名字……"虽然也没什么不好，但给他找点儿事情做，总比让他一直围着自己转好。

梁欢听到她的话，微微一怔，随即点头，连声应道："老婆，你说得有道理！我这就去给咱家娃儿想名字去！"说完这番话，他立刻转身进了书房。

宋佳曦终于长长地舒了一口气。

整个下午加晚上，梁欢都把自己关在书房里没有出来。

宋佳曦悠然自得地看了一下午的电视剧，又心满意足地点了许久没点的外卖，顺带给梁欢送了一份进书房，只见某人忙着翻字典，连抬头的工夫都没有。

直到宋佳曦洗完澡，准备上床睡觉的时候，梁欢终于拿着一张写满名字的纸兴冲冲地冲到卧室，兴奋地道："老婆！我想到要给娃儿起什么名字了！"

"哦，是吗？你起了什么名字啊？"宋佳曦随手拿起床头柜上的茶杯，喝了一口水，然后有些好奇地看向他手中写满名字的纸，原以为他会一口气报出十几个名字，让自己一个一个地挑。

没想到，梁欢竟然眨了眨眼睛，神秘兮兮地道："名字就叫……梁快！"

宋佳曦直接把刚刚喝进嘴里的一口水，全部喷了出来。

“你说什么？！再说一遍！”宋佳曦伸手擦了擦嘴角的水渍，一脸惊恐地看着梁欢道。

梁欢站在床前，拿着那张纸，自豪地朝宋佳曦道：“叫梁快！”

“为……为什么啊？”宋佳曦茫然地问道。

“老婆，你听我解释解释！”梁欢清了清嗓子，将那张纸的有字一面对着宋佳曦，道，“首先，梁快这个名字，谐音为‘凉快’，有心静自然凉的禅意，希望我们的宝宝未来能够不骄不躁，心平气和地面对一切！其次，这个名字不论和谁的名字组合，都很完美。”

梁欢顿了顿，笑眯眯地道：“你看，我叫梁欢，孩子叫梁快，那我们两个就是欢快组合，对不对？你看乐乐叫梁乐，咱们孩子叫梁快，那他们就是快乐组合，对不对？还有你看，我姐叫梁清，咱娃儿叫梁快，那他俩就是轻快组合，对不对？老婆，咱娃儿这个名字，简直就是百搭。你看我爸叫梁世超，他俩一组合，就是快超组合，以后绝对可以弯道超车，万事第一！”

宋佳曦听着梁欢的解释，沉默几秒，终于忍不住开口道：“那娃儿跟我呢？就是快送组合吗？快送人头还是快送外卖？”

梁欢微微一怔，然后急忙解释道：“不不不，娃儿和你在一起，就是加快组合，加快速度，加快脚步，加快前进！”

宋佳曦：“……”

梁欢见她不说话，忍不住邀功道：“怎么样？老婆，这个名字是不是很好？”

宋佳曦深吸一口气，脸上挤出一个皮笑肉不笑的表情，道：“你给我哪儿凉快哪儿待着去！”

梁欢愣了一下，难以置信地看着宋佳曦，道：“老婆，你不喜欢这个名字吗？”

“不喜欢。”

“为什么不喜欢啊？为什么啊？为什么啊？为什么啊？”梁欢如同复读机一般，在宋佳曦的大床前一遍又一遍地问道，“这可是我想了整整一个下午加晚上才想出来的名字啊！这名字多好啊！”

“不要！”宋佳曦眼看他在自己的床前转了一圈又一圈，终于忍不住道，“因为这个名字，总是让我想到‘一边儿凉快去’！”

梁欢："……"好吧……他觉得自己有一点儿小小的沮丧……

"那既然老婆不喜欢，我再去想一个名字就是了……"梁欢长长地叹了一口气，折起手中的纸，塞进兜里，准备转身回书房。

宋佳曦赶紧喊住他："站住，上哪儿去？"

"去书房继续想名字啊……"梁欢回过头来，一脸无辜地看着宋佳曦，道。

"这都几点了，明天再想吧。"宋佳曦仰了仰下巴，道，"快去洗澡睡觉，又没让你非在今天把名字想出来。"

"可是……"梁欢迟疑了一下，还想再说点儿什么。

宋佳曦凶巴巴地道："赶紧的，洗完澡上床来陪我！"

"是是是！遵命，老婆大人！"梁欢赶紧把到嘴边的话咽回去，乖乖地转身去洗澡。

宋佳曦看着他的背影，无奈地摇了摇头。

片刻之后，一身香喷喷的梁欢屁颠儿屁颠儿地凑到宋佳曦面前，道："老婆，我刚才洗澡的时候，想到几个有意思的名字。"

"嗯？"宋佳曦有些疑惑地抬起头来，看了他一眼。

"当然，这几个名字我只是随便想想，并不一定用在咱娃身上。"梁欢说着，一时没忍住，直接笑了出来。

宋佳曦：？

"喀喀……那个……"梁欢赶紧用力地咳了一声，清了清嗓子，道，"老婆，你平时不是最爱吃凉皮吗？要不……娃儿的名字就叫梁皮怎么样？哈哈哈哈……调皮又皮实！"

宋佳曦："你信不信等你老了以后，你儿梁皮拔你的氧气管？"

梁欢的笑声戛然而止。他悻悻地挠了挠后脑勺，声音低低地道："那还是算了吧。其实除了'梁皮'，我还想到了梁面这个名字，是不是有异曲同工之妙？"

宋佳曦："拔你的氧气管！"

梁欢："……"

梁欢："那要不……梁糕？"

宋佳曦："氧气管！"

梁欢："好了好了，我就说着玩玩，干吗一直氧气管氧气管的？做人要有幽默感啊！”

他说完这句话，房里瞬间一片安静，周围弥漫着淡淡的尴尬气息。

梁欢默默地钻进被窝里，盖好被子，躺下沉默了几秒钟，还是忍不住道：“要不叫梁茶？茶文化可是咱们中华民族的传统文化，源远流长，而且……”

宋佳曦终于忍不住，暴躁地道：“梁欢，你是不是跟吃的杠上了？！接下来，你是不是要给娃儿起名叫梁饭、梁菜、梁汤、梁鸡腿了？！”

梁欢一脸茫然地看着暴走状态的宋佳曦，小心翼翼地抱着被子，如同受欺负的小媳妇儿，声音弱弱地道：“没有啊，我怎么可能起这么没有水准的名字，好歹我也是博士毕业。”

宋佳曦觉得自己完全不想理他。

此时此刻，她应该什么都别问，问就非常后悔。她真的非常非常后悔，把起名字这么重要的任务交给了梁欢。

“没事，老婆，你要是不喜欢这些，我可以再多想一些。”梁欢眼看宋佳曦已经不想理自己，赶紧开口安慰她，“明天，明天我一定准备二十个候选名字，让老婆大人一个一个地挑，一直挑到你满意为止！”

“哼！”宋佳曦这才低低地哼了一声，转过身去，关了灯。

然而，她没想到的是，第二天，才是噩梦的开始。

梁欢又在书房里待了整整一天，终于拿出精挑细选的十个名字——

梁振兴、梁复兴、梁报效、梁堂正、梁光明、梁无愧、梁无私、梁功勋、梁贡献、梁奉献。

宋佳曦对着白纸上那龙飞凤舞的十个名字看了许久，只觉得自己的脑袋上满是问号。

一旁的梁欢十分认真地讲解道：“老婆，我今天认真反思了一下昨天的问题，觉得问题在于那些名字太过浅显，没有深意，又过于口语化，导致你不喜欢。我今天先给自己定了一个主题，那就是一定要给娃儿找到他人生的意义！那么人生在世，最大的意义是什么？是报效祖国，为人民服务！这十个名字，都是为父对他的希望，希望他做一个对社会有用的人！”

宋佳曦沉默良久，抬起头来，十分诚恳地朝梁欢问道：“老公，你有没有想过，如果我们的孩子是个女娃，该怎么办？”

梁欢：“女……女娃子也可以做一个对社会有用的人啊……”

宋佳曦：“那你有没有想过，万一以后女儿大了，进入青春期，有暗恋她的小男生跟她表白，该怎么办？振兴啊，你长得这么可爱，其实我暗恋你好久了？”

梁欢：“呵，肤浅！光看我女儿长得可爱，就想和她谈恋爱，这种男生配不上咱女儿！”

宋佳曦白了他一眼，继续道：“要不就是，报效啊，你成绩这么好，有空能不能也教教我题目啊？”

梁欢：“呵！这种男生一看就目的不纯，小小年纪就拐弯抹角，也配不上咱女儿！”

啪的一声，宋佳曦把手中的白纸拍到桌上，道：“这是配不配得上的问题吗？你不觉得女儿用这名字有点儿过分吗？！”

梁欢扁了扁嘴，半晌才声音弱弱地道：“还不一定是个女孩子呢……”

“不！”宋佳曦十分肯定地道，“就是女孩子！”

梁欢有些疑惑地道：“你怎么知道的？”

宋佳曦：“女人的第六感！”

梁欢长长地叹了一口气，依依不舍地又看了一眼精心准备的十个名字，声音低低地道：“行吧，那我再想一些适合女孩子的名字……”

宋佳曦有些不放心地道：“我希望你不要给咱女儿起类似于‘翠花’啊、‘杜鹃’啊、‘美丽’啊之类的名字。”

梁欢目光幽幽地看着宋佳曦，淡薄的唇微动了动，半晌才挤出几个字，道：“在你心目中，我的品位就如此独到吗？”

“不！”宋佳曦十分肯定地摇了摇头，道，“你的品位，在我眼中简直惊天地泣鬼神！”

宋佳曦的预产期是五月二十六号，然而眼看日期已经到了五月三十号，她肚子里的娃娃依然没有一点儿要出来的迹象。

这可急坏了梁欢！他每天早、中、晚都要发消息给顾朗，问他一个涉及灵魂的问题——我家的娃儿为什么还不出来？

顾朗有些无语地回复："欢哥，你自己也是学医的，应该知道孕妇在预产期前后一周左右生娃，都是正常的。如今刚过预产期四天，不要着急。"

梁欢每每看到这样的回复，都会直接来一句："好的，我知道了，但是我家的娃儿为什么还不出来？"

顾朗："……"哥，你这纯粹就是闲的。

又过了两天，已经是六一儿童节了，宋佳曦的肚子还是没有动静。

梁欢实在忍不住，干脆直接拉着宋佳曦，拿上待产包，开车把她送进了医院。

宋佳曦坐在车后座上，满头问号地朝他道："老公……我这还没有动静呢，为什么咱们要去医院啊。"

梁欢一边目不转睛地看着前方的路，一边声音沉稳地回答："不行，都已经超过预产期六天了，我不太放心。咱们再去检查一下，或者干脆直接住院吧？"

宋佳曦："不是，人家都是娃生出来了才住院，我这娃还没生呢，住什么院啊？"

梁欢不慌不忙地道："没事，我已经让顾朗给你预留了一间病房，最近生娃的人不是很多，空病床很多。"

宋佳曦："……"算了，这家伙最近几天神经绷得紧紧的，这种小事，她还是不要跟他争了吧！住院就住院吧，毕竟她也不是很放心。

这么一想，宋佳曦干脆在车后座上坐好，默默地拿出手机，玩了起来。

从他们家开车到省妇幼医院，一路上红绿灯特别多。车子开开停停，宋佳曦刷着手机，只觉肚子有点儿隐隐作痛。那种痛不是很明显，就像喝了一杯冰牛奶，肚子骨碌碌叫个不停的那种痛。

宋佳曦仔细回想了一下，自己在家吃了一串葡萄，临出门前又喝了一瓶矿泉水，该不会是吃坏肚子了吧？

眼看着还有三个路口就到省妇幼医院了，宋佳曦咬了咬牙，默默地摸了摸肚子，再忍忍，马上就可以去厕所了。

车子终于驶进省妇幼医院的大门，梁欢绕着停车场转悠了好几圈，这才找到一个空位，停好了车。他回过头来，声音温柔地道："老婆，咱们到了，下车吧。”

“好……”宋佳曦咬紧牙关，点了点头，额头上冒出一层细密的汗珠。

察觉到她的不对劲，梁欢赶忙问道：“老婆，你怎么了？是不是要生了？”

“不……不是……”宋佳曦摇了摇头，欲哭无泪地道，“我可能吃坏肚子了，想上厕所。”

梁欢微微一怔，电光石火之间，脑海中闪过一些学过的知识。他立刻推开车门，下车，将宋佳曦从车后座扶了下来，道：“别着急，可能是要生了，咱们先去检查一下。”

“真不是要生……”宋佳曦涨红了脸，小声道，“出门之前我吃了好多葡萄，还喝了矿泉水，而且上次我陪江小柔的时候问过她了，要生的感觉是要死要活地疼。”

梁欢有些无奈地看着她，道：“不管怎么说，咱们先从停车场上去吧。”

“好。”宋佳曦深吸一口气，扶着梁欢的胳膊，缓缓地朝电梯的方向走去。

在电梯里，梁欢打了个电话给顾朗，把情况跟他说了一下，就带着宋佳曦直奔产科。

到了产科，宋佳曦还没来得及去厕所，就被护士直接架进待产室查宫口。片刻之后，护士扭头朝外面的医生大声喊道：“快快快！这个孕妇已经开六指了，赶紧推进产房！”

宋佳曦一把拽住护士的胳膊，欲哭无泪地道：“护士小姐姐，在我进产房之前，能先去一下卫生间吗？”

“不，你不能去。”护士很严肃地道，“你这产程有点儿快，万一你把娃儿生在厕所里怎么办？你的肚子隐隐作痛，不是要上厕所，是快生了。”

宋佳曦：“……”

她这就快生了？她记得江小柔在待产室里鬼哭狼嚎了好久啊……

然而，她还没来得及继续问点儿什么，已经有人直接把她推进了产房。

一个小时后，顾朗匆匆从手术台上下来，找到坐在产房外耐心等待的梁欢，关心地道："欢哥，怎么样了？"

他话音刚落，里面的助产士就抱着一个粉粉嫩嫩的女婴走了出来，道："谁是宋佳曦的家属？"

梁欢连忙站起来，道："是我！"

"恭喜你呀，是个千金大小姐！"助产士笑眯眯地把小姑娘抱到梁欢面前，让他看了一眼，道，"产妇还在里面，再观察半个小时就可以回病房了！"

梁欢低头看着眼前的小丫头，她的眼睛紧紧地闭着，正皱着眉头哇哇大哭。那耍赖的样子，倒是和宋佳曦很像。

他忍不住笑了，用手指轻轻地戳了戳小丫头的脸，低声道："真可爱。"

顾朗一脸茫然地看着梁欢，道："什么情况？嫂子这么快就生完了？"

梁欢这才转头看向他，一脸得意地道："幸亏我有先见之明。"

半个小时后，病房里，梁欢抱着小丫头坐在宋佳曦的病床边，道："看，长得多像你！"

说来也怪，刚才还在梁欢怀里哇哇哭个不停的小家伙儿，到了宋佳曦的怀里后，竟然一下子就不哭了。关键是，她不仅不哭，还朝宋佳曦露出十分甜美的笑容。

宋佳曦抱着小小的娃娃，忍不住低头亲了她一口，道："老公，快看，她笑起来好可爱啊！"

梁欢闻言，凑过去看了一眼。小家伙儿笑得憨憨的，跟刚才相比，完全就是天壤之别。

宋佳曦又逗了她一会儿，突然抬起头来朝梁欢道："老公，娃儿的名字你是不是还没想好啊？"

梁欢一下子就愣住了，有些尴尬地朝宋佳曦笑了笑，道："也……也不能这么说吧，这不是我之前起的那些名字，你都不太满意吗……"

宋佳曦想了想，又低头看着怀里的小女娃笑容灿烂的模样，忍不住开心地道："你看这小家伙儿这么爱笑，要不干脆就叫梁笑吧？希望她未来的每一天都可以笑口常开，好不好？”

“梁笑？”梁欢微微一怔，想了想，点点头，道，“虽然名字简单……”

他的话还没说完，宋佳曦就抬起头来，朝他飞来一记眼刀。

梁欢连忙改口道：“呃，不是，我的意思是，这名字简洁却不简单，既有意义又有特色，实在非常人所能想出，而且还和我组成欢笑组合。老婆啊，你真是太有才了！”

“哼，这还差不多。”宋佳曦这才低下头去，笑眯眯地逗弄着小梁笑，道：“宝宝，你以后就叫梁笑好不好？而且你还是六一儿童节出生的，以后一定要每天都开开心心地笑哦。”

梁欢宠溺地看着母女俩，终究忍不住凑上前去，道：“老婆，要不给我抱一会儿吧？”

宋佳曦点点头，小心翼翼地把怀里的梁笑递到梁欢手里。

梁欢抱着她，就像抱着稀世珍宝，眼角眉梢都是笑意。他轻轻地亲了一口梁笑的额头，声音温柔地道：“宝宝，以后你的小名就叫笑笑了。你喜欢这个名字吗？嗯？以后爸爸……”

梁欢说着，声音突然一顿，原本满是笑意的脸一下子就僵住了。

“怎么了？”宋佳曦眼看他说着说着突然没声音了，便有些奇怪地看着他。

“她……她尿在我身上了……”梁欢转过头，欲哭无泪地看着宋佳曦道。

“噗……”她忍不住笑了出来，“老公，看来女儿对你的意见很大嘛……在你怀里不是哇哇大哭，就是尿你一身，说，你是不是做了什么对不起她的事？”

“我才没有。”梁欢故意走到宋佳曦的病床前，低头在宋佳曦额上轻轻地吻了一下，道，“她肯定是嫉妒，嫉妒我爱你比爱她多。你看咱们女儿，小小年纪就会吃醋了……”

“走开走开，你身上的T恤都潮了，别蹭到我身上！”宋佳曦一边笑着，一边嫌弃地把梁欢推开，“快点儿去换衣服。”

梁欢无奈地道：“幸好我往你的待产包里塞了几件自己的衣服……”

宋佳曦：“你倒是想得周到。”

梁欢微微一笑，道：“那当然，像我这么细心的男人，上哪儿找去！”

宋佳曦：“不要脸！”

梁欢：“脸有什么用，我要你就行了。”他顿了顿，继续道，“嗯……还要咱们的女儿……”

——正文完

番外

干净整洁的办公桌上，周煜伸手从抽屉里拿出一本黑色皮质封面的笔记本，打开后，用钢笔在本子上写下“16”。

他盯着这个数字好一会儿，然后轻轻地叹了一口气，接着用红笔在“16”上面画了一个叉。

这是第十六次，他向梁清求婚失败了。

虽说屡战屡败、屡败屡战，但失败的次数太多，他都怀疑梁清到底还爱不爱他了……

就在周煜满心烦恼的时候，办公桌上的手机突然响了起来。

他朝手机看了一眼，是梁清打过来的。

周煜连忙放下手中的笔，拿起电话，接了起来，道：“喂，清清？”

“周煜！”电话那边传来梁清有些焦急的声音，“我突然想起来，乐乐今天下午的放学时间是四点整，不是四点半，我现在来不及赶到幼儿园了。你这会儿有事吗？能不能帮我接一下乐乐？”

“现在吗？”周煜低头看了一眼手表，已经三点四十五分了，从公司开车过去的话，差不多十五分钟能到乐乐幼儿园的门口，“行，我去接他，回头我下班了直接带他去找你。”

“好，谢谢了！”梁清听到周煜的回答，顿时松了一口气。

挂了电话，周煜赶紧站起身，拿起车钥匙便朝停车场走去。

他到达幼儿园门口的时候，正好是四点零二分。乐乐班上的小朋友刚刚排着队唱着歌从楼里面走出来。

等小朋友们在幼儿园门口站好了，老师就开始一个一个地喊名字，喊到小朋友名字的家长就上前去把小朋友领走。

老师喊到梁乐时，周煜连忙举起手来，往前走了一步，道："在这儿！"

乐乐的老师看着眼前的陌生男子，又低头看了一眼梁乐，迟疑地道："乐乐，你认识他吗？"

梁乐点点头，一脸骄傲地道："认识，他是我爸爸。"

"真的？"老师有些狐疑地道。她记得梁乐的入园资料上，父亲那一栏是空着的。

"真的，他正在努力追我妈妈呢，马上就可以当我的爸爸了。"梁乐一本正经地朝老师道。

老师听着他的话，忍不住笑了一声，这才放心地把梁乐交到周煜手上，接着喊其他小朋友的名字了。

梁乐走到周煜面前，牵着他的手，仰起脑袋看着他，道："周叔叔，我妈妈呢？"

周煜低头笑了笑，道："你妈妈今天工作比较忙，赶不过来，因此叔叔来接你。你先跟叔叔一起回公司，等叔叔下班，就带你一起去找妈妈，好不好？"

"好吧。"梁乐乖乖地点了点头。

从幼儿园回到公司，周煜把车子停好，就牵着梁乐的手直接进了电梯。

电梯行驶到一楼，停了一下，几个部门领导正好从电梯外走进来。他们看着周煜身边的梁乐，愣了一下，奇怪地道："周总，这是你儿子？"

听到这句话，周煜明显感觉手心里梁乐的小手有些紧张地攥了自己一下。

他笑了笑，一脸淡然地点了点头，道："是啊，我儿子。"

"我就说嘛，这孩子跟你长得真像，和你小时候简直一模一样！"其中一个看起来年纪和周煜父亲差不多大的部门领导笑眯眯地看着梁乐，道，"虽然已经过了快三十年了，但我还是记得一清二楚，当年你爸爸带你来公司玩的时候，你也和这孩子年纪差不多大吧。你看看，你们简直是一个模子刻出来的！”

“对对对，老李说得对！”另一个部门领导也跟着应和道，“我也有印象。那时候公司还没现在这么大，你爸爸天天去幼儿园接你放学，然后带着你来公司。一转眼，这么多年过去了，你都有自己的孩子了……咦，不对啊，你什么时候结婚的？怎么没听老周提啊？”

“呃……那个，就去年疫情期间……”周煜有些尴尬地清了清嗓子，神态极其不自然地道，“那个时候不是禁止聚集吗，所以就家里人随便吃了顿饭。”

“去年……疫情期间，这才一年多，孩子都长这么大了？”老李一脸迷茫地看着他。

周煜：“……”这话他彻底接不下去了。

还是一旁的梁乐为他解围道：“他俩分分合合好多年了，年轻人嘛，都这样。”

“哦哦哦，这娃娃真聪明！”几个部门领导看着梁乐一副小大人儿的模样，立刻又把话题给转移了。

好不容易带着梁乐回到自己的办公室，周煜长长地松了一口气，指了指办公室里的沙发，道：“乐乐，你先在沙发上坐一会儿，叔叔还有一点儿工作要做。”

“好。”梁乐乖乖地应了一声，直接走到沙发前坐下，从自己的小书包里拿出一本画报看了起来。

周煜回到办公桌前，打开电脑，盯着屏幕好一会儿，不知道怎么的，竟然又回想起刚刚在电梯里，几个部门领导说过的话。

他从电脑屏幕后面偷偷地瞄了梁乐好几眼。以前不觉得，可被那几个老头儿这么一说，他竟然越看乐乐越觉得他长得像自己。

周煜迟疑片刻，掏出手机，将摄像头对准梁乐，偷偷地拍了一张照片。

照片上的梁乐手里拿着画报，端坐在沙发上，正聚精会神地看着。

周煜点开照片编辑模式，将色调调成老照片的颜色，然后把这张照片发到自己的家庭群里，顺带着@一下自己的爸爸，道：“爸，你看我在办公室里找到了一张小时候的照片。”

片刻之后，周煜的爸爸果然回复了一句："咦，这照片是什么时候拍的啊？我怎么不记得你照过这么一张照片啊？"

周煜的妈妈也回复了一条："这应该是煜儿五六岁时候的照片吧？"

周煜看着屏幕上自己父母的话，沉默片刻，回了一句："嗯，差不多吧，应该是五六岁的样子。"

周煜的妈妈顿时感慨道："唉，一转眼都这么多年过去了，而你到现在还没找到对象……"

周煜："妈，话题不要转移得这么快，好吗？"

周煜妈妈："算了，我也不催你了，想当年你爸爸也是三十好几才遇到我，跟我结婚的，这估计就是你们老周家的基因吧……"

周煜顿时无语地道："这跟基因有什么关系？"

周煜妈妈立刻严肃地道："当然有关系了。听说当年，你爷爷也是三十多岁才找到对象的。那个年代，三十多结婚，得顶着多大的压力啊？而且你们老周家，基因是真的强大，你爸爸小时候，跟你爷爷几乎是一个模子刻出来的，你小时候又跟你爸爸几乎一模一样，唉……

"反正你们老周家，无论男人找什么样的老婆，生出来的孩子都跟爸爸长得差不多。

"哦，对了，说到这个，听说你爸爸肚子上那块胎记就是遗传自你爷爷。你肚子上不是也有一块胎记吗？跟你爸爸的一模一样。"

周煜感觉这话题已经接不下去了，道："妈，你别扯了，再扯下去不只是基因遗传了，都要变成玄学了。这胎记，难道我太爷肚子上也有？"

周煜爸爸倒是很及时地来了一句："有啊！不仅你太爷有，你几个伯伯肚子上也有的，还有你那几个堂兄堂弟都有这块胎记。这就是咱们老周家的标记！"

周煜："我还有工作，我先去忙了。"

从微信里退出来后，周煜心不在焉地看着电脑屏幕上的文档，不知道为什么，脑海里一直盘旋着爸妈刚刚说的那几句话。

他时不时地往梁乐身上瞥几眼，然后又往自己的电脑屏幕上瞥几眼。五分钟后，他实在忍不住，从办公桌后站起身来，走到梁乐跟前，蹲下来，道：“乐乐，叔叔问你一个问题啊？”

梁乐抬起头，一双乌溜溜的大眼睛直直地看着周煜，点了点头，声音清脆地道：“叔叔你问吧。”

“你……”周煜迟疑了一下，不知道为什么，突然感觉有些紧张，咽了一下口水，然后故作轻松地道，“你身上有没有什么胎记啊？”

“胎记？”梁乐歪着脑袋想了想，然后点点头，道，“有啊，我有一个胎记，和妈妈的一模一样，都长在胳膊上，你看。”他一边说着，一边把自己的胳膊伸到周煜面前给他看了一眼。

小家伙儿白白嫩嫩的胳膊上有一块淡淡的咖啡色圆形胎记，不仔细看的话，确实不怎么看得出来。

周煜看着他胳膊上的胎记，抿了抿唇，又继续问道：“那你还有别的胎记吗？”

梁乐眨眨眼睛，看着周煜，道：“有啊！可是能给你看的胎记，就只有胳膊上的那个。”

周煜有些疑惑地道：“为什么？”

梁乐一本正经地回答道：“因为妈妈说被背心和小裤裤挡住的地方，是不可以给别人看的！”

周煜沉默片刻，终于觉得还是直接问比较好：“那你肚子上有胎记吗？”

梁乐有些惊讶地看着他，道：“咦，叔叔，你怎么知道我肚子上有胎记呀？”

听到这句话，周煜心中一惊，连带着声音都有些颤抖，道：“因为叔叔肚子上也有胎记啊，不过，不知道我们两个的胎记形状是不是一样的。”

梁乐想了想，最终放下手中的画报，伸手掀开T恤下摆，朝周煜挺了挺圆滚滚的小肚子，道：“叔叔，你看，我的胎记是这个形状的，你的呢？”

周煜看着他肚皮上那浅咖啡色的熟悉的胎记形状，一时之间竟然不知道该说些什么才好。他……他面前的梁乐，竟然是他的亲生儿子？！

六年前，他喝醉的那个夜晚，竟然真的和梁清发生了关系……那不是做梦，那是真实发生过的！

周煜看看胎记，又看看梁乐，一时没忍住，直接伸出手来，一把将梁乐抱进怀里，对着他的脑袋又是亲又是蹭，道：“乐乐，你是我的乐乐！”

梁乐：“叔叔，你疯了吗？”

周煜激动了好一会儿，终于松开梁乐，双手扶着他的肩膀，一脸认真地道：“乐乐，我是你爸爸，是你的亲生爸爸！你知道吗？”

梁乐：“……”

周煜眼看他不说话，赶忙解释道：“是真的！我没有骗你。我有和你一样的胎记！这个胎记，你爷爷身上也有……”

梁乐眼看周煜手忙脚乱地打算解开身上衬衫的扣子，赶紧伸出肉嘟嘟的小手按住他，道：“我知道啊！妈妈跟我说了。”

周煜准备解衬衫扣子的动作一下子就停了下来。他一脸疑惑地看着梁乐，道：“你……妈妈知道？”

梁乐点点头，如同小大人儿一般道：“对啊，妈妈告诉我了，但是她让我不要告诉你。妈妈说等你什么时候发现我是你的亲生儿子，她就什么时候嫁给你。”梁乐顿了顿，然后叹了一口气，道，“唉……没想到爸爸你这么笨，竟然一年多了都没有发现……”

周煜：“……”所以，他前十六次求婚失败，竟然是因为这个？！

梁乐的一双小手托着下巴，他蹲在茶几前，看着眼前的周煜，小声道：“爸爸，笨会遗传吗？我不太想自己以后变笨啊……”

周煜：“……”

“对了，爸爸，这是你任务通关的奖励！”梁乐一边说着，一边从自己的小书包里掏出一个盒子，把里面的一枚戒指递到周煜面前，道，“妈妈说，你只有拿着这个去跟她求婚，她才会答应你。”

片刻的僵硬之后，周煜突然站起身，抱着梁乐，拿上戒指，朝办公室外走去。

梁乐茫然地问道：“爸爸，你要上哪儿去？！”

周煜扛着梁乐，直接丢下一句：“向你妈妈求婚去！”